ハヤカワ・ミステリワールド

マヂック・オペラ

——二・二六殺人事件——

山田正紀

HAYAKAWA MYSTERY WORLD

早川書房

マヂック・オペラ

――二・二六殺人事件

カバー画／生頼範義
カバーデザイン／ハヤカワ・デザイン
フォーマットデザイン／多田　進

目次

鈴木侍従長官邸
イギリス大使館
麴町署
半蔵門
宮城
警視庁官舎
三宅坂
桜田門
陸軍省
警視庁
司法省
海軍省
議事堂
日比谷公園
首相官邸
溜池
特許局
アメリカ大使館
虎ノ門

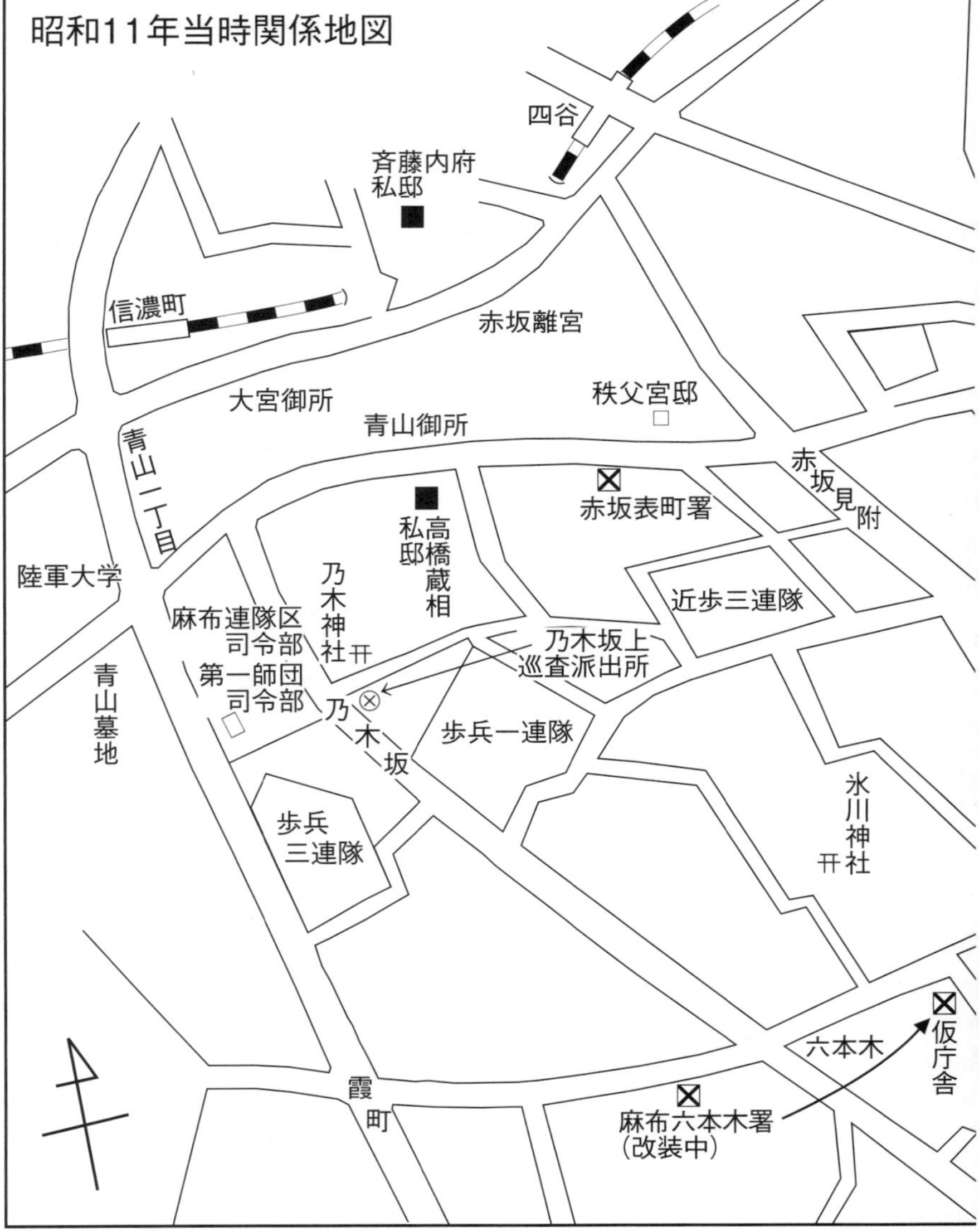
昭和11年当時関係地図
四谷
斉藤内府
私邸
信濃町
赤坂離宮
大宮御所
秩父宮邸
青山御所
青山一丁目
赤坂見附
赤坂表町署
私邸
高橋蔵相
陸軍大学
乃木神社
近歩三連隊
麻布連隊区
司令部
乃木坂上
巡査派出所
第一師団
司令部
乃木坂
歩兵一連隊
青山墓地
氷川神社
歩兵
三連隊
六本木
仮庁舎
霞町
麻布六本木署
(改装中)

二・二六事件——背景及び前史・概要

昭和初期、日本・経済は疲弊のきわみに達していた。農村においては生活苦のために娘を身売りする等の悲劇が日常化し、都市では失業が蔓延していた。政党政治は党利党略にあけ暮れるばかりで、十分に政治の機能を果たすにいたらなかった。さらには社会主義思想の浸透が現実に左翼革命の到来を憂慮させるまでになり、これに対する右翼勢力の台頭などもあって、世情はまさに騒然としていた。

このような世情を憂慮する陸海軍青年将校の間に、現・国家組織を改造し、一君万民の、真の天皇政治を実現しないかぎり、国体の存立も危ういという思想がひろがりつつあった。すなわち昭和維新思想である。

昭和七年二月、前蔵相の井上準之介が、同三月には三井財閥・総帥の団琢磨があいついで射殺された。いずれも犯人はその場で取り押さえられた。日蓮宗の僧侶・井上日召を首謀者とする〈血盟団〉による犯行であった。さらには五月、犬養毅首相が暗殺されるという事件が勃発した。いわゆる五・一五事件である。

当時、陸軍内には二つの派閥が存在した。正確には、陸軍内の一方に一つの派閥があり、他方にその派閥に好意を寄せていない着たちがいた、と言うべきかもしれない。一方の派閥は、荒木貞夫中将、真崎甚三郎中将を頂点とする青年将校（隊付き将校）派であり、もう一方はそれに対峙する形での、永田鉄山少将、東条英樹を中心とする幕僚派である。のちに前者は〈皇道派〉、後者は〈統制派〉と呼ばれるようになるが、いずれも俗称であり、正式な結社名ではなかった。

昭和九年一月、荒木中将が体調上の理由（急性肺炎）から陸軍大臣を辞任、それまで教育総監だった林銑十郎を後任に推薦した。荒木の真意としては、表向き、林を推薦する形をとりながら、そのじつ林がこれを固辞するのを期待し、また確信もしていたらしい。内心では、親友であり、〈皇道派（隊付き将校）〉のもう一方の雄でもある真崎甚三郎を陸相に就任させるのを願っていた。だが、林は事前に閑院宮載仁《ことひと》親王（参謀総長）への工作をはかり、これをもってして真崎の陸相就任に反対せしめた。閑院宮はたんに参謀総長であるにとどまらず皇族でもある。閑院宮に表だって反対されれば真崎甚三郎の陸相就任は実現するべくもなかった。

こうして林銑十郎は陸相に就任し、林の後任として真崎が教育総監に就いた。陸軍大臣に就任した林は、それまで歩兵第一旅団長の職にあった永田鉄山を陸軍省に呼び、軍務局長に据えた。前述したように永田は〈統制派（幕僚派）〉の中心的存在であり、陸軍きっての逸材とうたわれる人物であった。

昭和十年、林銑十郎陸相は八月の定期人事異動において、真崎教育総監を始めとする〈皇道派〉将官の一掃をはかることを画策する。林陸相、閑院宮参謀総長、真崎総監の三長官会議に於いて、真崎の教育総監罷免について話し合いが持たれた。が、真崎はついに最後まで教育総監を罷免されるのを了承しようとしなかった。七月十五日、林陸相は真崎教育総監を更迭し軍事参議官に起用する案をもってして天皇の裁可を仰いだ。天皇はただちにこれを裁可したという。

翌十六日、陸軍省から真崎に教育総監更迭の内命が伝えられるのと日を同じくし、同日付で「教育総監更迭事情要点」なる怪文書が〈皇道派〉将校たちの間に流布された。これによれば真崎の更迭は〝永田鉄山・軍務局長がその中心になりたること明瞭〟であるとされた。

同年八月十二日、歩兵第四十一連隊（福山）付から台湾歩兵第一連隊に転属が決まっていた相沢三郎中佐が、陸軍省軍務局長室において永田少将を斬殺するという事件が勃発する。相沢三郎は、その崇拝する真崎甚三郎が教育総監を更迭されたことを怒り、その元凶と見なされた永田少将に〝天誅を加えた〟のだという。

時あたかも帝都守護の第一師団に満州派遣の命令が下される。第一師団には〝昭和維新〟を積極的に担う〈皇道派（隊付き将校）〉が多かった。彼らとしては自分たちが渡満してしまえば〝昭和維新〟の推進勢力は壊滅するという危機感を抱かざるをえなかった。まさに〈皇道派（隊付き将校）〉たちは追いつめられようとしていた。そして、ついに渡満前に〝昭和維新〟の実現を期して軍事蜂起すべきである、という決意を固めるにまでいたった。

昭和十一年二月二十六日、こうして二・二六事件が勃発することになる……

序章

一

下谷の狭い路地を風が吹き抜けた。

路地を覆うように何層にも物干し台がつづいている。まるで万国旗のように洗濯物がはためいた。晩夏の光がきらめいた。

どこからか「えー、金魚、きんぎょー」という金魚売りの声が聞こえてきた。渋い、年季の入った声だった。売り声はしだいに遠ざかっていった。やがて聞こえなくなった。

二階の窓から一人の女が手すりに身を乗り出した。五十がらみの女だ。ざっかけないアッパッパ姿だが、どこか堅気には見えないところがあり、あかぬけていた。若いころには粋筋だったのかもしれない。

女は軒下の風鈴を指で突ついた。風鈴は澄んだ響きを鳴らした。が、もう風は止んだらしい。すぐに鳴らなくなった。

「いつまでも悪く蒸しますねえ」と女は部屋を振り返って言い、「本当に麦茶でいいんですか。何でしたらビールでも運ばせましょうか」

「どうか、おかまいなく」と部屋のなかから男の声が聞こえてきて、「すぐに失礼しますから――」

これも五十がらみの男だ。開襟シャツを着ている。痩せていた。座布団を敷いてはいるが膝を崩していない。盆に載せられて麦茶と一緒に出された団扇には手を触れようともしない。汗一つかいていなかった。なにか禁欲的な印象のある男だった。

女は窓から部屋に戻って、男のまえにすわった。座布団を外して団扇を使うそのしぐさがどことなしに玄人《くろうと》っぽい。

「そうですか。『週刊現代』をご覧になったんですか。それで訪ねてくださった……」女はかすかに笑って、

「お恥ずかしい」

「何が恥ずかしいことなんかあるもんですか。なにしろ東京の料亭や待合の団体――ええと、〈東京料飲同志

会〉でしたか。そこから優良従業員として表彰されたんだから立派なものだ。グラビアもきれいに撮れてた。〝表彰されたお定さん〟という題も妙にひねったところがなくて好感が持てたな」

「何が優良従業員なもんですか。昔の言葉で言えば酌婦じゃないですか」

「そんなことはない。客はみんな定さんにお酌されるのを喜んでいるそうじゃないですか。優良従業員ですよ」

「それにしたってさ」と女はちょっと蓮っ葉な言い方をして、「わたしは人様から表彰なんかされる柄じゃないですよ。去年、売防法（売春防止法）が実施されることになったでしょ。それで同志会のほうも世間に何かして見せる必要があったんじゃないでしょうかね。ただ、それだけのことですよ」

「定さんは有名人だから――」

と男がそう言うのを、女はとりあわずに受け流し、もう表彰のことはいいですよ、恥ずかしいから、と言って、

「たしか、お会いしたのは昭和十一年のことだったから……何年ぶりになりますか。二十二年――いや、二十三年か。いやんなっちゃうわね。わたしもお婆ちゃんになるわけだ」

「よく正確に覚えてらっしゃいますね」

「それはだって――あの事件の年だから」と女ははにかんだように言う。

「あの事件の年……」一瞬、男は戸惑ったようだが、すぐに頷いて、「そう、昭和十一年にはいろんなことがあった。あまりにいろんなことがありすぎた……」

風も吹かないのに、チリン、と風鈴が鳴った。一度、鳴って、あとは鳴らない。そのためにかえって暑さがきわだって感じられるようになった。

「ほんとうにビールはお持ちしなくてもいいんですか」

「結構です。どうかお気遣いなさらないで下さい。じつは定さんにお尋ねしたいことがあってうかがいました。それが終わればすぐに失礼します」

「まあ、何だか怖いわね、どんなお尋ねなんでしょうか」ふと女は探るような視線になって、「志村さんは、まだ、あの、警察のほうに――」

「いえ、警察は終戦になるまえにやめました。つくづく特高・刑事という仕事に嫌気がさしましてね。疎開して、戦争が終わって、また焼け野原の東京に戻ってきて……いろんな仕事をやりましたよ。いまはあちこちの雑誌に雑文のようなものを書いて何とか生きています。雑文家

といえば聞こえはいいが、まあ、便利屋のようなものです」

「作家先生でいらっしゃる」

「そんな立派なものじゃない。なにしろ、ろくに名前も出ないんですから……四年ぐらい前になりますかね。春陽堂という出版社で江戸川乱歩の本が出たことがあります。覚えていらっしゃるでしょうが、なにしろ戦前、戦後、乱歩の小説には伏せ字が多かった。乱歩に『猟奇の果』という小説があります。何というか、まあ、荒唐無稽な……人間の顔を自在に変えることができる力を持った悪党たちと――乱歩はこれを作中で〝人間改造術〟と呼んでいるんですが――明智小五郎が戦う話なんですが――春陽堂の編集部に乞《こ》われてその伏せ字を埋める手伝いをしました。といっても校正を手伝っただけなんですが」

その荒唐無稽という言葉にかすかに力がこもったようだ。一瞬、男の目に勁《つよ》い光がみなぎった。何かこれは彼にとって特別な意味を持つ話であるらしかった。しかし、なぜそうであるのかは、その表情からは見てとることができなかった。

「『猟奇の果』は昭和六年に博文館から出ています。その博文館版ではこんな箇所がありました――」

男はズボンのポケットから手帳を取り出すと、それをおもむろに開いて、

「主人公の品川に、青木という友人がこんな話をするのです。その話のなかに伏せ字がありました。こんなふうに――大学の近くの若竹亭ね。学生時代僕はあそこへちょいちょい行ったものだが、行く度に必ず見かける一人の紳士があった。いつも極った隅っこの方にキチンと坐って聴いている。連れはなく独りぼっちだ。その紳士の顔なり姿なりが、…………、…………写真にソックリなんだ。髪の刈り方から、口髭《くちひげ》の具合、いくらか頬のこけたところまで、全く生写《いきうつ》しなんだ。で、僕はよく思ったことだがね、…………生活なんて、まるで我々の窺い知ることの出来ないものだが、案外日本でもスチブンソンの『自殺倶楽部』やマークトウエンの『乞食王子』みたいなことがないとも限らぬ。あの紳士はひょっとしたら真実その……忍び姿じゃあるまいかとね」

男は伏せ字の部分を、点、点、点、というふうに表現して、

「それが春陽堂版ではこんなふうに埋まっていました。〝天皇陛下の写真にソックリなんだ……宮中生活なんて、

まるで我々の窺い知ることの出来ないものだが……あの紳士はひょっとしたら真実、陛下のお忍び姿じゃあるまいかとね〟——」

その口調にはなにか微妙な揺らぎのようなものが感じられた。非常に重要なことがほのめかされているのだが、それがあまりに巧妙に隠蔽されているために、誰にも男が真に言わんとしていることが伝わらない……彼の表情からはそんな印象がかいま見えた。

だが、——当然のことながら、と言うべきか——女には男の真意はまるで伝わらなかったようだ。その言葉の裏で何がほのめかされているかはもちろん、表面にあらわされた意味さえ満足に通じなかったらしい。

女はなにか要領を得ないような表情で頷いて、へえ、そうなんですか、と言い、

「大変なお仕事なんですね」

明らかに男は彼女の返事に失望したようだった。だが、それをあからさまに表情に出そうとはせずに、なに、身すぎ世過ぎの仕事にすぎませんよ、と韜晦《とうかい》して、

「お忙しいでしょうから、本題に入らせていただきます」

「いえ、そんな、わたしなんかが忙しいなんてことはありませんよ。ただ、そろそろ布袋湯が開く時間ですから——わたしは一番湯に入ることにしてるもんですから……」

「お尋ねしたいことが終わったらすぐに退散します。お手間はとらせません」と男はそう言い、口調をあらためると、「昭和十一年二月二十六日——あの日は東京に雪が降っていたでしょうか」

「二・二六……」

さすがに女は突飛な質問に面食らったようだ。その目を瞬《しばたた》かせると、だってあれじゃありませんか、と混乱したように言って、

「あの日は雪が降ったということになってるんじゃありませんか。大雪だったんじゃなかったんですか。そうなっているはずじゃないんですか」

「たしかにそうなっています。事実、前夜に大雪が降ったというのはまちがいないことのようです。東京には雪が積もっていた。そのことは当日の写真からも確実なことです。しかし、わたしがお訊きしたいのは、二・二六のあの日に雪が積もっていたかどうか、ということではない。東京に雪は積もっていた、それはそうだ、しかし当日に雪が降っていたかどうか、そのことをお尋ねして

いるのです。どうでしょうか。昭和十一年二月二十六日のあの日には東京に雪が降っていたでしょうか」

「どうして、わたしにそんなことをお尋ねになられるんですか」

「定さんだからお訊きするわけではない。当時のことを知ってる人には皆さんにお訊きすることにしています。訊けば訊くほどわからなくなってしまう。雪が降っていたという人もいれば、いや、もう雪は止んでいた、という人もいる。定さんはもうあれから二十三年が過ぎたという意味のことをおっしゃいました。しかし言葉を変えれば、わずか二十三年前のことでしかない。そうでしょう。わずかに二十三年前、それも歴史に残るあれだけの大事件が起こったその日のことだというのに、当日に雪が降っていたかどうか、それさえわからない」

男の声には力がこもっていた。その真剣な口調からも、彼がそればかりを思いつめ、ずっと考えつづけてきたことがありありとうかがえた。その表情も尋常ではない。どこか悲痛ともいうべき色さえ滲んでいた。

女はそれに気押されたかのように、視線を宙にさまよわせ、ええと、と口のなかでつぶやいて、

「あの日はたしか吉さんが朝早くに魚河岸に行ってるはずだから……大雪が降ろうと魚河岸には行ったんだっけかな。それとも雪なんか降らなかったから魚河岸に行ったんだったっけ。さあ、どうだったろう」

男はそれには何も応じようとはせずにじっと女を見つめている。その目の光がやはり勁い。

「ちょっと待ってくださいよ。いま思い出しますから……そうだ、それまでこれでも読んでて下さいよ。古い週刊誌で申し訳ありませんけどね。何もないよりはましでしょ」

女はそう言い、座敷の隅から週刊誌を取って、男に差し出した。

たしかに古い。去年の『週刊朝日』なのだった。表紙が破れていた……が、男は何も言わずに受け取ると、パラパラとページをめくって、読むとはなしに読みはじめた。べつだん去年の週刊誌を読みたいわけではないだろうが、とりあえず女の言うことを聞いておこうということなのだろう。

それでも五分ほどは過ぎたろうか。女はやがて溜め息をつき、匙を投げるように、ダメだ、と吐き捨てて、

「志村さんの言うとおりだ。ほんの二十三年前のことなのにもうそれが思い出せない。歳は取りたくないですね

え。二・二六事件が起こった特別な日のはずなのに雪が降ってたかどうかそんなことも思い出せないなんて」

「阿部定さんばかりじゃない。あの日に雪が降ってたかどうか、誰に訊いてもそれがはっきりしないんですよ」

「志村さんには、二・二六のあの日に雪が降っていたかどうかを知るのが、何か意味があることなんですか」

　女はようやくそのことに興味を持ったらしく、あらためて男の顔を見た。男はたじろぎもせずに、その視線を正面から受け、ええ、と頷いて、

「私にとってはとても大切なことなのですよ。いまの私は半分はそれを知りたいために生きているようなものです」

「失礼ですけど、志村さん、ご家族は」

「いません。とうとう、わたしは一度も結婚しませんでした」

「さいですか」女は頷いて、急に勢いよく立ちあがった。「二・二六のあの日に雪が降っていたかどうか、ちょっと他の人にも当たってみます……誰か、そのことをはっきり覚えてる者がいるかもしれない」

「いや、しかし、そんなことをしてもらったのでは」

「いいんですよ。どうせ午後は湯に行くぐらいしか用事がないんだから——」

　男が礼を言う暇もなかった。女はさっさと座敷を出て階下に下りていった。水くさいように見えて妙に親切なところがある。

　女性に対して、こんな言い方はおかしいかもしれないが、彼女にはどこか男気のようなものがあるようだった。

　すぐに階下から彼女が同居者たちに二・二六事件当日の天候のことを尋ねている声が聞こえてきた。

　それを聞くとはなしに聞きながら、男はぼんやりと玄関に迎えに出てきた女のことを思い出している。四十がらみの、美しい女だった。初対面のはずの女なのに妙に気持ちの隅に引っかかっている。どうしてだろう……そして『週刊朝日』に視線を落とし、めずらしいな、いまどきエノケンの批評が載っている、とつぶやいた。

　エノケンこと榎本健一は戦前からの喜劇役者で、その並はずれた運動神経と抜群の歌唱力とで、アチャラカ劇において一世を風靡した。が、戦後、病気を得たために、思うように芸能活動ができず、人気がおとろえた……昭和三十年代に入ってからは急速に過去の人になりつつあったが、三十三年、日本劇場において公演された〝東京喜劇人祭り〟に出演した。それを『週刊朝日』の〈松〉

という匿名批評に辛辣に批評されたのだった。

　男はその匿名批評を声をあげて読んだ。

「……いったいなん年間の永い間、エノケンは、このおなじアクションを続けてきたことだろう。芸のつみかさねとか、芸の年輪とかいうものはこれっぱかりもない……匿名批評か」

　眉をひそめて、いたましげに首を振る。そして、わかっちゃないな、エノケンは天才なのに、と言った。

「いまでも覚えている。おれは浅草《エンコ》で「エノケンの魔術師」という映画を見た。あの面白さは忘れられない。マジック・オペラ……ラストのレビューの素晴らしさはいまだに忘れることができない……」

　男は遠い視線になっていた。その目が窓の外の空にさまよった。

　風が吹いたわけではない。それなのに風鈴が、チリン、とかすかに鳴った。それに誘われたように男がつぶやいた。

「昭和十一年二月……黙忌一郎……」

二

昭和十一年二月二十五日——

赤い服なら既決囚……

青い服なら未決囚……

白い服なら……


　唄うような調子の声が途切れて、ふと若者は暗い空を振り仰いで、

「また白いものが降ってきた。ずいぶん雪が降りつづける。なにしろ東京では何十年ぶりかの大雪だというのだから。今夜はさぞかし積もることだろう」

　それに応じるように闇のなかから女の声が聞こえてきて、

「きっとあの日は東京は大雪だったと一つ話に語られることになりますわね」

「さあ、そいつはどうかな。人はしょせん自分が見たいものだけを見て、自分が覚えていたいものだけを覚えているものさ」

　若者の声は懐疑的だった。どこか憂鬱げでもある。

「雪が降ったと思いたい者は雪が降ったと思うだろう。

雪が降らなかったと思いたい者は雪が降らなかったと思うだろう」

「そんなことがあるものかしら。うなずけない話だわねえ。だって今日は昭和維新が決行される大事な日なんでしょう。いってみれば歴史的な一日じゃないの。その日の天気がどうだったか、それさえ忘れられるなんてことがあるものかしら」

「あるのさ。あるからこそ、ぼくのような人間が必要になる。検閲図書館が必要になるんじゃないか。とはいうものの――」

若者の声にかすかに緊張が滲んで、

「さすがに、これで日本の運命が決まるかと思うと心穏やかではいられない。かのアインシュタインは、神様はサイコロ遊びはなさらない、といったという。それなのに因果に検閲図書館だけはサイの目が丁と出るか半と出るかそれを試さなければならない。神様さえなさらないことをしなければならない。こいつは人の手に余ることじゃないか。それとも検閲図書館は人じゃないとでもいうのだろうか」

「何だねえ、検閲図書館ともあろう者が――いまさら、おこついたところでどうなるもんでもないだろうに。どうせサイの目、出たとこ勝負じゃありませんか」

「猪鹿《いのしか》のお蝶さん、後生だ、頼まれてくれないか」

「よござんすよ。私にできることだったら何なりと」

「ぼくのことを」若者の声がかすかにかすれて、「抱いてくれないか」

「……」

一瞬、女は沈黙する。その姿が窓の外の雪明かりにほのかに浮かぶ。

まだ若い。女、というより、少女と呼んだほうがいいか。十七、八歳。江戸前の、ややあさ黒い肌に、その目がりんと張って印象的に美しい。束髪結び、黒地の着物に朱地の帯、羽織……その足袋の白さがあざやかに目についた。

ふいに少女は袖から二個のサイコロを取り出した。振り上げた右手のなかでカラカラと鳴らして、サッと床に転がした。その二の腕がしなやかに艶めいて白い。

「五三《グサン》の丁――」少女の声が闇のなかに冴える。

「グサンの丁……墓場の丁か。何人もの人が死ぬということか」

若者がつぶやいた。その声がわずかに上ずった。

「それで黙《もだし》さんのお気が済むのでしたらお抱きしましょ

う、いえ、抱いていただきます。ですが、男と女は好いて好かれて引きあうもの。黙さん、失礼ですが、あなたは女を好きになれますか。いまのあなたは女を必要としていない。わたしは処女《きむすめ》ですよ。行火《あんか》か猫がわりに抱かれたんじゃ、あんまり、かわいそうというものじゃありませんか」

少女は気丈にいい放ったが、その声にはいやおうなしに情感がこもらざるをえなかったようだ。声の響きがかすかに湿ったのは否めない。

が、黙はそのことに気がついた様子はない。多分、それどころではないのだろう。その声の響きが内省的に沈んだ。

「きみのいうとおりだ、お蝶さん、いまのぼくには女性を愛する力がない。それだけの勇気がない。それなのに日本の運命をサイの目にかけて転がそうとしている。検閲図書館とは何なのか。これが一人の人間に許されることなのか」

「……」

「ぼくは怖い。お蝶さん、怖くてならないんだよ。ぼくはやるだけのことはやった。サイの目が丁と出るか半と出るか――多分、これで日本の運命が決まる。人も何人か死ぬだろう。それなのに、これでよかったのかどうか、そのことがいまだにわからない。そのことに確信が持てない。それが……」

怖くてたまらない、とこれは口のなかでつぶやいた。唇を噛んだ。そして、じっと窓の外を見つめている。

お蝶が明るい声で言う。

「お気をたしかにお持ちなさいな。サイの目一つに賭けて生きてる博徒百人香具師百人、黙さんが声をおかけになればいつでも動くことになっています。およばずながら、わたしもお力添えになりましょう。大丈夫ですよ。お気をたしかにお持ちになることですよ」

ふいに黙が立ちあがる。窓に向かって歩いていった。

ここは図書室なのだ。奥のほうに書棚があって、官本(刑務所備付の本)が数千冊ばかりずらりと並んでいる。その本の一冊一冊が歩いていく黙の姿をじっと注視しているかのように感じられた。

黙は窓ぎわに立って外を見る。

この刑務所は中央に監視塔、両翼に建物を有し、さながら鳥が翼をひろげて、いましも飛びたとうとしているかのような構造になっている。

その高い監視塔を窓から望むことができる。霏々として降りしきる雪を背景にして黒い墓標のように聳えていた。

　黙はそれを見ながら、なかば自分に言いきかせるように、

「十八世紀の末にジェレミー・ベンサムという人が理想的な監獄なるものを考案している。パノプティコン……〝一望監視装置〟とでも訳せばいいだろうか」

「……」

　お蝶はわずかに小首を傾げるようにして黙のことを見つめている。黙は風変わりな若者で、いきなり、その場と関わりのない話を持ち出すことがよくある。そうしたときには黙ってその話を聞いてやればいい。

「このパノプティコンにおいてはすべての囚人は独房のなかで孤立させられる。その独房には二つの窓がある。一つは、外界に面して開いていて、もう一つは中央監視塔の窓と向かいあって開いている。囚人の姿は外界からの光を受けて、つねにシルエットになって浮かんでいる。したがって囚人はつねに自分が見られているかもしれない、という可能性を排除することができない。囚人からは、中央監視塔の窓のなかを覗き込むことはできないのだから、ほんとうに自分が見られているかどうか、それは確認することは不可能なわけなのだが……」

　黙はふと憂鬱げな、これ以上はないほどに憂鬱げな口調になって、

「ときに思うことがある。これは人と歴史の関係に似てはいないだろうか。人はつねに歴史の視線を感じている。感じずにはいられない。だが、ほんとうに歴史が人を見ているかどうか、歴史は人間のことなど見ていないのではないか。人は歴史のことなど何とも思っていないのではないか。われわれは歴史というパノプティコンに閉じこめられている囚人なのではないか」

　そのとき図書室の入り口にひっそりと人影が立って、お嬢さん、と遠慮がちに声をかけてきた。

「伊沢かい」

　と、お蝶が言うのに、男は、へい、と腰をかがめて、

「いま知らせが入りました。始まったそうです」

　実直そうな三十男だ。お店者《たなもの》のような尋常なこしらえをしているが、どこかかたぎとは違う雰囲気がある。わずかにその懐が膨らんでいるのはドスを呑んでいるからではないか。博打打ちだろうか。

　お蝶がうなずいて、

「わかりました、ご苦労さん」

男は現われたときと同じようにひっそりと姿を消した。黙が無言で立ちあがる。お蝶に一礼して立ち去ろうとする。

その背にお蝶がソッと寄り添った。抱きついてその手を背後から優しく黙のまえに触れた。

黙はそのことに驚いたようだが、

「お蝶さん、ぼくは……」

やがて何か言いかけるのを、お蝶は、シッ、と制して、

「あなたは女が抱けない体。わかってますよ。でも、わたしは待っています。いつまでも待っています。あなたはこの世にほんとうに愛と自由が実現したときに女を愛することができるようになる。あなたはそういう人なんだ。そのときには、そのときには……」

「ほんとうの愛と自由……」

黙がつぶやいた。自嘲するように、だが悲しげに——

「そんなものがあるだろうか」

そして、その手をお蝶の手に重ね、それをソッと外すと、影のように図書室から出ていった。

お蝶はしばらく黙を見送っていたが、やがて窓の外を振り仰いで、

「赤い服なら既決囚、青い服なら未決囚、白い服なら無決囚……」

唄うように言う。

窓の外にはただ雪、無決囚の白い雪だけが降りしきる……

南方洋上に次々と低気圧が発生していた。このため関東地方の気象はきわめて不安定なものになっていた。ところによって雷鳴が聞かれ、濃い雷雲が局所的に降雪をもたらしていた。

見わたすかぎり一面の銀世界だ。

まだ午前四時をまわっていない。早暁の闇のなかを雪だけがほの白い。

その雪明かりのなかを、ザッ、ザッ、ザッ、と軍靴を踏みならし、歩兵が隊列行進をしている。

このあたり、赤坂、乃木坂には、歩兵第一連隊、歩兵第三連隊、近衛歩兵第三連隊、麻布連隊区司令部、第一師団司令部、近衛歩兵第四連隊、陸軍大学などの軍事施設が集中している。

したがって早朝に訓練にはげむ兵の姿を見るのはめずらしくない。もっとも通常の訓練にしてはやや兵士たち

の表情がこわばりすぎているようではあるが。

行進は氷川《ひかわ》神社方面に向かっているようだ。

その姿が消えたあとも、軍靴の響きだけはいつまでも聞こえていたが、それもやがて遠のいていった……

そして、それと入れ替わりのように腹の底に響く低い轟音が聞こえてきた。最初は低い音だったのが、しだいに高くなっていって、ついには周囲を揺るがす大音響になる。重量感のあるディーゼル・エンジン音だ。

地上を覆う雪が舞いあがって乱れる。その舞い乱れる雪のなかに——

戦車が姿を現わした。八九式中戦車だ。

五七ミリ戦車砲に、六・五ミリ車載機関銃二挺が、雪明かりを槍のように引き裂いて突き出していた。

雪を踏みしめるようにして履帯《キャタピラー》を回転させている。そのために雪を褐色に汚しているのが何か非常にまがまがしい。

いまの軍の行進を追っているのだろうか。やはり氷川神社方面に向かっている。

雪のなかにボウと人影が現われた。

戦車が轟音をあげて驀進してきても、いっこうに怯む様子がない。その揺るぎない姿からは一歩もあとに引かないという不退転の決意がうかがわれるようだ。

ふいに風が吹きわたり、雪を舞わせ、地上の雪を払う。その風に人影がまとっているマントが翼のように羽ばたいた。

マントが羽ばたいて、雪を掃いて、粉雪が舞いあがる。それが雪明かりとなってその人影の顔にチラチラと映えて点滅した。

戦車を誘うように雪のなかを疾走した。

黙忌一郎——

第一部

権力内部のゾルレンとザインはいかに見分けられてゐたか？　この事件に関して終始一貫青年将校の味方であり、節を変へなかつたただ一人の人物斎藤瀏《りゅう》は、予備役少将にすぎなかつた。かれらが最も信頼した真崎の首鼠両端の態度は広く知られてゐる。

「『道義的革命』の論理　磯部一等主計の遺稿について」

三島由紀夫

いよいよ皇道派の大御所の登場だ。真崎の到着は午前八時半ごろとみられる。磯部の書く真崎の言葉に迫真を感じる。そのため、「お前達の心はヨオックわかっとる。ヨオーッわかっとる」というこの言葉は、その時点の真崎の心境を推知する手がかりとして、有名になっている。二・二六関係の類書にもこのセリフが多く引用されている。

『昭和史発掘』「諸子ノ行動」

松本清張

押絵と旅する男・考

一

昭和十一年（一九三六年）二月六日――

志村恭輔は雷門で市電を下りた。六区に向かう。

好事家によれば、いまの浅草からはかつてのエロ、グロ、ナンセンスの活気は失われ、すでに望むべくもないのだという。そのかわりに健全といえば健全な日本一の興行街とうたわれるようになっている。

松竹邦画封切館の〈帝国館〉では斎藤寅次郎監督の「わたしのラバさん」が、同じく松竹洋画封切館の〈大勝館〉ではフレッド・アステア、ジンジャー・ロジャーズが出演する「トップハット」が上映されている。そのほか日活封切館の〈富士館〉、新興キネマ封切館の〈電気館〉、大都映画封切館の〈大都館〉などが軒をつらねていて、たしかに日本一の興行街の名に恥じない活気と言っていいだろう。

志村はそれほど活動写真を頻繁に見るほうではない。が、それでも、ここ一、二年、何度か浅草に足を運んでいる。いまも「エノケンの魔術師」という映画のことを思い出している。あれを見たのはどこの映画館だったろう。たしか洋画系の封切館だったはずだが……

エノケンは、世紀の魔術師・榎本健一を演じていて、アメリカから帰朝し、凱旋公演を行うことになっている。それをライバルの劇場主があれこれ邪魔をするという筋書きであった。

話そのものはたわいないものだが、歌あり、踊りありのモダンな演出は、ワーナーのレビュー映画を彷彿させるほどの出来だった。

冒頭、タイトル開けに、ラジオが大写しになり、アナウンサーが、魔術師・榎本健一自身の創案による「グランド・マヂック・オペラに出演することに契約なり」と言う。

映画のラストに劇中劇の趣向で、この〝マヂック・オペラ〟が繰り広げられる。大勢のレビュー・ガールズたちが踊るシーンが二重露光に合成され、いやがうえにも華やかさが盛り上がる。その絢爛豪華さはあまりそういうことには趣味のない志村にしてからが忘れられないものになっている。

——マヂック・オペラか……

それは志村に、現実と幻想があいまいに溶け込んで、なにが真実で、なにが虚構であるのか、そのあわいにゆらゆらと揺れているかのような不思議な酩酊感をもたらさずにはおかなかった。

いまも——

志村は現実と幻想のあわいに揺れているのだ。そのマヂック・オペラの酩酊感が体のなかに尾を曳いて遙かにたゆたっているかのようではないか。

ゆらゆら

ゆらゆら

ゆらゆらと……

志村はとある映画館に向かっているはずなのだ。映画館だと聞かされてはいるのだが——実際のところ、それがほんとうに映画館であるかどうかも疑わしい。

なにしろ誰もその名を聞いたことのない映画館なのだ。というか、そもそも名前があるかどうかさえも疑わしい。多分、ない。通称だけを教えられていた。何でも検閲図書館とかの——何なのだ、それは？——直営館なのだそうだ。その名も——

検閲映画館。

——この浅草のどこにそんな映画館があるというのか。

志村としては半信半疑にならざるをえないのだが……

昭和十一年、運命の年、二月六日——

まだ宵の口ではないか。それなのに妙に人出が少ない。お店者らしい若い男たち、お使いの行き帰りらしいねえや、縞の着物に角帯の遊び人、浮浪者、それにサーベルをがちゃつかせて巡回する巡査……歩いているといえばそれぐらいで、むしろ人通りはまばらといっていいだろう。

気のせいだろうか。自動車や貨物自動車、それに自転車の数などもいつもよりは格段に少ないかのように感じられる。どこかのラジオからザーザーと雑音混じりに「東京音頭」が聞こえていた。ハァー踊り踊るならチョイト東京音頭、ヨイヨイ……そのバカ陽気な調べがかえってこの街のわびしさをかもし出しているかのようだ。

一つには天候のせいかもしれない。二月だというのに妙に生暖かく薄曇っている。どんよりと曇った空が鈍色に垂れ込め、それが一面に霞がかかったような地上に溶けあっている。空と陸とが同じ灰色のなかに渾然と一体化しているのだ。どうかすると浅草の街そのものが空に投影された蜃気楼ででもあるかのように見える。

——蜃気楼？

どうして浅草の街をそんなふうに感じたのか？ 譬《たと》えにしてもあまりに唐突で突飛にすぎるではないか。いつも現実的で実際的であろうと努めている志村にはめずらしいことであったろう。

どうして？ いや、どうしてそんな妙な感覚を覚えるにいたったのか、その理由はわからないではない。普段、読みなれない小説などを読んだせいにちがいない。それも電車のなかで急いで読まなければならなかった。そのことが微妙に頭に疲労をもたらしたのではないか。多分、そういうことだろう。

それというのも——

今日の午後のことである。課長に呼びつけられて新しい任務を命ぜられたのだ。引っかかりの仕事もあり、できればあまり一時《いちどき》に何件もの仕事を引き受けたくはなかったのだが、上からのじきじきの命令とあらばやむをえない。つつしんでお受けするほかはなかった。

それだけのことであればこれまでにも例のないことではなかったが……妙なのは仕事を命ぜられるのと同時に古い『新青年』を渡されたことだった。

そして、先方に会うまえにそこに掲載されている江戸川乱歩の小説を読んでおくようにと命ぜられた。その足ですぐに先方と会いに行けと言われたのだから、要するに行きの電車のなかで読む以外になかったのだが。幸い、それほど長い小説でなかったから、どうにか読み終えることができたのだった。

不思議な話だった。これしも探偵小説と呼ぶのだろうか。

「押絵と旅する男」——

志村はどちらかというと想像力には乏しいほうだが、それでも「押絵と旅する男」からは強烈な印象を受けざるをえなかったようだ。読み終えて雑誌から顔をあげたときには、まわりの印象がそれまでとはまるで違うものであるかのように感じた。

たとえば「押絵と旅する男」にはこんな描写がある。

　蜃気楼とは、乳色のフヰルムの表面に墨汁をたらして、それが自然にジワ〳〵とにじんで行くのを途方もなく、巨大な映画にして、大空《おおぞら》に映し出した様なものであつた。

ほとんど小説というものを読まない志村ではあるが、いかにこの描写が的確なものであるかぐらいはわかる。

現実に、浅草に蜃気楼がかかっているわけではない。が、そうではあっても、まさに今日のような天候のことを形容するのに、これほどふさわしい文章もないだろう。そうであればこそ志村も突飛にも薄曇りに翳った浅草を蜃気楼のようだと感じたのかもしれない。

それにしても、

――とりかかるまえにまず乱歩の小説を読まなければならない任務とはどんなものなのか。

そのことが気にかかる。気にかからないわけはないのだが……

二

六区から裏通りにそれる。急にさびれた印象に変わって、さらに人通りが少なくなってしまう。夕暮れだというのにかたくなに戸を閉ざしているしもた屋が多い。ラジオ商とか金融業とか新しい商売の店が目につくようになるようになるのもこの辺りからだ。

そこを曲がったとたんに、

「……」

志村は驚きのあまり、その場に立ちすくんだ。顔をしかめた。

不運というほかはない。こともあろうに、一番、会ってはならない人間に会ってしまった。出会いがしらにバッタリ会ってどうにも避けようがなかった。

――なんでこんなところにこの男がいるのだろう。

志村はほぞを嚙む思いでいる。どうして、よりによってこの男と……

といっても相手の名前を知っているわけではない。調べるつもりがあれば調べることもできたろうが、そうまでするほどの深い関心はなかった。たまたま仕事が重なって、路上とか、店の軒先などで鉢合わせをすることがあった。ただそれだけの、ごくごく浅い関わりあいにすぎない。

もっとも、二度、三度とそんなことが重なるうちに、志村はそれとはなしに黙礼を送るようになったのだが、これまで相手がそれに礼を返したことは一度もない。いつも不機嫌そうにソッポを向いてそれっきりだ。

もともと傲岸不遜な性格なのだろうが、そればかりではない。多分、志村のことを見下している。もちろん志村個人を見下しているわけではない。相手も志村の個人的なことを知らないのは同じであるはずだ。そうではなしに、多分、志村の職業を自分のそれよりも一段低いものと見なしているのにちがいない。それでいつも志村のことを蔑むように見る。

もちろん、それが不当なことであるのは言うまでもない。事実としても不当なことなのだ。

志村恭輔は三十二歳――警視庁・特別高等部に所属し警部補を拝命している。いわゆる特高である。

相手の男は麹町区の憲兵司令部に所属していて、――いまは制服は着ていないが、制服姿を見たかぎりでは――その階級は憲兵伍長にとどまっている。

警部補は軍で言えば尉官級であり、伍長より階級が上であることは言うまでもない。

にもかかわらず相手の男が志村のことを見下してかかっているのは何とはなしに軍のほうが警察よりも上等な存在だと思っているからだろう。何とはなしに……いや、事実として、天皇の統帥権に庇護されている軍隊は、警察など遥かに及びもつかない権力を擁している。

特高警察と憲兵隊は職責を同一にする。往々にして同じ相手を――たとえば〝昭和維新〟に殉じる気概の青年将校などを、だ――見張らなければならないことがある。

特高と憲兵が現場で鉢合わせすることが多いのはそのためである。そんなとき憲兵は警察に協力するどころか平然と妨害行為に出て恥じようとしない。横暴といえばこれほど横暴な連中もいないだろう。しかし――

「……」

今回はその男も志村のことを無視しきれなかったようだ。その場に立ちどまり、まじまじと志村のことを見つめた。

どうしてこんなところを特高が歩いているのか。浅草に誰か特高が監視しなければならない相手がいるのか。そうだとすれば憲兵たる自分もそのことを心得ておかなければならないのではないか……男の顔には疑心の表情があらわになっている。

――まずいことになった……

志村は内心舌打ちしたいような気持ちになっている。

課長からはくれぐれも隠密行動を取るように厳命されている。つねにも増して慎重に行動するように言い渡されている。志村が授かった任務は、課長ひとりが心得ていればいいことで、課の同僚たちにも知られてはならないことなのだという。

ましてや憲兵隊に嗅ぎつけられることなど絶対にあってはならないことだった。多分に不可抗力的な要素が働いたとはいえ、これは断じてあってはならない失敗というべきではないか。

憲兵と鉢合わせをし、一瞬、志村は棒立ちになってしまった。

が、相手の表情に疑心の色が濃厚になるのを見さだめるや否や――パッとその場から離れた。そして身をひるがえし、たまたまそこにあった路地に飛び込んでいった。

そのまま狭い路地を一気に駆け抜ける。大通りに出た。

が、相手は憲兵伍長である。つねに第一線に出ている下士官なのだ。それなりに追跡術に長けているはずで、こんなことではとうてい振り切れるものではない。すぐにも男も大通りに飛び出してくるのにちがいない。

――どうすればいいか。

志村は血走った目で左右を見まわした。

どちらも非常に見通しがいい。どっちに逃げても憲兵の追跡からは逃れられないだろう。

――どうすることもできない。進退きわまった……

けっして大げさではなしにそんな追いつめられた気持ちに駆られていた。

そのときのことだった。薄暗がりのなかからふいに湧き出たように救世軍の一群が現われたのだった。社会鍋を運んでいる。

太鼓を鳴らし、シンバルを打ち鳴らしながら、大通りを行進してきて、そのまま路地のなかに入っていってしまう。

「……」

それを見て志村はあっけにとられた。その目をパチパチと瞬かせる。

どうして救世軍ともあろうものがわざわざ好んでそんな狭い路地のなかを行進しなければならないのか。その狭い路地のなかではどんなに社会鍋をさし出したところで、ろくに銭を入れる人間もいないだろうに――。

そもそもその路地には人がいない。そんなところに救世軍が入っていって何をしようというのか……何とも理屈にあわない行動ではないか。

が、理屈にあわないと思ったのは志村の早とちりであったようだ。理屈にあわないどころか、それはじつは非常に理にかなった行動であったのだった。

暗がりから含み笑いの声が聞こえて、

「あの野郎もこれでしばらくは通せんぼでしょうよ。動くに動けませんよ」

街灯のかげから一人の男が出てきた。

三十がらみの、苦みばしった男——縞の着物に角帯は尋常ないでたちだが、どこか遊び人風の崩れた印象がある。ヤクザとは思えないが堅気でもないだろう。浅草を縄張りにする香具師というところか。

「すると、いまの救世軍は……」

志村があんぐりと口を開けるのを笑って受け流し、

「ええ、あっしどもの仲間ですよ」

男は頷いて、わずかに腰をかがめると、志村様とお見受けします、とそう言い、

「あっしは伊沢と申します。お見かけどおりのケチな野郎ですが、どうか、以降お見知りおきのほどを——」

「伊沢さん……」

男——伊沢は、へえ、と頭を下げて、

「くどくも念押しするようで申し訳もありません。お手数ですが、お持ちになっている『新青年』を拝見させてはいただけないでしょうか」

「……」

志村は黙って背広のポケットから『新青年』を取り出した。それを男に見せる。

——なるほど、こういうことか。

と妙に得心する思いになっていた。要するに、課長が何年もまえの『新青年』を渡したのは、身元を証する割り符がわりの意味もあったのだろう。

「よござんす。確かに」

と伊沢は頷いて、『新青年』を戻し、芝居がかりに見栄を切ると、

「それではご案内いたしましょう。さあ、こう、おいでなせえ——」

三

伊沢は志村を振り返りもせずにさっさと先にたって歩いている。

観音堂を横切ったが、新開通りに出るまえに、どこか裏道に入った。それからさきのことが——

さあ、志村にもどうにも曖昧《あいまい》なのだ。自分では目を見

ひらいて、どこをどう歩いているのか見きわめているつもりだったのだが……それからそれへ、裏道から裏道へとたどるうちに、いつしか自分がどこにいるのかわからないようになってしまった。

志村は職業がら、方向感覚に優れ、容易に道に迷うようなことはないはずなのだが、不覚とも何とも言いようのないことだった。なにしろ自分がいまだに浅草にいるのかどうか、それすらわからないのだから、話にも何もなりはしない。

歩いているうちに夜になってしまった。どこか淋しい裏通りに五燭の街灯がぼんやりとともっていたのが不思議に記憶の底にこびりついて残っている。それなのにそこがどこだかわからないのだ……

気がついたときには活動写真館の座席にすわり込んでいた。なかば茫然自失としてスクリーンに見入っていた。

——これが活動写真館？

志村としてはそのことを鵜呑みにはできないように思う。こんな映画館があっていいものだろうか。

このころすでに大都市部の封切館ともなると新しい鉄筋コンクリート製の建物がめずらしくはなかった。なかには冷房設備を売り物にする映画館さえあったほどである。

が、二番館、三番館と下がっていくにつれて、しだいに映画館の建物は貧相になっていった。総じてこのころの映画館はいかがわしい悪所と見なされていたようだ。良識のある人間は近づくべきではない。

なにしろ当時、雨が降れば水が流れ込んでくるような映画館がめずらしくはなかった。そうであれば当然、便所もにおう。剥き出しのデコボコの土間になかば壊れかかったような椅子が並んでいる……

が、それでもこんなふうに倉庫のように何もなしにガランとした映画館はめずらしい。というか、

——そもそもこれは本当に活動写真館なのだろうか。

志村としてはそんな根本的な疑問にかられざるをえない。

床は打ちっ放しのコンクリートが剥き出しになっている。小学校にあるような椅子が数脚バラバラに置かれてあるだけで、まともに座席が並んでもいない。

壁には黒い幕がかかっていて外光こそ遮断されてはいるが……そのことにしてからがすでににわか造りのお粗末さを感じさせる。映画館と呼ぶにはあまりにお手軽な造りではないだろうか。なによりこの映画館には、

——客が一人もいない。

のだ。あまりに不自然ではないだろうか。

そう、ここには志村以外には誰もいない。人がいないというだけではない。壁という壁、窓という窓には暗幕がかかっていて、ここがどこのどんな場所なのかもわからない。

ただもう、だだっ広い倉庫か講堂のような場所に、だるまストーブが一つ置かれてあるだけなのだ。そのなかにコークスの種火がポツンと赤く浮かんでいるのが何か妙に気持ちの底に引っかかる……

それに——

そもそも上映されている活動写真にしてからがおかしい。志村は非常に熱心な映画ファンというわけではないが、それにしてもこんな妙な映画もないのではないか、と思う。

こんな活動映画を見にきた観客は不幸というほかはない。そのうちに怒りだしてしまうのではないだろうか。木戸銭を返せと騒ぎ出すのにちがいない。

無声映画であるのはまだいい。日本の映画が音声映画《トーキー》に切り替わってから日が浅い。映画がほぼ全面的にトーキーに切り替わったのはここ一、二年のことだろう。大都とか極東とかの小さな映画会社ではいまだに無声映画を作りつづけている。

したがって、それが無声映画であるのはべつだん不自然なことではない。不自然というか、奇妙なのは——

わずかに一回しか字幕が出ない、というそのことだろう。これでは話の筋がわからない。なにしろ不親切な映画というほかはない。

無声映画でありながら、こんなふうに字幕が極端に少ないのでは、観客にはこれがどんな物語であるのか、そのこと自体がすでにわからない……

そのたった一回の字幕というのがこれである。


昭和二年、朝日新聞での『一寸法師』の連載を終えた江戸川乱歩は、トランク一つを持って放浪の旅に出た。

四

これが映画の冒頭に示される。
そして——

まず空が映される。

乳色のフヰルムの表面に墨汁をたらして、それが自然にジワ〳〵とにじんで行くのを……

見るかのような——

薄曇りの空である。

その空は、窓枠に囲まれていて、ガラス越しに映されている。そしてその空がわずかに揺れながら一方に動いている。どうやら動いている列車のなかから窓ごしに撮影された空であるらしい。

つづいて、その曇天に二重焼きになって……

列車の座席に一人の男がすわっているのが映し出される。三十がらみの年齢のようだが奇妙に老成した印象がある。

着物姿に、ソフト帽を被り、足下にトランクが置かれてあった。要するに、この人物は旅の途上にあるということらしい。

——乱歩だろうか。

志村は思う。

そう思うのが当然だろう。冒頭の字幕とあわせて考えれば誰もがそう思う。

乱歩——いや、いまはまだ拙速にその人物が乱歩であると決めつけるべきではないだろう。とりあえず、その人物、とでもしておいて、それが誰であるかは保留しておいたほうがいい。その人物は……

ときおり首をねじるようにして窓の外を見ている。天候を気にしているのか。空を見あげているようである。

ということは、最初に登場した薄曇りの空はその人物の目に映った空ということなのだろう。

が、窓から前方に顔を戻すたびに、その人物の視線は列車のなかをさまよう。ちらちらと列車の隅のほうに視線を向ける。

どうやら、おなじ車両に乗りあわせている人物のことを気にしているらしいのだが——知り合いというわけではないようで——、あまりぶしつけに見るのがはばかられるというふうである。それで窓の外を見るふりをして、それとなくもう一人の乗客のことを見ているのにちがいない。

どうも列車には彼ら二人以外には乗客はいないようだ。

着物の男はちらちらともう一人の乗客を盗み見ている。

すると、その視線がそのまま映像になって、もう一人の乗客が隅のクッションにすわっている姿が映し出されることになる。

映像はもう一人の乗客を遠望するのと同時に列車のなかを遠近法の手法を使って映し出している。列車には彼以外には他に乗客はいない。

もう一人の乗客はうつむいていて、——遠望された映像であることとあいまって——その顔をよく見てとることができない。遠目にも非常に痩せていることがわかる。洋服姿である。

志村としてはどうでもつい先刻読んだばかりの「押絵と旅する男」を思い出さざるをえない。

いまは映画館が暗いために文章を確かめることができない。そのためにうろ覚えの記憶に頼るほかはないのだが——

たしか「押絵と旅する男」には、私＝語り手の乗った二等車には、自分ともう一人以外に乗客がいない、という記述があったように思う。

志村は映像を見ながら、頭のなかではしきりに、さっき読んだばかりの「押絵と旅する男」の文章を思い返そうとしている。

特高の刑事という職業がら、記憶力にはそれなりに——いや、非常に自信がある。

上司にしろ同僚たちにしろ志村の記憶力には盤石の信頼を寄せている。警視庁の特高部においても志村ほどの記憶力に恵まれている人間はまれといっていい。

いまも、その非常に優れた記憶に頼ることになるのだが……たしか志村の覚えているかぎりではこうだった。

——魚津の駅から上野への汽車に乗つたのは、夕方の六時頃であつた。不思議な偶然であらうか、あの辺の汽車はいつでもさうなのか、私の乗つた二等車は……教会堂の様にガランとしてゐて……

つまりは、この映画の場面そのままということだろう。

要するにこれは乱歩原作の「押絵と旅する男」を映画化した作品なのだろうか。乱歩の作品は以前にも『一寸法師』が映画化されていて——志村も見ているが、さしもの記憶力に自信のある彼にしてからが、主演の石井漠の顔しか覚えていない、という惨憺たる出来であったように思う——、その流れで「押絵と旅する男」が映画化されることがあっても不思議はない。

それにしても、

——「押絵と旅する男」なんて活動写真があったかな。

志村としては首を傾げざるをえない。そのことが多少、腑に落ちなかったのではあるが……

五

活動写真はつづいている。

当時の水準からいえば、この「押絵と旅する男」(?)には、モンタージュ手法やフラッシュ・バック手法が多用され、かなり前衛的な作りの映画になっている。

しかし、志村は映画についての知識が十分ではない。この映画の構造を分析するだけの能力に欠けていた。したがって、最初にこの映画を見たときには、これがどんなに野心的な作品であるか、そのことが十分に理解できなかったきらいがある。

が、のちになって、その必要にせまられて、志村は映画の手法について勉強することになった。

持ち前の記憶力を駆使し、この「押絵と旅する男」(?)がどんな構造の映画であったか、それを分析するだけの能力を得るようになるのだ。

多少、時間が前後することになるが、のちに志村が学ぶことになるソヴェート・モンタージュの手法を援用し、「押絵と旅する男」(?)の構造を説明するほうがわかりやすいかもしれない。

着物の男がちらちらと洋服の男を盗み見る。洋服の男のほうは、というと——着物の男にはさして注意を払っているふうではない。もしかしたら、ただ一人の同乗者の存在に気がついてもいないのではないか、とさえ思わせる。

その対比の妙が監督の腕の見せどころということかもしれない。いやがうえにも観客の興を誘うところであるだろう。

ここではフラッシュ・バックが多用されている。着物男が洋服男を盗み見るショットと、洋服男のショットとが交互に短く編集されている。しかも洋服男を撮るのに、ロング・ショットからしだいにアップに近づけていくことで、緊張感を高めていくのを忘れない。そして——。

ついに洋服男がクローズアップされるにいたる。それまではっきり見ることのできなかった洋服男の容姿が、ここで初めて観客の目にあらわにさらけ出されることになる。

洋服男の容姿が短いショットで入って……着物男のショットに素早く切り返される……どうしてか着物男は非常に驚いているようである。愕然としている。

洋服男はまずは尋常な容貌の主といっていい。それなのに洋服男の何がそれほど着物男を驚かせたのだろうか。

ここで志村はあらためて小説「押絵と旅する男」の描写を思い出さざるをえない。

――顔は細面で、両眼が少しギラ〳〵とし過ぎていた外は、一体によく整つてゐて、スマートな感じであつた。そして、綺麗に分けた頭髪が、豊かに黒々と光つてゐるので、一見四十前後であつたが……

まさに映画「押絵と旅する男」――とばかり志村は信じ込んでゐるのだが――の洋服男はその描写にぴったりの容姿であった。

なにか非常にするどく、神経質そうではあるが、それをべつにすれば、まずまずの好男子といっていい。よくまあ、こんなふうに原作の描写そのままの役者を見つけることができたものだ、と志村はそのことに感心させられたのであるが。

――どこかで見たような顔だな。

志村はふとそんなことを思う。

――この役者、なにか別の映画に出てたのかな……

そして次の瞬間、志村も映画のなかの着物男と同様に、大変な驚きに襲われることになるのだった。

それというのも。


着物男の姿に二重焼きになって新聞記事が大きく写し出されたからで……

昭和二年七月二十五日――そこには芥川龍之介が睡眠薬を飲んで自殺したという記事が大きく載っている。

――東京・田端の自宅寝室にて、睡眠薬のヴェロナールとジアールを致死量飲んで、自殺にいたる。遺書四通が残されていたが、自殺の理由など詳細は不明にて……

どうして映画のなかで着物姿の男がそうまで驚かなければならなかったのか、そのときになって志村にもようやくその理由がわかったのだった。

志村にしても芥川龍之介の顔ぐらいは写真で見たことがある。こんなことがあっていいものだろうか。映画に出ているその洋服男の顔こそは……まさに芥川龍之介その人ではないか！

もちろん――

志村にしたところで、それが芥川龍之介当人だなどと思ったわけではない。そんなことがあろうはずがない。

要するに、これは映画なのだ。だれか芥川龍之介に似ている役者に、それらしい化粧《けわい》をほどこし、それらしい扮装をさせただけのことだろう。それ自体は何もことさらに驚くほどのことではない。志村が驚いたのはそんなことではなしに――

てっきり「押絵と旅する男」だとばかり思い込んでいた映画が、まるで似て非なるものだった、というその驚愕であった。

思えば、昭和二年に乱歩が放浪の旅に出た、という唯一の字幕にもっと留意すべきであったろう。

映画のなかでの時間が、昭和二年、と限定されていることに、もっと注意を払うべきであった。

着物男はやはり江戸川乱歩その人なのだ。そして洋服男は――すでに七月に自殺しているはずの――芥川龍之介なのであろう。

これは、昭和二年に――

放浪の旅に出た乱歩は、その途上の車中にて、すでに死んだはずの芥川龍之介に出会う、という設定の映画なのである。

自殺したはずの芥川龍之介がどうしてこんなところで列車に乗っているのか。それはまさにありえないことだ――だからこそ映画のなかで乱歩はあれほどまでに驚いたわけなのだろう。

――これは「押絵と旅する男」なんかではない。そうではない。しかし。

そう、しかし、そうだとしたらこの活動写真は何なのか。どうしてこんな活動写真があるのだろう。

志村がそう自問したときに、

いきなり映画は終わってしまったのである。ふいに画面が暗転し映像が途切れてしまう。そして次の瞬間――

パッと館内が明るくなった。

「……」

涙がにじんだ。

強い光が目に痛い。

パチパチと目を瞬《しばた》かせた。

あまりに唐突に映画が終わってしまったからなのか……急には現実にたち戻れない。なにか夢から覚めたばかりのような白々とした自意識に悩まされた。

含み笑いの声が聞こえてきた。

そちらのほうに目をやった。

そこにはあの志村をここまで案内した伊沢がひっそりと立っている。

志村が見ると、何かとんだ粗相をしたとでも言いたげな顔になって、その笑いをおさめると、

「どうも半チクな活動写真で申し訳ありません。この活動はここで終わりなんで……へへ、お代はいただきませ

ん。それでは申し訳ありません。ご足労ですが、小菅までおいでいただけますでしょうか」

「このあと小菅に行くということは課長からも聞いている。小菅で人に会うということだったが――」

「へえ、そういうことで」

「だれに会うのかは聞いていない。おれは小菅刑務所で誰に会うのか」

「黙忌一郎、というお人です。検閲図書館――」

伊沢はそう言いかけ、ふと妙な笑い方をすると、いえ、と首を振って、

「今回はそうじゃない。検閲映画館、ということになりますか」

「検閲映画館……」

伊沢は、ええ、と頷いて、ああ、そうだ、と言って、懐に手を入れた。

「向こうに行くまえにこれを読んでおいて欲しいとのことでした。なに、薄いものですからすぐに読めるはずです」

それは菊版数枚ほどの紙をこよりで綴じたものだった。表紙と裏表紙は厚紙になっている。その表表紙に赤いインクで、

〝乃木坂芸者殺人事件〟備忘録

と記されてあった。たしかに、ごく薄いもので、これなら電車のなかで雑作もなしに読めるだろう。

――検事調書だろうか。やや書式が異なるような気がするが……

それにしても――

〝乃木坂芸者殺人事件〟などという事件があったろうか。記憶がない。

もっとも志村は警視庁の警部補ではあるが、特高であるために必ずしも市井の事件に通じているわけではない。

――これを読んでおけというのか。どこの誰が、何のために？

志村は疑問に思った。

――乃木坂……N坂……

ふと妙なふうに連想が働いた。「押絵と旅する男」は江戸川乱歩の短篇である。同じ乱歩の短篇に「D坂の殺人事件」という作品がある。その連想が働いたのかもしれない。

――N坂の殺人事件、か。

と胸のなかでつぶやいた。

どうしてだろう。なにか自分が思いがけず非常に不吉で得体の知れないものに触れた気がした。胸の底がひえびえと凍てついたようになるのを覚えた。

N坂の殺人事件

——〝乃木坂芸者殺人事件〟備忘録——

（〈いな本〉図面添付）


乃木坂の〈いな本〉なる置屋に於いて照若《てるわか》（照木若子・十九歳）という芸者が殺害される事件が発生した。以下これを〝乃木坂芸者殺人事件〟の名で呼ぶことにする。

これより、〝乃木坂芸者殺人事件〟がどのように発生し、如何なる経過を辿って、彼女の遺体が発見されるに到ったか、それを正確に記することにしたい。

昭和十年十一月×日午後四時二十分頃のことである。

赤坂区青山×町の〈いな本〉なる置屋に於いて照若という芸者が鋏状の凶器にて何者かに喉を突かれて絶命しているのが発見された。

〈いな本〉の女将《おかみ》（鈴木久　三十九歳）からの通報を受け、乃木坂上巡査派出所より巡査部長一、巡査二、および麻布警察署より警部補、巡査（私服）各一が現場に急行した。以下の記録は彼らの取調べに負う所が大きい。

照若は、〈いな本〉の二階、小路に面した側の六畳間の座敷にて、うつ伏せに倒れていた。喉を切り裂かれて絶命していた。現場は血まみれになっていたという。ぐっしょり真っ赤に濡れていた。

発見者は四名を数える。〈いな本〉の女将、女中、照若の情夫《いろ》——併《しか》し、情夫と云うのは当人がそう申したてているだけのことで、実際にはそれほど昵懇の間柄ではなかったらしい——の真内伸助、それに理髪店〈猫床〉の職人の関口孝男という男である。

〈猫床〉なる理髪店のことは予《あらかじ》め説明して置いたほうがよいかもしれない。というのも捜査が進展するにつれて〈猫床〉主人の田所寅三（四十三歳）が事件に重要な関わりを持つことが分明になってきたからである。

〈猫床〉は〈いな本〉と同じ赤坂区青山×町に在る。二間余り（四メートル弱）の小路を挟んで〈いな本〉と向《むか》合《いあ》って居る。

〈猫床〉の店先からは〈いな本〉の二階を仰ぎ見ることが出来る。〈いな本〉の二階の窓は摺り上げ障子になっている。摺り上げ障子は下半分がガラスになっていて、内側から小障子を上げ下げし、光を採る様になっている。

この小障子は出格子で覆われている。照若は二階の座敷に寝そべって、上下式の小障子を開け、よく出格子ごしに小路を見下ろしていたという。

以下は、〈猫床〉主人、田所の供述によるものである。

当日、午後四時過ぎ、田所は客の顔を剃るのに取りかかろうとしていた。

田所は界隈でも評判になる程、理髪の技量に優れている。甚だしきは帝都一と評する者までいて、これは些《いささ》か贔屓の引き倒しにしても、確かに赤坂区一ぐらいの腕前ではあった様だ。

当人も大いに腕に頼みがあったらしい。小僧の頃より、風船にシャボンを塗り、剃刀を当てて、一度としてそれを割ることがなかったと云う。

以前、雇い入れた職人が、客の顔を当たる際に、わずかに傷つけたことがあった。

田所はそれに激怒して、その職人を解雇するに到ったのだが、その時の剣幕の凄まじさたるや未だに近所の語り草になっている程なのである。床屋のツラ汚しとまで面罵したと云うのだから穏やかではない。

田所は俗にいう職人気質にて、己の技量をたのむあまり、商売人としての愛想に欠ける所があった。いわゆる偏屈者である。気に入らない客には返事もしないというのだから沙汰の限りである。これでは如何に店主の腕に覚えがあろうと、客足が遠のいて仕舞うのが理の当然であろう。それがために近頃は店は寂れるばかりであったという。

その為に妻女にも愛想をつかれてしまったほどなのである。ちなみに、この妻女は、先に名前の出てきた職人との間に男女の噂があって、それが為に夫婦の間に口論が絶えなかったという噂もある。

以上のことを予備知識として、以下、事件の経過を辿ることにしよう。

照若の父親は上野で米屋を営んでいたのだが、他人の保証人になったのが災いし、身代を傾かせてしまった。その為に娘の若子は十四歳で〈いな本〉に奉公することになった。

十七歳のときに八百円で買われて十九歳で半玉（見習い芸者）から一本（一人前の芸者）になったばかりだった。

十九歳でようやく一本になるのでは、芸妓としてはややとうがたちすぎて居る様であるが、照若は必ずしも芸者という仕事を好んでいなかったらしい。一本立ちして座敷に出るのを覚悟する迄にはそれなりに精神的な葛藤があったのかもしれない。

無論、花柳界には花柳界なりのしきたりというものがある。芸者が半玉から一本になるのには相応の金が動く。照若は既にカゴの鳥と云ってよい。自分の体が自分で自由にならない。どんなに照若が芸者と云う仕事を嫌ったところで、それで何がどうなるものでもない。

この日、事件が発生したと思われる時刻、〈猫床〉には佐藤某という客が一人しか居なかった。

〈猫床〉には田所以外に、職人の関口が居るのだが、その時にはたまたま食事の為に外出していたのだという。田所が乃木神社に行っていて、直前まで帰ってこなかった為に、その時刻まで食事をとることが出来なかったらしい。田所が戻ってくるのと入れ替わりにそそくさと店を出ていったという。

佐藤は同じ青山×町で薪炭を扱う商いをして居る。まずは素性のしっかりした人物といってよい。その証言は十分に信頼に値するのではないか。

佐藤が〈猫床〉を訪れたのは三時三十分をまわった頃であった。それ以降、事件が発生する迄、遂に他の客が訪れることはなかったというのだから、〈猫床〉が如何に不景気であったか、およその想像がつこうというものである。

田所の余りの偏屈ぶりに完全に客足が遠のいてしまった。俗に云う閑古鳥が鳴くという有り様であったらしい。佐藤は〈猫床〉の店を入った奥の席にすわっていた。正面に鏡があり、小路を隔てたところに在る〈いな本〉が写っていた。

多少、佐藤の証言には曖昧なところがあるのだが、これはやむをえないだろう。何しろ田所は愛想の一つも云うではなしにムッツリと押し黙っている。その為に佐藤は早々に眠り込んで仕舞ったらしい。夢と現《うつつ》のあわいでの証言だからどうしても曖昧なものにならざるを得ないわけなのだ。

その直後に熱い手拭いを被せられたのを覚えているという。であれば多分、これから顔を剃ろうという時のことでもあったろうか。

顔に手拭いを被せられる直前、

「……」

ふと佐藤は目を開けたのだという。

夢うつつの状態にたゆたっていた筈なのに、どうして目を開ける気になったのか、それは彼自身にも何とも説明のできないことだった。何か微妙な違和感の様なものを覚えたのだと云う。その違和感が何に拠るものであったかは当人にもわからない。

もうろうとした意識のなかで見るとはなしに鏡を見た。鏡のなかに出格子越しに若い女の顔が写っているのが見えたのだという。

一瞬、自分と女とが目を合わせているのではないか、と思ってどぎまぎしたが、これは言うまでもなく佐藤の錯覚に他ならない。鏡に写っているだけの女が何故《なにゆえ》に佐藤と視線を合わすことなどできようものか。

二階の女からは〈猫床〉のなかは暗くてよく見通せないはずなのだ。多分、鏡に写っている佐藤の顔は見えない。見えたところでせいぜい佐藤の頭部にすぎないだろう。

いずれにせよ佐藤は鏡のなかに女の顔を見て驚いたのだった。どうして驚いたのかもわからずに何しろ驚いたのだという。

——随分、ベッピンじゃないか。

驚くのと同時に反射的にそう思ったのを憶えている。

むろん同じ町内であるから、〈猫床〉の前に〈いな本〉という置屋があって、若い芸者がいるというのは聞いていている。多分、その芸者が二階の出格子から外を覗いているのに違いない、それが〈猫床〉の鏡に写っているのだろう、と思ったのだったが……

佐藤は〈猫床〉で髪を切ってもらう時には奥の椅子にすわることにしている。その椅子のまえの鏡に〈いな本〉が写るのは知っている……これまでそんなことは一度もなかったが、二階の摺り上げ障子の窓から女が外を覗けば、その女の顔が鏡に写ったとしても何の不思議もない。

佐藤は炭で身を真っ黒にして働くのだけが取り柄の男なのだ。遊びなれない。随《したが》って、若い、きれいな芸妓と——それが例え鏡のなかだけのことであっても——目を合わせればどぎまぎせざるを得ない。そのことにも不思議はない。

だとすれば佐藤は何に対してそれ程までに驚いたのだろう。勿論、〈猫床〉の大鏡に〈いな本〉の二階から外を覗いている芸妓の顔が写ったとして、野暮天の佐藤がそれに動揺したとしても、何も驚くほどのことではない。併しながら、佐藤は非常に驚いたのだという。たんに動揺しただけではない。繰返すが、何に対してそれほどまでに驚いたのだろうか。

後になって事件のことを知り、改めてその時のことを思い出し、

——血ではないか。

と佐藤は思ったのだという。

あの時、佐藤は鏡のなかに女が血を吐いているのを見たのではなかったか。

どうもそんな気がするのだが、必ずしも確信があるわけではない。確信の持ちようがない。

何しろ佐藤が女の顔を見たのはほんの一瞬のことに過ぎなかった。それというのも、その直後に田所が佐藤の顔に手拭いを被せた為に、何も見えなくなってしまったからなのだが……そのあまりの心地よさに佐藤はまたうつらうつらと眠気のなかに引きずり込まれていってしまった。

女は血を吐いているように見えた。確かにそのように見えた。であれば女の身に何かが起こったと見なすべき

だろう。実のところ、そのまま能天気に髭を当たっているどころではなかった筈なのだ。何を措いてもまず女を助けに〈いな本〉まで走るべきだった。

それなのに……

——どうして自分はその儘《まま》、眠り込んでしまったのか。

佐藤にはそれがわからない。我ながら不甲斐ない様に思うし、不可解でもある。そもそも、ありうることかとさえ思う。

併し、ありうることかも何も、事実としてそうだったのだから、これはもう弁解の余地がない。

一体、あの時、自分は何を考えていたのだろうかと自問する。かろうじて思い出せるのは、

——芸者というものはいつも血にまみれて生きていかなければならないのだから大変だな。

ということだけなのだ。眠り込んでしまう寸前にそんな妙なことを思った。それ以外には何も思わなかったらしい。自分でも信じられない気がするのだが、余りに眠たくて、それどころではなかったということなのだろうか。

何れ《いず》にせよ、鏡のなかに女の顔を見て、彼女が血を吐いているのではないか、と思ったのはほんの一瞬のことだった。まるで鏡ではなしに夢のなかのことであったような気がする。はかなく、とりとめがなかった。

直ぐに熱い手拭いを顔に被せられてしまい、その気持ちのよさに——女のことも忘れて——うとうとと眠り込んでしまったのだから、我ながらたわいがないとも何とも云いようがない。

ただ——

眠り込んでしまう直前に、〈いな本〉の出格子から女が覗いている……その顔が血に汚れている……という意味のことを呟いた様なのだ。余り記憶が定かではないのだが、どうもそうらしい。

「何だって——血だって……」

それまで意地づくに無言の行をつづけていたかの様だった田所が、その時、始めて口をきいたのを憶えている。さすがに驚いた様な声をあげた。

「血がどうかしたのかね、あんた」

それを聞いて、ああ、床屋の親父が驚いてやがる、と思ったのだが、そう思ったときには既に眠り込んでしまっていた。実に呆れる他はないのだが、それ以降の騒ぎには何も気がつかなかった。すやすやと眠り込んでしまった……

田所、他の人間の証言によれば、その直後に女の悲鳴が聞こえたということなのだが、佐藤はそれにさえ気がつかなかった。ひたすら眠りを貪った。

目を覚ましたときには店には佐藤一人しかいなかったと云う。嗚呼、あの親父、いつもの偏屈で仕事が終わったらどこかに行っちまいやがった、と思っただけで、べつだん不審にも感じなかったらしい。カネを置いて、そのまま〈猫床〉をあとにした。

その時には既に〈いな本〉では、照若が無惨に殺されているのが発見され、上へ下への大騒ぎになっていたはずなのだ。それにさえ気づかなかったというのだから、じつにこの人物のノンキさはほとんど人間離れしていると云ってよい。

それでは田所はどうしたのか？　客を放って置いて何処に消えたのだろう。

「〈いな本〉の出格子から女が覗いている……その顔が血に汚れている……」

佐藤は眠り込む前にそうした意味のことを呟いた。

——何を夢見たようなことをほざいてやがる……

田所はそう思って、委細かまわずに佐藤の顔に手拭いを被せたのだが、それでも彼が鏡のなかに何を見たのか、そのことが気にかからぬ筈はなかった。

併し、改めてそのことを問いただそうにも、既に客は眠り込んでしまっている。何か釈然としない気持ちの儘《まま》、客の顔から手拭いを取ろうとしたのだが、その時に女の悲鳴が聞こえたのだという。

その前に、そういう経過があったのであれば、女の悲鳴を聞いた時に、咄嗟にそれを照若の声だと直感し、田所が〈猫床〉の二階に駆け上がる気になったのも当然の反応であったかもしれない。

照若は〈いな本〉の二階にいる。二階の窓から覗いたほうが彼女の身に何が起こったのか、それをよりはっきり確かめることが出来る、と思ったのだという。

結果として客を放り出すことになってしまったわけだが、なにしろ事情が事情なのだ、そのことも含めて、田所の行動に不審な点はなかったと云っていい。

ただ、田所の証言に一点、不審というか、疑問とすべき点がないではない。それは彼が、自分が聞いたのは悲鳴などではなかった、と主張しているそのことなのだ。悲鳴ではなしに笑い声だったと証言しているのである。

〈いな本〉

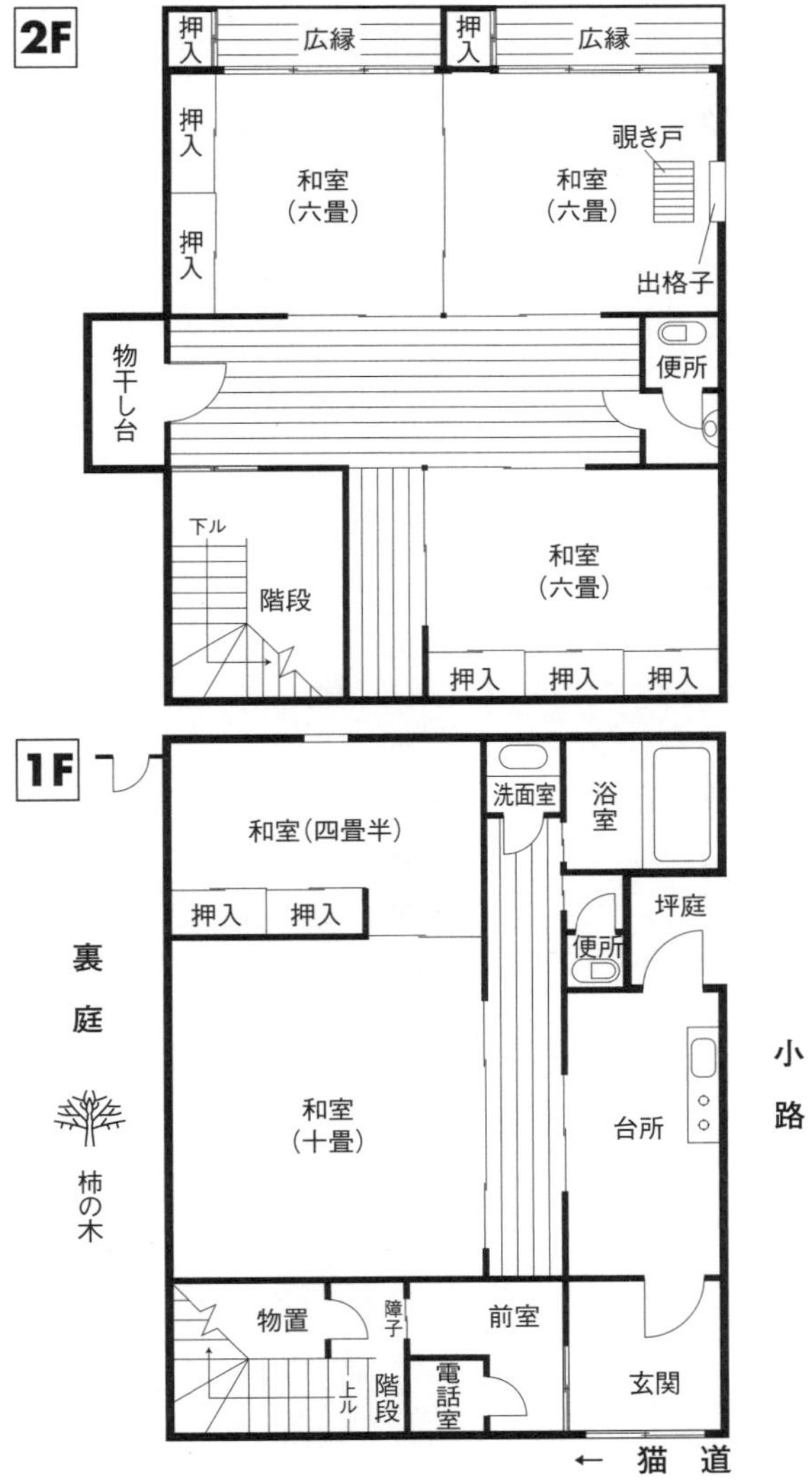
2F
押入
広縁
押入
広縁
押入
和室（六畳）
覗き戸
和室（六畳）
押入
出格子
物干し台
便所
下ル
階段
和室（六畳）
押入
押入
押入
1F
洗面室
浴室
和室（四畳半）
押入
押入
坪庭
便所
裏庭
小路
和室（十畳）
台所
柿の木
物置
障子
前室
電話室
上ル
階段
玄関
← 猫道

笑い声？　確かに、その時、彼が聞いたのが必ずしも悲鳴である必要はない。笑い声であったとしても何の不都合もないわけなのだが……その為に〈いな本〉の女将（鈴木久）の証言との間に矛盾が生じてしまうのはやはり何としても都合が悪い。当局としてもこれを看過するわけにはいかなかった。

即ち、〈いな本〉の女将はその時、自分が聞いたのは悲鳴に間違いなかったとそう証言しているのである。

あとで詳述することになるが、照若の――自称――情《い》夫《ろ》である真内伸助はそれをやはり悲鳴と聞いている、ところが、真内伸助と一緒にいた〈猫床〉の関口はそれを笑い声と聞いていて、ここでも双方の意見に食い違いが生じている。

四人の人間がおなじ声を耳にし、二人がそれを悲鳴と聞いて、残る二人が笑い声と聞いたというのはどういうことなのか。そもそもありうることなのだろうか。

それは悲鳴であったのか、あるいは笑い声であったのか……悲鳴の様にも笑い声の様にも聞こえる声とはどんな声なのだろう。これをどう解釈すればいいのか。

まるで、かのポーの「モルグ街の殺人事件」に於いて聞こえてきた奇怪な外国人の声の様ではないか。あるいは、かの乱歩の「D坂の殺人事件」に於いてて、無双障子の格子越しに犯人を見た二人の学生が、一人はその着物を黒に見て、もう一人は白地に見て、それぞれに異なる証言をしたようなものではないか。

笑い声だったのか、悲鳴だったのか……警察当局としてはこの矛盾をどう解釈したらいいのか、そのことに頭を痛めざるを得なかったわけなのだ。

それでは次に〈いな本〉の女将の証言を検証してみよう。彼女の証言もまた、田所のそれとは別の意味で、非常に不可解な部分を孕んでいたのだった。

〈いな本〉に向かって右に古本屋、左に蕎麦屋がある。それぞれの家の間に細い路地がある。

〈いな本〉の玄関に入るには、蕎麦屋との間の路地を入らなければならない。せいぜい一間半（二・七メートル）ほどの狭い路地で裏庭まで通じている。裏庭はそれぞれ木戸でつながっていて、二階の物干し台が覆い被さるようになっている。下町ではこうした細い路地を猫道と呼んでいるのだと云う。

小路から猫道に折れ、三、四歩も歩けば、右手に〈いな本〉の玄関が或る。玄関を入ると、そこに四畳半の前室があって、電話室が設けられ、そのわきに階段室に通じる障子が立ててある。

右手には廊下が裏までつづいていて、廊下を挟んで右に台所、便所、坪庭（中庭）、浴室、左に十畳、四畳半の座敷を擁している。突き当たりは洗面室になっている。以下、事件現場になった二階も含めて、〈いな本〉の間取りについては、添付された図面を参照されたい。

いつもは玄関の前室は帳場として使っているらしい。事件当時刻、女将の鈴木久はその前室に於いて帳簿づけをしていたのだという。

若い女性の悲鳴を聞いて思わず帳簿を取り落とした。おろおろと立ちあがり反射的に壁時計を見て時刻を確認した。

それが四時二十分――

この時、〈いな本〉には、若い女性といえば芸妓の照若に、もうひとり下働きの少女がいるだけだった。

――どちらが悲鳴をあげたのか。

女将が先ず考えたのはそのことだった。どちらが悲鳴をあげたにしても違和感があった。

下働きの少女は、口入れ屋を介して雇い入れたばかりだ。新田きよと呼んでいる。骨身を惜しまずによく働くのは感心だが、何しろまだ一月程のつきあいで気心が知れるというところまで行ってはいない。

それまでの経歴をくわしく聞いたわけではないが、東北の貧農の家に生まれ、口減らしのために東京に出されたらしい。苦労を重ねてきた為か、十六、七歳という年齢にしては、非常に落ち着いて見える。

女将が見たところでは、たやすく度を失って悲鳴をあげる様には見えない。苦労が身に染みついていると云えばいいか、ちょっと見は大人しそうだが芯は強いところがある。およそ娘らしい所がない。

そんなことを云えば、照若にしても、これで芸者がつとまるのかと疑われる程、内気な所がある。お座敷に出れば、それなりに座持ちはよいのだが、そうでないときには実に物静かで寡黙なのだ。これまで数え切れない程芸者を抱えてきた女将にしてからが、照若だけは何を考えているのかわからないというふうに感じる。悲鳴をあげる姿など想像もつかない。

――どちらが悲鳴をあげたのだろうか。

どちらがあげたにしても意外であり、女将は咄嗟にどう判断したらいいのか極《き》め兼ねていた。

――確か、照若はこの時刻には湯に入っている筈だが……

〈いな本〉では先ずは商売物の芸者が一番湯に入る。夜のお座敷の準備をしなければならないからだ。そのあとに主人が入って――この日は同業者の寄り合いがあって主人は留守にしていた――、女将が入り、それから使用人たちが入ることになっている。仕舞い湯は夜の九時を過ぎる。

――きよはいつものように掃除をしているのか、それとも洗濯でもしているのだろうか……

併し、勿論、女将がそんなふうに判断に迷ったのは、一瞬のことである。現実に悲鳴が聞こえた以上、誰が悲鳴をあげたのか、そんなことをあれこれ迷うのは愚かしいことだろう。自分の目で確かめればそれでいいことなのだ。

誰が悲鳴をあげたのかもわからなければ、どこで悲鳴をあげたのかもわからない。一階から聞こえてきたのか、それとも二階から聞こえてきたのだろうか。先ずはそれから確かめなければならない。

前室から飛び出した。急いで浴室に向かう。引き戸を開けて浴室を覗き込んだ。

照若の姿はなかった。浴室を使用した形跡は残っているから、多分、湯を使って、出たばかりなのだろう。石鹸の香りが残っていた。

であれば二階の自分の部屋で、お座敷に出るために化粧をしているのだろうか。外出したとは思えない。裏口から出たのでもないかぎり、前室を通らずに外出することは出来ない筈なのだ。女将に気づかれずに外出をするのは不可能なことである。そもそも照若にお座敷をひかえて外出をしなければならない理由などない。

――それでは照若は二階で悲鳴をあげたのではないか。

女将は咄嗟にそう思い、廊下を引き返した。

自分で思っている以上に動転していたのに違いない。脱衣場を出るときに足を滑らせて転んでしまった程なのだ。それも仰向けになって派手に転んでしまった。実に背中が痛かったという。

併し、無論、そんなことはどうでもいい。それどころではない。痛みすら殆ど気にならなかった。直ぐに起きあがって廊下を走った。

先に女将の証言に不可解な部分があると言ったのはこの時のことなのである。この時のことを説明するのに彼女は妙なことを云っている。

何ぶんにも女将はこの時、動転しきっていた。正常な精神状態ではなかった筈なのだ。だから、それが具体的にはどういうことであるのか、彼女自身にもよく説明することが出来なかったのだが……女将はこの時、どこかでヘビが這っているのを感じたのだと云う。

——ヘビが這っているのを感じた？

実にもって曖昧きわまりない表現で、その意図するところをどうにも理解しかねるのだが、女将自身がそんなふうにしか云えないのだからやむをえない。女将にしてもその感覚をどう説明したらいいのかわからずに、自分でもそれを持てあましているような所があった。

——それはどういうことであるのか。証人は家の何処かでヘビが這うのを見たとそう云うのか。

係官は女将の証言の真意を摑みかねて、彼女にそのことを問いただしている。

——いえ、そうではありません。実際にヘビが這うのを見たわけではありません。ヘビが這うのを感じたのです。

——ヘビが這うのを感じたというのはどういうことであるか。証人はもっと具体的に話をするのを心がけるように。

——警察の旦那にご迷惑をおかけするようなことになって申し訳ありません。ですが、わたくしにもそれがどういうことなのか、よく分からないのでございます。

——実際にヘビが這うのを見たわけではないのだな。

——はい、違います。見てはおりません。見たのではなしに、わたしはヘビが這うのを感じたのでございます。

——繰返す。ヘビが這うのを感じたというのはどういうことなのか。何がなんだかわからないではないか。本官にもわかるように説明する気にはなれないか。

——説明するも何もわたくしにもよくわからないのでございます。なにも警察の旦那にご迷惑をおかけするつもりでこんなことを申し上げているのではございません。ですが、ヘビが這うのを感じたのですから、ヘビが這うのを感じたとそう申しあげるほかはございません。

——念のために尋ねるのだが証人はヘビ歳であるか。

——いえ、わたくしはサル歳でございます。亭主はイヌ歳なので因果に夫婦喧嘩が絶えません。

そう聞いて、係官はそれ以上、話をするのが馬鹿ばかしくなってしまったのだという。こうした稼業の女にはめずらしくないことだが、どうもこの女将には縁起かつぎなところがあるようだ。その話には多分に眉唾なところがあって、余り本気になって聞くのもどうかと思われた。

二階に向かう時に台所からきよが出てくるのに会った。

彼女はそれ迄、裏庭に居たのだという。

裏庭には柿の木がある。十一月になって、あらかた柿の実は落ちてしまっているが、なかに何個か落ちずに枝に残っている。きよはそれらの柿の実を取っていたらしい。

人がそれを聞けば、何を暇なことをしてるのかと思うかもしれないが、これは女将自身がきよに命じたことなのだ。

かき入れどきを逃すと云って、季節が過ぎても柿の実を枝に残すのは、商売屋にとって縁起が悪いことなのだと云う。以前、女将は人からそんな話を聞いたことがある。

それを知って以来、女将は初冬を迎えるたびに、必ず柿の実を一つ残らずに落とすことにしている。花柳界では何より縁起の悪いことを嫌う。今年はきよに柿の実を落とす様に命じた。

十一月になっても柿の実は食べて食べられないことはない。熟れきって、人によってはむしろ美味しく感じるかもしれない。

併し、ただでさえ柿を食べると体が冷えると云うではないか。石田三成だったろうか。処刑に際して、柿を食べるように勧められ、柿は体が冷えるから、と断ったと云う故事がある。

それ程体が冷える柿を初冬に食べて健康にいい道理がない……女将には妙に意固地な所がある。季節外れの柿は体に悪い、と信じ込んでしまっている。この時期に採った柿は一つも食べてはいけないと家の者に命じてある。芸者が腹を下したのでは色気も何もあったものではない。

であるから、きよには採った柿は総て捨てるように命じてある。彼女が裏庭に居たのはそういうわけなのである。

きよは裏庭で柿を採っていて悲鳴を聞いたのだと云う。それで裏木戸を出て、古本屋との間の猫道を抜け、坪庭から台所に入って、廊下に出たのだという。

きよも血相を変えていた。いつもは非常に落ち着いている彼女が、この子が、と驚く程におろおろと動揺しきっているのだ。

「どうかしたのかい」

女将が叱りつける様に訊いた。

「姉さんが……姉さんが……」

「照若がどうかしたのかい。そうか。照若が悲鳴をあげたんだね」

「姉さんが……」

きよは呆然とした表情になっている。

「しっかりおしよ」

女将はきよの年相応に幼い姿を始めて見たような気がした。彼女は半分泣きじゃくっているのだった。それを見て女将も改めて自分が動揺するのを覚えた。何か大地震にでもみまわれたかのように感じた。

考えてみればあの悲鳴は普通ではない。照若の身に何かがあったのに違いない。そう思うと急に膝がガクガクと震えだした。

「しっかりおし……おまえがしっかりしないでどうするんだい」

女将はそう云ったが、それは半ば自分に言い聞かせる言葉の様でもあった。懸命に自分を励ました。

それを聞いてきよがパッと走り出した。二階に駆け上がっていった。やはり土壇場になるときよのほうが肝がすわるようだ。しっかりおし、と励ました女将のほうがむしろ度を失っていた。おろおろしながらきよのあとを追って自分も二階に駆け上がっていった。

二階には座敷が三つある。そのうちの一つ、小路に面した座敷が照若がふだん起居している部屋である。摺り上げ障子に出格子の窓がある。

照若が起居している部屋は二枚ふすま戸になっている。きよがその引き手に手をかけた。が、開かない。ガタガタと揺れるばかりでいっこうにふすまは開こうとしない。きよは渾身の力をふるっているかの様に見えた。併し、何がどうあってもふすまは開かないのだ。きよは泣き声をあげた。

「鍵がかかってる」

座敷の二枚ふすまは一方が嵌め殺しになって動かないようになっている。もう一方のふすまには端に鉤方の釘がついていて、それをかまちの輪に嵌め、鍵をかけるようになっている。

もちろん、ふすまそのものを外せば、なかに入ることはできるのだが、とりあえずは鍵をかけることが出来る様になっているわけなのである。

「ちょっと待ってな」

女将はバタバタと隣りの座敷に駆け込んだ。二つの座敷がつながっているのだ。隣りの座敷から入ろうとした。併し、それも出来なかった。そのふすまにもやはり鍵がかかっていた。これはいつものことである。別段、めずらしいことではない。

照若は人が断りもなしに自分の部屋に入ってくるのを嫌って、在室しているときには、常時、鍵をかけるようにしている。ということはいまも照若は部屋にいるわけなのだろうか。

「照若さん、照若さん……」

女将は声をかけたが返事がない。ふすま越しになかをうかがったがしんとして人の気配はない。何も感じない。いや——

「……」

女将は鼻をひくつかせて顔色を変えた。血の臭いがする。それも鮮烈に生々しい血のにおいが！　誰かがこの座敷のなかで血を流しているのだった。

誰かが。誰が？　おそらく照若が……彼女の身に何かが起こったのは間違いないことの様に思われた。

女将は誰か男の助けを呼ぶために階下に下りていった。そこでやはり悲鳴（笑い声？）を聞いて〈いな本〉に飛び込んできた真内伸助、関口の二人に出会った。

二人の男は二階に駆けあがってふすまを蹴破るようにして座敷に飛び込んでいった。そして照若の死体を発見することになる。照若は血だまりのなかで喉をかっ切られて絶命していた。

以上が照若が殺害されて発見される迄の経緯である。

以下は、新田きよの証言であるが、遺体発見直後であるからか、興奮甚《はなはだ》だしく、余りにとりとめがなく、捜査の参考にはならぬかもしれない。

ただ被害者の人となりを知る一助にはなろうかと思われる。同女の証言をその儘《まま》に正確に書きとめておけばよいと思う。


きよが証言する。

——照若姉さんのことを思うと、何か懐かしい様な、遠い気持ちにさせられて了います。いえ、何も姉さんがあんなことになったから、そんなことを申しあげるのではありません。姉さんには生きてる時からそんな所がありました。

私は田舎者で、弁が立ちませんから、上手に申しあげることができないのですが、何か姉さんには普通の人とは違う様な、芸者なんぞしてるのが不思議な様な所がありました。これは私一人が感じたことではないと思います。お母さん、姉さん衆、妹衆……誰もがそう感じたのではないでしょうか。照若姉さんには何か他の芸者衆とは違う所があった。一本になってまだ間がないと云うのに誰からも一目置かれていたのでした。

　それはもう、〈いな本〉の照若と云えば、赤坂でも一、二を争う評判娘です。きれいなのは勿論のこと、気っ風がよくて、酒間の切り回しがよい。毎夜、男たちに騒がれる。若《も》し、姉さんが一度か二度、お義理にでもお酌しようものなら、もう大変、客は媚びる様に下手な常談口をきいて、目尻を下げて悦ぶんですから。ざまーありません。でも照若姉さんは、どんなに男からちやほやされても、そんなことはこれっぽっちも嬉しくない様子でした。姉さんには何時《いつ》も独りぼっちで、此処ではない、どこか別の場所に居る様な所がありました。切れの長い目をやすやすとは動かさず、周囲《まわり》には目もくれずに、中有《ちゅう》の一点を見つめている様な所があったのでした。

　検事　証人は照若とはよく話をしたのか。

——照若姉さんは余り人と話をしたがらない人でした。物静かで、いつも一人で考え事をしてる様な所がありました。私は姉さんのことが好きでした。好きでならなかったのに、それなのに何だか怖かった。ええ、ええ、そんな風だから、私は姉さんとは殆ど話らしい話をしたことがありません。姉さんのことで、思い出らしい思い出と云えば、〈いな本〉の風呂釜が壊れて、一緒にお湯屋に行った時ぐらいでしょうか。ほんの数日前のことです。その時だって何も話らしい話はしてません。だけど、姉さんが鏡の前で襟白粉《えりおしろい》をつけていた姿を忘れることができません。姉さん、きれいでした。とてもきれいでした……

　もう湯屋も終わりに近い時刻になっていた。既に男衆が流し場を磨いて、湯桶の片づけに取りかかっている。

　そのとき照若は細紐だけの姿で、大鏡に向かい、櫛を使っていた。きよが湯から出ると、大鏡のなかの彼女の姿に見入って、めずらしく声をかけてきたのだと云う。

「あんた、きれいだね——」照若はそう云い、フッと自嘲する様に笑って、だけど女なんていくらきれいだってつまんないけどね、と呟いた。

きよはそれを聞いて、何か体のなかを風が吹き過ぎた様な寂しさに似たものを覚えたのだと云う。そして自分でもそうと気づかずについ怒ったような口調で云う。

「そんなことはありません。つまんないなんてことはありません。みんな云ってます。この頃の赤坂はまるで街道筋の宿場茶屋みた様に下卑て了って、芸者衆にしても草餅やだるま茶屋の姉さんでもあるまいし、品さがって安っぽいけど、照若姉さんだけはそんなことはないって——」

照若は驚いた様にきよの顔を見たが、すぐに笑い出して、嫌だよ、この子は、何むきになってるんだよ、と云う。

「女なんてさ、美人だ、醜女《しこめ》だって云ったところで、化粧を落として、湯にでも入ってごらんな。いずれ似たりよったりさ。たいして違いがあるもんか」

そして、ふいに優しい表情になると、帰りにジャム付きトーストかドーナツでも食べようか、牛乳でも飲んでさ、と誘った。

そのときの照若姉さんの顔が忘れられません、ときよは云うのだった。


きよという娘の証言をもってして「〝乃木坂芸者殺人事件〟備忘録」は終わっていた。

——一見して、平凡な事件のようであるが、何とはなしに妙なところがある。どこかあいまいで割り切れないところがある。

これが「〝乃木坂芸者殺人事件〟備忘録」を読んでの志村の偽らざる感想だったといっていい。

——あいまいで割り切れないところ……

あるいは不気味に得体の知れないところ、というべきだろうか。なにか底の知れないような印象があるのだ。それは何か？

が、印象がどうあれ、つまるところ市井の一殺人事件であることに変わりはない。この事件の記録を志村に読ませようとした人間は、そのうえで志村に何をどうさせようというのだろう。

特高の刑事が市井の一殺人事件にかかわるなどということは原則的にはありえない。それなのにどうして？

志村にはそのことがどうにも腑に落ちない。

それに——

これが去年の十一月に起こった事件なのだということが気にかかった。まだ二月ほどしかたっていない。市井の平凡な殺人事件であるにせよ、まがりなりにも一人の女が殺害されたのである。それなのに、すでにして事件は忘れられかけているようなのだ。そんな事件はどこにも起こらなかったようではないか。これはどういうことなのだろう。

そもそもこの事件は新聞に報じられたのだろうか。そのことにしてからがすでに記憶にないのだ。最初からそんな事件はどこにも起こらなかったかのように無視されてしまっている。おかしい。

特高部の志村が、刑事課の動向に詳しいわけはないが、それにしても芸者が殺された事件を捜査している、という話を一度も耳にしたことがないのはおかしい。それともこの事件の捜査には警視庁はかかわらずに、所轄警察署にすべて委ねられているのだろうか。いや、そうではないだろう。そうだとしても何らかの話ぐらいは耳に入ってくるはずだった。それが入ってこない。

これはまがりなりにも殺人事件ではないか。それがここまで徹底して、なかったことにされるなどということがありうるのか。どこからか何らかの圧力がかかったとしか考えられないではないか。殺人事件があったのに、それを——多分、政治的判断から——なかったことにしてしまう。それほどの力を持っているのはどこだろう。警保局か。

しかし、どうにも解せないのは、これが市井の、ありふれた一殺人事件にすぎないことなのだ。たかが、といっては語弊があるかもしれないが、たかが一人の芸者が殺された事件でしかない。備忘録を読むかぎり、なにか政治的背景があるようにも見えないし、誰か大物がかかわっているようにも思えない。どこからか圧力がかかって抹消されなければならないほどの事件には思えない。

それなのに、どうして……

そこまで考えたところで電車が下りるべき駅にとまったのだった。志村は席をたって出口に向かった。

押絵と旅する男・考

六

小菅刑務所に向かった。

冬の日は暮れるのが早い。

刑務所に着いたのは、まだ夕食には間のある時刻だったのだが、すでに地上は真っ暗に閉ざされていた。

曇天。多少の風がある。

夜闇を背にして刑務所の監視塔がいかにもうそ寒そうにその風に吹かれていた。

塀の外に立ち、その塔を一瞥して、

――おれたちの姿のようだ。

と志村は思った。

思ってさらに、おれたちとは誰のことなのか、ふと疑問に感じた。特高部の同僚たちのことなのか。それとも……


そこで志村は自分の考えがあまりに突拍子もなく飛躍しすぎていることに驚いた。どうして、おれはこんなふうに考えたのだろう。自分で自分の気持ちがわからない。そのことに驚きもし、戸惑いもした。

すなわち志村はこんなふうに考えたのだった。

――それとも、おれたち日本人のことなのだろうか。

刑務所側にはあらかじめ部のほうから連絡が入っている。丁重に迎え入れられた。先方が用意した書式に二、三、必要事項を書き入れ、それですべての手続きは終わった。

看守に案内されて監舎の建物に入った。四十がらみの、見るからに人のよさそうな――しかし、その好人物そうな印象の裏にどこか油断のならないものを秘めているようにも感じさせる――看守である。

「またどうして特高の刑事さんが遠藤平吉などご覧になられるのでしょうか」

先にたって歩きながらその看守が尋ねてきた。

「なに、大した用事ではないさ」

べつに韜晦しているわけではない。じつは志村自身にも自分がどうして遠藤平吉なる男に会わなければならないのかわからないのだ。

「遠藤は囚人番号千百番なんですが」

「……」

「千百番には妙ないきさつがありましてね。出戻りなんですよ。十年刑だというのに、去年の夏にいなくなってしまった。わたしらは代々木の衛戍《えいじゅ》刑務所に移送させられたと聞かされたんですがね。どうしてそうなったのかは何も聞かされていない」

「ほう……」

志村はそれにはただ曖昧にうなずいただけだった。五燭の薄暗い明かりがその顔にぼんやりと映えている。じつに表情に乏しい顔だ。見る人によって相手の言葉に驚いているとも、それを当然のこととして感じているともどちらにも取れるだろう。

特高の刑事という仕事がらか、自分の感情をおもてにあらわさない癖がついてしまっている。無表情に、寡黙にふるまっていれば、相手のほうから自然にあれこれと情報を与えてくれるものだ。そうするように努めて、そのように振る舞っているうちに、いつしかそれが習い性のようになってしまった。

いまでは自分でそうと意識しないかぎり感情を顔にあらわすことが難しくなっている。おかげで警視庁・特高部に志村あり、とまでいわれるようになり、大いに面目をほどこしたが、それだけに多分に失われたものもあるのではないか。大切なものが失われた気がする。

志村はこのところ何か自分が自分でないような奇妙な希薄感に悩まされるようになっている。自分が自分でないような……あるいは自分がどこの誰でもあってもいいような、とでも言いかえればいいだろうか。なにか生きてる気がしない。

「じつは囚人の一人が首を吊りましてね。まだ入獄して間がない若い男なんですけどね。ああ、ここだけの話ですよ。よござんすか。わが小菅刑務所としてはこれにまさる不祥事はない。あまり表沙汰にはできないことであるわけでして」

「ほう……」

志村はあいかわらずはかばかしい返事をしようとしない。が、それにはかまわずに看守は言葉をつづける。

「千百番はしばしば突然いなくなってしまうんですよ。さっきも言ったようにわたしらは衛戍刑務所に移送させられたとしか聞かされていない。ただ、こう、急にいなくなってしまう、とそんなようなわけでありまして。さあ、あれで五日ほどはどこかに行っていたでしょうか。ついこのあいだに戻ってきたばかりでありまして」

「ほう……」

「ところが」

看守はそこで思わせぶりに言葉を切って相手の顔を盗み見た。志村の表情にはどんな変化も見られない。その顔からは看守の言葉に興味を持っているかどうかもわからない。多少の失望を覚えたはずであるが、看守はそんなそぶりは見せずに、

「そのことについてはじつは妙な話がありましてね。その若い男は自殺したのではない。千百番に殺されたというのです――その千百番にしてからが囚人なのですからな。囚人仲間を殺すなどということができようはずがない。いや、なにしろ途方もない話でありまして」

看守はさりげない口調を装おうとしているが、必ずしもそれに成功しているとはいい難い。どうして特高の刑事が千百番を訪ねてきたりしたのか、そのことに興味を抑えきれずにいるのが、その表情からもありありと見てとることができた。

「いずれにしろ千百番はわが小菅刑務所に帰ってきたわけでありますが……それに関しては刑務所のなかでもあれこれと噂が飛びかってましてね。そのことについて何か刑事さんもお聞きおよびではないでしょうか」

「……」

志村はわずかに首を動かしたようだ。うなずいたのか、それとも首を横に振ったのか。看守の質問を肯定したとも否定したともつかなかった。茫乎とした表情のまま、ただ機械的に足を運んでいる。

「それにしても、どうして千百番のところに、わざわざ特高の刑事さんが訪ねていらっしゃったのか……さしつかえない範囲で結構ですのでお教えいただけないでしょうかな」

「残念ながら」と志村はにべもなしに拒否した。「お教えできるようなことは何もない」

「……」

看守はその返事に失望したろう。多少はムッとしたかもしれない。が、賢明にもその怒りをおもてに出すようなことはせずに、それ以降は、不機嫌な沈黙のうちにその怒りを押し殺すことに終始した。

「……」

志村も黙々として通路を歩いていった。看守が気分を害したらしいことを気にかける様子もない。

沈黙のなか、二人の足音だけが暗い天井に虚ろに響いていた……

じつのところ看守の志村に対する怒りは不当なものといっていい。志村にしたところで千百番なる囚人については事前に何も知らされていない。予備知識は皆無なのだった。

江戸川乱歩の「押絵と旅する男」を読んでおけ、ということと、浅草のあの映画館に行けということ以外には。

——小菅刑務所に赴いて黙忌一郎という人物に会うべし……その事前の準備として千百番なる受刑者を見ておくべし……

それが志村が課長から与えられた命令のほとんどすべてだったといっていい——ほとんど、というのは、それ以外にもう一つ、理解に苦しむような奇妙な指示を与えられたからであったが……囚人・千百番が遠藤平吉なる男だということも看守から聞かされて始めて知ったほどなのだ。

独房に向かう廊下で囚人たちが一列縦隊に並んで歩いてくるのと行きあった。全員が赤い獄衣を着せられて藁草履を履いて編笠をかぶっている。引率している看守のサーベルがいかめしい音をたてて鳴っていた。

申しあわせたように、誰もが顔を伏せて歩いているために、編笠の下の顔をうかがい見ることができない。それもあってか、なにか全員が一人の人間ででもあるかのような、それでいて誰でもないかのような不思議な印象を受けた。

「……」

志村は通路のわきにしりぞいて囚人たちの行進をやり過ごした。

誰もがうつむき加減に行進しているなかにあって一人の囚人だけがチラリと志村に視線を投げかけた。編笠がわずかに動いて、一瞬、ほんの一瞬だけ、その男の顔が志村の目のなかに残った。

——芥川龍之介。

反射的にそう思う。むろん驚いたというほどではない。どんなに似ていようとそれが本人であろうはずがないからだ。芥川龍之介はすでに昭和二年に死んでいる。

芥川龍之介ではありえない。芥川龍之介に似た男……より正確には、それはかつて一度も公開されなかった、そして多分、これからも永遠に公開されることがないであろうあの幻の活動写真……「押絵と旅する男」のなかに出演していた芥川龍之介であるにちがいない。

「……」

その男の顔を編笠のかげにかいま見たのはほんの一瞬のことだった。男はすぐにうつむいて編笠がその顔を隠した。誰が誰とも知れぬ赤い獄衣の囚人・集団のなかにまぎれてしまう。志村のまえを行き過ぎて監房のほうに向かう。一列縦隊の藁草履がペタペタと湿った音を通路にこもらせて遠ざかっていった。

　志村はそのあとを追う。看守も志村にしたがった。

そのときのことだ。ふと誰かの視線を感じた。芥川龍之介の？　いや、そうではない。彼は何の気なしに志村を一瞥したにすぎない。要するに偶然だ。さして深い興味を持ってのことではないだろう。

　が、この視線は違う。執拗に志村だけを凝視している。むろん、あからさまに見つめているのではない。ひそかに凝視しているのだが、その視線の執拗さは断じて看過できるようなものではない。何の気なしにというようなものではないし、偶然のことでもありえなかった。

　多分、その視線はうつむいた編笠のかげに隠れているのだろう。そのためにそれが行進する囚人たちの誰のものなのかはわからない。が、その誰かが志村のことを非常に気にかけているらしいのは間違いない。それはどうしてなのか。

　――おもしろいじゃねえか。特高の刑事にガンつけするとはいい度胸だぜ……

　志村の表情はあいかわらず変わらない。だが、その胸の底には笑いがかすめている。匕首が走るような獰猛な笑いだ。多分、無表情な鮫が笑うとしたら、こんな笑い方をするのではないか。

「……」

　壁に凭《もた》れかかる。コートのポケットを軽く叩いて煙草を捜しているふうを装う。そして、さりげなく囚人たちを見つめた。

　なにしろ志村は警視庁・特高部きってのやり手なのだ。こうしたことはお手のものといっていい。が、熟練した特高・刑事の目をもってしても、囚人たちのうちの誰が自分を見つめているかはわからなかった。

　そのときにはすでに囚人たちは監房のまえに一列に並んでいた。そこにあるのはすべて独房であり、囚人たちはそれぞれ自分の独房のまえに立っているわけなのだろう。

　そこまで引率してきた看守たちが号令をかけると囚人たちは一斉に自分の独房に入っていった。そのあとで看守たちがガチャガチャと扉に鍵をかける。

志村は自分の顔がこわばるのを感じていた。あの芥川龍之介に似た男は千百番の独房に入っていったのだ。ということは、あの男が……

「遠藤平吉——」

七

ひとしきり看守たちの声が飛び交う。囚人たちが独房のなかに入った。やがて、すべてが静かになった。

いまはもう独房の閉ざされた扉だけがしんと並んでいる。まるで頑固で、孤独な男たちが、かたくなに口をとざし、うつむいて並んででもいるかのように——

頑固で、孤独なことでは、この男もひけを取らない。志村だ。

「……」

志村は壁に凭れかかったままだ。千百番の独房を見つめている。敷島をくわえて燐寸《マッチ》で火をつけた。煙りをゆっくり深々と吸い込んで一気に吐いた。

「冗談じゃない。あんたは自分が何をやってるのかわかってるのか。ここで煙草を吸うのはやめてくれないか」

看守が咎めるようにいう。

志村はそれをあっさりと無視した。煙草を指に持ちながら千百番の独房に向かう。

独房の扉の目の高さのところに横長に覗き窓が開いている。その窓から独房のなかを覗き込んだ。

三畳ほどの板敷きでその真ん中に半畳ほどの茣蓙《ござ》が敷かれている。奥の壁に鉄格子の窓がある。造りつけの鉄製の寝台が壁に横に立てかけられている。窓際に小さな戸棚、洗面台があって、その横に便器がある。監房なのだから当然といえば当然なのだがその他には殺風景に何もない。

囚人番号・千百番はその便器のうえに腰をおろしていた。

自分のことを扉の窓から誰かが覗き込んでいることに気がついているのだろう。じっと扉を凝視している。

——これが遠藤平吉か。

いかにも神経質そうに痩せた男だ。その顔が針のように細い。

囚人なのだから、いまは髪が短いが、これで髪さえ長ければ、なるほど、いつかどこかで写真で見たことのある晩年の芥川龍之介にうり二つといっていい。たしかに活動写真「押絵と旅する男」で芥川龍之介に扮していたのはこの男であるようだ。

この囚人に対して志村にはやるべきことがある。正直、自分でもどうしてそんなことをやらなければならないのか不審だったが、すべては課長に命ぜられたことなのだ。どんなに奇妙に思われる指示でも実行しないわけにはいかない。志村としてはやるべきことをやるまでのことだった。

にもかかわらず課長に命ぜられたことを実行するのが、なおもためらわれたのは、こうして瞥見するかぎりにおいても、とうてい囚人番号・千百番の精神状態が正常のようには思われなかったからである。この精神状態の人間に何をどうしてみたところですべては徒労なのではないか。

囚人番号・千百番は扉の窓を見つめているのだが、その視線はあまりに虚ろにすぎる。何かを見つめているようで現実には何も見ていないといっていい。

そして口のなかでブツブツと何事かつぶやいているのだ。同じ言葉を繰り返している。それはこんな言葉であった。

「……僕は久しぶりに鏡の前に立ち、まともに僕の影と向ひ合つた。僕の影も勿論微笑してゐた。僕はこの影を見つめてゐるうちに第二の僕のことを思ひ出した。第二の僕、——独逸人の所謂《いはゆる》Doppelgaenger は仕合せにも僕自身に見えたことはなかつた。しかし亜米利加の映画俳優になつたK君の夫人は第二の僕を帝劇の廊下に見かけてゐた。（僕は突然K君の夫人に「先達《せんだつて》はつい御挨拶もしませんで」と言はれ、当惑したことを覚えてゐる。）それからもう故人になつた或隻脚の翻訳家もやはり銀座の或煙草屋に第二の僕を見かけてゐた。死は或は僕よりも第二の僕に来るのかも知れなかつた——」

そのあとはボソボソと口のなかで籠もってしまいよく聞き取ることができなかった。

——これは何だろう。こいつは何を言っているんだろう。

志村は記憶力に非常に優れている。特高課の刑事としてそれが唯一の取り柄ではないかと自分でもそう思っているほどだ。

このときの囚人番号・千百番の言葉にしても一言一句、取りこぼさずに正確に頭のなかに叩き込んでおいた。それは囚人番号・千百番自身の言葉ではありえない、何かからの引用であろうことには最初から確信があった。人はこんなふうにして自分の言葉を口にするものではないだろう。

多分、その調子から、小説の一部を引用しているのではないかと思われた。千百番はどこか芥川龍之介に似ている。もしかしたら、それは芥川龍之介の小説の一部ではないだろうか？

多少、飛躍が過ぎる気もしたが、翌日、調べたところ、それがまぎれもなしに芥川龍之介の「歯車」という晩年の作品のなかの一節であることを知った。

さらには、ドッペルゲンガー、というドイツ語が、もう一人の自分、分身をあらわす言葉であることも知った。

——もう一人の自分、分身……

志村は刑事であり、つねに事実に即して動くことに努めている。現実主義者たらざるをえない。そんな彼にとってドッペルゲンガーという概念はあまりに抽象的にすぎていま一つ理解が及ばなかった。

囚人番号・千百番——遠藤平吉がおのれのことを芥川龍之介に似ているのを自覚しているのはまちがいない。そうでなければ「歯車」の、とりわけその一節をそんなふうに繰り返し、つぶやきつづけることはないだろう。

しかし、自分がもう一人の芥川龍之介であり、その分身であることを意識しつづけるというのはどういうことなのか。志村にはその心のありようが理解できない。

もっとも——

それは翌日になって考えたことであり、そのときの志村はそんなことは思いもよらなかった。そのときの彼にはあれこれ考えたり、逡巡している余裕などなかったのだ。

志村はやるべきことをやらなければならない。課長に命せられたことを実行し、囚人番号・千百番にある人物の名を告げなければならないのだ。

そう、人にいえば誰もが知っているであろうある人物の名を……いま、その人物は第一師団司令部構内における軍法会議の被告として裁かれている。ある意味では、それは非常に重要な裁判であって、世間の関心を一身に集めているといっていい。その判決如何によって国の将来が左右されることになるといっても過言ではないほどなのだ。

が、むろん囚人番号・千百番——遠藤平吉が、その人物に何らかの関わりがあろうとは思えない。一人は十年刑をいいわたされている囚人であり、もう一人は陸軍歩兵中佐なのである。天と地ほどにかけ離れた存在といっていい。常識的に考えて、この二人のあいだには何の接点もないはずではないか。

それなのに、どうして囚人番号・千百番——遠藤平吉に、その人物の名を告げなければならないのか。そんなことをするのに何の意味があるのだろう？　それは志村にもわからない。わからないながらも課長に命ぜられたままに実行しなければならないのだった。

志村は扉の覗き窓に口を寄せた。その人物の名を告げる。

「相沢三郎中佐——」

口にしたとたんに白々しい思いが残される。課長から命ぜられたからやっただけのことであり、その行為に何か意味があるとは思えない。むしろ、おれは何をしているのだろう、という自嘲めいた思いさえある。その白々しい思い、自嘲めいた思いを、さりげなく胸の片隅に置いて、何の気なしに窓のなかを覗いた。そして——

遠藤平吉の身に変化が起こったことに気がついたのだ。それもあまりに急激な変化が……そのことに志村は自分の目を疑わざるをえなかった。

急激な変化——たしかに、それはそうではあるのだが、じつのところ、その変化の何たるかをどこがどうと具体的に指摘することはできなかった。それは急激ではあるが、と同時に微妙な変化でもあって、なにか非常に言葉にしづらいところがあった。

強いていえば遠藤平吉の人間としてのたたずまいが変化したとでもいおうか。多分、わずかに姿勢を変え、表情を変えただけだったろう。ただ、それだけのことなのに、その印象が劇的に変化してしまう。それまでの芥川龍之介に似た印象が一変して、その相貌の裏側に透けるように別人の印象が浮かびあがってきたといえばいいだろうか。

そういったからといって、べつだん遠藤平吉が何かの魔法を使ったというわけではない。そんなはずはない。たんに遠藤平吉は優れた演技者にすぎないわけなのだろう。それも無意識の演技者というか、すでに演じることが習い性になってしまっているようなのだ。そこでは素の自分というものが失われてしまっている。

名優は、目の配り、肩の上げ下げ、ちょっとしたしぐさなどで、自分の印象を別人のように変えることができる。名優といわれる人には何もめずらしいことではないのだが、多分、遠藤平吉に名優の名を与えるのは適当ではないだろう。それというのも、彼が相沢三郎中佐のようになってしまったのは、なにも演技のうえでの計算が働いてのことではないようだからだ。どうも天性自然にそうなってしまうらしい。

そんなことがあるのだろうか。ある。

考えてみれば、特高部員である志村にしてからが、誰かを演じるのが日常茶飯事のようになっているではないか。志村の場合はやや特殊かもしれないが、いかに平凡な人間であっても、日常、何の演技もせずに生きていくのは不可能なことだろう。どんなに篤実な人間であろうと、どんなに純真な人間であろうと、そのことに変わりはないはずなのだ。人は演じずに生きていくことはできない。

遠藤平吉の場合にはそれが極端なものになってしまっているわけなのだろう。つねに誰かを演じずにはいられない。誰かになり変わらずには生きていけない。最初から自分というものがない。

この遠藤平吉という男はそもそも何者なのだろうか。どうして、こんな人物がこの地上に生まれてしまったのか……それこそが最大の謎というべきだが、いまはそのことを考察しているだけの余裕がない。あまりに時間がなさすぎる。

囚人番号・千百番に会って、彼を相沢三郎中佐の名で呼んでみろ、と課長から命ぜられた。そのときには何のためにそんなことをするのかわからなかったが——多分、課長自身にしてからがそのことをわかっていない。課長もまた誰かの命令で動いているのにちがいない——、要するに遠藤平吉の反応を確かめろ、という意味だったのだろう。そして、そのあと、すぐに〝検閲図書館〟に会え、と命ぜられている。

検閲図書館、黙忌一郎という男に……いや、そうではない、映画館で出会ったあの男によれば、

——今回はそうじゃない。検閲映画館、ということになりますか。

検閲図書館にしろ、検閲映画館にしろ、なにしろ妙な名称だ。そもそも黙忌一郎という名前にしてからが不思議な名前というほかはない。

——聞いたこともない機関名に、これまでお目にかかったこともない不思議な名……いったい、これから自分はどういう世界に彷徨《さまよ》い込んでいくことになるのだろう。

志村はふとそんなことを思う。胸の底に何か異物のようなものが膨らんでいくのが感じられた。

「行きますか」

看守がしびれを切らしたように志村のことをうながした。そして志村の返事を待たずに先にたって歩き出した。

「……」

志村も看守にしたがった。そして、あらためて、

――相沢三郎中佐……

のことを思う。

八

いま日本で相沢三郎中佐の名を知らない者はいないだろう。

去年、昭和十年八月十二日の朝にその事件は起こった。陸軍省軍務局長室において、永田鉄山軍務局長が、陸軍歩兵中佐・相沢三郎に斬殺されてしまったのだった。

血気にはやる青年将校ではない。そのときすでに相沢中佐は四十七歳になっていた。壮年といっていいだろう。

その壮年将校がこともあろうに陸軍省内において軍務局長を斬殺したというのである。そのことには軍部のみならず、当時の社会全体が衝撃を受けずにいられなかった。

どうして妻子まである中堅・将校がこの惨事に及んだのか？　もっとも妻子があろうがなかろうが、相沢中佐をたんに一介の歩兵中佐と見なすのは誤りかもしれない。

相沢中佐は、陸軍部内の維新断行を志す急進派の一人であった。昭和四、五年ごろから、各地に散在する急進派・青年将校たちと親交を重ねてきて、いわば長老的存在となっていた。その意味では〈皇道派〉の最先鋭の一人であって、一般の将校たちと同一に論じることはできないはずなのだ。

警視庁・特高部に所属していても志村が一警部補であることに変わりはない。陸軍内部のことについて、何が事実で、何がそうでないのか、それを問うべき立場にはない。

が、ではあっても、特高という職務にある以上、このいわゆる〝相沢事件〟について、一般人より多少は事件の背景を知る立場にある。

これもやはり昨年（昭和十年）七月のことである。真崎甚三郎教育総監が更迭されるという人事が発表された。

志村の知るところ、真崎甚三郎が教育総監から軍事参議官に更迭された人事には、美濃部達吉の〝天皇機関説

事件〟が遠因となっている。

美濃部達吉（当時、貴族院議員）が唱えた〝天皇機関説〟は、まずは以下のように要約されるべきものであった。

――天皇が国家を統治し、陸海軍を総指揮することは認められる。しかしながら、むしろ政府が主体的に、かつ可能なかぎり憲法の範囲内で、自由主義的に国家を運営するのがより好ましい。

志村の考えでは、これは明確に意識されるとされないとにかかわらず、人々がすでに当然のこととして了解している説である。いわば通説といっていい。

が、すでに通説となっているのを無視して、右翼、ファッショ勢力は〝天皇機関説〟を激しく攻撃したのだった。真崎教育総監も〝国体明徴の訓示〟を陸軍に通達し、これに対する反対の意をおおやけに表明した。

じつは〝天皇機関説〟は、一木喜徳郎《いちききとくろう》枢密院議長が美濃部に教えたものであった。そのために天皇周辺では、〝天皇機関説攻撃〟をいわゆる宮廷派（一木喜徳郎、牧野伸顕ら）を排撃せんとするために煽動されたものと見なしたようである。

これがために、天皇周辺の真崎甚三郎を憎むところ大なるものがあって、それがゆえについに教育総監を更迭されるにいたる。

もちろん志村は一介の警部補であって、軍部、および宮廷内の権力闘争を知る立場にはない。が、それでも多少は耳に入ってくる断片的な情報を総合すれば、まずはそんなところが妥当な推理だろうと思われる。

が、いわゆる〈皇道派〉と呼ばれる青年将校たちからは、永田鉄山・軍務局長こそがすべての黒幕と目されていたらしい。

青年将校たちの目には、永田鉄山は軍務局長に就任以来、財閥、元老、重臣、新官僚等と結託し、軍内外の維新勢力をことごとく抑圧しているかに写ったようである。

当時、青年将校たちの信頼が篤かった真崎大将が、突然、教育総監を罷免更迭されるにいたったのも、直接的には林陸相の圧力によるものだが、その裏では永田鉄山の策動が働いたと見なされたらしい。

真崎教育総監が更迭されたことに対して、当人の真崎や、その周辺、さらに青年将校たちもそれを〝統帥権干犯〟だとして猛烈に反発した。

大日本帝国憲法第十一条に基づくところの〝統帥権〟によれば、

——陸軍大臣、参謀総長、教育総監の三長官の人事は彼ら自身の協議によってのみ決せられる。

ということになっている。何人といえどもこれに干渉することはできない。

そうであれば陸軍三長官の一員を更迭、罷免する場合には、三長官全員の同意が準備されなければならない。

しかるに真崎教育総監は辞職を拒否しているのであるから、これを強圧的に罷免、更迭させるのは、〝統帥権干犯〟に当たるのではないだろうか……

相沢三郎は、陸士在学中、同学校の幹事であった真崎甚三郎少将の指導薫陶を受け、爾来、真崎のことを絶対的に信奉するようになった。そんな相沢にしてみれば、真崎が教育総監を強引に罷免更迭されたのは、なにより心情的に許せないことであったにちがいない。

相沢は、真崎が罷免された直後、永田局長に面会し、辞職を迫っている。むろん一中佐の言葉が、少将である永田に通じようはずもなく、この説得は不首尾に終わっている。それが凶行の一月ほどまえのことである。

相沢中佐は、八月一日付の陸軍異動において、福山歩兵第四十一連隊より台湾歩兵第一連隊付に転任を命ぜられた。同月十二日、その赴任の途次に上京し、陸軍省に赴いて、ここに永田軍務局長を斬殺するにいたったのだった。

第一師団軍法会議における相沢中佐の予審は、事件発生後八十余日をへた十一月三日に終結し、有罪として公判に付せられることになった。一月二十八日に、その第一回公判が開かれた。

相沢中佐は凶行直後、ただちに憲兵隊に連行され、麴町分隊にて取調べを受けた。そうでなくても軍内部での事件であり、警察はそれに介入できる立場にない。例によって憲兵隊から警察にはいっさい情報が提供されることはなかった。したがって志村にしたところで相沢中佐の事件にかかわることなどないはずだったのだが……

特高という職がら、志村は定期的に赤坂表町警察署に顔を出し、ときに乃木坂上巡査派出所にも足を向ける。

この所轄には歩兵第一連隊がある。歩一は青年将校たちの最大拠点であって、いわば所轄区内に最大の火薬庫を擁しているようなものだといっていい。特高としては最大限の関心を寄せざるをえない。

もっとも警察は軍の施設に立ち入ることを許されていない。兵営の警察権は憲兵に属しているうえに、軍人の動静もすべて憲兵の監視下にあって、警察には何の手出しもできない。革新的な青年将校たちに不穏な動きがあることはわかっているのだが、帝都の治安をあずかるはずの警察が、それに対してどんな有効な手段をとることもできずにいる。憲兵隊の警察を軽視すること、ときに敵視することにはじつにはなはだしいものがある。

要するに、特高部員であろうと、こと軍人を相手にしては思うように情報を収集することなどできようはずがない。ある意味では志村の行為は徒労といってもいいだろう。

だが、それでも志村は時間が許すかぎり、赤坂表町警察署、乃木坂上巡査派出所に顔を出すようにしている。そうせずにはいられない。

九

去年（昭和十年）の十月末、ある日のことである。

その日、昼間は比較的、穏やかな天気だったのに、陽が落ちてから冷たい風が吹き始めた。青山墓地に朽ち残った枯葉が舞った。

その冷たい風のなかを志村は乃木坂上巡査派出所に向かった。

第一師団司令部の建物にさしかかったときのことである。

坂のうえから中隊規模の部隊が行軍してくるのに行きあった。歩兵第一連隊の中隊であろう。完全軍装（二装軍衣）・装備である。多分、これから戸山ヶ原か代々木練兵場に夜間演習に向かうのにちがいない。

「……」

志村は道端にしりぞいて行軍を避けた。そのときのことである。

隊長が、歩調とれ、と命じて、さらに、

「頭《かしら》左――」

の号令をかけたのだった。

兵が一斉に左を向いた。その視線の先には第一師団司令部の建物がある。

志村は、一瞬、その号令の意味をとりかねたが、

――そうか。第一師団司令部では相沢中佐の予審が開かれているんだ。

そのことに気がついて得心がいった。要するに、中隊を指揮するその若い将校は、相沢中佐に対して敬意を表しているわけなのだろう。

しかし、相沢中佐は陸軍・軍務局長を斬殺して、軍事法廷で裁かれている罪人ではないか。いかに敬意を抱いているからといって、皇軍の将校がここまで堂々と部下を私兵化し、その行為をたたえるようなことをしていいものか。

その青年将校のあまりの大胆さに、なにか畏怖の念に近いものさえ覚えて、

「……」

志村はあらためて指揮官の顔を見ずにはいられなかった。

いかに警視庁の特高部が軍に対して無力とはいっても、〝昭和維新〟を唱える急進的な青年将校たちの写真ぐらいはどうにか入手している。むろん志村もそうした写真は一通り見ているから、記憶を頼りに、その将校が誰なのかを確かめようと思った。

が、なにしろ、すでに日は落ちている。夜のとばりに閉ざされてその容貌をはっきりと見さだめることができない。そうこうしているうちに行軍は遠ざかっていってしまう。もう指揮官の顔を確認することはできなかった。

が、何とはなしに、それは栗原安秀中尉ではないか、と思った。

栗原中尉は、革新的な青年将校の多い歩兵第一連隊のなかにあって、とりわけ急進的な言動をとることで知られている。つねに憲兵が厳重に監視していると聞いたことがある。そうであれば警視庁としてもその若者に対して無関心ではいられない。

かつて政府・要人を襲撃するクーデター計画が進行しそうになったことがあるが、その中心人物が栗原安秀中尉であったらしい。その事件は陸軍上層部によってうやむやにされ、結局、その計画に荷担した青年将校たちは誰も罰せられることがなかったというだが……要するに、栗原中尉は危険人物であるということなのだろう。

ふと前後に何の脈絡もなしに、

——彼らはやるつもりだ。

そのことを強く思った。

やるとは何のことなのか、何をやるつもりなのか？

そのことは具体的にわからなかったが、ただ荒々しい波濤のようなものだけが胸に残され、それに激しく気持ちを揺さぶられるのを感じていた。

あれはもう三カ月以上もまえのことなのだが、青年将校たちの相沢中佐に寄せる思いの熱さが実感として感じられ、いまも胸の底に残されている……

十

教誨堂、と呼ばれているのだという。

二階にあって非常に広い。木の粗末な椅子が何列にも並んでいる。中央前方には一段と高く広い説教壇があり、その奥は仏壇になっている。

この刑務所には一月に二度、〝教誨の時間〟というのがあるらしい。受刑者たちは、ここで最初に読経を聞かされ、ついで教誨師の法話を聞かされる。

説教壇の右手には大きな電蓄が置かれてあった。読経や法話が終わったあとに、その電蓄で、流行歌や、浪曲、講談のレコードを聞かせてくれて、むしろ受刑者たちはそちらのほうを楽しみにしているのだという。

むろん夜のこんな時刻に〝教誨の時間〟などあるわけがない。教誨堂は無人で、ただもうがらんとしていた。

看守に案内されて教誨堂に来たが、ここでこれから何をしたらいいのか、皆目、見当がつかない。看守に尋ねようとしたが、看守は何か逃げるようにして、早々に退散していった。とにかく、志村には一切かかずりあいになりたくない、と思っているのが露骨に見えた。

「……」

やむをえない。椅子にすわってここで何が起こるのかそれを待つことにした。

机のうえに菊判の紙をこよりで綴じあわせて厚紙の表紙をつけた小冊子がある。

表紙には、真内伸助、という名前が記入されていて、そこに「感想録」と太字で書かれてあった。

感想録

「筆紙墨使用心得」

筆紙墨は昼夜独居又は夜間独居の者にして修養の思い切なる者に許可せらるるものとす

——感想録、か。

囚人のなかでも素行のいい者には筆記具の使用が許可される。そうした囚人のなかでさらに〝修養の思い切なる者〟が「感想録」を筆記するのを許可される。

囚人の「感想録」などというものが偶然に教誨堂の机のうえに置かれているはずがない。これもさきの「〝乃木坂芸者殺人事件〟備忘録」と同じように志村に読んでおけと示唆されているわけなのだろう。

――真内伸助……

志村は眉をひそめた。

たしか、その名は先に読んだ「〝乃木坂芸者殺人事件〟備忘録」にも出てきたのではなかったか――

志村は「〝乃木坂芸者殺人事件〟備忘録」をひもといて該当する箇所を捜してみた。

あった。照若なる芸者が殺されたのだという。その遺体・発見者のなかに真内伸助の名前を見出すことができた……

発見者は四名を数える。〈いな本〉の女将、女中、照若の情夫《いろ》――併《しか》し、情夫と云うのは当人がそう申したてているだけのことで、実際にはそれほど昵懇の間柄ではなかったらしい――の真内伸助、それに理髪店〈猫床〉の職人の関口孝男という男である。

――自称、情夫《いろ》か。

志村は眉をひそめざるをえなかった。

もっとも「感想録」の真内伸助が、「〝乃木坂芸者殺人事件〟備忘録」に記載されている人物と同一人物だと決まったわけではない。真内伸助という名はありふれた名ではないかもしれないが、非常にめずらしい名というわけでもない。これもまた確認する必要があるだろう。

――しかし、わからないな。

志村にとって、〝乃木坂芸者殺人事件〟や、真内伸助なる囚人が、何の関係があるというのだろう。警視庁の特高が街の芸者殺しにどんな関係があるのか、それがわからない。

志村を浅草の活動写真館に呼び、さらに小菅刑務所に呼び寄せた何者かは、しきりに彼の関心をこの真内伸助という男に向けて喚起しているように思える。

この真内伸助という男と、〝乃木坂芸者殺人事件〟に向けて――

しかし志村にしてみれば、そうした事柄が自分にどんな関わりがあるのか、皆目、見当もつかずにいるのだ。なにか鼻面を引きずりまわされて迷路のなかをやみくもに歩かされている印象がある、とでもいえばいいだろうか。なにしろ五里霧中と言っていい。

「感想録」はかなりの頁数がある。

常識的に考えれば、これから人と会おうというときに読むべきものではない。

が、いっこうに教誨堂に人が現われる気配はない。この「感想録」でも読んで手持ち無沙汰をまぎらわすしかない。

うがって考えれば、誰も教誨堂に現われないというそのこと自体、志村にこの「感想録」を読め、というのをそれとはなしに示唆していることにならないか。

志村はこころみに「感想録」を開いてみた……

N坂の殺人事件

感想録

「筆紙墨使用心得」

筆紙墨は昼夜独居又は夜間独居の者にして修養の思い切なる者に許可せらるるものとす

入獄一週間にして、こうして感想録を書くのを許可されたのは、じつにありがたいことだと感謝に耐えません。これで菊版二百枚ぐらいはあるでしょうか。非常に部厚い。何を書くにしても十分な厚さです。これからは心おきなく日記や感想を書くことができるわけです。そのことが素直に嬉しい、ありがたい……これで獄中にあっても無為に過ごすということにならないわけですから。

十年十二月〇日下附け。

右の許可書が表紙の右上に印刷されていて、表紙の裏面には以下のような格言が記されています。

天道親なし常に善人に興す（老子）
人としての義務は働くことである。
生きるうえに虚偽があってはならぬ
真実に生きねばならぬ

〝自分〟はなにかと欠点の多い人間ですが、これからはこの格言を肝に銘じて、この「感想録」を謙虚に埋めていこうと思います。

さて、昭和十一年があけて、いつのまにか正月三が日も過ぎてしまいました。

こうなってしまうと、なにか昭和十年のことをお話しするのが、遠い昔のことでもあるような、そんな心持ちがするから不思議です。

もっとも昭和十年のことといっても、私が検束されたのは、ぎりぎり十二月に入ってからのことなのですが。

十二月、〝思想的に多々問題のある者〟の一斉検挙があり、自分もその引っかかりから検束され、自由を拘束されることになったのでした。

すなわち、〝治安維持法違反〟の罪に問われたのであります。

自分が具体的にいかなる罪を問われ、入獄することになったか、その顚末を記するのは、本稿の目的とするところではありません。

この拙文を読んでいただく方には、語り手である私という人間が、〝治安維持法〟を適用されて獄中にあったのだと、ただそれだけを了解していただければ十分でありましょう。

検束されて、ろくに取調べもされないうちにもう、この刑務所に収監されてしまいました。その、あまりに期間の短かすぎることは当の本人である私にしてからが解せない思いに駆られるほどでありました。

何か、こう、お上には私を手っ取り早く獄に放り込まなければならない事情があったのでしょうか。

あまりの推移の早さにそう邪推したくもなるではありませんか。私には何の心当たりもないことなのですが。

もっとも、私がここでお話したいと思うのは、そのことではありません。

獄内における、ある若者をめぐっての、ある体験をお話するつもりなのです。

思えば不思議な若者でありました。不思議な体験でありました……。

未決囚は青い獄衣（これは短期のことですが）、既決囚は赤い獄衣を着るのが当時の刑務所の決まりでした。ところが、どういうわけか、その若者にかぎっては白い獄衣を着せられていたのでした。

しかもこの若者一人だけが無決囚と呼ばれ、明らかに他の囚人たちとは一線を画する待遇を受けていたのです。他の囚人たちから隔離されていたといっていい。

お信じになられるでしょうか。この若者がこともあろうにかの高名な詩人、萩原朔太郎の弟だというのです。

あるとき遠藤平吉という、これもやはり獄中にあり、作業場で一緒だった男がそう自分に囁いたのでした。

萩原朔太郎に「監獄裏の林」という詩があるのをご存知でしょうか。

監獄裏の林に入れば
囀鳥高きにしば鳴けり。

で始まる詩なのですが、萩原朔太郎の弟と言われたその若者にもやはり刑務所を主題にした短歌があるのです。自分も遠藤に教えられて、その短歌の一部だけは読まされたことがありました。

鋭くも看守の剣《つるぎ》光りけり

という箇所だけをかろうじて憶えています。

短歌の半分だけを知っているのではお話にならないではないか、とお咎めになるむきもおありになるかもしれません。ですが、これはじつにやむをえない仕儀でありまして、それというのも、この歌を自分に教えてくれた遠藤にしてからが、そもそもその歌をうろ覚えだったからなのです。

そこに、その歌を書いた当人がいるのであれば、じかに確かめればいいではないか、とおっしゃるのですか。

それはそのとおりなのですが、いえ、じつにおっしゃるとおりなのでありますが、なかなかそうもいかない事情があったのです。

その若者が〝萩原朔太郎の弟〟だということについても何も本人みずからがそう名乗ったわけではありません。

歌の内容を確かめるどころではなかったのです。

前述したように、遠藤平吉という男がそれを自分に耳打ちして教えてくれたのでしたが、その彼にしてからが、当人からじかにそのことを聞いたわけではありません。

いささか話が迂遠になるかもしれませんが、ここで、そのあたりの事情を説明をしておいたほうがいいかもしれません。


ある日、刑務所に押送されてきた新入囚の人数があまりに多すぎることがあった、とそう思っていただきましょうか。

そのために、その日のうちに、全員を各房に振り分けることが困難になりました。それを解決するための窮余の策として、何人かの既決囚が同時に第二男区第一檻第〇房に移送されることとなったのでした。

刑務所でいう、いわゆる〝預け〟です。何人かの囚人が同房に一泊し、翌日にはそれぞれの房に戻ることになります。

このときにたまたま遠藤はこの若者と同房の機会を得たのだといいます。

もっとも同房になったからといって、それですぐに遠藤がこの若者と親しく言葉を交わしたわけではありません。

遠藤はなにか心中思い屈するところがあるらしく、だれとでも容易にうち解けるタチの男ではない。

〝萩原朔太郎の弟〟と称されたその若者にいたっては、さらに徹底していて、一塊の氷のように人を寄せつけようとはせず、つねに暗鬱な沈黙のうちに自分を閉ざしていたのでした。

しかも他の囚人が紅衣、青衣を着ているなかにあって、その若者一人が白い獄衣を着用していることで、とりわけ異彩を放ち、じつに何というか近寄りがたい雰囲気を放っていたといいます。

要するに、こうした二人がたまたま一夜、同房になったからといって、即座に親しくなるなどということはありえない。

事実、そのときには二人は一言も言葉をかわさなかったといいます。

にもかかわらず同夜、ちょっとした事情から、遠藤はその若者が萩原恭次郎という名なのを知るにいたったのでした。いえ、じつのところ、事情、というほど大げさなものでないかもしれないのですが。

その〝預かり房〟に一人のチョボが収房されていました。チョボ、というのは刑務所内の隠語で、掏摸《すり》のことなのです。

何でも、そのチョボはかつて三百円もの大金をまんまとスるのに成功し、それで岐阜の下呂温泉で豪遊したのを生涯の一つ話にしていたのだといいます。それでもう六十に近い年齢《とし》だというのだから、掏摸にしても大物とはいえないでしょう。多分、下積みの暮らしを送って世の辛酸を舐めつくしたことでしょう。

にもかかわらず、というか――それだからこそなおさらにというべきか、その老掏摸には妙に憎めない、人なつっこいところがあったらしい。

そして、その若者を相手にその人なつっこさが遺憾なく発揮されることになったのでした。どんなに若者が人を寄せつけまいと振るまっても老人はいっこうにそのことを意に介するふうがない。若者が閉口しているのは、だれの目にも明らかなのですが、そのことには一切頓着せずに、一方的に〝下呂温泉の豪遊〟の話をつづけて飽きることがなかったといいます。

あげくのはてに「兄さん、気にいったぜ、名前を聞かせちゃくれないか」と老掏摸はそう尋ねたといいます。

若者は一瞬ためらったふうでしたが、

「萩原――」

と名乗ったといいます……

――萩原、恭次郎。

遠藤は確かにそのときにそう聞いたのだというのです。

もっとも、そのときには遠藤はただ房の隅に引っ込んで二人の話を聞いていただけで、若者に声をかけるなどということはしなかったらしい。萩原恭次郎、という名前にしたところで、漠然と記憶にとどめはしたものの、それを萩原朔太郎と結びつけて考えることなどはしなかったようです。

それでは私と遠藤平吉、あるいはその若者との関係はどうなっていたのか。

私はこのとおり単純に表も裏もない人間で、何か特別に思い屈することがあるわけではありません。が、生来、内気で人まじわりを苦手とするタチで、やはり彼らと胸襟を開いて話をするというまでにはいたりませんでした。

自分が二人とまがりなりにも言葉を交わすようになるのは、〝預け〟から三日の後、同じ刑務所第三作業場(印刷作業場)配置の役《えき》についてからのことでした。

その刑務所第三作業場に自分も配置されることになって、この両人と知り合うことになったのです。

昭和十年十二月——

刑務所に収監されて一週間余が過ぎ、私は三百二十二号の番号で呼ばれることにもようやく慣れつつありました。

それまでは第四作業場において、もっぱら馬爪の櫛を木賊《とくさ》で磨き、艶《つや》を出す作業に従事していたのですが、この日、始めて第三作業場に配置転換になったのでした。

印刷作業場での仕事は文撰工です。

囚人としては、処遇二級に特進したわけで、なにより外界《シャバ》の活字を読むことができるのが非常に嬉しいことでありました。

もっとも一つの原稿を一人が読んで、全ての活字を拾うなどという贅沢が許されるわけがない。一つの原稿は何人もの文撰工に分割されて渡されます。しかも当日分しか渡されないのですから、短篇小説といえども、なかなか、その日のうちに読み通すことなどできません。そのじれったさには言うにいえないものがありますが、ただひたすら櫛を磨いて過ごす単調さを考えれば、文句をいえた筋合いではないでしょう。

第三作業場で作業する囚人は三十人強というところでしょうか。作業所の広さは、あれで、さあ、四十坪ぐらいはあるでしょう。印刷機五台に、断裁機も入っていて、まずは町工場なみの規模でありました。

朝八時半から夕方六時までの作業です。食事も三食、作業場でとります。

むろん作業場内での勝手な移動や私語が禁じられているのは言うまでもありません。ですが、文撰工は三人一組になっていて、その組内での私語は許されるのです。一つの原稿を三人で手分けして活字を拾う。その三人の会話まで禁じられたのではそもそも仕事にならないでしょう。

まれに作業指導員がまわってくることはありますが、おおむね三人きりの作業でありました。もっとも三人がそろって作業をすることは皆無といっていい。二人が活字を拾い、残る一人が平箱を運ぶことが多い。そのために、つねに作業に当たっているのは二人ということになります。それも頻繁に入れ替わるのでした。

一緒に過ごす時間が少なかったからか、私たちはなかなか互いに打ち解けあうにまではいたりませんでした。

　とりわけ彼（萩原朔太郎の弟？）は私たちと交わろうとはしなかった。人づきあいを避けるというより、先にも言ったとおり、自分一人の思念に閉じこもり、その殻から出るのを好まないというふうでありました。

　ですが――

　だからといって彼のことをたんに内気な若者というふうに考えたことは一度もないように思います。内省的ではあるが、内気ではない……そういえば人は私の言葉を矛盾していると嘲笑《わら》うかもしれませんが……

　何と言えばいいのか、そう、独楽《こま》があまりに全速で回転しているために、かえって一点に静止して見えるのは、人がだれしも体験することでしょう。人にはあまりに激しく内省しているためにかえって鎮《しず》まって見えるということもあるのではないでしょうか。

　その若者には命がけで何かを考えているという印象がありました。いつも内面の一点を懸命に見すえて目を絶対に逸《そ》らそうとはしない。精神をぎりぎり極限の一点まで引き絞って手をゆるめるのを潔しとしない……何かそう思わせるようなところがあったのです。

　何かを非常に思いつめていた。内省の極地にあった。多分、その内省は人間として可能なかぎり思考の極北まで達していたのにちがいありません。

　もちろん、その志向の極地たるところがどこのどんなところであるのかは第三者にはうかがい知れないことではあったのですが……

　何といえばいいか、そう、その若者にはなにか非常に独特なところがあったのでした。独特、という言葉はあまりに舌足らずに思われるかもしれませんが、私にはあいにく他に適当な言葉を思いつかないのです。

　そして、多分、その独特なところが人をして彼から遠ざけさせる要因になっていたのではないかと思うのです。人は彼に容易に近づくことができずに、かといって無視することもできずにいたのでした。

　奇妙なのは囚人たちなどついぞ人間扱いしたことのない看守たちにしてからが、その若者にかぎっては、一目も二目もおいて接しているかに見えることでありました。いや、それどころか、看守たちの彼に接する態度はほとんど恐れうやまっているといっていいほどでした。必要以上にへりくだっていたのです。従者が主《あるじ》に仕えるかのごとく、といえばあまりに大げさにすぎるでしょうか。

　前述したように彼は――彼一人だけは、白い獄衣を着ていました。

あくまでも原則的にではありますが、赤い獄衣は既決囚、青い獄衣は未決囚が着るのが一応の決まりになっていました。それでは白い獄衣はどんな資格の囚人が着るのでしょうか。

身内に膨れあがってくるその疑問についに我慢しきれなくなってしまい、

「どうしてあの人だけが白い獄衣を着るのを許されているのですか」

看守の機嫌のいいのを見はからってそう尋ねたことがありました。

「あの男のことは見ないふりをしたほうがいい。あの男はそこにいてそこにいない。そう考えたほうがいい……」

いつもは好んで豪放磊落《ごうほうらいらく》に振るまう看守がこのときばかりは何かうそ寒いような表情になってそう答えたのでした。

「そこにいてそこにいない？　どうもわからないな。妙な辻占《つじうら》じゃないですか。それはどういうことなんですか」

「あの男は無決囚だということさ。そこには――いや、どこにもいない男だということなのさ」

看守の返事はあいかわらず謎めいていましたが、それ以上、質問を重ねるのははばかられました。それというのもその顔が緊張でこわばっていたからなのです。

要するに、最初のうち、われわれは三人であって三人ではなかったのです。

彼は文撰の仕事を手分けするのに必要最低限な言葉を洩らすだけでそれ以上のことは何も話そうとはしませんでした。

仕事を一緒にし、食事をともにしながら、驚くなかれ、彼は数日間というもの、ついに自分の名さえ明かそうとしなかったのでした。

だからといって、われわれ、残る二人が非常に親しくなったか、というとそんなことはありません。私と、もう一人――遠藤平吉にしても、それほど親しかったわけではありません。

それでも、おなじ組内で私語を交わすのは許されていましたし、食事も一緒にするのですから、多少は、彼とよりは話をする機会があったのでしたが。

思えば、それ以前から何か啓示めいたものがあったのかもしれません。

刑務所の、ある意味、平穏ともいえる日常の背後に、その啓示はひっそりと息づいていたのにちがいないのです。

ですが、啓示の意味を真正に読みとるためには、それに見合うだけの資質が要求されます。多分、私はその資質を欠いていたのでしょう。もっとも啓示がもたらされたのは私一人に対してのみではありません。

啓示は萩原朔太郎の詩の姿をかりてわれわれ二人にもたらされたのでした。

その日、われわれ三人の文撰工に萩原朔太郎の文章が渡されました。いつものように三人が分担してそれぞれに活字を拾うことになります。

『月に吠える』は萩原朔太郎が大正六年（一九一七年）に発表した詩集でありました。

私はそのなかに収録されているのだという「愛憐」という詩の活字を拾うことになったのでした。こころみに、その一部をここに紹介してみましょう。

ああわたしはしつかりとお前の乳房を抱きしめる
お前はお前で力いつぱいに私のからだを押へつける、
さうしてこの人気のない野原の中で、
わたしたちは蛇のやうなあそびをしよう、

いずれにせよ、それらが手書きのもと原稿であろうはずはない。十八年もまえに書かれた原稿が刑務所にまわってくるはずがないのです。

すでに印刷され、本になっているものが、その背綴《せと》じを外され、バラバラにされ、私たち文撰工に渡されるのでありました。私たちはそのバラバラのページを見て活字を拾うことになるのです。

文撰工の仕事といってもきわめて単調なものなのです。六号活字を拾って平箱に積み重ねていく。きりのいいところでその平箱を雑役婦まで運んで渡す。雑役婦はそれを植字工にまわす……せんじつめれば、ただそのくり返しにすぎないのでした。

文撰工同士、たがいに原稿を取り替えてそれを交互に読みでもしないかぎり、とうてい、その単調さに耐えられたものではありません。むろん、これは厳密にいえば、一種のサボタージュということになるのでしょうが、作業場の監視人もそこまでうるさくは干渉しません。

そんなわけで、その日も、遠藤とたがいに原稿を取り替えたのでしたが、

「妙だな……」

私の原稿を見て、遠藤が眉をひそめ、そうつぶやいたのでした。

——なにが妙なのだろう。

私は遠藤の顔を見ました。

ですが、彼はそれ以上何も言おうとはしません。自分ひとり、しきりに首をひねって何事かを考え込んでいるだけでありました。

私は何か要領を得ないまま、遠藤のことは放っておくしかありませんでした。

ですが、そんな私にしてからが、つづいて遠藤から渡された原稿を見たときには（これもまた手書きのもと原稿ではない。すでに印刷された文書でありました）、いま自分たちが拾っている原稿がどういうものであるか、その察しがついたのでありました。

これもやはり萩原朔太郎の文章でしたが詩ではありません。散文なのです。萩原朔太郎は自分のそうした散文を一括してアフォリズムと呼んでいたらしい。

そのアフォリズムには「或る野戦病院における美談」という題がついていました。

野戦病院において死に瀕した兵士が周囲になかば強制され「皇帝陛下万歳」と叫ばなければならないことの悲劇を憤《いきどお》った文章なのでした。

さほど長い文書ではないですが、そうであっても、その全文を引用し、いたずらに煩雑にするのは、私の本意とするところではありません。

ただ、

「これは……」

それを一読し、私は遠藤の顔を見返さずにはいられなかったのでした。

遠藤は、ああ、そうだ、と頷いて、急に声をひそめると、

「これは雑誌に発表された当時、発禁になっている。まあ、あとになって少し内容を変えて発表されてはいるらしいけどな。さっきの詩な。あれはもともと『月に吠える』におさめられていた詩なんだけどな。やっぱり〝風俗壊乱〟を理由に内務省から発売禁止を命ぜられている。萩原朔太郎はやむをえず、あの詩を切り取って『月に吠える』を出版したんだけどな。それがかえって評判を呼んで売れ行きに貢献することになったというい、わく付き

の詩なのさ」

「どういうことなんだ。おかしいじゃないか。どうして刑務所のなかでよりによって発禁になった文章ばかりを印刷しなければならないんだ」

　事情がわからないままに私も自然に声をひそめていました。

「おかしいさ、たしかに、おかしな話なんだけどな」遠藤はまたしたり顔で頷いて、「だけど何もこれはいまに始まったことじゃないんだぜ」

「え……」

「気がつかなかったか。なにも萩原朔太郎ばかりじゃない。おれたちはここで発禁になった文書ばかりを拾わされているんだ。ぜんぶとはいわないけどな。まず半分がたは発売禁止処分をうけたものといっていい」

「そんな馬鹿な、何をいってるんだ、それはどういうことなんだ」

　私はますます混乱するばかりでした。

「どういうことも何も言葉どおりの意味さ。昨日《きのう》の仕事にしたってそうだ。『中央公論』に掲載された「大震雑記」というのを拾ったろう。芥川龍之介が関東大震災のことを書いた文書だ。あれにしたっておかしい。そのことに気づかなかったかい」

「気づかなかったって何を？」

「きのうの今日じゃないか。いいから思い出してみろよ」

「……」

　こんなふうに文撰工の仕事をつづけていると、活字を拾ってから二、三日は、その文章が消えないままに頭のなかに残されているものです。こころみに昨日の記憶をたどって、頭のなかに「大震雑記」を綴《つづ》ってみました……

……


　その内に僕は大火の原因は不逞鮮人の暴動だそうだと言つた。すると菊池は眉をあげながら「嘘だよ、君」と一喝した。僕は勿論さう云はれて見れば、「ぢや嘘だらう」と云ふ外はなかつた。しかし次手にもう一度、何でも不逞鮮人はボルシエヴイツキの手先ださうだと云つた。菊池は今度も眉を挙げると、「嘘さ、君、そんなことは」と叱りつけた。僕は又「へえ、それも嘘か」と忽ち自説（？）を撤回した。

以下、さらに文章がつづいて、「尤も善良なる市民になることは、――兎に角苦心を要するものである」という皮肉な末尾で結ばれています。

関東大震災の直後、朝鮮人がその混乱に乗じて暴動を起こそうとしている、という流言飛語が急速にひろまり、大勢の罪のない朝鮮人が無惨に殺されることになった……。

このことは歴史的な事実でありまして、多少、本を読み、話を聞く人間であれば、だれもが知っていることでしょう。

この文章における芥川龍之介の意図は、自分はそんなことは知らなかった、という無邪気さを装って、日本人自警団の朝鮮人虐殺を告発することにあります。

韜晦《とうかい》が過ぎて、多少、その真意を読みとりにくいきらいはありますが、べつだん難解というほどの文章ではない。

遠藤はこの文章の何を指しておかしいというのでしょう。おかしなところなどどこにもないはずなのに……

そこまで考えて、私は胸のなかで、あっ、と声をあげた。

そんなはずはないのです。内務省がこれほど不用意に、不逞鮮人とか、不逞鮮人の暴動、などという言葉が使用されるのを許すはずがない。すべてこれは伏せ字でなければならないはずではありませんか（事実、後に確認したところでは、この芥川龍之介の文章では○○○○とか○○○○○○とかの伏せ字が多用されていました）。

娑婆《しゃば》においてもすべて出版界から検閲制度が撤去されるなどということは絶対にありえません。ましてや、ここは刑務所であって、司法省による読書制限がかせられ、思想取締まりが実施されている場所なのです。

どうして、そんなところで、発禁になった文書が印刷され、伏せ字がすべて解除されることなどありうるでしょうか。そんなことは端的に不可能な話ではないでしょうか。

私の様子を見て、遠藤は頷き、どうやら気がついたらしいな、と言って、

「なあ、あんたもおかしいと思うだろう」

と同意を求めてきました。

私は呆然と頷き、あらためて遠藤を見て、

「これはどういうことなんだろう」

と尋ねずにはいられませんでした。

「わからないさ。おれにそんなことがわかるはずがない。

ただ、おれが思うに」

遠藤はさらに声をひそめると、こっそりと気づかれないように、もう一人の若者のほうにあごをしゃくって見せて、

「これはすべてあいつのせいなんじゃないか」

「彼の……」

思いもよらないことでした。どうしてそんなことが言えるのか。

「……」

私は反射的にもう一人の若者を見ました。

いつものように彼はひとり黙々と働きつづけています。わき目も振らずに、と言いましょうか。その態度はじつに禁欲的といっていいほどでした。

私たちの会話を聞いているふうではない。いや、私たちの会話にかぎらず、自分一人の殻に閉じこもって、外部のすべてのことにわたって何の関心も払っていないかのようでありましたが……


そのとき一人の看守がせかせかとした足どりで第三作業場に入ってきたのでした。非常に緊張した表情をしています。

刑務所印刷に従事している囚人は概して模範囚が多い。反抗的な囚人など皆無といってもいいでしょう。ここでは看守は何も緊張する必要などないはずなのですが。

その看守は他の囚人たちには見向きもせずにわれわれのもとにやってきました。そして無言のまま手振りで遠藤と私に退《さ》がれと告げるのです。

要するに、その若者一人に用があるということなのでしょう。私と遠藤に話を聞かれたくはないということらしい。

「……」

私と遠藤は顔を見あわせました。そして命ぜられるままにそこを離れたのでした。

なにか妙に不愉快でした。

自分たちと係わりのないところで何かが起こっている……それを思い知らされるのが愉快なことであるはずがない。

ですが、むろん囚人たる者、どんな場合にも看守に逆らうことなど許されようはずがありません。

看守は若者に近づきました、そして顔を寄せるとボソボソと何事か囁いたのです。

若者は頷きました。そしてこれも小声でなにか応じたのでした。

看守に対峙すると、多かれ少なかれ、囚人は緊張せざるをえないものですが、彼にはそんなところは微塵も見られませんでした。非常に冷静に落ち着いていました。

それとは逆に看守は緊張しきっているようでした。こわばった顔にうっすらと汗をかいていました。若者との対照の極端なことはいっそ不自然といってもいいほどです。

――妙なことがあればあるものだ。

私にはそのことが不思議に感じられてなりませんでした。

その二人を見ていると何か看守と囚人の立場が逆転しているかのようなのです。むしろ看守のほうがへりくだっているようにさえ見えるほどでした。

やがて若者は看守にともなわれて第三作業場を出ていきました。

「……」

看守が出ていくと第三作業場にホッと安堵したような空気が流れました。気にしていないように見えて、やはり皆、看守のことが気にかかっていたのにちがいありません。それまでと同じように作業をつづけているのですが、なにかが微妙に変わったように感じられました。

私たちも仕事に戻りました。

「あいつは――」

遠藤が忌々しそうにいう。あいつというのはあの若者のことでしょう。

「自由に刑務所を出入りすることができるらしい。好きなときに外に出て好きなときに戻ってくることができると聞いている」

「まさか、そんな囚人がいるはずがないじゃないか」

「いるのさ。どうしてあいつだけが白い獄衣を着ていると思う。あいつは無決囚なんだ。それであいつだけが白い獄衣を着るのを許されているのさ」

「無決囚？　何なんだ、それは」

「知るもんか。ただ無決囚だから、あいつは娑婆と刑務所とのあいだを好きに行ったり来たりできるんだ、ということを人から聞いたことがある。現に、あいつはああして刑務所内で大きな顔をしてるじゃないか。好きに刑務所を出入りすることができたとしても不思議じゃないだろうよ」

「無決囚……」

私はつぶやきました。

未決囚はまだ刑が決まっていない囚人。既決囚はすでに刑が決まっている囚人……それでは無決囚とはどんな囚人でしょうか。刑が決まることがないというのに、それでも囚人であるとはどういうことなのでしょう。

遠藤はあの若者が活字を詰めていた平箱を手に取った。多分、何ということもない、漠然とした興味から、平箱を手にしたにすぎなかったでしょう。さして意味のある行為ではなかったはずなのです。

それなのに、平箱に並べられた活字に目を走らせたとたん、遠藤の顔色が変わるのがわかったのです。

私には、あまりにその変わりようが極端なものに感じられました。なにを遠藤はそんなに驚いているのでしょう。

遠藤に、どうかしたのか、と尋ねずにいられませんでした。

「あいつは多分、萩原朔太郎の弟じゃないかと思うんだが……」

それに応じて遠藤が何かため息をつくように言うのです。

「萩原朔太郎の弟……」

遠藤はまた唐突に何を言い出すのでしょうか。あまりに突拍子もない話に思われ、私はまじまじと彼の顔を見つめずにはいられなかったのです。

「ああ。それで、あの男の名は、萩原、恭次郎、というんじゃないかと思うんだが……」

と遠藤はそう言い、萩原恭次郎の、恭、という字を宙に指で書いて見せたのでした。

「何だって。萩原恭次郎だって」

私はその名を聞いて非常に驚かされました。妙な言い方になるかもしれませんが、私には驚くだけの理由があったのです。

詳しいことはいずれ後述させていただきますが、私がその名を耳にしたのはじつはこれが始めてのことではなかった。いえ、名前だけではありません。ほんの一瞬、それもおぼろげにではありますが、萩原恭次郎と名乗る人物の姿をかいま見たこともあったのでした。

すべては娑婆でのことです。なにしろ幻のように一瞥しただけのことであり、それがあの若者と同一人物であったのか、それとも別人であったのか、私にもはっきりとは申しあげかねるのですが……

もっとも、恭次郎が萩原朔太郎の弟だという話を聞いたのはこのときが初耳でありました。にわかには信じられない話ではありませんか。

「あの男が萩原朔太郎の弟だというのか」

と私は重ねて尋ねました。

「ああ」

遠藤は沈痛な表情で頷いて、若者の原稿を私に差し出しました。

平箱に並べられている文章はまだ完璧なものではないようでした。ところどころに空白がありました。ですが、その冒頭には著者たる萩原朔太郎の名がはっきり残されていて、「萩原恭次郎の二詩集」という題名のもとに、こんな文章が綴られていたのでした。

　萩原恭次郎　と僕とは　　同じ上州の地に
生れ　　同じ前橋の町に生れた。
　　前の『死刑宣告』の詩的本質
から、かつて僕はその一部の共感を感じて居たが、
今度の『断片』を読んでもまた同じく或る点で共通
を発見し、兄弟としての親愛を一層深めた所以で
ある。

なるほど、たしかにこれを見るかぎり、あの若者が萩原恭次郎という名であるなら、萩原朔太郎の弟と考えてもさしつかえないようです。

しかし、これはまだ平箱に活字を並び終えるまえのものであって、これをもってしてあの若者を萩原朔太郎の弟だと完全に断定するのには多少のためらいがありました。

もと原稿を捜してみたが、どこにも見あたりません。多分、あの若者（萩原恭次郎？）が持っていってしまったのでしょう。

「これがどうしたというんだ」私は顔をあげて遠藤に訊きました。

「あいつは好き勝手に刑務所を出入りしているらしい。それればかりじゃない。多分、あいつはどんな原稿の活字を拾うのかも自由に選択できるのだと思う」

「好き勝手に刑務所を出入りできる……どんな原稿の活字を拾うのかも自由に選択できる……」

どんな囚人であろうと、囚人たる者がそうまで好き勝手にふるまうことができるものでしょうか。にわかには信じがたい話です。しかし――

そうと聞いたうえは確かめなければならないことがあ

りました。あの若者がほんとうに萩原恭次郎という名であるなら、私にはなによりもまず確認しなければならないことがあったのです。

私は尋ねました。

「去年の末はどうだろう。去年の末、あの男は刑務所の外に出ていたんじゃないだろうか」

「去年の末……」私の唐突な問いに遠藤は首をひねって、「さあ、それはどうだったか。そこまではわからない。そのころにはおれはまだ第三作業場に配置されていなかったから――」

「……」

「なにしろ、あいつは得体が知れないよ。ただのネズミじゃない。いずれにせよ、おれたちが発禁になったり、そのなかの伏せ字をひらいたりした原稿ばかりを拾っているのもあいつのせいなんじゃないか。この原稿にしたところで、あいつが、自分の名が出てくるから、活字を拾うことに決めたんじゃないかと思うんだが」

「だからって何なんだ。どうしてこれだけのことから、あの男のことを萩原朔太郎の弟だって決めつけられるんだ。萩原朔太郎の文章の活字を拾ったからといって、それが即、朔太郎の弟だと決めつける根拠にはならないんじゃないか」

私には何とはなしに遠藤の話が不愉快なものに感じられました。彼の話はあまりに独善的で一方的にすぎるのではないでしょうか……

そのときには、私自身、そのことに気づいてもいなかったのでした。が、多分、私が遠藤の話を漠然と不快に感じたのは、私があの若者に対して――彼が恭次郎であると否とかかわらず――ひそかに好意を抱いていたからではなかったかと思います。

それまで数えるほどしか言葉を交わしたことがない、にもかかわらず、私はあの若者を好きになっていたらしい。どうも彼にはそうした妙な人間的魅力があるようでした。

これもまた、あとになって説明させていただくことですが、彼がほんとうに萩原恭次郎であるなら、私のその好意は裏切られることになってしまいます。それというのも、ある事情から、萩原恭次郎という人物は、私にとってかたきとも言うべき相手だったからなのです。

「あの男が自分でそう名乗るのをおれはこの耳で聞いているんだ」

遠藤は何かしら浮かない表情でそういい、あの若者と掏摸《すり》の老人との会話を話したのでした。あの若者は掏摸に向かって自分は萩原恭次郎なのだ、とはっきり名乗ったのだというのです。

あの若者が萩原恭次郎……私は動揺せずにはいられませんでしたが、その動揺を表情に出さないように懸命に努めました。そして何気ない口調を装って言いました。

「わからないな。あの男が萩原恭次郎だとして、それがいったい何だというんだ。そのことがあんたに何のかかわりがあるというんだ」

「かかわりはないさ。べつだん、かかわりというほどのものは何もないけどな」

遠藤はあいまいに言葉を濁した。なにか胸のなかで言うべき言葉を慎重に選んでいるかのようだった。

「話は変わるようだけどな。萩原朔太郎は、今年、「猫町」という小説を『セルパン』に発表している。きみはそれを読んだか。先月、その単行本が、版画荘から川上澄生の装幀で刊行されたそうだ。刑務所にいたんじゃ、そっちのほうは見ることはできないけどな」

「「猫町」だって……何をまた、あんたはいきなり——」

言いだすつもりなのか、と口にしかけて、私はその言葉を途中で飲み込みました。何か暗雲のようなものがふいに胸の底にひろがりつつあるのを感じたのです。

そのときにはまだはっきりと言葉にはできませんでした。ですが、遠藤が何を言わんとしているのか、私にはそのことが漠然と理解できるような気がしたのでした。

私は入獄するまえに、雑誌『セルパン』に掲載された「猫町」を読んでいましたし、知人に依頼し、川上澄生・装幀の単行本も差し入れしてもらってもいたのでした。

たしかに司法省は、刑務所内での〝思想的犯罪人〟の読書について厳しい制限をかしています。が、そうではあっても、まさか司法省の役人にしても、「猫町」が〝国体変革、私有財産制度否認〟に相当するとまでは思わなかったにちがいありません。「猫町」が差し入れされるについては何の問題もなかったのでした。

「「猫町」なら知っている。「猫町」がどうかしたのか」

私はそう尋ねました。すると遠藤はうなずいて、

「萩原朔太郎は数年まえに離婚した。そののち赤坂区檜町の〈乃木坂倶楽部〉というアパートに居をかまえ、失意の日々を送った。朔太郎はこのころのことを回顧し、〈乃木坂倶楽部〉という詩を残している。その「詩篇小

解」にこう記している――連日荒妄し、懶惰最も極めたり。白昼《ひる》はベッドに寝ねて寒さに悲しみ、夜は遅く起きて徘徊す。……要するに朔太郎は乃木坂を徘徊したわけなのだろう。朔太郎が〈乃木坂倶楽部〉で暮らしたのは、ほんの一月ほどのことだったか、それでもその土地柄を知るのには十分だったんじゃないか」

「……」

「おれはこう思う。その数年後、弟の恭次郎もやはり乃木坂界隈をさまよった。そのときに恭次郎は何かを感じとったのではないだろうか。何か予兆のようなもの、このままでは何かが起こらずにはいられないという不穏なものを――」

「何か予兆のようなもの？　何か不穏なもの？　ずいぶん、あいまいな物言いをするじゃないか。それはどういうことなんだ。何のことなんだ」

　私がそう尋ねますと、遠藤は宙の一点を見つめるようにし、「猫町」の一節を暗誦したのでした。

「……何事かわからない、或る漠然とした一つの予感が、青ざめた恐怖の色で、忙がしく私の心の中を駆け廻つた。すべての感覚が解放され、物の微細な色、匂ひ、音、味、意味までが、すつかり確実に知覚された。あたりの空気には、死屍のやうな臭気が充満して、気圧が刻々に嵩まつて行つた。此所《ここ》に現象してゐるものは、確かに何かの凶兆である。確かに今、何事かの非常が起る！　起るにちがひない！……」

「……」

「あいつは――」

　遠藤はあの若者が立ち去った方向に向かってあごをしゃくり、萩原恭次郎は、と言い直して、

「乃木坂をさまよっているときに〝此所に現象してゐるものは、確かに何かの凶兆である。確かに今、何事かの非常が起る！〟とそう感じたのにちがいない。それがあまりにも奇妙すぎる体験だったために恭次郎は自分ひとりの胸におさめておくことができずに、兄の朔太郎にそのことを伝えた。そういうことだと思う」

　遠藤の話はますます突拍子もないものになりつつありました。私は遠藤の話がどこに落ち着くことになるのか、それがわからずに何かめまいがするような思いにみまわれたのでした。

「さっきもいったように朔太郎はすでに乃木坂という地を十分に知っている。その知識と、恭次郎から教えられた奇妙な出来事をないまぜにして、一篇の短篇小説を書

いた。それが――」

「「猫町」だというのか」

あまりの論理の飛躍に私は反論する気さえ失せました。

そもそも萩原朔太郎をして「猫町」を書かしめるほどの奇妙な出来事とは何だったのでしょうか。そんなことが現実にありえたのでしょうか……「猫町」は徹頭徹尾、一篇のメルヘンであって、それを支えるべき、どんな現実も存在しないと考えるべきなのではないでしょうか。

川上澄生の手による「猫町」の表紙は床屋の窓から猫が覗いている絵です。

そのねじり棒の看板と猫との対照の妙は、たしかに、私の愛してやまぬところではあります。

しかしながら、まさか朔太郎にしても、現実に床屋の窓から猫が覗いていたぐらいのことで、「猫町」の執筆を思いついたりするはずはなかったと思うのですが……

「猫町」は、自分はもう旅に対する興味とロマンを失ってしまった、という無味乾燥な記述から始まっています。

それが、あれよという間《ま》に、幻想的としか言いようのない地平にまで誘《いざな》うのは、さすがに朔太郎の才筆だけのことはあると感心させられます。

作中、北越地方のKという温泉に滞留していた「私」は、とある一日、秋の山道を散策していて、いつしか道に迷ってしまう。道をたどって、麓に到着した「私」は、そこに思いがけず繁華で美しい町を見いだすことになる。

「猫町」の描写によれば、それはこんな町なのでした……

> 大通の街路の方には、硝子窓のある洋風の家が多かつた。理髪店の軒先には、紅白の丸い棒が突き出してあり、ペンキの看板にBarbershopと書いてあつた。旅館もあるし、洗濯屋もあつた。町の四辻に写真屋があり、その気象台のやうな硝子の家屋に、秋の日の青空が侘しげに映つて居た。時計屋の店先には、眼鏡をかけた主人が坐つて、黙つて熱心に仕事をして居た。

この不思議な街は人出で賑やかに雑踏している。そのくせ少しも物音がしないのだという。街は「閑雅にひつそりと静まりかへつて、深い眠りのやうな影を曳いていた」のだというのです。「すべての物象と人物とが、影のやうに往来して居た」――

とこうしているうちに、「私」はその町の異常さにいやでも気づかされることになるのです。「かうした町全体のアトモスフィアが、非常に繊細な注意によつて、人為的に構成されて居る」ことに思いをはせることになるのでした。そして――

その町にはある漠然とした、しかし非常に強い、予感めいたものがみなぎっているのでした。「私」はその予感のあまりの異常さに慄然とさせられる。

朔太郎はそれを鮮やかに緊迫感に満ちた描写でこう記しています。

> 町全体が一つの薄い玻璃で構成されてる、危険な毀れ易い建物みたいであつた、一寸したバランスを失つても、家全体が崩壊して、硝子が粉々に砕けてしまふ。それの安定を保つ為には、微妙な数理によつて組み建てられた、支柱の一つ一つが必要であり、それの対比と均斉とで、辛うじて支へて居るのであつた。しかも恐ろしいことには、それがこの町の構造されてる、真の現実的な事実であつた。

そしてついに、「私」は猫の大集団を見ることになり、「猫町」はクライマックスにいたるのですが――

これから「猫町」をお読みになる方たちの興を削がないためにも、それから先のことはここでは記さないほうがいいでしょう。

ともあれ――

朔太郎は「猫町」を自分の唯一の〝散文詩風な小説《ロマン》〟と称しているらしいのですが、なるほど、たしかにこれを一般的な意味での小説と考えるのには無理があるでしょう。ここには通常の小説の基盤をなすところの〝現実〟の要素があまりにも希薄すぎるからです。

にもかかわらず遠藤は、「猫町」という小説《ロマン》は、現実に起こったある奇妙な出来事をその基盤にしている、と主張してやまないのでした。これはどういうことでしょう。

もっとも「猫町」が現実の乃木坂をモデルにして書かれている、という遠藤の主張はそれなりに根拠があることのようです。

遠藤によれば、「猫町」に登場する町の描写は、萩原朔太郎が発表した「まどろすの歌」や「荒寥地方」などという作品において描写されている町にきわめて似ているのだそうです。

朔太郎が乃木坂に住んでいたのは昭和四年のことだか

らまさに時代的には符合すると言っていいでしょう。

そのことをあわせて考えれば、朔太郎が当時の乃木坂を思い出しつつ、「猫町」の執筆に当たった、と想像するのは、必ずしも遠藤の妄想が過ぎるとばかりはいえないでしょう。

それというのも、じつは私にしてからが、とある事情から、去年の秋に、乃木坂界隈を彷徨することになったからなのです。

そして、やはり「何事かわからない、或る漠然とした一つの予感が、青ざめた恐怖の色で、忙がしく私の心の中を――」駆け廻るのを体験したからなのでした。

押絵と旅する男・考

十一

志村が「感想録」をそこまで読んだそのときのことだった。

ふいに教誨堂の明かりが一斉に消えたのだった。すべてが闇に閉ざされる。何が起こったのか！　一瞬、椅子のなかで体をこわばらせた。

その闇のなか、ふいに背後から声が聞こえてきた。若々しい、しかし、その若さに似あわぬ、ふしぎに深い洞察力を感じさせる声だった。

「「〝乃木坂芸者殺人事件〟備忘録」はすでにお読みになっていることと思いますが、その「感想録」もできるだけ早い機会にお読みになって下さい。ぼくがこれからお願いする調査に、その両者ともに深くかかわってくることになろうかと思いますから――」

「……」

志村は反射的に振り返ろうとした。

が、その目に明かりが射し込んできた。明かりにさえぎられてその声の主を見さだめることはできなかった。


あきらめて視線をもとに戻した。

説教壇の奥の壁に白い垂れ幕が下がっている。その垂れ幕にぼんやり明かりが射していた。要するに、またしても活動写真が始まるということのようだ。「押絵を旅する男」のつづきでも見せてくれるのだろうか。

別名を検閲映画館と呼ばれているだけのことはあって、黙忌一郎という男はよほど映画が気にいっているらしい。何かというと活動写真を見せてくれる。

どこか背後のほうで映写機の作動する音がカタカタと聞こえてきた。

まずは黒い画面に字幕が浮かぶ。


嗚呼！　英霊は天に。


ついで妙に白っぽい画面に変わる。見覚えのある風景だ。青山斎場のようである。

やや、画面の焦点がぼやけているように見えるが、これは雨が降っているために、そう見えるだけのことだろう。青山斎場に降る雨は静かに煙るようだ。

誰の葬儀だろうか。参列者が異常なまでに多い……場内ところ狭きまでに、数えきれないほどの玉串、花輪が幾重にも飾りたてられていた。

また、画面が字幕に変わって、

畏れ多くも各宮殿下御下賜の御榊を始め奉り重臣、閣僚、各種団体、同郷者より供へられた花輪に祭壇は埋め尽された。


諸員が粛然と迎えるなか、霊柩が遺族および葬儀委員たちに護られて斎場に到着し、祭壇に安置された。その霊柩のうえに故人の写真が置かれている。

「……」

志村が闇のなかでうなずいたのは、この葬儀が誰のものであるか、それがわかったからである。

霊柩のうえに置かれている写真は永田鉄山軍務局長の

ものであった。

これは去年の夏に執り行われた永田鉄山の葬儀が撮影されたもののようである。

また画面が字幕に変わって、

之より先き中将逝去の趣、天聴に達するや、十四日午前畏れ多くも勅使を永田家へ御差遣あらせられ、中将生前の功績により特に授け給ひし勲一等瑞宝章を、嗣子鉄城氏へ伝達せられ、ただちに之を霊前に供へて此の栄誉を報告した。


そのとき背後からかすかに笑い声が聞こえてきた。皮肉でやや嘲笑的な含み笑い。そして、勲章か、という。

「……」

その笑い声に、志村は反射的に振り返ろうとしたが、どうしてかそれがはばかられることであるように感じられ、かろうじて思いとどまった。

若々しい声が聞こえてきて、

「ここにも勲章がある。この日本という国はどこもかしこも勲章だらけだ。馬鹿ばかしい。あとで説明します。じつはこの勲章というやつが問題になるのですよ——」

その声を背後に聞きながら志村は画面にじっと目を向けている。と同時に後頭部に執拗な視線を感じていた。尋常な視線ではない。その勁い視線になにか後頭部の毛髪がちりちりと逆だつように感じた。

——この視線の主はただ者ではない。

と感じた。そう感じながら、しかし振り返ることをせずに、ひたすら画面を凝視している。どうしてだろう。不用に振り返ると何か取り返しのつかないことになりそうな気がするのだった。

画面のなかで葬儀はつつがなく進行している。喪主、親族が着席し、中将、少将等二十数名、いずれも軍の高官が礼装に威儀を正して、さらに葬儀委員が数列に並んでいる。非常に立派な葬儀ではあるが、それだけに非常に退屈でもあるようだ。こうして画面を見ているだけでアクビが洩れてしまいそうだった。

また画面が字幕に変わって、

中将母校長野県諏訪郡高島中学校同級会よりの弔詞を藤原博士総代として朗読した。

画面が鈍い光を放っている。その光のなか、教壇の右手に人影がうごめいた。電蓄がかすかに雑音を発した。レコードの回転音が聞こえてそれに針の擦れる音が重なった。

そして、ふいに男の声が聞こえてきた。けっして録音状態がいいとはいえない。ひび割れて、非常に聞きとりにくい声が、雑音混じりに……

――残念である遺憾千万である。誤解や盲信のために是だけの頭、是だけの人格者を有無もいわせずにあの世にやって仕舞うとは、あきらめろといわれて、あきらめきれるか、あの整備した脳細胞の配列、一度崩壊しては亦求める方法はない。損害だ。大損害だ、国軍のためにも大損害だ……

どうやら藤原博士――この人物がどういう人物であるか志村にもわからなかったが――が総代として朗読している弔詞をそのまま録音したものであるようだ。

「……」

それを聞きながら志村は椅子のなかでわずかに身じろぎした。その唇をかすかに薄い笑いが掃いた。嘲笑、だろうか。嘲笑だとしたら、何を嗤《わら》ったのか。ほとんど表情を変えようとしない志村が始めて見せた素顔といっていいかもしれない。

レコードの録音はつづいている。画面でも藤原博士なる人物が弔詞を読んでいるが、必ずしも映像と録音とが一致はしていないようである。そこまではトーキーの技術が進歩してはいない。

――もう国民も此のうえ恣《ほしいま》まな直截行動を許しておくわけにはいかない。此の際だって此の悪癖を矯正せずんば、果たして何れの日を待とうか。永田を犬死にさせてはならない。彼らの迷夢を醒ますことは我ら生存者の任務でなければならない。彼らの迷夢が晴れて始めて永田の死は有意義となる……

志村の唇にまた笑いが波うった。今度ははっきりと見る者に悪意を感じさせる笑いであった。しかしながら、いまの志村を見ている人間は誰一人いない。誰もいないはずであったのだが……

また背後から声が聞こえてきた。その間《ま》のよさに志村はわずかに驚きの念を覚えた。まるで志村のことをちくいち観察しているかのようではないか。

「あなたは妙な人ですね。何がそんなにおかしいのですか。永田鉄山はわが陸軍始まって以来の逸材といわれた人物ではないですか。たしかに、頭脳の切れの非常に緻密だったことは疑いようもない。それが無惨に斬殺された。遺された人たちがその死を悔やむのは当然のことではないですか」

内容とは裏腹にその口調は必ずしも志村のことを咎めているようではない。それどころか志村のことをどこか面白がっているようなふしさえ感じられる。若々しいが、その口調のどこかに諧謔味のようなものが感じられるのだ。


志村の顔がわずかにこわばった。その、いつもは特高部員としてめったに表情を変えない顔に、いまはいくばくかの感情が揺曳しているようだ。その感情は、あるかなしかに弱々しいものであるうえに、混沌としているためなに、いまはまだ名づけようがないが——強いてそれに名をつけるのだとしたら……怒り、だろうか。

志村の唇が動いた。低い、しゃがれた声で、嗤わせるぜ、という。

「陸軍始まって以来の逸材か。それがどうした。それが何だというんだ。ここに参列している連中を見てみろよ。どいつもこいつも襟に金ピカの飾りをつけやがって。偉そうに胸を張りやがって。おれはこういう偉そうな連中を見るとヘドが出そうになる。どいつもこいつもたたき殺してやりたくなるのさ」

十二

この男が——と意外に思わせるほどに、その声には生々しいまでに激しい感情が波うっていた。怒りは深い悲しみに裏打ちされていた。そして哀しみは強靭な怒りにつらぬかれているのだった。

「おれには殺した相沢も殺された永田もどうでもいい。ついでにいえば国を憂う青年将校とかいう連中もどうでもいい。財閥も重臣も知ったことかよ。やつら勝手に殺しあえばいいのさ」

それまで胸の底にかろうじてしまい込んでいたものを、ついに耐えきれずに、その抑制をすべて取っ払ってしまう。そして思いのありったけをそこにぶちまけてしまう。

いつのまにか活動写真の上映がとまっている。闇のなかに灯台の灯を見るように一直線に明かりが射している。明かりは微動してそこに浮遊する埃を浮かびあがらせている。

やや間があいて、

「お上《かみ》（天皇）はどうですか。あなたはお上のことはどう思っているんですか」

「お上もどうだっていいさ」志村は躊躇《ちゅうちょ》せずにそういい切った。「おれの知ったことかよ」

かすかに笑う声、そして、「あなたは特高の警部補としてはじつにめずらしい人ですね」

「そうですかね」

その声はうって変わって低い。自分がいつになく激昂してしまったことに、なにか気が引けるものを覚えたのかもしれない。

背後からの質問がつづいた。

「それではあなたは何だったら気になさるのですか。どんな人たちのことだったら、どうでもいい、と思わないのですか」

「……」

つかのま志村の表情が虚ろになった。その目が放心したように虚空に投げかけられる。やがて虚空のどこか一点にその目の焦点が結ばれて、

「去年の十月のことだ。一人の男が自宅で自決した。二人の娘を学校に送って、夫人に用たしに行くように命じて、自分は二階に上がった。八畳間の畳を裏返して重ね、軍服に着替え、胸に略綬をつけ、遺書を机のうえに置いて、東方に向かって端座し、古式にのっとって愛用の軍刀をもってして割腹した。その遺書にいわく――」

志村の声が鋼のように鋭さを増した。虚空に一閃して放たれた。

「永田軍務局長事件当時の行動に関し疑惑をうくるものありしは、全く不徳の致すところにして、ここにその責を負うて自決す」

それに応じて背後の声が、兵務課長山田大佐のことですね、という。

「相沢中佐が永田局長の部屋に闖入したときに、山田大佐はほか一名とともに、たしかに局長室にいた。そして、もう一人はまがりなりにも負傷しているが、山田課長はかすり傷一つ負わなかった。そのために永田局長を見殺しにして逃げたのではないかという世間の非難をあびることになった。そのために自決した――」

志村は、ああ、とうなずいて、その大きな手で自分の顔を撫でおろし、その手をじっと見つめながら、

「憲兵隊は山田大佐の自決にはじつに冷淡だったよ。なにか汚いものでも見るかのようだった。検視もおざなりだったな。だから、山田大佐の自決現場には、われわれ特高も立ちあうことができた。立ちあって嬉しいような

ものではなかったが……」

「あなたは山田大佐に同情したというのですか。相沢中佐は憂国の思いにとらわれて永田局長を斬殺した。その巻き添えをくって山田大佐は犠牲になってしまったのだと――」

どうしてか、その声にかすかに冷淡な響きがこもったようだ。けっして志村の思いに同情を寄せている声ではない。

「山田大佐に同情？　どうして、おれが山田大佐に同情しなければならないのか」

志村にはそのことが意外だったようだ。驚いたように首を横に振った。

「遺書をしたためて、東を向いて、古式にのっとって腹をかっさばいた、見事なものさ。自分は卑怯者ではないということを世間に証明しようとしたんだろうさ。当てつけに自決したようなものだ。おれはそういう人間には同情しない。おれが同情するのは」

「あなたが同情するのは――」

と背後の声が静かに志村の言葉を繰り返す。

「山田大佐は娘二人を学校に送り出して、夫人を使いに外出させた。家族に累が及ばないようにしたわけだ。ところが女中のことは気にもかけなかった。まだ少女のような歳の女中なのにそのまま家に残した。そして勝手に自決した。あとでその少女がどんなに世間から責められるかそのことをカケラも配慮しようとしなかった。案の定、その少女は、同じ家にいて主人が自決したのに気がつかなかったのか、という非難を一身にあびることになった――」

志村はそこまで一気にいって、あとは吐き出すように、おれは軍人というやつは大嫌いだよ、といってのけた。

十三

志村の声は自分でも思いがけないほど大きく教誨堂に響いた。あるいはその反響の大きさこそが志村の内心の怒りの大きさを示していたのかもしれない。

――そう、おれは怒っている。しかも非常に怒っているのだ。

志村はあらためてそのことに気がついた。そして、その怒りの大きさに自分でも愕然とする思いになっている。

相沢中佐が永田局長を斬殺した現場の惨たる状況をか

んがみても、その場に居合わせた軍人たちに卑怯未練な振るまいがあったと推測されて当然だろう。ある意味では、その後、世間から非難弾劾をあびることになったのもやむをえない仕儀であった。

とりわけ兵務課長・山田長三郎大佐に対する非難は熾烈をきわめたといっていい。

のちの相沢中佐の証言によれば、凶行を終えて外に出ようとするときに、山田大佐が「相沢、相沢——」と呼びかける声を聞いたという。そのことから考えても山田が隣室の軍事課長室にいたのは間違いないことなのだ。

相沢の一撃に怯え、局長を見殺しにし、いち早く逃げ出してしまったという世間の非難はあながち根拠のないことではない。

山田大佐は、その後、非役の兵器本廠付に左遷されたが、それだけでは世の非難はおさまりそうになかった。追いつめられ、ついに自刃するのやむなきにいたった。

じつのところ志村は山田大佐には同情すべき点が多いと思っている。人はときに臆病風に吹かれることがある。というか、人はおおむね臆病なものであって、山田大佐の場合にはたまたま軍人だったために非難されることになったにすぎない。

志村は山田大佐をそのことで非難する気にはなれない。どんな人間であろうと、ただたんに臆病だった、ということだけで非難されるべきではないと思う。それは天にも唾する行為ではないか。

それだけに、

——どうして女中の娘のことをすこしでも考えなかったのか。

そのことは山田大佐のために悔やまれる。悔やまれる、という言葉だけでは十分ではなしに怒りさえ覚える。その怒りをいまだに抑えることができずにいる。

少女はたまたま惨状の現場に居あわせた。主人が自刃するのを制止することができなかった。あるいは何も知らずにいたのかもしれない。そのために人から後ろ指を指されることになった……それはそのまま山田大佐の境遇そのものではなかったか。

あとさきのことを考えずに自刃すれば、その家《や》に居あわせた少女がどんな苦境に追い込まれることになるか。どうして山田大佐はそのことに想像が及ばなかったのだろう。

——なぜ山田大佐は自分の行為が女中を同じ境遇に追いやることになる、とそのことに思いいたらなかったのか。

志村は憤懣やるかたない思いになっている。

山田大佐はおのれの悲運に押しつぶされて他の人間のことを慮《おもんぱか》るだけの余裕を欠いていたのだろうか。いや、娘二人が学校に出るのを待ち、さらには妻女を用足しに外出させているのだから、彼に人並みの配慮が働かなかったとは思えない。

要するに女中のことにまでは配慮が働かなかった。もっと言ってしまえば、どうでもいいと思っていた、そういうことなのではないか。

女中はてるという。まだ幼さの残る少女だった。どこか東北の出身とか聞いた。

多分、数年まえの凶作旱魃《きょうさくかんばつ》に端を発し、いまだに貧困・疲弊にあえいでいる農村から、口減らしのために東京に追いやられたのにちがいない。

十五、六歳、せいぜい十七歳というところか。よく見れば整った顔だちをしているのだが、家事に追われ、煤だらけになっていて、志村が会ったときにはその容貌をよく見てとることができなかった。

が、そんな汚れた顔のなかにあって、その意志的な目だけはつねにりんと冴えていた。巡査たちになかば恫喝されるように尋問されてもその目の色が怯むことは決してなかった。

それがかえって巡査たちには面憎いものに思えたのかもしれない。彼女に対して、ますます居丈高になって、

「おなじ家にいて主人が自殺したのに気がつかなかったなどという道理があるか。居眠りでもしてたのか。それとも男と逢い引きでもしてたのか」

巡査たちが頭ごなしに決めつける。同じ農村出身だろうに、あるいはそれだからか、巡査たちはあまりといえばあまりにてるに対して同情心が薄すぎた。頭から彼女のことをバカにして、その話をろくに聞こうとさえしないのだ。

が、てるも負けていない。巡査たちの理不尽ともいえる尋問に真っ向から立ち向かって屈するところがなかった。

「おら——わたしは男と逢い引きなんかしていません。とんでもねえ言いがかりだ。わたしは台所にいたもんだから……何も聞こえなかったもんだから……」

が、巡査たちは頭から彼女の言い分を聞こうとはしなかった。

「こんな狭い家じゃないか。いくら台所にいたからとい

って二階で主人が自決したのに気がつかなかった、などということがあるものか。本官らをバカにするのか」

巡査たちが容赦のない怒声をあびせかける。これはもう取調べなどというものではなかった。すでに虐《いじ》めといっていい。

それを見て、

——かわいそうに……

志村は同情の念を禁じえなかった。そして、そのことが一転して山田大佐の心ない仕打ちに対する怒りとなる。

——結局、いつの場合でも一番わりを喰うのは弱い人たちなのだ……

という、ある意味ありきたりな、ありきたりであるだけに、いっそう悲しい感慨にとらわれざるをえない。それはほとんど絶望的なまでの憤怒をともなって腹の底に苦いしこりを残した。

権力の一方の雄ともいうべき本庁・特高部に属し、警部補を拝命している身としては、これはあまりに気弱すぎる感慨というべきかもしれない。本庁・特高部の警部補たる者、もっと鉄の意志を持って、事態にのぞむべきだろう、とも思うのだが——

憲兵たち、刑事たち、巡査たちが、総じてこの事件に対して冷淡すぎるのがあまりに気にいらない。

まずは憲兵たちであるが、本来なら、軍人が自刃したのであるから、彼らはその検証に最後まで立ち会うべきだろう。それなのに、一応、現場に顔を出しただけで、すぐに引きあげてしまった。その冷淡さは、まるで山田大佐が自刃するのは当然のことであり、そんなことにかかずりあいになるのはまっぴらだ、見るのも汚らわしい、とでもいわんばかりなのだ。

あとには所轄の刑事たち、それに巡査たちが残された。その刑事、巡査たちの現場検証がまたあまりにひどいものであった。いっそ投げやりといっていい。

世間から嘲笑、そしりを受けている山田大佐であれば、自刃しようがしまいが、どうでもいいということなのだろうか。あるいはそうかもしれない。

まだしもそれは我慢できる。我慢できないことはほかにある。

それは巡査たちのてるに対する態度である。

巡査ともあろう者が、主人を喪い、動揺している弱い少女のことを、

——同じ家で主が腹をかっさばいているんじゃないか。それがわからなかったなどということがあるものか。

とねちねちといたぶっているそのことなのだ。どうしてこれを我慢できよう。これはたんなる弱い者いじめであって、それ以外の何物でもない。

同じ警察に籍を置いている身としてはこれはどうにも耐えがたいことであった。ついに堪忍袋の緒が切れてしまった。

「おい、ちょっとこっちに来い」志村はその巡査をわきに呼んで、「いいかげんにしないか。あの娘に何の罪がある。弱い者いじめはやめにしないか」

そう注意した。

自分では極力、やわらかな口調で言ったつもりだったのだが、その底に秘めた怒気は隠しきれなかったのだろう。つい叱声する口調になってしまった。

「弱い者いじめ……」

巡査は心外そうな表情になった。

「人によってはそう取るかもしれないということだ。自重したほうがいい」

「お言葉ではありますが」

「何だ」

「お言葉ではありますが」と巡査はくり返して、「これが自分の職務であります。それを弱い者いじめなどといわれたのでは心外であります。自分には納得できません」

「……」

志村はあらためて相手の顔をまじまじと見つめた。

赤ら顔に、似合わない髭を生やした、巡査の制服さえ着せなければ、いかにも気のよさそうな中年男である。その人のよさそうな巡査が、似あわない髭を震わせ、不満の色をあからさまにあらわして、

「それに第一、警部補は本庁とはいっても特高部ではありませんか。申し上げにくいことではありますが、担当が違うのではないでしょうか」

十四

まことに仰せのとおりである。志村としては苦笑せざるをえなかった。

たしかに志村は本庁の特高（特別高等警察）部員であり、本来であれば、非役の一陸軍大佐が自刃したからといって、それを調査すべき立場にはない。

では、どんなことであれば思うように調査できるので

あるか。じつのところ、いま特高部はどんな任務であれ、それをよくまっとうしえない立場にある。あるいは本来の任務に邁進すべき環境に恵まれていないといったほうがいいか。

一つには内務省と特高部との間の現状認識の差があまりに大きすぎるということもその理由に挙げられるかもしれない。

内務省では、新興宗教として強大な勢力を誇るかの大本教が青年将校および右翼テロリストの強力な資金源になっているものと見なしているようである。はなはだしきは、いざ軍部クーデターが勃発したときには、その民間部隊として大本教が別動することになっていると考えているらしい。

そのために去年(昭和十年)十二月八日、京都府下の綾部・亀岡の本部、島根別院などを急襲し、出口王仁三郎など幹部、そのほか六十余名を一斉に検挙、起訴するにいたっている。

内務省としては、それ以前より大本教を弾圧撲滅することを意図し、特別高等警察部の協力よろしきを得て、これを全国規模で展開させることを考えていた。

が、じつのところ特高部では、大本教が青年将校たちの不穏な動きに連動しているという内務省上層部の見解を全面的には受け入れてはいなかった。正直、大本教に圧力をかけるために、そうでなくても限られている特高部の力を削ぐのは意に染まないことであるのだ。

が、だからといって上層部の方針に逆らうなど思いもよらないことだった。不本意ながらもその意に従うほかはない。

この一事だけでも、いいかげん特高部の活動は阻害されるのだが、そこへもってきて現場においては憲兵・特高係が露骨に特高の巡査たちの捜査妨害をしている。

青年将校たちのいわゆる〝軍隊運動〟――当人たちはこれを〝維新運動〟と呼んでいるようであるが――は″三月事件〟、〝十月事件〟、〝相沢事件〟と事件を重ねるにつれて、いよいよ抜き差しならない事態に突入しつつあるようだ。

青年将校たちが軍事クーデター決起に踏み切るのはもはや必至と見なされている。すでにそれは一種の既成事実であるといっていい。興味の焦点は、それが起こるか起こらないかではなしに、いつ起こるのか、ということに移っている。

青年将校たちは、歩兵第一連隊、歩兵第三連隊、近衛歩兵第三連隊の三連隊を拠点となしている。したがって、この三連隊を管内に持つ赤坂表町警察署、麻布六本木警察署からは頻繁に〝青年将校〟たちの動向について問いあわせがある。

しかし、情けないことに本庁・特高部にはそれに応じるだけの情報の持ちあわせがない。というのも前述した理由などから現場の特高の巡査が思うように捜査活動ができないからなのであるが……

志村にしてみれば、山田大佐の自刃現場に顔を出したのも、そんな思うにまかせない捜査の欲求不満が生じてのことなのだった。

髭の巡査が志村に抗議したのはそれを見越してのことだったのかもしれない。要するに現場の巡査たちは必ずしも特高の刑事たちに重きを置いていない。

「担当が違うのにわれわれの仕事に口出しをするのは——」

髭の巡査はさらにかさにかかって何か言いかけたようだが——

そのとき所轄の刑事がそれを見咎めたのか急いで近づいてきた。そして志村のことに気をつかいながら髭の巡査に何事か囁いたのだった。非常に真剣な表情になっていた。

「……」

髭の巡査は驚いたような表情になり、あらためて志村の顔をまじまじと見つめ、さらにその顔を同僚に戻して囁き返した。

いや、当人としては囁き返したつもりなのだろうが、その声ははっきりと志村の耳に届いたのだった。

「え、この人が」と髭の巡査はそう囁き返したのだった。

「あの小林多喜二を殺した特高——」

十五

その回想のなかの髭の巡査の声が、

「そうなのですか。あなたがあの小林多喜二を殺した特高の刑事なのですか」

いま現実の背後の声となって、その両者が闇に閉ざされた教誨堂のなかで重なって響いたかのように感じられた。

「……」

志村はとっさに返事ができなかった。

山田大佐の自刃のことを話しているうちに、ついそのときに警官が洩らした言葉として小林多喜二のことに触れてしまった。その不用意さが悔やまれた。

「小林多喜二は左右の膝のうえに何箇所も釘を打たれたうえに細ヒモでくびり殺されたと聞いているが——」

それを聞いて志村は自分の顔が氷の仮面のように冷たくこわばるのを覚えた。

巡査の話を聞いたときがそうだった。いまもそれは変わらない。

——多分、未来永劫にそうなのだ。

そうひとりごちた。

あの作家のことを思い出すと決まってそうなってしまう。冷えびえとした仮面が自分と他者とを隔ててしまうのを覚える。現実が自分から一気に遠のいていってしまうのを感じるのだ。

——この仮面は……

と志村は思う。

多分、自分の顔を覆うためのものではない。そうではなしに他者を拒絶するために、現実を否定するためのものなのだろう。その拒絶されるべき世界には自分自身も含まれる。というか、なによりもまず自分自身こそが否定されなければならないのかもしれない。

他者が否定され、現実が否定され、自分自身が否定されたそこには——

ただ冷たい闇だけがわだかまっている。闇があってそれ以外には何もない。

それは志村自身が蔵した闇であり、多分、歴史というものが宿命的に孕んでいる闇でもあるのだろう。闇はどこまでも深く遙かに遠いのだが。

その闇のどこか遠い地平の果てに……青竹が風を切って鳴り響き……肉を打つ鈍い音が、ビシッ、ビシッとそれに重なって響きわたって……真っ赤な血が闇を裂いて飛び散って……

苦しい。

ああ苦しい。

息ができない。

というあの作家の呻きが聞こえてくるのだ。多分、その呻き声の酷さ、あまりの生々しさに耐えられずに、それで仮面を被ることになるのだろう。

あれから二年になるか。いや、すでに三年か——昭和八年、あれは二月、築地署の特別室でのこと……あのときの冷たい月の光は、いまも冴えざえと胸に射しているが、それが闇の底まで達することはない。闇はどこまでもそこに冷えびえと凍てついてついにそれが溶けることはない……

あの作家のことを思うと胸の底が掻きむしられるようになる。その苦しみはあまりに深く激しい。思い出すのさえ耐えられないほどであって、ましてやそのことを人に話すなど精神的な拷問以外の何物でもなかった。

だが——

志村の内心の葛藤とはかかわりなしに、背後の男は淡々と言葉をつないで、

「あの日の夕刊記事はいまだに覚えていますよ。二号二段ぬきで〝小林多喜二氏、築地署で急逝す〟となっていた。ひどい話だ」

「……」

「警察発表では小林多喜二氏は心臓麻痺で亡くなった、ということにされていたが、むろん世間でそれを信じた人間は少ないでしょう。特高の刑事が、捕えた人間を拷問するのは周知のことですからね」

「……」

「しかし、あのとき小林多喜二を逮捕し糾問した特高係のなかに、志村さん、あなたの名前は入っていないじゃないですか。たしか特高係の水谷という人物がその責任者だったはずです。それなのにあなたが小林多喜二を殺したというのは具体的にどういうことなんですか」

「お話するわけにはいきません。職務上での機密ですから」

「職務上での機密……」

わずかにその声に含み笑いが混じった。背後の闇に人の動く気配があった。一人の男がゆっくりと闇のなかから進み出てきた。志村のまえに回り込んだ。

いまはもう垂れ幕には何も写されていない。ただ映写機の明かりだけがクラゲのように揺れているだけだった。

男はその明かりのなかに立った。そして志村をじっと見つめた。

「……」

その声から予想されたことではあるがまだ若い男だ。痩せて背が高い。その顔だちはまずは尋常にととのっているると言えたが、二枚目にありがちな軽薄さはどこにもない。むしろ修行中の高僧のように禁欲的な印象がきわだっていた。

きわめて印象的なのはその目だ。人を射抜くように強靱で鋭かった。圧倒的な知性を湛えて澄みきっていた。が、なによりも、その目は哀しかった。そう、哀しかったのだ。それが何を意味するのかもわからずに不思議に志村は心うたれるのを覚えた。

男は白い獄衣を着ていた。そのことが志村の目には非常に奇異なものに写った。未決囚は青い獄衣、既決囚は赤い獄衣を着る決まりになっている。白い獄衣を着ている囚人などこれまで見たことがない。

そういえば「感想録」に白い獄衣を着た無決囚のことが記されていた。それを真内伸助は萩原朔太郎の弟の恭次郎だと記していたが……

——これは何だろう。未決囚でもなければ既決囚でもないというのはどういうことなのだろう。

志村の内心の疑問を見抜いたように、無決囚なのです、と男はそう言った。

「ぼくは無決囚なのですよ」

「無決囚……それは何なのですか。どういう意味なのですか」

志村は尋ねたが、男はそれには答えようとはせずに、

「自己紹介が遅れました。もうお察しのこととは思いますが、ぼくがあなたをお呼びだてした黙忌一郎です。ご足労をお願いして申し訳ありませんでした」

「いえ……」

志村はあいまいに首を振り、椅子から腰を浮かして、志村恭輔です、と名乗る。

「お見知りおきのほどを」

「こちらこそ。これから何かとお世話をおかけすることになると思います。よろしくお願いします」

黙忌一郎はそう言い、椅子を引き寄せてそこにすわった。そしてわずかに首を傾げるようにして志村のことを見つめると、

「あなたは小林多喜二のことを職務上の機密だとそうおっしゃる。しかし、こちらにいらっしゃるまえに上司の方からぼくにはすべてのことを話せとそう言われていることと思いますが——」

「……」

志村はそれにはただ黙っている。答えるすべを知らない。たしかに上司からはそう言われている。しかし、そう上司から言われていることと、それにしたがうかどうかはまた別のことだろう。

「お答えいただけませんか」

忌一郎はかすかに笑った。禁欲的な印象を与える若者だがその笑いだけは不思議なほど爽やかな印象をもたらした。

「……」

志村にはそのことが意外だった。この黙忌一郎という若者は志村が沈黙していることについてべつだん気にさわったようではない。それどころか、そのことを面白がっているようにさえ見える。なにか奇妙に捕らえどころのない若者だった。

忌一郎は平然と言葉をつづけた。

「じつは、あなたについて、小林多喜二を殺した男、という噂がたっているのは聞いていました。噂だけがあって、事実がどうであったのか、そのことは誰も知らない。しかも、あなたという人物について悪い評判は皆無といっていい。拷問にうったえて強引な尋問などする人ではないと聞いている。特高にはめずらしく、と言っては失礼かもしれませんが、あなたは公正で理性的な仕事をする人だとそう聞いている。検束された主義者たちのあいだでさえ、あなたは評判がいい。あなたはいっさい拷問などに頼らずに、検束された主義者たちと理詰めで話をするのだという。おや、どうしたのですか。なにがおかしいのですか」

「失礼しました。お気を悪くなさらないでいただきたい。べつだん、あなたのことを笑ったわけではない。そうではない。私は自分のことを笑ったのです」

「ご自分の何を笑われたのですか。そのことをお聞かせいただきたい」

「私は怠惰で怯懦な人間です。それなのにあなたは私のことを公正で理性的な仕事をする人だという。私の仕事ぶりが人にそうした印象を与えたのだとしたら、多分、私は怠惰で怯懦なばかりではなしに、狡猾な人間でもあるのでしょう。私はそんな自分を嘲笑《わら》った。笑うしかないではないですか」

「……」

「あなたは私のことを買いかぶっている。あなただけではない。検束されて、私の尋問を受けた人たちのあいだで、私の評判がいいというのであれば、彼らも私という人間のことを買いかぶりすぎているのでしょう。そう言わざるをえない。たしかに私は拷問を好まないが、それは私が自分の職務に十分に忠実ではないからですよ。私は拷問などして自分の手を汚すのを好まない。私は怠惰で怯懦な人間です。ただ、それだけの男ですよ。評価していただくのはありがたいが、必要以上に買いかぶられたのでは荷が重い。かえって迷惑です」

「ぼくはあなたのことを怠惰で怯懦な人間だなどとは思わない。怠惰で怯懦な人間が上司や同僚からあれほどまでに高い評価を受けることはないでしょう。ましてや、あなたが狡猾な人間であるはずがない」

「……」

「いまの世情は汚れに汚れて人心は荒れるままになっている。不幸にして、と言いましょうか。あなたは警視庁の特高刑事だ。こんなことを申しあげては失礼だが節を曲げずに生きていくのが非常に難しい職場にある。にもかかわらず、あなたは純で高貴な魂を喪ってはいない。ぼくにはそのことがよくわかる。いわば、あなたは汚れた時代、汚れた街をひとり行く高貴な騎士といっていい」

「買いかぶりすぎです。あなたは私のことをあまりに買いかぶりすぎている。買いかぶられすぎるのはかえって迷惑だとそう申しあげている」

志村は無表情に言う。

「そうかもしれません。あなたがそうおっしゃられるのであればそういうことにしておいてもいい」

忌一郎はそれにはあえて逆らおうとはせずに受け流した。口調を変えて、ところで、と言い、

「どうでしょう。あなたがどうして小林多喜二を殺した男、と言われているのか、そのことについて、ご説明いただけないでしょうか」

「たしかに上司からはあなたにはすべてを包み隠さずにお話しろと言われています」志村はたじろがずに忌一郎の目を見返して、「しかし上司は上司であって私自身ではない。上司がどうあれ、私はそのことについては誰にもお話しない、とそう決めているのです。いまさら、その決意を変えるつもりはありません」

「どうあっても」忌一郎が念を押すように言う。「その決意は変わらない……」

「そう、どうあっても」志村はうなずいた。

だが、その決然とした口調とは裏腹に、どうしてか志村のなかには、この黙忌一郎という若者は小林多喜二の最期についてすべてを知っているのではないか、という怯えに似た感情が動いていた。何の根拠もないことであるはずなのに、なぜかその疑いが湧いた。

――馬鹿な。どうしてそんなことを思うのか。それこそ疑心暗鬼というものだろう。そんなことがあるはずが

ないではないか。あのことについては誰も何も知らないはずではないか。

　そう思い込もうとするのだが、その思いは自分でも不思議なほど説得力に乏しく、闇のなかでじっとりと冷たい汗が滲んでくるのを覚えていた……

　しかし——

　黙忌一郎はそれ以上、そのことについて追求しようとはしなかった。

「そうですか」あっさりと了承した。「それではやむをえないですね」

　いまのところ忌一郎の関心はそこにはないということなのか。そうかもしれないが、それにしてもあまりにあっさりとしすぎてはいないだろうか？　何かそれがこの黙忌一郎という若者にはそぐわないことであるように感じられた。志村にはむしろそのことのほうが気にかかったのだが……

「そのことはそれでいいとして」忌一郎が立ちあがって言う。「ぼくには志村さんにほかにお願いしたいことがある。それでわざわざご足労をいただいたわけなのですが」

「どんなことでしょうか」志村は忌一郎の顔を見た。

「志村さんにお願いしたいことというのは二つあります。一つは、いま、お読みいただいた真内伸助の「感想録」に関してのことなのですが——」

　忌一郎は志村の横に立ち、つと指を伸ばすと「感想録」を開いて言う。

「それを聞いていただくには「感想録」をもう少し先まで読んでいただいたほうがいいかもしれません」

N坂の殺人事件

感想録

赤坂区は兵隊町です。

赤坂一ッ木町、氷川《ひかわ》神社の山つづきに、近衛歩兵第二旅団司令部、同歩兵第三連隊。かつての青山練兵場の西南側には近衛歩兵第四連隊――

青山南町一丁目にところを移すと、乃木神社の向かい側に、第一師団司令部、および麻布連隊区司令部が大射撃場を擁し、堂々たる威容を誇っているのです。

その筋向かいには歩兵第一連隊、さらに乃木神社の正面には電車通りを隔て、麻布の第三連隊があります。

乃木坂はかつては膝折坂と呼ばれていたほどの急坂ですから、兵士の操練にこれほど格好なところもないでしょう。朝夕に号令の声が響いて、軍靴の響きがひきも切らずに聞こえてきます。まさに兵隊町の名に恥じぬ地域でありましょう。

いやしくも日本人たる者、その由来を知らぬ者はいないでしょうが、なにより乃木神社そのものが、乃木将軍を祀った神社なのです。その意味でもこの一帯はまさに武人の地域といっていい。

もっとも昭和の御代《みよ》に生きている私たちにしてみれば、明治天皇に殉じて自刃した老将軍の存在など、はるかに遠いセピア色に褪せた昔話にすぎません。少なくとも私にとってはそうなのでした。

ましてや、

――乃木神社は将軍・忠節の御神訓《みおしえ》をまつり、明治神宮の御鎮座を期して造営された……

などと聞かされても、さあ、どうでしょう、思い出すのは「乃木大将の歌」ぐらいなものではないでしょうか。

したがって、そのころ、私が連日のように、乃木神社に出入りしていたのは、なにも乃木将軍の忠義心にうたれてのことではありません。むろん神社のたたずまいに魅せられてのことでもない。

というか、境内に示された〝由緒碑〟によれば、乃木神社は大正十二年に鎮座祭が斎行されたばかりなのです。

神社としてはきわめて新しい。人がそのたたずまいに魅せられるほどの歴史はありません。

もちろん兵隊町だからといって、ここには軍隊ばかりがあるわけではない。

電車通りを斜めに見て、乃木神社の反対側に細い小路が切れ込んでいます。その奥にひっそりと小規模な三業《さんぎょ》地《うち》がありました。

いわゆる赤坂の花街《はなまち》からはやや離れたところに位置しています。場末と呼ぶのは気の毒かもしれませんが、多少、寂《さび》れた感があるのは否めないでしょう。

土地柄、もっぱら軍人か、あるいは軍に品物を納入している商人相手の店が多い。本来であれば、若い私などが足を向けるべきところではありません。

私がこの地域に足を踏み入れたのは、先輩に連れられての、たまたまのことでありました。

そして、そこで偶然に知り合った若い芸者と、思いがけず恋に落ちることになってしまったのでした。〈いな本〉の照若という、一本になったばかりの姑《こ》でした。

とはいえ、そのころの私は学校こそ卒業していましたが、まだ本郷追分の下宿暮らしの身分で、もとより自由に芸者と逢えるわけがありません。相手にしても花街のしきたりに縛られていて、気ままに動ける身ではありません。

女をこっそり連れ出し、人目を盗んで乃木神社を歩いたり、小待合で二時間ほど共に過ごしたりするのがせいぜいの——いや、それさえもはばかられる、やるせない関係にならざるをえませんでした。

お笑いください。まるで浄瑠璃にでも語られるような古い恋物語なのでした。これが昭和の話かと思われるほどですが、どう年号が変わったところで、花街のしきたりの苛烈さに変わりはありません。

芸者が半玉から一本になる、というのがどういうことなのか。

女のまわりには、花柳界に特有のさまざまな思惑とカネが働いています。当然、そのかげには男の影が見え隠れしているのです。私のように若く無力な者が、どうあがいたところで、しょせん恋の行方は先が見えているというべきでしょう。

事実、しだいに照若は、私を避けるようになっていきました。呼び出しの約束も二度に一度は応じない。約束が直前になってホゴにされることも二度三度と重なるようになりました。

いやでも私は照若との亀裂を意識せざるをえませんでした。気持ちが荒んでいくのとは裏腹に、彼女を欲しいという思いはいっそうつのるばかりなのでした。

照若に逢えない日々がつづくうちに、いつしか乃木坂界隈をうろつく癖がついてしまいました。〈いな本〉のまえをうろうろと歩いて、乃木神社の境内を当てもなしにさまようのです。

そうしたところで照若に逢えるわけではない。かえって焦燥感を増すだけのことなのですが、そのころの私はすでに女の幻に憑かれていて、家でじっとしていることなど思いもよらない。正気でないと自嘲しながら、せめて照若のいる界隈をさまようことに、はかない喜びを覚えていたのです。

さきにも申しあげたように乃木神社は新しい神社です。それだけに乃木将軍を祀るにしては、いま一つ古さびた風情に欠けてありがたみが薄いようです。

それでも大鳥居からのぞむ光景にはなかなか捨てがたいものがありました。拝殿が、鬱蒼と繁る木々を負って、整然と左右にシンメトリーをなしています。

大鳥居の手前に手水石があり、左手に旧乃木邸裏門が開いています。

ここには旧乃木将軍邸がそのまま残されているのです。仏陸軍の兵舎を参考にし、将軍みずからが設計したということですが、さして関心をひくようなものではない。それよりもむしろ私は旧乃木邸に隣接する厩《うまや》のほうに関心がありました。

日露戦争の際、水師営の会見において、ステッセル将軍が乃木将軍に一頭の馬を寄贈しました。

それが壽《す》号なのです。長く乃木将軍の正馬として愛されたといいます。さらに副馬として璞《あらたま》号が飼われていたらしい。現在、厩は空いていて、その両馬の名札が残されているだけなのですが。

もとより若い私が日露戦争の故事などに興味を持とうはずがありません。多分、二頭の馬が存命であれば、厩などに関心を持つことはなかったでしょう。

すでに乃木将軍が逝って久しい。二頭の馬も去って、その厩だけが煉瓦建ての威容をむなしく時の経過にさらしているのです。

そのはかなさに、なにか心うたれるものを覚え、乃木神社を訪れるたびに、厩を覗かずにはいられなかったのでした。

私のような人間は少なくないのかもしれない。手水石の置き場から左に折れ、旧乃木邸の敷地に入ると、物見高い上京者、見物人たちに混じって、いつも何人かわけありげな男たちが所在なげにたむろしているのを見ることになるのでした。彼らは人生に迷って途方にくれているかのようでありました。

女に迷い、行く当てもなしにそこかしこをさまよっている私なども、さしずめその一人だったのでしょうか。

乃木神社を出て、電車通りを斜め向かいに渡り、そこの小路に入ります。

古いしもた屋が軒をなし、それがいつしかコンクリート塀、黒塀に変わっていって、しだいに空気が水っぽくなっていきます。するとそこはもう三業地なのでした。

そこに〈いな本〉があります。

照若はその二階の六畳で暮らしているのです。

おもてに面して一間ほどの窓が開いているのですが、これが摺り上げ障子に出格子を組み合わせたような奇妙な造りになっているのでした。

ご存知でしょうが、摺り上げ障子とは、紙張り障子の下半分にガラスを嵌めて、その内側に、上下する紙張りの小障子を入れたものなのです。

小障子をあげるとガラス障子ごしに外の様子を眺めることができます。小障子をおろすと直射日光をさえぎることができるのでした。

人によっては、これを雪見障子などという風流な名で呼んでいるようでした。

前にも書きましたように、この摺り上げ障子は、出格子と組みあわさったものになっているのでした。

摺り上げ障子の下部がガラス窓になっていてその内側に小障子が嵌っています。ガラス窓を覆うように壁面から外に出格子が張り出しているのです。内側の小障子をあげるとガラス窓から外を見透かすことができるのでした。

照若はよく座敷に腹這いになり、小障子をあげて、ぼんやりと出格子ごしに小路を見下ろしていたものでした。障子を大きく開け放って、外を見ればいいようなものですが、小障子を開けて見るほうが好きだったらしい。自分の姿を見られずに一方的に人の姿を見るのが好きだったのかもしれません。

その外の小路には私が立っていたのでした。そういうことが多かった。

小路を挟んで〈いな本〉と向かいあって〈猫床〉という床屋があります。

私は、その〈猫床〉の店先に立ち、照若からの合図を待つのでした。

ですが、それも二人のあいだに亀裂が入るまでのことでした。ある時点をさかいに、どんなに待っても、その小障子があげられ、私に合図が送られることは絶えてなくなりました。

それでも私はあきらめきれずに、時間さえあれば、〈猫床〉の店先に立ってその窓を見つめつづけていたのでした。

むろん私にも人並みに理性があります。人目を恥じる気持ちもあります。自分の未練を嗤う思いもありました。

――もう、やめよう。もうこんなあさましいことはよしにしなければならない。

何度もそう自分に言い聞かせました。ですが、いったん胸に投ぜられた恋の炎は、多分、すべてを焼きつくすまで、罷《や》むことはないのでしょう。その恋の炎に――足元を追いたてられ、せきたてられるように町をさまよいました。さまよいつづけたのでした。

――こうしてはいられない、こんなことをしていては駄目だ。

そんな思いにしきりに駆りたてられます。ですが……さて、何がこうしてはいられないのか、こんなことをしていては駄目なのか、とあらためて自問してみると、何の答えも見いだせません。胸の底には何もないのです。ただもう当てもなしに彷徨するばかりなのでした。

自分ではそうと確かに意識していないのですが、足はいつものように乃木坂に向かってしまいます。ほかに行くべき場所などありません。

小路から小路に迷路のように入り組んだ町に入っていきます。軒と軒とのあいだに挟まれた、せいぜい一、二間幅の、隧道《トンネル》のような小路がつづきます。

いたるところ白々と日の光ばかりが虚ろに明るいのでした。昼間の花街に情緒などというものは欠片《かけら》もありません。なにもかもが無惨なまでにさらけ出されているのです。なにか使い捨てられた衛生サックを見るかのような興ざめな印象が強いのでした。

そうこうしているうちに〈いな本〉のまえに出てしまいます。

――おれにそんな気はなかったのだ、それほど未練な男ではない、たまたま〈いな本〉に来てしまったにすぎない。

そう思い込もうとするのですが、それがほんとうでないのは自分が一番よく承知しています。むろん、私は〈いな本〉に来るべくしてやって来たのでした。

ですが、いざ実際に〈いな本〉に来てみると、しんと静まりかえっているだけで、べつだん何があるわけでもない。もっとも昼の花街はどこもこんなものなのかもしれませんが。

玄関の格子戸からなかを覗き込んでも人が出入りする気配はない。むろん、照若の姿を見ることもない。

夜にはそれなりに賑わう三業地の小路もこの時刻にはほとんど人の姿さえ見えないのです。どこかから三味をつまびく音が聞こえてきましたが、それもただもう、わびしさをつのらせるばかりでした。

「……」

私は未練に小路に立って二階の照若の居室を見あげました。

摺り上げ障子の下半分、ガラス窓の小障子があがっていました。ですが、なにしろ障子の下半分だけのことですし、窓を覆うように出格子が塡っている。小路から仰いだところで、なかを見通すことなどできっこありません。

照若はいないようでした。髪結いにでも行っているのかもしれません。

小路を挟んで、真向かいに〈猫床〉が二間半間口に店をかまえています。軒下にはおさだまりの赤青白のねじりん棒の看板が出ていますが、〈猫床〉の看板は一枚だけではありません。もう一枚、扁額様の大きな看板が二階の前屋根に載っているのでした。なにしろ古びて全体に黒ずんだ看板なので、浮き彫りにされた文字が読み取りにくい。〈猫床〉と読むのでしょうか。

もっとも実際に店の名が何であろうが、そんなことはもうどうでもいいことなのかもしれません。だって客たちが〈猫床〉以外の名で呼ぶことはないのですから……〈猫床〉に客がいないのは幸いでした。いい若い者がこんなふうに女の影を慕って、置屋のまえを徘徊しているのは見場のいいものではありません。さすがに、あまりに浅ましいことに思われ、早々にそこを立ち去ることにしたのでした。

私は逃げるようにして〈猫床〉のまえから離れました。何歩か——多分、十歩と歩いていないはずなのですが——歩きました。そして自分でもそうと意識せずに足をとめたのでした。自然にとまったといえばいいでしょうか。

そのとき私がフッとみまわれた異常な感覚をどうお話

しすればいいでしょう。違和感、でしょうか。それもあまりに微妙で、唐突な、ほんの一突きで世界の調和を狂わされてしまうような違和感なのでした。しかも私にはそれが何から生じたものなのかを説明することができない。

世界が一歩を踏み出そうとした瞬間、急に万象が静止し、すべてが異様な沈黙のなかに凍りついてしまった。次の一歩を踏み出したはずみに、それまで入念に構成されていた秩序が無惨に破綻してしまう。世界が混乱のなかに陥ってしまう……言ってみればそのようなことでしょうか。

私の言葉がまともなものに聞こえないのは承知しています。ですが私にはそのときの感覚を的確に描写できるだけの自信がないのです。

なにしろ小路には何の変化もないのです。あいかわらず、しんと静まり返っていて、人の姿がない。それなのに、その静寂のなかに、何か秘密のようなものが隠されていて、それがひっそりと暗号を告げているかのように感じられたのでした。そして私にはその信号を読み取るだけの能力が欠けている。

いまの私であれば、「猫町」の一節を引用してそのときの異様な感覚を説明するのが妥当かもしれません。

　確かに今、何事かの非常が起る！　起るにちがひない！

しかし、その何事かの非常というのは何なのでしょう。私はこのいつに変わらぬ平凡な花街に何を予兆しているのでしょう。そして、それがいつものように何の変化もないものであれば、この予兆はどこから生じているのでしょうか。

不思議な緊迫感に胸を動悸させながら、もしかしたら私は自分が——「猫町」で書かれているように——磁石を反対に裏返した、宇宙の逆空間に存在する街に投げ込まれたのではないかとさえ思ったものでした。

その逆空間の街では照若が以前と同じに私を好いていてくれるのではないか。それともそこでも私は照若の面影を求めて当てもなしに街をさまよっているのでしょうか。

刻々に緊張感が嵩《たか》まって行って、ついに耐えがたい頂点にまで昇りつめたかに思われたその瞬間——

目に見えぬ磁石の針がくるりと逆転し、一瞬のうちに、魔術《マジック》が解けてしまったかのように感じられました。

もうそこにあるのは、ありふれた、何の変哲もない街なのでした。いつに変わらぬ凡庸な町並みが、昼ちょっと前の物憂い陽光のなかに、ひっそりと横たわっているのでした。

私は何を見たのでしょう。どうして見慣れたはずの町並みがひしひしと凶兆を孕んでいるかのように感じられたのか。私は何を錯乱したのだったか。

——おれは女恋しさのあまり、妄想にとり憑かれてしまったのではないか。

恥辱感が苦い胆汁のように胸の底によどむのを感じました。私は人間として踏み越えてはならない一線を越えてすでに廃人の道にいたろうとしているのではないでしょうか。

——駄目だ、こんなことでは駄目だ。

私は自分を恥じずにはいられませんでした。居たたまれないような思いにみまわれました。その思いに背中を押されるようにして、よろよろと足早に小路を出ていったのでした。

そして、その日、初めて私は萩原恭次郎と名乗る人物に出会うことになるのです。


気がついたときには、何をするでもなしに、ぼんやりと乃木神社を歩いていました。

そして、ふと知った男の姿を見かけたのでした。

文字どおり、知っているというだけのことで、知り合いというには当たらない。ほんの顔見知り程度の相手でした。

〈猫床〉の親父なのです。たしか田所とかいう名前だったと思います。

縞銘仙《しまめいせん》の筒っぽの着物を着て旧乃木邸の厩舎まえにたたずんでいました。

両肩を落とし、ややうなだれているように見えるその姿は、悄然として見えました。何といったらいいでしょう。じつに影が薄い印象なのです。

もともとが何を考えているのかわからないような、妙にもそもそした男なのでした。まだ四十そこそこだというのに、理髪店の主人らしくもなく、すでに後頭部が薄くなりかかっています。なにしろ男っぷりが悪い。一言でいえば貧相な男ということになるでしょうか。

数年まえに女房に先だたれ、つい先年、若い妻を娶《めと》ったばかりだと聞いています。二十歳近くも年齢が離れているというから娘といってもおかしくない年回りなのでしょう。

　岡焼き半分の店の客たちの噂によれば、何でも女房はカフェの女給あがりなのだということです。何というか、その色っぽさたるや、じつにけしからぬもので、小股の切れあがったいい女だというのです。

　それに比べて田所のほうは、せっかく再婚したというのに、男やもめのわびしさが身に染みついてしまったかのようで、いっこうに風采があがらない。

〈猫床〉はごく手狭な小さな店で、主人の田所以外には渡り職人が一人働いているだけです。この渡り職人のほうは、まだ歳も若いし、姿かたちもそこそこにいい。理髪職人のようではない。

　江戸前と呼ぶには、やや下卑たところがあって、そこが難といえば難なのですが、それだけに玄人の粋筋にはもてるかもしれません。その男が客と話しているときに、小耳に挟んだだけなので、はっきりとは断言できませんが、たしか名前は関口といったと思います。

　照若恋しさに〈いな本〉まで足を運んだのに、女にじゃけんにされるのが恐ろしさに、彼女を訪ねる勇気が出ない。私にはそんなことがよくありました。

　それでやむをえず〈猫床〉で頭を刈ってもらったことが一再ならずありました。私に他にどんな時間の潰しようがあるでしょう。そんなことから多少は〈猫床〉の内情に通じるようになったのでした。

　むろん〈猫床〉は通称でしょう。べつだん猫を飼っているようでもないのです。店のまえの持ち主が猫でも飼っていて、それがそのまま店の名に残された。多分、そんなところではないでしょうか。

　猫は飼っていません。しかし、どういうわけか店先に洗面器を置いて、そこに浅く水を張って一匹の蟹を飼っていたのでした。客たちの遠慮のない噂話によれば親父は猫と蟹との区別もつかないぼんくらの田舎者なのだそうです。もちろん、田所にしたところで何も猫のかわりに蟹を飼っているつもりはなかったでしょうが。

　客のなかには、童謡の「あわて床屋」をしゃれて蟹を飼っているのではないか、という説を披露する者もいます。いや、そうじゃない。なんであの親父にそんなしゃれっ気があるものか。あれは「あわて床屋」のことなど何も知らずに、人の悪い客にからかわれて、蟹を飼っているだけのことなのだ、という客もいます。

「どちらにしろ、おれたちは兎じゃないんだ、耳をチョッキン、チョッキン、チョッキンナと切りとられたんじゃたまんねえよな」

つまりは田所は客の笑い者にされているわけなのでしょう。

これも心ない客の噂によれば田所の若い女房は浮気をしているのだそうです。それがほんとうなのかどうかは私の知るところではありません。ですが、見るからに風采のあがらない田所を見ていると、話半分に聞いても、かなり色っぽいであろうと想像される若い女房が浮気に走っても不思議はないように思われます。

女房がカフェの女給あがりであることに、渡り職人の関口が玄人好みの色男であることを考えあわせれば、そうした噂の数々がどのあたりに落ち着くことになるか、私ならずとも想像するのはたやすいでしょう。

そうした無責任で、残酷な噂に囲まれながら、それを知ってか知らずか、田所はただ黙々と人の頭を刈りつづけているのでした。

田所はこの界隈でも評判なほどの腕のいい床屋なのだそうです。口さがない客たちの、しかし、それだけは一致した意見なのでした。ですが気の毒なことに、田所の地味で偏屈な性格が災いしてか、その評判ほどには店が繁盛しない。

田所という人物にはどこかしら不運がつきまとっている印象がありました。ですが、それを同情されるどころか、

――そんなふうだから、カミさんに浮気されるんだ……

結局は、客たちの話はそうしたところに落ち着いてしまうのでした。

私は彼らのように田所を笑い物にする気になれませんでした。どうして田所を嗤うことなどできましょう。私にしたところで、女に冷たくされているということでは、田所と変わりないのですから。

私は照若の情人《いろ》ではないし、ましてや夫でもありません。その意味では、田所とは事情が違うのですが、それでも彼と会うと、ふと同病あい哀れむという気持ちになってしまいます。それが我ながらおかしくもあり、情けなくもありました。

要するに、私は田所に自分勝手な親近感を抱いているわけなのでしょう。であれば、そのとき田所に声をかける気になったのは、たんなる気まぐれからではなかった。

もう少し微妙に深い心の働きがあってのことに相違ありません。

〈猫床〉に来る客は彼のことを親方と呼んでいます。私は年上の人を親方と呼べるほど世慣れてはいませんが、かといって、田所さん、と名前を呼ぶのもあまりに慣れなれしすぎるような気がします。結局、相手にどう呼びかけるかはあいまいなままにして、

「どうしたんですか。そんなところで何をなさっているんですか」

と声をかけると、

「あ、ああ……」

田所は私を見てなにか要領を得ないような表情になりました。一瞬、けげんそうな顔になったのは、私がだれだか思い出せなかったからでしょう。

田所は愛想のない男ではありますが、そこは何といっても客を相手の商売人です。客の顔を忘れたのを、相手に気づかせないだけの最低限の気配りは示すのは忘れませんでした。

いかにも私のことを知っているような心得顔になって、

「べつだん何をしてるわけでもないんですが、……その、何です、ちょっと女房のことで……」

と田所は応じましたが、それは機械的に受け答えをしているにすぎないようでした。話に集中しているようには見えません。放心したような口調でしたし、その目もどこか焦点を失ったかのようにまとまりを欠いていました。

「奥さんのことで……奥さんがいらっしゃるのですか」

私は境内を見まわしましたが、どこにもそれらしい女性の姿などありません。

「いや、そういうことじゃない。なにも女房がいま神社に来てるわけではありません。そうじゃなくて女房は乃木将軍の厩舎に用があって――」

「乃木将軍の厩舎に用が？」

田所の話はますます要領を得ません。

まえにもお話ししたことと思いますが、旧乃木将軍邸の厩舎には、かつて将軍が正馬にしていた馬（壽号）と副馬にしていた馬（璞号）の二頭が飼われていました。ですが、むろんそれは遠い昔のことで、いまは空っぽの厩舎に両馬の名札だけがかろうじて残されているだけなのです。

田所の女房はそんな馬も入っていないような厩舎にどんな用があるというのでしょう。よほどの物好きでも、

空っぽの厩舎に二頭の馬の名札だけが貼られているのを見て、それを楽しいと思う人間はまずいないのではないでしょうか。

——この男は何を言っているんだろう。

私はよほどけげんそうな表情をしたのにちがいありません。それを見て、さすがに田所は自分があらぬことを口にしているのに気がついたようでした。

「いや、そんなことはどうでもいいんですが……ほんとうにどうでもいいことなんですけれどね……」その場を取りつくろうように言葉を濁すと、ふと不安定な表情になって、「そんなことより、おかしいとは思いませんか。どうしてここには馬の名札が一枚しか貼られてないのでしょうかね」

「馬の名札が一枚しか——」

私はあらためて厩舎に目をやりました。

なるほど、そういえばそうなのでした。いつもなら厩舎の両側の柱に〝壽号〟、〝璞号〟の二枚が貼られているはずなのに、それがいまは片方の柱に〝璞号〟しか貼られていないのです。

だからといって、そんなことに何か特別な意味があるとも思えません。言ってみれば、どうでもいいことではないでしょうか。どうして田所がそんなことにこだわるのか、私にはむしろそちらのほうが不思議なほどでした。

ですが田所は私の困惑などにはいっさい斟酌しようとはしません。委細かまわずに話をつづけるのでした。

「いまは〝璞号〟しか貼られていない。ところが、あるときには〝壽号〟しか貼られていない。そうかと思えば、二枚とも貼られていないときもあれば、ふつうどおり二枚とも貼られているときもある。日によってそれが変わるんですよ」

その口調にはかすかに狂おしげな響きが感じられました。そうするのがやめられない、とでもいうかのように小刻みに首を振りつづけているのですが、その動作にはどこか常軌を逸した印象があるのは否めません。

「そんなことを気にするのがおかしいと思われますか。そうかもしれません。たしかにおかしいかもしれない。なにも気にするほどのことではないかもしれない。でもね、私にはそれが気になるんですよ。気になって気になって仕方がないんですよ」

「……」

「ねえ、どう思われますか。いったい誰がそんなことをするんでしょうかね。誰が何のために馬の名札を取ったり貼ったりするんでしょうかね」

「……」

「見ればあんたは私なんかと違って学問がありなさるようだ。私なぞにはわからないことでもあんたにはおわかりになられるんじゃないですか。どうして空っぽの厩舎の、もう生きてもいない馬の名札が貼られたり剝がされたりするんでしょうか。おわかりになられるんでしたら、一つ、お教えいただけないでしょうか」

私は閉口し、いや、と口ごもって、首を横に振らざるをえませんでした。

「申し訳ありません。ぼくには見当もつかないことですよ」

乃木将軍の厩舎に貼られている馬の名札が日によって消えたり現われたりする……私ならずともそのことに万人が納得しうる解決を提供しうる人間がいようとは思えません。

なにも解決するのが難しいと言っているわけではありません。そうではなしに、なまじ謎とも言えないほどに安易なものであるだけに、どうにでもこじつけることができる——とそう言いたいのです。

ところが——

「私にはわかる……いえね、わかる気がするんですよ……惚れた弱みでね。わかっちゃうんだな、これが——」

田所はそんな意味不明なことを言って自嘲するように嗤うのでした。何というか、空気がフワーと抜けるような、じつに陰気な笑い声でした。あまり大の大人がそんなふうにして笑うのを聞きたい種類の笑いではない。

「惚れた弱みでわかる？　どういうことですか。どうも、おっしゃることがよくわからないのですが……」

「私にはね、私には秋子という若い女房がいます。籍はまだ入れてませんけどね、私は女房だと思ってます。それはね、私はこんなふうに風采があがらないし、女房は私より二十歳近くも若い。カフェの女給あがりというんで、世間はあれこれ取り沙汰します。世間の口に戸はたてられない。それはもう仕方のないことだとあきらめてます。それでも私たち二人さえ気を確かに持っていれば何ということはない。そう思ってたんですよ。私の考え方がどこか間違ってますか。どこかおかしいでしょうか」

「いえ、間違ってるとは思いません。おかしいとも思いませんけど……」

「ところがね、私は間違ってたの、私はおかしかったの」

　断定するような言葉遣いですが、その口調は微妙に揺らいでいるのです。そこには何か寒々として心貧しいものが露わに透けているのが感じられるのです――そのことに私は何か気後れがしてまともに返事をすることができませんでした。

「女房のやつがね、逃げちまったんですよ。ある日、ふらりと家を出てったきり、もう何日も帰ってこない」

　ふいに田所はへたへたとその場にうずくまってしまったのでした。いい歳をして、まるで七つか八つの子供のように、着物の膝小僧をかかえて顔を埋めます。そして前後に小刻みに体を揺らして泣くような声でこう言うのでした。

「畜生、こんなことって――こんな馬鹿なことってあるかい」

　いざとなると人間それらしく振る舞うことができるものですね。私は自分でもそうと意識せずに、親方、と自然に呼びかけていました。そして田所の肩を抱いて、立ちあがらせようとしました。

「立って下さい。そんなところにすわり込んじゃいけない。人目があります」

「そりゃーね、人から言われるまでもない。秋子がろくな女じゃないってことぐらいわかってますよ。だってさ。秋子のあきは飽きっぽいのあきだって自分から言いやがんだもん。秋子のあきは秋風のあきだってさ。秋風が吹いたら男と女の仲ももうおしまいね、だってさ。あんたとの間にもいずれ秋風が吹く。そしたら、きれいに別れましょうねって」

　そのときまで泣くようだった声にかすかに笑うような響きが混じります。一言で自嘲するような笑いというのは簡単ですが、私はそれまで大の男がそんな調子で話をするのを聞いたことがない。それはもう、じつに何とも言えないような嫌な心持ちにさせられたものでしたよ。

　田所は、ヘッ、粋な話じゃねーか、と鼻先で笑うように言って、ふいに顔をあげると、じっ、と私の顔を見つめました。そして打って変わって真摯な口調になると、

「ねえ、旦那、どうして乃木将軍の馬小屋にさ、〝壽号〟、〝璞号〟の名札が消えたり現われたりするんでしょうね。私はね、これは誰かが誰かに何かを秘密に伝えようとしてるんじゃないかと思うんですよ。浮気の合図じゃないかと思うんだけど」

「浮気の合図……」

「だってさ、〝壽号〟はね、正馬でしょ。〝璞号〟は副馬じゃないですか。ね、私はね、〝壽号〟が亭主で、〝璞号〟が情人《いろ》なんじゃないかと思う。浮気してる女房か何かがさ、乃木将軍の馬小屋に〝亭主〟と〝情人〟の符丁を貼って、今日は亭主がいるからあんたには会えない、今日は亭主がいないからあんたに会える、今日は亭主はいるにはいるけどあんたに会うことはできる……というようなことを伝えてるんじゃないかと思うんだけどね。私は――」

話が急に下世話に突拍子もない方向に向かって私としてはただもうあっけにとられるばかりでした。その突拍子もない話が、さらにとんでもない方向に転じ、私に火の粉が降りかかることになろうなどとは、まさか夢にも思っていなかったことなのでした。

「秋子をね、乃木神社で見かけたという人が何人もいる。ことによると馬小屋の名札を貼ったり取ったりしているのは女房じゃないかと思うんだ。女房の情人が誰なんだかはわからないけどさ。そうやって情人に、今日は会えるとか会えないとか合図してるんじゃないかと思うんだ」

田所は急に立ちあがると、無遠慮に顔を寄せてきました。そして、ねえ、若旦那、と媚びるように言うのです。

「見ず知らずの人にこんなことを頼めた筋合いじゃない。それはわかってるんですけどね。重々わかっちゃいるんだけど、ほかにこんなことを頼める人はいない。ご迷惑だってことはわかってるんですけどね。これも何かの縁なんだからさ。かかずりあいついでに一つ頼まれちゃくれませんか」

「……」

「今日は馬小屋に副馬の〝璞号〟の名札だけが貼られている。情人の符丁さ。思うにね。逃げた女房がこっそり舞い戻って情人と逢い引きしやがるつもりなんじゃないかと思うんだ。私が店に帰って確かめればいいようなもんだけど、それでは全部がこと壊しになっちまう。そうでがしょ」

「……」

「女房も情人もさ、わたしの姿を見たら尻に帆かけて逃げちまうに決まってるんだ。それじゃ何にも確かめたことにならない。それでさ、申し訳ない、なにしろ申し訳ない話なんだけどさ。どうでがしょ。旦那にそれをお願いできないでしょうか」

「ぼくが――ですか」

驚いた。なにしろ驚きました、私はパチクリと目を瞬かせました。

「いえね、なにも大層なことをお願いするわけじゃないんだ。ちょっと店に行って、女房が戻ってないかどうか、それを確かめてくれればいい。女房がどんな男と会っているのか、それを確かめてくれれば、なおのことありがたいんだけどさ」

「いや、それは――」

私は返答に窮しました。田所の図々しさにほとほと呆れはてたといっていい。

もとより彼の依頼に応じるつもりなどありません。どうして私が赤の他人の女房が浮気をしているかどうかなどということに首を突っこまなければならないのでしょう。それはあまりにあつかましい頼みであり、それ以上に、じつに何というか途方もないことという他はない。

にもかかわらず、どうしてか私は田所の依頼を一蹴する気にはなれませんでした。もちろん田所の依頼の内容はすでに妄想の域に入っている。〝壽号〟が夫、〝璞号〟が情人をあらわしている符丁なのではないか、というのにいたっては噴飯物というほかはない。

そもそも、ほとんど見ず知らずの相手に、女房が浮気をしているかどうか、などという話をすること自体、十分に常軌を逸しているといっていい。ですが――

田所自身はそれをさほど突拍子もないこととは思っていないようでした。多分、田所は私に自分と同じにおいのようなものを嗅ぎとったのではないか。同じ哀しみ、同じ嫉妬、同じ絶望のにおいを――

そうなのです。田所は女房を寝取られようとしているし、わたしは照若から愛想づかしをされようとしている……私たちはいわば似た者同士なのでした。

田所はそれを自分でもはっきりそうと意識せずに感じ取ったのではないでしょうか。そうでもなければ、客としてわずかに一面識がある程度の私に、女房が浮気をしているかどうか、などということを頼もうという気になるはずがない。

であれば、その依頼に応じないまでも、私が田所を一蹴などできようはずがない。他の人間であれば、そのあまりにぶしつけな頼みに怒り出してしかるべきなのでしょうが、私はどうあっても彼に対して強い態度で接することができなかった。

私はもごもごと口ごもりながら何とか田所から逃げ出そうとしました。私にはわかるのです。おそらく、そのときの私は、田所と同じように、いや、それ以上に悲しげな表情になっていたのに相違ありません。

「どうでしょうか、お願いできないでしょうか」

田所は半ばすがるようなのです。懸命に頼み込んできます。

「申し訳ありません、ぼくにはできないことなのです」

私はそう言ってそれを振り切りました。妙な話ですが、なにか自分が非常に不人情なことをしたような気がしました。あれやこれやで自分の気持ちを持てあまし、私はすべてを投げ捨てるような気持ちになって走り出したのでした。そのまま逃げるようにして乃木神社をあとにしました。


麻布の歩兵第三連隊から間近いところに、名前を言えば誰もが知っている有名なフランス料理屋があります。

私もまれにそのフランス料理屋を訪れることがありました。たしかにフランス料理は美味ではありましたが、何もそれだから、その店に足を踏み入れたわけではない。たまたま〈いな本〉に近いところにそのフランス料理屋があったからにほかなりません。


——照若の気持ちが自分から離れようとしている。そのことが実感されます。いやおうなしに焦燥感はつのるばかりなのでした。

何とかしなければならない。何とかしたい……

ですが、女の気持ちが離れようとしているときに男に何ができるというでしょう。できることなどたかが知れています。

灼けるような焦燥感と嫉妬のなか、何をどうすることもできずに、虚しい日々をやり過ごすしかない。情けない話ですが、できることといえば乃木神社の境内を歩いたり、〈いな本〉のまえにたたずんだり、せいぜいそれぐらいしかありませんでした。

そのフランス料理屋にしても、そうしたさすらいのよるべなさに、どうにも時間の潰しように困じはて、やむをえず足を踏み入れたにすぎませんでした。

もっとも若い私に、頻繁にフランス料理屋に出入りできるほどの甲斐性があろうはずがありません。まれに懐が温かい日に足を踏み入れて、定食の一品をとったりする程度のことなのでした。

乃木神社で田所に思いがけない頼み事をされ、それをどうにか断りはしたものの、いっこうに動揺がおさまりそうにありません。私自身、不可解に思うのですが、なにか自分が不人情なことをしたかのように感じます。罪悪感が胸の底に澱《おり》のようによどんで消えようとしないのです。

田所と別れ、さあ、あれで二、三時間もその界隈をうろうろしていたでしょうか。気がついたときには、とっくに時分時《じぶんどき》を過ぎて、三時をまわっていたのでした。人間というものはじつに浅ましい生き物ではありませんか。女に袖にされ、どんなに悲嘆にくれたところで、空腹には勝てないのです。やはり腹が減るときには減るのでした。

この日、私はたまたま多少の持ち合わせがありました。それでフランス料理屋に入ることができたのでした。とはいっても、いちばん安い卵料理をとるのが精一杯の、お寒いかぎりの懐具合ではあったのですが。

麻布、赤坂、乃木坂には、歩一、歩三、近衛三など駐屯部隊が多い。さすがにフランス料理は下士官や兵卒には敷居が高いのでしょう。彼らの姿を見かけることこそありませんでしたが、しばしば将校たちが出入りしているのを目にすることはありました。

その日も、二階の日本間で、若い将校たちが何人か会食しているようでした。談笑の声が聞こえていました。高歌放吟とまでいったのではいいすぎでしょうが、若い将校たちの意気は軒昂で、ときに不作法なほどに声を高めることがありました。

私は二階の大広間のテーブル席で食事をしていました。大広間に接して、広い日本間があって、そこのふすまをたてきって、将校たちは会食をしているようでした。日本間から洩れ聞こえてくる彼らの声を聞いているうちに、しだいに私はやりきれない思いにみまわれていきました。

彼ら青年将校たちと私とは同年配といっていいでしょう。せいぜい三、四歳しか違わない。しかるに彼らは国家大局を論じ、私は芸者との色恋にうつつを抜かしている。何という違いでしょう。彼らに比べれば、私や、田所などは、虫ケラにも等しい存在なのではないでしょうか。

自分は何をやっているのか。おまえの若さはこんなとでみすみす浪費されていいのか……そう思うにつけても猛烈な自己嫌悪にかられずにはいられなかったのでした。

私はフランス料理屋にいたたまれなかった。自己嫌悪が耐えられないほどでした。料理を片づけるのもそこそここにして席を立ちました。支払いのために入り口に向かいます。ボーイが入り口の上着掛けから上着をとって私に着せてくれます。そのときのことでした。

　背後の小部屋からドッと笑い声が聞こえてきて、なかの誰かがこう高らかに唱えるのが聞こえてきたのでした。

　あしひきの　山の木末《こぬれ》の　寄生《ほよ》取りて
　　かざしつらくは　千年　壽《ほ》くとぞ

　おや、と思い、私は耳をそばだてたのですが、一瞬、どうして自分がそんな反応をしなければならなかったのか、自分自身にも理由がさだかではありませんでした。

　ですが、つづいて、こう歌が聞こえてきたときには、私は自分がどうしてそれに過敏とまでいっていい反応を示したのか、その理由がわかったのでした。

　あらたまの月立つまでに来まさねば
　　夢《いめ》にし見つつ　思ひぞ　わがせし

　私に歌の素養などはありません。

　それはまあ、二首の歌を聞いて、多分、『万葉集』に収録されている歌だろうな、という程度の見当はつきます。ですが、それに確信があるわけではありませんし、ましてや誰が歌ったものであるか、などということがわかろうはずがありません。

　というか、じつは歌の出所などどうでもいいことなのでした。誰が詠ったものであるかもどうでもいい。

　私が反射的に耳をそばだてたのは、二首の歌にそれぞれ含まれている、壽く、あらたま、という言葉にわれ知らず反応したからに他なりません。

　読みこそ異なりますが、壽《ほ》く、は壽《す》号であり、あらたま、はそのまま璞《あらたま》号の謂いではないでしょうか。それこそは乃木将軍の正馬と副馬の名前ではありませんか。

　私は田所の言葉を思い出さずにはいられませんでした。

　——どうして乃木将軍の馬小屋にさ、〝壽号〟、〝璞号〟の名札が消えたり現われたりするんでしょうね。私はね、これは誰かが誰かに何かを秘密に伝えようとしてるんじゃないかと思うんですよ……〝壽号〟はね、正馬でしょ。〝璞号〟は副馬じゃないですか。ね、私はね、〝壽号〟が亭主で、〝璞号〟が情人《いろ》なんじゃないかと思う。浮気してる女房か何かがさ。乃木将軍の馬小屋に〝亭主〟と〝情人〟の符丁を貼って……

私にも人様のことはいえません。ですが苦しい恋にとり憑かれた男は、森羅万象ことごとくを自分の恋に結びつけて考えるようになりがちなものです。見るものすべて、聞くものすべてが、何らかの恋の啓示であり、あかしのように感じられるものなのです。

恋に落ちるというのは一種熱病を患うようなものかもしれません。正常な判断力を失ってしまうのでした。

田所にしてからがそうなのでした。おそらく乃木将軍の厩舎に貼られている〝壽号〟、〝璞号〟の名札が消えたり現われたりするというのは嘘ではありますまい。しかし、それを自分の恋に結びつけて考えたのは、やはり、わが田に水を引く、我田引水の誹《そし》りをまぬがれないのではないでしょうか。

逃げた女房がそれを情夫《いろ》との合図に使っていると考えるのはどうもうがちすぎのような気がします。乃木将軍の馬の名札が何かの合図に使われているというのが事実としても、それは田所の女房とは何の関係もないことではないでしょうか。

奥の小部屋から洩れてきた二首の歌を聞き、そこに壽号、璞号の名が隠されているのに気がついて、それはたんなる偶然ではありえない、そんなはずはないと思いました。

壽《ほ》くとぞ——のほうは天皇の千年の繁栄を願う意味がこめられていて、あらたまの——のほうは誰かと、夢にし見つつ、と思うまでに会いたいと念じる歌なのです。どちらも思わせぶりな、なにか含意があるといえばいえそうな歌ではありませんか。乃木将軍の馬の名札が現われたり消えたりするのは、その二つの歌の含意に引っかけての、それこそ誰かの合図なのではないのでしょうか。

誰かの合図？　誰の？　私はそれをごく自然にいま二首の歌を高らかに唱えたばかりの青年将校たちに結びつけて考えざるをえなかったのでした。私がそう考えたとしても、あながち牽強付会《けんきょうふかい》がすぎるとばかりはいえなかったはずなのです。

どうやら会食が終わったようでした。奥の日本間から若い将校たちが出てくる気配がありました。私は勘定場で何とはなしにうろうろして彼らの様子をうかがうことにしました。

そうこうしているうちに何人かの青年将校がどやどやと出てきました。昼間から麦酒でも飲んでいたのでしょうか。すでに顔が赤い者も混じっていました。人の耳もはばからず、声高に、天保銭がどうの、相沢中佐がどうの、と話し合っています。

　この八月に三宅坂の陸軍省内で軍務局長が斬殺されました。その犯人の名がたしか相沢三郎中佐といったはずです。多分、彼らはその話をしているのでしょう。

　私はその場にうずくまりました。靴ひもを結びなおすふりをしました。そうやって勘定場にとどまり、彼らの話を盗み聞くことにしたのでした。

　もちろん彼らは私のことなど路傍の石ででもあるかのように黙殺しました。私などには目もくれずに、がやがやと声高に話をしながら店を出ていきました。

　私としては、彼らの口からまた、〝璞〟、あるいは〝壽〟について何か聞き出せるのではないかと期待したのですが、残念ながら、その期待はついにかなえられることがなかったのでした。

　もしかしたら彼らが唱えた二首の万葉歌にそれぞれ、あらたま、ことぶき、という言葉が含まれていたのは、たんなる偶然にすぎなかったのかもしれません。それを乃木神社の厩舎の貼り札に結びつけて考えたのは無理なこじつけだったのかもしれない。

　私はがっかりさせられたのですが、じつは落胆する必要などなかった。思いがけないことに、といいましょうか、それを補って余りある成果を得ることができたのでした。

　彼らのうちの一人が、誰かをこう呼びかけるのを聞いて、勃然と興味をかきたてられるのを覚えたのでした。

　――萩原恭次郎……

　私は先に、この感想録に、ほんの一瞬、おぼろげに萩原恭次郎と名乗る人物の姿をかいま見たことがあった、と書きました。覚えていらっしゃるでしょうか。それがすなわち、このときのことなのでした。

　これ以前に萩原恭次郎という人物の姿を見たことはありませんでした。ですが、その名前だけは聞いていました。照若から聞いていたのです。もちろん照若にしても彼が萩原朔太郎の弟だなどとは夢にも知らなかったわけなのですが。

　順を追ってお話しましょう。桜が咲いていたといいますから、何でも今年の春ごろのことだったに相違ありません。照若が赤坂の料亭に呼ばれたとき、お座敷に客として居あわせたのが、萩原恭次郎という人物だったということでした。

何もその人物が印象が強かったから覚えているというのではありません。それどころか、どちらかというと印象に乏しかったといったほうがいい。それなのに、どうして照若は彼のことを覚えていたのか。

それというのも若い将校ばかり十人ほどのお座敷にあって、その人物ひとりが民間人だったからなのでした。しかも他の者がみな姓で呼ばれているのに、彼だけが、萩原恭次郎、という姓名で呼ばれていて、それが妙に記憶に引っかかったということでした。

ただ、たんに萩原恭次郎の姓名で呼ばれていたというだけではない。誰かが〝萩原恭次郎〟の名を口にするとき、決まって口元にうすら笑いを浮かべているか、そうでなければどこか揶揄しているような響きが感じられたというのです。それがどうも何か含みがあるように感じられてならない。

もちろん、萩原恭次郎という名前のどこにどんな含みがあるのか、どうしてその名を呼ぶときに誰もが意味ありげな口調になるのか、それはお座敷に呼ばれた芸者ごときが気にしなければならないことではなかったでしょう。若い、さして裕福そうでもない彼らが、赤坂の料亭でこれだけの遊びをするカネをどこから捻出したのか、そのことだけは気にかかったということですが。

馴染みの客、とでもいうのであれば、また話はべつなのでしょうが、若い将校たちはただもう猿のように騒ぎたてるばかりで、中野か浅草あたりが似あいそうな泥臭い遊びっぷりだったといいます。とても、この先、赤坂の芸者を贔屓《ひいき》にしそうな客ではない。

普通であれば、客の一人が萩原恭次郎と姓名で呼ばれていようが、その呼び方に妙な含みが込められていようが、照若には何のかかわりもないことだったはずなのでした。

先ほども書いたように、萩原恭次郎はさして印象に残らない、不思議に影の薄い人物だったというからなおさらのことでしょう。およそお座敷遊びを好みそうな人物に見えなかった。

どういうものか、顔を見て、視線をいったん逸らせば、もうその顔を忘れてしまいそうな、あまりといえばあまりに記憶に残らない人物だったらしい。客の顔を覚えるのも商売のうち、ともいうべき芸者にしてからがそうなのですから、多分、雑踏のなかにまぎれれば、誰もこの人物の顔など記憶にとどめないにちがいない、とそんなふうに思ったということでした。

ただ一度、照若が、問われるままに〈いな本〉の所在を話しているときに、ふと頬に視線のようなものを感じたといいます。思わずそちらに目を向けると、萩原恭次郎がじっと彼女を見つめているその視線にまともに向きあうことになってしまった。

芸者はいわば売り物買い物、お座敷で男から見つめられるのには慣れてはいるものの、そのときの萩原恭次郎の視線は、どうもそうした男たちの視線とは種類を異にしていたらしい。

いつもの欲望をあからさまにしたような男たちの視線と異なって、萩原恭次郎の視線には、さあ、何といえばいいのか、なにか子供が昆虫を観察しているような、そんな無機的なものが感じられたというのです。

もちろん無機的などという言葉を照若が使ったわけではありません。それは私が代弁しているのにすぎないのであって、彼女自身はそのときの自分の気持ちをどう表現したらいいのか言葉を捜しあぐねているようでした。

照若はその視線を気味が悪いとも恐ろしいとも思わなかったといいます。そんなふうに思ったのであれば、まだしも多少の人間味を感じたということなのでしょうが、そうではなかった。もう少し手前——といえばあまりに舌足らずな表現になってしまいますが——、まだ人間にまで届いていない、というような曰く言いがたい印象を受けたというのです。

人間にまで届いていなければ何なのか？　私がそう尋ねると、照若は何か困ったような表情になりました。なにか人間ではないものに見られているような……返事の言葉に窮して、そんなあいまいな言い方に終始したものでした。

照若がいうには彼女と萩原恭次郎とはそのまま五秒、十秒とたがいの目を見つめあっていたといいます。何事もなかったかのようにつと萩原恭次郎は視線を逸らせました。

するともう照若は彼がどんな顔立ちをしていたのか忘れてしまったというのです。消しゴムで一拭きしてしまったかのように記憶に痕跡をとどめない。そのはかなさが自分でも信じられない。

自分はほんとうにその人の顔を見ていたのだったか？

それが疑わしく思えてくるほどでした。そのとりとめのなさというか、頼りなさは、なにか心細いほどだったといいます。

いずれにせよ、このとき照若は、

——多分、もうこの人とお座敷で会うことは二度とはないに違いない。

そう思ったといいます。

事実、彼女が萩原恭次郎とお座敷で会うことは二度とはなかったのですが……そのかわり、といえば、妙な言い方になりますが、その後、乃木坂、赤坂付近で、頻繁に彼の姿を見かけることになるのでした。

まえにも書いたと思いますが、〈いな本〉、〈猫床〉のある小路は、電車通りをななめに見て、乃木神社の反対側にあります。

歩兵第三連隊を擁して麻布旅団区司令部がある側です。そこから電車通りを渡り、歩兵第一連隊、近衛歩兵第三連隊を横目に見て、赤坂見附に抜けます。赤坂見附からさらに三宅坂のほうに抜けると、その途中に、現在、建造中の新しい国会議事堂を見ることができます。三宅坂に抜けるともう宮城をすぐ目のまえにのぞむことができるのです。

いわば、この界隈は栄えある帝都の中心地といってもいいかもしれません。照若がいうには、その栄えある帝都の中心地のそこかしこで萩原恭次郎の姿を見かけることになったのだそうです。

お座敷や、湯屋のちょっとした行き帰りなどに、ふと視野の端に何者かの姿がよぎるのだといいます。あれ、と思い、視線を凝らすと、そこに萩原恭次郎の姿があって、まるでおぼろな影ででもあるかのように、小路に入っていったり、坂を上っていったりして消えてしまいます。

ときに〈いな本〉の様子をうかがっていたことも二度や三度ではありません。ですが照若がそれを見とがめて声をかけるまえに、サッと身をひるがえし、どこかに消えてしまいます。あとには、ほんとうに萩原恭次郎はそこにいたのか、という疑心にかられながら呆然と立ちつくしている照若が残されるだけなのでありました。

そもそも萩原恭次郎は、この青山から乃木坂、赤坂にかけての界隈で何をしているのでしょうか。ただ一度、お座敷で会ったにすぎない芸者におか惚れし、彼女に出会えるかもしれないたまさかの僥倖を願って、町を徘徊しているのでしょうか。

——だとしたら、私はあの人にこう言いたいわね。若い女は世間に星の数ほどいる。一人の女に執着するのはおやめなさい。ふられたら潔くおあきらめなさい。ふられて、それでも女につきまとうのは、あなたの男としての価値を自分で貶めることになりますよってね。

照若が私にそう言ったことがあります。それだけ萩原恭次郎につきまとわれることに閉口していたわけなのでしょう。

こうして「感想録」に書くと長いようですが、実際に照若のことを思い出したのはほんの数秒のことだったにちがいありません。

気がついたときには若い将校たちはすでに全員がフランス料理屋を出ていったあとでした。もちろん萩原恭次郎も彼らに混じって店を出ていきました。

そのときに誰かがまた万葉歌を唱えるのが聞こえてきました。

あらたまの月立つまでに来まさねば
夢《いめ》にし見つつ　思ひぞ　わがせし

〈猫床〉の田所は、出ていった女房が男と逢い引きするための合図に、厩舎の貼り札を貼ったり取ったりしているのではないか、とそう言いました。

田所の女房がどんなに色っぽい女であるかは知りませんが、いくら何でもそれは邪推が過ぎるというものでしょう。たかが男と逢い引きするために、厩舎の貼り札を貼ったり取ったり、そんな面倒な手間をかけたりするわけがありません。ですが、青年将校たちの一人が万葉歌を唱えるのを聞いて、ふと田所の推理は的外れではあるにせよ、その大もとのところでは間違ってはいないのではないかと思ったのでした。

つまり、田所の女房が男と逢い引きするためにではなしに、誰かが――私はそのとき具体的には若い将校たちのことを考えていたのですが――なにか別の目的があって、厩舎の貼り札を貼ったり取ったりしているのではないだろうか、と思ったのです。

〝璞〟が何を合図し、〝壽〟が何を合図しているのか、それは私などにはどうにもわからないことではあったのですが。

――何かが起ころうとしている。

それも何かとんでもないことが起ころうとしている……そのことがひしひしと肌に痛いほどに実感されました。さしたる根拠もないのにどうして私はそんなことを思うのでしょう。それは私にもわからないことでした。そのこと自体も含めて私にはすべてがあまりに謎めいたものに思われたのでした。

私も彼らのあとを追ってフランス料理屋を出ました。そのときにまた天保銭がどうのこうのという言葉が聞こえてきました。

外に出たときにはすでに彼らは散り散りに別れていくところでした。彼らは将校のマントを着ています。それが何か翼ででもあるかのようで、鳥の群れがてんでに飛びたっていくのを連想させました。

将校たちがそれぞれ二人三人と連れだっていくなかにあって、萩原恭次郎だけは一人で立ち去っていきます。

必ずしも民間人だからという理由だけではなしに、なにか彼ひとりが異端視されているという印象がありました。濃淡の差はあっても若い将校たちには〝同志〟の気配が感じられるのに萩原恭次郎にはそれがない。爪弾きされているというのではなしに、何といえばいいのか、彼にはどこか人間として異質な雰囲気がつきまとっているのです。

人間として異質、だなどと言えば、何を大げさな、と笑われるかもしれませんが、嘘もてらいもなしに、私にはそれがありありと実感として感じられたのでした。

照若がお座敷で萩原恭次郎を客に迎えたときの話を思い出しました。彼一人が〝萩原恭次郎〟という姓名で呼ばれていて、しかも何か含みがあるように呼ばれていたというあの話です。照若にはじつに奇妙なことに思われたらしいのですが、私にはそれがどうしてなのか、何となしに理解できるような気がしました。

萩原恭次郎はたしかに異質な人間なのでありました。どこがどう異質なのか、それを具体的に書くことができないのが、もどかしい気がしますが……なにしろ、その、筆にとらえ難い、茫漠とした印象が、彼の異質さの根幹をなしているのです。それを説明しようとすること自体がそもそも矛盾した行為であるのかもしれません。

照若も彼の印象が非常に希薄であることを語っていましたが、私も同じように感じました。さあ、どう言えばいいのか、そこにいるのにいないような——とでも言えばいいでしょうか。実体を欠いた影だけがそこにさまよっているように感じるのです。不思議なほど記憶に痕跡を残さない。

いま私は、萩原恭次郎がどんな容姿をしていたか、何とかそれを思い出そうと努めているのですが、どうしても思い出すことができずにいるのです。ですから遠藤平吉に、あの無決囚の若者を萩原恭次郎だと指摘されても——じつに何とも情けない話でありますが——そうだともそうでないとも決めかねている始末なのです。

私はあの無決囚の若者に視線を凝らします。しかし、どんなに見つめたところで、あのときの萩原恭次郎の姿に重なりあう部分がありません。であれば二人は別人なのだと結論すべきなのでしょうか？　ところがそれがそうとも言いきれないのです。そもそも萩原恭次郎という人物は、人の記憶に何も痕跡を残さない、というのが、そのきわだった特徴なのですから。

多分に逆説的ではありますが、二人に——二人に？——何も重なりあう部分がないからこそ、彼こそが萩原恭次郎その人だといっていえないこともないのです。無決囚の若者にはどこか人を寄せつけないようなところがあって、その独特な冷淡さは、たしかに萩原恭次郎に共通する部分があるようでもありました。

あの日のことに話を戻しましょう。私が娑婆でただ一度、萩原恭次郎に会ったあの日のことに——

あの日、萩原恭次郎は冬用のソフトを被って、古い外套を着ていました。その装いにしてからがすでにあまりにありきたりなものであって、すこしも記憶に残りません。そのとりとめのなさ、印象の乏しさは、あまりに歯がゆいものと言わざるをえません。見ていて何か焦燥感に似たものを覚えるほどなのでした。

いつか照若も似たようなことを言っていましたが……

たとえばあなたが萩原恭次郎を見つめたとしましょう。十秒、二十秒……もうすこし長く、そう三十秒——彼のことを見つめつづけたとしましょうか。そのうえであなたはこう思います。もうこれで十分だ、もうこれで彼がどんな顔立ちをしているのか、すべて頭のなかに叩き込んだ。もう何があっても彼のことは忘れない。

ところが、そうではないのです。いったん視線を逸らすと、もう萩原恭次郎のことはすっかり頭のなかから消えてしまっているのです。彼がどんな顔立ちをしていたのかはもちろん、若いのか中年なのか、それすら記憶にとどまっていないのに気がついて、あなたは愕然とすることになる。あなたはこれまでいったい何を見ていたのでしょう。

そもそも、こんな人間がこの世にいてもいいものでしょうか。多分、こんな人間は都会にしか生きられない。都会にあっては、あなたが彼であって、彼があなたであっても、それどころか見知らぬ誰かであっても、何の変わりもない。あなたは匿名のあなたであり、匿名の彼でもあるのでしょう。都会ではあなたがあなたである必然性などこれっぽっちもないのです。

エドガー・アラン・ポーに「群衆の人」という作品があります。お読みになったことがおありでしょうか？

ポーは〝群衆の人〟という言葉をべつの意味に使っているのですが、私は萩原恭次郎もまた〝群衆の人〟なのだろうと思います。彼こそは都会の群衆の匿名性に埋もれて生きている人間なのではないでしょうか。

あなたは銀座をそぞろ歩きする、浅草の雑踏を歩く……そこでお尋ねするのですが、一人でもいい、あなたはその〝群衆〟の誰かの顔を覚えていらっしゃいますか。覚えていないのだとしたら、そう、あなたは多分、何十人、何百人もの萩原恭次郎に出会っているのに違いないのです。萩原恭次郎はいつもそこに〝群衆〟のなかにいるのですから……

もっとも私が迷わずに萩原恭次郎のあとをつける気になったのは何も彼が〝群衆の人〟であるのに興味を持ったからではありません。彼が〝群衆の人〟であろうがそうでなかろうが、私は彼のあとをつけずにはいられなかったことでしょう。

それというのも心のどこかに、照若が私に冷淡になったのは、恭次郎がつきまとっているからではないか、という思いがあったからなのでした。あさましい話ではありますが、私はその疑いをどうしても払拭することができずにいたのでした。

——ほんとうに照若が言うように二人の間には何もないのだろうか。実際には二人の間には何らかの交流があるのではないだろうか。

お笑い下さい。もちろん、これは愚かしい疑心暗鬼以外の何物でもありません。嫉妬はあさましい感情であります。それが事実を欠いたものであれば、なおさら浅ましさは増すことでしょう。

照若の気持ちはたんに私から離れてしまった、そのことには何の理由もない……理性ではそうとわかっているのですが、感情がどうしてもそれを受け入れることができずにいるのでした。多分、さしたる理由もなしに、女の気持ちが自分から離れてしまうというのは、男にとってどうしても首肯できないことなのでしょう。なにより耐えがたいことなのに違いありません。まだしも、べつの男に心移りしたと考えるほうが、女の心変わりを受け入れやすいということなのかもしれません。

——どこに行くのだろう。まさか昼間からそんなことはないだろうが、〈いな本〉に行くのではないだろうか。

そう思うと焦燥感にも似たものを覚えるのでした。なにか胸の底が炙られてじりじりと灼けつくかのようなのです。

あとから思えばそのときの私は平常心を失っていたとしか思えません。異常な精神状態にありました。情けないことに嫉妬のために自分を見失ってしまっていたのでした。

ですが、そのときの私にはそれを異常とも情けないとも思うだけの気持ちのゆとりを失っていました。暗い炎《ほむら》の情念のおもむくままにひたすら萩原恭次郎のあとをつけたのでした……

押絵と旅する男・考

十六

志村がそこまで「感想録」を読み進めたときのことだ。映写幕にクラゲのように漂っている明かりが微かに揺れた、何かを敏感に察したかのように、背後の闇のなかから黙忌一郎がこう声をかけてきたのだった。

「ご存知とは思いますが、軍人たちが天保銭と言うとき、それは陸軍大学出の者たちを指していることが多いようです」

この、あまりに時機を得た言葉に、志村はいささか驚かされた。忌一郎はじつにするどい。たんに気がまわる、などという、ありきたりな言葉ではその鋭敏さは説明できそうにない。本気で、忌一郎は人の心を読むことができるのではないか、と疑ったほどだ。

が、志村はその驚きを隠し、わかっています、とうなずいた。

むろん、わかっている。特高の警察官である以上、陸軍にあって〝天保銭〟が何を意味しているのか、それぐらいのことはわかっている。

陸軍組織にあって将校は二種類に大別できる。幕僚将校と、隊付き将校である。

一方に、陸軍大学を出て、陸軍省や参謀本部で、師団司令部付き・大隊長など務め、中枢部門の管理者になる上級将校がいる。これが幕僚であり、いわゆる〝天保銭〟と呼ばれている。

もう一方に、現場にとどまり、下士官、兵たちに直接接する将校がいる。隊付き将校、あるいは青年将校と呼ばれている。

いわゆる〝無天組〟である。幼年学校や陸軍士官学校の成績や、要領のよしあしなどが両者を分ける。閥やコネに左右されることもあって、必ずしもその才質を正確に反映したものではない。

それどころか、あまりに無能な天保銭組に対する反感が、青年将校たちのいわゆる〝維新運動〟の一因となっているとと見なす向きも多い。


このときの志村が予想しうるはずもないことであるが、一月後の二月二十六日に、かの二・二六事件が勃発する。

特高警察は軍内部で起こった事件に容喙することは許されない。事後の調査はすべて憲兵隊にゆだねられ、警察に明かされる情報は皆無だったといっていい。

しかも二・二六事件の裁判は通常の軍法会議ではない。非公開、弁護人なし、上訴権なし、という特設軍法会議であって、のちに〝暗黒裁判〟と評されることになるほどのものであった。

本来であれば、一介の特高部・警部補にすぎない志村に、二・二六事件の関係調書に目を通すことなどできないはずだった。

が、黙忌一郎の好意によって、二・二六事件の裁判以降、内密に、事件に連座した青年将校たちの「被告人尋問調書」を読む機会を得る。

たとえば、某・青年将校の「被告人尋問調書」においては、このように〝天保銭〟に対する反感が証言されていた。

——私は士官学校在学中、私共中学出の者よりは軍人精神をよりよく体得しあるべき筈の幼年学校出の生徒が支給品を盗むといふ如き卑劣なる行動を見るに及び斯《か》かる者が将校となり軍隊を教育し訓練するのでは果して伝統的な皇軍の威信を保持して行くことが出来るのであらうかを考へ不安に堪へないものがありました。

この青年将校は、陸軍幼年学校出身の将校が中学出の将校を差別するのを憤慨している。陸軍大学校を出た幕僚将校が隊付き将校を馬鹿にするという風潮を大いに憤っているのだった。

——要するに現在の我国の状態は軍人も一般社会も直情径行名利に恬淡所謂国士的人物は敬遠せられ権力者に媚び諂ひ利慾栄達の為には恥を恥としない卑劣な幇間《ほうかん》的人物が重用せらると云ふが如き腐敗堕落した社会でありし……

ところが、と忌一郎が言う。

「いま思うと、じつに奇妙なこととしか言いようがないのですが、五年まえ、これほどまでに反目しあっている幕僚将校と青年将校とが急速に接近しようとしたことがありました……」

「五年まえ……昭和六年……満州事変が起こった年ですね」

「そうです。その年に、いわゆる三月事件、十月事件が起こっている。あなたはそれらの事件について、どの程度のことをご存知なのでしょうか」

「三月事件に、十月事件……」志村は口のなかでつぶやき、いや、と首を振って、あまり大したことは知りません、と言う。「通りいっぺんのことしか聞かされていません」

昭和六年、当時、陸軍内でひそかに何が胎動していたのか？　特高の志村にしてからが通りいっぺんのことしか聞かされていない。軍部は自らの策動により、あいついで起こした一連の事件を徹底的に秘匿するのに成功したのだった。

まさに昭和六年こそは、その後の日本の歴史の舵を大きく転じる、運命の年といってよかった。

これは戦後になって志村が何かの資料で読んだのだが、天皇の側近中の側近であった木戸幸一が、昭和六年の三月事件について以下のように述べているほどである。

——いわゆる三月事件は、闇から闇に葬られて現実の問題にならなかったが、消息通の間には大きな衝動を与えた事件であって、いわゆる軍の推進力が国内改革をめざして動き出した第一歩であり、その後もっとも我が国を悩まし、ついに今日この悲惨な状況にまでもち来たらしめたる下克上の顕著なるあらわれであるという意味において、もっとも注目すべき事件である。

木戸幸一をして、こうまで言わしめた大事件が、しかし昭和六年当時には国民にまったく知らされることがなかったのだ。

一九三〇年代、日本は世界大恐慌の渦に巻き込まれる。〝リベラリズム〟、さらには〝マルキシズム〟が澎湃として世を覆い、政治的には〝政党政治〟が一世を風靡し、軍部はしだいに追いつめられつつあった。

こうした世相から受ける閉塞感に、〝共産主義〟に対する反感が加わって、幕僚将校、青年将校たちの間に一種の危機感をもたらしたのだった。

農民の窮状への反発……〝共産主義〟への脅威感……時流への反発……政党政治・金権的風潮への嫌悪感、さらには日本人のあり方に対する深甚たる疑問……

若い隊付き将校たちは、こういった状況に直面し、天皇の下に〝維新日本〟をつくり、〝新興アジア〟と連帯しようという運動を構想するのだった。

昭和六年三月、橋本欣五郎・露西亜班長たち〝過激思想〟の幕僚層が非合法手段による政権奪取計画をうちたてる。二十日を期して、兵力を動かし、動乱を導き、「宇《う》垣《がき》一《かず》成《しげ》大将を首班とする」政権を樹立しようとはかったのだという。

この計画では大川周明が中心的な役割りを果たしている。大川周明は拓殖大学で植民史、植民政策を担当し、国家改造をめざす、軍部との結びつきの強い人物であった。

が、永田鉄山軍事課長・岡村寧次補任課長らが強硬に反対したためにこの計画は中止されたのだという。

「それにもう一人――」忌一郎が静かな、しかし強靭な力を秘めた声で言う。「当時、第一師団長であった真崎甚三郎の断固たる反対があったとも言われています。そもそも、その計画を事前に知った真崎甚三郎が、参謀を永田のもとに遣わし、計画の中止を厳重に警告せしめたらしい。真崎甚三郎は三月事件の非合法クーデター計画に強硬に反対したのでした。あなたにはこのことは是非とも記憶しておいていただきたい。いずれにせよ三月の決起は見送られることになったのですが、そのあとに満州事変が勃発する……」

さらに九月、関東軍が〝満州事変〟を起こすのに連動する形で、〝満州問題解決のために国内改造を断行〟するために、新たに政権奪取計画がうちたてられたのだという。これもやはり橋本欣五郎中佐が中心となって、東京市内十数ヵ所を一斉に襲撃し、その動乱に乗じて、戒厳令を布告し、新政権を樹立しようというものだったらしい。これがすなわち後にいう十月事件である。

「これは未確認情報ですので、ご承知おきいただきたい。ですが満州事変前から、いわゆる満州問題を解決するために、重藤千秋支那班長・橋本欣五郎露西亜班長、それに関乗車の板垣征四郎・土肥原賢二両大佐が協議を繰り返していたという話があります。だとしたら、十月蜂起はかなり前から計画されていたということになりますが──」

闇のなかに忌一郎の声が聞こえて、

「幕僚将校と青年将校とが接近した──というより、むしろ幕僚将校たちが積極的に青年将校（隊付き将校）たちに接近をはかった、と言ったほうがいいかもしれませんが──のはこのときのことでした。それというのも幕僚将校が兵力を持っていないのに対し、青年将校は兵力を握っていたからなのでした。そのことがあるから橋本欣五郎中佐は青年将校たちを組織化するのに全力を注入したのでしょう。さかんに青年将校を料亭に招いて煽動したらしい。いわゆる〝接待攻勢〟に出たわけなのでしょう」

「接待攻勢……」

「そう、ここで留意していただきたいのは、橋本欣五郎中佐たちが、青年将校たちを頻繁に料亭に招待することができるほど潤沢な資金に恵まれていたというそのことです。いかに橋本たちが陸軍で相当の地位についていたにせよ、とうてい彼らだけの力でできることではない。陸軍省、参謀本部上層部に暗黙の了解があり、さらに橋本たちに多額な資金が提供されたからこそ、これほどまでに大胆な行動が可能になったのではないでしょうか。つまり、これを橋本欣五郎たちが独断で動いたと見なしたのでは判断を誤ることになる。これは陸軍総意のもとでの活動だったと見なしたほうがいいでしょう」

「陸軍総意のもとでの活動……」

それはそうだろう。支那班長、露西亜班長といえば、それなりに重要な地位であって、それに関東軍の幕僚が加わったのであれば、これはもう陸軍総意のもとでの活動と見なすしかない。しかし──

志村は頭がくらくらするような思いにみまわれている。思わず振り返って、忌一郎の顔を見ようとしたが、映写機の光源に隠され、その顔をよく見ることができない。

黙忌一郎は好んで顔を隠しているのではないか。志村はふとそんなことを思う。この若者にはなにか余人には理解できない韜晦癖のようなものがあるようだ。

志村は忌一郎の顔を見ることはできないが、忌一郎は志村の顔を見ているはずだ。その一方的な視線に耐えられない気がして、顔を前方に戻した。

昭和六年、三月事件、十月事件と呼ばれる計画があったらしいのは、おぼろげに聞いてはいた。それも非常におぼろげに——

むろん、特高警察にしても、軍部から情報を遮断されるまま、何もせずに手をこまねいていたわけではない。それなりに情報収集活動に当たってはいたのだ。たとえば——

昭和五年（一九三〇）夏ごろ橋本欣五郎ら陸軍幕僚層を中心にし、ひそかに〈桜会〉なる会が結成された。側聞するところでは、〝過日海軍を志向せし政党者流の毒刃が他日陸軍に向かう〟のを恐れての結成だったという。〈桜会〉に結集した三十人は自分たちを〝最も急進的革命家三十名〟だと自己規定していたのだという。

が、特高警察が入手できた情報は、せいぜいその程度のことにとどまる。〈桜会〉が結成されて以降の三月事件、十月事件さえも、計画の片鱗さえも把握することができずにいた。

特高警察がそれだけ無能だったということかもしれないが、そもそも警察は軍部の事件にかかわることができない。軍がその気になって何事かを全力で隠蔽しようとすれば、警察にはそれをかいなでにすることもできないのは当然だった。が、それにしても——

十数ヵ所を同時に襲撃し、東京市を大動乱に導き、これに乗じて戒厳令を布告し、一気に政権の奪取をはかるのだったとは思いもよらなかった。たしかにこれだけのものだったとは思いもよらなかった。

……まさか彼らの計画が、これほどまでに途方もないものだったとは思いもよらなかった。たしかにこれだけの計画を実現させるのは、数人の幕僚たちだけでは不可能なことであり、陸軍省、参謀本部上層部の協力が不可欠であったにちがいない。

——軍が戒厳令の名のもとに蜂起したとき、東京市の治安を預かる警察はいかにしてこれに抗することができるだろうか。

志村はそれを思い、慄然とせざるをえなかった。警察と軍とではあまりにも武装に差がありすぎる。警察が軍から東京市民を護るのなどそもそも不可能なことではないだろうか。しかし……

そのとき志村の脳裡を小林多喜二の血まみれの顔がよぎったのはどうしてだったろう。そのうめき声が聞こえてきたように感じたのはなぜだったのか。


苦しい。

ああ苦しい。

息ができない。


背後から自分を見つめる忌一郎の視線をこれまでにも増して強いものに感じた。忌一郎は志村の何かを確かめるようにじっと凝視している……そのように感じた。

が、振り返っても、やはり忌一郎の姿は闇に没したままなのだ。忌一郎は何を確かめようとしたのか、あるいはたんに志村の思い過ごしにすぎなかったのか、それを知るすべはなかった。

忌一郎はすでに確かめるべきことを確かめたのだろうか。そのまま言葉をつづけて、

「このときに幕僚将校と青年将校との連絡に当たったのが——どうやら西田税《みつぎ》だったらしい。橋本欣五郎は西田税に対して、海軍を十月クーデターに参加させるように交渉して欲しい、という依頼もしたらしい」。

「西田税……」と志村は口のなかでつぶやいた。

思いがけない人物の名が出てきたという印象はない。大川周明と並んで、西田税もまた、登場すべくして登場してきた人物という印象が強い。特高にとって要注意人物の一人なのだ。

西田は陸軍大学を卒業の後、予備役少尉となり、民間にあって、国家改造運動に従事した。現在は、北一輝とのかかわりが深いとされ、北ともども、つねに特高、憲兵の監視下にある。

まだ三十代なかばのはずであり、北一輝、大川周明とは異なり、〝維新運動〟に携わる青年将校たちとさほど年齢が変わらない。それだけに北一輝や、大川周明のような大物感には欠けるが、そのぶん行動力があると言っていいだろう。

「三月事件につづいて、十月事件においても大川周明が重大な任務を果たすことになっていたようです。八十名の兵士を率いて新聞社を占拠することになっていた。それで、ここで気にかかるのは——」

と忌一郎が言いかけて、ふと気が変わったかのように、ここで不思議なのは、と言葉をかえた。気にかかる、という言葉では、彼の懸念を十分に表現しつくせない、ということなのかもしれない。

「どうして西田税が、大川周明が中心的な役割りを果たしている計画に参加したのか、というそのことなのです。西田税は常々、大川周明に対して、自分とは全然ちがう人間だ、という印象を持っていたらしい。これは何人もの人間が現に西田から聞いていることなのです。西田税に言わせると、大川周明は〝遊里に出入りして大言壮語する〟ばかりの人物で、彼に対しては強い嫌悪感を持っていたらしい。それなのにどうして西田税は大川周明の作戦に参加する気になったのか。ぼくにはこれがどうにも不可解なことに思われるのです」

と忌一郎は言って、

「もともと橋本欣五郎中佐は大川周明にきわめて近い人物でした。その意味でも大川周明を嫌悪している西田税にとっては縁なき人物だったはずなのです。それなのにどうして、その橋本欣五郎が西田税に〝海軍〟への折衝をするように持ちかける運びになったのか。それにはこういう経緯があったようです。周囲の人間には、西田は市内の某所において、知人を介し、橋本欣五郎中佐を紹介された、と言っています。それ以降、橋本のもとを訪問し、満蒙問題について親しく話をするようになったと述べているようです。〝八月頃、十月の決起について大体の計画内容を聞かされ、海軍に参加させるように努力してくれるようにとの依頼を受けた〟ということらしい。しかし妙なのは、橋本を紹介した知人とは誰なのか。西田税はそれを誰にも明らかにしていないそのことなのです」

わずかな間があって、忌一郎はこれまでにも増して静かな口調で言う。

「志村さん、ぼくがあなたにお願いしたいのはここのところなのです。そのいわゆる知人なる人物が何者だったのか、それをあなたに突きとめて欲しいのですよ」

「……」

志村は振り返ろうとはしない。振り返ったところで忌一郎の顔を見ることができないのはわかっていたからだ。が、できれば忌一郎がどんな表情をしているのか確かめたいところだった。

意外な依頼というほかはない。大仰なお膳立てにしてはあまりに簡単すぎるというべきか。何だ、そんなことなのか、という拍子抜けした思いにかられたのは否めない。

しかし——

そのとき背後から忌一郎の含み笑いが聞こえてきた。志村が内心で何を考えているのか、それを見透かすような笑いだった。

垂れ幕の明かりのなかに彼の影が動いた。後ろの闇のなかにいる誰かに向かって、パチッ、と指を鳴らした。

カタカタカタ……という映写機の作動音が聞こえてきた。垂れ幕にぼんやりと明かりが射し、映像が浮かぶ。

そして雪が……いや、これは雪ではなしに……

十七

垂れ幕に射す明かりのなかにしきりに影がちらついた。細かい影が上方から右斜めに点々と画面を過ぎっては下方に消えていく。何かが降っているのだ。降りつづいている。

最初は雪が降っているのかと思ったが、そうではない。どうやら落ち葉が風に舞っているらしい。落ち葉が降りしきるなか、しだいに人影が浮かびあがってきた。それも何人も、何十人も——

焦点が合っていく。それにつれて——高原に朝靄が晴れるかのように——徐々に映像が明瞭になっていく。

どうやら、どこかの兵舎のようだ。そのモダンな建物から推測するに麻布第三連隊かもしれない。

内務班から舎前の庭に光の帯が洩れている。その光のなかにとめどもなしに落ち葉が降りしきる。まるで吹雪が舞うように。

明かりが妙にぼんやりとしたものに感じられるのは、多分、いまが夜というより早朝だからだろう。不思議にそれが夕暮れでないことがわかった。

落ち葉が舞う庭に小隊が行進している。いや、人数の多さからいえば、あるいは中隊と呼ぶべきかもしれない。若い将校が抜いた軍刀を右胸に当てて先頭に立っている。軍帽のまびさしに隠れてその顔をはっきりと見ることはできない。

もとより声が聞こえるはずはないが、おそらく激しい声で号令をかけているのにちがいない。兵たちは一糸乱れぬ四列縦隊で青年将校にしたがっていた。

が、それを通常の教練と見なすには、あまりに朝が早すぎるようだ。

——もしかしたら非常呼集かもしれない。

と志村は考えた。

もちろん、そうだとしても何も驚くほどのことではない。初年兵の教練に非常呼集をかけるのは、むしろありふれたことといっていい。

ただ非常呼集にしては何か妙に大っぴらな印象があって、その点にかすかに違和感を覚えはした。初年兵の非常呼集は、常夜灯の明かりだけを頼りに、暗がりのなかでひっそりと行われるのがつねなのだが。

何にしても——

そこに戦車までもが登場してきたのには驚かされた。行進する兵士たちの背後からせり出すように進んできた。圧倒的な存在感を誇示していた。その円筒形の砲塔に落ち葉がからみつくように舞う……

——どうしてこんなところに戦車が現われたのだろう。

志村は自問せざるをえない。

初年兵の非常呼集に戦車までもが駆り出されるのは——絶対に、とまでは言い切れないにしても——、まずはありえないことではないだろうか。そのありえないことが現実のこととして画面に映し出されている。それはどうしてなのか。

が、それを確かめるまえに映像が消えて、字幕が映し出される……

昭和六年十月某日、大乱勃発す！

この日、数名の佐官幕僚が徒党をなし、武力を以て、要路の大官巨頭を誅殺し、時の教育総監部本部長荒木中将を推して非合法革命を断行せんと謀った。

首謀者は、橋本欣五郎、和知《わち》鷹二《たかじ》、小原重孝、田《た》中弥《なかわたる》等、参謀本部露西亜班、支那班の幕僚幹部達である。

陛下は戒厳司令官に対し最後の措置を勅命せられ、戒厳司令官は此に反する者には、仮令《たとひ》皇軍相撃つの惨に至るも断固たる処置を執るに決心せり。

歩兵第一連隊、歩兵第三連隊は、戒厳司令官の指揮に入らしめられ、これらの部隊を以て叛乱軍を包囲する部隊を強化し、外部との交通を遮断せしめり。

叛乱部隊は遂に大命に従はず、依つて断固武力を以て治安を回復せんとす。戒厳司令官指揮下の部隊は迅速に作戦行動に移れり。

字幕場面が消えた。もうそこには何も映されていない。ただ垂れ幕に淡い光がわずかに滲んで映写機の微動にしたがって揺れているだけだった。

志村はただ呆然としている。言葉を失ってしまっていた。

幕僚幹部らに率いられた叛乱軍を青年将校らが率いる戒厳部隊が鎮圧する……まさに皇軍相撃つ！　という状況ではないか。

しかも隊付き将校が幕僚将校を討伐するというのだから、これはまさに下克上といっていい。志村には想像もつかない状況だといっていい。そのことに驚いて、そのあまり、石化したように身動きができずにいた。

「こんなことが……」と志村は呆けたようにつぶやいた。

「これが十月事件なのか、こんなことがほんとうに昭和六年に起こったというのか」

志村の独白に呼応するように、忌一郎が静かな口調で、そう、これが昭和六年十月に起こったかもしれないことなのです、と言ったのだった。

「これが昭和六年十月に」と志村は愚直につぶやいた。

「起こったかもしれないこと」

「はい」

と忌一郎の声が聞こえ、うなずく気配があって、

「橋本欣五郎たち幕僚に、〝十月蜂起〟参加に声をかけられた青年将校たちは、しかし、この計画に強い疑念を抱いたらしい。ある青年将校は、橋本欣五郎という人物は、たしかに〈桜会〉の急進的指導者ではあるが、〝一般に軽躁の感があってその思想は大したことがない〟という意味のことを仲間に話しています。実際の〝十月蜂起〟計画そのものに対しても強い疑念を抱いたようです。

たとえば大川周明には陛下のお言葉を偽筆するつもりがあったらしい。偽の勅語を書く計画があった。それを蜂起直後に、〝勅語降れり〟と偽称し、二重橋まえで奉読する計画があった。青年将校たちはこれを橋本欣五郎当人から聞いて、〝危機刻々迫る〟という印象を持ったようです。当時、〝維新運動〟の最先鋒であった青年将校にしてからが、こうした計画は妄動、暴発以外の何物

でもない、と感じたといいます。仲間の青年将校に、〝最早や幕僚善導を断念す〟という意味の手紙を書き送っています。

これは西田税も同様の危惧の念を抱いたらしい。西田は、最初、幕僚たちの計画は、青年将校たち何人かを直接行動させる、ということにあったと思っていたらしい。しかし青年将校たちに、大隊、近衛歩兵第四連隊から機関銃隊を出動させ、連隊旗までも出すという計画があるのを知って、仰天したらしい。橋本欣五郎に対して、〝陛下の命なくして皇軍を動かすこと、連隊旗を持ち出すことには反対である〟と申し入れたらしいのですが、橋本欣五郎は聞く耳を持たなかったらしい。まさに沙汰のかぎりといっていいでしょう。

ことここにいたって、青年将校たちは橋本欣五郎たち佐官幕僚に叛意の念を抱かざるをえなかったようです。ある青年将校は、ついに橋本を〝幕僚ファッショ〟と言い捨てるにまでになりました。彼の、これも仲間に対する書簡で、〝幕僚ファッショの首魁橋本欣五郎中佐がクーデターの計画を発すれば、これに同意するかのように見せかけて、歩兵第一連隊、歩兵第二連隊をただちに参謀本部に集結させて、橋本以下妄動幕僚を捕捉する〟決心をするにいたったと書き送っています。つまり昭和六年、十月蜂起が現実のものとなれば、じつに二十二もの中隊が動員される、大規模な動乱にいたったはずなのです。しかも皇軍が相撃つという事態に突入せざるをえなかった。帝都は内乱の戦火にみまわれることになったでしょう。

じつは、ぼくが非常に強い疑念を持っているのは、この点についてなのです。〝十月事件〟には、なにか深層というか、その底に隠された意図のようなものがあるのではないか。じつは何者かが〝十月事件〟をかげで操っていたのではないか、その何者かは東京に皇軍相撃つ内乱を引き起こすことを目的にしていたのではないか……」

「東京に皇軍相撃つ内乱を引き起こすことを目的にしていた……」志村は何か口のなかがひりつくようなのを覚えた。「そんな馬鹿な……誰が、いったい何のためにそんなことをしなければならないというのですか」

「それはぼくにもわからない」忌一郎の声がわずかに低くなって、「ですが、ぼくは、さきほど申しあげた、西田税を橋本欣五郎に引き合わせた人物、ついに十月事件の表面に出てこなかった人物こそが、その何者かではないか、と思っているのです。ぼくが、あなたにそれが誰だったのかを突きとめて欲しい、とお願いするのはそのためなのですよ」

そのことはいい、それはわかった、と志村は思う。志村にはそれ以外にも確かめるべきことがあった。

「結局は〝十月事件〟は未発に終わった……そういうことですよね」

「ええ、あまりに幕僚たちが不用意に騒ぎたてすぎた。むしろ橋本欣五郎当人が暴露したといってもいいでしょう。荒木貞夫中将を大将とするクーデター計画が進行している、ということが、ついに宮廷にまで知れるところとなった。ある宮内次官から憲兵司令官にそのことの真否を確かめる問い合わせがあったといいます。軍当局としても、ついにこれを放置したままにはしておけず、弾圧する方針に切り換えざるをえなかった……どうもそういうことらしいですね」

「それではさっきの活動写真……どこかの連隊が蜂起しようとする映像……あれは何なのですか。〝十月蜂起〟が未発に終わったというならあれは何なのでしょうか」

「ああ、あれですか。あれは、あなたがご覧になった、あの「押絵と旅する男」と同じように、ついに人の目に触れることのなかった映像なのですよ。何者かが――多分、それは〝十月蜂起〟を利用して東京を内戦に巻き込もうとした人物と同一人物のはずですが――、何らかの目的のために撮影した、そう、〝検閲映画館〟のための映像なのです。あそこに映っていた戦車は、ルノーET戦車です。昭和六年、満州事変が勃発した後、十二月に満州に輸送されたもののようです。ということはあれは満州で撮影された映像なのでしょう。つまり、あれは記録映像ではない。たんなる映画にすぎないのですよ」

忌一郎の声にかすかに含み笑いが混じった。にもかかわらず彼の口調には、どこか底知れず憂鬱で、絶望感に封鎖されたような暗い響きが感じられたのだった。

「この世のことはすべて、正義も悪も、嘘も事実も、夢も現実も、つまるところはただの虚妄にすぎないのですよ」

十八

忌一郎の含み笑いに同調するように電気蓄音機の針がレコードを擦る音が聞こえた。

垂れ幕にぼんやりと明かりが射してそれが見る間に焦点を絞った。ふたたび永田鉄山中将の青山斎場の葬儀が写し出される。ついさきほどまで映写されていた映像のつづきであるようだ。

藤原博士なる人物があいかわらず中将の母校・同級会よりの弔辞を読んでいる。それがレコードに録音されている。

「ああ、悲しいかな、痛ましいかな、幽明境を異にして聞きたい事も聞けない、せめて言いたいことを言うて君の霊に訴える。残念だろう、遺憾であろう……」

かすかに針の擦れる音が聞こえているのは録音状態が劣悪だからだろう。その雑音のなかに弔辞を読む声がなにか忌まわしい呪文ででもあるかのように響いていた。あまりに単調すぎて眠気を誘う。

ようやく弔辞が終わる。画面においてはすでに告別式が終わっている。

画面が暗転し、そこに字幕が記される。それによれば、これより霊柩は斎場を出て、小雨が降りそぼるなか、代々幡火葬場に向かうのだという。その後、永田中将の遺体は荼毘にふされ、遺骨は自邸に安置されることになる……

さらに字幕が写される。

時恰《あたか》も夏期休暇の頃なりしとはいへ、岡田首相其の他閣僚、文武高官、各界の名士等朝野《てうや》の有名無名の氏、無慮五千有余名、式場に溢れ、玉串を捧ぐるもの引きもきらず、敬虔悲愁の裡に、いとも荘厳盛大な式は挙げられた。

字幕から映像に変わる。

カメラは青山斎場に集う人々の姿を写し出している。古い活動写真を見るかのようにそぼ降る雨が画面にしきりに白い筋を曳いていた。その雨のなか人々は青山斎場のそこかしこを移動していた。

映像が切り替わった。青山斎場の外に一台の自動車がとまっていた。夏雨が静かに煙るなか、その自動車は圧倒的な存在感を持しながら、しかしひっそりと停まっていた。それが人々が斎場に向かって移動しているのを背景にして静と動との鮮やかな対照をなしている。

撮影者はその対照の妙に関心をひかれたのかもしれない。その自動車にカメラが擬された。

ただでさえ雨が降っているために画面は薄暗い。ましてや自動車のなかなどはっきり映るはずがない。鮮明さを欠いていた。しばらくは自動車の窓ごしの薄闇のなかに人影が動いているらしいのがぼんやりと写っているだけだった。

そのままであれば撮影者も被写体のあまりの変化の乏しさに撮影を断念したかもしれない。だが、ふいにその自動車に一筋、二筋、陽光が射したのだった。

雨が降りつづけているのに何かの僥倖のようにたまま雲が切れる瞬間がある。そのときがそうだったのだろう。奇蹟のように陽光が射した。しかも陽光は測ったように自動車のなかに射し込んでその後部座席を明々《あかあか》と浮かびあがらせたのだ。

闇のなかに黙忌一郎の声が聞こえた。その声がわずかに緊張を増した。

「この男たちをよく見て欲しい。あなたに調べて欲しいのはこの男たちなのです」

「この男たち……」

志村は画面に視線を凝らした。

後部座席に二人の男が乗っている。おりしも射し込んだ陽光のなかに二人の顔がありありと刻まれた。陽光にあからさまにさらされて、やや露出過多に白っぽくなりすぎているようであるが、それでもその容貌を見さだめるのに不自由はない。

一人は五十がらみの陸軍・軍人である。それも少将か、中将、要するに将軍であろう。がっしりとした体つきに、見るからに木訥そうな風貌……しかし、その炯々《けいけい》たる眼光はこの人物がただ者ではないことをうかがわせた。

——この人物……

志村は眉をひそめた。

どこか見覚えがある。

が、見覚えがある——という感覚だけが頭のなかに漠然と揺曳していて、それが誰であるのか、いまにも思い出せそうでいながら、どうしてもそのことを思い出すことができずにいる。

隔靴掻痒というか、優れた記憶力に恵まれているはずの志村にあっては、こんなことはついぞ体験したことがないことだった。

——これは誰だったろう。この人物、ただ者とも思えないのだが……

ただ者でないといえば、その人物はその胸に勲章を佩していた。窓越しに射し込んだ陽光にその勲章がぎらりと光った。

——勲一等旭日大綬章……

志村はわが目を疑った。

そんなものには縁のない一般人が勲章を見たところでそれが何を意味するのかなどがわかるはずがない。だが、志村はほとんど超人的な記憶力に恵まれていて、その頭のなかには森羅万象、ありとあらゆる知識が詰め込まれている。勲章の知識もその一つである。

——どうしてこの人物は勲一等旭日大綬章などを帯びているのだろう。

志村にはまずそのことが訝しかった。

この人物が将軍であれば同じ陸軍の永田鉄山中将の葬儀に参列することには何の不思議もない。なにかの事情があって、自動車のなかからひっそりと見送るということだってあるだろう。

だが、軍の服装規則によれば、大綬章をかけるのは正装の場合にかぎられている。自動車のなかからひそかに霊柩を見送る者が正装を着用しているはずがない。現に、画面で見るかぎり、彼は通常の軍装を着用しているのだ。この場合には、勲一等の副章、すなわち勲二等旭日章を胸に帯びるのが規則にのっとっている。

それなのにどうしてこの人物はこれ見よがしに勲一等旭日大綬章などを胸に佩しているのだろう。いやしくも将軍ともあろう者があまりに芝居がかりすぎてはいないだろうか。

そうした目で見るからか、その勲一等旭日大綬章がいかにも安っぽいものに見える。これは偽物ではないだろうか。

——芝居がかりすぎている？　偽物？

そうか、と胸のなかでひとりごちた。なにか腑に落ちるものがあった。その一言が志村をしてこの人物が誰であるのかそのことを気づかせたのだった。

正確には、誰であるのか、ではない。誰を演じていたのか、に気づかされた、と言うべきかもしれない。本人ではなしに、演じていたその人間を介して見覚えがあったために、首尾よく記憶がよみがえらなかったのだろう。

この人物は……

——江戸川乱歩。

むろん乱歩当人であるはずはない。映画「押絵と旅する男」で江戸川乱歩を演じていた男といえばいいだろうか。むろん、それが何者であるかはわからない。囚人千百番の遠藤平吉なる男が芥川龍之介を演じていたようにその人物は江戸川乱歩を演じていたのだった。そして——

――

誰かを演じているという連想から、その人物が自動車のなかで誰を演じているのかふいにそれがわかったのだった。

――真崎甚三郎中将……

むろん、これも当人であるはずがない。志村にしたところで真崎甚三郎中将なら新聞写真などで何度かその顔を見たことがある。その記憶にあるかぎりでは、たしかに印象は非常に似ているといっていい。だが、あくまでも印象という程度にとどまって、うり二つとまではいかない。多分、そこまでは似ていない。

江戸川乱歩と真崎甚三郎が似ている、といえば首を傾げるむきもあるだろう。が、たんに両者の印象ということだけを言うなら、二人とも頭髪を短く刈っていて、どこか実朴そうなところも共通していて、その印象はたしかに似ている。だからこそ、その人物も江戸川乱歩と真崎甚三郎の両者を演じることができるのではないか。

むろん、乱歩にせよ、真崎中将にせよ、家族、友人など、ごく親しい人間の目をごまかすことはできないにちがいない。が、それが新聞写真などでその顔を見知っているだけの人間、ごく通り一遍の交誼しかない人間であれば、十分にごまかすことができるのではないだろうか。要するに、その程度には似ている。

真崎甚三郎中将と永田鉄山軍務局長とは同じ陸軍にあったが、その属する派閥を異にし、むしろ微妙に対立関係にあったといっていい。

真崎甚三郎が教育総監を更迭される憂き目にあったのも永田鉄山の策動によるものだという風説があるほどなのだ。事実は不明である。警視庁・特高部の志村は軍内部の事情をよく知りうる立場にはない。

が、相沢三郎中佐などは、その風説を鵜呑みにし、永田鉄山を陰険な姦物と一途にそう思い込んでしまったらしい。そのために敬愛する真崎甚三郎のことを思って悲憤慷慨し、そのあまりに、ついには永田鉄山を斬殺するに及んでしまう……

その意味で、真崎甚三郎と、斬殺された永田鉄山とはいわば悪縁にあるといっていいだろう。そうであれば、誰かが自動車のなかにいる真崎甚三郎の姿を見かけても、表だって葬儀に参列するのを遠慮したのだろう、とそう推測するにちがいない。そのことであれこれと揣摩憶測がなされ、また新たな風説が生まれることになるかもしれないが。

だが、この芝居を演出した人物には軍の服装規則についての知識が欠けていた。将校の服装には、正装、礼装、通常礼装、略装、軍装の五つがあって、それに応じて佩すべき勲章も変わらなければならないのだが、多分、そのことを知らずにいた。そのために芝居が破綻してしまっているのだった。

「どうしてここに真崎甚三郎を演じている男がいるのか？　さきほども申しあげたように真崎甚三郎は昭和六年の〝三月事件〟を未然に防いだ人物です。そのために軍上層部の何人かから強く疎んじられるようになった。彼が同年八月に台湾司令官に任ぜられることになったのも、〝満州事変〟を妨げられるのを嫌った、誰かの強引な人事だったという噂があるほどなのです。多分、いま真崎甚三郎は何者かに陥れられようとしているのではないか、と思います。そうでなければ、ここに真崎甚三郎に扮した何者かが現われるわけがないからです。ですが――」

闇のなかにまた黙忌一郎の声が聞こえて、

「真崎甚三郎を演じているその人物のこともそうですが、ぼくにはもう一人の人物のことが非常に気にかかる。その人物が何者なのだかがわからない。そのことが気にかかってならない。あなたにはこの二人が何者であるのかそれをぜひとも突きとめてもらうことをお願いしたいのです」

まるで、その声にあわせるかのように真崎甚三郎の隣りにすわっている人物が首をのばして窓の外の様子をうかがった。

三十代だろうか。それなのにすでに髪が白い。痩せているのに異常なほどの精気を感じさせる人物だった。薄暗い車内にあってもその眼光の鋭さは覆うべくもない。はっきりと狂信者の目といっていいのではないか。

「――」

どうしてだろう。どんな相手に対してもおよそ臆することがない志村が、その人物に対してのみは、なにか慄然とするものを覚えたのだった。全身が総毛立つのを覚えていた。

陽が翳った。自動車のなかもゆっくりと翳っていってその人物の姿は深い闇の底に没していくのであった……

十九

要するに、こういうことなのだった。

長田鉄山中将（死亡時少将）の葬儀のときに青山斎場の外に一台の自動車が停まっていた。

その自動車に乗っていた一人は、活動写真「押絵と旅する男」で江戸川乱歩を演じ、永田鉄山の葬儀では真崎甚三郎中将を演じていた男である。もとより素性も知れなければ名前もわからない。

もう一人の男にいたっては、わかっていることといえば、かろうじてその容貌だけだといっていい。常人とも思えない、異様な精気を発しているが、むろんそのことが彼の素性を突きとめるのに、何らかの役に立ってくれるわけではない。どこの誰ともわからない人物である。

黙忌一郎は志村にその二人の素性を突きとめて欲しいのだという。しかも、できるかぎり特高の組織力を使わずに、志村単独で調査するのを希望している……難しいといえば、これほど難しい依頼はない。なにしろ雲を摑むような話であって、人に倍して記憶力に優れている志村であっても、そうとう苦戦を強いられるだろう。

むろん黙忌一郎はその特殊な能力を見込んで志村に白羽の矢をたてたのにちがいない。そうでなくても、警視庁特高部の課長からじかに使命が下されたのであれば、志村にそれを受けるや否やの選択肢などあろうはずがなかった。応も否もなしに受けるしかない。

わからないことは幾つもある。わからないことばかりだといっていい。

検閲図書館、あるいは検閲映画館と呼ばれている黙忌一郎とは何者なのか。どうして小菅刑務所に無決囚として収容されながら警視庁の特高部・上層部にまで絶大な力を誇っているのか。

さらには、同じ小菅刑務所に収容されている囚人番号千百番、遠藤平吉なる男は何者であるか。どうしてあの男は活動写真「押絵と旅する男」において芥川龍之介を演じて、いままた相沢三郎中佐の名にあれほど敏感に反応するのであろうか。

これは多分、いや、まず間違いなしに、歩兵第一連隊、歩兵第三連隊、それに近衛歩兵第三連隊を拠点とする青年将校たちのいわゆる〝維新運動〟に関連してのことだろう。相沢三郎事件に刺激されて、青年将校たちが近いうちに軍事クーデターを起こそうとしているのは、すでに周知の事実とまでなっている。

青年将校たちの暴発をいかにして阻止するか。それこそが軍部にとってまさに焦眉の急といっていい。

あの自動車の二人の素性を突きとめることが青年将校の暴発を食い止めるための何らかの素因になるのだろうか。それとも逆に暴発を助長することになるのか……

志村にはわからないことばかりである。いつかわかる日が来るとも思えない。むろん、そのことに満足してはいない。が、その一方でそれでいいと思う気持ちが働いていることも否めない。

しょせん志村は特高の猟犬ではないか。命令を与えられ、くびきから解き放たれれば、あとは獲物を追ってひたすら走るしかない。捕えたあとで、その獲物がどうなるかは猟犬の知ったことではない。そうではないか。

黙忌一郎と会った翌日から調査にとりかかることにした。

だが、そのまえに一つだけ片づけておきたいことがあった。公用といっていいのか私用というべきなのか微妙なところだが——いずれにせよ、それを片づけないことには、気になって、仕事に全力で取り組むことができない。

てるのことである。忌一郎と会って話をしているうちにあの少女のことが気になってどうにも忘れられないようになった。

むろん色恋沙汰の話などではない。そんなことではない。

山田兵務課長は身の処し方に潔いように見えて、じつは非情なエゴイストといっていい。じつに自分の体面しか考えていない。

どうして家族と同じようにてるを外出させるだけの配慮を働かせなかったのか。てるが同じ家にいるにもかかわらず、自刃に踏み切れば、彼女が警察から、あるいは世間からどんな仕打ちを受けることになるか、そのことは火を見るよりも明らかではないか。わが身の体験を省みれば、それがわからないはずはなかったろうに……

案の定、尋問という名目で、彼女は巡査たちからねちねちといたぶられることになった。一応、そんなことはすべきではない、と彼らには釘をさしてはおいたのだが。

あの巡査たちにしてみれば、本庁・特高部の警部補など、自分たちとは直接には何のかかわりもない人間なのだ。志村が何を言ったところでそれに真剣に耳を傾けるとはとうてい思われなかった。

てるがすでに山田家をお払い箱になったのは知っている。そのあとで一度、彼女に会っている。だが、それ以降のことは聞いていない。

故郷に帰ったのでなければ——口減らしのために上京した彼女が容易に帰郷できるわけはないのだが——、どこか別のところに勤め口を求めたはずである。

山田家の人がてるに親身だったとは思えないが、彼女宛ての郵便物を転送するぐらいのことはするだろう。それには新しい勤め口の住所を知っておかなければならない。

——それはどこか。

そのことを尋ねようと思って山田大佐の家を訪れたのであるが——

すでに山田家は無人になっていた。玄関は施錠されて雨戸は閉ざされている。そのひっそりとしたたたずまいにはどこか落魄の気配がたちこめていた。

二十

志村は憮然として家のまえにたたずんだ。

山田大佐が自刃してからすでに三カ月が経過している。これは当然、予想されてしかるべきことであったろう。

なにしろ山田大佐は〝相沢事件〟にあっては、卑怯未練の振る舞いと世間からさんざんに非難されることになった。当人が自刃したあとでもその余震はおさまりきらなかったのだろう。遺族にしてみればさぞかしいたたまれない思いだったのにちがいない。

すこし聞き込みに歩いた。近所の人に話を聞いた。

山田大佐の家族は葬儀が終わったあとで早々に家を引き払ったのだという。はっきりしたことはわからないが、未亡人の実家に帰ったのではないかという。

「てるという下働きの少女がいたはずですが……彼女がどうなったかはご存知ないでしょうか」

志村のその質問には誰もが一様に首をひねった。

「暇を取らされたという話は聞いてますけど……さあ、そのあとどうなったか、田舎にでも帰ったんじゃないでしょうかね」

一人だけ、そう答えた者がいたが、それも確信があってのことではないようだ。どうして志村が取るにたらない下働きの少女のことなど気にかけるのか、むしろそのことのほうに関心があるように見えた。なかには下世話な想像をめぐらせた者もいたのではないか。

結局のところ、てるの消息を知っている者は誰もいなかった。要するに田舎者の下働きの少女のことなど親身になって気にかける者は誰もいないということか。

　むろん本腰を入れて捜す気になれば、てるがどこに行ったのか、その消息を突きとめるのは難しいことではないだろう。志村にはその程度の調査能力はある。

　だが、それには時間を費やさなければならないし、各方面に問い合わせなどして人手もわずらわさなければならない。いまの志村にはそれだけの余力がなかった。黙忌一郎に命ぜられた仕事に着手しなければならない。

　――おれもまた彼女に冷淡な人間の一人ではないか。ほかの人間とどんな違いがあるというのか。

　志村は胸のなかで自分を嘲笑せざるをえなかった。

　駅に向かう途中、小さな神社があった。

　その境内に入って手水舎の椅子にすわり敷島を吸った。手水舎には囲いなどない。寒さがひしひしと身を覆った。安物の外套を着たぐらいのことではとうてい東京の厳しい冬の寒さを防ぎきれるものではない。それこそ身を切られるような寒さだった。

「……」

　志村は何を考えるでもなしにぼんやりと視線を虚空にさまよわせた。

　手水鉢に薄く氷が張っていた。その氷の表面にてるの面影を求めた。視線を凝らせばそこに少女の顔が写っているのが見えるような気がした。

　――おれは馬鹿なことをしている……

　自嘲したが、その氷にてるの面影を追うのはやめられなかった。

二十一

　てるはお世辞にもあか抜けているとはいえない。言ってみれば山出しの娘にすぎない。

　だが、注意して見れば、その顔だちは尋常に整っていた。東京の水で磨けばいっぱしの美人になるのではないか。いや、美人と呼ぶには、あまりにその面立ちが淋しげにすぎるかもしれないのだが……

　――それにしても……

　どうしてあの少女のことがこれほどまでに気にかかるのか。志村は自分で自分のことが訝しかった。

　――多分、自刃した主人からもその存在を忘れられ、誰からも親身に気にかけられたことのないてるのことを哀れに思っているからなのだろう。

そう思い、自分のあまりの偽善者ぶりをせせら笑った。人を哀れに思うのは、要するに優越感の裏返しにすぎないのではないか。志村にしたところで哀れに思ったと言いながら、具体的には彼女のために何もしてやろうとはしなかった。

てるのことを親身に気にかけなかったのは他の人間と同じで、いや、それどころか偽善的であるぶん、なおさら志村のほうがタチが悪い。

――おれはいつもそうだ。うじうじと考えるだけで結局は何もしない。てるのこともそうだし、小林多喜二のことだってそうだったじゃないか……

志村は気持ちの底で自分をなじった。そして、たった一度、彼女と再会したときのことをぼんやりと思い出した。

いや、再会したというより、たまたま行きずりに彼女を見かけたといったほうがいいかもしれない。

山田大佐が自刃してから数日後のことであった。

とある街に、かねてより行方を追っている某・思想犯が潜伏しているという情報を入手した。

その街に向かった。

そして省線の駅を下りたところで偶然にてるの姿を見かけることになったのだった。

すでに夕暮れを迎えていた。

仕事帰りの大勢の労働者たちが、省線の駅や市電の終点からどっと吐き出され、改正道路をぞろぞろと踏み切りに向かっていた。

おびただしい貨物列車が絶えず転轍《てんてつ》し行き来しているために踏み切りの遮断棒がなかなか上がらない。なにも急いでいるわけではないが、遮断棒が上がるのを待ちきれずに、跨線橋を渡ることにした。

跨線橋を渡っているときに機関車が重い響きをあげながら足の下を通り過ぎていった。黒い煙がもうもうと噴きあげられる。

志村は煙りを避けて顔を伏せた。煤けた石炭の臭いが鼻をついた。

煙りがしだいに薄れていき、顔をあげたとき、そこにてるの姿を見たのだった。

彼女もやはり煙りを避け顔を伏せて跨線橋のうえでたたずんでいた。

秋の爛熟した光が跨線橋に黄色く射していた。煙りが薄れるにつれて、車輪の輻のように光が回転し、てるの姿をとらえたのだった。あまりに思いがけないことだったために、それが何か小さな奇蹟ででもあるかのように思えたのだった。

当然といえば当然のことだが、てるは志村の姿を覚えてはいないようだ。

あのときには主人の自刃に気が動転していただろうし、そのあとの巡査たちの尋問に怯えてもいたろう。彼女にしてみれば言葉もかけなかった志村のことなど憶えていようはずがない。

それをいえば志村にしても同じであるはずなのだ。山田大佐の自刃にしてからが、志村が——というかそもそも特高が——担当すべき事件ではなかったし、てるにいたっては実際には事件の関係者とさえ呼べない。

それを思えば、どうしてそうまで鮮烈に自分が彼女のことを憶えているのか、むしろ、そのほうが不思議なほどだった。思いがけないことだったとはいえ、どうして彼女の姿を見たときに、ハッ、と胸をつかれるほどの衝撃を覚えたのか、それは彼自身にも説明のつかないことなのだ。

そのとき、

——もしかしたら、おれはてるのことが好きなのではないか。

そんな思いがフッと胸の底をよぎって、そのことにわれ知らず動揺するのを覚えた。

——十六、七の小娘を相手に何を馬鹿なことを！

志村は笑い飛ばそうとして、しかし笑いきれずに、なにか曖昧な思いを胸の底に嚙みしめるのだった……

てるは、志村の母親が着ても不思議ではないような、きわめて渋い地味な着物を着ていた。蒼っぽく底光りするような着物に白い顔が映えている。

志村がてるを最初に見たときには、彼女は家事にやつれ、何か煤けたような顔をしていた。それがいまは、髪をととのえ、唇にあわく紅をさし、多少なりともそのときとは印象を異にしている。

そのときに、いまのところは山出しの娘でしかないが、東京の水で磨けば、いっぱしの美人になるのではないか。志村はそう思ったのだが、その目に狂いはなかったようである。

黒い切れ長の目と、肌理《きめ》の細かい白い肌が、陶器のつやと冷ややかさを連想させて、魅力がある。すでにして、なかなかのべっぴんといっていい。

彼女は志村には目もくれずに跨線橋を渡っていった。

「……」

志村は躊躇《ちゅうちょ》しなかった。自分が何を考えているのか、どうしてそんなことをするのか、それをはっきりと意識しないままに彼女のあとを追った。

彼女のあとをつけて街道沿いの貧しそうな町を一町ほど歩いた。

薄暗い土間に酒樽をすえた安酒場、密淫売を抱えた公認銘酒屋《バイヤ》、それに十銭でライスカレーを喰わせる安食堂などが軒をつらね、明かりをともしていた。

その明かりのなか、そこかしこに、ぼんやり人影を浮かびあがらせ、女たち、それに客引きの男たちが立っていた。

彼らは、若いてるが歩いていくのを、鈍い視線で追っていた……

てるはとあるトンカツ屋に入っていった。志村もためらわず、あとを追って、ガラス戸を開ける。

電灯の下、稼ぎから帰った女たち、自動車の運転手たち、それに労務服の男たちが銚子を傾けながら、トンカツを食べていた。

奥のテーブルに三十がらみの男が一人すわっている。

着流しに派手なしゝるし半纏《ばんてん》をひっかけている。博打打ちにも見えないが、まったくの素っ堅気にも見えない。中途半端な遊び人というところか。

「……」

てるがそのまえにすわるのを目の隅に確かめながら、志村もやや離れたところに腰をおろした。

男は細面《ほそおもて》、角刈り。まずは二枚目といっていい顔だちをしている。が、その口元に、なにか下卑た印象があって、志村は好きになれない。女たらしの容貌といっていい。

ある種の女がこうした軽薄そうな男に惹かれるのはわかる。多分、この男はそれなりにもてるのにちがいない。てるもまた、この男に心惹かれているのだろうか。

——情夫《いろ》か。

てるはまだ十六、七歳にしかならない。その年齢を考えれば、まさかとは思う。が、色っぽやい娘であれば、それぐらいの歳でいろの一人や二人いてもおかしくはない。

志村は胸の底にかすかに失望の予感が動くのを覚えた。その一方で、三十男の分別が働いて、いい歳をした自分が小娘のすることに一喜一憂しているのに、なにか皮肉なものを覚えてもいる。それぐらいの余裕は残されていた。

いずれにせよ――

二人の様子を見ていると、どうも恋仲にあるとか、男女の仲にあるとか、そういった関わりではないようである。

それでも男のほうはまんざらでもない様子で、しきりにてるに話しかけているのだが、彼女はそれにはかばかしい反応を見せようとはしない。ただ硬い表情をして頷くばかりで、ろくに返事すらしないのだ。

男は容貌に自信があるだろうし、いっぱし自分のことを世慣れているとも思っているにちがいない。こんな小娘ひとり手玉に取るのは何でもない、と思っているのが、その態度の端々から容易に見てとれた。

が、てるは、男が何を言っても、その生真面目な調子を崩そうとはしない。どうも男の努力はのれんに腕押しというところがあるらしい。

男は誤解しているようだが、それはたんにてるが世間慣れしていないからだけではないようだ。男に心の底から気を許してはいないからでもあるらしい。

特高という職を奉じ、世間を見、人間を見ている志村には、ありありとわかるそのことが、いっぱし自分を色事師として任じている男には見えていないらしいのだ。

それだけ男という生き物は自惚れが強いということなのだろう。そうでなければ馬鹿なのか。

当人にはわからないそのことが傍《はた》から見ている志村にはよくわかる。そして、それがどうにも滑稽なことに感じられてならないのだった。

二十二

ガラス戸がやかましく開いて、トンカツ二人前ね、と出前の注文である。

一瞬、男は鼻白んだようだが、それでも飽きずにてるに顔を寄せ、ひそひそと何事か話しつづけている。

てるは男の話を聞いているようで聞いていない。素知らぬ顔をして、じつは壁に貼られたお品書きを見ている。そのそぶりは幼い容姿にもかかわらず、どこか太々しげでさえある。

もしかしたら……

――てるはその外見以上にしたたかな娘なのかもしれ

ない。

ふと、そんなことを思い、われしらず口元がゆるむのを覚えた。

てるのまえにあつらえたトンカツが運ばれてきた。てるがそれを無心に——もっとも本当にそうなのかどうか、たんに無心を装っているだけではないのか、それは他人にはうかがい知れないことであったが——食べ出すのを見て、さすがに男もこれ以上、彼女をくどくのはあきらめたらしい。

「まだ、てるちゃんは子供だなあ」男は投げ出すようにそう大声で言い、椅子のなかでそっくり返った。「まあ、いいや。トンカツ食べなよ。ここの店は汚いけどさあ。味は悪くないぜ」

「……」

志村は眉をひそめた。男がそっくり返ったときに、その懐にさらしに巻いた刃物をのんでいるのがチラリと見えたのだった。

——あれは何だろう。ドスではないようだが……

そのとき表のガラス戸を引き開ける音が聞こえてきた。また出前の注文かと思ったが、そうではなかった。女が一人、店に入ってきた。

てるよりは歳上の、しかし二十歳を幾つもこえていないだろうと思われる女だった。

黒っぽい、地味な着物を着ているが、それがかえって彼女の大きな二重瞼と、静脈が透けて見えるような白い肌をあざやかにきわだたせている。

産毛立って清潔な色気は、小娘めいて見えるが、そのきれいにパアマネントのかかった髪、襟を抜いたあだっぽい着こなしから、素人でないことは容易に見てとれた。

男が彼女を見て、よう、と声をあげる。必要以上に親しさを強調させるような下品な態度だった。

それには、女はわずかにうなずいて見せただけで、挨拶を返そうとはしない。

テーブルまで歩いていって、てるの横に立ち、じっと彼女のことを見つめた。

なにか怖いほどに真剣な眼差しだった。気の弱い人間であればとうていその直視に耐えられないにちがいない。だが、てるは物怖じしない。その陶器のように硬く冷ややかな肌がわずかに蒼さを増したかに見えただけだ。目に力をこめて彼女のことを見返した。

一瞬、二瞬……そのとき二人の間に交わされた視線は尋常なものではなかった。

その視線の意味は何だったのか。敵意ではないだろう。敵意であれば、それは特高の刑事である志村には、むしろ馴染みが深いものであるはずではないか。どんなに激しい敵意であろうと、いまさらそんなものに驚きはしない。

それは敵意ではない何か……志村などにはうかがい知ることのできない何かであるようだった。

あとになって志村はこのとき二人の間に交わされた視線の意味をくり返し考えることになる。どうして、それに気がつかなかったのかと自分のうかつさを悔やむことになるのだった。

だが、このとき志村が胸に刻み込むように思ったのは、そこにいる二人の女がじつに美しいということ、それも三十数年生きてきてこんなに綺麗な女たちには出会ったことがない、と思わせるほどに美しいということだった。あまり女色に心動かされることのない志村にはめずらしいことだった。

このときの二人の女が視線を交わしあった情景は――強烈なまでに鮮やかに――その後も長く志村の胸裡に残されることになる。

多分、男も二人の女がかもし出す異様な緊迫感に気がついたのにちがいない。そして何をどうしていいのかわからなくなってしまった。なにか戸惑ったようにかすれた笑い声をあげる。

そのときボーイが注文を聞きにこなければ、二人の間の緊張感がどんな形で破綻を迎えることになったか、想像するだけでもそら恐ろしいほどである。

女はフッと緊張を解いて、なにも要らないよ。すぐに出るからさ、と言う。大きな声ではないが、澄んで響きがよく、店内によく通った。そして、あらためて、てるを見ると、

「あんた、てるちゃんといったっけ。そのトンカツ、早く片づけておしまい、出掛けるからさ」

と言い、うって変わって、優しい表情になると、どうも名前がまぎらわしいね、とつぶやいた。何のことを言ったのか、横で聞いている志村にはわからなかったが。

ほんの子供のころに生家を出て他人の家で苦労してきただけのことはある。こういうときのてるの決断は早い。グズグズしてはいなかった。もう済みました、と言うと、手元の荷物をまとめて席を立った。

それにつられるように席を立とうとした男に、

「ご苦労さん、セキグチさんはもういいよ。もう少し飲

んどいでな」

と女が言う。言葉こそ柔らかだが、その声には毅然としたところがあって、あんたはじゃまだよ、と言っているのに等しい。ぴしゃりと男を拒絶した。こんなところにも普段から男を扱い慣れているらしい様子がうかがえた。


そのうえで、がま口を取り出し、トンカツ屋で一杯やるのには十分以上のカネを出して、テーブルのうえに置いた。こういうところの気配りのよさはさすがに花街の女と言っていい。

「何だなあ、ここまで足を運んで、おれだけ袖にされるんじゃ間尺にあわないぜ」

セキグチ、と呼ばれた男は——関口、だろうか——不満げに言ったが、それでも渋々、椅子に腰を戻した、女たちに同行できないのは残念だが、さりとて、せっかく人の奢りで一杯やれる機会をふいにするのも惜しい、といったところなのだろう。

「それじゃあね、お楽しみに——」

女は男に声をかける。そして、てるの袖を引いた。てるは素直にうなずいた。二人の女はそのまま連れだって店を出ていった。

ガラス戸が開く音を横に聞きながら、

——どうする、あとをつけるか。

一瞬、志村は迷ったが、じつは迷うまでもないことなのだった。

志村がこの街を訪れたのは、手配中の思想犯の居所を突きとめるためで、小娘の境遇を突きとめるためではない。てるは犯罪の関係者ではないし、その境遇がどうあろうと、本来、志村には何のかかわりもないことなのだ。これ以上、彼女のことで動いたのでは、それこそ職務怠慢のそしりを受けても抗弁のしようがない。

——物好きもほどほどにすることだ。

志村は自分にそう言い聞かせた。

そして関口が、お銚子のおかわり、と声を張りあげるのを横目に見ながら、席を立って、勘定を済ました。

——せめて、この男の身元だけでも突きとめておいたほうがいいのではないか。

とも思わないでもなかったが、そしてそれは志村の特高という身分をかさに着ればたやすいことではあったのだが……

それもまた志村の職権を逸脱した行為にはちがいない。たやすいことだからといって、していいことだというわけではない。

関口という男にしたところで、べつだん法に抵触する行為を犯したというわけではないのだ。むやみに職権を乱用し、何の罪も犯していない男を路上で尋問するのはつつしむべきだろう。

志村がいつになく弱気になっているのは、下手なことをして、てるに迷惑がかかるようなことがあってはならない、という自制する気持ちが働いたからかもしれない。

思うにこれは、山田大佐の家に居づらくなったてるが、次の職場を捜しているのにすぎないのだろう。どういう関わりあいからなのか、仕事の斡旋を頼んだのが、あの関口という男なのにちがいない。あのくろとめいた女——芸者だろうか——のところが次の職場というわけなのか。

いずれにせよ、そこには志村が問題にすべきところ、不審な点はいっさい見られない。それなのに、むやみに職務質問などすれば、てるに迷惑をかけるばかりだろう。それは避けるべきだ。

——このままにしておくことだ。てるの邪魔をしてはならない……

志村はそう思い、勘定を済ませ、なにか後ろ髪を引かれるような気持ちを残して、トンカツ屋をあとにしたのだったが。

いま——

——関口……

ふいに志村はその名前が特別な意味を持っていることに気がついたのだった。

その名前はたしか先に読んだ「〝乃木坂芸者殺人事件〟備忘録」のなかに出てきたのではなかったか。

——発見者は四名を数える。〈いな本〉の女将、女中、照若の情夫《いろ》の真内伸助、それに理髪店〈猫床〉の職人の関口孝男という男である……

もちろん関口という名前はありふれているというほどではないにしても世にない名前ではない。しかし——

トンカツ屋で志村が見た関口は懐に何か刃物のようなものをのんでいた。刃物ではあったが短刀《ドス》ではなかった。あれは……床屋の渡り職人がいつも懐に忍ばせているという剃刀ではなかったろうか。

——何てこった。どうして備忘録を読んだときにそのことに気づかなかったのか。

なにか頭のなかに雷光に似たものがひらめいた感覚があった。ほとんどそれは志村に肉体的な苦痛をもたらした。

「ああ……」

と、うめき声をあげた。自分のあまりのうかつさに、そうと意識せずに手水鉢の氷に拳を突き入れていた。

氷がはかない音をたてて割れた。手の甲にかすかに痛みと冷たさが残った。

志村はふいに我に立ち返って、自分がいまだに神社の境内にすわっていることに、なにか呆然とする思いにかられていた。どこか遠いところに旅をして帰ってきたように感じていた。

いま現実に志村に残されているのは手の甲に感じる痛みと冷たさだけだった。

——多分……

てるのほうがもっと痛い思い、冷たい思いをしているのにちがいない、と考えた。そう考えることで、おれはやっぱり偽善者だと自嘲せざるをえなかった。

それなのに自分はてるのために何もしてやることができずにいる。いまの志村は、黙忌一郎に命ぜられた仕事を手がけるのに忙しくて、なかなかまとまった時間がとれずにいるのだった。

が、そうではあっても、できるだけ早いうちに、トンカツ屋で見かけた男が備忘録に名前の出てきた関口と同一人物であるかどうかを確認しなければならない。そのうえで、てるの所在を突きとめなければならないだろう。

そのためにはまず真内伸助の「感想録」を読み進めることから始めるべきではないだろうか……

N坂の殺人事件

感想録

萩原恭次郎は赤坂区青山×町に向かいます。そして〈いな本〉がある小路に曲がりました。

四時を回ったばかりなのでした。冬は暮れるのが早い。宵の口、と呼ぶのにはまだ間がある時刻なのに、すでに暮色がたそがれているのです。この時刻にしては人通りも不思議なほどありません。

それが私の尾行を困難なものにしていました。なにしろ萩原恭次郎は影が薄い。そこにいるのにいないかのように存在感に乏しい人物なのです。それもあってか、その後ろ姿に灰色の翳がたちこめているかのように感じられるのです。どうかするといまにも暮色に溶け込んでしまいそうになってしまうのでした。

私はあとをつけながら、何度も眼を凝らさなければなりませんでした。ですが、どんなに凝視しても、萩原恭次郎という人物にはその視線からふらふらとさまよい出てしまうようなところがありました。後ろ姿を見つめているつもりが、いつのまにか夕暮れの藍色の大気にその視線が逸れてしまっていて、狼狽させられることが再々ならずあったのです。

やはり萩原恭次郎は〝群衆の人〟に他ならないのでしょう。それは何も彼がつねに群衆のなかにいるというのを意味しているわけではない。そうではないのです。

群衆のなかにいる人間はついには一人ひとりの個性を喪失し、その顔を失わざるをえない。写真に複製され、ラジオに声を奪われて、活動写真におのれの〝現実〟がとって替られてしまう……人間が個人であることをやめて、一個の記号と化してしまうとでもいえばいいかもしれません。

彼は彼であって彼ではない。誰でもあって誰でもない。此処にいて此処にはいない。何処にもいて何処にもいない……その意味では、萩原恭次郎は優れて二十世紀人といっていい。まぎれもなしに我らが時代の人なのでした。

私は萩原恭次郎を尾行しながら、そんなふうにとりとめのないことをしきりに考えていたらしい。尾行する対象としては、相手があまりに印象に乏しすぎるために、つい集中力を欠いてしまうのでしょう。

それだからでしょうか。小路に入って、ふと気がついたときには、もう前方に彼の姿は見えなくなっていたのでした。

私は驚いたでしょうか。じつのところ驚いたというほどには驚かなかったようです。それどころか、何か消えるべくして消えてしまったかのように感じました。なにしろ相手は萩原恭次郎なのです。夕暮れの薄明に見えなくなってしまったからといって、それが何だというのでしょう。あの不思議な人物であれば、それはある意味、当然のことではなかったでしょうか。

もっとも家と家との間には幾らも抜け道があるのですから、萩原恭次郎が消えてしまったそのこと自体は、べつだん不思議なことでも何でもないのですが……

それに——

小路に曲がったとたんに、またしてもあの奇妙な感覚にみまわれ、萩原恭次郎どころではなくなってしまったということもあったかもしれません。

あの奇妙な感覚……繰り返しになりますが、私はこのときにはすでに「猫町」を『セルパン』誌上で読んでいたのでした。けれども、現実に似たことを体験したときには、あまりにその感覚が生々しかったために、それを「猫町」の描写に喩えるなどということにはついぞ考えが及びませんでした。

しかし、この「感想録」を書いているいまの私は、そうではありません。多分、萩原恭次郎が乃木坂界隈を彷徨しているときに感じたであろう異様な感覚を、兄の朔太郎に話し、それが「猫町」という作品に結実したのだということを——刑務所内で遠藤平吉から聞かされ——、すでに知っているのです。

であれば、ここで再び、三度《みたび》、萩原朔太郎の「猫町」を引用したところで、あながち怠惰の誹《そし》りを受けることはないでしょう。

萩原朔太郎は、弟の恭次郎が感じ、そして私が感じたその感覚を、「猫町」において左記のように描写しているのでした。

それは大地震の来る一瞬前に、平常と少しも変らない町の様子を、どこかで一人が、不思議に怪しみながら見て居るやうな、おそろしい不安を内容した予感であつた。今、ちよつとしたはずみで一人が倒れる。そして構成された調和が破れ、町全体が混乱の中に陥入つてしまふ。

多分、萩原恭次郎が、そして私が、「大地震の来る一瞬前に、平常と少しも変らない町の様子を、どこかで」見ている一人であるわけなのでしょう。

節制もなしに「猫町」を引用しているように思われるのは本意ではありません。弟の恭次郎が感じたものを、詩人の朔太郎が描写したのであれば、私がつたない文章でつづるより、はるかに的確にそのときの感覚をお伝えすることができるのではないか。これはそう思うがゆえの引用に他ならないのですから……

そして「猫町」の〝私〟がそうであったように、私もまた恐怖に動悸しながら、〝今だ！〟、と胸のなかで叫んでいたのでした。

もっとも「猫町」では、〝私〟がそう叫ぶのと同時に、一匹の猫が町の真ん中を走っていったのですが、私の場合はそうではありませんでした。猫ではなしに――蟹だったのです。

……私の眼には、それが実によくはつきりと映像された。何か知ら、そこには或る異常な、唐突な、全体の調和を破るやうな印象が感じられた。

瞬間。万象が急に静止し、底の知れない沈黙が横たはつた。

朔太郎はこのときのことをこう描写しています。万象が静止し、底知れない沈黙が横たわるその焦点ともいうべき地上の一点に、まさに一匹の蟹が這っていたのでした。

このとき私が受けた異様な感覚をどう説明すればいいでしょうか。たしかに赤坂の路上を蟹が這っているのは、「或る異常な、唐突な、全体の調和を破るやうな印象」ではありましょうが、何も説明がつかないというほどのことではない。

早い話が、〈猫床〉の店先では、洗面器に浅く水を張って、蟹を飼っているではありませんか。何かの理由から、その蟹が逃げ出したと考えれば、それですべてが説明のつくことなのでした。しかし……

にもかかわらず、私はそのことに何か言いしれぬ不気味なものを感じたのでした。人間の足にすれば〈猫床〉

からここまでせいぜい歩いて五分というところでしょう。人間にとっては大した距離ではない。ですが蟹にしてみれば、それは途方もない距離ではないでしょうか。よくもまあ、荷車に轢かれもせずに、それだけの距離を這ってこられたものだと驚嘆せざるをえません。

そもそも、それが〈猫床〉のあの蟹だとしたら、いかにして洗面器から脱出することができたのでしょう。鉄力《ぶりき》の洗面器は湾曲していて蟹の脚では容易に這いあがることなどできないはずなのです。それがどうにかして洗面器を這いあがって、しかもここまではるばると這ってきたことをどう理解すればいいのか。それは何か尋常ならざることではないでしょうか。

萩原恭次郎が姿を消したことには、さほど驚かなかった私が、町を覆う異様な感覚に慄然とし、路上を這う一匹の蟹に心底からおののいているのでした。

これはすなわち、何かの

——啓示。

なのではないでしょうか。

しかし、これがもし本当に何らかの〝啓示〟なのだとしたら、それは私たちに何を告げようとしているのでしょう。そもそも、この世に蟹のお告げなどというものがありうるのでしょうか。

蟹のお告げ！　なにか不可解な衝動めいたものに襲われたかのように感じました。それは戦慄とも迷いともつかず、胸の底を荒々しく揺さぶったのでした。私はそれに耐えきれずにパッと走り出しました。

——照若の身に何かが起こったのではないか。

それこそが蟹が啓示するものだったのではないでしょうか？　もとより何の根拠もないことでした。蟹のお告げなどといえば人は笑い出すことでしょう。そうではあっても、それがわかってはいても、私は照若の身が心配でならず、〈いな本〉に向かって全力で走らずにはいられなかったのでした。

私が息せき切って走っている姿がよほど異様なものに見えたのでしょう。〈いな本〉の手前、百メートルほどのところにさしかかったときに、急に行く手に一人の男が立ちふさがって、両手をひろげ、通せんぼをしたのでした。

おっとっとと、と男は陽気な声を張りあげると、

「どうしたんですか。まあ、落ち着きなさい、若旦那——」

といいます。〈猫床〉の職人の関口なのでした。

〈猫床〉で囀《さえず》るスズメたちによれば、関口は理髪師としては半端な腕前だが、色事師としては、なかなかの凄腕なのだということでした。田所の若い女房も、じつは関口といい仲であって、知らぬは旦那ばかりなのだというのです。

もちろん、その噂の真否は私などには何とも確かめようのないことですが、なるほど、たしかに袷の着物に、半纏、素足に草履《ぞうり》を引っかけただけのその姿は、なかなかに粋なものではありました。

まさか関口を押しのけて走りつづけるわけにはいきません。やむをえず、私はいったん立ちどまり、息をととのえてから歩きはじめました。

それを確かめると、関口は自分も肩を並べて歩きながら、横合いから顔を覗き込んできました。そして、

「ねえ、どうかしたんですかい、何だか怖い顔してさ、カタキでも見たような顔つきでしたよ」

興味津々に訊いてくるのでした。

「……」

一瞬、私は関口の顔を見て、〝啓示〟のことをいうべきではないか、と迷いました。照若の身に何かが起こったのではないか、と訊いたほうがいいのではないか、とそのことを迷ったのでした。

ですが、下手にそんなことを口にしようものなら、私の精神状態が疑われることになるでしょう。不用意に口を滑らせるべきことではない。

一瞬の迷いと混乱から、自分でもそうと意識せずに、

「蟹……」

私はそう口走っていたのでした。

「え……」

関口が怪訝そうな顔になりました。眉をひそめたその顔は、なるほど、たしかに女によっては苦み走っているとそういうかもしれません。

「いや、蟹はどうかしたのですか、蟹がお店にいないようですけど――」

関口はそれを聞いて、なにか要領を得ないような表情になりました。そうだったかな、気がつかなかったよ。と呟きました。

「変なことをうかがうようですが」と私は訊きました。「あの蟹はいつからお店で飼っていらっしゃるのですか」

「何年まえとかそういうことは知らない。おれが来るずっとまえからさ」

「どうして〈猫床〉なのに蟹を飼っているのですか。おかしいじゃないですか」

「そんなこといわれてもなあ。そんなこと親方に尋ねたこともなかったし。おれの知ったこっちゃないだろうよ」

それはそうでしょう。遊び人の関口が、いや、関口であろうとなかろうと、どこの誰が洗面器の蟹のことなど気にかけるでしょう。

――おれは何をバカなことを尋ねているんだろう。

私は自分で自分のあまりに優柔不断なことにもどかしさを覚えました。私は何を回りくどいことをいっているのでしょう。私が本当に確かめたいことは照若の安否に尽きるはずなのに。

彼女は無事でいるのかいないのか……蟹のことも、どこか町の様子が微妙にいつもと違っていることも気にかからないではないですが、まずは何よりも照若の安否を確かめるほうが先決なのでした。

――そうだ、この男に頼んで照若の安否を確かめてもらってはどうか。

関口にはどこか卑しげな印象があります。見るからに遊び人で、多分、いつも遊ぶカネ欲しさに喘いでいるのにちがいありません。理髪師の渡り職人の俸給などたかが知れたものでしょう。多少なりともカネを握らせば置屋に芸者の安否を確かめるぐらいのことは二つ返事で引き受けてくれるのではないでしょうか。

「じつは折り入ってあなたにお願いしたいことがあるんですが……」

私がそう言って、隠しから財布を取り出そうとしたそのときのことでした。

ふいに〈いな本〉から女の悲鳴が聞こえてきたのでした。いえ、私はたしかにそれを悲鳴と聞いたのですが――不思議なことに関口の耳にはそれが女の笑い声のように聞こえたというのです。

そういわれてみると、私にもそれが悲鳴ではなしに、女の笑い声だったようにも感じられるのでした。何というか、じつに妙な話なのですが――あとになって思い返してみると、悲鳴だったのか、笑い声だったのか、それが自分でもさだかではないのです。

そして、それは関口にとっても同じだったようで、刑事にそのことを問いつめられて、悲鳴だといわれると悲鳴でもあるようで、となにか曖昧な表情になったのを覚えています。

それは悲鳴だったのでしょうか、あるいは笑い声だったのでしょうか。いずれにせよ、それがきわめて異常なものを感じさせる声だったことには間違いありません。なにしろ尋常な声ではなかったのでした。

私と関口とは〈いな本〉に走りました。すると——

上方から、ガシャン、というガラスの割れるような音が聞こえてきたのでした。それはたしかに〈いな本〉の二階、照若が寝起きをしている六畳の座敷から聞こえてきたようでした。

「……」

関口と私の二人は同時に〈いな本〉の二階を振り仰いだのでした。

二階の座敷は小路に面して一間ほどの窓があります。窓は摺り上げ障子になっていて、その下部分は小障子を上げ下げする、ガラスの覗き窓になっているのです。そのガラス窓部分を覆って出格子が嵌っているのでした。多分、いまのはそのガラスが割れた音ではなかったでしょうか。

「照若——」

摺り上げ障子の下半分、出格子を透かして、そのガラスから六畳の座敷天井を仰ぎみることができました。ということは小障子が開いているということでしょう。なにしろ格子ごしなのでガラスが割れているかどうかは確かめることができませんでした。

私たちが振り仰いだそのときのことでした。それまで暮色に閉ざされていた曇天にふいに一筋の陽光が射したのでした。思いがけず雲が切れて太陽が顔を覗かせたのでした。その日の光が出格子の隙間に射し込んできらりと光を放ったのです。

出格子の向こうに女の顔が見えました。白い色が動きました。それが瞬時のうちに赤い色に変わったのでした。

ほんの一瞬のことでした。それはガラスが割れる音を聞いて私たちが二階を振り仰ぐのとほとんど同時のことだったように思います。ガラスが割れる音を聞いて、振り仰いで——出格子の向こうに若い女の顔から血がしぶくのを見ることになった……そういうことだったのでしょう。

あとで警察が二人の証言を突きあわせたのですが、私のみならず、同じものを関口も目撃したということでした。一瞬のうちに、若い女の顔が血に染まるのを見たというのです。要するに、出格子ごしに、私たちは照若が喉を刺される、まさにその瞬間を目撃したわけなのでしょう。

「――」

私は自分でもそうと気がつかずに声をあげていました。悲鳴をあげていました。悲鳴にしかならなかったのでした。

関口と二人、肩をぶつけあうようにして〈いな本〉の玄関に飛び込んでいきました。私と同じように関口もまた興奮して階段を駆けあがります。私と同じように関口もまた興奮して何か意味不明の声を張りあげていました。

女が刺される現場を目撃して平然としていられる男などいないということでしょう。

照若が起居している座敷は二枚ふすまの戸になっています。きよという名の若い小女が引き手に手をかけています。懸命に力を入れて戸を開けようとしているようです。しかし戸はガタガタと揺れるばかりでいっこうに開く様子がないのです。

「戸に」きよが泣き声をあげました。「なかから錠がかかっています」

そのとき隣りの座敷から転げ出るようにして女将が飛び出してきました。見るからにおろおろと取り乱していて、その顔が引きつってしまっています。

「座敷のあいだのふすまも」と女将もまた悲鳴のような声をあげました。「向こう側から錠がかかってるんだよ」

一瞬の判断は関口のほうが早かった。どこか堅気に見えないだけあって、さすがにこうした修羅場にはそれなりに慣れているのかもしれません。

「どいてろ」

そう喚くなり、脛を高く上げて、ふすま戸を思い切り蹴り倒したのでした。戸板がばりばりと破れる音がして、ふすま戸は向こう側に倒れていきました。

真っ先に座敷に飛び込んでいったのはきよでした。東京の女じゃこうはいきません。さすがに山出しの娘だけあって、こうしたときには度胸もすわれば、機敏に動くこともできるわけなのでしょう。きよのあとには関口が、そして私が飛び込んでいきました。女将がいちばん最後に飛び込んで、ヒエーッ、と悲鳴をあげました。

関口もまた、ケエッ、と妙な声をあげて、

「何てこった」

と言ったきり、絶句してしまいます。私も一言もありません。ただもう呆然としてその場に立ちつくすばかりなのでした。

なにしろ座敷が真っ赤なのです。いたるところ無残に血が飛び散っていました。その血だまりのなかに女がうつ伏せになって倒れています。束髪がほどけて畳のうえに海藻のようにひろがっている。その髪にも血がこびりついていました。

　薄い桃色の襦袢姿でした。その襦袢もやはり真っ赤に染まっていました。赤いしごきがしどけなくほどけて畳に這っていました。脂づいて白く滑らかな足が、乱れた裾からあらわに延びています。

　局所と呼べばいいのでしょうか。股の付け根のあたりが血だまりというのも愚かしいほどグッショリと濡れているのがわかります。うつ伏せになって盛りあがっている臀部までもが長襦袢ごしに赤く濡れているのが透けて見えるのでした。

　さらに二本の足の膝から太股にかけて、まるで大胆な染め模様のように赤い飛沫が散っているのです。畳に押しつぶされ、乳房が見えていましたが、胸から双丘にかけて、緋の絹糸が乱れるように血がこびりついているのが見えました。

　これは、そのときには知らなかったことですが、また知らないままであったほうがよかったことなのですが、照若はじつに膣部をえぐり取られていたのでした。無惨とも、凄惨とも何ともいいようのないことで、猟奇もここにきわまったというべきでしょう。

「姉さん、照若姉さん――」ときよが絶叫して、そのまま大声で泣きはじめました。

「……」

　私はただぼんやりとそこに佇むばかりでした。胸のなかが曇天に覆われたように感情の動きが鈍っているのが感じられました。自分が悲しいのか、憤っているのか、それすら判断できずにいるのです。何もいえず、何もできないのでした。

　摺り上げ障子のガラスの一部が割れていました。畳のそこかしこにガラスの破片が散らばっていました。いえ、それはガラスではなしに鏡の破片であるようでした。鏡台が鏡を下側にして倒れているのです。だとすると、さきほどのガラスの割れるような音はその鏡台が割れた音なのでしょう。鏡台裏の小田原の透かし彫りがひどく印象的に目に焼きつけられました。

　照若は右腕を伸ばしていました。彼女の指の先に剪定鋏が落ちていました。彼女は花でも活けていたのでしょうか。いや、違う。そんなはずはありません。その剪定鋏の先端が血に濡れているのでした。

——剪定鋏に喉を突かれたのだ。

ということはすぐにわかりました。あらためて確かめるまでもなく、その傷口は剪定鋏の刃先端部分に符号することでしょう。

それを横あいから覗き込んで、

「誰かが下の小路から窓に向かってその鋏を投げつけたんじゃないかね。それが格子のあいだから飛び込んでいってガラスを割った。おれたちはその音を聞いた。そして剪定鋏は畳に横になっていたかどうかしていたその娘の喉に突き刺さった。そういうことなんじゃないのか」

関口が言います。その声はかすれていました。

「……」

私は肯定する気にも否定する気にもなれませんでした。ですが、そんなはずはない。という思いが強かった。なぜならガラスの割れる音が聞こえたあのときには下の小路には私と関口の二人しかいなかったからなのでした。そう、そんなはずはないのでした。

ガラスの割れる音がして出格子の隙間越しに血がしぶくのを見ました。それまで格子の隙間に動いていた白い色がいきなり赤い色に変わったのです。あれが血がしぶいたのでなくて何だというのでしょう。

多分、関口が言うように、照若は畳のうえに横たわってでもいたのでしょう。そこに剪定鋏がガラスを割って座敷のなかに飛び込んでいった。そして剪定鋏が照若の喉に突き刺さった。照若は反射的に喉から剪定鋏を引き抜こうとしたことでしょう。が、力尽きて、そのままその場に伏せてしまった。

ということは——

私か関口の二人のうち、どちらかが剪定鋏を座敷に投げあげた、ということになるではありませんか。そうでなければ——ちょっと信じられない可能性ではありますが——、誰かが小路のどこかに身をひそめていて、二人の頭ごし、小路ごしに剪定鋏を投げた、ということになるでしょう。剪定鋏は小路を越えて格子のなかに飛び込んでガラスを割った……そういうことになります。小路から投げあげたのか、あるいは〈猫床〉の二階から剪定鋏を投げでもしたのか。

それにしても、この剪定鋏はそもそもどこにあったものなのでしょう。照若が花を活けていた様子はありませんでした。そもそも彼女に生け花の素養があったとも思えないのです。

だとすると犯人はどこからか剪定鋏を持ってきて投げたのにちがいない。でも、どうして犯人はわざわざ剪定鋏などを使わなければならなかったのでしょう。

「……」

私はジッと摺り上げ障子の割れたガラスから格子の隙間に見入りました。向かいに〈猫床〉の看板がかかっています。看板は二階の窓をほとんどふさいでしまっているのです。そうであれば、そこから誰かが鋏を投げ込むなどということができようはずはないのですが……

どこから剪定鋏が座敷に投げ込まれたのでしょう。どうして、犯人はそうまでして、凶器に剪定鋏を使うのにこだわらなければならなかったのか。

しかし……しかし……

ほんとうに不思議なのはそのことではないのでした。それ以外にも解せないことがありました。

私と関口は窓の出格子ごしに照若が血しぶきをあげるのを見ました。私たちはまさに照若が喉を突かれるその現場を目撃したことになるわけです。

ですが関口が何といおうと、私は誰かが出格子ごしに剪定鋏を投げ入れたなどという話は信じません。浅草の出刃打ちの曲芸師でもあればともかく、いえ、よしんば本職の芸人であろうと、あの狭い出格子ごしには剪定鋏を投げ込むなどというまねができようはずがありません。

私が思うに、あのとき犯人は照若と一緒に座敷のなかにいて、彼女の喉を突いたのに相違ないのです。それ以外には考えられません。私たちは照若が喉を突かれるのを見てすぐに〈いな本〉に飛び込んでいきました。二階の、彼女の部屋のふすま戸は内側から錠がかかっていました。隣りの座敷とのあいだをたて切っているふすまも照若の座敷の側から錠がかかっていたと言います。

だとしたら……だとしたら……犯人はどうやって現場から逃げることができたのでしょう。犯行直後、いかにして内側から錠のかかった座敷から逃げ出すことを可能たらしめたのでしょうか。

そのときになって階下が騒がしくなりました。何人もの男たちの声が聞こえてきました。どうやら近くの乃木坂上巡査派出所から部長と巡査がやってきたらしい。三人の男たちが二階にあがってきました。

それに所轄署からは私服の男がやってきました。一人は司法主任だという。もう一人はおなじ署に所属する警察医なのだということでした。

そのあとすぐに地方裁判所検事の一行が到着して、前後して到着した警視庁の人たちと一緒に現場検証《げんじょう》に取りかかったのでした。

押絵と旅する男・考

二十三

二月八日、志村は麻布に向かった。

麻布に〈鳴滝〉という自動車店がある。ガレージを擁して三台のフォードを所有しているのだという。そのうちの一台のナンバーが青山斎場の外でとまっていたあの自動車のナンバーに合致したのだった。

警視庁は必ずしも市内すべての自動車店を管轄下に置いているわけではない。すべての自動車のナンバーが記録に残されているわけでもない。たまたま記録が合致したのは幸運というほかはないだろう。多少、日時がかかったのは、やむをえなかった。

が、あの自動車を所有する自動車店が判明したからといって、必ずしも事態を楽観視していいということにはならない。

永田鉄山中将の葬儀が青山斎場においてとり行われたのは去年の八月十五日のことである。すでに六カ月近くが過ぎている。

あの素性の知れない男が二人、〈鳴滝〉から――むろん運転手こみで――自動車を借り出して麻布からどこかを経由して青山まで走らせたのは間違いない。多分、その経由したどこかがあの二人が自動車に乗ったところなのだろう。そして、どこから自動車に乗ったのかがわかれば、それは二人の身元を突きとめる重要な手がかりになるにちがいない。

しかし――

六カ月もまえの記録などすでに破棄されてしまっているのではないか。その懸念があるのは否めない。六カ月という歳月の隔たりが調査を阻むことになるのではないか？　そのことが懸念された。そしてその懸念は最悪の形で的中することになるのだった。

〈鳴滝〉自動車店は麻布六本木署の近くにあった。どちらかというと閑静な地域で、いまはとりわけ麻布六本木署が改装中なために、なおさらひっそりとしたたずまいに感じられる。

「いらっしゃいますか」

〈鳴滝〉の店先に立って声をかけた。店主という男が奥から出てきた。三十がらみのどこかしら茫乎とした表情の男だった。

店にほかに客はいない。あまり流行っている店ではないようである。シャッターに〝麒麟麦酒〟の美人画のポスターがなかば剝がれかかって貼られてあった。タイヤと工具が散乱する店先に機械油のにおいだけがかすかに漂っていた。

「古い話で恐縮なんですが」志村は店主に訊いた。「去年の八月十五日、こちらから青山斎場に自動車を出してるはずなんです。そのことについて記録があるかどうか、お尋ねしたいんですが――」

「……」

店主の反応ははかばかしいものではなかった。覚えているとも覚えていないとも言わない。記録が残っているとも残っていないとも言わない。そもそも志村の質問を理解できているかどうかさえ疑わしい。ただ首をひねるばかりでいっこうにらちがあかないのだ。

「――」

何も言わないまま店主はあごをしゃくって志村を隣り

のガレージに誘った。

——店先では話ができないということだろうか。

志村は誘われるままに店主のあとにしたがった。

あまりに不用意にすぎた。店主の表情は茫乎としているのではない。あれは怯えているのだ、ということに気がついたときにはもう遅かった。

志村がガレージに入ったとたん、鋼の咆吼を発して、その背後にシャッターが下りてきたのだ。

反射的に身をひるがえした。逃げようとした。愚かしいことだった。どこにも逃げ道などあろうはずがない。すでにそのときにはシャッターに出口を閉ざされていた。のみならず自動車のヘッドライトが真正面から志村の目を射抜いた。そのまぶしい明かりに視力を奪われてその場に立ち往生せざるをえなかった。

エンジン音のなかに笑い声が響いた。あまりといえばあまりに屈託がなさすぎる。そのことが異常に感じられるほどに明るい笑い声だった。どの笑い声も非常に若々しい。しかし、どこか凶暴に虚ろだった。

その笑い声に混じって、もういいよ、ご苦労さん、という声が聞こえてきた。ガレージの奥に別の出入り口があるらしい。そこから店主があたふたと逃げ出していった。

ヘッドライトの明かりの背後に何人か人影が立ちあがった。笑っていた。

「お会いできて光栄というべきかな」笑い声のなか、一人が嘲るような口調で言う。「警視庁・特高部、志村恭輔警部補殿——」

「きさまたちは何者だ……」

強烈な明かりに射抜かれながらも志村は懸命に相手の姿を見さだめようとする。目を瞬かせると涙がこぼれ落ちた。

明かりのなかに人影が動いた。自動車のヘッドライトが消えるのと入れ替わりのようにガレージの明かりがともった。

その明かりのなかに男たちの姿が浮かびあがった。なかの一人が言う。

「われわれは憲兵隊司令部・特高班の者だ」

「憲兵隊司令部……」

体に緊張が走るのを感じた。相手のことをじっと見さだめた。

たしかに憲兵、それも尉官級の憲兵・特高班のようである。

もっとも、どうしてそれがわかったのか志村自身にも訝しい。彼らは制服ではなしに私服を着ていたのに……いわゆる私服憲兵であったのに……あるいは尉官に特有のたたずまいのようのものでも感じられたのか。

憲兵隊、とりわけ特高班には何か独特の体臭のようなものがあるのは否めない。現場で彼らと接触することの多い警察・特高はおのずからそれを嗅ぎわけることができるようになるものだが。こうなるともう警察・特高の一種の本能のようなものといっていい。本能を研ぎすまし、できるかぎり憲兵・特高班との接触を避けないと、思わぬ火傷をこうむることになる。

もっとも、いま志村が対峙している若者たちは彼が知っている憲兵・特高班とは微妙に肌合いを異にしているようであるが。

なにしろ彼らが着ている背広、外套が非常に高級なものなのだ。外国仕立てではないか。被っている帽子も高級なボルサリーノのようである。一介の憲兵が容易に着用できるようなものではない。しかも日本人にはめずらしく背広、外套が非常に似あっていた。

彼らは四人を数えた。一様に精悍で若々しい。そしてその目が澄んで明るい。虚無的なまでに明るいというべきか。なにかガラス玉を塡め込んだように人間味を欠いていた。そのことも不思議にこの四人の若者に共通していた。

若い。屈託がない。飄々としている。それでいて何か残忍さを感じさせる。言葉では説明のつかない圧迫感を感じさせるのだ……矛盾した印象というほかはない。

これまで志村はこんな憲兵・特高班員には出会ったことがない。というか、そもそもこんな奇妙な若者たちには出会ったことがない。なにか、きわめて異質なのだ……志村はそのことに何か漠然とした恐怖感めいたものさえ覚えていた。われ知らず動揺するのを覚えていた。

が、むろん、その内心の動揺をおもてにあらわすようなことはしない。志村にしてもその程度に心得があるほどには場数を踏んでいる。落ち着いた声で訊いた。「東京憲兵隊の特高班の方が私に何か御用ですか」

「何か用かだってさ」一人がそう言い、

「いい度胸じゃないか」もう一人がそう受けて、

「このおじさん、おれたちとやりあうつもりらしいよ」

べつの一人がしめくくる。

そして何がおかしいのか、また笑う。ひとしきり笑ったあとで、なかの一人が後ろを向いて、

「おい、白《びゃく》、このおじさんにおれたちが何の用があるのか説明してくれないか」

　若者たちの背後に人影が動いた。軽快に靴音を響かせてまえに踏み出してきた。ほかの若者たちが自然に道をあけたところを見ると、どうやらその白と呼ばれる若者が彼らの指揮者であるようだった。

　意外なことに若い女性と見まがわんばかりに美しい若者だった。彫りの深い顔だち、肌理《きめ》の細かい肌に、長い睫毛が翳を落として、その唇が茱萸《ぐみ》のように赤い。細い鉄縁の丸眼鏡をかけていた。上品な芥子色の外套を細身にしぼって軽やかに着こなしていた。そのボルサリーノの帽子が粋に似あっていた。

「憲兵隊司令部の機動非常駐特別班で班長を仰せつかっている雷鳥白《らいちょうびゃく》という者です。ご覧のとおりの若輩者ですが、お見知りおきのほどをお願いします」

「機動非常駐特別班……雷鳥白……」志村はそう口のなかでくり返した。

　漠然とではあるがどこか聞き覚えのある組織名であり、名前であった。それなのに記憶力に優れているはずの志村がとっさにそれが何であったのか思い出せずにいる。そのことが歯がゆい。


「あなたは小菅刑務所で黙忌一郎という人物と会っている。黙忌一郎、別名・検閲図書館、ぼくたちはあの人物に非常に興味があるのです。どうか、あの人物のことをお話しいただけないでしょうか」

　いんぎんな言葉遣いではあった。が、その口調にはうむを言わさぬ強い響きがあった。

　頼み事をするのに帽子を脱ぐというしぐさだけをして見せた。帽子のつばに右手を添えて親指と人さし指をすっと走らせる。

　その人さし指に銀の指輪を塡めているのが志村の目に入ってきた。髑髏の紋章が刻まれていた。

　髑髏の指輪を塡めている憲兵隊の若い佐官のことを聞いたことがある。そのことを思い出した。憲兵隊司令部に機動非常駐特別班……またの名を貴族非常駐特別班と呼ばれる組織があるのを聞いたことがある。貴族の子弟たちだけが所属するのを許されるのだという。同時にそのことも思い出した。

　貴族非常駐特別班……略して、貴、常——きつね……

「そうか、あなたたちは」志村は呻くように言った。

「狐、なのか」

二十四

「狐……」

　志村の言葉は〝機動非常駐特別班〟の若者たちの間にあまり好ましい反応を呼び起こさなかったようだ。

　一瞬、冷えびえとした沈黙がその場にみなぎった。どうやら彼らにとって〝狐〟という呼称はあまり好ましいものではないらしい。その沈黙にははっきりと敵意のようなものが感じられた。

「聞いたか」雷鳥がその秀麗な眉をひそめ、世にこれほど遺憾なことはない、とでも言いたげに仲間たちの顔を見まわした。「おれたちのことを狐だってさ」そして首を振ってじつに悲しげな表情をした。

　むろん演技だろう。ほかの人間がこんなことをすれば、そのわざとらしさが鼻についたにちがいない。が、この雷鳥白にかぎって言えば、そんな芝居がかったしぐさが妙に似合うようだ。なにか、この若者には独特なところがある。世の常の人のようではない。

「どう思う」雷鳥がさらに悲しげに言う。「こんなことを言わせておいていいのか」

　彼らのなかに相撲取りのように肥った若者がいる。その肥った若者が「言わせておいていいはずがない」と言う。一般には肥った人間はなにがしかの愛嬌を感じさせるものだがこの若者にはそんなものはかけらもない。それどころか非常に酷薄な印象が強い。「だって、おれたちは〝機動非常駐特別班〟で、〝狐〟なんかじゃないんだからな。〝狐〟なんて名前で呼ばせておいていいはずがない」その口調も冷淡そのものだった。

「……」

　ほかの三人の若者たちは何も言わずに一様に志村に視線を向けている。ただ、じっと志村のことを見つめていた。その目には総じて敵意と尊大な蔑みの色だけが濃かった。自分と同じ人間を見る目ではない。

　ただでさえ憲兵と特高とは職域を同じくしながら憲兵のほうが階級が上だという暗黙の了解めいたものがある。ましてや〝貴族非常駐特別班〟の若者たちは貴族の子弟ばかりなのだ。なにしろ相手が悪い。

　巡査勤務のかたわら、苦学して日本大学専門部の夜間部本科（法律学科）を卒業し、警視庁・特高部に配属された志村のような人間とはそもそも身分が違う。いや、身分が違うというのも愚かしい。すでにして人間が違うというべきかもしれない。

日本の警察組織にあっては、帝国大学を卒業して高等文官試験を合格した者のみが日の目を見るように出来ていて、志村のような判任官待遇（下級役人）の者が浮かばれることはまずない。ましてや、警察組織にあってさえ踏みつけにされる人間が貴族の子弟から人がましい扱いなど受けるはずがなかった。

だが——

志村は〝狐〟たちの視線を一身に受けてもたじろごうとはしない。それどころか、その目に力を撓《た》めて彼らの視線を跳ね返そうとさえしているようだ。二重に権力を負う貴族憲兵に対して志村は一介の警部補にすぎないではないか。それなのにこの勁《つよ》さはどこから来ているのだろう。

志村にはなにか信念のようなものでもあるのだろうか。あるのだとしたらその信念とは何なのか。

むしろ〝狐〟たちのほうに志村の眼光の鋭さに怯むところがあったようだ。

彼らのほうが先に視線をそらした。あるいは力負けしたというべきか。彼らにしてみればそのことに屈辱感と怒りを覚えざるをえなかったようだ。なかの一人が腹に据えかねたように〝不浄役人〟と言い放った。

——不浄役人、か。

志村は胸のなかでかすかに嗤った。これこそが彼らの本音というべきではないか。

時代が昭和になってから、多少、空気が変わったが、大正時代には一般に警察官は卑しい職業と見なされていた。彼ら、上流階級の人間にしてみれば、警察官、それも特高という人間はまさに賤業でしかないはずなのだった。

が、それをあらわにさらけ出すことは、むしろ彼ら自身の弱さを露呈することではないだろうか。

志村にとっては〝不浄役人〟と嘲笑されることなど何でもない。それどころか嘲笑されればされるほど自分のなかにある芯のようなものが硬さを増していくのが感じられるのだ。何をもってしてもそれを傷つけることはできない。傷つけようとする人間のほうがむしろ傷ついてしまう。

しかし——

さすがに雷鳥は賢明な若者でそうした機微を敏感に察したようだ。志村が尋常なことで太刀打ちできる相手ではないことに気がついたらしい。

ふいに雷鳥はパチンと両手を打ち鳴らしたのだ。そして、被っているボルサリーノの縁に両手の指を這わせると、

「狐といえば――」

と歌うような節回しでそう言い、帽子をクルリと手のなかで回し、それをもう一人の若者に差し出した。

もう一人の若者のほうも反応に遅滞はない。そのときにはその若者も自分のボルサリーノを脱いでいて、それをくるりと回転させ、べつの若者に手渡しつつ、自分はすかさず雷鳥の帽子を受け取って、

「狐狩り」

と応じる。

さらに、その帽子を受け取った若者だが、そうする寸前に自分のボルサリーノを（むろん一回転させたうえでのことであるが）そのまた隣りの若者に手渡していて、

「狐狩りといえば――」

と調子をつけて言う。

「貴族の遊び」

要するにお座敷遊びのようなものか。輪になった五人の若者たちが歌問答をつないで、それにつれて、次から次にボルサリーノが渡されていく。しかも、それがしだいに早さを増していくのだった。

「貴族といえば――」

「英国」

「英国といえば――」

「ロンドン」

「ロンドンといえば――」

「地下鉄《サブウェイ》」

そのとたんに一人の若者の手からボルサリーノがポロリと落ちた。と同時にほかの四つのボルサリーノも落ちた。それを追うようにして五人の若者の体が一斉に低く沈んだ。あるいは地下鉄《サブウェイ》だから低いところにあるというお遊びのつもりなのか。いや、これは断じてお遊びなどという生易しいものではない。それどころか――

五人の若者の右手が床に落ちる寸前のボルサリーノを同時にすくい上げる。そのまま放物線を描くようにして上昇し、それが志村のあごに、胸に、腹に突き入れられた。あざやかな連携プレーだった。五つの拳が一糸乱れず突きあげられ、たがいに交叉することも、勢いを削がれることもなしに、志村にたたきつけられたのだった。

なにしろ五人の若者に同時に殴りつけられたのだ。たまったものではない。その打撃に志村の体はほとんど宙

に浮いていた。そのままドスンと音をたてて背中から床に落ちている。

「――」

さすがに志村は悲鳴をあげている。いや、悲鳴をあげたつもりが、声にならずに、くぐもった呻きになっている。その呻きがわれながら生々しい。罠にかかった獣が苦しげに呻いている。

全身の骨がバラバラになったのではないかと思われるほどの凄まじい衝撃だった。あまりの苦痛に立ちあがるのはおろか、息をすることさえできない。

それでもどうにかセメントの三和土《たたき》のうえで四つん這いに起きあがる。それ以上は立ちあがることができない。うなだれてハアハアと荒い息をついた。三和土の自分の影に血痕が点々と散っているのを見つめた。これはおれの血か……

「地下鉄《サブウェイ》といえば――」

頭のうえから声が聞こえてきた。あいかわらず陽気に歌うような口調で、その声には屈託というものがない。まるで子供たちが遊んででもいるかのように。

「低い」

「低いといえば――」

「蹴られる」

――蹴られる、いい、蹴られる！

とっさに志村は体をすくめた。両腕で頭をかばって全身を胎児のように丸くした。が、相手は五人もいるのだ。志村の周囲を取り囲んでいる。どう身をすくめたところでその襲撃を防ぎきれるはずがなかった。

五人が一斉に蹴りを入れてきた。頭といわず、腹といわず、背中といわず、容赦なく蹴りつけてきた。肉を打つ鈍い響きが重なるようにして聞こえてきた。その音は苦痛と連動していて、そのうちに自分が音を聞いているのか、それとも〝苦痛〟を聞いているのかわからなくなってしまった。〝苦痛〟とはこんな音がするのか、とそのことに奇妙に納得する自分がいた。

誰かが笑っていた。楽しそうに笑っていた。若者たちの誰か、何人か、あるいは全員が。子供たちがわれを忘れて遊んでいるときにちょうどそんな笑い方をする。無邪気で、そして残酷な子供たちが。

志村はみの虫のように横ざまに回転して蹴りをかわそうとした。右に左に転がった。

が、しょせん無駄なことだった。どう転がっても逃げ場などあろうはずがない。周囲を五人の男たちに囲まれている。蹴球《フットボール》のボールのように蹴りに蹴られた。

それでも逃げる。逃げずにいられない。だが、蹴りをかわそうとしているのか、それとも相手に新たに蹴るところを提供しているのか、そのことが自分でもわからない。わかるのは自分が靴に蹴られているという事実だけなのだ。それだけが、それこそ骨身にしみてわかる。

あるいは鋭く、あるいは重く、靴先が志村の体にめり込んできた。肉が軋んだ。骨が悲鳴をあげた。頭が割れるように痛い。

頬の内側を切ったようだ。吐き出した唾が赤い。その赤い血のなかに折れた奥歯が転がっていた……それを見たとたん、ふいに激しい怒りがこみあげてくるのを覚えた。立ちあがって猛然と反撃した。

いや、そうではない。自分では反撃したつもりでも、いまの志村にそんな余力があろうはずがない。実際にはヨロヨロと上体を起こして一人の膝にすがりつくのが精一杯だった。あの肥った若者の膝に。さらにズボンから外套へと抱きついた。

「離れろ、ズボンが汚れる」

靴が閃いた。志村はあっけなく床に転がった。

目のなかに靴が閃いた。靴は無数にあるようだった。いたるところにあった。そのいたるところ、無数にある靴が、志村に向かってつづけざまに蹴り出される。

防ごうとすればするほど蹴られた。逃げようとすればするほど蹴られた。防ぐのをあきらめ、逃げるのをやめれば、それはそれでなおさら激しく蹴られるだけのことだ。要するにどこにも救いはない。

そうして蹴られつづけているうちにしだいに志村は自分から体が消滅しつつあるのを感じていた。奇妙な浮遊感があった。ふわふわと自分が浮いていた。

ここにあるのはすでに体ではない。苦痛なのだ。苦痛だけがありありと鮮烈に実在感をともなっていた。それ以外には何もない。何もないのだ、と自分に言いきかせた。

——あの男もやはりあのときにはこんなことを思ったのだろうか。

ふと薄れていく意識のなかでそのことを思った。そして、あの男とは誰のことなのだろう、と自問している自分に気がついて、それを何かいぶかしいものに感じた。

むろん、当然覚えていなければならないはずの名前を忘れている自分のことをいぶかしく思ったわけで——それさえ忘れてしまうようでは、いよいよおれもおしまいか、と覚悟を決めた。

肉を打つ鈍い響き、血、うめき声、全身を覆う灼熱感、そして何よりも自分は毀れていくのだ、という底なしの絶望感……

二十五

「よし、もういい。これぐらいにしておこうか」

雷鳥白がそう言うと若者たちは一斉に志村から離れた。あとにはボロ切れのようになった志村だけが転がっている。

ボロ切れのように、というのはたんなる比喩ではない。志村の着ている外套は若者たちの着ている舶来の外套とはものが違う。蹴りを連打されてズタズタに裂けて破れてしまっているのだ。血まみれのボロ切れ以外の何物でもない。

雷鳥が尋ねた。「立てますか」

「あ、ああ」志村はうなずいた。というか自分ではうなずいたつもりだが実際には首をゆらゆらと揺らしたにすぎなかった。

立つのは無理だった。雷鳥白が立てるかと尋ねたのはたんなる言葉の上でのあやにすぎない。どんな人間もここまで痛めつけられたのではすぐに立ちあがることなどできようはずがなかった。

「立てる、立てるさ……」

それでも志村は意地を見せようとしたのだ。あるかなしかに残っていた力を懸命に振り絞った。

ゆっくりと床に膝をついて、両手をつき、立ちあがろうとした。が、そこで力つきて、ごろんと横に転がってしまう。ため息をついた。

鼻血が鼻孔をふさいでいるのか。口のなかが切れて血が流れているのか。そのため息がいかにも苦しげなものに聞こえた。

「あまり無理はしないほうがいい。そのまま横になって休んだほうがいいでしょう」

なにが白々しいといってこれほど白々しい言葉もないだろう。雷鳥白はいけしゃあしゃあとそう言い放った。そして志村のまえにうずくまる。その顔を覗き込んできた。

「――」

志村が見るに耐えないほど凄惨な形相になっているの

が不快だったのだろう。一瞬、その秀麗な眉宇をひそめたが、すぐに何事もなかったように明るい声で言う。

「もう一度お尋ねします。あなたは小菅刑務所で黙忌一郎という男に会っている。黙忌一郎、別名、検閲図書館――その男に会って、あなたは何事か依頼されている。あなたは何を依頼されたのですか。そのことをお話しいただけないでしょうか」

「……」

　志村が雷鳥の顔を見あげた。顔全体が腫れあがってひりひりしているためによくわからないのだがどうやら右の瞼が切れてしまっているらしい。目のなかに血が流れ込んでろくに視野をさだめることができない。志村の顔を覗き込んでいる雷鳥白の顔が赤い霧にボウとけぶっていた。

　その顔に視野をさだめようとした。雷鳥白ではなしにあの男の顔に焦点が結ばれたかのように感じた。ふいにあの男のことが記憶に蘇った。そもそも忘れてはならない男、忘れるはずのない男だったのだ。

　あの男のことを思い出したとたん――彼が最後に言ったという言葉があたかも自分の言葉であるかのように口をついて出た。

「こうなったら仕方がない。お互い元気でやろうぜ……」

「何を言ってるんだ」雷鳥は眉をひそめて志村の顔を覗き込んだ。

「××は」と志村は警視庁特高課第一係のとある警部の名を出して、「逮捕されたあの男に向かって、とうとうふんづかまったじゃないか。恐れ入ったろう、とあざ笑った。それを聞いて小林が――」

「小林？　小林多喜二のことか」

「小林は」志村は雷鳥にかまわずに言葉をつづけて、「同時に逮捕された仲間に向かって、こうなったら仕方がない。お互い元気でやろうぜ、とそう言ったという。それを聞いて二人の巡査がにぎりぶとのステッキと木刀をふりかざして小林に襲いかかった。頭といわず肩といわず、脛でも腕でも背中でもところかまわずぶちのめしたらしい……」

「昔話はごめんだぜ」雷鳥が苦笑するように言う。「それとも、ぼくたちがやったようにとそう言いたいのかな」

「そう。おまえたちがやったように……」志村は雷鳥の言葉をくり返した。だが、その目は雷鳥を見ていなかったし、じつのところ彼の言葉を聞いているかどうかも疑わしい。

いまの志村には自分のことはどうでもよかった。ましてや雷鳥のことなどすでに興味の外にある。すでに意識はもうろうとし、現実感覚は失われつつあるのだが。

そのなかに小林多喜二の面影だけが夢のように――あるいは悪夢のようにというべきか――たゆたっているのだった……

二十六

意識はここを離れて、三年まえ（一九三三年・昭和八年）の二月、築地警察署の一室をさまよっていた。そこに〝特別室〟と呼ばれる細長い部屋があった。その〝特別室〟で小林多喜二は虐殺された。

小林多喜二は、明治三十六（一九〇三）年、秋田に生まれた。『蟹工船』や『不在地主』などの諸作で知られるプロレタリア作家である。昭和七年三月、当局の諸・文化団体への大弾圧にともなって、非合法活動の地下生活に入った。

昭和八年二月、赤坂で活動中、スパイの手引きによって、築地警察署員に逮捕される。このとき、まだ二十九歳の若さであった……

小林多喜二は潜伏して身を隠している間も、ついに雑誌に小説を発表するのをやめなかった。あまりにも大胆《だいたん》不敵《ふてき》な行動で、そのことは特高警察を刺激せずにはいられなかった。特高警察の小林多喜二に対する憎しみには非常に根深いものがあったようである。

小林多喜二は『一九二八年三月十五日』という小説において特高警察の左翼系主義者に対する拷問《テロ》をこと細かに描写した。一説には、とりわけ、そのことが特高警察の逆鱗に触れたのだという。なかでも警視庁特高一課・一係・××警部の小林多喜二を憎むことは異常なほどであったという。

事実、××警部は、とある小林多喜二の知人に、小林多喜二は捕まったが最後命はないものと覚悟しておけ、と公然と予告をしていたほどだった。いやしくも警部たる者の言動として尋常ではない。

これが内務省に伝わり、多少、問題となった。当時、内務省の上層部では、特高警察のあまりといえばあまりに凄まじい拷問に対して批判的な者が少なくなかった。

人道的、あるいは法律遵守の立場からというより、進歩的知識人たちの非難をこうむったために、批判的にならざるをえなかったといったほうが正確かもしれない。

そのために内務省上層部の一部に、××警部の小林多喜二を憎むことのあまりに過激なことを懸念する声が強まった。少なくとも〝逮捕・即日虐殺〟などという事態にいたるのだけは避けなければならない、という考慮が働いたようである。そのことで、警視庁・特高課・課長に、××警部の暴走を許してはならない、という内示があったのかどうか。

特高課の課長（一係長兼任）は、〝特高の神様〟、〝スパイ使いの名手〟と評されるほど、左翼系運動組織を内偵し、内部情報を収集するのにきわだった手腕を発揮した。毀誉褒貶なかばするというか、要するに体制側からいえば〝特高の神様〟であり、共産主義者からいえば〝特高の悪魔〟であったわけだろう。そういう人物であるだけに、拷問に対しても批判的というほどではないにしても、それのみに頼る手法を必ずしも好んでいなかったろうことは想像に難くない。内務省からの内示についても考慮を払わずにはいられなかったろう。

むろん一警部補にすぎない志村に内務省のお偉方の思惑や動きなどわかろうはずがない。すべては揣摩憶測にすぎないことではあるのだが。

あの日、昭和八年二月二十日——

小林多喜二が逮捕されたという報が入って、××警部、および二人の巡査が築地警察署に派遣された。志村もまた、彼らのあとを追うようにして、すぐそのあとに派遣されることになったのだが、それは多分に（はっきりそう命ぜられたわけではなかったが）、上層部に志村をもってして、××警部たちの暴走を阻止せしめんという意図があったものと思われる。

拷問《テロ》を当然とする特高警察にあって（というか当時の警察にあって——）、志村は異例にも取調べをするのに暴力に訴えたことは一度もなかった。どうして志村一人にそのようなことが許されたのか。それは、志村の人並み以上に優れた記憶力が、拷問を用いるのに等しいか、あるいはそれ以上に被疑者の自白を導き出すのに有効に働いたからに他ならない。要するに志村には暴力を使う必要などなかった。

こんな事情があるからこそ、志村は築地署に遣わされたのではなかったか。××課長と小林多喜二との間のいわば緩衝剤になることを期待されたのだろう。しかし…

……

志村が築地警察署に着いたときにはもう遅かった。××警部が警察署に到着してすぐに拷問《テロ》は始まっていた。後を追った志村が間にあうはずがない。

小林多喜二は丸裸にされ、後ろ手に縛りあげられて、梁に打ち込んだ鉤に細引をかけて吊るしあげられていた。ステッキや木刀でぶちのめされて全身が無惨に腫れあがっていた。すでに虫の息であった……

特高係の志村にしてもこれほど凄惨な拷問は見たことがない。なにしろ目を覆わんばかりの凄まじさであった……

「おれは間にあわなかった」

悔恨の念が深々と志村の胸に根ざしている。その悔恨は悲傷ともいうべき思いにいろどられてついに癒されることがない。

「とうとう間にあわなかった……」

小林多喜二の足は床から十センチほどのところに宙吊りになっていた。その宙に浮いて血を滴らせているあまりに悲惨な姿はいまも志村の記憶のなかに鮮烈に刻まれている。おそらく志村が死ぬまでこの思いが消えることはない。

警部や巡査たちがステッキや木刀を振るうたびに細引きをかけている鉤が天井の梁にキーキーと軋んだ。その音はいまも志村の耳にこびりついて離れようとはしない。もうろうとした意識のなか……その音は聞こえつづけて……それがしだいに強迫観念めいて高まっていって……いつしか現実の雷鳥白の声に変わって……

「あなたは間にあわなかった」

と志村の言葉をくり返したのだった。

その声の響きが執拗に粘っこい。これを無視するのは難しい。いやでも目を開けて雷鳥の顔を見つめないわけにはいかなかった。

多分、睫毛に血が乾いてこびりついているのだろう。目を開けるのが難しい。傷口が開いてしまうのではないか。それでも──

開けた。睫毛にこびりついた血のために視界が赤く染まって見える。その赤い視界のなかに雷鳥の顔があった。雷鳥は志村の目を覗き込んでいた。

「あなたはとうとう間にあわなかった」と雷鳥が確認するように言う。「そういうことですね」

どうやら志村はもうろうとした意識のなかで小林多喜二が惨殺された前後のいきさつを話していたらしい。小林多喜二のことはつねに気持ちの底にわだかまって離れたことがない。そのために、ついそれが口をついて出てしまったのだろうが、それにしても……

——おれはだらしない。

と志村は自嘲せざるをえなかった。

「あなたは小林多喜二を助けるのに間にあわなかった。それは——そう、それでいいでしょう。しかし、それだからといって、あなたが小林多喜二を殺した男だということになっているのはおかしい。どうしてそんな話になっているのか。ふしぎですよ。ぼくにはそのことが腑に落ちない」雷鳥白は静かな、しかし、どこか凄みをたたえた声でそう言うのだった。「ぜひとも、その理由を教えていただきたいものですね」

「お、おかしいな」志村がつぶやいた。かろうじて言葉になったというべきか。舌がゴムのように重い。

雷鳥は首を傾げた。「何が」

「あんたが」目に血が入る。その痛みに耐えて懸命に雷鳥の顔を見すえようとする。「あんたが知りたいのは——

——」

そこで言葉を切った。切らざるをえなかった。頬の内側を切っている。話をするのがどうにも苦痛なのだ。話すたびに口のなかに血が染みる。折れた奥歯が舌の先に触れるのが不快だということもある。が、それでもどうにか舌をあやつって言葉をつむぎ出した。

「……黙忌一郎のことじゃなかったのか。おれのことなんか知ったところでどうなるものでもないだろう」

「もちろん黙忌一郎のこともおうかがいします。あなたには知っていることはすべて話してもらう」

「おれは何も話さない」

「ああ、それはあなたとしては当然そうありたいところでしょうが、そうはいかない」

「話さないさ。おれは知らんぷりをしてやるんだ」

「そうはいかないと申しあげている」

「それでも話さないと言ったら?」

「ぼくはあなたのことを性懲りもない人だと判断せざるをえない」

「性懲りもないか。さすがに貴族のお坊ちゃんは違う。馬鹿とは言わないのか」

「言いませんよ。そんな失礼なことを言うはずがない」

「それではおれもひかえさせてもらう。あんたのことを馬鹿とは言わない」

「恐縮です。恐縮ついでに、すべてを話していただきたい。そうしていただければぼくのほうもより恐縮のしがいがあるというものです」

「あんたのほうこそ性懲りもない。おれは何も話さないとそう言っている。おれは話さないぜ」

「それは困ったな」雷鳥白がその名のとおりに皓《しろ》い歯を見せた。明るく笑う。「何とか妥協の余地はありませんか」

「ないな」

「いや、あるはずです。どんな場合にも妥協の余地はある。物事というのはそういうものでしょう。違いますか」

「どんな妥協の余地があるというんだ。妥協を見出すために、また性懲りもなしにおれを殴るのか」

「子供のころ、あまり物事はぶしつけに話すべきではない。それは不作法にあたる、と父から教えられました」

「貴族の父上にか」志村が嗤う。「さすがに貴族はわれわれ下々の者とは違う。だが、お父上はあんたに一つ、肝心なことを教えるのを忘れたようだ」

「ほう、どんなことでしょう。うかがいましょう」

「それとも忘れたのはあんたのほうかもしれない。あんたのほうが教わったことを忘れたのかもしれない」

「だから、うかがいましょうか」

「一人の相手を何人がかりで襲うのは男として非常に恥ずべきことだと——卑劣なことだとそうは教わらなかったのか」

「……」

雷鳥はそれを聞いてもわずかに首を傾げただけだった。その表情は変わらない。多分、どんなものもこの若者の感情には触れることはできないのではないか。その目はどこまでも明るく澄んで変わらない。虚無的なまでに。

だが、ほかの四人の若者たちはそうはいかなかったようだ。彼らが驚きからか、あるいは怒りからか、一様にたじろいだのがわかった。なかの一人、肥った若者が憤怒に耐えかねたように、生意気な野郎だ、と吐き捨てるように言う。

「白《びやく》よ、この野郎、まだ元気が余っているようだぜ。減らず口をたたくのが気にいらねえ。もうすこしやきを入れたほうがいいんじゃねえか」

「それは——」雷鳥は右手を挙げて、それを制するようなしぐさをして見せたが、いや、と口のなかでつぶやいて首を傾げた。それから、そのほうがいいか、と自分自身に確かめるように言い、ゆっくりと立ちあがった。

「……」

四人の若者たちはそんな雷鳥のことをじっと凝視している。

「そうだな、そのほうがいいな」雷鳥はあらためて自分にうなずいた。汚れてもいないのに軽くズボンの埃を払う。そして仲間たちの顔を見まわしながら、ほどほどにしたほうがいい、と物憂い口調で言った。「あまり度を越してこのまえみたいなことになったらやっかいだからさ」

「心得てるさ。おれたちはそのあたりのことは十分に心得てる」肥った若者が歯を剝き出して肥った鮫のように笑った。ひどく下品で、冷酷な、非常におぞましい印象を受けた。

二十七

肥った若者は笑いながら踏み出した。それに従うように他の若者たちもまえに進み出てきた。その靴底がコンクリートの床に、カシャ、と同時に鳴った。なにか獰猛な獣が一斉に牙を咬み鳴らすのに似ていた。

「……」

志村は後ろ手に両肘を突いて上半身を起こした。せめてもの意地に微笑を浮かべてやった。要するに痩せ我慢だ。その微笑が泣き笑いのようになっていないのを願った。そして、待った。

そのときのことだ。

ふいに大きな音がガレージのなかに鳴り響いたのだった。ガン、ガン、ガン……とつづけざまに聞こえてきた。

蛇腹のシャッターは車が出入りするときにしか開かない。人が出入りするときにはそのシャッターのくぐりのような扉が使われるようになっている。誰かがその扉を外から拳で連打しているようだ。

扉をノックしているのはかなり短気な人間であるようだ。なにしろ非常にうるさい。近所迷惑もかえりみずにやたらに乱暴に扉を鳴らしつづけている。どこか面白がっているようなふしもある。

「……」

若者たちは互いに顔を見あわせた。しかし慌てるようなことはしない。こういうことには慣れているのだろう。

なかの一人が心得たようにうなずいた。スッと滑らかに移動した。扉に顔を寄せて静かに言う。

「申し訳ありません。今日はもうおしまいなんですよ。車が出払ってまして」

一瞬、間があって――意外なことに若い女の声がそれに応じたのだった。扉の外からはきはきとした歯切れのいい口調で、

「車は要らないのさ。麻布六本木警察署までは歩いて十分ほどじゃないか。たしかにいまは改築中だけどさ。それでも仮庁舎は建っている。偉いもんじゃないか。警察は年中無休だってさ」

「……」

「貴族の若様たちだか何だかは存じませんけどね。それでも〝機動非常駐特別班〟が憲兵隊に所属していることに変わりはないんでしょう。さあ、麻布六本木署のおまわりさんたちが自分たちのすぐ目と鼻の先のところで憲兵隊に仲間の刑事たちが痛めつけられているのを知ったらどう思うか。サーベルを鳴らして駆けつけてくる姿が目に浮かぶようだわね」

「……」

扉ごしに返事をした若い男の顔色が変わった。雷鳥のことを振り返った。声には出さずに、唇だけ動かして、どうしたらいいのか、と尋ねた。

雷鳥はちょっと困ったように唇をすぼめた。わずかに首をひねった。が、この若者はおよそ物事に悩むということがないらしい。すぐに微笑してうなずいた。その微笑はあいかわらず明るかったが、冷酷な意志が含まれていた。この雷鳥という若者はどこか根本的なところで人間性に欠けるところがあるのではないか。

「……」

扉の若者が目を瞬《しばた》かせる。了解したということか。その表情に緊張の色が隠せない。ほかの三人の若者たちにも視線を走らせる。三人の若者たちが一様にうなずくのを確かめてから、取っ手に手をかけて――

そして扉をサッと開けて、外に腕を伸ばした。外にいる女をなかに引きずり込もうとしたのだろう。迅速を要する。女に声をあげる暇を与えないためには一気にやってのける必要があった。

だが、声をあげたのは女ではなしに、若い男のほうだった。そして顔を片手で押さえてヨロヨロと後ずさった。その押さえた指の間から血が一滴、二滴、床に落ちた。

「痛えよ……」

若者がうめき声をあげた。

ふわり、と電球の明かりのなかに何かが舞って、床に

落ちた。

花札だ。

二月、如月《きさらぎ》の花札――梅に鶯《うぐいす》……

その札の隅のほうがうっすらと血で汚れていた。

その血を紅梅にたとえたのだろうか。あるいは男の声を鶯の鳴声になぞらえでもしたのか――

「うぐいすの　鳴音はしるき梅の花　色まがえとや　雪の降るらん――」

若い女の澄んだ声が、花札・如月の歌を朗誦し、含み笑いの声がそれにつづいた。

そして、くぐりから射す光をさえぎるようにして、ほっそりとした人影が立った。逆光になっているためにその姿をよく見さだめることができない。

「大した傷じゃありませんよ」女がりんとした声で言い放つ。「いい若い者がそれぐらいのことでおこつくんじゃありませんよ。だらしがない」

「きさま誰だ」

雷鳥が静かに訊いた。怒りを内攻させているようではない。つねに変わらぬ明るい声だ。どんなものもこの若者の感情に触れることはできないのだろう。

「名乗るほどの者ではありませんよ。名乗ったところで若様たちのお耳の汚れになるばかり。それよりもどうなさいますか」

「どうするって何を」

「だから、先ほども申しあげたじゃありませんか。ここは麻布六本木署に近いって」

「……」

「若様たちにすれば特高の刑事などはしょせんは不浄役人、人の数にも入らないとお思いでしょうが、それでもこれはいくら何でもやりすぎというものではございませんか」

「そうかな」

「そうですよ。ごらんなさいましよ。おかわいそうに。こちらの旦那、見るからにボロボロじゃないですか。なにもここまでおやりになることはなかったでしょうに」

「そうか。すこし、やりすぎたか」めずらしいことに雷鳥の声にかすかに苦笑混じりの感情が混じった。

「お恐れながら、とこのことを麻布六本木署に訴え出れば、若様たちもとうてい無事では済みますまいよ。いえ、若様たちほどのご身分がおありになれば、まさかのことに取調べだの、拘留だのの、ヤボなことにはなりゃしませんよ。なりゃしませんが、それでも御家名に傷がつきましょう。お名前にもさわろうというものじゃございませんか」

「どうしろと言うのだ」

「ですから、ここは一つ、きれいにお引きあげになってはいかがですか、とそう申しあげているんです。悪いことは申しません。そうなさいましよ。そのほうがあとのさわりがない。若様がたにしたところでそのほうがお得というものでございましょう」

「女、もう一度訊こう。きさま何者だ」

「もうせんに名乗るほどの者ではないとそう申し上げたはずですけどねえ」

「もしかしたら、きさま、検閲図書館の手の者じゃないのか。黙忌一郎と何かかかわりがある者ではないのか」

雷鳥の言葉こそ威圧的だが、口調はそれほどではない。どちらかというと穏やかに明るい。この若者にはなにか妙に得体の知れないところがある。

「何を尋ねられたところで答えたくないものは答えませんのさ。それより」女はわずかに語調を強めて、「いかがなさいますか。このまま警察《さつ》のやっかいになりますか。わたしはどちらでもかまいませんのさ。よござんすよ。若様がたのご随意になさればいい」

一呼吸、二呼吸、間を置いて、ふいに雷鳥は笑い声をあげた。こんなときにもこの若者の笑い声はやはり屈託がなくてどこまでも澄んで明るかった。

「そうだな。引き上げることにしようか。そうさせてもらおう」

あっさりとそう言う。仲間たちにあごをしゃくり、うながして、自分も奥の出口に向かう。潔《いさぎよ》いというより、そもそもこの若者は何事に対しても執着が薄いのだろう。

ほかの若者たちもさすがに判断が早い。外套の裾をひるがえして一斉に雷鳥のあとを追った。あっというまに〝狐〟たちの姿はガレージから消えた。

すぐにガレージの外から車のエンジン音が聞こえてきた。遠ざかっていった……

二十八

遠くなりつつあるのは車のエンジン音ばかりではない。志村の意識もまた遠ざかろうとしていた。それを懸命に手元に引き寄せるようにしながら志村は何とか意識を保とうとしている。

——こんなところで無様に気を失うわけにはいかない。そればかりはおれの誇りが許さない。

誇り？　馬鹿な……大仰な物言いに自分で自分を嘲笑するようなところがあった。そんなものがどこにある？

特高のイヌにどんな誇りがあるというのだろう。ただたんに無能な猟犬が狡猾な〝狐〟に逆襲されただけのことではないか。そのことのどこに見いだすべき誇りなどがあるというのか。そんなものはどこにもない。

志村は自嘲した。自嘲しながらも懸命に起きあがろうとしていた。

ひっそりと、じつにひっそりと若い女がガレージのなかに入ってきた……そのことをもうろうとした意識の縁にとらえていた。

素人ではない。かといって玄人とも思えない。着物姿が粋に決まった、それでいてりんとしたたたずまいの美しい娘なのだ。

志村にしてみればまったく見覚えのない娘だ。

——この娘は何者なんだろう。

当然、それを疑問に思う。思いはするが、かいもく見当もつかない。どうして助けてくれたのかもわからない。

——雷鳥白は、検閲図書館の手の者じゃないか、黙忌一郎のかかわりあいの者ではないか、とそう言っていたが。

あるいはそうかもしれない。そうでないかもしれない……いまの志村には何とも判断のしようがないことだった。

いずれにせよ志村としては、その娘に対して、一言、礼があってしかるべきだろう。だが、そうするためにはまずは立ちあがらなければならない。いまの志村には、ただたんに立ちあがるというそのことにしてからがすでに一大事業なのだった。

「……」

何とか立ちあがろうとして床のうえでもがいた。なにしろ全身が痛んで思うように力が入らない。何度も痛みのあまり声をあげなければならなかった。骨は折れていないと思うが、打撲、裂傷はそれこそ全身に数え切れないほど負っている。体を起こすだけでも大変な努力を要した。

立ちあがろうとして二度転んだ。三度めにどうにか立ちあがったが、すぐに膝が萎えそうになった。そこにあった机に手をついて、かろうじて体を支えた。それでも足元がおぼつかない。

息が荒い。その息の荒さが何か自分でも浅ましいものであるかのように感じた。

その息をどうにか整え、舌をかろうじて操って、ありがとう、と言う。

「お、おかげで助かったよ」

口のなかがひりひりした。血が傷口に染みるのがわかった。ああ、畜生！　まるで舌が自分のものではないかのようではないか。

「礼なんざ言われる筋合いじゃないね」娘はそっぽを向いて吐き捨てるような口調で言った。「すこしは思い知ったかい」

「思い知ったかって」どうして人を助けておいてそんな口をきくのか。志村にはそのことが解せなかった。「何が」

「あんたたち特高は人を人扱いしない。殴って当たり前、蹴るのが当然、人を半殺しにするのが仕事だそうじゃないか」

「……」

「ふん、思い知ったかい。自分が痛い目にあって初めて人の痛みがわかったろう。ざま見やがれ。いい気味さ」

人を平手打ちにするような痛烈な口ぶりだった。さすがに志村もそのぶしつけな敵意には鼻白まざるをえなかった。

志村は特高にあっては例外的に拷問などはしたことがない人間なのだが、それは人に言ったところで仕方のないことだろう。しょせんは言い訳にしかならない。

特高に身を置く人間が自分は拷問から遠ざかっているのは、いわばどぶに首まで浸かっている人間が、できるだけ汚物を見ないように努めているのと同じことなのだ。どんなに汚物を見ないようにしたところで、現実に汚物がそこにあることに変わりはない。そのにおいまで消すことはできないし、自分が汚れるのを免れることもできない。

要するに同罪なのだ。いや、偽善的であるだけになおさら罪は重いかもしれない。そのことに情状酌量の余地はない。

しかし――

そんなことはどうでもいい。そんなことよりもまず志村には確かめなければならないことがあった。

「特高が嫌いなのはよくわかったよ。わからないのは、それなのにどうしておれのことを助けたのか、というそのことだ。おれにはそのことがわからない」

「なにも助けたくて助けたわけじゃないのさ。あるお人からのたっての願いでね。断るに断れなかったのさ」

「それは黙忌一郎のことか」

「どうだろう」

「いずれにしろ礼を言う」

「言わないでおくれ。むしずが走る」

「よかったら名前を聞かせてくれないか」

「わたしかい。わたしの名は――」一呼吸か、二呼吸、言葉が宙にさまようような間が空いて、「猪鹿《いのしか》のお蝶」

「いのしかの……」

おちょう、とこれは胸のなかでつぶやいた。やはり素人ではない、博徒か、香具師《やし》か。それにしてはこの少女はあまりに汚《けが》れがない。ふしぎに清潔な印象がするのはどうしてなのだろう。

ふいにお蝶の右手が閃いた。

なにか赤いものが飛んだ。

わっ、というような声が聞こえてきて一人の男が物陰から床に転げ落ちている。

男は顔を押さえている。

床に一枚の花札が舞った。

お蝶がまた花札を投げたのだ。志村はそのことに気がついた。そして床に転げ落ちたのは志村がこのガレージに着いたときに迎えてくれたあの男なのだ。多分、この〈鳴滝〉の経営者なのだろう。

――こいつはおれをはめた。〝狐〟たちに便宜をはかっておれのことを罠にはめやがった。

が、そうだとしても不思議なほどそのことに対する怒りは湧いてこない。志村の胸のなかには何かそれを大儀に思う気持ちが動いただけだった。

――この日本に〝狐〟たちに何か命じられてそれを断ることができる者はそんなにはいないだろう。

そのことがわかるだけに男を咎めだてする気にはなれなかった。それどころか、ふだんは善良な一市民にすぎないであろうその男を特高と憲兵の争いに巻き込んでしまったことに、内心、忸怩たるものを覚えざるをえなかった。罪悪感さえ覚えている。

が、それはそれとして、志村にはその男に確かめなければならないことがある。そのためには気は進まないながらも、その男に対して尋問めいた真似をしなければならない。

「……」

内心、ため息をつきながら、その男のほうに向かって歩いていった。

男は志村が近づいてきたのを見て恐慌にかられたようだ。なにしろ満身創痍の刑事が――しかも、そうなったことについてはその男にも多分の責任がある――自分に近づいてくるのだ。これには恐慌にかられざるをえないだろう。

男が怯えるのは当然だった。あまりに動転して立ちあがることもできない。尻でいざるようにしながら後ずさりして、勘弁して下さい、と悲鳴をあげた。

「あ、あの人たちに無理やり脅されてあんなことをしたんです。まさか、あなたをそんなひどいめにあわせようなどとは夢にも思ってませんでした。ど、どうかお許しを――」

志村は苦笑せざるをえない。この男にとっては自分もあの〝狐〟たちに劣らぬほどの疫病神に見えるのだろう。その疫病神が全身血まみれになっているのだからさぞかし凄まじい姿に見えるのにちがいない。笑いかけてやろうかと思ったが、そんなことをすればなおさら怯えるだけだと思いなおしてひかえることにした。

両手を下に向け、何かを押さえるようなしぐさをしながら、男を落ち着かせ、なだめることに努めた。そして、何もしない、心配することはない、と言って、

「ただ、去年の八月十五日に、こちらから青山斎場に車を出しているはずで、その記録を見せてくれればそれでいい」

そのとき背後からシャッターのくぐりを閉める音が聞こえてきた。振り返るとすでにそこに猪鹿のお蝶の姿はなかった。

ただ床に一枚の花札が残されているだけなのだった。

それを見て志村は、

「……」

何か自分でも意外なほどの喪失感を覚えていた……

二十九

医者が嫌いだ。

――どうせ打撲傷と裂傷ばかりで大した傷でない。

そう自分に言い聞かせたのは、じつは医者に行きたくなかったからで、侮ってかかったのは失敗だったかもしれない。

その夜半に熱が出て、全身のあまりの痛みに悶々とし、結局、朝まで一睡もすることができなかった。売薬と湿布だけで治そうとするのがそもそも無理だった。

独り身の男が体調を崩したときの困惑とやるせなさは実際にそれを経験した者でないとわからない。なにしろ身の置き所がないといっていい。朝になって、どうにか熱が引いたと感じたときには、寝間着がわりの浴衣が汗まみれになっていた。

下着を取り替え、買い置きの麺麭《パン》を水で流し込んで、また布団に潜り込んだ。すぐに眠り込んだようだ。そのまま夕方まで昏々と眠りつづけた。夢を見たかもしれないが覚えていない。どうせ覚えていなければならないほどの夢など見たことがない。

湯屋に行きたかったが全身のこの傷では小さな子供が見て引きつけを起こすかもしれない。湯屋に行くのはあきらめて、湯を沸かし、それで体を拭くにとどめた。残った麺麭をたいらげ、白湯で流し込んで、明日は仕事に出掛けるぞ、と自分に言い聞かせ、布団に潜り込んだ。

心なしか体の痛みがだいぶやわらいだような気がする。熱も引いた。なか一日、二晩の休息で何とか体調が戻ったようだ。記憶力を除いて、ほかに何の取り柄もない男だが、頑強に生まれついたのだけは感謝しなければならないだろう。

しかし——

どんなに頑強に生まれついたところで生身の人間であることには変わりない。あれほど痛めつけられて、わずか一日二晩の休息で体調が完全に復すると考えたこと自体あまりに楽観的にすぎたのかもしれない……

〈鳴滝〉の経営者によれば、去年八月十五日早朝に、中野区新井町まで自動車を走らせて、〈吉田屋〉という割烹屋で人を拾って欲しいと頼まれたのだという。記録には、何人の客を拾ったのか、までは記載されていなかったが、たしかにその行く先が青山斎場だったということは書き残されている。

どうして中野から青山斎場に行くのに、わざわざ麻布の自動車店に自動車を依頼しなければならなかったのか？　志村にはそのことが訝しかったが、〈鳴滝〉の経営者はさして疑問にも思わなかったらしい。

中野区新井町は新井薬師を近場にひかえて栄えた三業地で、そこの割烹屋といえば人目をはばかる客が来ることだってあるだろう。どんな事情かはわからないが、人によっては、遠方の麻布の自動車屋を利用しなければならないことだってあるのではないか。

志村が大いに落胆したのは、あらかじめ麻布の〈鳴滝〉に誰かが訪れて、自動車の手配をしていることで、誰が自動車に乗ったのか、それを知るよすががまったくないことだった。

それからすでに六カ月が過ぎて、〈鳴滝〉の経営者は、あらかじめ自動車の手配をしたのが男だったのか、女だったのか、それすら忘れている始末である。

むろん、後難を恐れて忘れているふりをしているだけなのかもしれないが、当人が忘れたと言っている以上、何をどうすることもできない。

永田鉄山中将の葬儀の記録ではあの自動車に二人の人物が乗っているのが映像に残されている。

一人は、映画「押絵と旅する男」で江戸川乱歩に扮して、その映像では真崎甚三郎中将に扮している初老の男である。もう一人は三十代後半、長身痩軀、異様なまでに精気を――いや、あるいは妖気を、と言ったほうがいいかもしれない――みなぎらせた人物であった。

当日、〈鳴滝〉で自動車を雇ったのが誰であるのか、それを突きとめれば、少なくともこの二人のうち一人は身元が知れるだろう、と考えたのだが、最初から思いもかけぬ誤算だったというほかはない。

それにしても――この一件のどこに〝機動非常駐特別班〟がかかわってくるのか、それがわからない。〝機動非常駐特別班〟――別名〝狐〟――は、その構成員が貴族の子弟ばかりということもあり、憲兵隊・特高班のなかではきわめて特異な存在であって、じつは警視庁・特高部においてもその内情がよくわかっていない。謎の多い組織なのだ。

憲兵隊・特高班と、特高警察との現場での衝突はありがちなことであって、そのかぎりにおいては何も異とするほどのことではない。しかし、そうではあっても、まさか私服憲兵が警視庁・特高部員を私刑にするなどということがあっていいはずがない。

いったい、これをどう理解したらいいのだろう……わからないことばかりだ。あまりに謎が多すぎる。その謎を解くために志村はとりあえず中野の新井町に向かうことにした。

二月十日のことである。

三十

新宿で中央線に乗ったときから体調に異常が兆しているのを感じていた。体が微妙に熱っぽかった。二月の東京が暑いはずはない。それなのに額がうっすらと汗ばんで、手のひらにも汗をかいていた。しきりに喉が渇いた。

最初のうちは、たんなる疲れからだと思い込もうとしたが、疲れでこんなふうに目まいを覚えるはずがない。やはり、あそこまで徹底して痛めつけられたのに、一日二晩休んだだけで動こうとしたのが、そもそも無理だったのかもしれない。

中野駅で下りたときにはすでに足元が覚つかなかった。ふらつく足を踏みしめるようにして新井薬師のほうに向かう。その途中に〈吉田屋〉があると聞いていたが、そこに行き着くまでに倒れてしまいそうだった。

新井薬師の縁日であれば、せめて夜でもあれば、新井町の三業地はもうすこし賑わいを見せるのであろうが、なにしろ昼を迎えるのにもまだ間がある。ただでさえ人通りが少ない時刻であるところに持ってきて、この寒さなのだ。花街にはほとんど人っ子一人歩いていない。

〈吉田屋〉は割烹屋だと聞いている。そこまで行けば座敷で休むこともできるだろう……そう思って歩き出したのだが、そのうちに息が切れてしまった。とうとう一歩も歩けないようになってしまった。

志村は塀に凭《もた》れかかってしばらく休むことにした。息が荒い。〝狐〟たちから受けた打撲が熱を孕んでいるのだ、と思った。そのうちに塀に凭れていることもできずにその場に腰を落としてうずくまってしまう。

汗を拭おうとして外套のポケットから手巾《ハンカチ》を取り出そうとした。

だが、やはり、もうろうとしているからだろう。間違ってべつの布を取り出してしまった。汗を拭くなどとんでもない。そんなことができるはずがない。それは志村が宝物のようにしていつも持ち歩いている布なのだ。これで汗など拭いたら罰が当たるというものだろう。

「……」

志村はその布を膝のうえにひろげてジッと見つめた。

人が見れば宝物どころか薄汚れた布にしか見えないかもしれない。だが、それは志村には――多分、志村にだけは――まぎれもなしに世界で唯一の宝物なのであって、他のどんなものにも替えがたい。

人の目にはたんなる赤黒い汚れにしか見えないであろうしみが、志村の目にははっきりとあの人の貌に映るのだった。

　あの人の顔——小林多喜二の貌に。

　あのとき小林多喜二は梁から細引きで宙吊りになって悶絶していた。見るも無惨に全身が紫色に腫れあがって断末魔の痙攣を迎えていた。そして鼻と口からゴボッと血泡を噴き出した。そのダラダラと口からあごに滴る血に窒息しそうになっていた。

　志村はそれまで共産党運動者は国家を誤らせるものだと思っていた。信念というほど確固としたものではないが、彼らを検束し、拘留するのは、国家の崇高なる理念であり、自分たち警察官の重大なる義務だと思っていた。志村自身はけっして拷問を好むものではないが、共産主義者の謀略から国家を護るためには、ある程度、やむをえないことだろうと容認する立場をとっていた。

　だが、そのとき、まさに死につつある小林多喜二を見たときに、志村のなかで何かが変質したようだ。なにかが音をたてて瓦解していくのを感じた。それは多分、人は絶対にこんなふうにして死んでいってはならない、という痛切な思いだったろう。

　そのとき志村が小林多喜二の貌を手巾で包んだのはそれに苦しげに喘いでいる血を拭きとってやるためだった。

それが特高部の同僚たちの目には志村が小林多喜二を窒息死させたかに映ったのかもしれない。以来、志村には小林多喜二を殺した男、という風評がつきまとうようになった。その風評から逃げられないようになった。

　——そんなことはどうでもいい。

　志村は心底からそう思う。人から自分がどう思われようとそんなことはどうでもいい。まるで関心がない。そんなことよりも何よりも大切なことは……

　この手巾にくっきりと小林多喜二の貌が刻印されているそのことなのだ。ほかの人間にはそうとは見えないかもしれないが、おれの目には、多分、おれの目にだけは、そこに小林多喜二の貌が押絵のように刻印されているのが見えるのだった。

　これこそがまぎれもなしにおれの運命なのではないか。おれはこの押絵を持ってこれからずっと人生という旅をつづけていくことだろう。おれこそが、と志村は思う。

　——押絵と旅する男、なのだ……

三十一

その想いがいったんは昂揚する。しかし、それも虚しく空転するばかりで、結局はあとに何も残さない。志村の意識はもうろうとしている。

　すでに塀に凭れかかっている背中からも、地に突いている膝からも感覚が失せている。全身がただもうだるい。なにか体が宙に浮いているかのようだ。

　頭のなかがボウと熱っぽい。なにかその熱っぽさのなか、自分が目だけの存在になってしまったかのように感じている。しかも、その目の焦点が定まらない。目だけの志村が血の痕のしみだけの貌になってしまった小林多喜二のことを見つめている。

「……」

　手巾のなかの小林多喜二もまた志村を見つめ返しているかのようである。

　小林多喜二の貌はどんなに見ても見飽きることがない。見つめずにはいられない。ふしぎだ。特高の拷問《テロ》に惨殺されるという、これ以上もないほど無惨な死に方をしたはずなのに、その死に顔はどこか静謐で崇高なものさえ感じられるようなのだ。

　遠い東洋の地に生を受けた無信心者の志村が、こんなことを思うのは滑稽なことかもしれない。しかし。

――はるかな昔、遠い異邦のゴルゴダの地に果てた基督というお人は、こんな容貌をなさっていたのではないか。

　志村はその貌を見るたびにそんなことを思わずにはいられない。この、静謐な諦念のなか、何一つ余さずにすべてを受け入れ、従容として死にのぞんで……

　だが、それは自分も特高の一警部補である志村の勝手な感傷にすぎないだろう。どこかに自己を欺瞞する思いがないか。小林多喜二を必要以上に美化することで卑劣な贖罪意識が働いてはいないか。二十九歳の若さで惨殺された小林多喜二が静謐な思いのうちに死んでいったはずがない。

　そんな志村の思いもあってか――押絵に刻印された小林多喜二の貌がふと涙に濡れたかのように感じられた。一筋、二筋……手巾に涙が滴ったかと見るうちに、それが見るまに流れる涙になって――

　気がついてみるとしとしとと雨が降り始めているのだった。

　朝から雨もよいの曇り空で、いつ降りはじめてもおかしくはない天気だった。底冷えのする二月なのだから雪が降っても不思議ではないほどだ。雨のままでおさまってくれればいいのだが……

――おれは馬鹿だったよ。

もうろうとした意識のなかでかすかに自嘲する思いが動いた。

志村はこうなるのを見越して傘を用意して外出すべきだった。聞き込み、外回りをつねとする特高の警部補であれば、怠りなく雨具の用意をしてしかるべきだろう。いつもの志村ならそうする。それをうかつにも怠ってしまったのは、志村の体調が万全ではなく、したがってその思考力もまともに働いていなかったからにちがいない。要するに不注意の一語に尽きた。

が、力尽きてうずくまっている身が、二月の氷雨に打たれるままになっていたのでは、それこそ命にもかかわりかねない。不注意では済まない。

「……」

志村は手巾を外套の隠しに戻した。そして塀に片手をついて何とか立ちあがろうとした。だが、体に力が入らず、足を踏みしめることができない。なにしろ志村はあまりに衰弱しすぎている。ふらふらなのだ。

「あらあら、旦那さん、どうかなさったんですか」

そのとき背後から女の声が聞こえてきて体を支えられるのを感じた。それほど強い力ではないが、それでも妙に心強いものを感じさせた。なによりも自分は独りではないという思いがありがたい。

「すまない、手を貸してくれないか」

どうにか彼女に助けられて立ちあがることができた。雨の水っぽいにおいのなかにかすかに白粉の香りが立ちのぼった。

「昼間から酔っていらっしゃるんですか。それともお加減でもお悪いんですか」

志村は塀に手をついてかろうじて自分の体を支えた。呼吸を整えて、大丈夫だ、とかすれた声で言う。

「大丈夫だ。酔ってるわけでもなければ加減が悪いわけでもない」

「でもお顔の色が真っ青ですよ」

「なに、ちょっと目眩がしただけさ」

志村はそう言い、ふと気がついて、ありがとう、と付け加えた。すこし加減が悪いからといって、つい人並みの礼儀を忘れてしまった……そのことを恥じる気持ちが強かった。

「いいんですよ」

女はそれを聞いてちょっと驚いたように笑った。あまり男から礼を言われることに慣れていないのかもしれない。何をしても男から礼を言われることがない。多分、そういう稼業に身を置いているのではないか。

「……」

　志村はあらためて相手の顔を見た。

　若い女だが、非常に若いというわけではない。三十になるかならぬかの年齢というところだろう。その襟を抜いた着こなしは、どこか粋で、あだっぽい。顔立ちが整っていて、その目元にこぼれるような色気があり、芸妓か、料理屋の女中か――どう見ても素人ではない。それでいて見るからに人がよさそうで、その笑いにはどこか純なところが窺えるようだった。

「どちらにいらっしゃるんですか。もし、よろしければお連れしますよ」

「〈吉田屋〉という割烹屋に行きたい。中野区の新井町にあると聞いた」

「おやおや、〈吉田屋〉さんですか」

「知ってるのか」

「知ってるも何もわたしはこれからそこに女中奉公にうかがうつもりなんですよ。使ってもらおうかと思って……」

「女中奉公に」

　あまりの偶然に驚いて志村はあらためて女の顔を見た。女は志村の視線に照れたように笑って、

「旦那さんは〈吉田屋〉のお客さんなんですか」

「いや……」

　志村は言葉を濁さざるをえない。特高の仕事にかかわることで、うかつに口にしていいことではないが、それよりも何よりもそもそも具体的に話すべきことが何もないといったほうがいいかもしれない。

　去年の八月十五日、青山斎場にて執り行われた永田鉄山中将の葬儀に真崎甚三郎にそっくりの男が姿を見せている。その人物が乗っていた自動車は、〈鳴滝〉という貸自動車屋から調達されたもので、中野の〈吉田屋〉という割烹で客を拾って、青山斎場に向かったのだという。

　そのときに拾った客が誰だったのか、それを確かめたい。真崎甚三郎に似た男だったのか、それとももう一人、三十代の、痩せて、目つきの鋭い男だったのか……そのことを確かめなければならないのだが、なにしろ半年近くもまえのことで、〈吉田屋〉の者がそれを覚えているかどうか――あまりに根拠にとぼしい聞き込みと言わなければならない。

「おれは志村という者だ。ちょっと事情があって、〈吉田屋〉に尋ねたいことがある。それで訪ねることにした。なに、病気なんかじゃない。このところ妙に仕事が重なった。それで疲れてしまっただけなのだろう」

志村はあえて警察の人間だとは名乗らなかった。この女にはどこか妙に頽《くず》れた印象がある。警察の人間とかかわりあいになるのは避けたいのではないか、とそう直感したのだった。もちろん、そんなことがなくても、特高の刑事が不用意に自分の身分を明かしていいはずはないが。

「お尋ねになりたいことというのは、どなたかお身内の方のことなんでしょうか」

「ああ」

「それはご心配なことですねえ」

多分、女なりに、志村の言う事情というのを勝手に憶測したのだろう。その頽れた印象にもかかわらず、ふしぎにこの女は人を疑うということを知らないようだ。そうして話していてもおのずから人のよさが伝わってくる。一言でいえば妙に男の好き心を誘うところがある。

「さっきもお話ししたように、わたしもこれから〈吉田屋〉にやっかいになろうと思っているんですよ。どうか、ご贔屓に」

女が笑う。こぼれるような色気のなかに純なものがきらりと光る。ふしぎに魅力のある女だ。

「わたしは定といいます」

「さだ、さん……」

「ええ、阿部、定です。どうぞよろしく」

「阿部定、さんか」

「ええ」

女がまた笑う。

いくらか雨脚が強くなったようだ。

まだ午後の早い時間だというのに、まるで夕暮れででもあるかのように、視界は鈍灰色に閉ざされている。肌寒い。そこかしこの家が早くも灯をともしているのが、三業地のわびしさをなおさらに醸し出していた。

中野区新井町の〈吉田屋〉に向かう途中、とりわけ雨の冷たさが身に染みた。

それだけに阿部定という女が、さりげなく傘をさしかけてくれ、歩くのに力を貸してくれたその手の温もりが、妙にしみじみと忘れられないものになった。

――おれはこの阿部定という女のことを生涯、忘れないのではないか。

ふと、そんなことさえ思ったのは、志村がいつになく感傷的になっていたからか。

いつもの志村であれば、滅多に自分のことは人に話さないし、容易に内心を吐露するようなこともしない。そうやってかたくなにおのれを律することで、かろうじて特高刑事という、必ずしも意に染まない仕事に自分を馴致させていたのかもしれない。

それが問わず語りにてるのことを話す気になったのは、それだけ、あの少女のことを気にかけていたからだろうし、自分のなかに何か阿部定という女に微妙に呼応するものを感じたからにちがいない。

話を聞いて、定はちょっと何かを考えているようだったが、やがて頷いて、

「去年の十月まで、山田長三郎、という軍人さんのもとで働いていて、歳は十六、七、名前がおてるちゃん……その歳の娘が仕事を捜すということになれば、女中か、芸妓、ということになりましょうかね。よござんす、何軒か存知寄りの紹介屋があります。心当たりを聞いてみましょう」

「そうして貰えればありがたい。助かるよ、何から何まで世話になる」志村は心の底から礼を言った。

むろん警察の名を出せば東京中の紹介屋（職業斡旋所）を軒並み当たることはできる。警察の聞き込みを拒否できる紹介屋などいない。が、それだけに警察の聞き込みには限界がある。こうした女のほうが心安だてに情報を引き出してくれる可能性が高いか。

もちろん——

見たところ花柳界に浮き沈みしている女のようである。どれだけ、その言葉が当てになるか、わかったものではない。

にもかかわらず、その言葉に力を得たような気持ちになったのは、それだけ志村が気弱になっていたからにちがいない。

三十二

〈吉田屋〉は二階建ての料理屋である。

新井三業地に入ったところ大通りの角に位置している。まずはこの界隈では一流の料理屋なのではないか。なかなかに店がまえがいい。

どうやら〈吉田屋〉では鰻を扱っているらしい。雨の

なか蒲焼きのいいにおいが漂っていた。

〈吉田屋〉に着くころにはどうにか体調が回復していた。何とか自分の足で歩けるようになっていた。

〈吉田屋〉のまえで足をとめて、ありがとう、助かったよ、と言う。

「ここでいい」

「あら、旦那、一緒にお入りにならないんですか」

「ああ、あんたの少しあとから入ることにしよう」

「一緒にお入りになればいいのに」

「ちがう用向きの客が同時に入れば店の人間も対応に困ることになるだろう。あんたにだって迷惑がかかることになる。すこし遅れて入ったほうがいい」

「何ですねえ、旦那、ずいぶん義理がたいことをおっしゃる。そんなこと気になさらなくてもいいのに」

「おれのことは気にしなくていいのさ」

「さいですか」

阿部定は納得しかねているようだったが、変に悪強いすることはしなかった。じゃあ、これ、お使いになって下さい、と言い、傘を手渡して、自分は〈吉田屋〉の軒先に雨を避けた。

「傘は〈吉田屋〉さんに預けておいてくださればいいですから」

「助かるよ」

「いいんですよ、袖ふりあうも多少の縁というじゃないですか」

阿部定は目に染みるような笑いを残して〈吉田屋〉に入っていった。

玄関の引き戸を開けるときに、ごめんなさいましよ、と言ったその声が、雨のなかで不思議なまでに澄んだものに聞こえた。

「……」

志村は雨のなか一人とり残された。傘を打つ雨の音を聞きながら、なにか苦笑いするような思いになっている。

いつもの志村であれば一緒に店に入るのに躊躇《ためら》うようなことはしない。たしかに自分が警察の人間だということがバレないようにしたい、という思いはあったが、ああした稼業の女だ、どうせ敏感に察しているだろう、という気もしないではない。それなのに一緒に店に入るのがはばかられたのは、あの阿部定という女に心ひかれるものを覚えたからにちがいない。

多分、志村は人一倍、情のこわい男なのだろう。めったなことでは異性に心を動かされることがない。小林多喜二が拷問で惨死するのに立ち会ってからはなおさらのことだ。どこか心の一部が石にでもなったかのようである。

それがこの二、三日、どうも気分にむらがある。あの猪鹿のお蝶という少女に心を動かされたかと思うと今度は一転して年増ざかりの阿部定に心を動かされる。べつだん浮ついているつもりはないのだが、どこか地に足がついていない。

――おれも気が多い男さ。

そのことに苦笑を禁じえなかった。

玄関の引き戸が開いて女たちの嬌声が聞こえてきた。芸者が数人。何人かの男たちともつれあうようにして出てきた。男たちは軍人のようだ。

志村はさりげなく傘をまえに傾けて顔を隠している。さすがにこういうところは特高の刑事だけあって抜かりがない。そして何気ないふうを装って電信柱のかげに身をひそめた。

なにしろ場所が三業地だ。昼間からどこぞの遊冶郎が女と逢い引きしているとでも思ってくれればいいのだが……いくら傘に顔を隠していても根っからの野暮天である志村にはしょせんは無理な相談かもしれない。

芸者たちと連れだって出てきた若い軍人たちの顔に見覚えがあった。

歩兵第一連隊の青年将校たちである。何度か写真で見たことがあった。

このところ相沢事件の公判をめぐって陸軍は不穏な空気に包まれている。なかでも歩兵第一連隊の青年将校たちの〝軍隊運動〟は緊迫の頂点に達しているといっていい。

つい一月にも歩一の山口一太郎大尉が（この人物は〈皇道派〉の大物とされる本庄繁・侍従武官長の女婿である。特高部の知るところでは、青年将校たちのよき理解者でもある――）、入隊した初年兵の父兄に向かい、高橋是清蔵相に対するだんがいの演説をして問題になったばかりなのだ。

高橋蔵相は前議会の予算委員会において、

――軍事予算ばかりでなしに、通信省の予算も削っているのだから……

という意味のことを答弁した。

山口大尉は、そのことに対しての〝訓辞〟を入営兵父兄に向かって堂々と披露したのだという。国防予算と通信省予算とを同列視して考えるような時局に認識のない内閣は一日も早く倒さなければならない、という趣旨のものであったらしい。

しかも山口大尉は部下に命じて、それをあらかじめガリ版原稿にし、みずから東京日日新聞に連絡し、それを掲載させている。じつに堂々たる確信犯といっていい。のちにこれが大問題となったのはけだし当然のことであったろう。

「……」

志村は山口大尉の顔を写真で見て知っている。将校たちのなかにその顔を捜したが、どうやら山口大尉は彼らのなかに混じってはいないようである。

いずれにせよ歩兵第一連隊の青年将校たちがこの〈吉田屋〉に出入りしているというのは刮目すべきことだろう。

青年将校たちが会合に利用する料理屋、待合などは大体決まっている。そうした店はすべて憲兵隊が見張っているのだ。

が、中野区新井町の〈吉田屋〉などという店のことなどは、これまで誰からも聞いたことがない。警視庁の特高部も知らなかったし、多分、憲兵隊も知らないのではないか。

これは青年将校たちの動向を探る側にしてみればまったくの新情報ということになるだろう。

志村にしてみれば緊張せざるをえない。が、青年将校のあとから出てきた男を見て、その緊張がさらに高まった。

五十年配の押し出しのいい人物である。ゆったりとした支那服を着ている。悠揚せまらざるその物腰は貫録がある。眼光炯々として非常にするどい。

いやしくも特高係の刑事でこの人物のことを知らない人間はいないだろう。

——北一輝！

この人物のあらわした『日本改造法案大綱』は〝軍隊運動〟に携わっている青年将校たちのいわばバイブルのような書である。

資本主義下で貧困にあえぐ農民、下層民をどう救済すればいいか？　それを〝大アジア主義〟という観点から説いて、北一輝いうところの〝国体論及び純正社会主義〟を存分に展開させた。

その意味で、北一輝は天才的な国際政治学者であり、革命家なのだといっていい。

が、北一輝という人物にはたんにそれだけでは片づけられない複雑なところがある。

その書では革命を説きながら、具体的な行動を起こそうとする青年将校たちには、「未だ時期尚早なり」として、西田税を使嗾《しそう》し、その決起を牽制しようとした。

北一輝は年齢を重ねるにつれ、国家の上層部の内幕に携わる機会が多くなり、しばしば談合あるいは手内金のようなものを手に入れるようになる……要するに、のちにいうフィクサーのような存在になったと考えていいだろう。どこか世俗化し、その垢にまみれたきらいがあるのは否めない。

だが、そうではあっても、やはり、この時期の北一輝が青年将校たちの精神的な拠りどころであったことには変わりない。

警視庁・特高としてはつねに北一輝に対して重大なる関心を寄せざるをえなかったのである。

——そういえば……

北一輝の自宅は中野桃園町にある。ここ中野区新井町とはつい目と鼻の先ではないか。

北一輝、それに軍人たちは芸者衆に見送られて、駅のほうに向かった。

——もう大丈夫だろう。

そう思い、志村が動き出そうとしたときに、また引き戸を開ける音がした。自然に体が反応して電柱のかげに隠れた。

「……」

その背後にひっそりと人が歩いていく気配を感じた。

多分、特高のような仕事を長くつづけている人間には独特の勘のようなものが働くのだろう。このときにもその勘が働いたのにちがいない。しかし——

このときのような独特な感覚が働いたことはこれまでなかったように思う。首筋の毛がぞわっと逆だつような感覚……なにか非常に特別な人間がそこを歩いていくというように感じた。一種の妖気のようなものを感じたとでも言えばいいだろうか。

かすかに瞼が痙攣するのを感じた。それほどまでに緊張した。

——どんな野郎だろう。

立ち去っていくその姿をさりげなく目の端で追った。外套に、帽子、マフラーを巻いている。一瞬、傘のかげにその男の姿を見ることができた。

——こいつは……

ふいにそれまでにない緊張にみまわれるのを覚えた。

緊張のあまり、一瞬にして、口のなかから唾液が引いていくのを覚えた。

それは永田鉄山中将の葬儀に真崎甚三郎と似た男と一緒に車のなかにいたあの男ではないか。

三十代後半、長身痩軀、異様なまでに精気をみなぎらせたあの男——

「……」

その男が立ち去っていくのを志村はじっと見送っていた。

鈍色の雨がすぐに男の後ろ姿を閉ざしたが、そのあともしばらく、降りしきる雨脚を見つめつづけるのだった……

三十三

「去年の八月十五日、麻布の自動車屋から自動車に来てもらい、青山斎場までお客を運んだ、と——」

男は志村の言葉を繰り返し、さてと、とつぶやいて、視線を宙に泳がせた。だが、それはほんの一瞬のことで、すぐに志村の顔に視線を戻すと、憶えてますよ、とこともなげにそう言う。

「あれは何だ、永田中将の葬儀の日だったんじゃないかな」

「ええ」

「その日だったら、たしかにそんなことがありましたよ」

「そうですか。しかし——」

志村には男の言葉が意外だった。どうしてこの男は半年もまえのことをそんなに鮮明に覚えているのだろう。

男は志村の疑問を見透かしたように、「お客がそう言ってたからね。これから青山斎場まで行くんだって——永田中将の葬儀なんだって、さ」

かすかに笑う。永田中将の葬儀だろうが何だろうが、この男にはさして興味がないらしい。世の中のことにはなべて一般、興味がない……この男は何かそう言いたげな顔つきをしていた。

〈吉田屋〉の主人である。四十がらみ、まだそれほどの年齢ではない。三業地に料理屋をかまえているのだから、ある意味、当然といえば当然なのだが、どこか崩れたような印象がある。それでいて物の言い方が優しい。粋人といっていいかもしれない。

〈吉田屋〉の玄関に入った右手に三畳ほどの小座敷がある。多分、帳場を兼ねているのだろう。

　志村が警察の人間だと名乗るとそこに通された。長火鉢に当たるように勧められ、猫板のお茶を勧められた。客商売なのだから、当然といえば当然なのだが、客あしらいがうまい。

「客が話してたにしてもたいそうな記憶力じゃないか。客商売というのはそんなに客のことをよく憶えてるものなのかな」

「なに、そのときの客がいま店を出てったばかりだからね。それでたまたま思い出しただけのことですよ。旦那、外ですれ違ったんじゃないですか」

　志村の腹の底でかすかに固いものがこわばるのを覚えた。いま、その人物に店の外で会ったばかりなのだ。それ自体はべつだん驚かなければならないほどではないが、いきなりことの核心に触れたために緊張感が生じたのは否めない。

「その男は何者なんだ」

「さあ、しょっちゅう来るには来るんですけどね……軍人と来ることが多いかな。知ってるのは名前だけなんだけどね」

「何て名前ですか」

「ごたいそうな名前ですよ、うらべ、えいどう、と言ったかな。占う、部分、影、道——占部影道……」

「占部影道……」

　なにか独特の響きを持つ名だ。どこかで聞いた名のように感じた。どこで聞いたのかはわからない。警視庁に戻って、誰かに尋ねるか、資料室の書類を繰ればわかることかもしれないが……

　——占部影道。

　という名をどこで聞いたのか、それを思い出そうとしながら、猫板から湯飲みを取って、それをゴクリと飲みほし、

「……」

　驚いて湯飲みのなかを見た。きりっ、と口当たりのいい冷やだった。

　それをニヤニヤ笑って見ながら、〈吉田屋〉の主人がいかにも好色そうに言う。

「ところで旦那、すれ違ったといえば、家のまえでちょっと色っぽい女とお会いになりませんでしたか」

　会いはしなかった。一緒にやってきたと言えばどんな顔をするだろう……志村はあいまいに答えを濁した。

「あれはいい女だね……ちょっと小股が切れあがってさ。ああいう女は味がいい」

　男はニヤニヤと笑っている、何を考えているのか、しきりに上唇を舐めていた。

　そんなことに返事をしなければならない義理はない。礼を言って立ちあがった。

　玄関を出るときにふと思いついて男の名を訊いてみた。「吉蔵といいます」男はあいかわらずニヤニヤと笑いながら言った。「石田吉蔵」


〈吉田屋〉の外に出てどんよりと暗い空を仰いだ。その空にふと黙忌一郎の顔を見た気がした。

　――会いたい。

と思った。自分でも意外に感じるほど、その思いは切実までに強かった。

　ほんの数日前に会ったばかりなのに何か黙忌一郎のことが非常に懐かしい気がした。いつのまにか志村にとって黙忌一郎は大切な人になっているようだ。

　――明日は小菅刑務所に行ってみよう。黙忌一郎にも会いたいし、あの遠藤平吉という男にももう一度会う必要がある……


　もちろん志村の知るはずのないことであったが、明日、遠藤平吉は小菅を脱獄することになるのだった……

第二部

此處で「實景のやうに」と言ひたいが、わざとさう言はないのは、ステレオのパノラマライクが、實景とは少しちがつて、不思議に幻想的だからである。此處では前景と後景との距離がパノラマに於ける實物と繪畫のやうに、錯覺めいた空間表象を感じさせる。その爲前景の秋草や蝙蝠傘やが、強く印象に迫つて來て、後景が一層遠く後退し、長い時間の持續してゐる夢の中で、不動に靜寂してゐるやうに思はれるのである。

萩原朔太郎

『アサヒカメラ』昭和十四年十月号

怪盗二十面相の奇妙な犯罪

一

翌日、志村は朝の七時に小菅刑務所を訪れた。

遠藤平吉は一舎の一階から三階の独居房に移ったのだという。文撰工から櫛磨きの作業に戻って、多少、作業開始時刻が早まったらしい。そのことがあって遠藤に会うのに早朝に刑務所を訪れることにしたのだった。

それが可能であれば遠藤に面会した後には真内伸助に会うつもりだった。〝乃木坂芸者殺人事件〟について幾つか聴いておきたいことがある。二人に会ったあとで、あらためて黙忌一郎に面会するつもりだった。

もう一つはっきりしないのだが、真内伸助の「感想録」によれば、彼は去年の暮れに拘引され、すぐに小菅刑務所に収監されたらしい。

当人が、「十二月、〝思想的に多々問題のある者〟の一斉検挙があり、自分もその引っかかりから検束され、自由を拘束されることになったのでした」そう書いている。さらに「検束されて、ろくに取調べもされないうちにもう、この刑務所に収監されてしまいました。その、あまりに期間の短かすぎることは当の本人である私にしてからが解せない思いに駆られるほどでありました」とも書いているのだから、彼自身が解せない思いに駆られている様子がうかがえる。

「何か、こう、お上には私を手っ取り早く獄に放り込まなければならない事情があったのでしょうか」——と、これも当人が記しているのだが、たしかに正規の手続きが踏まれたうえで収監されたとは考えにくい状況にあるようだ。どこか不自然でいびつなものがかいま見える。あまりに拙速にすぎるのではないか。ここで問われるべきは、拙速になるのを厭わずに、真内伸助を収監するのを急いだのは誰で、それは何のためか、ということだろう。

だが、真内伸助という若者には、どこか自分に陶酔するきらいがあって、その記述を全面的に信用するのがためらわれる。真内伸助は自分が〝治安維持法〟に抵触して拘束されたということを疑ってもいないようだが、志村の見るかぎり、彼に〝思想的〟な傾向はない。真内伸助がどこに住んでいたのかがわからない以上、その所轄警察署も調べようがないのだが、多分、彼を検束するのに特高は動いていないのではないか。

真内伸助の自己陶酔癖——というか無意識のうちに自分自身を虚飾する性癖と考えたほうがいいだろうか——は異性関係にも及んでいて、客観的に見れば、照若はそもそも最初から彼のことをさほど好きではなかったようなのだが、どうも当人はそのことに気がついてもいないらしい。

自分たちの関係を、浄瑠璃のような古めかしい恋、などと言ってはばからないのだから、その現状認識の甘さにははなはだしいものがある。〝乃木坂芸者殺人事件〟を調べた係官もそのことに気がついているからこそ、自称情夫、などと身も蓋もないことを備忘録に記録したのにちがいない。

いずれにせよ志村としては、遠藤に面会したのちに、真内伸助に面会し、そのあとで黙忌一郎に会うつもりだったのだから、多少の時間の余裕が必要だったわけなのだ。

ところが——真内伸助に面会するどころではなくなってしまった。

それというのも志村が刑務所を訪問したときにすでに遠藤は脱獄していたからだった。どうやら起床前に決行されたらしい。

しかし、どうしてそんなことが可能なのか。可能なはずはない。

明治十二年、東京府小菅村に内務省直轄の東京集治監として創設された当時そのままの小菅刑務所ではない。関東大震災によって倒壊し、昭和四年、新たな設計のもとに再築された〝小菅刑務所〟なのである。尋常な刑務所ではない。

鉄筋コンクリート造りで、建物をかこむ塀は高いし、その四隅は囚人が登ることができないように内側に湾曲している。回廊は幾つもの鉄格子の扉で仕切られ、塔の先端に設けられた監視所では武装した看守がつねに警戒に当たっている。

当時の日本にはめずらしい近代的な刑務所なのだった。それだけに囚人が容易に脱獄することを許さない。

ましてや遠藤は独居房に収容されているのである。どう考えても脱獄など不可能であるはずなのだが……

それなのに脱獄した。

当直の看守は午前五時半に房内を覗いたと証言している。そのときには確かに遠藤は就寝していたという。ところが六時に起床ラッパが鳴り、看守が房内を覗いたときには、すでに遠藤の姿は消えていた。

要するに、わずか三十分のうちに脱獄してしまったということだ。まさに神業としか言いようがない。

遠藤は素性も経歴もはっきりしない。すでに絶家しているとかで戸籍の有無もわからない。そもそも看守たちですら遠藤が何の罪で入獄しているのかさえ知らされていないほどなのだ。黙忌一郎ほどではないにしても、遠藤もまた非常に謎めいた囚人の一人といっていい。

彼の素姓を知る、多少手がかりめいた材料はある。同囚の男が、かつて遠藤がとあるサーカスで空中ブランコをしているのを見たことがある、と洩らしたのだという。真偽のほどはさだかではないが、もしそれが事実であるなら、遠藤の超人的な体術がいかに養われたかも説明がつこうというものである。

たんに身が軽いばかりではない。これもやはりサーカスで培われたものなのか、奇術というべきか、魔術というべきか、遠藤はふしぎなまでに指先が器用であるらしい。

そもそも遠藤は合鍵を使って刑務所を脱獄したらしいのだが、そのこと自体がすでにして一つの魔術といっていい。一日に一度、房内、および着衣は検査される決まりになっているのだ。むろん合鍵などただの一度として発見されていない。

それなのに遠藤はどこに合鍵を隠していたのだろう。いや、そもそも、どこから合鍵など入手することができたのか？

いずれにせよ刑務所側にしてみれば、弁解の余地のない失策であることに変わりはない。なにが不祥事といってこれほどの不祥事もない。できるだけ表沙汰にしたくないと考えるのは当然だろう。

事実、刑務所側では内々で処理したいという心積もりがあったようだ。なにしろ塀は高いし、監視所での看守の警戒もある。房を脱獄できたからといって容易に外に逃げられるものではない。

それもあってか刑務所側では、遠藤はまだ刑務所内に潜んでいるのではないか、と疑っているらしい。だとすれば一両日中に見つけることも可能ではないか。そのことに一縷の望みを託していたらしい。内密のうちに刑務所内の探索を進めていた。

そこに外部者である志村が現われたのだから、さぞかし迷惑なことだったにちがいない。が、こうなったのではもう隠しだてすることはできない。

渋々、志村を現場検証に立ち会わせることにしたようなのだが……

〝小菅刑務所〟をほかの刑務所と同列に論じることはできない。

たとえば代々木の衛戍刑務所などは伝馬町の牢を移築したもので、いまだに古い格子造りがそのまま使用されている。さすがに代々木の衛戍刑務所は時代錯誤もはなはだしいが、じつのところ他の刑務所も似たりよったりといっていい。

それらの刑務所に比して〝小菅刑務所〟は清潔で明るい建物である。そのことは独房も変わりない。

壁も天井も白い。三畳ほどの板敷きの真ん中に半畳ほどの厚い畳のような茣蓙《ござ》が敷かれてある。寝台は造りつけの鉄製で壁に取りつけられ横に立てかけられていた。敷き布団は一枚、その下に畳が敷かれている。

窓際に小さな戸棚が設えてあって、そこに洗面台がある。洗面台には蓋があり、そのうえで食事、読書ができる。便器は蓋をすれば、そのまま腰掛けになる。

すべてにわたって非常に合理的な造りになっている。それだけにここから脱獄するのは至難のことであろう。

にもかかわらず、いかにして遠藤は独居房から脱獄することができたのか。

所長、看守長の指揮のもとに、何人かの看守が一斉に現場検証にとりかかった。

独居房を隅から隅まで徹底的に調べる。

鉄格子を一本一本点検する。戸棚を壊してしまう。ついには敷いてある茣蓙をバラバラにほぐしてしまう。

一日一度の房の点検の際にも、茣蓙を取って、その下の床を見てみるという作業は怠らなかったという。が、なにぶんにも毎日のことであり、床に目を近づけて、丹念に観察するということまではしなかった。

しかし今回は違う。看守たちは必死にならざるをえない。

それこそ床を舐めんばかりに這いまわったのだが——その甲斐あって、板の表面にかすかに金属のクズが残っているのがわかった。

どうやら、それこそが合鍵の削りカスであるようなのだが、しかし、この独居房のどこにも金属などというものはない。外から持ち込んだにしても、どうやって一日に一度行われる看守の検査の目を逃れることができたのか。

それまで看守たちの現場検証を静観していた志村だが、さすがにこのときばかりは口出しせずにはいられなかった。

「金属の削りカス……しかし、遠藤はどこからそんなものを独居房に持ち込んだのですか。この刑務所のどこにそんなものがあるというのですか」

看守たちのなかでその質問に応じる者は誰もいなかった。誰もが無言のまま互いに顔を見あわせるばかりだった。

「この小菅刑務所から脱獄するなんてことができるはずがない」やがて所長が青ざめた顔で、あながち冗談とばかりも思えないような口調で言った。「遠藤は忍術でも使ったんじゃないかね」

二

二階、図書室の隣りに事務室がある。いつもはそこに領置、用度、庶務、経理などの諸係が詰めているということである。

領置係は受刑者の私物を預かり、用度係は所内の用度品を管理する……要するに刑務所の雑務を担当する者たちが、この事務室に詰めているわけなのだろう。

が、このときには——多分、遠藤の脱獄騒ぎのために——誰もおらず、ただ入り口のところに官本の入った行李が幾つも積みあげられているだけであった。

黙忌一郎は文撰工ばかりではなしに図書係も兼務していると聞いた。送られてきた官本の整理をしているのだという。今日も新しい本が送られてきたために事務室に来る予定になっているのだという。

志村は事務室で黙忌一郎が現われるのを待つことにした……

すでに独居房の現場検証は終わっている。結局のところ、合鍵を使って逃げたらしい、ということが判明したのみで、それ以外にはさしたる収穫がなかった。手掛かりは皆無といっていい。

看守たちはやむをえず何の当てもなしに手分けして刑務所のなかを捜索することにしたらしい。

が、捜索するといっても、なにしろ小菅刑務所は六万坪もの土地を擁している。運動場もあれば農場もある。懲役囚たちの各作業場もある。遠藤がその気になれば隠れるべき場所には事欠かないだろう。遠藤の捜索は困難が予想された。

志村は警視庁・特高部に奉職している身である。知らないのであればともかく、知ってしまった以上、刑務所側がいつまでも遠藤の脱獄を当局に連絡しないのを放置しておくわけにはいかない。

責任を追及されるのを恐れて、刑務所側が遠藤の脱獄を内々に処理したい、と願うのは理解できる。理解はできるが——だからといって、それをそのまま認めるわけにはいかない。

志村は時間を切ることにした。九時までは待とう。それまでは遠藤の脱獄のことを知らないふりをしよう。

九時まで待って、それでも発見されない場合には、すでに遠藤は刑務所外に逃げた、と判断せざるをえない。ただちに所轄警察署、および警視庁に連絡しなければならない。

志村としては、遠藤の身柄を確保するのに全力をそそぐのと同様に——いや、それ以上に、一般市民の安全も期さなければならない立場なのだった。

ただちに第一号非常線の配置を緊急指令し、各巡査派出所にその旨を通達しなければならない。第一号非常線は最も狭い範囲での非常線配備を意味する。小菅刑務所を中心としてこの一帯を包囲する非常線を張ることになる。

それにはぎりぎり九時まで待つのが限界だろう。それ以降になると、そもそも非常線を張ったところで、無駄ということになりかねない。遠藤はすでにその範囲外に脱出してしまっているかもしれないのだから。

「……」

志村は事務室でひとり待っている。默忌一郎が現われるのを待っているのか、それとも無為に九時になるのを待っているのか、それは自分にもわからない。

ただ柱時計の、チッ、チッ、チッ、という音だけが、執拗に耳を刻んで残されるのだった……

事務室に一人の男が顔を覗かせた。

体格のいい男だ。看守の外套が膨れあがっていまにも張り裂けそうなほどだ。じろりと志村のことを見た。その視線がいかにも陰険そうである。

「まだ遠藤は見つかりませんか」

と志村がそう質問したのに、ああ、と曖昧に言葉を濁し、そうだともそうでないとも明確に返事をしようとしない。看守の身であれば、やはり不用意に脱獄囚の話をするのははばかられる気がするのだろう。すぐにドアを閉ざして引っ込んでしまう。

志村は柱時計を見つめた。このときにはもう八時四十分になっている。

「……」

柱時計から電話に視線を移し、ため息をついた。

あと二十分足らずの時間で遠藤が刑務所内で発見されることはまず望めそうにない。すでに遠藤は刑務所の外に脱出してしまったのにちがいない。そうであれば、警察署に電話をし、第一号非常線の手配を考えなければならない。

——さて、と……

志村はその手順を考える。

この地域は荒川の広い河川敷を擁している。そこに効果的に非常線を張るのには相当の人数を要するだろう。一警察署だけでは人員が足りないかもしれない。もしかしたら、ほかの所轄警察署の応援を求めなければならないのではないか。

さすがに志村からじかに警視庁に連絡するのははばかられる。警視庁に勤続している人間が、囚人の脱獄を知っていながら、どうしてそれを報告するのを怠ったのか——そのことを咎められれば弁解の余地がないからだ。それを避けるためには警視庁には刑務所側から連絡してもらわなければならない。

九時まで二十分足らず……わずかな時間ではあったが、それまでを無為に過ごさなければならないとすると、それが妙に手持ちぶさたに思える。

所在ないままに机の上に投げ出されている書類を手に取る。菊版数枚ほどの紙がこよりで綴じられている。表紙と裏表紙は厚紙になっている。その表表紙に赤いインクで、

感想録

と書かれてある。

「……」

志村は目を瞬《しばたた》かせた。どうして、ここにこんなものがあるのだろう。あるはずがないのに……何か自分が非常にありえないことに接したかのように感じた。

すでに真内伸助の「感想録」は終わっていたはずではないか。最後はこんな一文でしめくくられていたはずである。

そのあとすぐに地方裁判所検事の一行が到着して、前後して到着した警視庁の人たちと一緒に現場検証《げんじょう》に取りかかったのでした。

それを読んで、それではいったんは警視庁は〝乃木坂芸者殺人事件〟の捜査に手をつけているのか、とそのことを意外に感じたのを覚えている。

地方裁判所検事も到着し、ともに現場検証を行っている……ということであれば、それは要するに正規の手順を踏んで捜査が始められたわけなのだろう。それなのにわずか二ヵ月たらずのうちに〝乃木坂芸者殺人事件〟の捜査は打ち切りになってしまったというのだろうか。

いや、打ち切り、などという言葉でそれを表現するのは、あまりに穏当にすぎるかもしれない。すべての記録から抹消されたといったほうがより事実に近いのではないか。新聞にさえ一行たりとも報じられなかった。まるで照若という芸者が殺された事件などそもそも最初から起こらなかったようなのだ。そう、そんな事件はなかった……

志村にしたところで備忘録に触れたり、真内伸助の「感想録」に接することがなければ、〝乃木坂芸者殺人事件〟のことなど知らないままであったろう。

黙忌一郎は執拗なまでに〝乃木坂芸者殺人事件〟のことを志村に知らせようとしている。なぜ、そうまでこの事件にこだわっているのか、どうしてそれを志村に知らせようとしているのか、忌一郎の真意はいまだにわからないままなのだが——

いずれにせよ、刑事課の誰一人として〝乃木坂芸者殺人事件〟は担当していないし、多分、裁判所にも一切その記録は残されていないにちがいない。しかし、これはどういうことなのか？　市井の、ありふれた、多分、情痴のもつれによる一殺人事件が、どうしてここまで徹底して抹消されなければならないのか。いったい、どこの誰に〝乃木坂芸者殺人事件〟をこうまで偏執的にもみ消す必要があったのだろうか……

その疑問は疑問として——

真内伸助の「感想録」を読み進むにつれて、いっそうトンカツ屋で見かけたセキグチが〈猫床〉の関口ではないか、という確信が強まるのを覚える。「感想録」での関口の描写はまさにあのセキグチにぴったり重なりあう気がする。セキグチは懐に何か刃物のようなものを呑んでいたが、あれは理髪師の剃刀ではなかったろうか。

そればかりではない。もしかしたら、トンカツ屋に現われた、あの女こそが殺された照若ではなかったろうか。そう推測したところであながち妄想がすぎるとばかりもいえない気がする。

セキグチへの対応からも見てとれたように、彼女の男あしらいの巧みさは、とても素人とは思えない。あの女が芸者の照若であった可能性は高いように思う。

あの女の二重瞼の澄んだ目はいまもありありと志村の記憶に焼きつけられて残されている。男に媚びて生きている女の目ではない。強烈な、見るからに意志的な目であったように思う。

あれは何かを秘めて、何かを耐えている女の目ではないだろうか。何を秘めて、何に耐えているのか。

真内伸助への思いを秘めて、その別離の悲しさに耐えている——と考えたいところだが、どうもそうではないらしい。真内伸助は情緒纏綿たる筆致で照若のことを記しているのだが、客観的に見れば、彼女の彼に対する思いはそれほどのものではないようだ。

どちらかというとくろと女に男が手玉に取られているといった印象が強い。もちろん、それこそが芸者の身すぎ世すぎであって、それを本気にしてしまう客のほうが野暮のきわみなのだとしか言いようがない。

現に照若は遠回しに、

——一人の女に執着するのはおやめなさい。ふられたら潔くおあきらめなさい。ふられて、それでも女につきまとうのは、あなたの男としての価値を自分で貶めることになりますよ……

そう引導を渡しているのだが、真内伸助はそのことに気がついてはいない。いや、内心、気がついてはいるのだろうが、女への未練に理性を喪失し、見て見ないふりをしている。

要するに、照若が何かを秘して、何かを耐えているにしても、それは真内伸助のことではありえない。

あの男が関口であり、あの女が照若なのだとしたら、てるは微妙に〝乃木坂芸者殺人事件〟にかかわっていることになる。いや、かかわっている、とまで言ったのでは言い過ぎかもしれないが、まったく無関係とも言い切れないのではないか。

トンカツ屋で見かけたときの感じでは、てるはセキグチと何らかの知りあいであり、彼を介して、芸者に紹介されたという印象を受けた。多分、てるは山田兵務課長の家をお払い箱になり、セキグチに仕事の斡旋を頼んだのにちがいない。セキグチは照若にてるの仕事口を紹介してくれるように頼んだ。そういうことではなかったか。〈いな本〉と〈猫床〉とは向かい合わせに建っている。関口と照若が顔見知りであっても不思議はない。

志村はいまだにてるのことを気にかけている。あの不幸な少女はいまどこでどうしているだろう。そのことが気にかかってならない。だが、黙忌一郎に依頼された調査に忙殺されて、なかなかてるのことにまで手が回らないのだ。

永田鉄山・軍務局長の葬儀に現われたあの男が占部影道という人物だということはわかった。黙忌一郎から依頼された調査の一つは片づけたわけだが、もう一つ、昭和六年・三月事件において、西田税を橋本欣五郎に引きあわせた人物が何者だったのか、という調査はまだ終わっていない。黙忌一郎によれば、その人物は、十月事件にいたって、幕僚将校と青年将校とを衝突させ、皇軍相撃つ、という内戦状況を生みだそうとしたというのだが……

しかし、てるが〝乃木坂芸者殺人事件〟にいくらかなりとも関わりあいがあるのであれば、多少、無理をしてでも、彼女の消息を探ることができるかもしれない。

もっとも、どうして黙忌一郎が執拗に、志村に対して〝乃木坂芸者殺人事件〟に関心を向けさせようとしているのか、それがわからない。また、どうして〝乃木坂芸者殺人事件〟が官憲当局から完全に抹殺されてしまっているのかもわからないままである。

いずれにせよ黙忌一郎が現われるまでにはまだ間があるようだ。それまでこの「感想録」に目を通しておくのも悪くないだろう。

そもそもこの「感想録」のどこにも筆記者の名が記されていない。これを真内伸助の「感想録」と思うのは、志村のはやとちりかもしれないのだ……

三

感想録

昭和十一年某月某日——

私は、その日、或る決意を持って第三作業場に向かいました。無決囚の若者がほんとうに萩原恭次郎（萩原朔太郎の弟？）であるかどうか、それを早急に確かめる必要にかられていたのでした。

どうも私の胸の底には壺のようなものがあるらしいのです。日を重ねるにつれ、一滴、一滴、名状しがたい疑惑が、その壺に滴り落ちていくのが感じられるのでした。いずれは疑惑は壺からあふれ出ることになるでしょう。あるいは壺はあふれ出る疑惑のために倒れてしまうかもしれない。

そうなったときに私は自分が正常な精神状態でいられるかどうか自信がない。そうなるまえに私は疑惑を晴らしておかなければならないのでした。

無決囚の若者はほんとうに萩原恭次郎なのでしょうか。それとも、そうではないのでしょうか？　確かに、私はときの記憶がぼんやりとしていて曖昧なのです。何かそれが自分ではなしに人が体験したことでもあるかのように、全体に記憶が翳のようなものにうっすらと閉ざされているのを感じます。その翳のなか、乃木坂に萩原恭次郎の人影だけがひっそりと動きまわっているのですが、どうにもそれが無決囚の若者と同一人物であるかどうかを特定することができずにいるのでした……

我々はそのとき昼食を取っていました。刑務所側では午前中の仕事が終わったからといって、いちいち囚人を房に戻したりはしません。そのつど粗末な机と椅子を引きずり出してきて、作業場内で、組ごとに食事を取るのがならわしになっていました。

私が食事中に〝乃木坂芸者殺人事件〟の話をすることにしたのは、それに対する無決囚の若者の反応を確かめたいと思ったからに他なりません。反応を示すにしろ、白ばっくれるにせよ、そのときの彼の表情から何がなし読みとれるものがあるにちがいない、とそう思ったのでした。

「女将《おかみ》の話によれば、萩原恭次郎の姿は頻繁に、乃木坂、赤坂あたりで見かけられたらしい。それだけ萩原恭次郎は照若に執心だったということだろう。照若にしてみればさぞかし迷惑だったにちがいない。照若が殺害されてからというもの、恭次郎はバッタリその界隈には姿を見せないようになった。だから——」

だから何なのか……私はあえてそのあとの言葉を口に

はしませんでした。ですが、だから自分は萩原恭次郎が照若を殺したのではないかと思っている、という言葉を言外に込めたつもりでした。それを無決囚の若者が読み取れないわけがありません。さあ、これに大して彼はどんな反応を示すでしょうか。

ところが――

若者の反応はあまりに思いがけないものだったのです。あろうことか、彼はいきなり笑い出したのでした。

ひとしきり笑ったのちに、

「いや、失礼しました。あなたがあまりに突拍子もないことをいうものだから、つい噴き出してしまいました」と若者は言って、「たしかに萩原恭次郎は実在の人物です。しかし、その照若という芸者さんに熱心だった人物とは別人ですよ。どうしてその人物が萩原恭次郎の名をかたったのかまではわかりませんが……いや、もしかしたら、その人物は萩原恭次郎のことを職務で見張っていたのかもしれない。それで萩原恭次郎と同化してしまったのかもしれない」

「萩原恭次郎と同化してしまった……」

私には彼が何を言っているのか理解できませんでした。見張っているうちに同化してしまうというのはどういう意味なのでしょう。

「それに萩原恭次郎が萩原朔太郎の弟だというのもデタラメのきわみです。そんな事実はありません」

これには納得できなかった。反論せずにはいられませんでした。

「しかし、何日かまえに活字を拾った萩原朔太郎の文章はどうなるのですか。明らかにあの文章では萩原朔太郎は恭次郎のことを自分の弟だとそう書いている」

「何日かまえの文章……」

若者はちょっと首を傾げましたが、すぐに合点がいったように頷いて、

「ああ、あれはまだ完全には活字を拾いきってはいなかった。だから恭次郎が朔太郎と兄弟でもあるかのような誤解を与えることになってしまった。あれはじつはこういう文章なのでした」

若者は手近にあった紙を取り、そこにサラサラと鉛筆を走らせたのでした。そして、それを私に見せました。

そこにはこう書かれてあったのでした。

　萩原恭次郎君と僕とは、偶然にも同じ上州の地に生れ、しかもまた同じ前橋の町に生れた。多くの未

知の人々は、しば〳〵誤つて僕等二人を肉親の兄弟だと思つてゐる。それほどにも偶然の故郷を一にした我々二人は、芸術上に於ても、多少また何等か共通の点がないでもない。前の『死刑宣告』の詩的本質から、かつて僕はその一部の共感を感じて居たが、今度の『断片』を読んでもまた同じく或る点で共通を発見し、芸術的兄弟としての親愛を一層深めた所以である。

「これは萩原朔太郎が同郷の詩人である萩原恭次郎の『断片』という詩集を評したものです。『萩原恭次郎の二詩集』という題名がつけられています」

「し、し、しかし、あんたは……」

私が咳き込むように何か言いかけるのを手で制して、

「わかっています。あなたはぼくとあの掏摸《すり》との話を聞いて、ぼくが萩原恭次郎その人だと思い込んでしまったのですね。これは申し訳ないことをしてしまいました。しかし、あの掏摸が、かつて岐阜の下呂温泉で豪遊をしたのを一つ話にしていたのを思い出してください。下呂温泉の近くには〝萩原〟という町がある。その町のことを思い出してとっさに萩原という姓を名乗ってしまったのです。名前の恭次郎、のほうですが、これは多少、ぼくの本名が似たところがある、その音の響きだけできみはぼくの名を萩原恭次郎として聞きとってしまったのではないですか。ぼくは萩原忌一郎と名乗ったのでしたが——」

そこで若者は一拍おいて、

「ぼくの名は、黙忌一郎《もだしきいちろう》、といいます」

萩原恭次郎——

明治三十二年（一八九九年）、現在の前橋市に生まれ、県立前橋中学校在学のころから、詩作にたずさわる。そのころ白秋門下にあり、すでに頭角をあらわしつつあった萩原朔太郎のもとに出入りするようになる。歳を重ねるにつれ、しだいに抒情的な詩作から離れ、破壊的でダダ的な詩作にはげむようになる。大正十一年（一九二二年）に上京。大正十四年に発表した『死刑宣告』によって、一躍、アバンギャルドな未来派詩人、ダダの詩人として、注目されることになる。昭和三年、妻子とともに前橋に帰郷、煥乎堂書店に就職する。昭和六年に詩集『断片』を発表、さらに昭和十年十月に発行された『コスモス』の編集にたずさわる……。

以上は黙忌一郎が私たちに教えてくれた萩原恭次郎という詩人の経歴でした。要するに、私が無知だったというだけのことで、萩原恭次郎はすでに名のある詩人であるらしい。

萩原恭次郎のことを知らず、朔太郎の弟だなどと思い違いしたのは、何といっても私の無知のしからしめるところというほかはないでしょう。

整理してみましょう。

ここに萩原恭次郎と称する人物がいて、その人物は照若にひどく執心していたらしい。だからといって、照若をお座敷に呼ぶわけでもなしに、しきりに乃木坂、赤坂界隈に出没し、照若や女将を気味悪がらせていたようです。

私は、この恭次郎のことを照若を殺害した犯人ではないか、と疑っていたのですが、どうもその推理は的外れだったようです。

萩原恭次郎という人物は、前衛的な詩人として、前橋に実在しているのだそうです。むろん朔太郎の弟などではない。

照若に執心し、つきまとっていた〝萩原恭次郎〟は、朔太郎の弟と自称していたその一事だけをとっても、すでに当人でないことは明らかでしょう。

おそらく〝萩原恭次郎〟なる人物は、彼の名前をかたっていただけで、本物の萩原恭次郎とは何のかかわりもないのでしょう。

したがって、

——萩原朔太郎が弟の恭次郎から、現実に乃木坂に起こった奇現象の話を聞いて、「猫町」を書いたのではないか……

という魅力的な仮説はその前提からして破綻しているわけなのでした。

ですが、それだからといって、乃木坂の町で、朔太郎が「猫町」に書いたのと似たことが起こった、という事実までもが消えてしまうわけではないでしょう。

それでは乃木坂の町で「猫町」と似たことが起こったというのはどういうことなのでしょう。そもそも朔太郎は「猫町」で何を書いたのでしょう。

……〝私〟は、帰宅の途中、道に迷って、郊外の屋敷町を幾度かぐるぐる廻ったあとで、ふと或る賑やかな往来へ出ます。

一体こんな町が、東京の何所にあつたのだらう。私は地理を忘れてしまつた。しかし時間の計算から、それが私の家の近所であること、徒歩で半時間位しか離れて居ないいつもの私の散歩区域、もしくはそのすぐ近い範囲にあることだけは、確実に疑ひなく解つて居た。

だが、結局は、〝記憶と常識が回復〟して、それが〝私〟のよく知ってる、〝近所の詰らない、有りふれた郊外の町〟に他ならないことがわかるのです。

これと似たことが乃木坂でも起こったのでした。嘘ではありません。そんなことで何で嘘いつわりなど申しましょう。

たしかに見慣れているはずの乃木坂の町が魔法のように不思議な町に変化したのでした……

そして、それは絶対に〝方位の錯覚〟などという陳腐でありふれた理由から生じたことではありません。その奇現象は朔太郎が「猫町」で明かしたように安易に説明できることではありません。そんな生易しいものではなかったのでした。つまるところ、その奇現象は、照若が殺された事件にも深くかかわっているように思えるのです。

多分、萩原朔太郎が暗示したように、乃木坂の町にも〝事物と現象の背後に隠れてゐるところの、或る第四次元の世界――景色の裏側の実在性――〟を仮想する必要があるのではないでしょうか。おそらく、実在の乃木坂の裏側に、第四次元世界の乃木坂が黒々と横たわっているのに相違ありません。

あの日――

萩原恭次郎を名乗る人物は私の尾行を逃れて、第四次元世界の乃木坂にスルリと入り込んだのでしょう。そして実在の世界の裏側を通っている第四次元の隘路をくぐり抜けて、照若の居室に姿を現わしたのではないでしょうか。そして照若を殺害した後に、また第四次元世界に消えていった……

「実際、そうとでも考えなければ、あの密室状態の二階・座敷で、いかにして犯人が凶行に及んで、かつ逃げのびることができたのか、それをよく説明することはできないのではないでしょうか」

と私は話をしめくくりました。

私としては十分に理をつくして説明したつもりなので

す。ですが、黙忌一郎はただ沈思しているだけであって、私の話を首肯するでも否定するでもありません。

ややあって黙忌一郎は顔をあげると、私の顔をじっと見つめて、

「ぼくも真内伸助の「感想録」を読んで大体の事件のあらましは理解しているつもりでいますが――」

と言ったのでした。

「そのうえでどうにも理解できないことがあるのです。それは誰かが摺り上げ障子の出格子に剪定鋏を投げたということなのです。出格子の隙間は狭い、剪定鋏をどこかから投げたとして、それが格子の隙間をすり抜けるなどということは狙ってできるものではない。そんなふうな不確かな手段をもって人が人を殺そうとするものでしょうか」

たしかに摺り上げ障子に剪定鋏を投げてそれが出格子をすり抜ける可能性はきわめて低いといっていいでしょう。

誰かがたまたま剪定鋏を座敷に投げ込んだのを、二階・座敷にいたべつの誰かが僥倖とし、それを使って凶行に及んだ……状況的にはそう考えるしかないのですが、そしてそれが非常に不自然な状況であることは認めざるをえないのですが……不自然であろうがなかろうが……

「でも、現に照若はそうして殺されていたのだから、それを受け入れるしかないのじゃないですか」

私がそう言うのには、黙はただ頷いただけで、何の論評を加えようとはせずに、

「それに、もう一つ、ここで解決しなければならないことは、その剪定鋏がどこからやってきたのか、ということでしょう。それがわかれば、そのときに剪定鋏を投げることができた人間が誰だったか、それもわかろうというものですからね」

そう言って、意味ありげに私の顔をジッと見つめたのでした。

「ぼくが殺したとでもいうんですか」これには私はさすがに気分を害さずにはいられませんでした。自分ではそのつもりはなかったのですが、つい抗議するような口調になってしまいました。

「この際、どんな可能性も排除するわけにはいきませんが、多分、そうではないでしょう」黙はそれにはかぶりを振って、「あなたが誰であるにせよ、そのときのあな

たに剪定鋏を投げることなどできるはずがない」

「あなたが誰であるにせよ？……何をバカなことを言っているんですか。ぼくは真内伸助だと最初からそう名乗っているじゃありませんか」

「真内伸助……そうでしょうか。そう、多分、そうかもしれない。ですが、それと同時にあなたは萩原恭次郎でもあったんじゃないですか。いや、萩原恭次郎と名乗った男と言いかえたほうがいいかもしれない」

「なにをバカなことをいっているんですか。どうしてぼくが萩原恭次郎などであるものですか。ぼくは真内伸助であって、それ以外の何者でもありませんよ」

「そうではない、それがすなわちドッペルゲンガーのドッペルゲンガーたる所以であるわけでしてね」と忌一郎はどこか悲しげな口調でこう言ったのでした。「その証拠にあなたは言葉の端々にここで活字の文撰をしているのは三人だとしきりにそれを強調している。あなたと、ぼく、それに真内伸助の三人だと……たしかにかつては三人でした。しかし、いまはもうあなたとぼくの二人しかいない。真内伸助という人物はもうどこにもいないのですよ」

「ドッペルゲンガーって何のことですか。何をバカなことを言ってるんですか。どうして真内伸助がもうどこにもいないなどということが言えるのかな。真内伸助はここにいる。現に、ぼくがここにこうしているじゃないですか」

「おわかりにならないのですか。たしかにあなたはそこにいる」と忌一郎はあいかわらず悲しげな口調で言って、「でも、あなたは真内伸助ではない。あなたは遠藤平吉なんですよ」


——おわかりにならないのですか。たしかにあなたはそこにいる。でも、あなたは真内伸助ではない。あなたは遠藤平吉なんですよ……

黙忌一郎のその言葉に私……俺……は強い衝撃を受けた。

　まえにも述べたと思うが、そのとき俺たちは第三作業場で昼食をとっていた。窓には鉄格子が塡っていて、コンクリートの低い塀で視界がふさがれていた。

　むろん窓からは見えないが、塀の外には荒川が横たわっていて、そこに仰ぐ空は広々と明るいはずだった。その明るい空がふいに鈍灰色に翳ったかのように感じられた。なにか重くて暗いものが頭上にのしかかってきたかのようだった。

　俺の両手の下に置かれた木机が音をたてて小刻みに揺れていた。アルマイトの食器がカタカタと鳴っている。そのことを意識の縁にぼんやりと意識していた。

　——地震だろうか。

　うかつな話だが、そのときの俺は本気でそう思ったほどだ。まさか自分の指が震えているなどとは考えもしなかった。

　要するに、それだけ俺の衝撃が大きかったということだろう。そのときの俺は机や食器どころではなかったのだ。それどころではない。

　——おれは遠藤平吉？　真内伸助ではなしに？

　なにしろ俺はこれまで自分のことを真内伸助という若者だと思い込んでそのことを微塵も疑おうとしなかった。

　いつから？　それはわからない。気がついたときにはそこに自分を真内伸助と信じて疑おうとしない俺がいた。俺のなかで、俺という人間は完全に消滅してしまっていたのだった。

　ほんの数分前まで、真内伸助の実在感はそのまま俺の実在感でもあって、両者は寸毫《すんごう》の狂いもなしにぴたりと重なりあっていた。それがいま、別人だとわかったとたんに、真内伸助の存在が紙のように薄くなって、ひらひらと自分から剝がれていくのがわかった。

　あとに残されたのはどこの誰とも知れない自分なのだ。しょせん遠藤平吉などという名前は記号にすぎない。そんな記号を与えられたところで、俺がどこの誰とも知れない人間であることに変わりはない。

　——人間とはこんなに頼りないものなのか。自分とはこんなに空虚なものなのか。これほどあっけなく崩れ去ってしまうものなのか。

　俺はそのことに呆然とせざるをえなかった。そう、人間とはこうも頼りなく、空虚なものであり、かくもあっけなく崩れ去っていくもののようだった。

　それなのに人は自分が自分であることに安住してその絶対的な存在であることを微塵も疑おうともしない……その無邪気さが自分でも信じられないほどだった。

　どうして俺は自分を真内伸助などという赤の他人に擬してしまったのか……俺はそのことに愕然とし、ただもう動転せずにはいられなかった。

　むろん何をどう思い込もうと、俺が真内伸助などであるわけがない。俺は——

——誰なのだろう？

自問した。真内伸助という名前を剝ぎとられたあと、そこに残る俺は何者なのか？　遠藤平吉という記号は何も意味しない。真内伸助という名前を剝ぎとり、遠藤平吉という記号を無視し、そのうえでそこには何が残るのか？　そう自問せざるをえなかった。こともあろうに、その答えは、

——俺は誰でもない。

というものだった。

冗談ではない。誰でもない人間などこの世にいるものか！　俺は一瞬のうちにシュンと音をたてて口のなかから唾液が引いていくのを覚えた。

こんなことがあっていいのか。俺は自分の名前を思いだせないのだ。狼狽せずにはいられない。誰であれ、こんな状況に置かれて、そのことに狼狽しない人間はいないだろう。それこそ気も狂わんばかりに狼狽せずにはいられないはずなのだった。

そのときの俺は文字どおり自分のすべてを喪失していた。これ以上に虚ろな人間はいないだろう。虚ろな人間が、虚ろな表情に、虚ろに恐怖の色を浮かべ、虚ろに震えているのだった……

黙忌一郎はそんな俺のことを興味深げに凝視していた。

「おれは……」

俺が虚ろに口走ると、黙忌一郎はハイと頷いて、

「あなたは——何でしょう？」

と言い、先をうながすように、あらためて俺の顔を見つめるのだった。

「おれは」

「ええ、あなたは」

「おれは……」

——どうしたんだ？　何を答えるのを躊躇している。俺は何者なのか。

手のひらに汗をかいていた。じっとりと冷たい汗だった。何ということだろう。いまとなってはその汗さえも誰のものとも知れぬ汗なのだった。

俺の胸の底に名も知れぬ鳥のようなものが何羽も巣くっている。その鳥のようなものが何かに動揺し一斉に飛びたった。ぐわぁぐわぁと鳴いた。その鳴声はそのまま俺の悲鳴であり、その羽ばたきはそのまま俺の孤独に他ならなかった。その名も知れぬ鳥たちを名づけるのだとしたら、多分、〝恐怖〟という名こそがふさわしいのではないか。

「……」

俺は鳥たちが飛び去っていく意識の地平をそれこそ必死になって凝視していた。見つめつづけるうちにそこにポツンと雲のようなものが浮かぶのがかろうじて見てとれた。

多分、その雲に俺の名が隠されている……そんな妙な確信めいたものがあった。その雲を見つめる以外に俺に何ができたろう。その雲をジッと凝視した。俺の名は——

——

——萩原恭次郎

という名なのだった。

そうだ。どうして忘れていたのだろう。その名は真内伸助の「感想録」に繰り返し登場してきた名前ではなかったか。そう、たしかに、しかし……

——萩原恭次郎……

それが自分の名であることはかろうじてわかるのだが、だからといってぴったり身になじんで感じられるというわけでもない。なにより萩原恭次郎という人物が、娑婆のどこでどんなふうにして生きてきたのか、どうして入獄することになったのか、それがすこしも思い出せないのだ。

「おれは……萩原、恭次郎……」

それでも俺はその名にすがるようにしてつぶやかざるをえない。

真内にも、照若にも、きわめて希薄な印象しかもたらさなかった萩原恭次郎……いみじくも〝群衆の人〟と評された萩原恭次郎……なるほど、自分という人間をこれほど簡単に喪失してしまう俺であれば、その印象も希薄なものにならざるをえないだろうし、群衆のなかにたやすく埋没してしまうのも不思議ではない。

が、萩原恭次郎という名は俺のなかにどんなリアリティも引き起こさない。徹底して現実感が希薄だった。その名の響きから現実に生きたあかしのようなものが導き出されることは一切ない。その名はやはり記号以上のものではなかったし、その記号に俺のなかの何かが奮い起こされるようなこともない。それにしても……

——どうして俺は自分のことを萩原恭次郎ではなしに真内伸助などと思いこんでいたのか。

その疑問は何度もくり返される。

そもそも真内伸助とは何者なのか。ほんとうに彼——真内伸助は〈いな本〉の照若という芸者が殺された事件に関わりあっているのだろうか。なにより、そんな事件がほんとうにあったのだろうか。

「……」

俺は忌一郎の目を見た。自分では自分がどんな顔をしているのかはわからないが、多分、すがるような目になっていたのではないかと思う。いや、事実、すがった。教えてください、と懇願した。懇願せざるをえない。

「真内伸助とは誰なんでしょうか。萩原恭次郎とは誰なんでしょうか。遠藤平吉とは誰なんでしょうか」

自分が誰だかわからない。そればかりか、自分がいままでその当人とばかり思っていた真内伸助という人物が、どこの何者であるかもわからない。俺はいってみれば三重の意味で自分を喪失していたのだった。それがどんなに恐ろしいことか、実際に体験した人間でなければわからないだろう。

人は、自分自身を見失う、とこともなげに言う。何でもないことのように言う。だが、それが比喩的表現にとどまらずに、いざ現実のものとなったとき、いかに途方もなしに恐ろしくて残酷なものであるか。決してそのことに思いを馳せようとはしない。そもそも想像を絶したことなのだった。

「……」

忌一郎はそんな俺のことをじっと見つめていた。気の毒そうに、と言いたいところであるが、じつのところ彼の俺を見る目にはなにかしら冷淡な色があるようだった。冷淡な——いや、いっそ冷酷なといったほうがいいかもしれない。その目には何か仮借ないものが秘められていた。暗黙のうちに私を責めていた。非難していた。そのことがはっきり感じられた。

責められ、非難されて、俺は恥じ入るばかりなのだが……そしてそのことに当惑させられるばかりなのだが……その当惑にさらに輪をかけることになったのは——

俺には罪悪感だけがあって、それが何に対する罪悪感なのか、自分がどうして責められなければならないのか、見当もつかないというそのことだった。何を非難され、何を恥じいらなければならないのか？　俺にはそのことがわからない。

「真内伸助は」ややあって忌一郎が静かな声で言った。「すでに死にましたよ。縊死《いし》したのです」

——真内伸助はすでに死にましたよ。縊死したのです。

忌一郎の言葉には奇妙に腑に落ちるものがあるようだ

った。ストンと胸の底に転がってそこに落ち着くのが感じられた。

そうなのだった。真内伸助は死んだのだった。それもつい数日まえに葬儀を終えたばかりではないか……

もっともそれは葬儀の名に値するようなものではなかったかもしれない。人はあれほど安直に葬られていいものではない。

線香の煙りが一筋、二筋……刑務所の霊安室に安置された遺体のまえで教誨師が簡単な読経をした。その死に顔が仮面めいて非常に硬質なものに感じられた。白墨のように白く粉をふいていた。その顔はいまも写真のように鮮やかに俺の網膜に焼きつけられている。

——南無阿弥陀仏……南無阿弥陀仏……南無阿弥陀仏……

教誨師の読経はいかにも単調におざなりで（石炭ストーブが妙に温かかったこととあいまって）無性に眠気を誘うものだった。遺体が安置されているというのに霊安室をこんなに暖かくしておいてもいいのだろうか……そのことばかりが気にかかった。

第三作業場で文撰工の仕事をともにした者が何人か焼香をした。看守も含めて、四、五人が焼香を終えると、もうあとにつづく人間は一人もいなかった。なにが淋しいといって、これほど淋しい葬式は、あとにも先にも記憶にない。

家族が一人もいないとかで遺体は大学病院に引き取られていった。そのあとは医学生の実習のためにバラバラに腑分けされたことだろう。とっくに焼かれたにちがいない。

刑務所における葬儀ほど散文的で情感に欠けるものはない。人が死ぬというのは、要するにただの終わりにすぎず、それ以上でも以下でもない、ということが残酷なまでに実感される。

それだけのことだった。それですべてが終わりであるはずだった。

いや、俺にとってはそれですべてが終わりというわけにはいかなかった。何ひとつ終わってなどいない。そう、たしかに真内伸助は縊死したのだろうが、断じてそれですべてが終わったわけではない。そんなことがあってたまるものか。

真内伸助は照若という芸者をあきらめきれずにつきまとった。彼はまぎれもなしに実在した。そして、そうであるかぎり、〈いな本〉という置屋で芸者が殺害されたのもまたまぎれもない事実であるわけなのだろう。その信憑性まで疑ったのではこの世の正気が失われてしまう。物事の条理がすべて損なわれてしまう。ハムレットではないが、この世の関節が外れてしまう。それには何の嘘もない、と思いたい。いや、思わなければならない。

であれば——

萩原恭次郎、という得体の知れない男が——つまり、俺、だ——、乃木坂、赤坂周辺に頻繁に出没したのも、事実として受け入れるべきだった。

もっとも得体が知れないといっても、萩原恭次郎は決して朔太郎の弟などではないし、そもそも前橋の同名の詩人とは何の関係もない。

萩原恭次郎——という名前は偶然に姓名が一致するようなありふれた名ではない。乃木坂、赤坂に出没した俺が萩原恭次郎の名をかたったと考えるべきだった。が——

——

どうして俺は萩原恭次郎の名をかたらなければならなかったのか。そもそも萩原恭次郎とは何者なのだろう。

俺が人に希薄な印象しかもたらさないのも当然のことだ。なにしろ俺自身が自分のことを何一つわからずにいるのだから……俺自身が自分のことを何一つ記憶していないのだから……自分でも歯がゆくなるほどに俺は存在感の希薄な男なのだった。

「……」

俺はなにか非常に重要なことを忘れているのだった。それも絶対に忘れてはならないことを忘れている。それを忘れてはならない、という禁忌のみが頭のなかにあって、それがそもそも何を対象にしたものであるのか、その手がかりの一端さえ得られずにいるのだった……

思うに、なにか俺の頭のなかに記憶をせきとめる堰《せき》のようなものがあるのではないか。そんな気がする。多分、そのせきとめられた堰には俺の過去の残骸が漂流物となって引っかかっているのだろう。もし俺に過去というようなものがあるのであれば……過去という名に値する、なにか確かなものがあるのであれば……

そのときのことだ。前後に、何の脈絡もなしに、ふと俺の脳裡をこんな詩が過《よ》ぎったのだった。思いがけないことに——

遠夜に光る松の葉に、
懺悔の涙したたりて、

遠夜の空にしも白ろき、

萩原朔太郎の「天上縊死」だった。それはすぐにわかった。『月に吠える』に収録されている。わずか数行の、短い詩であるから、俺がそれを諳んじていること自体は何の不思議もないかもしれないのだが。

天上の松に首をかけ。
天上の松を恋ふるよりも、
祈れるさまに吊されぬ。

それは何とも奇妙な体験だった。頭のなかの堰が壊れたのだろうか。そして、そこから記憶の一部が流失したのだろうか……そう思いたくなるほどに、それはあまりの唐突さであった。

あるいは単純に萩原恭次郎から朔太郎を連想しただけにすぎなかったかもしれない。それともたんに真内伸助が縊死したと知らされたことから生じた連想でもあったのか。

どこか意識の一部が壊れて真っ白になった印象があった。その虚ろにさらされた意識のなかに「天上縊死」が響いていた……俺は自分でも気がつかずに「天上縊死」をつぶやいていたらしい。

忌一郎はそんな俺を、

「……」

ジッと見つめていた。何かを見きわめようとするかのように……が、忌一郎に、いったい俺の何を見きわめる必要があるのか、それはわからない。やがて、ため息をつくように、まさに、という。

「真内伸助はそんなふうにして縊死したのですよ。祈れるさまに吊されぬ——そんなふうにして獄中で縊死した。まさにそうなんですよ。萩原恭次郎さん、あるいは遠藤平吉さんといったほうがいいでしょうか……」

——遠藤平吉。

その名に違和感があるかと問われればわからないと答えるしかない。そう、わからないのだ。

遠藤平吉という名の響きには、萩原朔太郎という名の響きとおなじ程度には、俺のなかに呼応するものがある。それは言いかえれば同じ程度にしか呼応しない、ということでもあるだろう。

要するに自分の名のようであって自分の名のようではない。さして違和感があるわけでもないし、なにかしら特別に馴染むものを感じるわけでもない。多分、俺は自分が遠藤平吉であろうが萩原恭次郎であろうがさして変わりがないと思っている……

人は自分が記憶を喪失していると知ったときには衝撃を覚えざるをえない。それは当然のことだ。

が、その一方で、自分が誰であって、失われている記憶が誰のものであろうとも、さして違いがない、と思っている——と、そのことに気づかされるほうがよほど大きな衝撃を受けるのではないか。

自分を喪失していると知らされるそのことよりは、喪失しても変わりがないほどの自分しかいない、と思い知らされることのほうが何倍も……

俺はそもそも何者なのか？　この世から失われても、喪失されたあとに何の痕跡も残さないほど存在感が希薄な人間……それでも俺は自分が何者かでありうると主張することができるのか。

「おれは乃木坂の殺人事件にどう関わりあっていたのだろう。おれはどうして萩原恭次郎だったのか。それに——」

「それに？」

「真内伸助はどうして獄中で縊死などしたのだろう。おれはそのことに何か関係があるのだろうか」

「関係があるも何も——」

忌一郎がフッと笑う。人によってはそれを皮肉な笑みと形容したかもしれない。

「遠藤さん、萩原恭次郎さん、そもそもあなたが真内さんを殺したのではないですか」

そのとき俺のなかで鋭い刃物のようなものが閃いた。深々と私の肉をえぐって、そこから血が噴き出してきた……嘘ではない。たしかに俺はそれをありありと自分の身に感じたのだ。

自分でもそうと気がつかずに立ちあがっていた。声をあげていた。

俺は悲鳴をあげて逃げだそうとしたのか。多分、そうだろう。だが——

笑ってくれ。俺は刑務所のなかにいたはずではないか。すでに捕らわれていた。ここからどこに逃げようというのか。私に逃げる場所などない。

反射的に立ちあがって、しかし自分にはどこにも逃げだす場所などないことに気がついて、

「……」

きょろきょろと周囲を見まわす。

あまりの愚かさに自嘲するしかない。俺は二重の意味で閉じこめられている。すでにして刑務所と、この第三作業場との二重の意味で——

とうに昼食の時刻は過ぎていた。それはそうだろう。昼食の時間はわずかに二十分しか与えられていない。その短い時間にあれだけの長い話がおさまるはずがない。

奇妙なのは、にもかかわらず、作業が始まっていないそのことだった。それどころか、そもそも第三作業場から囚人たちの姿が消えていた。四十人ほどいたはずの文撰工が一人もいないのだ。

俺はうかつだった。話に夢中になっていて気がつかなかったのだが囚人たちはいつのまにか作業場から退去させられてしまったらしい。ここには俺たちだけしかいない。俺たちと看守たちだけしか……

夕方の傾いて衰えた陽光がわずかに鉄格子の窓に射している。すでに明かりがともっていた。その一灯吊りの電灯のかげに二つの人影がぼんやり浮かびあがっている。入り口に立ちはだかったその二つの人影が看守たちなのだった。

多分、俺たちを監視しているのだろう。いや、そうではない。彼らが監視しているのはこの俺なのだ。黙忌一郎ではない。

忠実な番犬というべきだろうか。黙忌一郎の合図があればいつでも動けるようにそこにひかえている——そんな印象を受けた。

いまさらながらにこの黙忌一郎という若者の不思議さを思わずにはいられなかった。獄内にあって、看守たちを意のままに動かすことのできる無決囚……こんな囚人があっていいものか。その存在のあまりの不思議さに、何かこの世の者ではないような気さえしてくるほどなのだ。

たしかに俺は忌一郎の言葉に興奮して立ちあがった。驚いて、もしくは怒りにまかせて。が、いずれにせよ私には逃げることなどできっこなかったのだ。

必ずしも刑務所のなかにいるから、あるいは二人の看守に監視されているから、とそういうのではない。どこかへ逃げようにもそもそも俺には逃げるべき自分がいない。自分を喪失してしまった人間にどこに逃げるべきところがあるというのか。

「おれが真内伸助を殺した？　いったい何をいい出すん

だ。真内は首を吊って死んだんじゃなかったのか。あんたが自分でそういったんだぜ」

俺の声はかすれていた。怒りのためというより、多分、無力感のために……誰に負けたとも知らず、しかし体のなかにまぎれもなしに刻まれているその敗北感のために……

「真内伸助は獄中で自分で縊死した。たしかにね。だからといって自殺したとはかぎらない。縊死して殺される、ということだってありうる。あなたは自分のことを真内伸助とばかり思い込んでいた。そのことがとりもなおさず、あなたが真内伸助を殺したあかしでもあるわけなんでしょうが」

「縊死して殺される……何をいってるんだ、どういうことなんだ、わからないよ」

俺は混乱するばかりだった。自分でもそうと意識せずに体を机のうえに乗り出して忌一郎の目をじっと覗き込んでいた。多分、そうすることで彼が何を考えているのか、その真意を読みとろうとしたのだろう。もちろん、そんなことで彼の何を読みとれるはずもないのだが。

俺が忌一郎に殴りかかろうとしているとでも思ったのにちがいない。二人の看守が近づいてくる気配を見せた。それを忌一郎は手をあげて制して、その同じ手を俺に向けると、すわるように上下に動かした。

「……」

それにしたがって腰をおろした。自分でも不思議なほど従順にふるまった。

忌一郎に対する反感がないではない。にもかかわらず彼に逆らうことなど思いもよらない。それはなぜか。

忌一郎には自ずからそなわった威厳のようなものがあって、それが人をして彼にしたがわせずにはおかないのだった。それはその若さにはそぐわないもので、どこか超人的なものさえ感じさせた。魔術的な力、とでも言えばいいだろうか。

「あなたは自分のことを真内伸助とばかり思い込んでいた。それがとりもなおさず、あなたが真内伸助を殺したあかしでもある、とぼくは言いました。それがどういうことであるか説明しましょう」

忌一郎はそういうと、あらためて俺を見つめて、

「あなたはドイツ人のいうドッペルゲンガーを知っていますか。いわゆるダブルです。日本語で分身とでもいえばいいでしょうか。自分が二人いる。ポーの『ウイリアム・ウイルソン』とか、ワイルドの『ドリアン・グレイ

の肖像』、スティーブンソンの『ジキル博士とハイド氏』などの怪奇小説で好んで扱われるテーマです」

「ドッペルゲンガー……」

「なにも外国の怪奇小説ばかりではない。萩原朔太郎の『月に吠える』のモチーフがドッペルゲンガーであるのは疑いようがない。その自序にこうあります——月に吠える犬は、自分の影に怪しみ恐れて吠えるのである。疾患する犬の心に、月は青白い幽霊のやうな不吉の謎である。犬は遠吠えをする……江戸川乱歩にしてもまたドッペルゲンガーにとり憑かれた作家といっていい。『双生児』とか『猟奇の果』とかドッペルゲンガーをモチーフにした作品にはことかかない」

「おれが自分のことを真内伸助と思い込んでいたのがそのドッペルゲンガー現象だというのか。しかし、それは納得できない。あんたがいうのはすべて——」

「そう、すべてフィクションのなかでのことです。とりあえずはね。しかし思うに、ドッペルゲンガーは世紀末の病《やまい》なんでしょう。（ある意味では現実にこの東京で進行しつつある病といっていい。）東京は急速な都市化が進行して、すべてが空虚な複製のうちにある。人もものもすべてがドッペルゲンガーにさらされている。そうであれば、あなたがドッペルゲンガーにとり憑かれたとしても何の不思議もないことではないですか」

「馬鹿な。あんたが何をどういおうとドッペルゲンガーは現実のことなんかではない。それはいってみれば神経衰弱のなせるわざだろうよ。そうでなければせいぜいが文学的な修辞にすぎない。どちらにせよ、おれがドッペルゲンガーにとり憑かれているなんていただけないね。言いがかりもいいところだぜ」

「ところがそれを現実のこととして認識した、否応なしに認識せざるをえなかった作家がいる。その作品に〝君や僕は悪鬼につかれてゐるんだね。世紀末の悪鬼と云ふやつにねえ〟と書かなければならなかった作家がいる。それは誰か」

「……」

「いうまでもない。芥川龍之介です。あなたは芥川が最晩年に書いた『歯車』という作品を読んだことがありますか。有名な作品ですからね。読んだことがあるはずだ。いや、よしんば有名でなかったとしても、他ならぬあなたがそれを読まなかったはずはない」

忌一郎はここで妙に含みのある言い方をした。それが気にかかった——何かを意図してのことであったのか、あるいはたんに言葉の運びからそうなったにすぎないのか、それは俺には何とも判断のしようのないことであったのだが。

「……僕は久しぶりに鏡の前に立ち、まともに僕の影と向ひ合つた。僕の影も勿論微笑してゐた。僕はこの影を見つめてゐるうちに第二の僕のことを思ひ出した。第二の僕、——独逸人の所謂《いはゆる》Doppelgaenger は仕合せにも僕自身に見えたことはなかつた……」

忌一郎は『歯車』の一部をスラスラと暗誦した。それから先の何行かを淀みなしに暗誦しつづけた。

さっきは萩原朔太郎の『月に吠える』の序を暗誦した……そのことには驚嘆せざるをえない。この若者の記憶力にはなにか常人離れしたところがあるようだった。超人的な、といおうか。

だが、自分で言うのも何だが、俺の記憶力にしてもたいしたものだった。俺には自分という人間がなく、あまりに虚ろにすぎるからかもしれない。海綿のようにすべてを吸収してしまう。俺はこのとき忌一郎が暗誦した『歯車』の一節にとり憑かれてしまい、このあと何かというと、それを口ずさむようになってしまったのだった……

忌一郎は俺を見ると、

『歯車』が書かれたのは昭和二年の三月のことです。この年の七月に芥川龍之介は自殺している。ぼくが『歯車』を芥川の最晩年に書かれた作品だといった所以《ゆえん》です。たしかに『歯車』は小説ですが、芥川の作品のなかにあっては比較的、私小説的な性質が濃いものだといわれている。この作品のなかにある僕は芥川のことと考えてもさしつかえないでしょう」

「……」

「ですが、この小説の主人公の視界のなかには、絶えず半透明の歯車が回っている、という記述があったり、先ほどお話したドッペルゲンガーについての描写などが、多少、『歯車』という作品を理解しにくいものにしているようです。読者を混乱させる要因になっている。ここに書かれているのはフィクションなのか、それとも事実なのか」

「それは……知人が自分と似た人に出会ってそれを当人とまちがえる、などということは世間にいくらでも例のあることだろうよ」俺は最後の抵抗をこころみた。「目のなかに半透明の歯車が回っているのが見える、というにしても、そういう目の病気があるんじゃないのか」

「たしかに他人のそら似ということは例のないことではない。目の病気にしてもたとえば閃輝暗点という奇病がある。この病気であれば目のなかに半透明の歯車が回っているように見えることでしょう」と忌一郎は一応うなずいて見せたが、しかし、その表情はどこか悲しげでさえあって、「ですが芥川龍之介の場合はそうではなかったのです」

「そうではなかった？　ずいぶん、はっきり断言するじゃないか。どうしてそんなことが断言できるんだ」

「事実、そうではなかったからです。ぼくはそのことを知っている。芥川には、事実、ドッペルゲンガーがいた。そして、そのドッペルゲンガーは芥川につきまとっていた。ついには芥川を自殺に追い込むまでに……ねえ、遠藤平吉さん、真内伸助さん、萩原恭次郎さん、芥川龍之介さん……じつはぼくは昭和二年からズッと芥川龍之介のドッペルゲンガーのことを追いつづけているのですよ」

「昭和二年から……」

俺は笑った。忌一郎の話はあまりに荒唐無稽で突拍子もない。笑うしかない。しかし、つづいて忌一郎が言った言葉に、俺の笑いはなかばで凍りついてしまったのだった。

「そう、ぼくは昭和二年からその人物を追いつづけたのです。芥川龍之介のドッペルゲンガーに扮して、ついに彼を自殺にまで追い込んだその人物を——そして遠藤さん、とうとうぼくはあなたを追いつめることができたのですよ！」

黙忌一郎の言葉がおれの頭に深々と突き刺さるのを感じた。やっとこのように俺の頭をこじ開けようとした。頭が割れんばかりに痛んだ。

が、そうまでされても俺の頭がこじ開けられることはなかったのだ。何も変わらなかった。変わりようがなかった。俺はあいかわらずすべてを忘れたままなのだった。金輪で絞めつけられるような激しい頭痛に俺はあえいだ。

「どういうことなんだ？　あんたは何を言ってるんだ」

その声はしゃがれていた。口のなかがからからに渇いていた。喉が涸れて痛いほどだったが、その痛みよりもはるかに疲労感のほうがまさっていた。

まるで俺そのもののように疲労感は俺を覆いつくして

いた。思うにそれは俺という人間存在の深部に根ざした、根元的な疲労とでもいうべきものだったのだろう。俺がこの疲労感を忘れることは絶対にない。

「あんたのいってることを聞くと、まるでおれが芥川龍之介のドッペルゲンガーか何かだったみたいじゃないか。そんなことがあるはずがない」

忌一郎は俺の口調を真似るようにして、まるで、とくり返して、

「まるで、じゃない。ぼくはまさにそのとおりのことをいっているんですよ。あなたはかつて芥川龍之介のドッペルゲンガーだった。ぼくはそう思っている。いや、確信しているんです」

「そんなことあるはずないじゃないか。あんたは途方もないことをいってる。自分で何をいってるのかわかっているのか。おれが芥川龍之介のドッペルゲンガーだったなんて、そもそもそれがどういう意味だかもわからない。たしかに、いま、おれの記憶は混乱してるけど、だからといってわけのわからない言いがかりをつけていいということにはならないだろう」

俺の声は上ずっていたはずだ。抗議する言葉は厳しいが、その口調は弱々しい。俺は自分を喪失してしまっている。なにしろ俺には一切の記憶がないのだ。そんな人間にまともに人に抗議などできるはずがないだろう。

忌一郎はそんな俺の抗議を柳に風と受けながして、

「あなたは萩原恭次郎を自称し、乃木坂、赤坂近辺に出没していた。多分、誰かの命を受けて、何らかの謀略工作に従事していたのではないかと思われます」

「謀略工作、おれが……」

その大げさな言い方には失笑せざるをえなかった。それに誘われるようにして忌一郎も苦笑して、

「ぼくもできれば、こんな大仰な物言いはしたくないんですが、他にどう言ったらいいのかわからないのです。その謀略工作が何であったのか、それはおいおい二人でお話ししていくこととして、真内伸助はあなたがフランス料理屋で隊付き将校たちと同席しているのを見ている。そうであれば、あなたは多分、軍の特務機関か、憲兵隊に関係している人と見なすのが自然でしょう」

「……」

「萩原恭次郎は、昭和三年、妻子とともに前橋に帰郷し、本屋に就職しています。昭和六年、『断片』という詩集を発表したころから、その思想が過激性を帯びてきます。そのころから、多分、前橋の警察署の特高が萩原恭次郎

の身辺につきまとうようになりました。いつも誰かに見張られたり、尾行されたりすることに、萩原恭次郎はかなり苛だっていたようです——鋭くも看守の剣光《つるぎ》りけり……これは真内伸助の「感想録」にも載っていた萩原恭次郎の歌ですが、まさにこの歌にあるように、このころの彼は精神的に相当に追いつめられていたようです。いきなり、イヌめ、とわめいて家から路地に飛び出すなどということもあったようです。しかし、ぼくが前橋署に問いあわせたかぎりでは、たしかに署の特高部が萩原恭次郎につきまとってはいますが、それほど厳しいものではなかった。いまとなってはもう確認することができないのですが、もしかしたら特高部ばかりでなしに、ほかの誰かにも監視されていたのではないでしょうか」

「ほかの誰か？　誰に」

「あなたに」

　忌一郎はきっぱりと言いきった。じっと俺を見つめた。俺は彼の強靭な視線に射すくめられたように身動きすることもできなかった。俺を見つめたまま再び『歯車』の一節を暗誦した。

「……しかし亜米利加の映画俳優になつたK君の夫人は第二の僕を帝劇の廊下に見かけてゐた。（僕は突然K君の夫人に「先達《せんだつて》はつい御挨拶もしませんで」と言はれ、当惑したことを覚えてゐる。）それからもう故人になつた或隻脚の翻訳家もやはり銀座の或煙草屋に第二の僕を見かけてゐた。死は或は僕よりも第二の僕に来るのかも知れなかつた……」ふいに刃物を閃かせるような皮肉な笑いが彼の唇をかすめた。「どうですか。あなたは芥川龍之介に変装して東京の帝劇に出掛けたことはありませんか」

「……」

　俺には答えようのないことだった。黙忌一郎によれば、俺はかつて芥川龍之介であり、萩原恭次郎であったのだという。そうかもしれない。そうであった気がしないでもない。だが、おれはそのすべてを不鮮明にしか憶えていないのだ。これはまぎれもなしに事実のこととして、つい先ほどまで自分を真内伸助だと信じ込んでいたのだが、それもそうでないとわかってからは急速に記憶から消え去ろうとしている。

　まるで、すべては明け方にみた夢ででもあるかのようだ。ちぎれちぎれの記憶の断片が、茫漠としてとりとめのない意識のなかを、影のようにはかなげに浮遊しているだけなのだ。それらはあっという間に消えてしまう。

これはそもそも記憶の名に値するものだろうか。

「あなたは芥川龍之介につきまとった。だからこそ芥川龍之介はあなたの存在をひしひしと、それこそドッペルゲンガーのように肌に感じたわけなのでしょう。あなたはそのあとで活動写真の「押絵と旅する男」で芥川龍之介に扮している」と忌一郎が言う。「あなたは前橋で萩原恭次郎を監視した。そのあと、あなたは萩原恭次郎を名乗ってしきりに乃木坂や赤坂に出没した。つまり、あなたは誰かにつきまとうと——多分、無意識のうちに——その人間になりきってしまうらしい。あなたは、何というか、じつに不思議な人だとしか言いようがない」

「……」

「思うに、あなたはこの二十世紀という新時代が生んだ新しい人間なのかもしれない、二十世紀の人口数百万という大都会《メトロポリス》でのみ棲息できる新しい人間なのかもしれない。二十世紀の大都会ではおよそ人から〝自分〟というものが剝奪されてしまう。もうこの時代には唯一無二の〝自分〟などというものはどこにも存在しない。写真であなたの〝複製〟が無数に作られる。あなたはここにいるのにあなたの声は電話ではるか遠方まで届いてしまう。ここにいたはずのあなたは電車に乗ってあっという間に遠方に運ばれる。本当のあなたはどこにいるのだろう。本当の自分はどこにいるのか。そもそも本当の自分などというものが存在するのだろうか。それは虚妄にすぎないのではないか。二十世紀のメトロポリスにおいてあなたがあなたである必要がどこにあるのか。そこにいるあなたはすでにあなた自身にとっても見知らぬあなたではないのか。あなたはどこまであなたなのか」

「……」

「思うに、ドッペルゲンガーは世紀末の病《やまい》なんでしょう。東京は急速な都市化が進行して、すべてが空虚な複製のうちにある。人もものもすべてがドッペルゲンガーにさらされている。そうであれば、あなたがドッペルゲンガーにとり憑かれたとしても何の不思議もないことではないですか」

「……」

忌一郎の口調が熱を帯びた。そこに何か暗い情熱とでもいうべきものがあらわにさらけ出されるのが感じられた。

「あなたを操っているのが、どこかの特務機関なのか、あるいは憲兵隊なのか？　どうして、どこかの誰かに、あなたを操って、芥川龍之介や、萩原恭次郎につきまとわせる必要などあったのか？　それらのことはぼくにもわかりません。多分、そのどこかの誰かには何らかの思惑があってのことなのでしょうが、それはどうにも推測しようのないことなのです。ただ芥川龍之介にしろ、萩原朔太郎、萩原恭次郎にしろ、伏せ字が多用されることでのみかろうじて発表を許される、反体制的な文章を書いているので、そのあたりに何かそのどこかの誰かの思惑を求めることができるかもしれません。いずれにせよ、芥川龍之介や、萩原恭次郎につきまとっているときには、あなたはたんなる密偵、諜者にすぎなかった。要するに憲兵隊の手先、特務機関の手先でしかなかった。しかし、人につきまとっているうちにその人になり切ってしまう、という、あなたの特異としかいいようのない才能に、そのどこかの誰かが目をつけてから、あなたの人生が変わってしまった。そういうことではないでしょうか」

「……」

「お聞きしたいのですが、あなたは萩原恭次郎を名乗って、過激な〝青年将校行動〟を標榜する、隊付き将校たちと行動をともにしている。彼らは、いわゆる〝昭和維新〟を推進しようとする青年将校たちです。あなたはもともと何らかの特務機関、憲兵隊の手先であるべき人物ですから、彼らの仲間であるはずがない。先ほども申しあげたように、多分、どこかの誰かに命ぜられるまま、彼らのもとに潜入し、何らかの謀略工作を仕掛けたのに違いない。彼ら〝青年将校運動〟に挺身する隊付き将校たちと一緒に何かをやろうとしていた。その謀略工作とは何だったのでしょうか」

「……」

「まさか真内伸助が疑心暗鬼に駆られたように、〈いな本〉の照若に懸想したわけでもないでしょうが……どこかの待合で、照若に出会ってからのち、あなたは乃木坂、赤坂界隈に頻繁に出没するようになった。あなたはそこで何をしようとしていたのか。真内伸助は「感想録」において、赤坂界隈から微妙な違和感を受けたことを萩原朔太郎の「猫町」にたとえて訴えています。「猫町」にたとえられるというのであれば、それは以下のようなものでもあったでしょうか？——同時に、すべての宇宙が変化し、現象する町の情趣が、全く別の物になつてしまつた。つまり前に見た不思議の町は、磁石を反対に裏返した、宇宙の逆空間に実在したのであつた……しかし、この違和感なるものは何だったのでしょうか。思うに、それこそがあなたの謀略工作の結果に他ならなかったのではないでしょうか。それでは「猫町」のような違和感とは何なのか。何をどのようにすれば実在の町に「猫町」のような違和感を生じせしめることができるのか」

「……」

「そういえば「猫町」にはこんな描写がありましたっけ――或る部落の住民は犬神に憑かれて居り、或る部落の住民は猫神に憑かれて居る。犬神に憑かれたものは肉ばかりを食ひ、猫神に憑かれたものは魚ばかり食つて生活して居る……さうした特異な部落を称して、この辺の人々は「憑き村」と呼び、一切の交際を避けて忌み嫌つた。「憑き村」の人々は、年に一度、月の無い闇夜を選んで祭礼をする。その祭の様子は、彼等以外の普通の人には全く見えない。稀れに見て来た人があつても、なぜか口をつぐんで話をしない。彼等は特殊の魔力を有し、所因の解らぬ莫大の財産を隠して居る……遠藤平吉さん、これに倣っていえば、あなたは二十世紀の〝匿名性〟に憑かれているといっていいかもしれない。あなたは誰とも知れない〝群衆の人〟に憑かれてしまっているわけなのでしょう。それがために、あなたは誰でもあって同時に誰でもない人間なのです。そうではないですか」

「……」

「「感想録」を読むかぎり、真内伸助はあまり明敏な人物とは思えない。自分が小菅に収監されるにいたった経由を、なにか不自然なものに感じてはいるのだが、どんなふうに不自然なのか、それを具体的に指摘することはできずにいる。明らかに照若に袖にされているのにそれを明確に意識しているふうでもない。凡庸な人物です。それを遠藤さん、あなたは巧みについて、あたかもぼくが萩原恭次郎であるかのように錯覚させようと誘導している……それは何の目的があってのことだったのですか。そもそも、どうして真内伸助は小菅に収監されることになったのでしょうか。もっとも――」忌一郎はそこでフッと妙な笑い方をして、「あなたは真内伸助を、縊死させて殺してしまった。その結果――多分、これはあなたが意図したことではなかったでしょうが――あなた自身が真内伸助になりきってしまった。これはあなたにとっても思わぬ誤算だったのでしょう。あなたはいまのいままで自分のことを真内伸助だと信じて疑おうとしなかったわけですからね」

「縊死させて殺してしまった……あんたはさっきもそんな言い方をした。教えてくれないか。それはどういう意味なんだ。おれは何をしたのか。どんな犯罪を犯したのだろう」

俺の声はますますしゃがれていた。人として生まれてこれほどわびしい質問があるだろうか。自分が罰せられなければならないのは明らかなのだが、それがどうしてなのか、その肝心のところがかいもく見当がつかずにいる。こんな情けない話はない。

「そのことはぼくがお教えするわけにはいきません。あなたはそれを自分自身の力で思い出さなければならない」

忌一郎は俺の問いをぴしゃりと払いのけるように強い口調で言う。いつにも増して冷然とした声だった。

「近代の刑法では自分が犯した犯罪に責任能力を持たない人間はまた罰を受ける資格も有しないからです。あなたは自分が何をやったかを自分自身で思い出さなければなりません。そうでないかぎり、あなたは囚人にさえなれないことになってしまう」

「……」

俺は忌一郎の顔を正視できなかった。悄然としてうなだれるほかはない。

——自分の罰を思い出さないかぎりあなたは一人前の囚人としてさえ認められない……

忌一郎はそう言う。

だが、よくよく考えてみれば、囚人として認められないのは、むしろ俺にとってありがたいようなものだろう。それなのに、そのときの俺は何かそのことでおのれの全人格を否定されたかのような不思議に倒錯した感覚におちいっていた。

「多分、あなたは前橋で萩原恭次郎を監視した。これはあえて言いますが、あなたは無知な思い込みから萩原恭次郎を萩原朔太郎の弟だと思い込んでしまった。あなたが萩原恭次郎にとり憑いたのか、それとも萩原恭次郎があなたにとり憑いたのか。あなたは東京に戻って萩原恭次郎になり切ってしまった。そこで奇妙な倒錯が生じた。あなたは現に前橋で当人を見ているはずなのに、あなたは自分に合わせて萩原恭次郎という人物を新たに創造してしまった。芥川龍之介になり切ったときには、彼をして自分のドッペルゲンガーとまで言わせしめたのに、萩原恭次郎の場合には彼を自分にではなしに自分を彼に近づけてしまった。多分、そのときのあなたの脳裡には萩原恭次郎ではなしに萩原朔太郎があったのではないかと思います。萩原朔太郎という人が無名の人であれば問題はない。が、萩原朔太郎という人は当代屈指の詩人なのです。有名人といっていいでしょう。その写真も雑誌などに頻繁に掲載されている。萩原恭次郎が萩原朔太郎の弟であれば多少はその容貌も似ていなければならないのではないか……あなたはそう考えたのではないでしょうか」

「……」

「いや、そもそも話は逆なのかもしれない。あるいはこう考えるべきなのかもしれない。あなたはもともと萩原朔太郎に容貌が似ていた。だからこそ萩原朔太郎の弟である――くどいようですが、これはあなたの勘違いだったわけなのですが――萩原恭次郎の名をかたることにしたのではなかったのか」

「……」

「ここに天才的ともいうべき変装の名人がいたとします。その人物はカツラや付け髭をつけたり、あるいは含み綿をしたり、金歯をはめたりして、自分をまったくの別人のように見せかけることはできるでしょう。が、どんなに変装の名人であっても、実在する誰かそっくりに変装することは至難のわざではないでしょうか。それは現代のどんな変装術をもってしても不可能なことなのです。せいぜい変装術にできることは自分という人間を消してしまうことぐらいでしょう。どんな変装の名人であっても実在する人間に成りすますことなどできっこない」

「……」

「江戸川乱歩に『猟奇の果』という小説があります。昭和五年に『文芸倶楽部』という雑誌に連載されました。そのあとで博文館から一冊にまとまって出版されました。そのなかで〝人間改造術〟なる奇妙な理論が披露されています。〝人間改造術〟を創案した科学者の言によれば、それは子供だましの変装術となどは問題にもならないもので、人間の骨を削り、肉つきを変えて、生まれつきの人間の顔をまるで違ったものに改造してしまう手術なのだそうです。〝人間改造術〟はこれほどのものなのですが、それでも乱歩はその科学者をしてこう言わせしめています。〝丁度指紋研究家が指紋の型を分類したように、人間の頭部及《およ》び顔面の形態を、百数十の標準型《けい》に分類した。模造人間を造る為には、モデルと素材とが、この同一標準型に属することが必要である〟と。荒唐無稽な小説においてすらそうなのですから、ましてや現実の変装術において――モデルと素材とが同一標準型に属することなしに――実在の人間を模倣することなどできるわけがない」

「……」

「あなたほどの変装の名人であればそれぐらいのことは心得ていて当然でしょう。それがあえて萩原朔太郎の弟の名をかたったのだとしたら、それはそもそもあなたが萩原朔太郎に似ていたからなのだ、と考えるべきではないでしょうか。ここでもう一つ、念頭に置いておかなければならない事実があります。それは萩原朔太郎は芥川龍之介に似ている、という事実なのです」

「……」

「二人の写真を比べてみれば誰もがそう思うことでしょう。痩せていて、細い顔に、長髪……もちろん、あくまでも写真を見たかぎりでの印象にすぎません。実際に、顔の造作の一つひとつが似ていたわけではないでしょう。むしろ似ていないといってもいい。それなのに、何というか、写真で見るかぎりでは、この二人の全体から受ける印象は似かよっている。ぼくはそう思います。そして遠藤さん、ぼくの見るかぎり、あなたの頭部、及び顔面の形態は、まぎれもなしに芥川龍之介、萩原朔太郎と同じ標準型に似ているのです」

「……」

「もう一人、「押絵と旅する男」で、あなたと共演した、堅太りで、頭を短く刈った中年男……あの男は永田鉄山の葬儀において真崎甚三郎に扮している。要するに真崎甚三郎と江戸川乱歩は同じ標準型に属しているということなのでしょう。真崎甚三郎が、教育総監を罷免されたのは〝統帥権干犯〟に当たる〟とされ、いまや青年将校たちの〝維新運動〟の象徴的人物になっています。何者かが真崎甚三郎に扮して何らかの極端な行動に出れば、それは必ずやこの日本を動乱の渦にたたき込むことになるでしょう」

「……」

「ところで、ぼくはもう一人、あなたと同一標準型に属している人間がいるのではないかと思っています。それは永田鉄山軍務局長を斬殺した相沢三郎中佐です。相沢中佐は永田局長を斬殺したことから、単純で粗暴な人間と見られがちですが、じつは禅の修行にはげんで、悟りを得た、といわれているほど、きわめて精神性の高い人物なのです。痩せていて、精神性が高い……その意味で、どこか芥川龍之介、萩原朔太郎と似たところがある。ただし相沢中佐は堂々とした体格の持ち主で、その点では、虚弱な体軀といっていい芥川龍之介、萩原朔太郎とは多少の相違があるのは否めませんが――」

それを言ったときの黙忌一郎の目には微妙な含意のようなものが感じられた。そのときの彼の言葉には何か特別に意図するところがあったのだろう。俺はそれに気がついていて、しかし気がつかないふりをした。そのつもりだったが——内心の動揺をどこまで押し隠すことができたか、じつはそれについては自信がない。

忌一郎はやや口調を変えて、

「ところで『猟奇の果』で、とある登場人物が奇妙な体験を友人に述べるところがあります。乱歩の小説には検閲の伏せ字が多い。この箇所も例によって伏せ字だらけなのですが——〝その紳士の顔なり姿なりが、…………、…………写真にソックリなんだ。髪の刈り方から、口髭《くちひげ》の具合、いくらか頬のこけたところまで、全く生写《いきうつ》しなんだ。で、僕はよく思ったことだがね、…………生活なんて、まるで我々の窺い知ることの出来ないものだが、案外日本でもスチブンソンの『自殺クラブ』やマークトウエンの『乞食王子』みたいなことがないとも限らぬ。あの紳士はひょっとしたら真実その……忍び姿じゃあるまいかとね〟——この伏せ字の部分に何が入るのか？ ぼくは天皇陛下ではないかと思うのですが……誰が見ても、そのようにしか読めない。昭和六年といえば、三月事件、満州事変、十月事件と重大事件があいついで起こった年なのでした。これから先は、ぼくの想像にすぎませんが、もしかしたら、遠藤さん、あなたを操っている人間は、この年に『猟奇の果』を読んだのではないでしょうか。そして、いまぼくがお話しした箇所に、天皇陛下、という言葉を当てはめて、何かしら強く思うところがあったのではないか。まさか陛下ご本人ではないにしても、何者かが、どなたか〝皇族〟の方そっくりに変装することができれば、どんな途方もないことも可能になる……そんなふうに思ったのではないでしょうか」

「……」

「ちなみに乱歩は『猟奇の果』で内閣総理大臣にこう言わせています。〝労働者資本家闘争の如き、さては虚無主義も、無政府主義も、この大陰謀に比べては、取るにも足らぬ一些事に過ぎない。彼等は爆薬よりも、電気力よりも、もっともっと戦慄すべき現実の武器を以て、全世界に悪魔の国を打ち建てんとし、しかもそれが必ずしも空論ではなかったのだから〟……」

そのとき始めて忌一郎が何をほのめかそうとしているのか、それが具体的なかたちとなって俺の胸裡に迫ってきたのだった。それもじつに恐ろしいほどの勢いで——

「馬鹿な……そんな馬鹿なことが……」

なにか憤怒とも絶望ともつかない思いがこみあげてきて息がつまりそうになるのを覚えた。目のまえに赤い火花のようなものが散った。それもつづけざまに散って途切れることがなかった……芥川龍之介が患っていたかもしれない閃輝暗点という奇病はこのようなものだったのかもしれない。

気がついたときには俺は席を立ち、自分を失って、机に体を乗り出そうとしていた。そのまま忌一郎に摑みかかったとしても不思議はなかったろう。

が、忌一郎は動じなかった。急いで動こうとした二人の看守を指の一振りで制した。そして冷静な、じつに氷のように冷静な一瞥で、俺をも制した。なにしろ忌一郎は不思議な若者というほかはない。どんなものも彼の視線にこもった力に逆らうことはできない。俺は急速に力が萎えるのを覚えた。ションボリとうなだれた。

忌一郎はさらに指を一旋させて二人の看守を遠ざけた。二人の看守が作業場から遠ざかっていく靴音が聞こえた。しだいに遠ざかっていって、やがて聞こえなくなった。あとにはしんとした静寂がみなぎった。

その静寂のなか、俺は自分という存在がまるで煙りのように希薄になるのを感じていた。煙りのように希薄になっていまにも消え去ろうとしている……何が恐ろしいといってこれほど恐ろしいことはない。

「おれには自分というものがないといっているのか。たしかに、いまのおれは非常に記憶があいまいになっている。記憶を喪失してしまっているといってもいい。が、だからといって自分さえもが喪失されているということにはならないのじゃないか。記憶がすべてなのか。そうじゃないだろう。そんなことがあっていいものか。おれがかつて芥川龍之介のドッペルゲンガーであって、つい先だってまでは〝萩原恭次郎〟だったなんてそんなことがあるわけがない。おれは他の誰でもない。おれはおれ自身であるはずじゃないか」

俺はそう抗議したが、われながらその抗議の声は無力に弱々しかった。俺は自分を弁護しようとしているのだが、すでにしてその自分が——真内伸助になり切ってしまって——存在しない以上、俺は誰でもない人間を弁護しようとしていることになる。いうまでもないことだろうが誰でもない人間は弁護されるに値《あたい》しない。

忌一郎は俺の無力な抗議を歯牙にもかけずに、あっさりと流して、思いもかけないところに話題を転じたのだった。

「ところで、かの江戸川乱歩ですが、じつは今年の『少年倶楽部』新年号から少年ものの連載が始まったのをご存知ですか。『怪盗二十面相』という題名ですでにその第一回は執筆されています。ところが少年雑誌の〝倫理規定〟で〝盗〟という字が許されないということになった。題名が変えられることになるでしょう。そういうことになると、当然、その活字組みは〝検閲図書館〟で行われることになる。『怪盗二十面相』の第一回はぼくの手元に入ってきた。その『怪盗二十面相』にこんな記述がありました」

　そこで忌一郎は一拍置いて、また得意の朗誦にとりかかったのだった。

「――『二十面相』というのは、毎日毎日新聞記事をにぎわしている、ふしぎな盗賊《とうぞく》のあだ名です。その賊は二十のまったくちがった顔を持っているといわれました。つまり、変装《へんそう》がとびきり上手《じょうず》なのです……では、その賊のほんとうの年はいくつで、どんな顔をしているのかというと、それはだれ一人《ひとり》見たことがありません。二十種もの顔を持っているけれど、そのうちのどれがほんとうの顔なのだか、だれも知らない。イヤ賊自身でも、ほんとうの顔をわすれてしまっているのかもしれません――

――」

　すでに夜になっている。ぼんやりと暗い。暗いという以上にわびしい。そこに忌一郎の声だけが朗々と響いている――作業場には百燭光の電灯がともっているのだが、それもこのわびしさを消すにまではいたっていない。

　多分、この虚ろさ、わびしさは、自分を喪失してしまった俺という人間にあい通じるものがあるのだろう。あるいは人間が存在するというそのこと自体に、すでに虚ろさ、わびしさが包芽されているのかもしれない……俺は忌一郎の朗誦を聞きながら頭の片隅でしきりにそんなことを考えていた。

　忌一郎は朗誦を終えて、あらためて俺の顔を見ると、

「自分が誰で、どれがほんとうの顔だかわからない。これはあなたのことではないでしょうか、あなたそのままの姿ではないでしょうか……あなたはいつも何人もの人間になり替わることを要求されている。その結果、あなたは自分自身を喪失してしまっている。自分がほんとうは誰で、どうしてそんなことをしなければならないのか、その理由を見失ってしまっている」

「……」

「乱歩の『怪盗二十面相』がこれからどんなふうに物語を展開していくことになるのかそれはわかりません。わかりませんが、この二十面相という人物がほんとうに乱歩が書いたような人物であるとしたら、彼は遊戯のようにしてこれからの人生を生きていくしかないでしょう。自分を喪失した人間には真剣に生きるべき理由などどこにもないからです。あらかじめ生きる根拠を奪われてしまっているからです」

「……」

「これこそ、ぼくの妄想であって、何も根拠のないことなのですが、「押絵と旅する男」で、江戸川乱歩に変装した男は、どこかで乱歩自身に接触しているのではないでしょうか？　ある人物になり切るには、ある一定期間、その人物を観察しつづける必要がある。そのときに乱歩と乱歩に変装した男とが何らかの形で接触することがあったとしても不思議はない。もちろん、乱歩に変装することになる男は、慎重にふるまったことでしょうから、その接触はきわめて短い時間にすぎなかったでしょう。一過性のものにとどまった。これもまた、ぼくの根拠のない妄想にすぎないのですが、もしかしたら乱歩に変装することになる男は、乱歩に、遠藤さん、あなたのことを話したのではないかと思います。サーカスの軽業師出身で、非常に身の軽い、変装術に巧みな遠藤平吉という男のことを……それが乱歩のなかで『怪盗二十面相』という読み物に発酵したのではないか。もちろん、さきほどもお話ししたように、乱歩に変装することになる男は、きわめて慎重に乱歩と接触したことでしょうから、江戸川乱歩のなかにはほとんどそれは記憶に残されていないのにちがいありません。ぼくが想像するに、乱歩が『怪盗二十面相』を思いついたときに、それは無意識の力となって作用したにすぎなかったのでしょう」

「……」

「ぼくはこの何年間かあなたを追いつづけてきました。芥川龍之介のドッペルゲンガーを追いつづけてきたのです。しかし、ようやく、あなたを見つけだしたときには、あなたは自分を喪失してしまっていた。先ほども申し上げましたが、すでに自分を喪失してしまっている人間にその罪を問うことはできない。彼には自分がないのだからして、原則的には、彼のどんな行為にも責任を問うことはできない。当事者能力のない人間に現行の法律は無力であるべきなのです。それが近代国家のありようというものでしょう」

「……」

「多分、乱歩の小説では『怪盗二十面相』がほんとうに罪を問われることはないでしょう。彼は国家権力に逮捕されることになるかもしれない。が、逮捕されてもすぐに解放されることになる。そうならざるをえない。二十面相が自分を喪失した人間であるかぎり、彼を刑務所にとどめておくことは原則的に不可能だからです。乱歩ほどの天才が、無意識のうちにせよ、そのことに気がついていないはずがない。そうであれば、乱歩はこの『怪盗二十面相』を何冊でも書きつづけることができるわけでしょう。二十面相は永遠に二十世紀を——いや、もしかしたら来世紀にわたっても遊戯しつづけることになる」

忌一郎はそこで不思議な笑い方をして、

「しかし、ぼくはあなたと永遠に遊戯をしつづけるわけにはいかない。ぼくはあなたを捕らえたい。捕らえないわけにはいかない。そのためにはあなたにはまず自分自身を取り戻していただかなければならない。ぼくはあなたの告発者であるまえにまず医者であるべきなのです。皮肉な話ですけどね。あなたには自分を取り戻してもらう」

「……」

「そのためにはまずあなたに〝乃木坂芸者殺人事件〟を解決してもらわなければならないでしょう。〝乃木坂芸者殺人事件〟が未解決のままでは、あなたがあの事件でどんな役割を果したのか、真内伸助があの界隈で感じた「猫町」のような違和感が何だったのか、それらがついにわからずじまいになってしまう。なによりも、どうして〝乃木坂芸者殺人事件〟がこれほどまで徹底的に隠蔽されなければならないのか、そのことを突きとめなければならない。ぼくはその点に〝乃木坂芸者殺人事件〟の最大の謎がこめられていると思うのですよ。遠藤平吉さん」

「……」

その名前が今度こそすっぽりと俺の胸におさまって落ち着くのを感じた。遠藤平吉こそが俺なのだという確信が生じた。俺から〝私〟という匿名性は失われようとしていた。〝私〟は消えようとしていた。

これはいままでにも何度かくり返されてきたことなのだ……そう思った。そのつど帽子を交換するように名前と人格が入れ替わってきた。すでに〝私〟は遠藤平吉に替わっていた……

いつのまにか夜になっていた。作業場はひしひしと厳しい寒さに包まれた。窓の外を覆うコンクリートの塀のうえを一本の帯のように冬の凍てついた夜空が延びていた。そこに月が覗いていた。

それまでただもう暗いばかりだった刑務所に月のほの明かりが射した。

そのしらじらとした月光のなか、ふと遠藤は何の理由もなしに、殺してやろうか、という殺意を忌一郎に対して抱いたのだ。

——この黙忌一郎を縊死させてやってはどうか。俺が真内伸助にしてやったように……

天上の松に首をかけ。
天上の松を恋ふるより、
祈れるさまに吊されぬ。

真内伸助のときと同じだった。真内伸助に対して殺意を覚えたときにも「天上縊死」の一節が頭のなかをかすめた。そのことが思い出された。

相手を縊死させてやろうか、と思うことが「天上縊死」を連想させ、むしろそれに背中を押されるように、そのことを実行する気になったのだった。


そもそも、どうして真内伸助を殺さなければならないのか？　それは彼が〝乃木坂芸者殺人事件〟の関係者だからなのだ。ある人物の強い意向のもと〝乃木坂芸者殺人事件〟はなかったことにされた。それには事件に深くかかわっている真内伸助は抹消されなければならない。そのために、その人物は真内伸助を強引に小菅刑務所に収監させたのだったが、事件を完全になかったことにするためには、なおも不安が残された。十分ではない、と思われた。徹底して真内伸助を抹消するにはどうしたらいいのか。

その人物には、もう一人、「労働者資本家闘争の如き、さては虚無主義も、無政府主義も……取るに足らぬ一些事に過ぎない」ほどの大陰謀を実行するためには、何としても排除されなければならない人間がいる。

それは〝検閲図書館〟と呼ばれる人物——すべて検閲され、無視され、抹殺され、貶められた〝歴史〟の理非を弁別し、その復権をはかるために、永遠に無決囚として収監されるべき人物……黙忌一郎なのだった。

その人物の意向のもと、遠藤平吉は、真内伸助に黙忌一郎こそが萩原恭次郎その人なのだと思わせることに仕向けた。うまく持ちかければ、真内伸助が黙忌一郎を—

—照若を殺した犯人だと錯覚して——殺害するのではないか、と企んだのだったが……そして真内伸助の「感想録」を読むかぎり、それはある程度、成功したのであったが……、しかし最後のぎりぎりのところで、思うように真内伸助を動かすことはできなかった。

——そうであれば、せめて真内伸助だけでも抹殺しなければならない……

という衝動が激しい勢いで胸の底に噴きだしてきた。その衝動はじつにもってあらがい難い。あまりに激しく怪物めいた衝動であるだけに、自分でもどうにもそれを抑えることができない。ことの理非、善悪を超えて、ただもう自分の力を誇示したいという思いにかられてしまうのだ……

……あのときも……真内伸助を縊死させたときにも……

……やはり、しらじらと月光が射していた……

遠藤が収監されている監房は中庭に面して窓があった。中庭といってもべつだん何があるわけではない。非常に狭い。井戸の底を覗き込むような印象を受ける。

四方に監房の建物が切りたっている。なにしろ刑務所なのだ。向かいあう四階建ての建物はいずれも同じ造りに統一されている。向かいあった建物は互いに二十メートルとは離れていない。

同じネズミ色のコンクリートの壁。その同じところに同じ窓が開いている。多分、コンクリートのひび割れまで同じ形をしていることだろう。

なにが無味乾燥といってこれほど無味乾燥な眺めもない。が、囚人はそこに何も見るべきものがなくても外を見ずにはいられない。終日、窓から外を見つづける。

遠藤もその例に洩れなかった。監房内では他にやるべきことなど何もない。暇さえあれば、便器の蓋のうえに立って、窓の外を覗いている。

その夜もまた——

遠藤はいつものように便器の蓋のうえに乗って窓から外を見ていた。

窓があまりに小さすぎるために空を見ることはできない。が、向かいあう建物の壁がしらじらと明るいのを見れば、月が出ていることは確かめるまでもない。多分、満月なのではないか。そうでなければこれほどまでに月光が冴えてはいないだろう。

月光とはわかっていても、そうまで冴えざえと明るいと、なにか気味が悪いもののように感じられる。妖光、とでもいえばいいのだろうか。世のつねのものではない。

そんな印象さえ受ける。

そこには壁以外、何もない。壁と、そこにしらじらと射している月光以外は——にもかかわらず遠藤はそれから目を離すことができずにいる。壁に映える月の光をジッと凝視している。あるいは月の光に魅せられているというべきか。

——何かが起こる、何かが起こる、何かが起こる……

そうまで月の光が妖しいものに感じられるのであれば、そこで何も起こらないはずがない……そんな予感めいたものが遠藤の胸を騒がせる。遠藤を不安におとしいれる。

何かが起こる……しかし、何が？

向かいあっている壁が月光を受けておぼろに光っている。その壁に洞《ほら》のように黒くぽっかりと窓が開いている。むろん、その窓には鉄格子が塡っている。その窓はこちらと同じ場所にある。こちらと同じ形をしている。その鉄格子の窓のなかに——

人影が見える。

遠藤と同じようにその人物も窓の外を見ているようだ。ここが刑務所であり、そこにいるのが囚人であれば、彼が窓の外を見ているそのこと自体には何の不思議もない。囚人は監房の窓から外を見る……むしろ当然のことといっていいだろう。そうしない囚人などいない。だが……

遠藤はそれがあの真内伸助だということを知っているのだ。去年、〝治安維持法〟が適用され、大勢の主義者が検挙された。真内もそのどさくさまぎれに検束されて収監されたのだった。

向かいあった監房の窓のなかに彼の姿を見たときには遠藤はそのあまりの偶然に目を見張ったものだ。

そんなふうにして〈いな本〉の界隈で彼の姿を見かけたことが何度かあった。むろん当初はその若者の名前も素性もわからなかったのであるが……

あまりにその若者の姿を頻繁に見かけたために、彼をそのまま放置しておくことができなくなった。もしかしたらこの若者は遠藤たちが何をしているのかに気づいて、それで彼のことを見張っているのではないか……その疑いを捨てきれない。疑心暗鬼にかられた。それで人に調べさせた。

何のことはない。調査の結果はあまりに馬鹿ばかしいものだった。彼の名は真内伸助、二十四歳——なにも遠藤たちのことを調べているわけではないらしい。たんに〈いな本〉の照若におか惚れしているにすぎないようだった。

多少の思想的背景があるにはある。プロレタリア運動に感化され、故郷の茨城を出て、早稲田・江戸川沿いにある某工場に職を求めた。職工十人程度、五馬力程度の動力の工場というから、零細工場というべきか。

過日、そこの先輩に連れられて、赤坂裏の三業地に足を踏み入れた。要するに、そこで照若を知って一目惚れしたということのようだが、この二人があまりに不釣り合いであることはいうまでもない。にもかかわらず真内は照若に夢中になった。

遠藤はその間《かん》の事情を知って、

——ばかな男だ。

真内のことを嫌悪した。

恋は思案のほか、というが、それにもおのずから限度があるだろう。人は純情であればいいというものではない。プロレタリア文学を信奉する若い職工が芸者に惚れてどうするのか。水と油もいいところではないか。その一途な愚かしさには我慢がならない。

とはいっても、どうしてこれほどまでに真内のことを憎まなければならないのか自分でもそのことが腑に落ちない。真内のことを破滅させてやりたい。そう思うのだが、その憎悪が何に原因しているのか、それがわからない。が、いずれにせよ——

——真内に直接は手出しできない。

遠藤には任務があった。それも非常に重要で特殊な任務だ。そのことがある以上、どんなに我慢がならないと思っても、むやみに真内に手出しすることはできなかった。我慢するしかなかった。

真内に黙忌一郎を殺害させようとした。そのために、あることないことを吹き込んだのだが、どうもうまくいきそうになかった。

が、そうであれば、いっそ真内を殺してしまったほうがいいのではないか……

まさか刑務所のなかで囚人が囚人を殺害するなどということは誰も想像しないにちがいない。誰もがそんなことは不可能だと思う。が、遠藤にはそれができる。

むろん、じかに手を下して殺害に及ぶなどということはしない。それは愚行の最たるものであり、遠藤自身を破滅に追い込むことになるだろう。そんなことはしない。する必要がない。

遠藤には人が持ちあわせていない特殊な能力がある。何といったらいいか——たやすく他者になりすますことができる能力、とでもいえばいいだろうか。非常に巧妙に他人になりすます。

　多少の変装術は心得ているが、遠藤にあっては、それは枝葉な能力にすぎない。子供だましの変装術などに頼らずとも、ちょっとした表情の変化、しぐさ、癖を模倣するだけで、驚くほどその人に自分を似せることができるものだ。なにより、その人物の人となり、性格を模倣することで、ある程度は、その人になり切ることができる。

　人は外見よりも中身なのだろうか。中身を模倣すれば不思議にその外見まで似てしまうものなのか。そういうものであるらしい……むろん、この世にうり二つの人間などそうそういようはずがないから、他人に完璧になりすますなどということは望めない。

が、一瞬、二瞬……人が人を一瞥する範囲にかぎってのことであれば、他者になりすますのはそれほど難しいことではない。要するにコツさえ呑み込んでしまえばそれでいいことなのだ。事実——

　このとき遠藤は向かいあう獄舎にいる真内伸助のことを——ほとんど無意識のうちに——模倣していた。

　わずかに肩を落とす。胸を反らす。髪の毛をすこし直す。相手の気持ちになって表情を似せる……ただ、それだけのことで、どれほど人は自分を人に似せることができるか驚くばかりである。

　多分、真内は鏡のなかの自分の顔を覗き込んでいるような錯覚に陥ったことだろう。

　向かいあいの壁が月光にけぶっている。その対峙する鉄格子の窓のなかに自分の顔がある。いや、自分がいる。

　もちろん、妖しい月光につむがれての錯覚であることはいうまでもない。双方の獄舎の間隔は二十メートルほどはあろうか。遠藤にしてみれば、おぼろな月光のなか、それぐらいの間隔が開いていれば、相手を模倣するのは造作もないことだった。すでに真内伸助になりきっていた。

　遠藤は真内の目を見ながらじわじわと緩慢に動いていた。いま真内はなかば催眠状態のなかにある。夢とうつつのはざまにあるといえばいいか。いま急に動けばいたずらに相手を刺激することになるだろう。月光の魔法《マジック》から解き放つことになってしまうのだ。それはマズイ。それを避けるためには可能なかぎり緩慢に動かなければならない。

　どうせおれたちは月の光の住人ではないか。鏡のなかの二人ではないか。夢のなか、この世の外の魔睡のなかに生きている二人ではないか。ゆるやかに、ゆるやかに動いて、この世の呪縛を忘れよう……

「……」

遠藤は獄衣の腰ヒモを解いてそれを鉄格子の横棒にかける。ゆっくりと、ゆっくりと……そのあいだも真内を凝視する目にこめた力を緩めようとはしない。月の光がけぶるなか、持てる精神力のありったけを込めたその凝視を矢のように一直線に放っている。

すでにしてその目は魔眼といっていい。異様な磁力をおびて真内をとらえて離さない。その魔力が月の光にソッと囁いて、さあ、死にましょう、ララ、死にましょう、さあさ、ご一緒に死にましょう……

遠藤の唇の両端がキュッと吊りあがった。魔物のように笑った。遠藤の動きにあわせて真内が腰ヒモの一端をわっかにしてそのなかに自分の首を吊っ込んだ。

じつは遠藤は鉄格子に腰ヒモを縛りつけるふりをしているだけで実際にはそれは縛りつけられていない。が、月の光ごしにそれを見ている真内伸助にそこまで子細に見てとることができるはずがない。真内は馬鹿正直に腰ヒモを鉄格子に結びつけているはずである。

真内が自分の首を腰ヒモの輪のなかに入れたのを確かめて、遠藤の笑いはますます魔物めいたものに変わった。そして便器の蓋を蹴って床にめがけて飛んだ……

そのときのことだった。どこか虚空の果てから黙忌一郎の声が聞こえてきたのだ。

「なるほど、そういうことですか。そんなふうにして真内伸助を縊死させたのか」

「——」

遠藤は愕然として目が覚めた。そして。

——あああっ！

と悲鳴に近い声をあげる。

自分で自分のあげた悲鳴に驚いて、さらにふたたび声をあげる。

——ああ！　ああ！

悲鳴が連鎖した……

遠藤は悲鳴をあげて作業場の床のうえに転げ落ちる。無様に狼狽して床のうえを這った。狂気のように這いずりまわった。その獄衣のまえが見苦しくはだけていた。

そんな遠藤の醜態を冷たく凝視する忌一郎の視線をま

ざまざと肌に感じていた。

——おれは何をしたのか。

とっさにそのことがわからなかった。それほどまでに回想に捕われすぎていたといえばいいか。現実との接触を失うほどまでに。

ふいに回想に〝現実〟が突出して亀裂を走らせた……そんな印象がある。あまりに現実と回想との落差が大きかった。

その落差に驚いて目が覚めた。いや、実感としては目が覚めるというよりどこかに転げ落ちたといったほうがいい。

どこかに。どこに？　現実に……実際に墜落感がともなっていた。体に強い衝撃を覚えたほどなのだ。

そして、

——おれは何をしたのか。

胸の底でその問いをくり返した。

が、自問するまでもないことだった。

作業場の窓の鉄格子から腰ヒモがぶらさがっている。その腰ヒモの下に黙忌一郎が立っているのだった。

——おれは黙忌一郎を縊死させようとしたのか。

回想のなかで遠藤は真内を縊死させた体験をなぞっていた。それが、いまここにある現実では、忌一郎を模倣し、彼を縊死させようと試みる行為に結びついたらしい。真内を模倣した遠藤が、無意識のうちにそうした自分の行為を模倣し、さらには黙を模倣するという行為を重ねたわけか。自分ではそのことをさだかに意識さえせずに忌一郎を殺そうとしたらしい。

恐ろしいことではないか。これには慄然とさせられる……

どうやら遠藤は人を模倣するのが第二の本能のようになっているらしい。本能的に人を模倣し、その必要もないのに、これもなかば本能的に人を殺そうとしてしまう。そうであれば遠藤は一個の怪物《モンスター》に他ならないだろう。

黙忌一郎は何といったのだったか。そう、彼はこう言ったのだった。

——思うに、ドッペルゲンガーは世紀末の病《やまい》なんでしょう。東京は急速な都市化が進行して、すべてが空虚な複製のうちにある。人ものもすべてがドッペルゲンガーにさらされている。そうであれば、あなたがドッペルゲンガーにとり憑かれたとしても何の不思議もないことではないですか。

それを芥川龍之介は〝世紀末の悪鬼〟と称して、萩原朔太郎は〝自分の影に怪しみ恐れて『月に吠える犬』──〟と呼んだのだった。

「おれは……」遠藤の顔が苦悩に歪んだ。そして血を吐くように言う。「おれはまるでドッペルゲンガーの化身のようではないか」

四

──おれはまるでドッペルゲンガーの化身のようではないか。

「感想録」はそこで終わっていた。

最初は真内伸助の「感想録」のつづきかと思った。まさか、それが自分を真内伸助だと錯覚している遠藤平吉の「感想録」だとは思ってもいなかったことだ。

しかも、それは検閲図書館・黙忌一郎と怪盗二十面相（この際、そう呼んでしまってもいいのではないか）・遠藤平吉のいつ果てるともしれない闘争の記録といっていい。忌一郎はすでに昭和二年から、芥川龍之介のドッペルゲンガーを演じた遠藤を追いつづけてきたというのだから、かれこれ九年にも及ぶ闘争がくりひろげられたのだといっていい。

その闘争の何と妖しく奇怪なものであったことか。一人は検閲図書館──すべて検閲され、無視され、抹殺され、貶められた〝歴史〟の理非を弁別し、その復権をはかるために、永遠に無決囚として収監されるべき人物……もう一人は二十世紀の〝匿名性〟にとり憑かれた怪盗二十面相──東京の急速な都市化によって、すべては〝複製〟にさらされ、そのなかで自分自身を見失ってしまった人物……

──これは本当のことなのか。

志村はただ呆然とせざるをえなかった。

そのときのことだった。

ドア越しに何かガチャガチャという金属の鳴るような音が聞こえてきたのだ。非常に重々しい感じのする響きだった。重々しいのに騒がしい。

その音は通路のほうから聞こえてきた。事務室に向かって近づいてきた。

──この音は何だろう。

ざらり、としたものが胸に迫ってくるようなのを覚えていた。

微妙に違和感があった。耳にこびりつく──というか、なにか妙に耳ざわりな印象を受けるのだ。どこか不自然な印象が拭えない。その音はドアのまえを通過していった。

その音に自分がいらいらするのを覚えていた。それなのに、その音のどこに自分がそうまで不快感を覚えるのか、それを具体的に指摘することができずにいる。そのことがまた胸の底に澱《おり》のような不快感を残す。これはどういうことなのか。

「……」

志村は自分でもそうと意識せずにドアの外から聞こえてくる音に耳を傾けていた。

その音はドアのまえから反対側に遠ざかっていった。

そして聞こえなくなった……

それでも志村はじっと耳を澄ましている。静寂のなか執拗にその音を追わずにはいられないのだ。

その音がいまにもまた聞こえてくるのではないか、と思う。そう思うと耳を澄まさずにはいられないのだ。

——あの音は何だったんだろう。

どちらかというとありふれた音なのだ。これといってとりたてて異常なところは感じられない。

日常的に頻繁に耳にする音のように思えるのだが、そのくせ泥を舐めでもしたかのような、ざらりとした違和感が胸に残るのはどうしてなのだろう。それに——頻繁に耳にする音のように思うのに、それがどういう音なのか思いつかないのはどうしてなのか。

——妙だな。

志村が首を傾げたそのときのことだ。

音が消えたあの通路の端から——また音が聞こえてきたのだ。金属音である。まえの音に似ている。が、同じ音ではない。カシャカシャと微妙に軽快な響きを奏でている。前回のあの重々しい響きとは微妙に異なる。軽やかに鳴りながら通路をドアに向かって近づいてきた。

——これは何だろう。

と自問するまでもない音だ。

じつに何でもない音なのだ。何でもない音なのに、その音に対する不快感、違和感が胸につのってくるのを覚える。それはもう耐えがたいほどだった。

それがどんな不快感、違和感であろうと、ただそれだけのことであれば何とか耐えることもできるだろう。どうにも耐えられないのは、そうまで不快で、違和感が強いのに、それがどうしてなのか理由がわからない、ということだった。

理由のわからない不快感は人を二重に不快に陥らせる。全身に蟻走感に似た感触を感じた。

ドアの外を軽快な音が通過していった。反対側のほうに軽快に歩いていった。そのまま遠ざかっていった。

「……」

志村の目の間に縦に皺が刻まれた。その表情がこわばっている。

注意はその音にのみ向けられている。全神経を集中させるようにしてその音を追っている。なにか全身が耳と化してでもしたかのようだ。

軽快な音が通路の端に消えた。しんと静寂がみなぎった。もう聞こえてこようとはしない。

「……」

志村はホッと息を吐いた。

なにか胸の底にしこりのようなものがあった。重々しい音、軽快な音、を追っているうちに、肩が凝るように自然に生じたしこりだった。それはあるいは緊張といってもいいかもしれない。

軽快な音は通路の端に消えたまま、多分、もう二度と聞こえてこない。そのことに何か救われたような気分になっている。

不快感を覚えるまでに気になる、という一方で、その音が聞こえなくなって救われたような気分になる、という……いずれにせよ、それが過剰反応であることに変わりはないだろう。

たかが音ではないか。それも何の音だかわからずに、どこか微妙に違和感があるといっても、しょせんはありふれた音でしかないはずではないか……

——ありふれた音？　そう、たしかにそれはそうであるようだ。しかし、それではこれは実際には何の音なのか……

それがわからないのだ。それがやりきれない。

なにか喉元まで出かかっているようなのに……すぐにも言い当てることができそうなのに……実際にはそれが何の音だかわからずにいる。いまにも思い出しそうなのに……そのことを思い出せずにいる……

——糞ッ、こいつは何だ。

蛇の生殺しといったのではあまりに大げさにすぎるだろうか。おれは実際には何でもないことなのにそれを過剰なことに考えすぎているのだろうか。そもそも、おれは何を気にしているのか。

そのとき——

また金属音が聞こえてきたのだ。軽快な音が消えたそこからまた音が聞こえてきた。軽快な音でもなければ重々しい音でもない。それは何といったらいいのか――地味な金属音なのだ。ひっそりと人の耳をはばかるようにして鳴っている。遠慮がちに、どこかひかえめに……

志村は顔が引きつるようにこわばるのを覚えた。

重々しい金属音……軽快な金属音……地味な金属音……

「……」

どうしてこれほどまでに違う金属音があたかも踵を接するようにしてつづけざまに聞こえてくるのか。

一つひとつは何でもない音なのだ、気にかけるほどもない音なのだ。ところが――それが三つもつづけて聞こえてくるとなると、これはもう何でもない音ということでは片づけられない。そのことに何か意味を見出さずにはいられなくなってしまう。しかし、こんなことに何の意味があるのだろう。そもそも意味を見いださなければならないほどのことなのか……

地味な金属音もドアのまえを通りすぎて通路の端まで遠ざかってそこで途切れてしまう。もうどんなに耳を澄ましたところで何も聞こえてはこない。

「――」

ついに志村は我慢の限界に達してしまった。いったい事務室の外で何が起こっているのか、そのことを自分の目で確かめずにはいられなくなってしまう。

立ちあがった。自分ではそれほど意識していなかったのに、ガタン、と音をたてて椅子が倒れたところを見ると、よほど勢いよく立ちあがったのにちがいない。

ドアに向かおうとした。自分でも血相が変わっているのがわかった。

そのときに――

電話が鳴ったのだ。志村を呼びとめるように鳴った。

――どうしようか。

一瞬、迷った。

いまは何か緊急を要するときのように感じられた。電話どころではないだろうとも思った……志村が警察官でなかったら、電話など放っておいて、そのままドアに向かったことだろう。

しかし、あいにく志村は警察官であって、電話が鳴ったら、何を措いても、まずは受話器を取るように習慣づけられている。そのまま電話を無視して立ち去ることはできない。それに——

これは遠藤が発見されたという報告の電話かもしれないではないか。完全に無視してしまうわけにはいかない。「はい」受話器を取って相手の言葉を待たずにまず尋ねた。「遠藤が見つかったのか」

相手は何か口ごもるように、いや、とそう否定した。

「必ずしもそうとばかりも言えないのだが……」

なにか妙に要領を得ない口ぶりだった。奥歯にものが挟まったようでもある。

「それなら、何の話かは知らないが、あとにしてくれないか。いまはちょっと部屋から出なければならない用事がある」

「それは困る」

「え……」

「あなたにその部屋から出ていって貰ったのでは困るんだよ」相手の声にかすかに含み笑いが混じった。「あなたにはぜひとも事務室にとどまって貰う必要がある」

その独特な口調から相手が誰であるのかわかった。意外としか言いようのない相手だった。

「黙忌一郎、さんなのですか。あなたは黙さんなのですか」

「そう」相手の声はますます含み笑いの響きを帯びて、「そして、志村くん、事務室の外には、ほかの誰でもない、遠藤平吉がぼくのことを待っているのだよ。遠藤は、ぼくが事務室に現われたら、すぐにでも殺すつもりでいるのさ」

五

黙にうながされるままにドア越しに通路から聞こえてくる不思議な金属音のことを話した。

三種類の——それも不可解なまでに調和のとれていない金属音が、通路から聞こえてくるのだが、あれは何なのだろう。

「何だと黙さんは思われますか」

志村の話を聞いて、一拍置いて、なるほど、と黙はつぶやいて、「「奇妙な足音」というわけか」

「そうなんですよ」志村はうなずいて、「たしかにあれらは〝奇妙な足音〟としか言いようがない」

「いや、違う。ぼくはそういう意味で言ったのではない。英国の探偵小説の短篇に似たような趣向の話があって、たしかそれが「奇妙な足音」とかそんなような題名だったと思ったものだから——」

「似たような趣向の探偵小説……」

「ああ、その種の話は階級社会の性格が強い英国でしか成立しえない話かと思っていたのだが——」そこで何かうなずいているような間合いがあって、「なるほど、日本でも刑務所のなかであれば、そうした設定が成立するわけか。考えてみれば、ある意味では、刑務所ほど身分の差が激しい社会はない」

「どういうことなんですか。俺にもわかるように説明してくれませんか」

自分ではその気はなかったのだが志村はやや苛だった口調にならざるをえなかったようだ。黙が自分ひとりで納得したような口ぶりになっているのが気にいらなかった。

黙は苦笑するように、失敬、失敬、と言って、

「そのことを説明するまえにちょっと確認しておきたいんですが——事務室に入ってきた体格のいい男だけど、彼が看守の外套を着ていたということに間違いないのですね」

「外套ですか」

「そう、外套です。志村さんは彼が外套を着ていたとそう言った」

「たしかに……」志村は怪訝そうな面持ちになっていた。「でも、そんなことが何か意味があるんですか」

「彼が外套を着ていたというなら」黙は断定するような口調で言った。「彼は看守ではありえませんよ」

「どうしてですか。屋内だからですか。看守は刑務所内で外套を着てはいけない規則になっているのですか。規則はどうあれ、刑務所のなかは非常に寒いですよ。なにしろ二月ですからね。その寒さに耐えきれずに外套を着たとしても——」

「そういうことではないのです。規則といえば規則にはちがいないが、寒いとか寒くないとか、そういうこととは何のかかわりもないことなのです」黙は静かに志村の言葉をさえぎって、「看守が外套を着てはいけないということになっているのは、万が一、囚人と格闘にでもなったときに、看守が外套を着ていたのでは不利だからです。外套を着ていたのでは思うように動けない。それで用心のために看守は外套を着ない」

「……」

「おわかりですね。その看守が外套を着ていたのだとし

たら彼は看守ではありえない。多分、彼は――遠藤平吉だったのでしょう。ぼくがすでに事務室に来ているのかどうか、そのことを確認したかったのにちがいない」

「いや、しかし、それは……そんな馬鹿な……」志村は絶句せざるをえなかった。「だって、わたしはすでに遠藤の容貌を知っているのですよ。彼は遠藤ではなかった」

「遠藤平吉は変装の名人です。そのことを忘れてはならない。すこし背伸びをして、肩を怒らせ、怖い顔をすれば、それだけでその印象はがらりと変わってしまう。遠藤がそれぐらいのことを心得ていないわけがない」

「だけど……それほどの変装の名人だとしたら、どうして看守の外套など着ていたのですか。理屈にあわないじゃないですか」

「それは」黙は含み笑いをして、「多分、その下に赤い獄衣を着ているからではないでしょうか。〝奇妙な足音〟もそれが理由になっているのだと思います」

六

「赤い獄衣を着ていた？　看守の外套の下にですか。いや、しかし、それはどういうわけで――」

志村には黙の言うことがどうにも理解できなかった。思わず受話器を耳から放し、まじまじとそれを見つめたほどだった。

「――」

黙はかすかに笑ったようだ。何か言う。もちろん受話器を耳から放していたのでは相手が何を言っても聞こえるはずがない。慌てて受話器を耳に当てた。

「……だから、それが〝奇妙な足音〟の〝奇妙な足音〟たる所以《ゆえん》なのですよ。さきほどお話した英国の探偵小説ですが――ぼくも人から聞いただけで、自分で確かめたわけではないのですが、英国はそれはもう厳しい階級社会を築いているということです。その厳格なことはとうてい日本の比ではないらしい」

「……」

「しかし階級とは何でしょうか。ちょっと考えればわかることですが、それは相対的なものにすぎません。英国の貴族は、自分の使用人に対しては階級が上でしょうが、国王陛下に対しては下でしょう。その使用人にしたところで、なるほど、たしかに主人に対しては、サー、と称号をつけて呼ばなければならないでしょうが、下働きの小僧に対しては気にいらなければ蹴飛ばしもする。要するに、階級社会にあっては、人は相手によってその振舞いを変えざるをえないわけです」

「……」

「幸いにして、と言いましょうか。日本は英国ほど厳格な階級社会ではない。一般に礼儀を心得ていればそれで何とか世間に通用する。英国人のように相手によって極端に態度を変える必要はない。しかし、日本にあっても歴然とした階級が存在する場所がないではない。それが――」

「刑務所というわけですか」志村にも黙の言わんとしていることがようやくわかりかけてきた。

看守の外套の下に赤い獄衣を着ている人間がいるとする。その人間は外套を着てさえいれば看守であるが、それを脱げば囚人に変身する……要するに黙はそういうことを言いたいのだろう。

黙は、そう、刑務所です、と言って、

「刑務所はれっきとした階級社会ですよ。何しろ看守と囚人に分かれているわけですからね。何が厳しいと言って、こんなに厳しい階級社会は他ではありえない」

「……」

「遠藤はぼくの命を狙っている。ぼくがあなたに会うために事務室を訪れるのを通路で待っているのでしょう。しかし脱獄した人間がただ待っているのでは早晩捕らえられることになる。隠れたところで隠れおおせるわけがない。いくら遠藤が変装と演技の名人であったところでね。それで――」

「看守が通路に現われたときには外套を脱いで囚人のふりをする。囚人が現われたときには外套を着て看守のふりをするということですか。しかし、囚人が構内を単独で行動していたのでは怪しまれることにはならないですか」

「一人の人間が看守になっても囚人にもなってもおかしくはない、そうした場合が一つだけあります」

「看守になっても囚人になってもおかしくない場合……」志村は馬鹿なオウムのようにただ黙の言葉を繰り返すばかりだ。

「おわかりになりませんか。思い出して下さい。あなたは妙な金属音を聞いたとおっしゃったではありませんか。三種類の金属音を聞いたという。その金属音は何だったんでしょうか」

「あれは……あの金属音は……」

志村は視線を宙に這わせた。

一種類の金属音ではない。あるときには重々しい響きであり、あるときには軽快な響きであり、あるときには聞こえるか聞こえないかの低い響きであった。あれは何だったのだろう。どうして同じ金属音があぁまで違う音に聞こえたのか。

「おわかりになりませんか」と黙はかすかに含み笑いをして、「重々しい金属音は看守が下げるサーベルの響きを模したものだったのでしょう」

「模したもの……」

非常に微妙な言い回しに聞こえた。その真意がわからずに相手の顔を見つめた。

「そうです。模したものです」と黙はうなずいて、「そして、軽快な金属音は囚人たちに飯の釜を運ぶ手押し車の──いや、そうじゃない。汁の鍋を運ぶ手押し車のほうかな。そうでなければ理屈にあわない──の脇に吊されているおたまの響きだと思います」

「おたま……」

「金属の、柄の長い、丸い汁杓子がありましょう。あれのことですよ。移動するにつれ、汁杓子が手押し車の側板に当たって音をたてる。多分、その音ではないでしょうか」

「サーベルの響き……汁杓子の音……」

前回、刑務所を訪れたときに、囚人たちに食事が配られるところを見た。手押し車に大釜や大鍋が乗せられて運ばれるのを見た。そのときに構内を案内してくれた看守長から、飯や汁の手押し車を運ぶのは、看守が担当することもあれば、囚人が担当することもあると聞いた。

なるほど、たしかに刑務所内では飯車、あるいは汁車を押してさえいれば、それが看守であろうと囚人であろうと誰も不審には思わないだろう。それはごくごく見慣れた、日常的といっていい光景だからである。

一人の人間が、通路を通りかかった相手によって、外套を着て看守になったり──おそらく、看守が外套を着てはならない、ということは囚人たちは知らない──外套を脱いで囚人になったりする。それは十分に可能なことだろう。ましてや遠藤は変装と演技の名人なのだ。それぐらいの芸当は雑作もなくしてのけられるにちがいない。

だが、何をもってして黙は、遠藤が飯ではなしに汁の手押し車を運んでいたと推理するのであろうか。志村にはその根拠となすところがわからない。

志村がそのことを尋ねると、それは、と黙が答えて、

「飯車に付属しているのは大きいしゃもじだからです。しゃもじは金物ではない。木です。それに比して汁車に付属しているのは金物のお玉杓子です。そうであれば、遠藤が押しているのは汁の車でなければならない理屈でしょう。おわかりになりますか」

「さあ……」

「簡単な話ですよ。木のしゃもじではサーベルの代わりにならない」

「サーベルの代わり？」

「そうです。何かをもってしてサーベルの代わりとしなければならない。なぜなら、看守の外套は調達することができても、サーベルまでは手に入れることができない。さっきも言ったように看守は構内では外套を着てはいけない規則になっている。したがって外套はそこかしこの部署の壁に掛かかっている。脱獄した遠藤がそれを盗むのはわけもないことでしょう。しかしサーベルはそういうわけにはいかない。なにしろ看守たちは常時サーベルを身につけてるわけですからね。いかに遠藤のような男にしてもサーベルを盗むのは難しい」

「……」

「しかし看守に化けようという人間がサーベルなしというわけにもいかない。ふだんはあまり誰もそのことは気にしていない。というか、あまりにもそれが当たり前のことすぎて、誰もことさらそのことを意識したりはしないのですが——じつは看守はつねにサーベルの音を鳴らしているものなのですよ。歩いているときにはもちろん、ちょっと動いただけでもサーベルの音をたてずにはいられない。人はふだん、そのことを意識してはいません。ですが、いざ、聞こえるはずの音が聞こえないとなると、おや、と思うものです、不審に思う。変装と演技の名人である遠藤がそのことに留意しないはずがない。それで」

「外套の下に手押し車のお玉杓子を下げていたというのですか」さすがに志村はあっけにとられた。「そして、それをわざと重々しく鳴るようにこころがけた」

「そう、動作に多少の誇張があったことは否めないでしょう。お玉杓子はサーベルほど重くはないですからね。それをサーベルのように鳴らすには必要以上に動作を大きくするしかない。そうしなければサーベルのように重々しい音をあげることはできなかったにちがいありま

せん」

「そういうことだったのですか」志村は納得せざるをえなかったが、それでも呆然とした思いが残るのは否めない。

そういえば、さっき看守が事務室に入ってきたときにも——そのことをさだかに意識したわけではないが——サーベルの音が聞こえていたような気がする。看守はじつは脱獄囚であって、サーベルの音にいたっては、何のことはない、お玉杓がたてる音にすぎなかったわけなのだが……

——何という男だろう。

いまさらのように志村は遠藤平吉という男の不思議さを思い知らされた気がしている。不思議さ、そして恐ろしさを——

七

——遠藤は囚人と出会ったときには看守を演じなければならなかった。

囚人が自由に刑務所内を歩きまわるなどということがありうるのか。ありうる。というか、囚人が看守の戒護なしに単独で行動することは外の人間が想像する以上に多いものである。

懲役作業によっては、つねに看守に引致されて行動するというわけにはいかない。そうした場合には、許可を受け、腕に〃独歩証〃という腕章をつけて行動することになる。構内では、常時、十人以上もの囚人が独歩作業についている。

〃独歩〃の囚人に出会うときには、遠藤はすばやく外套を着てサーベル替わりのお玉杓子を腰に下げたわけなのだろう。そしてわざと体を揺らして手押し車を押す。重々しい金属音をたてる。

が、その一方で、看守に出会うときには、迅速に外套を脱ぎ、多分、それを手押し車にでも隠し、食事番の囚人のふりをする。そのときにはお玉杓子は汁車の横に下げるだろうから、押すにつれて、それが軽快な響きをたてる。

このようにして遠藤は事務室のまえの通路を行ったり来たりして、黙忌一郎が現われるのを待っていたのにちがいない。これが脱獄して間のない人間のすることなのだから、じつに大胆不敵とも何とも言いようがない。

いまはすでに九時をまわっていて、とうに朝食時刻は過ぎている。飯、汁の手押し車を厨房に持ち帰って、釜や鍋などを洗う時刻であろう。この時刻であれば、看守であれ、囚人であれ、食事の手押し車を運搬する人間を見かけたとしても、誰もそれを不思議には思わないにちがいない。遠藤が看守になり囚人になるのには何の不都合もない。

——それでは聞こえるか聞こえないかのあの音の場合は何だったのだろう。

志村は自問し、多分、あのときには遠藤は顔見知りに出くわしたのではなかろうか、と考えた。

それが看守であれ、囚人であれ——遠藤の顔を知っている人間に会ったときには、ひっそりと顔を伏せ、目立たないようにする以外にない。いくら変装術に長けて、演技の名人であっても、遠藤を知っている人間に会ったときには、できるかぎり顔を見られるのを避けなければならないことに変わりない。

変装にしろ演技にしろ、そこにはおのずから限界がある。遠藤の素顔を知っている人間の目をごまかすことまではできない。つつましく手押し車を運んで、そのかげに隠れるようにする他はない。そうであればお玉柄杓もほとんど音をたてないだろう。

かくして志村は三種類の不可解な金属音を聞くことになったわけなのだ……あまりといえばあまりに人を喰った行為で、さすがに志村も憮然とせざるをえない。

いまも遠藤は通路で黙忌一郎が現われるのを待っているのだろうか……

「ちょっと見てきます」

志村はそう言い置いて、受話器を机に残すと、事務室を出た。

通路に人の姿はなかった。どうやら黙の推理は的を射ているようだ。汁用の大鍋を載せた手押し車が壁際に寄せて残されていた。鍋は空のようである。

どこにも遠藤の姿はない。黙がいっこうに現われないのにしびれを切らして逃げ出したのかもしれない。

電話に戻って報告した。「遠藤は逃げたようです。すぐに看守たちに言って手配をさせましょう」

が、意外なことに黙は、その必要はない、と言う。平然とした声だった。

「その必要はない？　それはどういうことですか」志村は驚かざるをえなかった。

「文字どおりの意味です。看守たちにこのことを知らせる必要はありません」

「いや、ですが――それは」

「大丈夫です。手はうってあります」黙がきっぱりとした口調で言う。

「しかし、このまま遠藤を逃がすようなことにでもなれば――」

「大丈夫です。ご安心なさい。何があっても遠藤をおめおめと逃がしたりするものではありません」

黙はいっこうに動じようとしない。その落ち着いた口調には妙に人の気持ちを落ち着かせるところがあるようだ。

あまりに黙に自信がありすぎて、志村としてはそれ以上は何も言うことができない。いったんは浮かした腰をふたたび椅子に下ろすしかなかった。

そして言う。「それにしても何とも驚いた男ですね。まるで魔法使いのようじゃないですか。そもそも、どうやって独居房から脱獄することができたのか……」

電話の向こうで、ああ、と黙が頷く気配があって、かすかに含み笑いが聞こえ、

「それなら、およその想像はつきます」

「本当ですか」志村はまたしても驚かされることになった。「どうやって遠藤は脱獄することができたんでしょう」

「独居房に金属の削りカスが残っていたそうじゃないですか。彼はこのところ懲役から外され、終日、独居房に押し込められていました。懲役には出ない。独居房に金物類はない……ということになれば、遠藤が金物を手に入れることができるのは、唯一、入浴時をおいて他にないわけでしょう」

「入浴時……しかし囚人の入浴時間はごく短いものだと聞いています」

「そう、入浴は二日に一回ということになっています。浴場に入り、身体をすばやく洗って、看守の〝入浴〟という号令で浴槽に入る。入浴時間が一分、外に出て体を洗う時間がやはり一分……前後にしてせいぜいが五分というところでしょう」

「五分……その短い時間で何をどうすることができるというのですか。そもそも風呂のどこに金物などがあるというのでしょう」

「風呂に備え付けられている手桶ですよ」

「手桶？　だって手桶は木ですよ」

「手桶には金属製のたががついている。遠藤はたがをひ

そかに木桶から外したのですよ。刑務所の浴場は床がコンクリートになっている。思うに、臀部でも洗うふりをして、たがをコンクリート床で削ったのではないでしょうか。それで合鍵を作ったのでしょう」

「でも合鍵を作るには鍵型を取らなければならないはずじゃないですか。それはどうやって取ったのでしょう」

「なに、浴場から独居房に戻った直後に、ふやけた手のひらを鍵穴に強く押しつければ、それで鍵型などは簡単に取れてしまう。独居房の鍵などそれほど複雑なものではないですからね。鍵型をとるのはそれほど難しいことではない」

「でも、一日に一度、房内、着衣は検査されてたということじゃないですか。遠藤は要注意人物扱いされてたわけでしょう。口のなかはもちろん、尻の穴まで検査されたと聞いています。それなのに合鍵などどこからも発見されなかった。遠藤は合鍵をどこに隠し持っていたというのですか」

「なに、看守の検査など、じつに杜撰《ずさん》きわまりないものですよ。両手を開いて、手に何も持っていないということを示すわけですが、そのときに合鍵を指の間に挟んで、手の甲側に持っていれば、それでもう看守の目などはごまかすことができます。どうということはない」

「……」

志村にはもう言葉もなかった。ただ、うめくばかりである。

が、志村は刑事であり、そうであれば遠藤の超人ぶりに感心してばかりもいられない。こともあろうに遠藤は刑務所内において黙のことを殺害しようとしたのだ。あまりに官憲を愚弄した行為であって、これを看過するのは志村の刑事としての矜持が許さない。

「電話を切ります。わたしは警察の人間です。黙さんが何をおっしゃろうとわたしには遠藤を検束しなければならない義務がある」

と言い、電話を切ろうとするのを、待って下さい、と黙は制すると、

「ぼくには大勢の香具師の仲間がいます。ぼくの手足となって動いてくれています。彼らが刑務所の外で待機しているはずなのです。彼らに抜かりはありませんよ」

「香具師たちが……」

「はい。遠藤は誰かのために動いている。その誰かは遠藤の変装術と演技力を最大限に利用しようとしているわけなのでしょう。その誰かは、遠藤と、もう一人、やは

り変装術と演技力に長けた男――「押絵と旅する男」のなかで江戸川乱歩に扮して、永田軍務局長の葬儀で真崎甚三郎中将に扮したあの男――を使って何事かを企んでいる。ぼくとしてはそれが誰であり、その企みが何であるかを突きとめなければならないのです」

「その何者かの見当はついていらっしゃるのですか」

志村はそう言いながら、永田局長・葬儀の記録映画に映っていたその人物のことに思いを馳せないわけにはいかなかった。

その人物は偽物の真崎甚三郎中将と一緒に車に乗っていた。さらに彼は、新井町の〈吉田屋〉において、歩兵第一連隊の青年将校、北一輝と同席していた……

黙忌一郎はじつに不思議な若者で、身は獄中に起きながら、大勢の香具師を使嗾《しそう》し、ありとあらゆることに精通しているように思える。その〝検閲図書館〟という謎めいた呼称とあいまって、どこか、この世の人ではないような雰囲気をかもし出している。

が、いかに黙忌一郎であっても、

――さすがにあの人物のことは何も知らないにちがいない、それを知っているのはおれだけだろう。

と志村は思っていたのだが、そのささやかな自負はもろくも覆されることになる。黙忌一郎という男の不思議さは志村の想像をはるかに超えていた。

「多分、占部影道という人物ではないでしょうか」黙はあっさりとそう言ってのけたのだった。「占部影道は北一輝と非常に親交が深い。北一輝とは不即不離の関係にあるらしい。一心同体と称した人もいる。ぼくはまだご当人にお会いしたことはないのですが」

「……」

「志村さんは占部影道にお会いになったことはおありでしょうか」

「姿を見かけたことはあります。北一輝と一緒にいました」

「北一輝と一緒に。そうですか」とうなずく気配があって「北一輝をその名のとおり、光たるべき人物とすれば、占部影道もまたその名が告げるとおり、影たるべき人物、ということなのでしょう。ある人からそう聞いたことがあります」

八

所長の指揮のもと、何人もの看守たちが二人一組になって、刑務所内を遠藤平吉の姿を隈なく捜したという。が、志村が猶予を与えた九時を過ぎても、ついに発見することができず、約束どおりに警視庁に連絡せざるをえなかった。

警視庁は脱獄事件としてただちに第一号非常線を配置することを所轄署に指示した。

だが、すでに遠藤が独居房を脱獄してから時間がたっていて、どれだけ非常線が有効であるか、はなはだ疑問といわなければならなかった。

志村はしかるべき手配を終えてのち、ひっそりと小菅刑務所から姿を消した。脱獄の不祥事に動転して誰も志村どころではなかったようである。

が、志村はその足ですぐに小菅刑務所から立ち去ったわけではない。

黙に指示されたとおりに、荒川のとある河川敷に向かった。

荒川の傾斜がそのまま刑務所所有の畑地につながっている。もちろん、いまは一面、白々と霜柱に覆われているだけで、何の作物もない。冬がれた藪を透かして彼方に刑務所の塀が聳《そび》えているだけである。

そこで一人の男が志村を待っていた。初対面の男ではない。浅草の検閲映画館で会った堅気とも遊び人ともつかないあの伊沢という男である。

今日はこのまえとはうって変わって、一分の隙もない洋服姿だった。

流行のラグランの外套の下に、英国風に仕立てたライトグレーの小格子縞を颯爽と着こなし、同系色の縞のマフラー、手套を着けている。どこからどう見ても浅草を根城にする香具師の若い衆には見えないだろう。

志村の姿を見て、わずかに腰をかがめて挨拶すると、

「遠藤の野郎、ここの藪のなかに着物を隠してましてね。着替えてさっさと退散しやがった。なに、あっしの仲間があとをつけています。どうあっても逃がすものじゃない。安心してください」

まず志村は尋ねた。「遠藤はどうやって刑務所の塀を登ることができたんだ」

「走ってですよ」

「……」

「遠くから走ってきて塀を斜めに駆けあがりやがった。いや、浅草の見せ物小屋にも、あれだけ身体《こや》の軽い野郎はめずらしいんじゃないですかね。変装術の達人で、あ

の身の軽さだ、どうあっても、あの野郎、泥棒になるようにに生まれついてやがる」

伊沢は、クッ、クッ、と声を殺すようにして笑った。


その日の午後のことである。

志村は京浜国道に沿って鈴ヶ森方面に歩いていた。

いつものことだが京浜国道はトラックや自動車、自転車が行きかって、混んでいた。白っぽいアスファルト面に冬の乾いた日射しが射していて、黒い油が染みたタイヤのあとをきわだたせている。警笛の音が絶えることがない。

が、鈴ヶ森のガードを過ぎて、海岸のほうに折れると、その喧噪が嘘のように背後に遠ざかってしまう。町並みというほどの町並みがあるわけではない。待合が数件あるぐらいで、それも白々とした昼の光のもと、深閑とした空気のうちに精彩を欠いて沈み込んでいる。

小規模な商家としもた屋が軒を並べた場末の町である。かすかに磯の香りが漂う。家々の間から海が覗いていた。海苔を採る人たちの姿を捜したが、さすがに二月に海に入ろうとする人たちは少ないようだ。


――こんなところに本当に映画館があるのか。

連絡を受けたときには半信半疑だったが、なるほど、たしかに言われたとおりの名の映画館が建っていた。

名前こそ〈海浜館〉だが、海からはかなり離れているのではないか。だだっ広い、がらんとした大通りに面して建っている。いまにも傾きそうに粗末な小屋で、活動小屋という古めかしい呼称こそが似つかわしい。浅草の常設映画館から二、三週間も遅れて映画のかかる二流館であろう。

看板もかかっていない。ただ切符売り場の横に一枚の紙が貼ってあって「狂える一頁」とだけ墨で書かれてあった。三本だて上映のようだが多分、そのうちの一本なのだろう。

出演者の名前が書かれている。聞いたことのない名前ばかりだ。どうやら日本の映画らしいが、そんな映画があったろうか……記憶に優れた志村だが、この映画のことだけは記憶になかった。

映画館の入り口に猪鹿のお蝶が立っていた。

無地の道行きは地味だが、それだけに派手な銘仙が春を呼ぶように明るい。その臙脂色の鼻緒の草履とあいまって、何ともいえず若々しい。

志村の姿を見ると、

心得顔でうなずいて、手提げを粋にくるりと回した。

「……」

そして、そのまま映画館のなかに入っていった。

何人かの香具師たちが荒川の土手から遠藤を尾行した。志村には、香具師たちが互いにどう連絡をつけあっているのかわからないのだが、路面、省線・駅のそこかしこで、志村のことを待ちうけていて、遠藤がどこへ行ったのかを教えてくれた。彼らに言われるままに、省線とバスを乗り継いで、この町までやって来た。

〈海浜館〉という映画館に遠藤平吉が入ったという話を聞いた。志村も切符を買って映画館に入った。

平日の午後だ。なにしろ客が入っていない。せいぜい十人たらずというところか。

一階にすわったのでは遠藤に疑われる恐れがある。二階にあがった。いまどきめずらしい畳敷きになっている。じっとり湿った座布団を尻の下に敷いた。そして二階の手すりから身を乗り出すようにして一階席をソッと盗み見た。

遠藤の姿を見出すのに、やや手間取った。遠藤がどんな格好をしているのか、聞いてはいたのだが——銘仙の黒格子縞の角袖の袷を着ている——、にもかかわらず、その姿を見つけるのに苦労させられた。それほど遠藤が周囲にぴったり溶け込むすべを心得ているということだろう。

ようやく真ん中ほどの座席に遠藤がすわっているのを見つけた。風避けのためにか、さりげなく手ぬぐいを顔に巻いている。それだけで漁師が昼下がりの暇な時刻にちょっと活動を覗きに入った、という風情を見事に醸し出しているのには唸らされた。

なるほど、遠藤平吉は天性の役者といっていい。この寂れた〈海浜館〉にあって不思議なほど違和感を感じさせなかった。

だが——

一人、どう見てもここには不釣り合いな男が一階座席にすわっていた。洋装というだけでもこの活動館には似合わない。しかも、その洋装が、見るからに外国仕立ての上等な外套に、ボルサリーノの帽子とあっては、自分がそこにいると大声で触れているようなものだ。なにしろ目立つ。

その男を二階席から見て志村は顔がこわばるのを覚えた。反射的に顔を遠ざけて下から見られないようにする。

――〝狐〟だ。

憲兵隊司令部・機動非常駐特別班――別名、貴族非常駐特別班――〝狐〟なのだった。

リーダーの雷鳥白ではない。べつの男だ。名前までは知らないが、さんざん志村を痛めつけてくれたうちの一人である。見覚えがある。

その見覚えのある男がさりげなく立ち上がった。席を移動する。そして遠藤の後ろにすわった。

〝狐〟も遠藤を尾行しているのだろうか。いや、そうではないだろう。

いかに貴族の子弟が多く、比較的、自由に動くのを許されている〝狐〟だからといって、どこまでも好き勝手に動いていいということにはならない。自由に裁量して動けるのにもおのずから限度があるだろう。いやしくも憲兵隊に所属している者が、そんな派手な格好をして尾行などしようはずがない。

――尾行でないとしたら何か。

〝狐〟は遠藤に何か連絡をつけようとしているのではないか。ということは――遠藤は〝狐〟のいわば密偵のような存在なのだろうか。密偵という言葉があまりに古めかしいというのであれば情報提供者か。

だが、遠藤のような得体の知れない男と〝狐〟との間にどんな接点がありうるというのだろう。遠藤に〝狐〟に提供すべき、どんな情報があるというのか……

〝狐〟は麻布の自動車屋でいわば志村を襲った。志村から黙忌一郎のことを聞き出そうとしたのだった。

どうして憲兵司令部に属する彼らが、あんな拷問まがいのことまでして黙のことを聞き出そうとしたのだろうか。あのときにはさして気にもかけなかったのだが、いまになって急にそのことが重大な意味を持って感じられるようになった。

相沢事件において一部憲兵隊の動きに不審な点があった。まさか東京憲兵隊、憲兵隊司令部が、何かためにするところがあって、妙な動き方をしたとまでは思わない。さすがにそんなことはありえないだろう。

が、貴族の子弟のみで構成されていて、憲兵隊のなかでも遊撃班のような性格を持っていると言われる〝狐〟であれば、あるいは胡乱な動きをすることだってあるのではないだろうか。

さすがに、あまりに荒唐無稽で、かつ恐ろしいことでもあって、志村はそのことは誰にも人に話していない。多分、黙忌一郎は薄々そのことに気がついてはいるだろうが、そうであってもうかつに話題に載せていいことではない。

志村はひそかに永田局長を惨殺した人物は相沢の偽物ではなかったかと疑っている。あれは遠藤の仕業ではなかったか。去年の夏、囚人番号千百番は、一時的に小菅刑務所から姿を消していた、ということだから物理的に不可能な話ではない。遠藤にはいわゆる不在証明《アリバイ》がないのだ。

遠藤の背後に、北一輝——もしくは占部影道か——が潜んでいるのだとしたら、遠藤に相沢中佐を演じさせ、永田局長を惨殺させたのは、あるいは青年将校たちの〝昭和維新〟運動を実現させるための布石ででもあったのだろうか。

しかし、遠藤と、もう一人——乱歩と真崎甚三郎に扮した中年男——の背後に、占部影道たちばかりでなしに、〝狐〟までもが潜んでいるとなると、これをどう理解したらいいのかわからない。

まさか憲兵隊、それも貴族の子弟で構成される貴族非常駐特別班＝〝狐〟が〝青年将校運動〟に同情的だとは思えないのだが……むしろ〝狐〟たちは〝青年将校運動〟が打破すべきと唱えている上位為政者（政党、幕僚、財閥）たちに連なる階級だと考えたほうがいいのではないか。

——何かがおかしい。何かがどこかでかけちがっている。

志村はそのことに焦燥感に似たものを覚えていた。

ふと人の気配を感じた。

顔を向けると、二階席一列目のちょっと離れたところに、ひっそりとお蝶がすわっていた。澄ました顔をしている。

夫婦の場合を例外として、男女の席は別べつなのが決まりだが、いまどきそんなことを気にする者はいない。その決まりはすでに形骸化して、あってなきがごときものになっている。

「……」

志村はさりげない風を装って敷島を取り出した。一本をくわえて燐寸《マッチ》で火をつける。煙りを吐き出した。

あたりを見まわした。畳のうえに火鉢が置かれている。そこに燐寸を捨て、そのついでに人さし指をわずかに動かした。そうすることで遠藤、〝狐〟の二人にお蝶の注意を向けさせたのだ。

お蝶の視線がわずかに動いた。階下の二人の男に視線を走らせる。彼女もまた麻布の自動車屋で〝狐〟に遭遇したことがある。聡明な彼女のことだ。その男が〝狐〟の一人であることに気がつかないはずがない。

お蝶は志村が何を言わんとしているのかすぐに了解したようだ。目だけで頷いた。

そして煙草の煙りに閉口したように顔のまえで手を振った。わざとらしく立ちあがる。場所を移動しようというのだろう。志村の背後を通り過ぎるときに小声で囁いた。

「ご心配には及びません。あの二人の話は一部始終聞きとめておきますから。一言だって聞き洩らすものじゃございません。近くに〈松〉というカフェがあります。映画が終わったらそこにいらしてください」

お蝶は二階席の後ろのほうに移っていった。かすかに残り香が漂った。

——一部始終聞きとめておきますから……一言だって聞き洩らすものじゃございません……

そんなことが可能だろうか。志村には信じられない。

一階の二人の周囲には誰もすわっていない。というか、そもそも二人は他の客から意識して離れたところにすわっているのではないか。自分たちの話を誰かに盗み聞かれるほどうかつではないだろう。

ただでさえ客が少ない。隅のほうに二人、三人とすわっているだけなのだ。遠藤たちの話を聞き取るには、いずれも座席が離れ過ぎている。誰かが近づこうものなら、二人は即座に席を立つにちがいない。

そうかといって、まさか二階にいるお蝶が二人の話を耳に入れることなどできようはずがない。それこそ、あまりに遠すぎる。

——お蝶はどうするつもりなのか。

志村としてはそれを考えざるをえない。考えているうちに館内が暗くなって写真が映り始めた。

「狂える一頁」という題名である。

監督は衣笠定之助——聞き覚えがある名だ。ちょっと首をひねったが、ほどなく思い出した。去年、林長二郎を主役にし、松竹で「雪之丞変化」を撮り、大いに当てた監督の名ではないだろうか。

あまり活動に興味がない志村にしてからが、「雪之丞変化」の題名ぐらいは知っている。それほど当たった。誰も気にしない監督の名まで覚えているのは、記憶力に優れた志村ならではのことであったろうが。

「雪之丞変化」はトーキーである。去年ぐらいから、封切られる映画の多くがトーキーに変わった。

が、これは何年か前の映画らしい。無声映画であるのは当然として、字幕さえもないのが妙だ。むろん、この場末の小屋に弁士だの楽隊などいようはずがない。観客はただ画面の流れだけを追うしかない。

では、画面を追っていれば筋書きがわかるかといえば、そうでもない。全体に画面が暗いうえに、前後に何の脈絡もない場面が頻出して、物語の筋を追うことさえ難しい。しかも意味のない繰り返しが多い。何ともとらえどころのない映画という他はない。

もちろん初めて見る映画である。それなのに妙に馴染みがあるような気がする。どうしてだろう。胸のなかで首をひねったがわかるはずがない。

だが、いずれにせよ、いまの志村は活動写真どころではない。一階で、遠藤と〝狐〟がどうしているのか、それを確かめたいのだが、この暗さではどんなに視線を凝らしても二人の姿を視認することができない。そのことがもどかしい。

志村はそれに苛立つばかりだったのだが――

と、突然、うしろ向きの大入道が二つ、画面を覆うようにして、ぬっと姿を現わしたのだ。そして同時に振り返る。

思わず志村は声をあげていた。

それは遠藤と、もう一人――乱歩と真崎甚三郎に変装した――、あの中年男だったのだ。二人の男はにやりと笑って、何かつぶやいた。画面が切り替わって消えてしまう。

志村が呆然としているうちに映画は終わってしまった。館内が明るくなったときにはすでに遠藤と〝狐〟の姿は消えていた。

九

場末の小さなカフェである。そこでお蝶が志村に話をしている。

麻布の自動車屋で会ったときにはお蝶は志村に対する嫌悪の念を隠そうとはしなかった。が、いまはそんな様子はない。黙忌一郎から話を聞いて、志村に対する認識をあらためたのか、それとも感情を露わにしていたのではろくに仕事にならない、と割り切って考えることにしたのか……

「もう十年もまえに新宿の武蔵野館にかかったきりの映画ですから、多分、ご存知ないでしょうけど、「狂った一頁」という映画がありましてね。監督は衣笠貞之助、主演は井上正夫……わたしなんかはそのほうにはいっこうに暗いんですけど、何でも、川端康成、横光利一、とかいう小説家の先生が、台本を手がけておいでだということです。もちろん無声映画ですし、字幕も一切ないんですよ。これは黙さんからの受け売りなんですけど、何でも純粋映画とかを試みた実験映画だったんだそうです」

「純粋映画……いまのがそうなのかな」

「あ、いえ、いま、ご覧になった映画は違います。いまのは「狂える一頁」、監督は衣笠定之助――ね、違いましょう。何と言えばいいのか、もともとの映画のもじりとでも言えばいいんでしょうか。もともとの「狂った一頁」は精神病院が舞台になっているんだそうです。監督が映画を作るまえに松沢脳病院に見学に行ったとかで……実際にはそんなことはなかったのだろうと思いますけど、本物の患者の方が何人か出演しているという噂があったようです」

「それで、もじりの「狂える一頁」のほうもあんなふうにおかしな作り方になっているのだろうか。どう見ても、あの映画に出てきた遠藤ともう一人の男は尋常ではない。まるで本物の狂人のようじゃないか。そこまで意識されて「狂える一頁」は作られたのかな」

「さあ、そのあたりのことは黙さんに聞いていただけませんか。どうしてか黙さんは「狂える一頁」にひどくご執心なようですから。あの人のことだから、それはもう、何か考えがあってのことだろうとは思うんですけど……」

「それにしてもわからないな。どうして、そんな誰も知らないような映画の贋作を作る必要があったんだろう」

「それがわからない。もちろん衣笠定之助なんて監督はどこにもいませんのさ。念のために〈海浜館〉の館主にも問い合わせてみたんですが、あれは興行主の間を流れながれしたフィルムで、そもそも、どこの誰が作った映画なのか、いまとなってはもう突きとめようがない、ということなんです。以前、志村さんもご覧になったことと思いますが、やはり「押絵と旅する男」という映画もどきがありましたでしょう。多分、あれと同一人物が監督した映画なのではないかというのが黙さんのお考えなんですが」

「「押絵と旅する男」……」

志村は考え込まざるをえなかった。「押絵と旅する男」の暗い映像が頭のなかにぼんやりと揺曳していた。

「狂った一頁」——いや、そうではない、「狂える一頁」、か——を見たときに妙に馴染みがある映画のように感じた。そのときには、それがどうしてだかわからなかったのだが、いまになってようやく理由がわかった気がする。

「狂える一頁」にはどこか「押絵と旅する男」と共通したところがあるようだ。二作とも、いわば存在しない映画であるのだが、その手ざわりというか、演出術のようなものに何か共通したところを感じさせる。

これまで志村は映画を見ていて、そんなことを意識したことはないのだが、同じ監督の手になる映画はどこか肌ざわりのようなものが似てくるのだろうか。

それにしても——どこの誰がどうして〝存在しない映画〟など作る必要があるのだろうか。そもそも、そのことにしてからがすでにわからない。

「狂える一頁」のことは何をどう考えればいいのかわからない。何か、志村の想像を絶したようなところがある……そのことは、いずれ黙忌一郎に確認することにして、遠藤の行方がどうなっているのかを尋ねることにした。

「遠藤はどうなってる。まだ行方はわからないのか」

そのときのことだ。入り口のカーテンが開いて一人の中年男がカフェに入ってきたのだった。黒っぽい袷を着て、鳥打ち帽《ハンチング》めいた帽子を被っている。無言のまま腰をかがめて二人に挨拶した。

「如才もあるまいが」とお蝶はその男に声をかけた。

「遠藤のことは抜かりがないだろうね」

男はただ黙ってこくりと頷いた。まるで石を大ざっぱに刻みでもしたかのようにその顔には表情が動かない。

「お聞きのとおりです。この人が太鼓判を押せば心配はありません。たしかに遠藤が〝狐〟の自動車に乗ったのはわたしどもの誤算でした。まさかのことに脱獄囚が自動車を用意させてるなんて思いもよらぬことでしたから——でも、この不手際をそのままにはしておきません。必ずや〝狐〟が遠藤をどこに連れていったのか、それを突きとめてご覧にいれます」

お蝶はそう言い、みじかく笑った。

志村は彼女のその笑いにかすかに違和感めいたものを覚えた。いついかなるときにも博徒百人、香具師百人を召集し、彼らを意のままに動かすことができると豪語する猪鹿のお蝶が、尾行する相手が自動車に乗ったぐらいのことで取り逃がしたりするだろうか。

彼らは何らかの理由があって志村を騙そうとしているのではないだろうか。

何らかの理由？……何の理由？……

「この人はきしゅうさんというんです。わたしたちのお仲間です」

きしゅうさん……妙な名前だ。紀州さんだろうか。本名なのか、それとも出身地を名前がわりに呼ぶ通り名なのか。それは志村には何とも見当のつかないことであったし、お蝶のほうもあえて説明するつもりはないようであった。

紀州は、志村のまえにすわると、あらためて頭を下げた。あいかわらず、その表情は変わらない。一言も話さないし、にこりともしない。礼儀知らず、というほどではないが、ひどく寡黙で、とりとめのない人物だという印象を受ける。

お蝶がとりなすように言う。

「どうぞ、お気を悪くなさらないで下さい。この人が不愛想なのはわけがあることなんですから。この人はわたしどもの仲間なんですが、なにしろ耳がいい。どんなに遠くのヒソヒソ声でも聞きとることができるほどなんですよ。しかも聞きとったら忘れない。ただ、聞いたことを頭に入れておくためには無駄口をたたいちゃダメなんだそうです。聞いたことを覚えておいて、きちんと人に話すには、一言だって余計な口を聞いちゃならない。そのためには無愛想に振る舞うのをどちら様にも勘弁して貰わなければならない。不便な話なんですけれどね、本人がそう言うんだから仕方がない」

「……」

志村はあっけにとられた。あらためて男の顔を見ずにはいられなかった。

それではこの男は〈海浜館〉の一階席にいたのだろうか。多分、遠藤、〝狐〟の二人と離れた座席にいたのだろうが、そういう特殊な能力を持った男であれば、二人の話を一部始終聞きとめたとしても不思議はない。

なるほど、お蝶が「一言だって聞き洩らすものじゃございません」と豪語したのは、そういうことだったのか……

志村は紀州に尋ねた。「二人はどんな話をしていたのだろう」

紀州は志村を見て、一瞬、視線を宙にさまよわせるようにした。そして何かを読みあげるかのように抑揚を欠いた口調で言う。

「由井正雪も裸足で逃げる大陰謀……あいつらはこともあろうに帝都を内乱の炎のなかに投げ込む算段でいますぜ」

十

すでに去年のことになるが、昭和十年（一九三五年）十一月二十六日、高橋是清蔵相は以下のように声明を発表している。左記はその概要である。
○日本は天然資源も少なく、国力の豊かならざる国であるから予算も国力に応じたものをつくらねばならぬ、
○世界を見渡して日本を後援する国が果してどこにある。若しこれ以上軍部が無理押しをすれば遂には国民の信を失ふこととなるのではないかと思ふ、
○予算は国民の所得に応じたものをつくっておかねば、いざ鎌倉というときに敵国に対し十分の応戦をなすことが出来ぬ、
○日本内地の国情を見るのに誠に気の毒な人もあり、また年々の災害によって民は痛められ社会政策上考慮すべき問題は多々ある、
○自分は最後に陸海軍に対し各々一千万円ずつの復活要求を認めるが、これ以上はとても承認するわけに行かぬ、
○我国はいたずらに列国を刺激することをやめ、世界平和の精神を以て進むべきである、
ただちに軍部両相は、高橋発言に対して、三千七、八百万円の復活は、絶対譲れないと強調する。さらに陸相は、非公式声明において、「これ以上軍部が無理押しをすれば恐らく国民の怨嗟の府となる」という発言についての釈明を高橋に求める。

これに対して読売新聞は社説において高橋発言を「妥

当公正な意見」と評価する。この例からもわかるように世論はおおむね高橋発言に対して好意的だった。

軍部は追いつめられていたと言っていい。後世、二・二六事件について、〈皇道派〉、〈統制派〉の対立が絶対的なものであったかのように論じられることが多いが、じつは高橋発言に対する青年将校（隊付き将校）たちの意識は、反皇道派の幕僚層が主導する陸軍省・参謀本部の予算獲得至上主義と何ら選ぶところがなかった。

二・二六事件の首謀者の一人である某青年将校は、その「公判調書」において、高橋発言を、

――皇軍に対する財閥、政党等の反撃の象徴……

と位置づけている。さらに彼は言う。

――当時一般に於ける維新運動は天皇機関説問題等より漸次活発になりたるも厚顔なる上層者流は恬《てん》として非を覚らず、皇軍に対する財閥、政党等の反撃は逐次大となり……余等の推進する軍上層部も結局君側にある元老重臣ブロックの存するに於て如何ともし難きの意あるに至り……

つまり、ここで彼は陸軍上層部のあり方を決して非難してはいない。それどころか「君側にある元老重臣ブロックの存するに於て如何ともし難きの意あるに至り」という表現で共感を寄せている感さえある。

十月事件、血盟団事件、五・一五事件を経る中で、〝青年将校運動〟はしだいに陸軍部内で揺るぎない存在感を高めていった。陸軍が宮中、政党・財閥などに、おのれの要求を認めさせようとするときに、青年将校の存在が〝無言の圧力〟と化して、彼らを圧迫するにいたった。

一九三一年、青年将校が信頼する荒木貞夫陸相が誕生したことにより、のちに某青年将校が「茲に青年将校は明朗なる国体顕現運動に向ひ展開前進を開始した」と証言しているように、じつに〝陸軍は維新運動に有利なる環境に〟恵まれたのだった。

このころ、陸軍上層部と〝青年将校運動〟とは一心同体に癒着していたといっていい。頻繁に会合を持っていた。

だが、この時期、陸軍青年将校たちは概して――多分、海軍側の反発を憂慮して――目立つ発言をひかえていたようである。

そのために、このころの〝荒木陸相誕生という有利な状況を維新運動に役だてよう〟という青年将校たちの意識、状況は、後世、あまり注目されることがない。

もともと〝青年将校運動〟は必ずしも非合法活動に重きを置いたものではなかった。

それどころか昭和六年の十月事件におけるように、橋本欣五郎を始めとする幕僚将校が皇軍を私兵化し、東京に乱を起こそうとしたときには、隊付き将校（青年将校）の何人かは兵を率いて、これに対抗、鎮圧するのを計画したほどであった。

すなわち、彼ら青年将校たちが、〝君側にある元老重臣ブロック〟を何とかしなければならないという〝軍上層部〟の意を汲んだつもりになって行動したところに、二・二六事件の最大の悲劇があったのではないか。

彼ら青年将校たちは不断に、決起しても軍から弾圧されることはないだろう、という誤った——その時点では必ずしもそうとばかりも言えなかったのだが——メッセージを受け取っていたのである。

高橋発言に対する反応からもわかるように、のちに取り沙汰されるほど〈皇道派〉と〈統制派〉との確執は決定的なものではなかった。

昭和十一年一月某日——

二・二六事件の最大の首謀者である磯部浅一は、川島義之陸相を官邸に訪れ、じつに三時間にもわたって懇談している。

磯部浅一は川島陸相を——多分、高橋発言について——そうとう強硬に突きあげたものと想像される。そして、これに対して河島陸相が、〝元老重臣ブロック〟を打倒しなければ何もできないという〝意〟を洩らしたことは間違いない。

こうした軍首脳部の態度から、青年将校たちが、決起しても弾圧がないと判断するにいたったのを、あながち状況判断の誤りとのみするのは、彼らに対していささか酷というものだろう。

が、当時の青年将校たちの意識の独特なあり方は、後世の人々の理解しがたいものであった。そのために二・二六事件に対する把握を誤らしめることになる。

その最たるものは、真崎甚三郎大将を二・二六事件の黒幕と見なすような歴史観であるだろう。けっして真崎一人が青年将校たちの理解者なのではなかった。むしろ軍上層部全体に青年将校に対する共感が——暗黙のうちに——あったと考えるべきではないだろうか。

のちに作家の三島由紀夫は「『道義的革命』の論理」というエッセイで、

> この事件に関して終始一貫青年将校の味方であり、節を変へなかつたただ一人の人物斎藤劉《りゆう》は、予備役少将にすぎなかつた、彼らが最も信頼した真崎の首鼠両端の態度は広く知られてゐる。

と記している。

たしかに磯部浅一は世田谷の真崎邸を二度訪問している。その二度目の訪問のおりに、真崎甚三郎に経済的な尽力を乞うている。そのときに真崎大将は金銭的な援助に応じている。おそらく三島由紀夫が、首鼠両端の態度として、真崎を弾劾したのは、このときに磯部浅一を経済的に援助したことと、それに——

> いよいよ皇道派の大御所の登場だ。真崎の到着は午前八時半ごろとみられる。
>
> 磯部の書く真崎の言葉に迫真を感じる。そのため、「お前達の心はヨオックわかっとる。ヨオーッわかっとる」というこの言葉は、その時点の真崎の心境を推知する手がかりとして、有名になっている。二・二六関係の類書にもこのセリフが多く引用されている。

のちに松本清張が『昭和史発掘』でこう書いたように、二・二六事件当日朝、青年将校たちが占拠している陸相官邸に、真崎甚三郎が到着したとき、磯部浅一に対して言ったとされる発言とが、その根拠となっているようである。

だが——

事実として、軍部からは——三月事件、十月事件の際、幕僚将校橋本欣五郎のクーデター計画においてもそうであったように——〝青年将校運動〟に対して相当の金額が渡っていたはずなのである。

三島由紀夫によって、終始節を変えなかったとされる斎藤陸軍少将でさえも、昭和八年十月以後、石原広一郎（石原産業海運社長）への仲介の労を取り、そのために栗原安秀に対してじつに一万円もの運動資金が渡っているという証言がある。

もちろん、だからといって斎藤少将に何らやましいところがあったわけではない。

このころは軍中央部から青年将校に対して、内々に機密費が提供され、人事面での便宜も様々に受けていたと言っていいからである。

もっとも昭和九年一月、荒木貞夫陸相が退陣し、林銑十郎陸相が誕生したときに、状況は一変したようであるが、それも川島義之が陸相に就任してから旧に復したと言っていい。

つまり、真崎甚三郎が青年将校に経済的な援助をしたところで、そのことのみをもってして、彼一人が二・二六事件の黒幕視されるのは、はなはだ不当なことなのである。

それでは、真崎が陸相官邸において、磯部たちに対して、

——お前達の心はヨオックわかっとる。ヨオーッわかっとる。

と言ったというのはどう考えるべきだろうか。

じつはこれは磯部が獄中で記した「行動記」に書かれていることであり、彼が幕僚層を事件に巻き込むことで〝法廷闘争〟を有利に展開しようとしていたのは、まぎれもない事実なのである。その意味でこの証言を全面的に信じるのは保留すべきだろう。

さらに、真崎裁判の判士であった某人物が、

——やがて、真崎大将は得意然たる態度で来た。玄関に着くと、上がり口の方より後方へ向き直り、恰度親分であるかのような態度であたりを睥睨していた。実に其の時に於ける彼の不遜な態度は何時までも、頭に残っているとのことである……

と憲兵隊の「聴取書」に証言を残していて、真崎甚三郎の〝二・二六事件黒幕説〟の有力な根拠となっているが、これも当時、その人物は現場に居あわせなかった、という証言がなされている。

彼は、真崎甚三郎の不遜な態度を忘れられない、と言う。だが、そのとき、そもそも彼は真崎の態度を見て、真崎の言葉を聞ける場所にいなかったのだという。

それどころか、真崎大将護衛憲兵（当時伍長、のちに大尉）の証言では、官邸の玄関で青年将校たちが真崎を迎え、

——国体明徴と統帥権干犯問題にて決起し……（略）……目下議事堂を中心に陸軍省、参謀本部などを占拠中であります……

と報告したところ、

——馬鹿者！　何んということをやったか。

と大喝し、青年将校たちを面食らわせたのだという。

こうなると、どちらが事実であるか、じつに〝藪の中〟としかいいようがないが——その後の真崎の二・二

六事件への対処の仕方、さらに三月事件への反対行動等を考えると、どうも青年将校たちを一喝するほうが真崎にはふさわしい行動のように思われる。

昭和六年、満州事変が画策されたときにも、それに真崎が断固として反対するのが予想され、それがために彼は台湾司令官に任命されたと言われているほどなのだ。

真崎甚三郎はけっして好戦的で粗野な人物ではない。むしろ、その逆と言っていい。それなのに、この二・二六事件にかぎって、人々に粗野で不遜な人物という印象を与えたのはどうしてだろう。

一方の不遜、軽率な真崎甚三郎と、もう一方の重厚、沈思たる真崎甚三郎とでは、あまりにもその人格の印象にに違いがありすぎるのではないだろうか。この矛盾をどう理解したらいいのか。

もしかしたら、そう、もしかしたら、このとき真崎甚三郎は二人いたのではなかったろうか……

怪盗二十面相　死大佐《しにたいさ》

一

夕方、暮色がたちこめる時刻に——

青山一丁目の方角から、ザッ、ザッ、と軍靴の響きが近づいてきた。

歩兵第三連隊に所属する部隊だろう。中隊編成である。行軍か。

兵たちは鉄兜をかぶって背嚢を背負っていた。先頭の将校は馬に乗っていた。兵たちの吐く息、馬の吐く息が白い。

将校が隊列の先頭からそれて馬をわきに寄せた。多分、馬が疲れていると判断したのだろう。馬から下りた。

そのとき背後からすっと人影が近づいてきた。そして将校のマントに手をかけた。当番兵かと思ったのだろう。

将校は何の疑いもなしに、その人影にマントを渡し、さらには帽子を脱いで、それも渡した。人影はそのまま将校の背後から消えた。

そのときになって初めて将校は背後の人影に不審を覚えたようだ。振り返り、闇のなかをジッと凝視したが、その人影はすでに闇にまぎれて消えていた。

「……」

将校はいぶかしげに眉をひそめ、闇の奥を見つめていたが、やがてあきらめたのか、馬を引いて行軍にしたがった。

部隊が通り過ぎるとそこはまた閑散として人通りが絶えた。誰もいない町にただ木枯らしだけが吹いている……

夕暮れがたちこめるなか、暮色がそこだけ煮こごったように、ふいに人影が浮かびあがった。

〈猫床〉の親父の田所である。黒い袷を着て角帯を締めていた。

乃木坂のほうに向かっている。ふらふらと歩くその足どりがどこか覚つかない。妙に影が薄かった。

市電がノロノロと通過していった。そのポールが夕暮れのなかに青白い火花を散らせた。

田所はうつむき加減に歩いていた。力のない足どりだ。ふと前を見ると、二十メートルほど先を一人の男が歩いているのが見えた。まだ若い男のようだ。

べつだん何の変哲もない男だ。その身ごしらえも尋常で変わったところはない。やはり黒っぽい袷に角帯を締めている。わきに風呂敷包みをかかえている。後ろ姿しかわからないが、何とはなしにその立ち振る舞いに粋な感じがした。

田所はその男の後ろ姿を見て、

「……」

顔色を変えた。

一瞬、迷ったようだが、すぐに意を決したように、男のあとを追って足を速めた。

その男は乃木神社のほうに向かっているらしい。

すでに街灯の明かりがともる時刻になっている。霧がたちこめるように夕暮れに淡い明かりが滲んでいた。その街灯の明かりのなかを男の姿が過ぎっては遠ざかっていく。

それほど急いでいるようには見えないのに男の足どりは妙に早かった。

それを追う田所はいつのまにか息を切らしていた。うからかしていると男の姿を見失ってしまいそうになってしまう。

どこかの横町から豆腐屋の喇叭《らっぱ》の音が聞こえてきた。その音が何かの合図だったかのように急に夜が落ちかかってまわりが闇に閉ざされた。

男の姿が街灯の明かりに浮かびあがるのと闇に没するのとを交互にくり返していた。まるで存在と不在のあいだを点滅しているかのように……そのまま乃木神社の境内に入っていった。

「……」

田所は足を速めた。その表情に焦燥の色が濃かった。乃木神社にも明かりはともっているが十分ではない。闇にまぎれて若い男の姿が消えてしまうのを恐れているのだろう。

田所は先を急いだ。闇のなかに下駄の音がカラコロ鳴った。

乃木神社は全体に暗い。境内の隅々にまでは明かりが届かない。男の姿はすでにその闇のどこかに消えていた。

田所はギクリとしたように顔色を変えた。多分、男が乃木神社から逃げたように思ったのだろう。急いで境内を小走りに抜けようとした。


だが、田所はすぐに足をとめることになったのだった。

一之鳥居を入って左手、二之鳥居のわきに手水舎がある。

その手水舎のところにあの男の姿が影のようになってボウと浮かびあがっている。どこにも明かりなどないのにその後ろ姿が妖光を帯びたように青白く光っていた。

男は田所に背を向けていた。何をしているのだろう。身じろぎ一つしない。

「……」

一瞬、田所の表情に逡巡の色が浮かんだが、すぐに闇のなかに腰をかがめ、両足から下駄を脱いで、それを懐に突っ込んだ。

境内には玉砂利が敷きつめられている。そのうえを下駄で歩いて足音を聞かれるのを嫌ったのだろう。腰をかがめた姿勢で、慎重に裸足《はだし》のまま、男の背後に忍び寄ろうとした。

そのときのことだ。

若い男が懐から燐寸を取り出して、シュッ、という音とともに、火をつけたのだった。そして、その火を手水舎のほうにかざした。どうやら手水舎を見ているようだ。

何を見ているのか。

「……」

田所も男に誘われるように手水舎に視線を向けた。その顔から瞬時に血の気が引いたようだ。

——蟹。

手水槽の縁を一匹の蟹が這っているのだった。若い男はそれを見ているようなのだ。田所もいやでもそれに目を向けざるをえない。

蟹は鋏を振りたて振りたてしながら這っている。その体の色が血と見まがわんばかりに毒々しいまでに赤い。その赤い色がいやがうえにも田所の目に焼きついて離れようとはしなかった……

二

〈猫床〉の蟹なのだろうか。多分、そうだろう。

東京市のどこにでも蟹がいるわけではない。〈猫床〉の蟹でなくて、場所もあろうに乃木神社に、どうして蟹などが這っているわけがあるだろう。もっとも——〈猫床〉の洗面器から蟹の姿が消えてすでに数ヵ月が過ぎようとしているのだったが。

そのときのことだった。田所に背を向けたまま、若い男がふいに、親方、と声をかけてきたのだった。

「おいらには、なぜに蟹がこの手水のうえを這っていたのか、そのわけがどうにもわからなかった。〈猫床〉からこの乃木神社まではずいぶん離れている。蟹が自分でここまで這ってこられるわけがねえ。それなのに蟹はこの手水槽の縁を這っていた。それはどうしてか」

「関口、おめえ……」

田所は絶句する。だが、すぐに気をとりなおしたように、

「おめえ、なんでこんなところにグズグズしてやがるんだ。そんなことをしてていい体じゃねえだろう」

男は鼻で笑ったようだ。後姿の肩がわずかに揺れた。

「照若殺しのことで警察がおれに目をつけてるってか。それはないぜ、親方。たしかにおれは照若とは会えば軽口の一つもたたこうかって仲ではあったけどよ。なに、それだけのことさ。なにも男と女のことがあったわけじゃねえ。おれが照若を手にかけるわけがねえのさ。それを思えばよ。何もあんなふうにして尻に帆かけて風をくらって逃げるこたぁなかったんだ。何のこたぁねえ。親方にはさんざん脅かされちまったなあ。親方にしてみれ

ばていのいい厄介払いだったんだろうが。おれのほうこそいい面の皮さ」

「何をいいやがる。恩知らずもたいがいにしやがれ」田所は吐き捨てるように言って、「おれはおめえのことを思えばこそ逃《ふ》けろっていってやったんじゃねえか。おめえだって根っからのすっかたぎというわけじゃねえだろうよ。警察《サツ》にいろいろと調べられるのはマズイんじゃねえかと思ってそれで——」

「何だなあ。いまさら見え透いたおためごかしはやめにしねえな。どうしてなんだか警察は照若が殺された事件をまともに調べようとはしていねえ。調査なんか何もやってねえんじゃねえのか。そのことだったら、親方、おれのことを心配なんかしてくれなくてもいいよ。それに——」関口はそこで思わせぶりに言葉を切って、やや口調を変えると、「おれがつきあってた女は照若じゃねえ。そのことは親方も知ってるはずじゃねえか。おかみさんには、へへ、上から下までしっぽりと世話になった。そのことは親方も知ってたはずだぜ。知っていながら、惚れた弱みってやつで、そのことでおかみさんを正面きって咎めだてすることができなかった。それで照若殺しが起こったのをもっけのさいわい、おれをお払い箱にしたという寸法だろうよ。そのおれが青山を歩いているのを見てさぞかし仰天したことだろう。この野郎、殺してくれべえ、とでも思って、それであとをつけてきやがったか」

「関口、おめえ……」

田所はあえいだ。声がかすれた。

「へへ、図星だったかい。まあ、いいってことよ。おれも色っぽいおかみさんには楽しませてもらった。これでおあいこだあな。いまさら野暮はいわねえよ。それよりも蟹のことだ。どうして蟹が〈猫床〉からはるか離れた乃木神社の手水槽を歩いていたのか」

「……」

「蟹が自分で歩いてきたんじゃねえとしたら誰かが持ってきたんだろうよ。誰がどうして蟹なんかを神社に持ってきたのか。多分、蟹のことを不憫に思ったんじゃねえのか。どうして蟹のことを不憫に思ったのか。蟹は店先に置いてあった洗面器に水をはってそこで飼われていた。その洗面器の水が汚れたんじゃねえのか。それで蟹のことが不憫になった。どうして洗面器の水が汚れたのか。誰かが、いや、親方、あんたがその洗面器の水で、剃刀を洗ったんじゃねえのか。あんたはあの蟹を可愛がってた。血で汚れた水は新しい水に入れ替えることはできる。だが、一度、血に汚れた洗面器で蟹を飼いつづけるのは気が進まなかったんだろう。それでわざわざ蟹を乃木神社まで運んでそこの手水槽に放してやったんだ。そうじゃねえのか」

「……」

「安心しなよ。照若が殺されたのは去年の十一月のことじゃないか。いまはもう年が変わって二月だぜ。この冬空によ、三ヵ月もたったというのに同じ蟹が這ってるわけがねえだろうよ。その蟹はいま、おいらが放してやったのさ。〈猫床〉の蟹じゃねえのさ」

「……」

「さっきの話に戻ろうか。それじゃ、どうして、あの日、親方は店先の洗面器で剃刀を洗う必要があったのか。ただ剃刀を洗うだけのことだったら、店のなかに幾らも洗い鉢がある。なにも店先にまで出ていく必要なんかないはずだろうぜ。それをどうしてわざわざ店先に出ていって、そこにあった洗面器で、剃刀を洗わなければならなかったのか。それはもちろん、あのとき店にいた客に──たしか炭屋の親父だったよな。佐藤といったっけ。それを知られたくなかったからだろうよ。どうして客に、剃刀を洗うのを知られたくなかったのか」

男の口調に嘲笑するような響きがこもった。田所をいたぶるように言う。

「それは親方、おめえが佐藤の顔を切っちまったからさ。そうさ、そうに決まってらあな。帝都一は大げさにしても、たしかに赤坂区一ぐらいの腕は持ってる、と言われてるおめえがさ、トーシローみてえに客の顔を切っちまった。何、だからって大したことじゃねえ、どんな腕のいい職人だろうと、たまにはそれぐれえのしくじりはやらかそうってもんじゃねえか。ところが、親方、おめえにはそれが我慢ならなかった。てめえのしくじりを知られたくねえってんで、客の顔を切った剃刀を、わざわざ店先に出ていた洗面器で洗いに行った。そのときに血を洗った洗面器に、そのまま残しとくのはかわいそうだってんで、まあ、おめえにしては何の気なしに蟹をそこらに置いたんだろう。洗面器の水を入れ替えたあとで蟹を戻すつもりでさ。ところが、そのあとの騒ぎで、蟹どころじゃなくなっちまった。蟹はそのままどこかに行っちまった。親方、おめえにしてみれば、まさか蟹が消えちまったために自分があのとき客の顔を切っちまった、ということがばれるとは思ってもいなかったろうがね」

男はとうとうあからさまに嘲笑の声をあげた。その後ろ姿の肩が小刻みに揺れて、

「何だなあ、床屋がたまに客の顔を切ったからといって、それが何だというんだ。そんなことはよくあることじゃないか。それは名人上手といわれているおめえにしたって同じことだろうよ。おれにいわせれば、そんなふうだから、女房にも愛想をつかされたんだと思うね。女房はおめえのそういう堅苦しいところが我慢できなかったんじゃねえのか」

「……」

田所にはいうべき言葉もない。ただ、その目をかっと見開いて関口を凝視していた。なにか田所の知っている、いつもの関口のようではなかった。田所の目には男の背中が何倍にも膨れあがっているかのように映っていた。

「おれが思うに、おめえが佐藤の顔を切っちまったのは午後四時ごろのことだったんじゃねえのか。佐藤が店に来たのは三時半すぎだってえから、大体、そういう計算になるだろうよ。違うか」

「……」

「女房が戻ってこねえんでおめえは気もそぞろになってた。何でもそのまえには女房を捜して乃木神社をうろついてたというじゃねえか。哀れなものよ。正直、客の顔を当たるどころじゃなかったろうよ。それで勘が狂って手元が滑った。つい客の顔を切っちまった。そういうことさ。名人上手をうたわれたおめえがよ。気の毒になあ、常々、自分のことを名人上手と高っ調子に思い込んでるだけに、さぞかし慌てたこったろうなー。血止めにしようと急いで熱い手ぬぐいを顔に被せた。佐藤はうつらうつらしていた。それで勘違いしちまったんだろう。じつは、そのときは、これから顔を当たろうというところだったんだが、熱い手ぬぐいを顔に被せられたために、てっきり顔を当たった後のことだとばかり思い込んじまった」

「……」

「佐藤が店に来たのは三時半ごろだった。それから頭を刈っての、頭を洗ってので、まあ、これから顔を当たろうか、というころには四時にはさしかかっていたろう。それはさっきもいったとおりさ。そのとき佐藤は鏡のなかに血を吐いている女の顔が写っているのを見たように思った。さっきもいったようにそれは四時ごろのはずだ。ところがいけねえや。顔に熱い手ぬぐいを被せられたために、まさかこれから顔を当たろうというときのことと

は夢にも思わなかった。顔を当たったあとのことと勘違いしちまったわけなのさ。ここまではいいかい。親方、ここまではおれの推理は間違っていねえかい」

「すいり……」

田所が男の言葉をくり返した。何とはなしに、推理、などという言葉を、関口が使うのに違和感を覚えたのだろう。その表情にいぶかしげな色が浮かんでいた。

それに気づいてか気づかずにか、男はそのまま言葉をつづける。さて、それでだ、といって、

「顔を当たるにはまずは二十分がとこはかかるだろう。みんなが悲鳴を聞いたのは四時二十分ごろ──それでなおさら佐藤は、血を吐いている女の顔が鏡に写っているのを見たのを、四時二十分ごろのことと思い込んじまったわけなのさ。自分でもそうと気がつかずに頭のなかで時間の計算をしちまったということだ。なにしろ当人は半分がた眠り込んじまってるんだからそれも仕方がねえのさ。結局《けつく》、どうなっちまったか──照若が血を吐いて倒れて悲鳴をあげる、悲鳴を聞いて何人もの人間が現場に駆けつける、誰も逃げ出したやつなんかいねえ、ところがどこにも犯人はいねえ……という妙な状況になっちまった。犯人は宙に消えたか、地に潜ったか──照若はおまんこを抉りとられてたんだぜ。血を吐いて、悲鳴をあげて、倒れて、それでそこを抉りとられて……どうしたって五分や十分の時間はかかろうってもんじゃねえか。それなのに、おれたちが悲鳴を聞いて現場に駆けつける、そのほんのわずかな時間に、犯人はどこかに消え失せちまった。馬鹿野郎、そんなべらぼうな話があるけえ。なに、実際には、佐藤が女の顔を鏡に見たのは午後四時のことで、みんなが悲鳴を聞いたのは四時二十分、それだけの時間があったんだ。不思議なことでも何でもありゃしねえのさ」

「……」

とうとう田所はうなだれてしまった。いまとなっては、自分が客の顔を切ったのを隠したのがいかに愚かしい行為であったか、それが身にしみてわかった。床屋であれば客の顔を剃るのに何度も失敗をするのは当然のことなのだ。それを自分は名人だと自惚れるあまりに、妙に隠しだてをしてしまい、おかげで事件を混乱させることになってしまった。その罪は重いのではないか……

「ところで、親方、二階の座敷に血まみれの剪定鋏が転がってたのは知ってるな」と男は訊いてきて、しかし田所の返事を待とうともせずに、「その剪定鋏の出所《でどころ》がわ

からねえってんで警察《サツ》も苦労したらしい。なに、苦労したっていったって、すぐに捜査は打ち切りになっちまったんだからどうってことはねえんだが――」

「……」

「なにしろ、あの界隈には剪定鋏を必要とする庭のあるような気のきいた家は〈いな本〉ぐらいしかねえからなあ。〈いな本〉にはちゃんと剪定鋏がべつにあった。ほら、あのとき女中がよ、剪定鋏を竹竿の先っぽにくくりつけ、握りのところにヒモをからませて、それで柿の実を切り落としてた、というじゃねえか。一軒に二つの剪定鋏はないだろうよ。それじゃ、あの剪定鋏は誰がどこから持ってきたものなのか。犯人が凶器に使うために剪定鋏を持ってきたなんて話はあるわけがねえ。人を刺すのに出刃包丁を用意するやつはいても、わざわざ剪定鋏を持参する野郎はいねえだろうからな。ここは何がどうでも、犯人はとっさに剪定鋏をつかんで凶行に及んだと考えてえところだが――さあ、そうであればなおさらのこと、その剪定鋏の出所が気になるところさ。あの剪定鋏はどこから現われ出《いで》たものなのか」

「……」

「おれが思うにあの剪定鋏はもともとは〈猫床〉にあったものじゃねえかと思う。そうじゃねえのか、親方よ」

「馬鹿をいうな、おれの家には庭もなければ鉢の一つもねえ、それなのにどうして剪定鋏が要るっていうんだ」

田所はとっさに否定したが、その声がわれながら弱々しいものに感じられた。弱々しかったし、かすかに震えてもいたのではなかったか。とうてい、その声に説得力があるとは思えなかった。

案の定、男は田所の言葉など頭から無視して、

「猫もいねえのに、どうして〈猫床〉なんて名がついたのか。蟹がいたんだから、〈蟹床〉って名前がついてるんだったら、何の不思議もねえけどよ。それなのに、なんで〈猫床〉なのか、おかしいじゃねえか」

「それはおめえ……」田所はあいかわらず力のない声で、「〈蟹床〉じゃ客が心配するじゃねえか」

「「あわて床屋」か――兎ァ、気がせく、蟹ァ、あわてる……じゃまなお耳は、ぴょこぴょこするし、そこであわてて、チョンと切り落とす……チョッキン、チョッキン、チョッキンナ、ってか。笑わせるなよ、親方、そんなこっちゃねえだろう」

「……」

「そうじゃなくてさ、親方、それはあんたが不精で、看

板を掛け替えるのが面倒がったからなんじゃねえのか。おれは人に聞いてまわったんだが、もともとあの看板には〈苗床〉って書いてあったっていうじゃねえか。もとは苗を売る店だった。だったらよ、店のどこかに剪定鋏の一つぐらい転がってたとしても不思議はねえだろうよ。あんたは不精で看板の〝苗〟を〝猫〟に変えてそれを店の名にした。剪定鋏があったところで何の不思議もなかったわけさ」

男はそこで乾いた笑い声をあげると、

「なあ、親方よ。教えてくれねえか。どうしてあんたは照若に剪定鋏を投げたんだ。あんたは照若とは道で会っても挨拶するのがせいぜいのほんの顔見知り程度だったんじゃねえか。それなのにどうして照若を殺さなければならなかったんだ」

三

一瞬、乃木神社の境内に沈黙が落ちかかった。その沈黙はあまりに重く、痛いほどの緊張を孕んで、いまにも極限に達して破局に転じそうだった。

その、ぎりぎり緊張をみなぎらせた闇の底を二月の風が吹きわたる。はかない哀しみ、かぎりない怨み――満腔の思いを込めて、冷たい風が吹きわたる……

その静寂に打ちひしがれたように、田所はしばらく黙りこくっていたが、やがて声を振り絞って、

「おれには照若を殺すつもりなんかこれっぽっちもなかったんだ。あの女はおれには縁もゆかりもねえ女だ。それを殺そうなんてはなから考えるはずもねえことじゃねえか」

田所の声は闇のなかに陰気に響いた。すすり泣いているかのように聞こえた。

「あの日、おれは悲鳴を聞いて二階に駆けあがった。炭屋の佐藤が、女が血を吐いているのが鏡に写ってた、なんていいやがった。妙なことをいいやがる、って気にはかかってたんだ。だけどよ、女が血を吐いてるのを見た、にしては、おかしいじゃねえか、そのあとで炭屋の野郎、眠り込んじまいやがった。心ここにあらずって感じさ。そんなことってあるか。本当に女が血を吐いているのを見たのかどうか、おれにしても半信半疑にもなろうってものじゃねえか。それでもな、気にはかかってたんだ。それで悲鳴、というか――」一瞬、田所は妙な表情にな

って、「おれにはあれは笑い声のように聞こえたんだが──とにかく何だかそんなようなものを聞いて、すぐに二階に駆けあがった。一階の屋根に〈猫床〉──おめえのいうとおり、たしかに以前は〈苗床〉さね──の看板がかかってる。それで、あまり人が気づかねえんだが、看板の裏に面した窓から、看板の角を透かして、〈いな本〉の二階を覗くことができる。もっとも、おめえも知ってのように、〈いな本〉の二階は摺り上げ障子になっていて、下半分だけが出格子に覆われたガラスになっている。そのガラスにしたって上下式の小障子を開け閉めする造りになっているんだから、なに、滅多なことでは座敷のなかを覗き込むことなんざできっこないのさ。それでも、悲鳴だか笑い声だかを聞いたときに、念のためって思って、二階に駆けあがったんだ。そしたら──」

「そしたら?」

男はあいかわらず田所に背中を向けたままでいる。わずかに頭を一方に傾げているのは田所の話を一言も聞き逃すまいとしているからだろう。聞き返したその声に緊張があらわに感じられた。

「摺り上げ障子のガラスから照若が顔を覗かせていたんだ。畳のうえに倒れてたのか、それともたんに寝そべっていたのか──だけど、笑ってくれ、関口、おれにはその女の顔が女房の秋子のように見えたのさ。逃げた女房がおれを見てあざ笑っているかのように見えた。照若の顔が女房のように見えたんだから、おれもよくよく血迷っていたんだろうよ──」

田所の声が裏返るようにうわずった。それまですすり泣いているかのようだった声がいまは大声で泣きわめいているかのように聞こえた。

「……」

「そのとき、たまたまおれは剪定鋏を手に持ってた。おまえがいったようにまえの〈苗床〉屋が置いていった剪定鋏だ。納戸の奥に転がっていたのを偶然に見つけて拾ったものだ。何かの必要があって持ってたものじゃない。そういうことじゃないんだ。そんな気はなかった」

「……」

「関口よ、女房はおまえと浮気してた。おれはそのことが妬ましかった。たしかに嫉妬だろうよ。嫉妬には違いなかろうが、おまえと女房の仲に嫉妬したんじゃない。おれはおまえの若さが妬ましかった。おれはおまえのように女から惚れられたことがない。生まれてこのかた一度もないのさ。前との仲もそうだし,やっとのことに後妻を貰えばその女はどうにもならない尻軽女ときてる。そんなことを一切合切すべて含めて、おれはおまえの若さが妬ましかった。自分という男が情けなくて悲しかった」


男は、それで、といい、どこか嘲笑するような口調で、

「照若ねえさんを殺す気になったってわけですかい」

「おれにそんな気はなかった。わからねえのか。そんな気はなかったって何度いわせたら気が済むんだ」


一瞬、田所は憤然とした口調になったが、すぐにそれが弱々しい声に変わった。そして訴えるように綿々といら。

「おれはねたましさと悲しさに耐えきれなくなった。我慢できなかった。それでつい剪定鋏を出格子に投げつけてしまったんだ。ほどんど反射的にやったことだ。考えてもみるがいい。あれだけ細い格子なんだぜ。狙って投げたところで鋏が格子の隙間を飛び込むはずがない。それが隙間をすり抜けてガラスを割って座敷のなかに飛び込んでいったのはまったくの偶然にすぎなかった。さっきもいったように狙ってできることじゃなかったんだ——

——」

「ひどい偶然もあったもんだな。そのおかげで照若は死ぬことになってしまったんだからな。こんなことってあるもんじゃない。ガラスの割れる音がして、真内と関口が反射的に二階を見ると、女の顔に血がしぶいて真っ赤に染まったという。親方、ひでえ話じゃねえか。おめえの投げた剪定鋏が、出格子をすり抜けて、ガラスを割って、みんごと女の喉を突き刺したというわけだ。ひでえ話だ。それが偶然のことだったっていってみたところで、警察はあんたの言い分には耳を貸さないかもしれないぜ」


男は関口の名を第三者のように口にした。彼が関口当人であれば、そうまでそっけない物言いはしないだろう。じつに不自然きわまりない言い方だったが、田所は自分のあまりの不運に気をとられ、その不自然さに気がつかなかったようである。

「だからよ、おれは故意にせよ偶然にせよ照若を殺したりなんかしていねえ。照若は喉を突かれてたというじゃないか。おれは浅草の出刃打ちじゃねえ。どうして小路を挟んで投げた剪定鋏にそんな威力があるものか。そんなことができるはずはないんだ」

「何だなあ、親方。おれは刑事じゃねえんだからよ。おれに言い逃れをしたところで始まらねえやな」男の声に

また嘲笑の響きが加わって、「だって現に親方の投げた鋏は、格子の隙間を抜けて、ガラスを割って、二階の座敷に飛び込んでるんじゃねえか。畳のうえに落ちてた剪定鋏にはベッタリ血がこびりついてた。喉の傷痕も剪定鋏のかたちにぴったり合致したというぜ。申し開きはたたねえだろうよ。そうは思わねえが、偶然にせよ、親方が照若を殺したことは間違いねえだろうよ」

「そんなはずはねえ。そんなはずは絶対にねえんだよ」

田所の声にいっそう狂おしさが増した。興奮し、怪鳥のようにその両手をバタバタとはためかせると、

「考えてみてくれ、関口よう。あの摺り上げ障子は下半分だけがガラスになってるんだ。照若があのガラス窓から〈猫床〉を覗いたのだとしたら、どう考えても腹這いになった姿勢か、横向きに寝ころんだ姿勢でしかありえない。そうだろうじゃねえか。そこまではよしか」

「……」

後ろ向きの男の頭がわずかに上下した。頷いたようだった。

「いいか。そこに路地を挟んで反対側の〈猫床〉から剪定鋏が投げられたんだぜ。角度を考えてみろよ。どうやったらそれが女の喉に突き刺さるっていうんだ。剪定鋏が畳に一回落ちて、それが跳ねあがって、照若の喉を突いたというのか。なるほど、そんなこともあるかもしれねえ。だけど、それだったら、そんなに深々と照若の喉を突くはずがねえじゃねえか。そんな勢いは残ってねえよ。そんなことはありえねえ。警察だってそれぐらいのことには気がついてるはずだぜ」

「……」

一瞬、虚をつかれたように男は黙り込んだが、やがて、なるほど、そういう理屈になるか、と呻いて、

「思ったより、あんたは頭がいい。いや、じつのところ見直したよ」

その声はそれまでとはうって変わってまるで別人のもののようだった。いや、まぎれもなしに別人だった。それはあまりに突然にすぎて、なにか昆虫の擬態が破れたような思いがけなさを感じさせた。

田所はギクリと体をこわばらせ、二、三歩、あとずさって、

「おめえ、関口じゃねえな。おめえ何者なんだ。何のつもりだ。どうして関口なんかに化けてやがるんだ――」

そう悲鳴をあげるように叫んだ。

男はそれでも田所に背中を向けたままでいる。ジッと体を凝固させていた。やがてその肩がピクピクと震えた。そして、その震えが波うつようにしだいに大きくなっていって……

ついにはそれが笑い声になる。夜の闇のなかに高まった。いつまでも笑いつづけた。狂ったような高笑いが乃木神社の闇のなかに響きわたった。

その笑いに呼応するように次から次にカラスが飛びたった。カラスは夜空に旋回して、クワァ、クワァ、とたがいに嗄れた鳴声を交わすのだった。

そのカラスが鳴き交わすなかにあって、

「おれは死《しに》大佐さ。おれのことは死大佐と呼んでくれればいい」

と男は言い放ったのだった。

これがのちに、人々の間でひそひそとその妖怪めいた存在を囁かれることになる〝死大佐〟の名が初めて世に登場したときのことである……

四

死大佐は――いや、遠藤平吉はあのときのことを思い出している。思い出さざるをえない。

あのとき照若は畳に横すわりし、ぼんやりと見るとはなしに窓の外を見ていた。その横顔が繊細に美しかった。その美しさはいまも目の底に残って離れない。

出格子にガラスを組みあわせた摺り上げ障子が三寸ばかり開いていた。その隙間から、小路を挟んで、〈猫床〉の看板、それに店先が見えていた。

遠藤がすわっている位置からは見ることができない。が、多分、〈猫床〉の店先には、いつものように真内伸助が立ちつくし、二階の座敷を見あげているのにちがいない。その渇いたような表情もいつに変わりがないものだったろう。

何とも哀れな若者ではないか。貧しい書生が売り物買い物の芸者に思いを寄せたところでどうなるものでもあるまいものを……身の程知らずが……遠藤は腹の底で嘲笑せざるをえない。

あるいは――

店先に立っているのは、〈猫床〉のおかみさんとの仲が何かと噂されている渡り職人の関口なのかもしれない。関口はやくざな遊び人で、旦那の田所の目を盗んで、その色っぽいおかみさんと逢瀬を重ねているのだという。と同時に、若い照若に目をつけ、しきりに付け文をしたり、つけまわしたりもしているのだという。

が、遠藤の目には、照若は、書生の真内と同様に、渡り職人の関口も相手にしていないように映った。

芸者が半玉から一本になるのは花柳界ではすでにそれだけで一つの事件である。そのお披露目には半端ではないカネがかかるし、旦那がいなくては到底かなうことではないし、かといって彼らに一生を棒に振って芸者と駆け落ちしようというなどという男意気があろうとも思えない。

遠藤の見るところ、照若は真内伸助にも関口にも見切りをつけている、いや、見切りをつけているといえば、つまるところは色と欲でしか動かない男たちにも、しょせんは売り物買い物でしかない自分の身の上にもとうに見切りをつけているようだった。

ときに、すべてを見下し、軽蔑するようなその目に、凄艶といっていいまでの美しさが滲むことがあった。なにか彼女一人で世の中すべてに挑んでいるかのような凄絶なまでの美貌を印象づけた。

そんなときには、概して色恋には興味がない遠藤にしたところが、思わず見とれてしまうことが多かった。それほどまでに美しい。

だが——どちらにせよ遠藤には関係がないことではないか。しょせんはどうでもいいことなのだった。

すでにそのときには遠藤は、おのれには自分というものがない、という意識が芽生えはじめていた。自分は誰でもあって誰でもない……のちに黙忌一郎に指摘されたほどの、はっきりした自覚があったわけではないが、自分を喪失してしまった人間に特有の無力感に濃厚に支配されつつあった。自分を失ってしまった人間がどうして他者とかかわり合うことなどできるものか。

遠藤には関係がない。要するに、どうでもいい。

たしかに遠藤は三日とあけず、〈いな本〉に通いつめてはいるが、なにもそれは照若に執心してのことではない。いまの遠藤は色恋には興味もない。それどころではない。照若の気持ちが誰に傾こうと、あるいは誰から離れようと、そのことには何の関心もない。正直、知ったことではない。

が、そうではあっても……思い出のなかにある照若は、あまりに艶やかにすぎて、それでいて哀しいまでにはかなくて……

色恋から遠ざかっているはずの遠藤にしてからがやはり彼女のことを気にかけずにはいられない。その姿を横目で盗み見ずにはいられない。

照若は白地に薄紅の棒縞の浴衣を着ていた。その棒縞の浴衣がわずかに翳るようだったのを覚えているから、多分あれは夕暮れのことだったのではないか……

つと照若は窓から視線をそらし、遠藤のことを見ると、

「あなた、ほんとうは萩原恭次郎という名前じゃないでしょう。萩原朔太郎の弟なんかじゃないわね」と斬りつけるように声をかけてきた。

「……」

遠藤は答えない。答えるべき質問でもないだろうし、そもそも答えられない。なるほど、たしかに遠藤は萩原恭次郎ではないかもしれないが、それでは何者なのか、と問われると答えることができない。遠藤は自分が何者なのだかそれを知らないのだ。

照若はそんな遠藤のことをジッと見つめていたが、やがて、あなたはどうしたいの、とそう尋ねてきた。

「あなたにだって何かしたいことがあるはずでしょうに。あなたはお座敷遊びをしたいわけではない。わたしに惚れているわけでもない。それなのにどうして〈いな本〉に通いつめているのかしら。わたしにはそれがわからない」

どうして照若は唐突にそんなことを尋ねたのだろう。思うに、彼女の目から見ても、あまりに遠藤という人間が頼りなく、かげろうのようにはかなく見えたからかもしれない。遠藤はそこにいていない人間だった。

遠藤はそれに応じて、おれは死にたいのさ、と何の気なしにそういったのだった。

なにも本心からそのようにいったわけではないだろう。いや、そもそも本心と呼ぶに値するほどのものが、彼にあるのかどうか、そのこと自体がすでに疑問ではあるのだが。

——おれは死にたいのさ。

熟考することなしにフッと息が洩れるようにして口からこぼれ落ちた言葉だった。

——死にたいさ。

言ってみて、それが案外に本音であるかもしれないことに気がついて狼狽した。意味のない地口かもしれないが、何でもない隻語片言に思いがけず本音がこもることがある。

いまにして思うに――あのときの、死にたいさ、という言葉が連想となって働いて、死大佐、という名前になったのではないか。

そうとでも考えなければ、どうして遠藤が、死大佐《しにたいさ》、などという奇妙な名前を思いついたのか、そのことの説明がつかない。

あのとき遠藤は将校の帽子を手のなかで弄んでいた。その将校の帽子も〝死大佐〟という奇妙な名前を連想させたかもしれない。もちろん、その帽子はそのまま座敷に残してきたのだが。

以前、江戸川乱歩と話をしたときのことを思い出した。「押絵と旅する男」で乱歩を演じることになった相棒のために何かの参考になればと思って面会を求めたのだった。

遠藤は雑誌記者と身分を詐称して乱歩に接した。多分、もう乱歩は彼のことなど忘れてしまっているのにちがいない。それほど遠藤という男は誰の記憶にも印象をとどめない。そのことが逆に乱歩には印象的だったのかもしれない。

ふと驚いたように乱歩は遠藤の顔をあらためて見ると、「きみは何か〝空気男〟のような人だね」といったものだ。そのことはいまもありありと遠藤の記憶に残されている。

そのときに乱歩は腹案中の『怪盗二十面相』の話をしてくれた。児童向けの探偵活劇なのだという。それ以来、『怪盗二十面相』が遠藤の第一の人格《ペルソナ》になった。

それと同じように、どうやらこのとき照若と話をしたことで、〝死大佐〟が遠藤の第二の人格になったようなのだ。

五

だが、そうではあっても、

――おれは死大佐《しにたいさ》さ。おれのことは死大佐と呼んでくれればいい。

どうして遠藤が、とっさに〝死大佐〟などという荒唐無稽な存在を思いついたのか、本当のところは彼自身にもよくわからない。

遠藤は――

たまたま行軍中だった歩兵第三連隊の将校からマントと軍帽を奪った……自分ではなにか目的があってのこと

ではなしに面白半分にしたことだったと思い込んでいた。が、ひるがえって考えるに、人はたまたま行きずりに軍人のマントや帽子を奪ったりするものではない。誰もそんなことはしないだろう。

遠藤は無意識のうちに何か意図するところがあってそれで将校のマントや帽子を奪ったのではないか。

無意識のうちに――多分、死大佐に変装するのを意図して……だが、無意識のうちに、ということをいうのであれば、何にも増して、江戸川乱歩の『怪盗二十面相』に――それこそ無意識のうちに――心理的な影響を受けたことが指摘されねばならないだろう。

遠藤が乱歩と会ったときには、その腹案を聞かされたにとどまったが、すでにいま、『怪盗二十面相』は『怪人二十面相』と題名を変えて、少年誌に第一回が掲載されている。

　どんなに明るい場所で、どんなに近よってながめても、少しも変装とはわからない、まるでちがった人に見えるのだそうです。老人にも若者にも、富《ふ》豪《ごう》にも乞食《こじき》にも、学者にも無頼漢《ぶらいかん》にも、イヤ女にさえも、まったくその人になりきってしまうことができるといいます。

一人の人間でありながらそれと同時に何人もの人間でもありうる……〝怪人二十面相〟はそうした人間なのだという。

荒唐無稽な存在というしかないが、それを荒唐無稽の一言で片づけてしまうのは、とりもなおさず自分自身を否定してしまうことにもなりかねない。

なぜなら、遠藤自身が……一人の人間であるのと同時に何人もの人間であるわけなのだから。

この『怪人二十面相』には、かつて芥川龍之介のドッペルゲンガーであり、萩原朔太郎の弟（事実はそうでなかったのだが）の萩原恭次郎でもあったという遠藤のありようにどこか通じるものがある。

黙忌一郎にいわせれば、遠藤はあまりに何人もの人間になりかわって生きてきたために自分を喪失してしまっているのだという。

事実、彼は遠藤平吉という名前をかろうじて覚えているだけで、自分がどういう素性の、どういう経歴の人間なのだか、ついにそれを思い出すことができずにいる。

当然、焦燥感はある。なにしろ、つい先日まで自分が真内伸助という人物なのだと思いこんでいたというのだから話にならない。その真内伸助が縊死して死んだのも遠藤のせいだというのだから、なおさら焦燥感はつのるばかりなのだ。その焦燥感がつのる先には……

——俺は誰なのか？

という疑問が待ちうけている。

そう、遠藤は何者なのか？　遠藤は誰でもありうるのだろうが、それは同時に、誰でもありえないことを意味してもいる。遠藤には自分というものがない。

たしかに、そうした遠藤のありようは乱歩の『怪人二十面相』に通じるものがある。このとき遠藤がとっさに〝死大佐〟という荒唐無稽な人物を創造するにいたったのには、それまでのそうした経緯があったからなのにちがいない。

将校の帽子は懐にねじ込んであった。さらに盗んだマントを丸めて手に持っていた。

死大佐を名乗ったのは、とっさの思いつきにすぎなかったが、その道具だてにはこと欠かない。

「死大佐《しにたいさ》？　何のことだ、それは」

田所がけげんそうな顔になったのは当然のことだろう。このときにはまだ死大佐の名は知られていない。東京の誰もそんな名は知らなかった。

そんなことはいい。それよりも——。

遠藤は、妙じゃないか、という。

「親父さん、田所さんよ。あんた何か隠していることがあるんじゃないか。あんたがいうとおり、たまたま投げ返した剪定鋏が二階の座敷で寝ころんでいた芸者の喉に刺さった、という話にしてもおかしい。絶対にありえないとまではいわないが、まずはありえないことなんじゃないか」

「……」

「田所さん、あんた、若いおかみさんと関口との仲を疑っていた。おかみさんはここに——乃木神社に頻繁に通っていた。それも外苑に通っていた。おかみさんはどうして乃木神社の外苑なんかに通っていたんだ。こんなところに何の用があったのか」

「それは——乃木将軍の厩舎に……」

「乃木将軍の厩舎だって……厩舎がどうかしたのか」

「いまは空っぽの厩舎にかつて乃木将軍が所有していた二頭の馬の名が記された貼り紙が貼られている。正馬の壽《す》号に、副馬の璞《あらたま》号だ——」

「それがどうかしたのか」

「おれは関口と女房とはその貼り札を介してひそかにやりとりをしていたのではなかったかと思う。乃木将軍の厩舎あとはあまり人出がない。人目を盗んで厩舎の貼り札を貼ったり剝がしたりするのはそれほど難しいことではない。どちらかの貼り札が貼られていれば、ふたりは会う、あるいは会わない、という取り決めがあったんだと思う」

「なるほど、そういうことか」

遠藤は頷いた。

それは田所の勘違いにすぎなかったが、何というか、それこそ致命的といってもいい勘違いだったのだ。看過するにはあまりに重大なことでありすぎた。

多分、遠藤はあまりに矢継ぎ早に質問しすぎたのだろう。あまりに性急にすぎた。そのことで田所が追いつめられたような気持ちになったとしても不思議はない。

「そういうことかって……死大佐って何のことなんだ。あんたは誰なんだ。あんたはいったい――」

そう混乱したように尋ねてくるのを手をあげて制すると、

「親父さん、あんた、〝壽号〟、〝璞号〟の貼り札に気がついたのは感心だが、それを自分たちの惨めったらしい男と女のことに結びつけて考えたのは誤りだったな。世の中にはな、あんたなんかには想像もつかないような崇高な使命があるんだよ。あんた、〝昭和維新〟という言葉を聞いたことがあるか」

「〝昭和維新〟……」

田所はキョトンとした表情になった。愚鈍といっていい表情になった。多分、そんな言葉は聞いたこともないだろうし、その意味もわからないのにちがいない。

そして遠藤が振り返るのを見て、ギクリ、とした表情になって後ずさった。振り返ったときにはもう遠藤は将校の帽子を被り、将校のマントを羽織っていた。夜の闇のなかで遠藤の姿は人間大のコウモリが翼をひろげたようにも見えたことだろう。

遠藤が、いや、死大佐が咆吼した。その声は乃木閣下の聖霊に鼓舞されるかのように闇のなかに轟いた。

「東北農村の疲弊を見るがいい！　〝赤化思想〟が跳梁跋扈するをこのままにしておいていいのか！　いかにして赤露の機械化軍備、毒ガス訓練の凄まじさに対処すべきか。ウラヂオから日露戦端を開くことになれば数時間にして数十機の飛行機が帝都を空襲すること必至の状況ではないか。姑息なる〝平和主義〟を嗤え！　見よ、重臣顕官などはその重責を忘れて私利私欲を貪っているのが現状ではないか。官僚、財閥、政党、軍閥などと結託し、隠然たる幕府を形成し、大御心を遮り奉り、赤子の情、また大君に通じるに由なく。国威は失墜し、近隣諸国の排日侮日などの内憂外患ともに至り、真に皇国の危機切迫するに至っておるではないか！　この非常時に虫けらのような男女のことにうつつを抜かして、きさま、それでも陛下の御子か。おのれを恥ずかしいとは思わぬのか」

何かが死大佐に乗り移ったかのようであった。何かがとり憑いた。何かが――多分、それは遠藤を操っているあの人物の火を噴きあげるような魂であるにちがいない。芥川龍之介でもなく、萩原恭次郎でもなく、真内伸助でもなく、死大佐に変貌したときから、遠藤のなかで何かが音をたてて急転換したかのようだった。遠藤のなかで赫怒《かくど》として燃えあがった。

たしかに田所がいうように乃木神社の〝壽号〟と〝璞号〟の名札は頻繁に付け替えられている。だが、それは田所が邪推したように、卑小で、愚鈍な男女の逢い引きの合図などではなしに、乃木神社に集う同志たちの、崇高なる決起の合図であったのだ。

が、愚かしい勘違いにせよ、その合図に気がついてしまった以上、田所をこのままにはしておけなかった。

――殺すしかない。

死大佐が、一歩、二歩まえに出ると田所は怯えたようにあとずさった。

「な、何でえ、おれを殺すつもりか。惨めったらしい男と女だって！　ヘッ！　何をいいやがる。おいらにゃ浮気な女房のことがいちばん大事なんだよ。嗤えよ、嗤いやがれ。惨めだろうが、馬鹿だろうが、てめえなんかに尻を持っていきゃしねえ。放っといて貰おうか。おれらのような下積みの人間におめえのようなご大層なご託が何の関係もあるものか」

その悲痛な声が月の光に遠のいて――

それが女の笑い声に変わったのだ。ガラスの鈴を震わせるようなキラキラと透明感のある笑い声だった。

手水舎のかげで人影が動いた。下駄の歯を鳴らして玉砂利を踏む音が聞こえてきた。そして一人の若い女が月光のなかに進み出てきたのだった。

あまりといえばあまりに突然のことだった。死大佐はそれに驚いて、

「ちーッ」

マントをひるがえして飛びすさった。

「何をいまさら」と少女はりんとした声で言い放った。その声は死大佐の頬を張るほどに強かった。「おこついているのさ。修行が足りないよ」

「誰なんだ、おまえは……」死大佐は少女を見てあっけにとられている。どうしてここにこんな女が登場したのかわけがわからない。

少女はそれにはかまわずに、

「たかが女一人さね。何ですよ。みっともない。いまさらジタバタしてどうするのさ」

そのときにはすでに田所は乃木神社から逃げ出してしまっていた。が、死大佐にしてみればもう田所どころではない。彼のことなど忘れてじっと少女を見つめていた。

六

——これは誰なんだ。おれはこれまでこんな女には会ったことがないぞ。

死大佐はまじまじとその少女のことを見ている。見ずにはいられない。

世にまれなほどに美しい。そういってもいいだろう。

黒地の着物に、朱地の帯。その紋に、牡丹に、桐の、花札の図柄があしらわれ、臙脂の羽織が月の光に鮮やかに浮いている……この若さでこれだけの着こなしを見せるのは相当なものだ。まずは並大抵の少女ではない。

並大抵の少女ではない、というのは何もその着こなしだけのことを指していうのではない。細身の、どちらかというと小柄といっていい体つきなのに、不思議なまでに凄みが感じられるのだ。これもまた世にまれなことといっていいだろう。

少女はゆっくりとした足どりで死大佐に近づいてくる。そのおのずからそなわった凄み、生まれながらの迫力のようなものに気圧されて、

「……」

死大佐はわれ知らず後ずさっている。

これはこの世の者か……そんな不条理な恐怖感に似た思いを抱いた。なにか自分がこの世の枠を逸脱するまでに異常に美しく勁いものに対峙しているという気がした。

少女は死大佐のまえで足をとめると、思い出したんだね、と念を押すように言う。

「やっと思い出したんだ。おめでとう、といえばいいのかしらね。あなたは自分を取り戻したのだから……」

「お、おれは――」

死大佐は絶句する。

言わなければならないことがある。が、言うべき言葉を知らない……そういうことのようだ。喉に詰まっているものがあるのだが、それを嚥下することができない。それに似た苦しみがあった。

「それとも、おめでたくなんかないか。自分を思い出した。ということは、あなたには犯罪者として十分に当事者能力があることになる。これでめでたくあなたは一人の犯罪者として認められた。これであなたは罰を受ける資格があるというわけね」

「罰を受ける？　このおれが――」

死大佐は呆然とつぶやき、ふと思いたって、あらためて少女の顔を見ると、あんたは誰なんだ、と尋ねた。

「名前かい。名前なんか賭場のかたに取られちゃった。もう忘れたよ。でも人はわたしのことを猪鹿のお蝶と呼ぶのさ」

「猪鹿のお蝶……」

そうさ、と少女は伝法にうなずいて、「わたしのことは黙忌一郎の代理の者と思って貰っていいよ」

「黙忌一郎――」

あまりに思いがけないことの連続でろくに頭が働かない。相手の言葉をオウム返しにくり返すのが精一杯だった。

「あんたは……あんたは黙忌一郎の手の者なのか」

「そうさ。あんたが自分のことをめでたく思い出したら、わたしが黙さんのところに連れてく手筈になってるのさ」

「どうしてだ。どうしておれを黙のところに連れていかなければならないのか」

お蝶はころころと笑って、それはさっきも言ったろう、と言い、「あんたは真内伸助を縊死させた。あんたはそのことを思い出した。そうだろう。そうであれば、当然、萩原恭次郎のことも思い出すのが道理じゃないか」

「萩原恭次郎のことも……」死大佐は眉をひそめた。とっさにお蝶が何を言っているのか理解できなかった。

「そうさ」お蝶はこともなげに頷いて、「あんたは〈いな本〉に日参しているときに自分のことを萩原恭次郎だとばかり思い込んでいた。それというのも実際に萩原恭次郎のことを見てるからだろうさ。そうだろう。それはどうしてか。いっそ刷毛ついでじゃないか。どこで萩原恭次郎を見たのか。そのことも思い出してみたらどうだい」

死に大佐はお蝶の話を聞いて……

——おれはどこで萩原恭次郎のことを見たのだったか？

ギュッと目をつぶった。閉じた瞼の裏にしきりに赤いものが奔った。こめかみが痛い。握った両の拳がわずかに汗ばんでいるのを感じていた。

——いまもおれは……

脳裡にまざまざと萩原恭次郎の精悍な容貌を刻むことができる。

蒼白の額に、鋭い眼光。紺がすりの単衣を着て、日より下駄をからころ鳴らし前橋の街を歩いている……

——そういえば。

と遠藤＝死大佐は思う。

たしかに萩原恭次郎にも芥川龍之介や萩原朔太郎と似かよった印象があった。さらには真内伸助にも似たところがある。要するに、死大佐が模倣する人間は、その印象にどこか共通したところがあるのだが（詩人肌、とでもいえばいいだろうか）それも当然かもしれない。

いかに変装が巧みであろうと、そもそも人が自分とまったく似たところのない人間に——カツラをつけようが、髭をつけようが、肉襦袢《にくじゆばん》を着込もうが、含み綿をしようが——なりすますことなどできようはずがない。そんなことはそれこそ乱歩の『怪盗二十面相』にしかできない芸当だろう。とうてい現実の生身の人間にできることではない。

大正末期、詩壇に颯爽と登場した萩原恭次郎は、その独特な詩法によって、いちやく時代の寵児となる、が、その後、東京を食いつめ、妻子をともない故郷に帰るのを余儀なくされた。そこで萩原恭次郎は煥乎堂という書店で事務長という職を得ることになる……

遠藤＝死大佐が萩原恭次郎のことを初めて見たのは一昨年のことである。

すなわち昭和九年——前橋地方を中心にして陸軍特別大演習が実施された

そのことがあって、この年、特高（特別高等警察）の活動はじつに苛烈をきわめた。とりわけ共産党の関係者が狙い撃ちされることになった。彼らは検挙拘引され、三多摩地方の某所に拘束されて、ときに筆舌につくせぬほどの凄絶な拷問を受けることになった。

──おれが萩原恭次郎のことをずっと見張っていたのはそんなときのことだ。おれは昼夜を置かずに恭次郎のことを見張っていた。そして……

そこまで考えて遠藤＝死大佐は愕然としたのだった。

──それではおれは特高の刑事だったのか！

あまりの驚きに自分でもそうと意識せずにそれを口走っていたようである。

お蝶はけげんそうに、そんな死大佐のことを見て、

「特高？　そうじゃないよ。あなたは警察の人間なんかじゃない。そうじゃなしに、あなたは奉天の占部特務機関の──」

そこまで言って唐突に言葉を切った。そして大鳥居のほうをキッと見すえる。大鳥居は銀色の月光にけぶっている。そのほのかな闇のなかに──

二つの人影がたたずんでいた。双方ともに身じろぎ一つしない。死大佐たちをジッと凝視しているようだった。その刺すように鋭い視線をひしひしと肌に痛いほどに感じた。

やおら、その人影が動いた。死大佐たちに向かって近づいてきた。

月の白光のなかに二人の容姿がありありと刻まれた。

両者ともにソフト帽を被って外套を着ていた。

一人は針金のように痩せて冷徹に鋭いものを感じさせる男である。三十代の後半だろうか。常人ではない。全身から異様なまでの精気を放っていた。

もう一人はどこか牛を連想させるような中年男である。その体つきはずんぐりとしているが、よく見ると鍛えぬかれた筋肉に全身を鎧われている。鈍重、寡黙の風があり、重量感を感じさせる。軍人か、そうでなければ予備役ではないだろうか。

「占部影道……」

と猪鹿のお蝶がつぶやいた。彼女にはめずらしく、その声には畏怖といっていい響きが感じられた。ツツッ、と後ずさった。

そのときのことだ。痩せた男がふいに闇のなかに体を沈めたのだった。そして斜め前方に爪先立ちに伸びあがるようにする。思いのほかに体が伸びた。そして──

男の喉に声にならない雄叫びが炸裂したのだ。その雄叫びが闇を震撼させた。外套の下から銀光が弧をえがいてほとばしった。

白いものが闇に飛んだ。

それが宙ですぱりと切断された。

地面に転がって跳ねあがる。

二個のサイコロ、そのいずれもがきれいに両断されていた。

遠藤＝死大佐は呆然としている。

そのときには猪鹿のお蝶の姿は闇に消えていたのだった。

男は、チッ、と舌打ちし、仕込みを外套の下に戻すと、

「女狐め、あいかわらず逃げ足が早い」

肥った男のほうはそれには見向きもしなかった。そもそも、そんなことには何の興味もないのかもしれない。

遠藤＝死大佐をひたと静かな眼差しで見つめて、とうとう娑婆に出てきたか、と言い、ふいに大声を張りあげると、

「おまえの心はヨオッわかっとる、ヨオッわかっとる、よろしきように取り計《はか》らうから――」

そう言った。そしてゲラゲラと笑いはじめたのだった。そっくり返って、空を仰いで、まるでこの世にこれ以上に面白いことはない、とでもいうかのように笑い、笑って、笑いつづけるのだ。それはもう常軌を逸した笑いというほかはなかった。

あまりのことに、ただそれを呆然と見つめている遠藤＝死大佐の脳裡には――

いまさっき目にしたばかりの剣光が妖しく弧をえがいて刻まれている。剣光が銀色に弧をえがき、闇を引き裂いて、それに男の怒声が重なるようにして聞こえるのだった。

――ナガタ天誅ダ！

これは何なのか？　遠藤＝死大佐は狂おしく自問する。これもまたなかった記憶であって、すべては遠藤＝死大佐の脳内につむがれた幻想にすぎないのだろうか。

遠藤＝死大佐はいまや自分というものを喪失して久しい。彼はかつて芥川龍之介のドッペルゲンガーであり、萩原恭次郎であり、真内伸助であって――

そして、そのすべてをほとんど失念してしまっているのだ。つまりは遠藤＝死大佐はそこに存在しないも同然の人間なのである。彼という人物はどこにもいない。

そうであれば、その記憶の至当性を疑うのは当然ではないか。

男は中年男が笑いつづけるのを目の端に見ているようだ。そして何とはなしに、それを苦々しいものに感じているらしい。そんな雰囲気がある。

が、そのことにはとりたてて言及せずに、エンドウ、

と声をかけてきて、「おまえには行ってもらいたいところがある。やってもらいたいことがある」

「行ってもらいたいところ……やってもらいたいところ……」遠藤＝死大佐はぼんやりと相手の顔を見つめた。

占部影道……この男には逆らえないという無力感が心身を蝕んでいた。これまでもそうだったし、多分、これからもそうだろう。この男はつねに遠藤＝死大佐を支配しつづけてきた。

男は、うむ、とうなずいて、

「世田谷に赤堤というところがある。畑ばかりの田舎さ。そこに——」

七

そのころの世田谷は東京市の郊外である。むしろ場末といったほうがいいかもしれない。

数年まえ（昭和七年）に、近隣八十二町村を合併し、それまで十五区を数えるのみだった東京をして三十五区を擁する大都会に成長せしめた。

これをもってして東京は人口五百八十万人強、世界第二位の都市になった、としきりに喧伝され、大いに国威発揚されるはずだったのだが——

何しろ、かんじんの東京人にしてからが世田谷や板橋を東京の一部だなどと見なしていないのだから、これはいささか羊頭狗肉のきらいがあったのは否めない。

事実、このころの世田谷はそこかしこに畑が目立ち、赤土の砂埃ばかりが舞うわびしい土地であった。

二月某日、凍てつくように寒い夕暮れのことである。

わびしい世田谷のとある家のまえに一人の男がたたずんでいた。

まだ門に灯は点いていない。家にも明かりはともされていない。

夕暮れが翳っている。闇がしだいに濃さを増しつつある。その一点に凝集されたかのように男の姿はひっそりと煙っているのだった……

人の話し声がした。

野良着の女たちが四、五人、笑いさざめきながら歩いてきた。籠を背負っている者もいれば鋤を肩に乗せている者もいる。野良仕事の帰りだろうか。

女たちが近づいてくると……男の姿はフッと夕闇に溶けるように消えて……女たちが歩み去ると……またそこ

に漏出するように現われる……女たちが歩み去った闇の彼方をじっと凝視した。

神出鬼没という他はない。まるで男の存在そのものが彼岸と此岸のあわいに点滅しているかのようだ。

鳥打ち帽に、羽織、縞の着物、三十がらみ……芥川龍之介にも萩原朔太郎にも似ているその男――遠藤平吉であった。

遠藤は門の表札を見あげた。

真崎甚三郎

い、あの真崎甚三郎だろうか。真崎陸軍大将閣下――。このところ新聞紙上をにぎわすことの多かった名である。去年、教育総監を更迭され、いまは軍事参議官をつとめているはずだが……

背後に自動車のエンジン音が聞こえた。近づいてきた。そしてヘッドライトの明かりが門を薙いだときには……

……

また遠藤の姿は消えている。夕暮れの闇のなかにフッと消えた。

自動車が門のまえにとまった。

運転手が下りてきて車のまえを回ると後部扉を開ける。一人の人物が下りてきて、ご苦労、と運転手にねぎらいの言葉をかける。軍人。五十代だろうか。

門の明かりがともった。家人が出迎えに出て、お帰りなさいませ、と言う。

「ただいま」

その人物は家人に微笑を向けて家のなかに入っていった。門灯の明かりのなかをその顔が過ぎって消える。

運転手は深々と頭を下げて運転席に戻った。

自動車が走り去っていった……

一瞬、二瞬、間を置いて、ふたたび闇のなかに遠藤が姿を現わした。

なにか茫乎とした表情になっている。その目は焦点を失ってとりとめがない。

「あの男……」

と遠藤は口のなかでつぶやいた。

あの男――とはいま家のなかに入っていった人物のことを指している。この家のあるじの真崎甚三郎のことである。

遠藤は、数日まえに、真崎甚三郎とそっくりの容貌をした中年男と会っている。そのことを思い出さざるをえなかった。むろん似ているとはいってもそこにはおのずから限度がある。うり二つというわけではない。彼とは「押絵と旅する男」と共演していて、そのときには江戸川乱歩に扮していた。

あの中年男もまた、遠藤がそうであるように〝世紀末の悪霊〟なのだろうか。二十世紀の複製文明のなかに自分を喪失して〝誰でもあって誰でもない〟存在になり果ててしまった人間の一人なのだろうか。

あの中年男の名前は知らない。江戸川乱歩に似ている。真崎甚三郎にも十分に似ているといっていい。

少なくとも遠藤が芥川龍之介に似て萩原恭次郎に似ているほどには似ている。一、二度会っただけの人間に対してなら当人と偽ることもできるだろう。その程度には似ている。

あのとき——

その真崎甚三郎に似た人物が笑い声をあげて空に放った言葉はいまもありありと頭のなかに残されている。その哄笑の声は虚ろにしてどこか不気味に禍々しい。

——おまえの心はヨオッわかっとる、ヨオッわかっとる、よろしきように取り計《はから》らうから。

あれは何だったのだろう。何のつもりだったのだろう。

あの男はあれをもってして何を言いたかったのか。

遠藤は自問したが、その問い自体がすでに空しい。なにしろ彼は自分自身のことさえわからずにいるのだ。人のことなどわかろうはずがない。

遠藤という男は人を模するのにあまりに巧妙にすぎてついには自分を見失ってしまっている。いってみれば自我の底が抜けてそこから自分というものが失われてしまっているのだ。

——どこに真の自分があるのか。そもそもおれには自分などというものがあるのだろうか。

それさえ曖昧に呆《ぼ》けている遠藤にどうして人のことなどわかるものか。余計なことは考えないことだ。考えたところで何がわかるものでもない。

「……」

遠藤は空を仰いだ。

空は地平に接するあたりあい色にわずかに光を残しているが、すでに上空は暗い。星さえ瞬いていた。

黄昏《たそがれ》刻……誰そ彼、は……

「そろそろ頃合いだな——」

遠藤はひとりごちた。

人は泥棒というものは深夜か未明に家に忍び入るとば

かり思っている。が、じつは人の気持ちが散漫になって、注意がおろそかになりがちなのは、一日の終わり、この夕暮れ刻なのである。

そのために泥棒によっては深夜や未明ではなしに夕暮れに好んで仕事をする者も少なくない……そのことに人は驚くかもしれない。が、それはまぎれもなしに事実であって、現に遠藤はこの時刻に他家に忍び込むのを得意としていた。

着物の裾をからげて尻はしょりにした。そして羽織を裏返しにして着た。羽織の裏は黒い。その姿がスッと闇にまぎれた。

コウモリのようにひらひらと塀を越えて家のなかに消えていった……

陸軍大将の家にしてはいささか貧弱な構えといっていい。

玄関を入って廊下を突き当たったところに十畳ほどの洋間がある。そこが真崎甚三郎閣下の寝室になっている。あまり洋間にそぐわない違い棚がしつらえてあって、その下部に戸棚がある。その戸棚のなかに遠藤が求めるものが隠されてあった。

勲一等旭日大綬賞——。

「……」

それを確認して声を出さずに笑う。懐におさめるとひっそりと部屋を出ていった。

足音を忍ばせて廊下を歩く。

二十燭の乏しい明かりのなかをその影が伸び縮みしていた。

「誰？　そこに誰かいるの」

台所から声がした。

なにか人の気配がしたようにでも感じたのだろうか。家の者が台所から出てきた。そして廊下を見すかすようにした。

が、そのときにはすでに影は消えてしまっていた。誰そ彼の闇のなか……すべてはただしんと静まり返っている。

遠藤が忍び込んでから出ていくまでにほんの十分たらずの時間を要したのみだった……

八

「ふん、うまくいった――」

外に出て玉川電車の駅のほうに向かう。その足どりが軽い。

世田谷は夕暮れになるともう人の気配が絶えてしまう。そんな人気《ひとけ》のない町をひとり歩いている。その懐手にしている手のなかに勲章を握りしめている。

両側は長い板塀や、コンクリート塀、生け垣ばかりがつづいていて、街灯もほの暗く、まだそれほどの時刻でもないというのに、まったく人通りがない淋しさなのだ。

一つの曲がり角をまがって、ヒョイとまえを見ると、二十メートルほど向こうの街灯の下に、黒い人影がうずくまっている。

その人影に向かって歩きながら、

「……」

遠藤は眉をひそめた。

なにか妙だった。その人影は街灯が路面に落とす影のようにじっとすわって動かずにいる。それこそ身動き一つしないのだった。

――どうしてあんなところに人がすわっているんだろう。

遠藤にはそのことが訝しかった。

浮浪者、だろうか。そうかもしれない。だが、それにしてはこんな人通りのないところに一人きりでいるのがおかしい。こんな人気のない場所ではほどこしを受けることさえできないではないか。

――大丈夫かな。

遠藤はためらった。が、じつのところ、ためらうべき理由などない。いくら淋しい場所だからといって、まさかいまどき追いはぎでもないだろう。

意を決して、そちらのほうに歩いていった。それにつれて、

――妙だな。こんなところで何をしていやがるのか。

その疑問がますますつのってくるのを覚えた。

遠目にもじつに汚い格好をしていることがわかる。おかま帽のようなぼろぼろの帽子を被って、これもぼろぼろのルパシカのようなものを着ている。遠藤が近づいていくのにもうつむいたままで顔をあげようともしないのだ。

当然のことながら、どんな顔だちをしているのか見てとることはできない。そのことになおさら気味の悪い思いをさせられた。

遠藤はそのまま街灯のまえを通り過ぎようとした。そのときのことだ。

男の両手が奇妙な動き方をしたのだ。なにか呪文でもかけるかのようにその両手が胸のまえで水平に円を描いた。

――おや。

遠藤は目を瞬かせた。

男の両手の下、地面のうえを何か小さなものが動いている。人形のようなもの――いや、ようなものではない、人形そのものだ。

二十センチほどの大きさの人形が地面のうえを歩きまわっている。あまり世間に例を見ない人形だ。銅像のような顔、銅像のような体……青銅製の人形のように見える。

もちろん実際にそれが青銅であるかどうかはわからない。あるいはたんに木製に銅箔されただけなのかもしれない。青銅製の人形では操作するのにあまりに重すぎるだろう。とにかく、そんな人形がふらふらと地面のうえを歩きまわっているのだった。

もちろん、そんなものを見せられたからといって、大の大人である遠藤が驚いたり怯えたりするはずがない。

いずれ奇術のタネは知れている。

――お化けか。

遠藤がそう思ったのは香具師の符丁を使っただけで実際にそれをお化けだなどと思ったわけではない。

お化け、というのは馬の毛を使って巧みに紙人形を操る大道芸人のことである。

黒っぽい羽織を着て、地面に黒い布を敷いて、そのうえにすわる。羽織の袖から袖に、黒い馬の毛をわたし、それで紙人形を操っているのだ。

羽織は黒っぽいし、膝に敷いている布も黒い。そのために黒い馬の毛が視界からかき消されてしまう。それで紙人形が自在に動くのがお化けのように見える……ただそれだけの芸である。

その男は羽織ではなしに黒いルパシカを着ている。紙人形ではなしに操り人形を使っている。が、要するに同じことだ。

街灯の下に立ってはいるが、なにも明るいところで人形を操っているわけではない。多分、体で巧みに遮蔽し、ルパシカで影を落とすことによって、馬の毛を隠しているのにちがいない……様々に新工夫を凝らしてはいるが、つまるところは昔ながらのお化けにすぎない。

——馬鹿だな。こんな人の通らないところで芸なんか見せてどうするつもりなのか。

遠藤はその男の稚拙な世渡りに苦笑する思いだった。

それに。

どうしてそんな銅像のような人形を使用しているのか。他に使うべき人形はなかったのか。あまりに気味の悪すぎる人形だ。これではせっかくの芸の巧みさが半減されてしまう。子供は喜ばないし、なおさらのことに大人も喜ばないだろう……遠藤にはその男の真意が知れなかった。

「……」

隠しに手を入れて銭をまさぐった。あまりに気の毒なので多少のほどこしをしてやろうかと思ったのだ。

地べたにじかに銭を置くのは、幾分、気が引けないではなかったが……男のまえには箱も籠も置かれていない。やむをえないではないか。

男のまえを通りすぎるときに腰をかがめて地べたに銭を置いた。男はそれに対してなにも礼を言うわけではなかった。それどころか。あいかわらずうつむいたままで顔をあげようとさえしなかったのだ。

——ずいぶん無愛想な芸人だ。

遠藤はさらにそのことに苦笑する思いでいる。

だが、むろん、それをことだてて咎めだてするほど狭量ではない。それほど物好きでもない。

通りすぎてものの五分もすればもうその存在を忘れてしまうはずの男だった。そのはずだったのだが……

十メートルほども歩いたときだろうか。背後から男の声が聞こえてきたのだった。

「この人形はオカネは要らないよ。この人形が食べるのは時計——それに勲章だよ」

低く、くぐもったような、声音を隠したような声だ。微妙に笑いを含んでいた。

それを聞いても腹をたてるつもりはない。何を言いやがる、とあいかわらず苦笑する思いでいる。その声を聞き流してそれでも四歩五歩と歩いたろうか。

——勲章。

ふいにそれが落雷のように頭のなかで鳴り響いた。たたきのめされたかのようにその場に釘付けにされた。

——どうしてこの野郎はおれが勲章を持っているのを知っていやがるんだ。

そのことに愕然とさせられた。

勲章を食べる人形だって！　男は明らかに遠藤のこと

を当てこすっていた。これは偶然ではないだろう。こんな偶然があっていいものではない。

「……」

遠藤は振り返る。

そのときには男はすでに街灯の下から動いていた。人形はそのなかに片づけたのだろうか。薄い木製の鞄を小脇に抱えている。ルパシカがひるがえった。

男は足早に歩いてきた。あいかわらず遠藤から顔をそむけるようにしている。遠藤を追い抜いた。そのまま闇のなかを立ち去っていった。

遠藤は、一瞬、ためらった。が、すぐにその男のあとを追うことにした。追わずにはいられない。

このままにはしておけない、という思いを強くした。男が何者で、どうして勲章のことを知っているのか、そのことを何としても確かめなければならない。そうでないかぎり、永遠に枕を高くして眠れない。

その男は遠藤があとを追っているのに気がついていないようだった。あるいは気づいていながら気づいていないふりをしているのか。その判断は難しい。

男は振り返りもせずに長い塀の町を歩いている。どうやら玉川電車の停車場のほうに向かって歩いているようだった。

遠藤は男の後ろ姿を凝視している。足早に歩きつづけた。どこまでも男のあとを追うつもりでいる……

九

男は渋谷で玉川電車を下りた。

玉電の〝渋谷〟には市電の六番系統〝渋谷—霞町—三原橋〟が乗り入れている。その六番系統の市電に乗り換えた。

男は玉電に乗っているときにも市電に乗っているときにも終始うつむいていた。

なにしろ二人は同じ路面電車に乗っているのである。遠藤の尾行に気がついていないはずはないと思うのだが、男はただの一度も視線を向けようとはしなかった。よほどうかつな男なのか、それとも非常に剛毅な男で尾行されてもさしてそのことを気にかけずにいるのか……それは遠藤には何ともわからないことだった。

男は〝霞町〟で降りて路線を乗りかえた。そして〝墓地下〟で下りた。歩兵第三連隊の裏手、青山墓地のあるところだ。

〝墓地下〟から第一師団司令部のほうに戻る。右折し、青山墓地を背にして、坂を登っていった……

——乃木神社に向かっているのか。

そのことに妙な気分を覚えた。胸の底を微妙に刺激されるかのような気分だ。胸騒ぎに似ている。

男があの乃木神社に向かっているのは、たんなる偶然のようでもあり、そうでないようでもある。いまのところは遠藤にそれを判断するよすがはない……いずれにせよ落ち着かないことであった。

すでに夜になっている。それも深夜だ。しんしんと更けていた。

その深い闇の底に坂は没していた。なにしろ坂下には墓地がひろがっているうえに、そこかしこに軍の基地があるのだから、この一帯は人家が非常に少ないところだといっていい。

街灯もあるにはあるがその数は十分とはいえない。その乏しい照明が、坂のそこかしこを鈍銀色にけぶらせているのが、かえって闇の暗さをきわだたせているかのように感じさせた。

その闇の底を男が歩いている。男を追って遠藤も坂を登っている……

——どこまで行くんだろう。やはり乃木神社に行くんだろうか。

遠藤はそう思った。と、そのときのことだった。

わずかに体が揺れるのを感じた。体が浮き立つような酩酊感。それに似た感覚に誘われた。

——目眩か。

と思ったがそうではない。実際に足下の地面が揺れているのだ。地震だろうか。いや、そうでもない。自然現象でもなければ体調の不良でもない。

地面が揺れるのは坂のうえから伝わってくるのだ。轟音が聞こえてきてそれがしだいに闇のなかを近づいてきた。その轟音がはっきりと機械の作動音に変わった。

強烈な明かりが十文字に坂を縫いつけている。その明かりがブルブルと震動しながら近づいてきた。何なのか？

遠藤はそれを見て、

「……」

あっけに取られた。

どうしてこんな時刻にこんなものが出動しているのか？　そのことを疑問に思わずにはいられない。なにか非常に意外なものを見たかのように感じた。

それは——戦車なのだ。遠藤は必ずしも戦車にくわしくはないが、多分、八九式中戦車ではないか。国産初の正式戦車なのだ。圧倒的な重量で迫ってきた。

なにしろ地面が薄紙のようにピリピリと震えるのだ。履帯《キャタピラー》が地面を嚙んでゆっくりと回転している。戦車砲を備えた展望塔《キューポラ》が見るからに威圧的だった。

乃木坂付近には歩兵第一連隊、歩兵第三連隊、それに近衛歩兵第三連隊がある。要するにこの一帯は東京でも珍しいほどの軍事地域といっていい。

それを思えば戦車が演習出動しているとしてもそのこと自体には何の不思議もないかもしれない。むしろ、ごく自然にありうべきことといっていい……そう自分を納得させようとしたのだが、それにしても一抹の疑問は残る。その疑問というのは。

——こんな夜に戦車がわざわざ演習で出動するだろうか。

というそのことなのだったが……

戦車はガタガタと履帯《キャタピラー》を回転させながら遠のいていった。その背後に砂埃を曳いていた。

戦車の前部に積載されている照明が展望塔ごしに逆三角形にひろがっていた。その明かりのなかに砂埃がきらきらと光って舞いあがるのが見えた。後ろから見ると展望塔が何か背の高い男の後頭部のように見えた。

五七ミリ砲、それに二挺の六・五ミリ機銃で武装した長身の男が体を前後に揺らすようにしながら、大股で歩き去っていく……遠藤はふとそんな姿を幻視したかのように感じた。多分、その男は胸に殺意をみなぎらせていることだろう。

むろん妄想にすぎない。愚かしい妄想にすぎないと知りながら、胸の底を冷たい刃物のようなものが過ぎったかのように感じた。その刃物は鋭い。

それは何か予感めいて非常に生々しい感覚だった。予感だとして、それは何の予感だったろう。

——動乱の予感？

唐突に、あまりに唐突にその言葉が頭のなかに降ってきた。これは何か？　思いもかけない言葉に自分が戸惑うのを覚えた。

「……」

戦車は青山墓地で右に折れて赤坂見附方面に向かう。視界から消えた。

視界から消えた後にもその履帯《キャタピラー》だけは夜空にとどろ

いていた。それもしだいに闇のなかを遠ざかっていった。そして聞こえなくなってしまう……それでも遠藤はしばらく戦車が去ったあとの闇を凝視しつづけていたのだったが……

その闇に白いものがちらつき始めた。雪が降ってきた。

昭和十一年二月二十三日、午前四時四十分——

十

やがて遠藤は男のことを思い出した。振り返って坂のうえを見る。

すでに坂のうえにあの男の姿はない。が、乃木神社のほうに曲がったのだけは見とどけている。いまだったらまだ追いつくことができるだろう。

遠藤は急いで歩き出したがその足どりは蹌踉として力がない。どこか雲を踏むように覚つかなかった。

いま遠藤の胸の底にわだかまっているのは男のことではなしにあの戦車のことだ。正確にはあの戦車を見たことによって頭のなかに浮かんだあの言葉だった。それが奇妙に胸の底に引っかかった。

こころみに、

「動乱……」

口に出してつぶやいてみた。

小さくつぶやいたつもりが意外に大きく耳もとに響いた。動乱……その言葉にありありと現実感がきわだった。

しかし。

どうしてその前後に何の脈絡もなしにそんな言葉が頭のなかに浮かんできたのだったか。なにより、それは誰が何のために起こす動乱なのだというのだろうか。

あとから思えばこのときに遠藤は現実から妄想の世界にするりと滑り込んでしまったのかもしれない。男のあとを追っていながら彼のことは妙に意識のなかから抜け落ちてしまっていた。

乃木神社に向かう。

「……」

ふと眉をひそめた。

乃木神社の境内から吹いてくる風に乗って物売りの口上の声がさまざまに聞こえてきたのだった。それに混じって大勢もの人間の笑いさざめく声もした。

——縁日だろうか。

遠藤はそのことを思う。乃木神社で祭りが行われているのか。冬祭り？……

神社が近づくにつれて目のなかに点々と明かりがともった。

祭提灯のようだ。それも一つや二つではない。幾つもの提灯が闇のなかに浮かんでいるのだった。

祭提灯は赤いが、なにも明かりは提灯ばかりではない。シューシュー、と音を発してアセチレン・ガスが青い光を揺らめかしている。その匂いが甘やかに懐かしい。

――そうか、縁日なのか。

何の疑問もなしにそう思って――

ふと二月の寒空に縁日などやるものだろうか？　しかも、この雪のなかを――あらためてそのことが疑問となって頭のなかに浮かんできた。

いや、問題はそんなことではない。一月だろうが二月だろうが……

九段・靖国神社の招魂祭ではあるまいし、乃木将軍を祀った神社で縁日など開かれるはずがないではないか。絶対にそんなことはない。

――これは何だ。縁日ではない。そんなことはありえない。

そのように否定する言葉がたてつづけに鋭い刃物を閃かせるように頭のなかに切り込んできた。これまで乃木神社で縁日が開かれるなどという話は聞いたことがない！

――これは何なんだ、おれはどうかしちまったのか。

遠藤が胸のなかでそう悲鳴めいた声をあげるのと同時にそれまで夜空に高く掲げられていた祭提灯が一斉に消えたのだった。

もともと乃木神社は夜に参詣者を迎えるような神社ではない。それほど照明の設備が充実しているわけではない。祭提灯が一斉に消えると戸板返しのようにいきなり闇がそこに立ちふさがった。そしてすべてが闇に閉ざされる。

すべてが――いや、そうではない。あのアセチレン・ガスの明かりだけはあいかわらずシューシューと音をたてながらそこに揺れている。そして。

そのアセチレン・ガスの明かりのなかに香具師の台《サンズン》が浮かびあがった。サンズンのうえには香具師がたたき売りに使う安物の時計が無造作に積み上げられている。さらにそのサンズンの向こう側に立っているのは……

ぼろぼろのルパシカを着て、おかま帽を被ったあの男なのだった。あの男がそこにうっそりと立っていた。

遠藤はそれまでその男がうつむいているところしか見たことがない。そのときにも男はやはりうつむいていたのだが——その顔をヒョイとあげたのだった。それは。人間の顔ではなかった。それはあの青銅人形そのままの顔なのだった。ただし人間大に拡大されている。青銅色というのだろうか。青黒い金属の仮面なのだ。

三角型をした大きな鼻、三日月型に笑っている口。目玉がなくて真っ黒な穴のように見える両眼……

遠藤もさすがにあっけにとられ、あっ、と声をあげて後ずさった。

それを見て笑ったのだろうか。青銅男はわずかに顔をのけぞらせる。そして、その口から何とも得体の知れない、いやな音が聞こえてきたのだった。キ、キ、キ、キ、という金属をすりあわせるような音が。そして。

その青銅男が言う。

「ドウシテ真崎甚三郎カラ勲章ヲ盗ム必要ガアッタノカ？　ドウシテ勲一等旭日大綬賞ヲ盗ム必要ガアッタノカ？　ソレハ多分、真崎甚三郎ニ変装スル者ガ勲一等旭日大綬賞ヲ胸ニ佩スル必要ガアルカラデハナイカ。ソノ必要トハ何ナノカ」

得体の知れない化け物に自分のしたことを非難されたのではたまったものではない。我慢のならない恐ろしさだ。

遠藤は今度こそ耐えきれずに悲鳴をあげてしまった。そして後ろも見ずにその場からバタバタと逃げ出してしまう。

が、遠藤は遠くまで逃げることはできなかった。

境内を走っていくその先——

どことも知れぬところから、ほのかに線香の臭いが鼻先まで漂い、パタン、パタンと鞭を叩いて拍子をとる陰気な調べが聞こえてきたのだ。

そして、その調べに乗るように、闇のなかにしゃがれっ声が聞こえてきたのだった。

これが覗きからくりの老婆の声で。

「置屋の名前は乃木坂〈いな本〉、六畳座敷の次の間で、お披露目を済ませたばかりの、うら若い照若さんが無惨、哀れに、喉を鉄で突かれて殺《あや》められぇー」

その声にあわせて、

パタン、パタン、パタン……

と鞭の音が鳴り響いて、ふいに前方に皓々と明かりがともる。

何百燭かの明かり——

まるで昼間かと見がまうばかりの明るさで、そこにあの花街の路地が浮かびあがったのだ。

遠近感が巧みに表現され、わびしい三業地の路地がはるか奥にまでつづいている。路地のもっとも手前、その左手に〈いな本〉、右手に〈猫床〉が見える。

むろん実物であるわけがない。いかに近所であろうと乃木神社からその路地が見通せるはずがない。

多分、彩色写真に立体感をほどこし、さらにその明かりを工夫して、実物そっくりに見せかけた、いわば覗きからくりのようなものなのだろう。いまでもときおり縁日で台のうえにすわった老婆が鞭で拍子をとって覗きからくりを見せ物にしているのを見ることができる。

むろん、これが本物の覗きからくりであれば、拡大鏡で箱のなかを覗かなければならないはずである。したがって、これはいわば覗きからくりとパノラマとの折衷のようなものというべきかもしれない。

いずれにせよ、しょせんは作り物、まがい物にすぎない。そのことは十分にわかっているのだが。

「……」

それでも遠藤はそれを食い入るように見つめずにはいられなかった。どうしてもそれから目を放すことができない。

——逃げたい……

強烈にその思いがある。

逃げなければならない、と思いながらも、そもそも足が動かない。なにか、その場に釘付けにでもされたかのように体が凝結されてしまっている。

恐怖心、からだろうか。むろん、それもあるだろう。だが——恐怖心よりもなおさらに、なにか運命的な予感めいたものに圧倒されて、そこから動くことができずにいる……それもまた自分の運命ではないか、という思いにつらぬかれて。

——パノラマ。

いまはもうパノラマは過去の遺物ともいうべきものになっていて、よほどの田舎にでも行かなければ、見ることはできない。遠藤にしてもパノラマを見た記憶は遠い子供時代の過去まで遡《さかのぼ》る……

通常、パノラマは建物のなかにある。いや、あった。すべては子供のころの思い出に他ならない。

景色を描いた高い壁でもって、見物席を丸くとり囲んで、その前景に人形や建物の模型を置いて、さらに見物席の庇《ひさし》を深くすることで天井を隠す。さまざまに工夫をほどこしてパノラマと現実との違いを不鮮明にすることに留意されている。

が、そこにある覗きからくり、パノラマにはそうした仕掛けはほどこされていない。にわか造りの稚拙さばかりがきわだって、それほど現実感をもたらすことに注意されていないのがわかる。

にもかかわらず、そこにある種、拭いがたいほどの生々しさが感じられるのは、遠藤自身に、のっぴきならないまでの思いがあるからではないか。そこには何か非常に切実なものがある。

だから乃木坂・花街のパノラマを目《ま》のあたりにして、そこから逃げだすのは愚か、視線を放すことさえできずにいるのかもしれない。多分、遠藤にあっては、その町は一種の運命でさえあるのだろう。

その運命がまた鞭の調べを打って、老婆のわびしいからくり節を歌いついで、

「愛《いと》しい、かわいい照若さんがかきくどいて言うことにゃ、これ、このようにあの人が、文《ふみ》にしたため、一筆まいらせ候ほどに、どうぞ、おまえ様、後生だからあの人のところに行ってやっておくれでないか。これはあの人が命がけで頼んでいることなんだから——」

その文句が終わるや否や、〈いな本〉二階の摺り上げ障子の格子が白から赤にサッと変わって。

それがまるで。

血がしぶいたかのようで……

それと同時に明かりがフッと消えて、乃木坂・花街のパノラマも消え失せて、一瞬、二瞬、間があって。

そこに、それまでの老婆のしゃがれ声とはうって変わって、落ち着いた男の声が聞こえてきたのだ。

それも若い男の声が。

「なにしろ関口は色男さ。〈猫床〉の女房といい仲だった。だが、なにぶんにも亭主の手前がある。そうそう自由に逢い引きを重ねることはできない。それで多分、〈いな本〉の照若に仲介を頼んだわけなのだろう。照若に頼んで、二階の窓から関口にか、それとも女房にか、文を投げ渡して貰っていたのにちがいない。半玉から一本になったばかりの若い芸者と、床屋の渡り職人とではいってみれば身分が違う。まさか芸者が浮気の仲立ちをしているとは誰も思わなかったろう。関口と女房にしてみれば、照若に仲介して貰って、用心のうえにも用心を

重ねて逢い引きをする必要があったのだろうさ」

「あんたは……」

遠藤が呆然とつぶやいた。その声には聞き覚えがあった。聞き覚えはあったが。

どうしてその人物がそんなことをしなければならないのか、そのことがわからずにただもう混乱しきっていた。

「あんたなのか」遠藤は声を振り絞って、「黙忌一郎――」

闇のなかに、ああ、と返事をする声が聞こえて、

「そのとおり、ぼくです」

黙は闇から明かりのなかに移動したようだ。その姿がそこにぼんやりと浮かびあがった。

気がついてみるともう周囲はいつもの乃木神社に変わっていた。乏しい街灯の明かりのなかに雪が舞っている。その雪に境内の木々が濃灰色に翳ってぼんやりと影のように滲んでいる。夜風に吹かれてその木々が揺れて微かに葉擦れの音をたてていた。

あまりに思いがけないところ、思いがけないときに黙が現われた。もちろん、そのことには驚かざるをえなかったが、それよりも――

――どうしたのだろう。あの縁日はどこに行ってしまったのか。

むしろ遠藤はそのことに呆然としている。

――ついさっきまでたしかに乃木神社では縁日が開かれていたではなかったか。あの縁日はどこに消えてしまったのか。

遠藤はそんな狂おしい疑問にとり憑かれていた。どんなことがあっても縁日が一瞬のうちに消えてしまうなどということがあろうはずはないのに――

黙はじっと遠藤のことを見て、

「二階に上がった田所は摺り上げ障子の窓に向かって剪定鋏を投げた。偶然の弾みというのは恐ろしい。狙ってもそうなるはずがないのに剪定鋏は出格子の間を抜けてガラスを割った。それを聞いて振り仰いだ真内伸助たちの目には照若が血をしぶかせて倒れるのが写った。だが、照若が格子の間から外を覗いていたのだとしたら、その角度からいっても、剪定鋏が喉に突き刺さったりするはずはない。それなのに剪定鋏はたしかに喉を突いていた。それはどうしてか」

「……」

「それに床屋の客が、そのときより二十分も前に――当人はその時間を正確に把握してはいなかったようですが

ね――女が血を吐いているのを見た、と証言していることもある。そうなると本当に照若がガラスが割れたときに剪定鋏に喉を突かれたのか、という話になる。ところで、遠藤さん、あなた、照若が白地に紅の棒縞の浴衣《ゆかた》を着ているのを見たことはありませんか」

「棒縞の浴衣……」

「そうです」と黙は頷いて、「そのときそこに赤と白の太い棒縞の浴衣があった。白から赤に、赤から白に……それが倒れたように見えて格子ごしに赤い血がしぶいたように錯覚された。ただそれだけのことだったのではないでしょうか」

「赤と白の棒縞の浴衣……」

遠藤は虚空に視線をさまよわせた。萩原恭次郎として照若の客になったときのことを思い出そうとした。

たしかに照若がそうした浴衣を着ているのを見たことがある。それにしても。

それが倒れたように見えて格子ごしに赤い血がしぶいたように錯覚された……というのはあまりに持ってまわった言い回しではないだろうか。なにか奥歯にものが挟まったような言い方に思える。どこか妙に不自然だ――黙はその微妙な言い回しをもってして、一体、何を言わんとしているのか。

「出格子に棒縞の着物の柄が重なって血がしぶいたように見えたというのか」

「なにか納得できないという顔をなさっていますね。多分、ぼくの言い方があまりに持ってまわったように聞こえてご不快なのでしょう。そのことについてはお詫びします。しかし、ぼくはできるかぎり正確にそのときに起こったことを表現しようとしているだけなのです。それで自然にこんな言い方になってしまう」

「できるかぎり正確に？」遠藤は何とはなしにその言葉に反発めいたものを覚えて、「それでは言わせて貰うが、照若は棒縞の浴衣など着ていなかった。桃色の襦袢を着ていた。棒縞の浴衣を着た照若が倒れて、それが格子ごしに血がしぶいたように見えた、という推理は成立しないと思う」

「ぼくは照若がそのとき棒縞の浴衣を着ていたなどとは一度も言ってませんよ。ぼくは、照若が棒縞の浴衣を着ているのを見たことはなかったか、とそう言ったのです。そのとき棒縞の浴衣は衣紋掛《えもんか》けにかかっていたのですよ」

「衣紋掛けに……」

遠藤は記憶をまさぐった。事件のあとにソッと現場の様子を覗きに行ったことがある。たしかに座敷には衣紋掛けがあったように思う。衣紋掛けは倒れていたかもしれない。そのことにもかすかに記憶があった。しかし……

「しかし、衣紋掛けが倒れたからといって、そこに赤と白の棒縞の浴衣が掛かっていたからといって、それが出格子に重なって、血がしぶいたように見えるなどということがあるだろうか。真内にしろ関口にしろ、あの一瞬、女の顔に血がしぶいたように見えたと証言してるはずじゃなかったのか。着物に血がしぶいたように見えたとは言ってない」

「だから、それもこれもすべては――」と黙はどこか沈痛な口調でそういい、「すなわち「猫町」の謎ということに尽きるんですけどね」

十一

「「猫町」の謎……」遠藤はあっけに取られざるをえない。とっさに何を言われたのか理解できなかったほどだ。

――萩原朔太郎のあの「猫町」のことなのか。それがこのことに何の関係があるのだろうか……

あまりに突拍子もないことだった。そもそもがそれまでの話の運びからはまったく脈絡を欠いている。遠藤には黙が急に何を言い出したのかそのことが解せなかった。

が、黙は遠藤の驚きには頓着していないようである。むしろ淡々と話を運んでいる。

「かつて萩原朔太郎は失意の日々を〈乃木坂倶楽部〉に蟄居して過ごした。そのときの思い出に、萩原恭次郎が体験したことが加味されて、あの「猫町」という作品は書かれたのではなかったか……そもそも遠藤さん、これはあなたが最初にご自分で言ったことじゃなかったですか。もちろん、それは事実ではないわけなのですが――」

「……」

「多分、萩原朔太郎はある作家のAncient Sorceries――〝いにしえの魔術〟とでも訳せばいいでしょうか――という短篇に影響を受けて「猫町」を書いたのだと思われます。萩原朔太郎がかつて〈乃木坂倶楽部〉で蟄居していたことは「猫町」の執筆には何のかかわりもないことなのです。さあ、遠藤さん、それでは思い出して下さい。萩原朔太郎はこの乃木坂での実体験をもとにあの「猫町」を執筆した……どうしてあなたはそんな突飛なことを思いつかれたのでしょうか」

黙に指摘されるまで、そのことをすっかり忘れていた。そういえば、以前、たしかにそんなようなことを考えていた時期があった。

そのことから妄想がこうじ、萩原恭次郎は萩原朔太郎の弟ではないか、という妙な錯覚にとり憑かれ、あげくのはてに自分というものを見失ってしまったのだった。

それにしても――

そもそもどうして、「猫町」が萩原朔太郎の実体験から生じたものだった、などという妄念にとり憑かれたのだったか？

遠藤はぼんやりと視線を虚空にさまよわせる。そして。

――思い出した。

ふいに頭のなかに閃いたことがあった。その閃光があかあかと乃木神社を照らし出した。

一度、乃木神社の境内で、〈猫床〉の田所と話をしたことがある。というか――田所が妙に頻繁に乃木神社に足を運ぶのが気にかかった。厩舎の貼り札が同志たちの合図に使われているのに気がついたのではないか、とそのことが懸念されたのだった。それで顔見知りの客のようなふりをして、田所に話しかけて探りを入れたのだ。

そのときに田所のいった言葉がありありと思い出された。

――そうか。どこかで見たことがあると思ったら、あんた〈いな本〉のお客さんだね……

あのとき田所はなにか放心したような面持ちで境内にぼんやりと佇んでいた。遠藤を見て夢でも見ているかのような口調で言う。

――この神社には何かおかしいところがあるとそうは思わないかね。具体的にどうこうはいえないのだけどね。何かがおかしい。どこかがおかしい。そんな気がしてならないんだよ……

そして、これだけは妙にはっきりした声でこう言ったのだった。

――この乃木神社はいつもの乃木神社のようではない。何かが違う。

何かが違う……そのときにはまだ萩原朔太郎は「猫町」を発表していなかった。したがって遠藤にしても、「猫町」を介して、田所が言わんとしていることを理解するにはいたらなかった。

田所は何かを漠然と感じとってはいるようだが、それが具体的に何であるかには気がついていない。とりあえず田所が〝同志たち〟の遠大な計画の支障になることはないようだ。遠藤はひとまずそのことに安堵はしたのだったが……

それからしばらくして、遠藤は「猫町」を読む機会を得て、多分、田所はこういうことを言いたかったのだな、と理解するにいたった。すなわち——

あたりの空気には、死屍のやうな臭気が充満して、気圧が刻々に嵩まつて行つた。

黙は遠藤をじっと見つめていたが、やがて、思い出したのですね、と静かにそう言う。その静かな口調のままに言葉をつづけて、

「最前からの乃木神社の縁日めいたことは何も酔狂でやったことではないのです。ぼくには香具師の元締めの知り合いがいましてね。その人に頼んで何人かの香具師ににせの縁日をやって貰ったのです。といっても覗きからくりを用意し、青銅仮面のお化けにお出を願った以外は、たんに祭提灯を準備し、アセチレン・ガスを燃やして貰っただけでした。もともと香具師の人たちは芝居っ気のある人たちばかりですからね。何人かで声を出して縁日の雑踏を演じて貰った。ただ、それだけのことだったのです。ただ、それだけのことで、あなたは乃木神社で縁日が開かれているとそう思い込んでしまった。それほどまでに人の感覚、印象というのは当てにならないものなのですよ——」

「……」

「江戸川乱歩が「D坂の殺人事件」という短篇を書いています。それにならっていえば乃木坂の照若殺しは「N坂の殺人事件」といっていいでしょう。ですが、ここで拳々服膺《けんけんふくよう》すべきことは「D坂の殺人事件」において明智小五郎がこう言っているそのことでしょう。そのなかで明智はこう言っているのです。すなわち——人間の観察や人間の記憶なんて、実にたよりないものですよ……そのとおり、われわれが留意すべきことはまさにそこにあるといっていい。これこそが「猫町」の秘密でもあるわけなのですよ」

「……」

「いいですか。どうして佐藤には女が血を吐いているように見えたのか。多分、それは自分が剃刀に顔を傷つけられたことから——当人はそのことに気がついていない

にせよ——無意識のうちに、血を連想したのではないかと思います。佐藤は二階にいる女を見たのではなかった。いつもだったら二階の座敷が鏡に写るので、そう錯覚したにすぎなかった。思うに、佐藤は一階のどこかにいた女の姿を鏡のなかに見たのです」

一階のどこか……つねに明晰な物言いを好む黙忌一郎が、どうしてか、このときだけは曖昧な表現に終始した。なにか奥歯に物が挟まっているような言い方だ。そのことが遠藤の胸にかすかな違和感となって残った。

「多分、それは照若でもなかったし、血を吐いていたのでもなかったのでしょう。これは何ら根拠のあることではない。ぼくの想像にすぎません。ですが思うに、それは多分、一階のどこかで、女中の少女が柿を食べていたのではないかと思います」

「少女が……柿を食べていた……」遠藤は呆然と忌一郎の言葉をくり返した。

そう思います、と忌一郎は頷いて、

「多分、あなたも〝乃木坂芸者殺人事件〟の備忘録をお読みになっているでしょう。であれば、ご記憶かと思いますが、あのとき女中のきよは〈いな本〉の裏庭で取り残しの柿を取っていた。多分、それを一個、囓ったのではないか。それを佐藤は女が血を吐いているのを見たかのように錯覚してしまったのではないでしょうか。そのときの佐藤に緊迫感が生じなかったのも当然のことなのです。彼は心のどこかで、女が血を吐いているのではなしに、柿を食べているのだということを心得ていたのにちがいありません。それで安心して眠り込んでしまったのですよ」

「……」

「それではどうして、いつもだったら二階の座敷が鏡に写るべきはずが、一階のどこかが写ったのか。それはそのときに〈猫床〉の外に出ているねじりりん棒の看板が取り外されていたからではないか。それまで、軒先の看板に邪魔されて、〈いな本〉の一階は店奥の鏡には写らなかったのでしょう。それがたまたま看板が外されたために一階が奥まで見えることになった。ただ、それだけのことなのです。ただ、それだけのことなのですが——」

「……」

「田所や真内が乃木神社に対して違和感を覚えたのにしても同じことでした。あのときには境内から邪魔なものが取り除かれていた。多分、石の車どめのようなものでしょう。それがすべて取り除かれていた。それで田所は乃木神社からなにか異様な印象を受けたのでしょう。要するにすべては「猫町」なのでした。それもまた、ただそれだけのことなのですが……そこには容易ならざる秘密が隠されているのです。誰がどうして〈猫床〉の看板や境内の車どめを邪魔なものと見なしたのか。何のために邪魔なものであったのか。多分、麻布の〝歩兵第一連隊〟、〝歩兵第三連隊〟、それに赤坂の〝近衛歩兵第三連隊〟に属する若い将校たちが、近いうちに武装蜂起しようとしている。それは十分に予想されることなのです。そのことについてはもう如何ともし難い。行き着くところまで行くしかないでしょう。問題は――それを武力制圧するために誰かが戦車隊の出動を計画しているそのことなのです。〈猫床〉の看板が取り外されて、境内の敷地が確保されるのも、戦車が出動し、集結するための事前の準備に他ならないのです。戦車隊を出動させて、若い将校たちを一気に殲滅しようとはかっている。つまり――誰かが皇軍相撃つ帝都内戦を画策しているのですよ！」

それこそ遠藤が胸の底に秘めていた最大の秘密に他ならなかった。多分、それを自分自身からさえも隠蔽するために、あえて萩原朔太郎の「猫町」のことなど持ち出してきたのにちがいない。

だが、もう事実を隠蔽することはできない。これ以上は不可能だ。何か幔幕のようなものがバサリと音をたてて胸の底に落ちたかのように感じた。その裏側から恐怖にも似た思いが――真実が！――凄まじい勢いで噴き出してくるのを覚えた。そのことに耐えきれなかった。

気がついたときには遠藤は悲鳴をあげていた。默忌一郎を置き去りにしてバタバタと走り始めた。

まるですべてが悪夢のなかでもがいてでもいるかのようだ。雪がちらつくなかを、走って、走って、走りつづけた。ひたすら逃げた。逃げるしかなかった……

すると前方にしだいに異形の建物が浮かびあがってきたのだった。まるで回り舞台のようにせり出してきた。そして激しさを増す雪のなかに蒼茫として浮かびあがった。奇怪な城のように聳えたった。その建物に向かって懸命に走っていった。

その建物は――

竣工したばかりで、まだ誰も足を踏み入れたことのない国会議事堂だったのだ。

第三部

日本の歴史にときどき繰返されたやうに、弟が兄を殺して帝位につくといふやうな場面が相当に数多く見えてゐる。……今の秩父宮とか高松宮とかいふ方にかれこれいふことはないけれども、或は皇族の中に変な者に担がれて何をしでかすか判らないやうな分子が出てくる情勢にも、平素から相当に注意して見てゐてもらはないと……

「原田日記」『西園寺公と政局』

天井裏の捜査者

一

これは後日のことになるが、志村は相沢三郎中佐の軍法会議を思い返すたびに、

――どこかに記憶の錯誤があるのではないか。

そう自分を疑わざるをえなかった。それというのも――

――

そんなはずはないのに、そのときの第一師団軍法会議の法廷にはかすかに夕陽が射し込んでいるように記憶されているからなのだ。法廷全体がかすかに赤い光に染まっていたように感じられてならない。

――どこか法廷の西側の高いところに窓でもあったろうか。その窓に夕陽でも射していただろうか。

志村はそのことを思い出そうとする。しかし、どんなに記憶を振り絞っても、あの法廷のどこに窓があったのか、そもそも窓があったのかどうか、それすら思い出すことができなかった。記憶力には自信があるのだが、このときの記憶だけは妙にあいまいで、法廷のどちらが西でどちらが東なのだか、それさえ思い出せない。

かろうじて思い出せるのは――ただ、しんと威圧的なまでに冷たい軍事法廷のたたずまいであり、そこにつながれてすわる制服を着た男たちのいかめしい姿だけなのだった。

微光のなか、赤い影法師のように相沢三郎が被告席にすわっていた。そして法廷特別傍聴人席には、軍からは東京警備司令官、軍事調査部長、法務局長などが、内務省側からは警視総監、さらには志村の直接の上司でもある特高部長などがずらりと並んでいる。

ただたんに物々しいというだけでは、その場の雰囲気を形容するのに十分ではない。殺伐としている――いや、いっそ殺気だっていると言ったほうがいいだろうか。法廷には何か命のやりとりでもしているようなぴんと張りつめた緊張感がみなぎっていた。

志村は思うのだが……その異常なまでの緊張感が微妙に記憶に影響をおよぼしているということはないだろう

か。影響を——というか、何か誤差のようなものを……それが審議されている事件の血なまぐささとあいまって法廷の記憶を全体に赤く染めあげてしまっているのではないか。

——だとしたら……

後になって志村はこんな妙なことを考えたものだった。

——法廷を染めていたあの赤い色は夕陽ではなしに血の赤い色だったのではないだろうか。

血の赤い色なのだとしたら、それは相沢中佐が斬殺した永田少将の体から噴きあげた血でなければばならない。そうでなければ、これから死んでいくであろう若い人たちが流す血ででもあったろうか。

——これから死んでいくであろう若い人たち……

後日、そこまで考えて志村はかすかに戦慄めいたものを覚えたものだった。おれは何を考えているのか、と自分で自分をいぶかしんだ。どうして若い人たちがこれから死んでいかなければならないというのだろう。どうして、それが当然、起こりうべくして起こることであるかのように考えて、そのことを微塵も疑おうとしなかったのか。

それから数日を経て、二・二六事件が現実のものになったとき、志村は予感というものの不思議さに慄然とせずにはいられなかったのだが。

九月からの予審を経て、第一師団軍法会議は、十一月、陸軍刑法の〝用兵器上官暴行〟、普通刑法の〝殺人罪・傷害罪〟で相沢三郎中佐を起訴するにいたった。陸軍省公表によれば、相沢は陸軍〝部内の革正を断行〟しようとして犯行に及んだのだという。

陸軍士官学校同期生会の〝事の如何を問はず戦友としての立場から見殺しに出来ぬ〟との観点からの要請を受け、雄弁をもって鳴る満井佐吉中佐が特別弁護人、普通弁護人には鵜沢聡明博士が正式に決定された。

これも後になって志村が〝二・二六事件〟の記録を読む機会を得て知ったことなのだが……

この〝相沢公判〟は様々な意味で青年将校たちの〝維新運動〟の転機となったといっていい。

某青年将校は二・二六事件の「被告人尋問調書」において、

——秋季演習より帰ると急に相沢公判を皆が考へる様になりました。

と陳述している。

——十二月中、四、五回、私は青年将校（証言・実

名）等と会合した様に思ひます。彼等は皆相沢公判に多大の期待を持って之で合法的にやるのだと大いに意気込んでおり私も亦期待して居りました。

すなわち、軍事法廷で問われたのは必ずしも相沢中佐が有罪か否かということだけではない。いや、すでに青年将校たちにとって、相沢中佐の量刑の軽重を問うことなどさほど問題ではなくなっているのかもしれない。彼らにしてみれば、この法廷で真に問われるべきは、相沢を押したてて〝維新の戦い〟を合法的に展開することができるかどうか、その一点のみだったといっても過言ではない。

が、〝相沢公判〟が展開されるにつれ、しだいに〝合法性〟への志向が見失われ、過激思想が台頭するようになる。

〝相沢公判〟はそれまで憲兵隊などの監視下になかった——比較的、穏当な——青年将校をも急速に過激化させることになった。それまでの〝維新運動〟とはべつに、そうした動きが澎湃として湧き起こり、決起を現実のものとして押しあげることになった。

つまり二・二六事件を、たんに〈皇道派〉の青年将校たちのみが中心になって決起したと見なすのは誤りだろう。それに加えて、〝相沢公判〟を機に急激に過激化した少尉級の強力な働きかけがあって始めて実現したと見なすべきなのだ。

これもまた後になって志村が感じたことであるのだが——かつて〝十月事件〟において、何者かが橋本欣五郎に西田税を仲介することにより、決起が急速に現実化したのと同じことがここでも起こったとは考えられないだろうか。

默忌一郎は、何者かが〝十月事件〟をかげで操っていたのではないか、と言い、その何者かは東京に〝皇軍相撃つ〟内乱を引き起こすことを目的にしていたのではないか、という重大な疑惑を提示した。

——西田税を橋本欣五郎に引き合わせた人物、ついに十月事件の表面に出てこなかった人物こそが、その何者かではないか、と思っているのです。ぼくが、あなたにそれが誰だったのかを突きとめて欲しい、とお願いするのはそのためなのですよ。

旧来の〝維新運動〟に、〝相沢公判〟を機に新規参入者が増えたために、運動が急激に活性化し、ついに二・二六事件が現実のものとなった……現象面を見るかぎりでは、そういうことなのだが、その過程があまりに急すぎはしないか。〝十月事件〟がそうであったように、そこに何者かの隠された意図を読みとることはできないだろうか。

たしかに、〝維新運動〟が二・二六事件として決起されるまでに、何者かの目に見えない動きがあったようなのである。

本庄繁・侍従武官長の女婿であり、当時、歩兵第一連隊付であった山口一太郎大尉は、二・二六事件の「被告人尋問調書」で、左記のように証言している。

――昭和十一年一月十日初年兵入隊の日に父兄等に対し私が為した挨拶が意外の波乱を捲起し同月十二、三日頃三回に亙り現役将校らしい者から私に激励の電話が掛りました。夫れは「我々は実力でやるから貴殿は上部工作を頼む」と云つた趣旨でありました、名前を尋ねても告げませぬでしたが何れも非常に真刻《ママ》の声でありましたので何となく私は第一師団渡満前に直接行動があるのではないかと感じました。

山口大尉に電話をかけたのは何者であったのか。それは何を目的としてのことであったのか……

二

それでは〈皇道派（隊付き将校派）〉とあからさまに対立している〈統制派（幕僚派）〉が明らかにしようとしたのは何だったのか。

それは相沢事件の翌日、陸軍省が発表した声明の内容からも容易に見てとることができる。

――軍務局長永田中将に危害を加えたる犯人は陸軍歩兵中佐相沢三郎にして、第一師団軍法会議の予審に付せらるることとなり……兇行の動機は、未だ審《つまびら》かならざるも、永田中将に関する誤れる巷説《こうせつ》を妄信したる結果なるが如し……

〝誤れる巷説〟とは何であったのか。

相沢は、〈皇道派〉の巨頭ともいうべき真崎甚三郎が教育総監から罷免されたのは永田少将の策動によるものと信じて疑わなかった。永田少将は軍の統制を口実に、軍内維新勢力（〈皇道派〉）を粛清し、これをもってして軍の私兵化をはかろうとしていると信じていた。

永田少将がこのように皇軍を毒するのを放置しておい

たのでは、とうてい国家を革新し、昭和維新を断行することなどできようはずがない。かくなるうえは永田少将を誅戮する以外にない……相沢はこのように思いつめるにいたり、ついにはその実行に踏み切った。

これこそが相沢の永田殺戮の動機に他ならないわけだが、〈統制派〉が法廷で明らかにしようとしたのは、どうして相沢がそうした妄想を抱くにいたったのか、というそのことであった。〈統制派〉たちはそれをすべて事実無根の妄想によるものとしたのだった。

相沢が、そのような妄想を信じるにいたったのは、〈皇道派〉同志による情報に負うところが多かった。しかし、それはほんとうに正確な情報であったのか。真偽をとり混ぜ、同志を煽動するための〝誤れる巷説〟にすぎなかったのではないか。

要するに法廷で問われるべきは相沢の動機であった。

相沢はたんに〝誤れる巷説〟を盲信して上官を殺傷するにいたった愚かな狂信者にすぎないのか。それとも事実として、軍中枢をなす〈統制派（幕僚派）〉は、元老、重臣、財閥、新官僚たちと結託する不逞のやからであって、相沢は〝昭和維新〟の名のもとにこれに天誅を加えた愛国の徒であったのか。

これこそが第一師団軍事法廷における最大の争点であったはずなのだが——

じつはそれ以外にも幾つか奇妙な事実の齟齬が生じていたのだった。

三

相沢中佐は、昭和十年八月一日の異動において福山歩兵第四十一連隊より台湾歩兵第一連隊付に転じ、台湾総督府台北高等商業学校服務を命ぜられている。その赴任準備を終えて、十一日夜上京し、永田少将斬殺の挙に出たものであった。

ここで一つ妙なことがあって、相沢は凶行直後、これから偕行社（陸軍将校の修養・親睦団体）で買い物をしてから台湾に赴任します、と平然とそうした意味のことを言ったというのである。上官殺害という大罪を犯しながら、何事もなかったように台湾に赴任すると言ったことで、関係者はその正気を疑わざるをえなかった。

事実、凶行直後の麴町憲兵分隊での取調べにおいても、相沢は常軌を逸した言動を示していて、

——伊勢の大神が相沢の身体を一時借りて、天誅を下し給うたので、おれの責任ではない。おれは一刻も早く台湾に赴任しなければならない。

　という意味の証言が記録に残されている。あるいは、

——熟慮に熟慮を重ね、絶対の境地に立って決行したのである。絶対の境地、すなわち神示である。

　とも証言している。異常としか言いようがない。

　たしかに相沢には神がかり的なところがあったが、それを割り引いて考えても、上官を殺害した直後に平然と台湾に赴任しようとしたそのことは、人々を得体の知れない不安感に駆りたてずにはおかなかった。

　得体の知れない不安感……そう、奥歯で消しゴムを嚙んででもいるかのような、とでも形容すればいいだろうか。そんな不安感がまぎれもなしにそこにある。

　しかし、それが何によってもたらされたものであるか、そのことを具体的に言葉にすることができないのだ。何かがおかしい、何かがかけちがってしまっている、という感触だけがあって、それが何であるかがわからない。そのことがなおさら人々の不安をかきたてずにはおかないようである。

　多分、それは時代の空気のようなものでであったかもしれない。志村にはその程度のことしかわからない。それ以上のことは志村の理解にあまる。

　だが、それが何であれ、異常に不気味なものに触れてしまった、という感触だけはまぎれもなしにそこにある。そして、その異常に不気味な感触なるものの実体が何であるのか、歴史はついにそれを人々に知らしめることなしに過ぎていってしまう。たしかにそこには何かがあったのだが、人々はついにそれが何であるのか知らないままに終わってしまう。

　予審の供述においては、相沢もやや落ち着いたのか、

——わたしの心のなかの覚悟としましては、すべて確信による行動であるから、このことのなるとならざるとを問わず、行動を終えればそのまま任地台湾に赴く考えでありました。永田閣下を刺したその場で割腹するなどの責任云々による行動でもなければ、昭和維新の捨石として名を残すというような考えも、ぜんぜんなかったからであります。

　という意味のことを述べている。直後の麹町憲兵分隊での供述にあったような〝神がかり〟なところは減ったが、それにしても「行動を終えればそのまま任地台湾に赴く」という供述が異常なものであることに変わりはな

い。

このことについては、法務官と被告との間に押し問答が繰り返されている。

——被告は国法の大切なことは知っているが、今回の決意はそれより大切なことだと信じたのか。

——そうであります。大悟徹底の境地に達したのであります。

——決行後台湾に赴任しようと思ったのは、まだ、国法も考えなかったのか。

——わたしは憲兵隊で二、三時間話をすれば、憲兵司令官にはわたしの精神がわかってもらえて、〝お前は謹んで台湾に赴任しておれ、追って処分を沙汰する〟といわれるものと思いました。

それを聞いて志村は首をひねらざるをえなかった。何か違和感が強い、相沢の供述のあまりに現実感に乏しいことに奇異の念を覚えたのだった。

相沢はまるで自分ではなしに他の誰かが犯した犯行ででもあるかのようにそのことを話している。まるで相沢なる人物が二人いるかのように……

毎回、公判を傍聴すれば、何とはなしに胸に巣くっているこの違和感も解消されるのだろうか。この疑問も消えてしまうのか。

だが、残念なことに、一介の特高部・警部補にすぎない志村が、これほどまでに重要な公判を毎回、傍聴できようはずがない。課長の指示により（どうして課長が相沢公判を傍聴するように指示したのか、その意図はいまだ一つわからないのだが）、今回、ただ一度、傍聴したにすぎないのだ。

その一度きりの傍聴においても妙に気にかかったことがあった。

もっとも、多分、そのことを気にしているのは志村一人だけかもしれない。それというのも、ある意味、非常に華やかな相沢公判にあって、志村の疑問はじつに些末なことであったからなのだ。

相沢公判は、さながら〈皇道〉の維新か、〈統制派〉の非維新かを決する法廷闘争の様相を呈しつつあった。陸軍中将、前陸軍大臣、ついには渦中の人である真崎大将までが証人喚問されることになっていて、そのことも人々の関心を集めずにはいられなかったようである。

もっぱら、その派手な言論戦と大物証人の喚問にのみ人々の関心は向けられた。そのために志村が気にかかっていることに人々はほとんど注意を寄せていないように思われた。そのことの不自然さに気がついてもいないのかもしれない。

志村が気にかかったことというのは次のことである。

昭和十年八月十二日朝、相沢は陸軍省を訪れ、軍務局長室に入って、着用の将校マントを脱ぎ、軍刀を抜いて、永田局長に斬りかかったのだという。

これは異常なことではないか。どうして誰も気にかけないのか、むしろ志村にはそのほうが不思議なほどだった。

八月の暑い盛りにどうして相沢は将校マントを着なければならなかったのか。何かを隠すためにと考えるのはあまりに邪推が過ぎるだろうか。何かを隠すために、何を？　その相沢がじつは相沢当人ではないことを隠すために。

相沢がじつは相沢ではなかったことを隠すために……そうは考えられないだろうか。つまるところ体格の違いを隠すために将校マントを着用しなければならなかったと考えるのはあまりに突飛すぎるだろうか……

「――」

そのときのことだ。ふいに胸の底をなにか衝撃めいたものが走るのを覚えた。自分が傍聴席にいるのもわきまえず、思わず、あっ、と驚声をあげてしまっている。

志村がそのとき小菅刑務所から脱獄したあの囚人千百番のことを思い出すことになったのは当然だろう。囚人千百番――遠藤平吉のことを……

あの男は芥川龍之介に似ているように思われた。現実の芥川龍之介というより、あの幻の活動写真「押絵と旅する男」に出演していた芥川龍之介に……

それなのに志村が課長に命ぜられたように、監房の覗き窓から、

――相沢三郎中佐。

と声をかけると、とたんに萩原恭次郎の人としてのたたずまいが変わって、相沢のようになってしまった。

いまになってようやく、どうしてあのとき課長が志村に、囚人千百番に対して「相沢三郎中佐」と声をかけるように命じたのか、そのことの理由がおぼろげながら理解できるかに感じられた。

――永田少将を斬殺したのはほんとうに相沢三郎だったのだろうか。相沢であって相沢当人ではなかったのではないか。

相沢当人ではないとしたら誰が永田少将の斬殺に及んだというのか。いったい、どこの誰が相沢に扮して永田

少将を斬殺したというのだろう。

志村はじつにそれまで思いもよらなかった疑問を抱くようになっている。さすがにその疑問の重大さに顔がこわばるのを覚えていた。

たしかに相沢三郎中佐の言動には不審な点が多い。犯行直後、麹町憲兵分隊に収容された中佐は、

「自分は軍法会議に送られるようなことはしていない、憲兵にこうして調べられること自体がすでに間違っている」

と豪語したらしい。取り調べの憲兵は相沢の正気を疑わざるをえなかったという。

相沢は、仙台歩兵第二十九連隊に勤務していたときに、曹洞宗の高僧について禅の修行に励んでいる。そのために多分に〝神がかり〟的であったことは否めない。やや常軌を逸していることは誰の目にも明らかだった。

そうした相沢であれば、誰かが、自分がやったのではないことを自分がやったかのように暗示をかけるのは難しいことではないにちがいない。

その直後に台湾に赴任する、などと妙なことを口走ったのも、じつは相沢が真犯人ではないからなのではないか。そうだとして相沢が真犯人でないとしたら誰が真犯人なのだろうか。

——遠藤平吉……

四

口のなかから唾液がシュンと音をたてて引いていくかのように感じた。なにか自分が触れてはならないものに触れてしまったかのように感じていた。その触れてはならないもののあまりに禍々しい影が自分のまえに立ちふさがったかのように感じた。

しかし遠藤平吉は小菅刑務所のなかに入っていたはずではないか。それなのにどうして？　いや、そうではない。志村は小菅刑務所の看守の言葉を思い出した。

——千百番には妙ないきさつがありましてね。出戻りなんですよ。十年刑だというのに、去年の夏にいなくなってしまった。わたしらは代々木の衛戍刑務所に移送させられたと聞かされたんですがね。どうしてそうなったのかは何も聞かされていない。

千百番は十年の刑をかせられているのに去年の夏にいなくなってしまったというのだ。看守たちは代々木の衛

戍刑務所に移送されたとばかり思い込んでいたようだが、どうもそういうことではないらしい。それでは遠藤平吉は、その間、どこに行っていたというのか。

「……」

志村はほぞを嚙む思いだった。

彼の疑惑はじつに荒唐無稽と言っていいものだったが、それだけに非常に深刻な問題を孕んでもいる。何としてもこれは真偽を確かめるべきことであるだろう。それなのに、その当人である遠藤平吉はすでに刑務所を脱獄してしまっているのだ。杳として行方が知れずにいる。

遠藤平吉には本当の意味で自分というものがないのだという。脱獄する直前には自分を真内伸助という若者だと錯覚していたらしい。

遠藤があたかも真内であるかのようにして書いた「感想録」によれば——どこまでその内容を信用していいものかは疑問だったが——、彼はじつに奇怪な方法で真内を縊死させている。そんなことが可能であるなら、相沢三郎になり切って永田鉄山・軍務局長を斬殺することだってできないことではないだろう。

——おれは愚かしい妄想にとり憑かれているのではないか……

志村は自分の正気を疑わざるをえなかった。

そのとき視野の端に一人の男が動くのが入ってきたのだ。傍聴席を立って外に出ていった。

「……」

それを見て志村はかすかに頰が引きつるのを覚えた。どうして、その男が傍聴席にいることにそれまで気がつかなかったのか。そのことが不思議なほどだった。自分のうかつさが信じられない。それは志村であれば——ほかの誰でもない志村であればこそ——当然、気がついてしかるべき人物であるはずだった。

志村も反射的に席を立っている。男のあとを追って軍事法廷をあとにした。その男に対しては怒りもあれば恨みもある。しかし何より疑惑がある。何にも増して晴らさなければならない疑惑がある……

その男のあとを追う志村の顔が凄いほどの無表情になっていた。獲物を追う猟犬の顔——

その男は田原町停車場付近で円タクを下りた。そのまま外套の肩をすぼめるようにして浅草に向かう。

志村も円タクを下りて男のあとを追う。雷門を抜けて仲店に入る。

すでに暗い。仲店には帽子屋、射的屋、標札屋、煙草屋、造花屋、が建ち並んで、明かりのなかに浮かびあがっている。射的屋の鉄砲の音が鳴り響いて、煙草屋の軒先からは煙りがたなびいている。安来節とジャズが同時に聞こえてくるのはこの街ならではのことだろう。

それらの店をひやかしながら、じつに雑多な人たちが歩いている。職人、工場労働者、学生、徒弟、売れない芸人、自由労働者、失業者、小商人、娼婦……そうした人々たちがあやなす雑踏のなかにその男の芥子色の外套が見え隠れしている。どうかすると見失ってしまいそうだ。

いや……見失った。一瞬、目を放した隙に、男の姿が雑踏にまぎれてしまう。どんなに視線を凝らしてももう男の姿を見出すことはできそうにない。反射的に走り出しそうになるが、この雑踏のなかでむやみに走ろうものなら、人にぶつかり、ぶちのめされるのが落ちだろう。

男の姿を目で捜しながら、そのままゆっくりと雑踏のなかをつき進んでいった。急速に焦燥感がつのるのを覚えるが、それに耐えるしかない。

男の名前も素性もわかっている。どこに住んでいるのかも調べるのはたやすいことだろう。なにも焦ることはない……そう自分に言い聞かせるのだが、それがいわば欺瞞にすぎないことは誰よりもよく志村自身が承知している。

相沢中佐の軍事法廷のあと、その男がどこに向かったのか、なによりそれを知りたかった。いま男を見失ってしまったのでは、これから先、それを知るのは難しいだろう。そのことを思うと焦らざるをえない。

「旦那——」

ふと気がつくと目のまえに一人の男が立っていた。黒革のジャンパーに臙脂色のマフラーを粋に巻いた三十男。伊沢だった。

——この男は神出鬼没だな。いつも思いがけないところに現われる……

あっけにとられた志村に向かって、伊沢はニヤリと笑うと、自分についてこい、というようにあごをしゃくった。

仲店から大通りに出る。とまっている自動車と徐行の自動車とで混雑しているなかを、黒くひょろ高い人力車の影がスイスイと走り抜けていく。

大通りを渡って、連れ込み旅館と、〝自転車あずかり屋〟が軒をつらねる小路に入っていく。「自転車あずかります 五銭」の店では食べ物商売の屋台も預かっている。いまはちょうど時分時だからか、店先が非常に騒がしい。もうこんな時刻から、すでに娼婦たちが通りをそぞろ歩いている。

池の端に出る。急に人通りが少なくなってしまう。そこに映画館が何軒か並んでいる。どの映画館も明るい。池に明かりが写っている。いずれも盛況らしい。

が、なかで一軒だけ、陰気に暗い映画館がある。一目で営業していないことがわかる。外壁を伝う雨樋さえも壊れてしまっている。壁にポスターの剝がれた跡がめだつのがなおさらわびしさをかもし出している。

「ここですよ」伊沢が足をとめて言う。「ここがお探しの場所です」

志村は伊沢の顔を見つめた。「ここって何が？」

「何がって……ですから、ここが野郎が働いていた映画館なんですよ。三、四年前に、映画がトーキーになったってんで、弁士、伴奏音楽師、みんなお払い箱になっちまった。野郎もご同様ですよ。それ以来、行方知れずになっちまった」

「何の話をしてるんだ？　野郎って誰のことを言ってるんだ」

「野郎は野郎ですよ。だから寺田の話をしてるんでさあ。あれ……」伊沢はまじまじと志村の顔を見て、「旦那、もしかしたら寺田のことで浅草にいらしたんじゃないんですか」

「そんな男のことは知らない。おれはべつの男のあとをつけて浅草までやって来たんだよ」

「さいですか。何だ、偶然だったんですか。それはとんだ早とちりだ」伊沢は指で頰を搔いて笑い、「いえね、寺田はこの映画館で弁士をしてたんでさあ。なにしろ無声映画のなかの登場人物になりきっちまうというから凄い。外国人にもなれば女にもなりきっちまう。声帯模写どころか、顔面模写といっていい名人だったらしい。それはもう見事なものだったそうですが、映画がトーキーになっちまったんじゃ、いかに名人だろうと、どうしようもない。いまはもう行方知れずと言うんですけどね」

「その寺田という男がどうかしたのか」

「へへ、それなんですがね」

伊沢は妙な笑い方をし、ジャンパーのポケットから一葉の写真を取り出して、それを志村に渡した。

「……」

志村は写真を見た。自分でも顔がこわばるのがはっきりわかった。

一人の中年男がどこかの座敷にあぐらをかいてすわっている。美しい髭を生やして、節羽《ふしは》二重《ぶたえ》の無地の羽織に、紬の着物。角帯、白足袋――胸に扇子をさし、身綺麗にした男だ。見るからに貫録がある。

それは――江戸川乱歩に扮し、真崎甚三郎に扮したあの男だったのだ。

五

その翌日のことである。

六本木で市電を降りて、麻布の第三連隊の正門に向かう坂道をたどった。

まだ夕方の五時をまわったばかりだというのにすでに暗い。その闇の底に坂道がほの白く浮かびあがっていた。

坂道を下りきったところにそのアパートメントハウスはある。RC造り二階建ての建物で、十字路に面したファサードに不釣りあいに大きな列柱が取りつけられ、ぞんざいに浮き彫りがほどこされている。入り口上部には三角屋根の塔屋が載っていた。

むろん塔屋にしろ、ギリシア式の列柱にしろ、いずれも実用に供されているわけではない。いわばまがい物なのだが、その列柱の浮き彫りは残照に映え、三角屋根は鈍色の空を湛えて、それなりに美しい。その空に第三連隊の遠い喇叭《らっぱ》の音が聞こえていた。

志村はアパートメントハウスのまえに立って、

――まがい物のほうが本物より本物っぽく見えることもある……

ふと、そんなことを思った。

もちろん、そのアパートメントハウスのことをいっているのではない。まがい物という言葉に触発されて萩原恭次郎のことを思い出した。正確には相沢三郎中佐に扮したかもしれない萩原恭次郎のことを思い出した。

萩原恭次郎の相沢は本物の相沢よりも何倍も相沢らしかったのだろう。本物の相沢は容貌魁偉で、背が高い。その体格の違いを隠すために、夏の暑い盛りに将校マントを着なければならなかった。が、そのことをべつにすれば、萩原恭次郎は本物の相沢を見事に演じきった。多分、あまりに演技が完璧すぎたために本物の相沢が現実感を喪失してしまった。永田少将が斬殺されたあと、つい「偕行社で買い物してから台湾に赴任する」と口走ってしまったほどに。

これが志村が推理していることのすべてである。推理？　いや、あるいは空想していることのすべてというべきか。推理と呼ぶにはあまりに現実的な裏づけを欠いている。物的証拠はもちろん状況証拠にも乏しい。そもそも推理の名に値しない。それに――

どんなに演技に長けていても、人が誰か実在している人物そっくりに変装しうるものだろうか。そんなことが可能なものなのかどうか。

――自分はたんに妄想を抱いているのではないか。

そんな疑念がある。その疑念を払拭するためにこのアパートにやってきた。

アパートの名は〝連隊アパートメントハウス〟――つい近くにある麻布第三連隊からつけられた名称であろう。アパートの間借り人のなかに第三連隊の関係者が多いという事情もあるかもしれない。

志村がめざす部屋は二階の奥にあった。

めざす部屋の隣りの部屋の様子をうかがった。大丈夫だ。まだ部屋の主は帰宅していないらしい。留守のようだった。端の部屋で片側隣りの部屋を気にするだけでいいのがありがたい。

隣りが留守なのを確かめてからめざす部屋のドアのまえに向きなおった。

そのとき、その部屋から一人の女が出てきた。ぞろりとしたお召しの着物を着ていた。娼妓か、酌婦か、何でもそんな稼業の女に見えた。すれちがったとき安白粉のにおいがツンと鼻についた。廊下を遠ざかっていく女を振り返って見送った。

――阿部定……

ふと、あの女のことを思い出した。多分、あの阿部定もいまの女と似たりよったりの稼業をしている。それなのに阿部定にはああした女には見られない、なにか純なところがうかがえるようだ。うかがえる気がする。

その違いは何なのだろう、と思いながら、ドアをノックした。

「何だ、とみこか、なにか忘れ物か――」

男の声が聞こえてきた。

――昼間から部屋に商売女を連れ込んでいい気なものだ……

志村は胸の底で冷笑した。男の声を聞いたとたんに、ひどく残虐な衝動が胸の底にうごめくのを覚えた。その衝動のうごめくままに動いた。自分を解放させた。

サッ、とドアを開けて、靴のままで部屋に飛び込んだ。

八畳ほどの畳の部屋である。奥が広縁になっていて灯がともっていた。寝具が丸められて壁に押しつけられている。手あぶりに炭火が熾っていた。長押から下げたハンガーに背広と外套がかかっていた。ボルサリーノの帽子が机のうえに置かれていた。

それ以外には本棚どころか本一冊すらない。そのことがこの部屋の主の精神生活のあり方をよく示しているように思えた。その部屋の主がまじまじと志村のことを見て、おまえは何だ、と訊いてきた。

よく肥った、若い男である。紺絣の単衣に、黒縮緬の帯を無造作に巻いている。高価な腕時計を塡めていた。

憲兵隊の〈機動非常駐特別班〉――〝狐〟の一員。あの相撲取りのように肥った若者なのだ。雷鳥白の命令にしたがって、とりわけ入念に志村のことを痛めつけてくれた。名前を深山《みやま》という。

志村は彼らのリンチにあったとき、肥った若者の腰にしがみつくふりをして、そのコートのネームから深山という名前を確かめておいた。

〝狐〟の一員で、深山――それだけわかれば、特高部の刑事たる者、その住所を突きとめるのは難しいことではない。

「何だ、つれないじゃないか」

志村は冷笑した。電球の明かりに自分の顔をさらした。その明かりのなかにまだついて間がない生々しい傷がくっきりと浮かびあがった。

「忘れられたんじゃ困るんだけどな」

ふいに深山の顔がこわばった。志村が誰であるのか気がついたのだろう。大声をあげようとした。と同時に立ち上がろうとした。

どちらも志村がそうさせなかった。志村の右足が振子のようにしなって深山の顔に飛んだ。なにしろ靴を履いたままなのだ。その打撃力は大きい。靴が深山の鼻と口に食い込んだ。

鼻血が散った。多分、鼻の骨が折れたのではないか。グキッ、というような嫌な音が聞こえてきた。深山は悲鳴をあげようとした。だが、その口には靴の先が入っていて、わずかにくぐもった声が洩れただけだった。おそらく、隣室に人がいたところで、その声は聞こえないのにちがいない。

深山は仰向けに畳のうえに倒れた。だが、さすがに

〝狐〟だけのことはある。一方的にやられたままではいなかった。反撃に転じようとした。とっさに足をのばして志村に足払いをかけようとした。

志村はそれをかわさずに逆に深山のほうに踏み込んだ。腰をかがめて腕を伸ばした。足払いをかけてきた足を逆にひねってやった。どこかの関節が外れたのではないか。カクン、というような軽い音が響いた。

深山は悲鳴をあげようとしたが今度もまたそれはかなわなかった。志村がその口に肘打ちを叩き込んだのだ。悲鳴をあげるどころではない。歯が折れて飛んだ。

「グフゥ」

鼻血を撒き散らして深山は畳のうえを転がった。

志村は容赦がなかった。逃げようともがく深山の体を背後からはがい締めにして畳のうえに押さえ込んだ。その背中に膝を当てて顔を畳に押しつけてやる。

深山からはもう抵抗する力が失われていた。悲鳴をあげる気力もない。その口からヒューヒューと苦しげに息が洩れた。ほとんどすすり泣きの声に似ていた。

志村が深山の頭を引き起こした。深山は畳のうえに正座するような姿勢になった。背後からその喉に左腕をからめて、右手で深山の頭部をぐいぐいと押した。深山はしだいにうなだれるように頭を下げていった。その顔の先に手あぶりの炭火があった。

「ど、どうしてこんなことをするんだ」

深山が哭いた。自分たちが数人がかりで志村をリンチしたことを考えればずいぶんむしのいい質問というべきだろう。だが、志村は親切にその質問に答えてやった。

「なぜなら、おれは小林多喜二を殺した男だからさ。憶えているか」

六

風の音、それに鎧戸がかすかに軋む音……眼下にひろがる闇が深い。

「あんたは小林多喜二を殺してなんかいない。あんたが築地署に着いたときにはすでに小林多喜二は死んでいた。そうだろう」

と深山が言った。口のなかが切れているために話しづらいのだろう。その声が妙にくぐもったものに聞こえた。

「それがどうした」志村が尋ねた。「どうしてそんなことが気にかかる」

「あんたは小林多喜二を殺してなんかいない。あんたは人を殺せるような人間じゃない。だから、おれのことも殺せない」

深山は一気にそう言ってのけた。どちらかというと相手に告げるというより自分を納得させるというふうだった。

「ずいぶんと粗雑な三段論法じゃないか。おれが小林多喜二を殺してないからといって、どうしてそのことをもってして、人を殺せるような人間じゃない、ということになる。ましてや、だから、あんたのことも殺せない、というのにいたっては何をかいわんや、だ。そんな論法はないだろうぜ」

「そんなことはないさ。おれにはこいつは立派な三段論法に思えるぜ。そうとも、あんたにはおれを殺せないのさ」

「そうかな、ほんとうにそう思うか」

志村が短い笑い声をあげた。それに重なるようにして深山のこれも短い悲鳴が聞こえてきた。なにか小石のようなものが転げ落ちる音がした。

「や、やめろ……」深山がギュッと目をつぶって唇を震わせるようにしながらつぶやいた。「やめてくれ」

風が吹いた。両開きの鎧戸が風に揺れてかすかに軋んだ。その音が深山のつぶやきをかき消した。

深山は窓の框に腰をおろしている。むろん志村が無理やりそうさせたことだ。その両足は床から浮いて上半身は窓の外に出ている。単衣の胸ぐらを志村に摑まれて上半身を塔屋の外に押し出されているのだ。髪の毛が風になびいているのがまるで海藻が海に揺れているかのようだ。

夜が更けると麻布・龍土町のこの付近は極端に人通りが少なくなってしまう。兵舎の煉瓦塀がつづくばかりで民家が少ない。夜間演習の行軍を見かけることはあっても民間人が通ることはあまりない。

ましてや、この寒さのなか、わざわざ足をとめてアパートの塔屋を見あげる人間などいようはずがない。念のために塔屋の明かりは消してある。塔屋の外に深山の上半身を突き出したところで、それを誰かから見とがめられる心配など皆無といっていい。

「何もそんな粗雑な三段論法なんかに頼らなくても」と志村が言う。「おれが人を殺せるような人間かどうか、そのことを確かめるのは簡単だぜ。おれの尋ねることに何一つ答えないようにすればいいんだ。どうだ、試してみるか」

「何を知りたいんだ」深山の表情がひきつった。「おれから何を訊きたいんだ」

「憲兵隊はどこまで相沢事件にかかわっているんだ」

「何だって」

「おれは相沢事件の裏には東京憲兵隊の意向が働いていると疑っている。疑ってはいるが——その根拠がつかめない。どうもはっきりしない。話の筋が通らない。憲兵隊と永田軍務局長との間に確執があったなどという話は聞いたことがない。そのかぎりでは憲兵隊に相沢事件を画策しなければならない理由がない。それとも永田軍務局長を奇禍あわせしめることで陸軍での〈隊付き将校派〉の勢力を削ごうとしたのか」

「ば、馬鹿なことを言うな。夢にも憲兵隊が相沢事件を画策したなどということがあってたまるか。話が逆だろう。相沢中佐は西田税と非常に親交が厚かった。凶行の前日には西田のもとに泊まっている。たしかに相沢の背後には〈隊付き将校派〉の大物がついているという噂はあった。だが、どうしてそれが憲兵隊が相沢事件を画策したなどという突拍子もない話になるんだ」

「そんなことはないというのか」

「ない」

「おれの考えてることは妄想だというのか」

「妄想だーっ」

深山の語尾が悲鳴めいて長く伸びたのは志村がぐいと両手を伸ばしたからだ。深山の上半身はほとんど宙に浮いてしまっている。悲鳴をあげながら両手をバタバタと鳥のようにばたつかせた。

そこに志村の落ち着いた声が重なって聞こえてきて、

「事件の直後、軍事課に東京憲兵隊の某大佐が飛び込んできて、〝軍務局長室が火事だ、火事だ——〟と怒鳴ったという。おかげでずいぶん軍事課では混乱を来たしたらしい。あとで、〝局長室が大変だ〟と叫んだのが〝火事だ〟と聞きちがえたのだということになってしまったが、こんな聞きちがいがあるだろうか。憲兵隊はその混乱に乗じて誰かを逃がしたのではないか」

「誰かって」深山が咳き込むように言う。「誰を？」

それには志村は答えようとはしない。相沢三郎中佐に変装した遠藤平吉を——志村としてはそう言いたいところだが、何の根拠もないことであるし、なによりもあまりに荒唐無稽にすぎて口にするのもはばかられる。

「なあ、誰かを逃がそうとしたって、誰のことを逃がそうとしたっていうんだ」

「もう一つ」志村は相手の言葉を封じるように、「事件直後、相沢は麴町の憲兵隊で取調べを受けている。麴町分隊長の某・少佐が取調べをしているときに、この少佐が取調べ室を中座して、相沢を一人にしておいた、しかも凶行に使われた軍刀をそこにそのまま残しておいた、という話が残っている。さながら相沢が自決するのを奨励するかのような話ではないか。事実、この取調べ責任者たる少佐は後に、相沢が自ら潔くするなら、自決の態度をとるにちがいない。彼が死をもって最後を飾ってくれたほうが、全軍のために好ましいことだと思い、あえて相沢にそうした機会を与えたのだと人に言ったらしい。いかにも、もっともらしい話に聞こえるが」

志村が短く笑い、深山の体をぐいと引き戻した。そして凄みのある声で囁くように言った。

「おい、いつから憲兵隊は自分の職責をまっとうするよりも、取調べの相手を自決させるほうを優先することにしたんだ。そんなふざけた話は聞いたことがないぜ」

「そ、そんなこと知るか。東京憲兵隊に何の権限があるというんだ。憲兵隊が何かの陰謀に加担するなんて馬鹿ばかしい話を誰が本気にするというんだ」

「相沢は剣道四段の猛者《もさ》だ。ところが逃げようとする永田局長の背中を突き刺したときに左掌を刀刃に添えている。そのために親指を除く四本の指に骨まで達するような深い傷を負っている。おかしいじゃないか。これが剣道の高段者のすることか。それにしてはあまりに無様じゃないか。まるで別人のようじゃないか」

「別人のよう……」深山にはその言葉に何か思い当たることがあったようだ。目を瞬かせて志村の顔を見た。

「どういうことなんだ。何を言ってるのかわからないぜ」

「たしかに東京憲兵隊そのものが何かの陰謀に加担するというのは馬鹿げた話かもしれない。だが、おまえたちならどうだ」

「……」

「おまえたち〝狐〟ならいかにも妙な陰謀をめぐらしそうだ。おまえたちなら陰謀が似あいそうだぜ」

そのときのことだ。ふいに深山の姿が消えたのだ。魔法のように一瞬のうちに消え失せてしまった。志村の手には紺絣の単衣だけが残された。さすがに志村は驚いたが、すぐに何があったのかに気がついた。

志村は両手で深山の単衣の襟を摑んでいた。深山はみずから帯を解いて、志村の手に着物だけを残し、落ちていったのだ。

その無鉄砲ぶりには呆れるほかはない。そうまでして志村の問いに答えたくなかったということか。

屋根の塔屋といっても実質は二階だ。闇の底に沈んで高いように見えるが実際にはそれほどのことはない。まさか死ぬようなことはないだろう。

志村は窓から首を出して闇の底を透かし見るようにした。

すぐに深山の姿は見つかった。この寒空に丸首の肌着に股引の情けない姿だ。落ちたときに足首を挫きでもしたのか、一方の足を引きずるようにしている。走ろうとしているのだが思うように走れずにいる。のろのろと走っている。

「……」

志村は苦笑しながら階段に向かった。

深山にはもう少し訊かなければならないことがある。多分、もう一押しすれば、すべて知ってることを囀《さえず》ることになるだろう。

七

渋谷・道玄坂があるかなきかの霧雨にけぶっている。通り雨なのだろう。うっすらと陽が射していた。

その雨のなかに遠く代々木練兵所の教練の号令がかすかに聞こえている。この程度の雨なら教練にさしつかえないということか。

憲兵分隊の裏手に瓦屋根の棟々が見える。それぞれの棟には鉄格子の窓が穿たれていて、その一つ一つが目隠しの板に囲われている。窓の横には換気口があり、床には便の汲取り口が並んでいた。

取調べの被疑者を入れておくための拘置所である。渋谷の憲兵分隊は衛戍刑務所が近いという地の利もあって拘置される者が少なくない。

拘置所には小さな運動場が隣接してついている。雨が降っているからだろう。運動場に人の姿はない。いや——そぼ降る雨のなかに人影が見えた。それも二人、運動場から拘置所に向かう。拘置所の端に物置きのような部屋がある。そこに入った。

やはり物置きである。四坪ほどの空間に農作業の道具がおさまっている。物置きは暗い。窓は小さいうえに雨に覆われている。その乏しい明かりのなかに二人の姿が浮かんだ。

　志村と深山の二人である。深山は憲兵隊の軍服を着ているが、志村は黒っぽい作業服のようなものを着ている。やはり黒のズックを履いていた。

　志村は懐中電灯を持っている。それで物置きのなかを照らした。窓から明かりが洩れないように注意する。

　物置きの隅に粗末な薄いドアがある。そのドアを開けてなかを照らした。半坪ほどの狭い空間に竹ボウキとか塵取りといったものが雑然と積みあげられている。足の踏み場もないほどである。

　だが、志村はそうした物には興味がないようだ。懐中電灯で天井を照らした。その明かりのなかに何の変哲もない天井板がぼんやり浮かびあがった。

　懐中電灯を消してそれをズボンのベルトにさした。そして深山を振り返り、おい、と声をかけた。

「おれの体を持ちあげてくれ」

　深山はふてくされたように歩いてきた。昨夜の今日で、無理もないが、まだすこし足を引きずっている。物置きのなかに入って中腰になり両方の拳を突きあわせるようにして差し出した。

　志村がその拳のうえに足をかけた。階段を上るようにヒョイと体を持ちあげた。

　一瞬、落とされるのではないか、という懸念が胸をかすめたが、まずその心配は要らないだろう。深山は志村にすべてを話してしまったことで――もっとも〝狐〟が相沢事件を画策したのではないか、という問いにだけはどうしても肯おうとしなかったが――、深い自己嫌悪の念にかられてしまったようだ。自分はダメな人間だ、という思いにとらわれてしまっている。

　その自暴自棄の思いからなかばやけのようになって志村を人から見とがめられないようにして憲兵分隊に入れるのも了承した。

　ここでいまさら志村を床に落とすようなことをしたところでどうしようもない。深山はろくな男ではないが、さすがにそれほど子供っぽいことはしないだろう。

　志村は深山の両拳のうえに乗って弾みをつけて体を浮きあがらせるようにした。そして天井板の一枚を拳で突きあげるようにした。カタン、という軽い音がして、天井板が外れた。そこに長方形に穴が開いた。深山が説明したとおりだ。

　志村は身が軽い。懸垂の要領で鮮やかに体を引きあげて上半身を天井裏に入れた。四方を見まわした。
霧雨が降っているがそれでもかすかに陽が射している
ようだ。方々の隙間からかすかに翳ったような細い光線
が射し込んでいる。それが、まるで大小無数の蜘蛛の巣
がはられてでもいるように、屋根裏の空洞に滲んでいる
のだ。
その翳ったような薄明のなかを、太い棟木がどこまで
も連なっていて、はるかな闇のなかに沈んでいる。その
棟木と直角に——大蛇の肋骨のように——梁が屋根の傾
斜にそって両側に突きだしている。さらに梁から無数に
細い棒が下がっているのがまるで洞窟の鍾乳石でも見る
かのようである。
「それじゃ頼むぜ」
志村は深山にそう言い置いて天井に上がった。いった
ん、そこでうずくまり、方角を見さだめてから、手拭い
で鼻を覆った。
天井裏には格子状に太い桟木が交叉している。その桟
木のうえをひっそりと伝い歩いた。梁から下がっている
棒のあいだを猫のようにしなやかに身をくぐらした。ど
こまでも歩いた。
通り雨ではあるが、雨が降っていることに違いはなく、
隙間から射し込む光は十分ではない。場所によっては、
ほとんど闇に沈んでいるようなところもあるが、それで
も志村は懐中電灯を照らそうとはしない。下にいる人間
に明かりを見とがめられるようなことになれば面倒だ。
五分ほども歩いたろうか。いや、歩くばかりではなか
った。屋根が傾斜しているために歩くのに十分な空隙が
ないところもあった。場所によっては桟木のうえを這う
ようにして進まなければならなかった。
鉤の手に天井裏が曲がっていた。そこは厚い板材で天
井裏がふさがれていた。白いペンキが塗り重ねられてい
た。要するに、ここから先は拘置所ということなのだろ
う。
そこに煙出しの換気口がある。換気口から外を覗いた。
自分の場所を確かめる。瓦屋根に、煙出しの小さな瓦屋
根が重なるようにして、うねるようにどこまでも連なっ
ている。棟瓦《むながわら》が雨に濡れて黒い光を放っているのが何か
硯《すずり》を見てでもいるかのようだ。
——よし、ここだ……
志村は上着のポケットから飛び出しナイフを取り出し
た。刃を起こした。非常に刃の薄いナイフだ。
そのナイフの先端を一枚の天井板の隙間に徐々にこじ

入れるようにした。ここは慎重にしなければならない。強引にナイフの刃を入れるようなことをすれば木屑が落ちるだろう。誰かが下にいれば天井裏に人が潜んでいることを即座に見抜かれることになる。

ナイフの刃を隙間にこじ入れて力を入れる。天井板がわずかに浮いた。いったんナイフの刃に乗せたからには何があってもそれを落としてはならない。いまのところは下の部屋に人がいるかどうかそれをまだ確認していない。である以上、人がいるものとして行動しなければならない。刃に乗せた天井板を落とすようなことをすれば下にいる人間がその音に気づかないともかぎらない。

警視庁の特高・刑事がこともあろうに憲兵分隊の拘置所に忍び込んだ。なにしろ尋常な事態ではない。ただでさえ警察の特高と憲兵とは折り合いが悪い。このことが憲兵隊に知れれば志村が引責辞職するぐらいでは済まないだろう。その反響の深刻さは「ゴー・ストップ事件」の比ではないはずなのだ。

天井板を浮かせた隙間に人さし指と中指をさし入れた。二本の指だけで音がしないように天井板を二、三寸ほどずらした。その隙間から下の部屋を覗いた。桟木から桟木に体を移動させて丹念に部屋を観察した。

十坪ほどの倉庫である。壁の三方を占めて天井までの高さの棚がある。和綴りにされた書類が床にこぼれ落ちんばかりに棚に山積みにされている。幾つか机が並んでいて、そのうえに行李が積みあげられている。風呂敷包みも多い。行李にはそれぞれ白い紙が貼られてあって様々に書き込みがなされている。

倉庫の上方に小さな窓がある。その窓からわずかに陽が射していて、かろうじて事物の輪郭が見える程度には明るい。雨が窓を滴っていて光と影が流れるように移動していた。

――よし、誰もいない。

志村は動いた。

天井板をずらしてそこに体を滑り込ませる。天井にぶら下がってソッと床に下りたった。静かに下りたったつもりだが思いのほか大きな音がした。

しばらく床にうずくまって様子をうかがった。大丈夫だ。倉庫に人が入ってくる気配はない。立ちあがった。

あらかじめ深山からどの行李を捜せばいいかは聞いていた。その行李は窓の下の机のうえに置いてある。そのまえに立った。

ポケットからシガレットケースに似た真鍮の箱を取り

出した。蓋を開けて、机のうえに置いた。なかには指紋を採取するための粉とか刷毛などの道具が入っている。それを確認したうえで手袋を塡めた。そして行李の蓋を開けた。

なかから一振りの軍刀を取り出した。

細いこよりで鍔元が鞘に封印されていたが、かまうことはない、それを無造作に切り捨てた。こよりなどまたあとで新たに結べばそれでいいことだ。なにも気にするほどのことではない。

軍刀をすらりと抜いた。それを窓から射している光のなかにかざした。

「……」

志村の表情がかすかに動いた。その目にするどい光が宿った。

刃にはおびただしい血糊のあとが残されていた。一応、拭きとられてはいるようだが、十分ではない。鍔に近い刃のところに血に汚れた四つの指紋のあとが残っていた。

相沢は永田局長の背中を刺したときにその刃に四本の指を添えたのだという。その指紋が血にまみれて付着しているのである。

これこそは東京憲兵隊が証拠物件として押収した相沢の軍刀なのだった……

狂気の果て

一

第一師団軍法会議法廷での相沢公判は二、三日おきに開かれる。公判における維新派、非維新派の〝法廷闘争〟は回を重ねるにつれ、ますます熾烈なものになっていった。

このころ頻繁に、いわゆる怪文書なるものが流布されたのも、その顕著な表れといっていいだろう。が、遺憾ながら、その内容はいたずらに相沢中佐を賞賛し、〈統制派（幕僚派）〉を中傷するのみであって、必ずしも公正なものではなかった。

事件直後、犯行現場の図までがこと細かに記された怪文書が配布されたが、そこに記された〝事実〟は意図的に歪曲されていた。つづいて「陸海軍青年将校に檄す」と題する活版刷りの文書が散布されたが、これなども事実を伝えるというよりは、〝檄文〟としての色あいのほうが濃かった。

たとえば「陸海軍青年将校に檄す」においては以下のような激越な（そして内容空疎な）文章が書きつらねられていた。

今や維新変革の前夜にして国家の上下は維新か非維新かによって明かに二分せられたり……（略）……かくて七月十五日突如、重臣ブロック、軍閥者流、新官僚群を背景とし、その先棒たる林、永田の徒は……（略）……相沢中佐に籍すに神剣を以てし、雷閃一撃、永田を兇死せしめしもの、部内の私闘に非ず、維新の故になり……

「在千葉陸軍青年将校有志、在館山海軍青年将校有志」と記名されていたが、それに該当する人物はいない。〈皇道派（隊付き将校）〉の中心人物たちの所行であろうと見なされ、その名前までもが早々に特定されるにいたっている。志村にまでその実名が伝わっていた。

それにしても〈皇道派〉はその主張するところは高邁

ではあっても、どうもその実体に卑小なところがあるのは否めないようだ。変名をもってして怪文書を配布するなどあまりに姑息にすぎてその理想と相容れないところがある……志村にはそのことが不満であった。

もっとも志村にとっては、〈皇道派〉であろうが、〈統制派〉であろうが、しょせんは軍内部の派閥争いとしか思えない。〝ひとつ穴の狢《むじな》〟といっては言い過ぎかもしれないが、どうにもその印象を拭いきれずにいた。

いずれにせよ、志村は軍内部の趨勢がどちらに傾こうと興味はない。いまの志村に興味があるのは、

——ほんとうに永田局長を斬殺したのは相沢中佐であったのか。もしかしたら、それはにせ者の相沢ではなかったろうか。

その一点に尽きる、といっても過言ではない。ほかのことには何の興味もない。

が、そうではあっても——

いかんせん、これはあまりに荒唐無稽な疑惑でありすぎた。こんなことを本気で疑っている人間は、特高警察、憲兵隊ひろしといえども志村ぐらいのものだろう。要するにあまりに妄想めいている。話にならない。

検閲図書館・黙忌一郎の指示のもとに働け、と志村に命じたのは、直接の上司であるが、さすがに〝相沢中佐・にせ者説〟を報告するわけにはいかない。まともに取り合ってくれるはずがないのは当然として、下手をすると正気かどうかさえ疑われてしまう。

せめて物的証拠でもあればいいのだが、それがない。かろうじて指紋があるのみなのだった。

凶行に使用された軍刀から血に汚れた右手指紋が検出された。指紋は四つほど残されていたが、どうにか照合に耐えうるものは、そのうち中指と推察されるもののみにとどまった。

軍刀にアルミニューム粉末をふりかけて、乙種蹄状指紋を検出し、持参したカメラで撮影に成功した。もちろん、そのあとで丹念にアルミニューム粉末を拭きとったことはいうまでもない。

相沢中佐の軍刀は憲兵隊が保管している証拠物件なのだ。それを無断で特高の一警部補が指紋を採取したとあっては無事には済まない。その痕跡は慎重に消しておかなければならない。

軍刀から採取された指紋は、むろん永田局長を襲撃したあの相沢中佐のものである。志村としては、それが現在、陸軍に身柄を拘束されている相沢中佐の指紋と一致

するかどうかをぜひとも確認したい。

が、軍に身柄を拘束されている相沢に特高の刑事が接触することは難しい。ましてや、その指紋を採るなど事実上、不可能なことといっていい。どうすればいいか。

とりあえず軍刀から採取された指紋を遠藤平吉の指紋に照合してみてはどうか……そう考えて警視庁の指紋原紙・保管室に向かった。

二年まえの昭和九年十月に〝内務省訓令第二一〇九号〟をもって〝警察指紋採取規定〟が制定されている。すでにそれ以前から警視庁は指紋原紙の保管、および対照照会の受理業務を行っていたのではあるが、この規程により正式に警察指紋原紙保管庁と任ぜられたことになる。

この規程により、

——禁固以上の刑に該当する犯罪の被疑者にして身柄を検事に送致する者……および拘留者その他の者にして禁固以上の刑に該当する犯罪敢行の恐れある者……

等の指紋が〝指紋原紙〟にされて当該警察署に保管されることになった。

当然、遠藤平吉の〝指紋原紙〟も保管されていなければならないのだが……

不思議にそれが見あたらないのだ。警視庁に保管されていない。

——不都合千万な話ではないか。

志村としては憮然とせざるをえない。

もっとも、そのことを不快には感じたが、それほど不審に感じたわけではない。もちろん好ましいことではない。しかし、ありがちなこととして内心では了解している。

警察の業務とはいってもしょせんはお役所仕事である。何かと手違いが起こるのはやむをえない。ましてや〝指紋採取規定〟は制定されてからまだ二年しかたっていない。現場が作業に慣れていないということもあるだろう。

相沢三郎の指紋を採取するのは難しい。遠藤平吉はすでに小菅にはいない……せっかく苦労して軍刀から〝相沢三郎〟の指紋を採取したというのに、それを誰とも照合することができないのだ。

——どうしたものか。

志村は迷った。

が、そんな矢先に、署のほうに意外な人物から電話がかかってきたのだ。意外な人物——あの阿部定からなのだった。

電話を通しても阿部定の声は非常に色っぽかった。もっとも定は色事の用事から電話をかけてきたのではない。

「旦那、てるという女の子のこと、お気になさっていたでしょう。どうにか居所がわかりましたよ」

志村はほとんど忘れていたのだが、阿部定は〈吉田屋〉で仲居として働きながら、約束を律儀に守り、各・紹介屋に当たって、てるの行方を捜してくれていたらしい。そして、とうとう、てるの所在を突きとめたのだという。

「てる……」

思いもかけない名前を聞かされたという気がした。思いもかけない名前ではあるが、それは同時に片時も忘れたことのない名前でもあった。

どうしてか志村はてるという少女のことを忘れられずにいた。なるほど、たしかに〝相沢事件〟は国家を揺るがしかねないほどの大事件ではあろうが——人は、そのかげで何の罪もない少女が犠牲になって、職を失い、修羅の巷に放り出されたことを見ようとはしない。〝昭和維新〟是か非か、という大義に吹き飛ばされ、弱い命が木の葉のように陋巷に散ったことを見ようとはしないのだ……そのことが志村の胸に傷となって残り、いまもときおり疼くのをやめようとしない。

「てるという娘は乃木坂の置屋に奉公替えをしたそうですよ。〈いな本〉という置屋なんだそうですけどね。紹介屋ではなしに存知よりを頼って次の奉公先を捜したらしい。奉公先が決まったあとで、斡旋を頼んだ紹介屋に律儀に断りの手紙を書いているんで、消息がわかったんですけどね」

「〈いな本〉……」

驚いたことに——と言いたいところだが、志村はてるがトンカツ屋で、関口らしい男、それに芸者らしい女——あれが照若ではなかったか——と一緒にいるところを目撃しているのだから、じつはそれは十分に予想がついたことだった。志村があまりに忙しかったために、その後のてるの足取りをたどるのを怠ったにすぎなかった。

もっとも、ある意味では、それもやむをえないことではあったのだ。〝相沢事件〟という、それこそ日本の将来を左右しかねない大事件に比べれば、〝乃木坂芸者殺人事件〟は取るにたらない市井の小事件でしかない。そもそも比較すること自体が愚かしかった。

だが、もう〝乃木坂芸者殺人事件〟を無視するわけにはいかない。てるが〝乃木坂芸者殺人事件〟の関係者で

見上げると物干し台に一人の女が立っていた。志村を見るからに胡散臭げな様子で見下ろしていた。

四十女だ。むろんカツラだろうが、島田の髷をきれいにこしらえて、しかし割烹着を着ている。多分、これが女将だろう。照若が殺されて、手が足りずに、ついに自分がお座敷に出なければならないはめになってしまったか。

志村は身分を名乗って、てるに会いたいと言った。

「てる……」一瞬、女将は怪訝そうな顔になったが、すぐに納得したように、「ああ、そうか。きよちゃんのことか。うちじゃきよちゃんと呼んでたんですよ」

「きよ……」意外だった。それでは備忘録に名前の出てきた女中がてるだったのか。「どうして、てるがきよに名前が変わってしまったんですか」

「だってさ。うちには照若って子がいたからさ。照若とてるじゃ、あまりに名前がつきすぎるからというんで、照若が名前を変えさせたんですよ」

それを聞いて、

――もしかしたら、てるは照若にいじめられていたのだろうか。

志村はそう想像したが、〝乃木坂芸者殺人事件〟の備忘録にはそのことを推測させる記述は見あたらなかった。むしろ、きよの証言からは、照若に対して親愛の情を抱いていたことが推察されたのだったが。

女将の言葉もそれを裏づけるものだった。

「照若がきよをいじめるなんてそんなことがあるもんですか。あの子は竹を割ったような気性なんだから。なにしろ芝居を観るんだって新派よりも新国劇のほうがいいって言うんだから変わってる。バサバサ人を斬るのが気持ちいいんですってさ。そうそう、そういえば一度だけ、照若がきよちゃんと一緒に泣いてたことがありましたっけ」

「一緒に泣いてた？ それはまたどうしてですか」

「なに、照若のほうはもらい泣きなんですけどね。照若のお座敷で、若い軍人さんが〝東北地方の疲弊は大変なものだ、凶作が重なっているうえに米や蚕糸の値段が下がって、もうどうにもならない。娘の身売りがとまらないようになってしまった。我々がどうにかしなければこの国はたちいかない――〟というようなことを話したらしい。それを照若が何の気なしにきよちゃんに話したら、きよちゃんが泣いて怒ったそうですよ。料亭に芸者を呼んで酒を飲む余裕のある軍人さんにわたしたちの苦しみの何がわかるのかって。泣いて、悔しがったらしい」

「なるほど……」

志村は巡査たちにいたぶられていたときのてるの勁《つよ》い眼差しを思い出していた。あの少女はいつも何かと戦っているんだな、とそう思った。そのけなげさに何か感動に似た思いが胸の底に湧いてきた。

「それで、いま、てる——いや、きよか。彼女はどうしてるんですか」と志村は尋ねた。「いまも〈いな本〉で働いているんですか」

それなんですけどね、旦那、と女将は声を低めると、

「こんなことがあっていいんでしょうか。照若が殺されたひっかかりで、てるは警察に引っ張っていかれたんですよ」

二

昭和十一年二月二十二日——

相沢事件公判において特別弁護人は真崎甚三郎大将（前教育総監）の証人申請を行い、判士長はこれを許可した。

問題の人、真崎大将が軍法会議の召喚に応じて出廷すれば、必ずやすべての事情が明らかになるものと期待が寄せられた。

誰もが相沢公判は大詰めを迎えようとしているのだと感じていた。まさか、それから四日後に、日本史に残る大事件が起こって、相沢公判そのものが長く中断することになろうとは夢にも思わなかったのだった……


——てるは〝乃木坂芸者殺人事件〟の引っかかりで麻布署に連行された……

志村は思いもかけない事件の進展に呆然とせざるをえなかった。

と同時に、つねに目のまえで揺曳していたにもかかわらず、ついにこれまで〝乃木坂芸者殺人事件〟に積極的にかかわろうとしなかったおのれの怠惰さに罪悪感を覚えもした。

歴史的な事件といってもいい〝相沢事件〟と、市井の平凡な事件にすぎない〝乃木坂芸者殺人事件〟とが、どこかで微妙に重なりあっているかのように感じられた。

その接点のいずれかでわずか十六、七歳になったばか

りのてるがさまよっている……そのことを思うと彼女のことが不憫でならなかった。

志村の心境としてはもう指紋の照合どころではない。それよりもてるのことが気にかかった。

すぐに警視庁を出て麻布署に向かった。

だが、志村が麻布署に着いたときには、すでにてるの身柄は署から解き放たれたあとだった。

もともと、てるは事件の関係者として調書を取られただけのことであって――証言につじつまが合わないところがあったのだという――重要容疑者というわけではない。どこかから横槍が入れば、それを押しのけてまで、その身柄を署にとどめておくだけの理由がないということらしかった。

といっても、てるは〈いな本〉に帰ったわけではないらしい。どこか別の官権力に引致されたということらしい。どこに？　誰に？　それを尋ねるには、まずはことを分けて最初から話をしなければならなかった。

「それは初めて知りました」志村の話を聞いて、担当の係官は非常に驚いたようだ。「そうですか。てるはあの山田大佐のもとで働いていたのですか」

「山田大佐が自決したあとすぐに遺族から解雇されたようです。気の毒なことでした。そのあと、どこに行ったのか、わたしも気にかけてはいたのですが、忙しさにかまけて、ついそのままにしておいた。まさか殺人事件にかかわりあいになっていたとは夢にも思いませんでしたよ」

わしも驚きました、と係官は感に堪えないように首を振って、

「去年の末から、てるは〈いな本〉に奉公したそうです。事件が起こったのはその直後のことですから、勤め始めて、わずか後のことになります。そういう事情ですから、常識的に考えれば、照若が殺された事件に、てるが関係していようはずがない。それで、てるの前の勤め口のことまでは気にかけなかったのですが……」

「いや、まあ、山田大佐が自決したことと〝乃木坂芸者殺人事件〟とは直接的には何のかかわりもないことでしょうから――」志村は話題を変えることにした。「それよりも横槍が入ったとそうおっしゃいましたね。それはどの筋から入ったのでしょうか」

「……」

係官は、一瞬、志村のことを妙な目つきで見つめた。

彼にしてみれば、どうして特高の刑事が市井の一事件

にこうまで興味を示すのか、まずもって、そのことが腑に落ちなかったにちがいない。が、係官はすでに五十がらみの中《ちゅう》年寄りで、さすがに老獪といっていい。何かを不審に感じたからといって、表だってそのことで相手を詰問するようなことはしない。

「さあ、それは大っぴらに口に出すのは、はばかられることですが……」とまずは返事を濁し、「しかし、そもそも、わたしらには、この事件にどこかから横槍が入る、というそのこと自体が理解できない」

「それはどうしてでしょう」

「よござんすか。〈いな本〉なる置屋において照若なる芸者が殺された……これは言ってみればそれだけの事件でしょうが。横槍が入るの入らないだのというご大層な事件ではない。それに——」

「それに?」

「どういうものか、この事件はこれまでほとんど手つかずになってたんです。うちの管轄で起こったことなのに、暗黙のうちに、捜査をしてはまかりならぬ、というような空気になってましてね。それこそ、どこかから横槍が入って、捜査をさせないようにしてるとしか思えなかった。それなのに急に、てるという娘を連行して、調書を取れというお達しなんですからね。わけがわからない。でも、まあ、わけがわからないながらも言いなりにしたら、今度はその娘を横合いから引っさらわれる始末なんですからね。最初から、どこかの誰かに、あの娘を引っ張っていく下積もりがあって、それでわたしら下っぱ刑事を利用したとしか思えない。でもね、頷けない話ですよ。そうは思いませんか」

「……」

「半玉から一本になったばかりの若い芸者ではあっても、いずれ殺されたのは色恋のもつれからに相違ありません。情痴のもつれからでしょう。その意味では、ありふれた、つまらない事件ですよ。どこにでも転がっているような事件といっていい。それをどうして憲兵隊の〝狐〟ともあろうものが、てるを引致しなければ——」

「〝狐〟が……〝狐〟がてるを引致したのですか」

「あ、いや、これはしまった。どうか、このことは聞かないふりをしてはいただけませんか」

わざと失言したようなふりをして係官は慌てて口を押さえた。そしてパチパチと芝居がかって目を瞬かせる……

……志村はしだいにこの老刑事が好きになってきた。

——そうか、〝狐〟か……

老刑事がいうように、どうして憲兵隊の〝狐〟が巷の一事件にそこまで興味を寄せるのかがわからない。もっとも、それが不自然であることは、特高がかかわってくることにしても同じであろうが。

「いま、てるはどこにいるのでしょうか」志村が尋ねた。

「さあ、それはわしらには何とも言いかねることとでして……」

「そのことは〝狐〟に尋ねろとそうおっしゃるのですか」

「……」

「もう一つ、お聞きしたいのですが――」やむをえない、質問を変えることにした。「若い美人芸者が殺されたにしては、あまり〝乃木坂芸者殺人事件〟は世間の関心を集めていないようです。もうすこし俗っぽい関心を集めてもいい事件であるような気がするのですが、これはどういうことなのでしょう」

「所轄署ばかりではなしに警視庁のほうでもこの事件をあまり大っぴらにしたくない事情があるようです。どういう事情かはお訊きにならぬように。わしに訊かれたところでわかる道理がない。どうも軍がらみの事情ではないかと――まあ、推察にすぎませんが」

「軍がらみの事情、ですか」

「推察ですよ。申しあげたようにあくまでも推察にすぎません」老刑事は自分で自分の言ったことを否定するように手を振った。「何の根拠もないことですよ」

そうではないだろう、と志村は思った。刑事が何の根拠もないことをうかつに人に洩らすわけがない。多分、どこかで、これは軍がらみの事件だという感触を得ることがあったのだろうが、さすがにそれは不用意に人に話していいことではないと判断したのにちがいない。

「それにもう一つ、この事件には、どうも公序良俗に触れる部分がありましてな。いたずらに人の劣情を刺激するところがある。それで新聞も報道をさしひかえているのではないか、と――じつに何というか、口にするのもはばかられるのですが、検視によればどうも女は絶命したあとで局部をえぐり取られているらしい。いや、猟奇殺人というか、酸鼻のきわみというべきか、じつにこう酷《むご》い話ではありませんか。もちろん、すでにご存知のことでしょうが――」

老刑事はしゃべり過ぎたのを後悔するかのように志村から顔をそむけた。そして小火鉢に両手をかざし、悪く冷えますなあ、と世間話のように言う。

「大雪が降るんじゃないですかなあ。わしは何かそんな気がしますよ」

志村はこの老刑事の言葉をいつまでも——それこそ、このあと何十年も——思い返すことになる。

が、そのときにはそれが自分にとって深い意味を持つことになろうとは夢にも予想しなかったのだった。

この日、昭和十一年二月二十三日——

三

志村は〝乃木坂芸者殺人事件〟に対して無関心ではいられない。いや、無関心でいられないどころか、自分でも不思議なほど心ひかれるものを覚える。

それが何か内発的な衝動のようなものとして感じられた。抑えようとして抑えきれるものではない。彼にあってはそれは非常に自然な心の動きとして自覚されるのだった。

もちろん志村は特高の刑事であり、市井の事件は職域外にあるが、それでも黙忌一郎に依頼された調査のことがなければ、〝乃木坂芸者殺人事件〟の捜査に全力を費やすことになったのではないかと思う。

黙忌一郎に仕事を依頼されたことが〝乃木坂芸者殺人事件〟の捜査に専念する妨げになったのは否めない。

が、だからといって、黙忌一郎に命ぜられるままに、「相沢中佐に扮したかもしれない」遠藤平吉、および「真崎甚三郎に扮したかもしれない」寺田のことを調べるのに不満があったわけではない。

警視庁と黙忌一郎との関係がどんなものだかわからないが、上司を介して指示があった以上、それは特高の正規の任務と見なすべきだろう。そうであれば志村がその調査に全力をそそぐのは当然のことといっていい。

志村がそれに不満を持つなどもってのほかだ。そんなことがあろうはずがない。

だが、そのことと矛盾するようであるが、〝乃木坂芸者殺人事件〟の捜査に力をそそげないことに、志村がなにがしか罪悪感めいたものを覚えているのもまた、まぎれもない事実なのだ。そして、その罪悪感が何から生じるものであるか、それが彼自身にもよくわからない。

黙忌一郎に命ぜられた調査は、せんじつめれば芥川龍之介が「歯車」において、

——第二の僕、——独逸人のいわゆるDoppelgaenger

は仕合せにも僕自身に見えたことはなかつた。しかし亜米利加の映画俳優になったK君の夫人は第二の僕を帝劇の廊下に見かけてゐた。

　そのように記したドッペルゲンガーを調べるためのものであったといってもさしつかえない。

　なにも〝相沢中佐に扮したかもしれない〟遠藤平吉、〝真崎甚三郎に扮したかもしれない〟寺田のことばかりを指してドッペルゲンガー呼ばわりしているわけではない。

　志村が思うに、かの占部影道もまたドッペルゲンガーの一人というべきではないだろうか。

　ある意味、占部影道は、北一輝に対して、西田税などよりもさらに密接な関係にあるといっていい。北一輝が輝きを増せば増すほど、占部影道という影はいっそう深いものになっていくのだ……これこそ、まさにドッペルゲンガーそのものだろう。

　誰も知らないところで、ドッペルゲンガーという魑魅魍魎が暗躍し、それが青年将校たちのいわゆる〝昭和維新〟と微妙に連動しているらしい。いや、連動するどころか、〝十月事件〟において何者かが、〝皇軍相撃つ〟内戦状況を導こうとしたように、〝昭和維新〟も引き返しのならぬところに誤導されようとしているのではないだろうか。

　じつのところ志村は、西田税を橋本欣五郎に引きあわせたその何者かというのは、占部影道以外にはないだろう、と考えている。西田税は北一輝に兄事しているし、占部影道は北一輝の影のような存在である。この二人が北一輝を介して、ともに〝維新運動〟にかかわりあいになるのは大いに可能性のあることだろう。

　だが、占部影道はその怪物性においては西田税どころではない。あるいは北一輝をもしのぐかもしれない……北一輝にも増して、けっして表面には出てこようとしないが、それだけに何とも言いがたい凄みのようなものを感じさせる。

　占部影道は〝維新運動〟を利用してこの国をどこかのっぴきならないところに連れ去ろうとしているのではないか……本当のところ、何が起ろうとしているのか、それはまだ分明さだかではないが、どこか目に見えないところで、とんでもない陰謀が進行しつつある、ということがひしひしと肌に感じられるのだ。

　それを一介の特高・警部補が阻止できるのか、そもそも阻止する必要があるのかどうか……それすら確信が持てずにいるのだが、いずれにせよ自分が途方もない事件に関わろうとしているのだという実感はまぎれもない。

そうした事犯と比較すれば、やはり〝乃木坂芸者殺人事件〟がとりたてて特徴のない、いわば平凡きわまりない事件と見なされるのはやむをえないことではあるのだが——

〝乃木坂芸者殺人事件〟においては、すでに故人となった真内伸助が個人的に関係していたようであるし、あの遠藤平吉もどこかで微妙にかかわっていたふしがある。

それに真内伸助がその「感想録」でしきりに述べているのだが、彼は〈いな本〉界隈を歩いているときに、なにか強烈な違和感のようなものを感じたのだという。それが何から生じたものであったか、そのことも看過すべきではない、という気がする。

それは、萩原朔太郎の「猫町」において、的確に描写されているように、
一寸バランスを失つても、家全体が崩壊して、硝子が粉々に砕けてしまふ。

という感覚であって、まさに何かが起ろうとしている、という予感はひしひしと迫りつつあった。

「猫町」の主人公も、多分、真内伸助も、そのことをありありと肌に感じ、漠然とした不安を払拭することができずにいるのだった。その不安は、志村にも、いや、おそらく一九三〇年代の日本を生きる者が、ひとしなみに感じているはずのものではないか。

そのことがあればこそ、志村が〝乃木坂芸者殺人事件〟を市井の一事件と考えながらも、どうしてもそれに無関心ではいられないのかもしれない。

もっとも、黙忌一郎から与えられた任務——というか調査——に即して言えば、現実のこととして、志村には〝乃木坂芸者殺人事件〟にかかずりあう余裕などないはずではあった。

黙忌一郎は、「押絵と旅する男」という幻の活動写真において、一人は江戸川乱歩に扮し、もう一人は芥川龍之介に扮しているあの男たちに異様なまでの関心を寄せている。

この両者に、北一輝の懐刀とされる占部影道なる人物、さらには貴族非常駐特別班——通称〝狐〟が関わっているらしいのだが、それがどんな関わり方であるのかも具体的にはわかっていない。

思えば、右往左往したわりには、志村の得たものはじつに微々たるものといっていいのではないか。調査は何

一つ進捗していないといっていい。

どう考えても、〝乃木坂芸者殺人事件〟に関わりあうどころではないのだが、因果なことに志村にはこの事件に個人的に関心を寄せざるをえない理由がある。

てる、である。

——どうして自分とは縁もゆかりもないあの娘のことがこれほどまでに気にかかるのだろう。

と志村はそのことを疑問に思う。

じつのところ志村にもそのわけがはっきりとしない。自分で自分の気持ちを把握しかねているのだ。強いていえば——

山田大佐が自決したあと、最寄りの派出所の巡査は苛烈といっていいまでに厳しい態度でてるの取調べに当たった。それに屈するでもなしに、じっと耐えていた彼女の表情が忘れられないからかもしれない。

なにか思い決したような、すべてこの世の理不尽なものに全身で抵抗しているような、あのりんとした瞳の輝きが志村の記憶から消えることはない。

そして、その記憶が残されているかぎり、志村がてるを見捨てることはないだろう。見捨てることができないのだ。


——今回ばかりは何としてもてるを助けてやらなければならない。そうでなければそもそもおれが刑事でいるだけの理由がない。

志村はそう自分に言いきかせるまでに思いつめるのだった。

だが、なにしろ、てるを連行したのは警察ではなしに憲兵隊司令部なのだ。それもこともあろうに貴族非常駐特別班——〝狐〟なのである。常識的に考えれば、とても警察の力などがおよぶ相手ではない。

どうして憲兵隊が市井の事件に嘴《くちばし》をはさんでくるのか、ましてや何の権利があって容疑者を連行するなどという暴挙に出ることができるのか……越権行為もいいところではないか。まさに横暴もここにきわまれり、というべきだが、〝狐〟はおよそ常識が通用するような相手ではない
なまじのことでは〝狐〟と交渉することなどできそうにない。よほどの決意と、相応の犠牲を支払う覚悟がなければ、てるを取り戻すことなどできないにちがいない。

よほどの決意と、相応の犠牲を支払う覚悟……そう、場合によっては、黙忌一郎を裏切ってもいいと思うほどでなければ……

まさにそれが現実のこととなった。

麻布署から警視庁に戻った志村は課長から呼び出されたのだった。

そして、じつに思いもかけない話を聞かされることになった。

こともあろうに占部影道から、志村に会いたい、と連絡してきたのだという。

占部影道は大物である。しかも奇妙なことに北一輝には警視庁・特高部や憲兵・特高班の監視がついているのに、占部は誰からの掣肘も受けていないらしい。それほどの大物というべきか。それほどまでの大物があっていいものか。

官憲から監視されるどころか、逆に憲兵隊司令部に大勢の同調者を擁して、それを意のままに動かしているという奇怪な情報すらある。

必ずしも北一輝、内田税、大川周明のように名が知れた国士ではないが、それだけにかえって凄みのようなものがある。何というか、じつに得体が知れない。

〝特高の神様〟、〝スパイ使いの名人〟として名を馳せているほどの課長が、その声にありありと緊張をあらわしていることからも、占部影道の大物ぶりがうかがえるようであった。

その占部影道が志村に至急会いたいのだという。

——いったい何の用なのか。

志村としても緊張せざるをえない。かすかに背筋に悪寒を覚えた……

四

その日、二月二十三日——

午前四時四十分から降り出した雪は、午後にいたって、強風が加わり、しだいに激しさを増していった。

夜、志村は銀座を歩いていた。

夜といってもまだ七時をまわったばかりの時刻である。雪は小降りになっているが、優に三十センチを超す積雪で、花の銀座といえども歩きにくいことには変わりない。

一丁目から西七丁目に向かう。そこかしこでレコード宣伝の拡声器が派手に流行歌をかき鳴らしていた。そうした喧噪を避けるように裏通りに入った。

西七丁目には芸者屋が多い。そのなかに一軒のおでん屋があった。

バーやカフェがかんばんになったあとで、まだ飲みたりぬ意地汚い客たちが女給をひきつれて飲みにくる店であるようだ。

こうした店にとっては、夕方の七時といえばまだ宵の口もいいところで、門口の灯にはまだ明かりがともされていない。

どこといって取り柄のないおでん屋で、どちらかというとうらぶれた印象のほうが強い……志村にはそのことがいささか意外なものに感じられた。

——ここでいいのだろうか。

大物を噂される占部影道が懇意にしている店にしてはあまりに平凡すぎるように感じられないでもないが。

ここでいい。志村は店名を確認して足を踏み入れた。

店に入るとすぐにヌッと一人の若者が立ちはだかった。黒袴に、いが栗頭の、いかにも国士然とした若者で、どこかしら鬱屈した声で、

「お体をあらためさせていただきます」

と言った。

「体を……」

あまりに大時代な言葉に志村は思わず噴き出しそうになってしまう。しかし若者はにこりともせずに、じっと志村を見つめている。当人は自分の言葉をいささかも不自然なものには思っていないようである。

「……」

さすがに志村もこの若者をまえにして笑うほど大胆にはなりきれなかった。この若者には無視しがたい殺気がある。

その懐が妙に突っぱらかっているところを見ると、そこに匕首の一本も呑んでいたところで不思議はない、いきなりずぶりとやられるのは願い下げにして欲しかった。

「よしてくれ、おれは巡査じゃない。私服だぜ。サーベルなんか持っていない」

が、若者は執拗に、

「お体をあらためさせていただきます」

とのみくり返して一歩もしりぞこうとはしない。

そのとき奥のほうから声がかかった。

「西村、よけいなことはしなくていい。そのままお通ししろ」

どこか浪曲師を思わせるような渋い声だった。

「ですが、やはり……」

若者は戸惑うようだった。その声の主に逆らうことな

ど思いもよらないが、しかし体をあらためずをそのまま志村を通すのもためらわれるというふうだった。

「いいから先生のおっしゃるとおりにしないか」

それとはうって変わって若々しい声が聞こえてきた。あまりに屈託のなさすぎる声だった。

それで若者は納得したようだ。黒袴に両手を置いて、

「失礼しました」

四角四面に挨拶をし、わきに退いた。

志村は奥に進んだ。

背後に若者の視線を感じてちりちりと首筋が痒くなるのを覚えていた。

まだ開店まえのおでん屋は全体に薄暗くて、ストーブの火がぼんやりと浮かんでいた。奥の小座敷のみに皓々と明かりがともされている。

「来たか」

と明るい声が言う。

その小座敷から立ちあがって、土間に下りてきたのは雷鳥白だった。

上着を脱いで、吊りズボンにワイシャツ、ネクタイという姿だが、いつもながらじつにその装いが小粋に決まっていた。

小座敷の小卓には中国服を着た占部影道がすわっている。素知らぬ顔でちびちびと酒を飲んでいた。

雷鳥は、待ってたぜ、と言い、

「先日はうちの深山《みやま》がずいぶん世話になったらしいじゃないか。おかげであいつはもう〝狐〟としては使い物にならない」

「自業自得さ」志村は相手にならない。

「いいのか、そんなことを言って。〝狐〟を相手にまわすことになるぜ」

「脅かすなよ。これで恨みっこなしじゃないか」

「おあいこということか」

「違うか」

「まあ、そうだな」

と雷鳥は頷いた。もっともこの男がどこまで本気でそう言っているのかわからない。その突き抜けるように明るい目からは彼が何を考えているのか読み取ることは難しい。

「どちらにしろ警視庁の特高と憲兵隊の特高班が角突きあわせているのも芸がない。おたがいに立場は違うが国家のために働いていることでは同じだろう。これからは一つ昵懇に願うぜ」

雷鳥は右手を差し出してきたが、志村はきっぱりと無視した。

この男の〝狐と帽子〟のゲームの仮借なさは骨身にしみて懲りている。この男を信用するぐらいなら毒蛇と同衾したほうがまだしも安全というものだった。

それに志村は雷鳥に会うためにわざわざ銀座まで足を運んできたわけではない。気になるのは雷鳥ではなしに占部影道のことだった。

雷鳥の肩越しにじっと占部影道を見つめた。

「――」

占部は面倒げに志村を見て、これも面倒げに、すわれ、というように小卓の向かいあわせの座布団に向かって顎をしゃくった。

志村は雷鳥の横をすり抜けた。失礼します、と言い、靴を脱いで座敷に上がった。

「お初にお目にかかります。警視庁・特高の志村と申します」

「なにを白々しい。これが初対面というわけでもあるまいに」占部は鼻のわきにしわを寄せるようにして笑うと、「きみとは中野の〈吉田屋〉のまえで会っている」

「お気づきでしたか」

志村はこれには驚かされた。

さすがに占部は尋常な人物ではない。慧眼というより異常人といってもいいのではないか。どこか底知れないところを感じさせた。

すぐに女将が蒸しタオルと献立表を持ってきた。

「こちら、お酒でよろしいでしょうか。熱燗をお持ちしましょうか。肴はい、さ、きのいいのが入っていますけれど――」

と愛想よくまくしたてようとするのを、あとで呼ぶ、と占部がわずらわしげに言う。

「まあまあ、――ちゃん（女給の名前のようだったが、よく聞きとれなかった）がいるときとは大違い。ご機嫌が悪いこと」

と女将は笑い、ごゆっくり、あとでうかがいますから、と志村に断って、厨房に引っ込んだ。

占部はおもしろくもなさそうな顔をして杯を口に運んでいる。

多分、ふだんは酒席でよく見かける種類の洒脱、豪放磊落な人物を装っているのにちがいない。女将のふるまいからそのことが察せられた。そうすることで人が占部に期待する大物を演じているわけなのだろう。

が、じつのところ、占部は人が思うよりもはるかに複雑な人物であるらしい。大物、あるいは黒幕などという存在がいかに空虚で実体のないものであるかそのことを熟知しているのにちがいない。

ある種の人間には大物とか黒幕などといった擬態がまるで通用しないことを知っている。そして、多分、志村もまたそうした人種であることに気がついている……占部が所在なげにつまらなそうな顔をしているのもゆえのないことではない。

「きみは」やがて占部がぼそりと言う。「相沢中佐の軍刀を調べた」

「はい」

「軍刀には相沢中佐の指紋が残されていた」

「……」

志村は含みを持たせるようにゆっくりと頷いた。相沢中佐の指紋が残されていたともそうでないとも断言しない。

「それを衛戍刑務所に拘留されている相沢中佐の指紋と照合してみたか」

「まだですが」志村は首を横に振って。「いずれはそうするつもりです」

「それは」占部がゆっくりとした口調で言った。「やめたほうがいいだろう」

「どうしてでしょうか、軍刀に残されている指紋が相沢中佐のものと一致しないからですか。それを実証されたのではあなた方がお困りになるからですか」

それには占部は答えようとはせずに、

「そのことはすべて忘れてもらう。そもそも警察ともあろうものが憲兵隊が押収している証拠物件に手をつけるなど途方もない。じつに沙汰のかぎりじゃないか」

「証拠物件に無断で触れた責めを負え、とおっしゃるのであれば、それもまた受けるのにやぶさかではありません。ですが、まずは軍刀の指紋と相沢中佐の指紋を照合してからのことです。すべてはそれからのことにしたいと思います」

「ずいぶん強気じゃないか」雷鳥白が手酌で酒を飲みながらからかうように言う。「あんた自分の立場がわかってるのか。あれこれ条件を提示できる立場にあるかどうか」

「それに」雷鳥白にはかまわずに志村は言葉をつづけ、「わたしには相沢中佐だけではなしに、もう一人、軍刀に残された指紋と、その指紋を照合させたい者がいます。

その心づもりもあることですし――」

「もう一人……」占部がいぶかしげに眉をひそめて、

「それは誰のことかな」

「遠藤平吉という男です。ご存知ですか」

占部は考えるようにちょっと首を傾げたが、いや、と言い、首を振って、

「その名は聞いたことがないようだ」

占部の表情からは彼の言葉がどこまで真実であるかどうか読み取ることはできない、能面のように見る人によってどうとでも解釈できそうな表情だった。

「昔、寄席なんかで百面相という芸人がいたそうです。といっても、わたしも話に聞くだけで、実際に見たことはないんですが。どうも客の要望にあわせて舞台でいろんな人間の顔をして見せる、というような芸だったらしいのですが――」

「その百面相とかいう芸人が何だというのかね」と占部が静かに尋ねる。「いまの話に何か関係があるのだろうか」

志村は、ええ、と頷いて、

「どうも遠藤平吉という男はその百面相のような人物であるらしい。まあ、実際には百の顔を持つなどという芸当は不可能なんでしょうが。思うに、せいぜい二十面相がいいところではないでしょうか」

「怪人物」占部がかすかに笑うように、「二十面相か」

「そうです。まさに怪人物です。何というか、遠藤は天性の演技者というか、ドッペルゲンガーの魔物というべきか、じつに変装術に長《た》けた男でしてね。多少なりとも体格、印象の似た男であれば、ちょっとしたしぐさ、癖を模倣し、そのほか眼鏡、含み綿などの小道具を使っただけで、その人物になりきることができる。もちろん家族、親しい友人の目までごまかすことはできないでしょうが、その人物を写真で知っている程度の人間が相手であれば、十分に当人に扮して通用するのではないでしょうか」

「何を言ってるんだ」と雷鳥白がいらだったような口調で言う。「たわごとにしか聞こえないぜ」

「だからさ、たわごとだよ。おれは妄想を言ってるのさ」志村はそう雷鳥白をいなし、あらためて占部影道の顔を見つめると、「わたしはこんな妄想を抱いているのですよ。もしかしたら、その遠藤平吉という男が芥川龍之介のドッペルゲンガーを演じたのではなかったか、と」

「ほう……」

わずかに占部は眉をあげたようだ。が、表情が変わったというほどではない。多分、この地上にあるどんなものも彼の表情を変えさせることはできないだろう。

「もしかしたら、その遠藤平吉が相沢中佐に扮したのではなかったか。永田中将を斬殺せしめたのは相沢本人ではなしに彼に変装した遠藤平吉ではなかったのか」

志村の舌鋒が鋭さを増した。じっと占部の顔を切り込むように凝視している。占部がどこまでも無表情なのに比して、志村の顔にはじっとりと脂汗が滲んでいた。その表情はどこか苦しげでさえあるようだった。

「だから相沢のその後の言動にはあれこれ不審な点が多かったのではないか、つじつまの合わない点が多かったのではないだろうか、とわたしはそう思うのですが」

五

表の引き戸が開いてバイオリン弾きが覗き込んだ。仕込みをしている板前が、まだ開店してないよ、と言う。それを聞いてバイオリン弾きは早々に退散した。

「なあ、わかってるのか。こちらは三人なんだぜ」雷鳥はネクタイを乱暴にゆるめると、どこか伝法な口調で言った。「何なら力づくということにしてもいいんだぜ」

「やってみろよ」志村は動じない。「おれもおとなしく言いなりにはなってはいない。大の大人がどたばたと無様に埃をたてることになるぜ」

「やあ、そいつは願い下げだ」

雷鳥が笑い声をあげた。虚無の果てまで突き抜けるような、いつもの明るすぎる笑い声だった。笑いながら言った。

「それじゃ取引きといこうじゃないか。すべて指紋のことを忘れてくれるにはどうすればいい」

志村は、ああ、と頷いて、杯を口に運びながら、考えるふりをした。実際には、間をとっただけにすぎず、考えるまでもなく、何をどう取引きしたらいいのか、すでに心は決まっていたのだが……

占部影道と雷鳥白を相手にして取引きをするにはよほど慎重にふるまわなければならない。相手に腹のうちを見透かされたのではそもそも取引きにならない。

「憲兵隊司令部の〝狐〟はてるを拘留したと聞いた。そうなのか」

「てる？」

雷鳥が怪訝そうな顔になった。

「〈いな本〉ではきよと名乗っていたようだが——下働きの小娘さ」

「ああ、きよのことか」雷鳥は頷いて、「あの女はもともとはてると言ったのか。そういえばそんな話を聞いたような気がする」

「あの女を拘留したのか」

「ああ、たしかに検束したよ」

「憲兵隊の特高班に民間人を検束する権限はないんじゃないのか」

「ないさ」雷鳥はニヤリと笑った。「だから何だというんだ」

だから何だというのか。むろん何でもない、、、。そもそも〝狐〟に職権を乱用するなというほうが無理なことなのだ。〝狐〟を相手にしてまともな法律論が通用するなどとは最初から思っていない。

志村は話を転じることにした。「どういう理由でてるを検束したんだ」

「むろん殺人容疑さ」

雷鳥はこともなげに言う。あまりにあっさりした口調で、かえって志村のほうがあっけにとられてしまう。

「殺人容疑……まさか本気で言ってるんじゃないだろうな」

「どうしてだ」雷鳥はけろりとして言う。「こんなことを嘘や冗談で言えるはずがないだろうが」

「聞かせてもらおうじゃないか。どういういきさつからそういう話になったんだ」

「きよ……じゃない、てる、、か。あの女は照若と不仲だったという話が耳に入ってきた。いがみあっていたってな。それで検束して話を聞くことにした」

「てるが照若と不仲だった？　よせやい。おれはてるが照若のことを好きだったと証言してる供述書を読んだことがあるぜ。好きでならなかったのに何だか怖かったそうだ……不仲だったなんて証言はしていない。嘘はよそうぜ」

「嘘じゃないさ。てるは〈いな本〉に奉公してから、きよと名前を変えられた。照若とてるじゃ名がつきすぎるから、むりやり名前を変えられた。そういうことだろ。もし照若がてるのことを可愛がっていたら、てるのままでいられたはずじゃないか」

これには志村も苦笑せざるをえない。おそらく、いまのいままで雷鳥は、きよの本名がてるだということは知らなかったはずなのだ。それを即興でてるを検束する根拠にでっちあげてしまうところなど、さすがに頭がいいが、それ以上に鉄面皮ぶりがきわだっているといっていい。

「まあ、いい。仮に二人が仲が悪かったとしてだ。ただそれだけの理由だけで人一人拘留したわけじゃないだろうな」

「まさか！　そんなことはしないさ。おれたちがそんなことをするわけがない」雷鳥はまったく説得力を欠いた口調でそう言い、「あのときてるは裏で柿を取っていたと証言している。十一月なのにまだ柿が残っていたということらしい。女将に言われて柿の実をすべて取るように言われた。照若は二階の座敷にいたのだという」

「てるが嘘をついているというのか」

「そうは言ってない。多分、ほんとうだろうさ。てるが柿の実を取るのに使っていた道具が問題なのであってね」

「どういうことだ」

「物干し竿の先端に剪定鋏をくくりつけてな。その握りのところにヒモを結んでそれを下から操るというだけの道具さね。じつのところ道具というほど大げさなものではないのさ」

「剪定鋏……」

「そうさ。わかるだろう。照若は二階の座敷で寝転がっていた。あの座敷には床に覗き戸がある。多分、てるは坪庭に立って、物干し竿の剪定鋏で覗き戸を打ったのにちがいない。照若は何かと思って覗き戸を開けたのだろう。そこを下から一気に剪定鋏で喉を突いたのじゃないか」

「覗き戸の片戸が開いていたという話は聞いてないぜ」

「被害者は喉を刺されてとっさに覗き戸を閉めたんだろうよ。そうであれば覗き戸が閉まっていたとしても不思議はない」

「覗き戸に血はついていなかったぜ」

「照若が覗き戸を開けたときに彼女の喉を突いた。開いていたのだから血がつくはずはない」

「それはおかしい。覗き戸が開いていたという話は聞いてない」

「照若は喉を突かれ、とっさに覗き戸を閉めて、のけぞったのだろうさ。それなら血はつかない」

「現場に血にまみれた剪定鋏が残っていた。あれをどう説明する」

「照若は反射的に物干し竿についていた剪定鋏をもぎ取ったのだろうさ」

「物干し竿の先端から剪定鋏がなくなっていたという証言は残されていない」

「あとから、てるはどこかから剪定鋏を調達して、それを再び物干し竿の先端にくくりつけて、何喰わぬ顔をしていたのにちがいないさ」

「床屋が座敷に剪定鋏を投げつけたという話はどう片づけるんだ。話のつじつまがあわないぜ」

「そんな話は聞いていない」雷鳥の表情は変わらなかった。「多分、それは床屋の思い違いなんじゃないか。いずれ証言は撤回するだろうよ」

「てるは何と言ってる？　犯行を自白したのか」

「まだだ。犯行を否定してるよ。自分はそんなことはしなかったと言っている。しかし自白があろうがなかろうがそんなことはどうでもいい。送検することは可能だ」

「……」

強引と呼ぶのも愚かしい。あまりのことに志村は言葉を失ってしまう。

雷鳥はとにかく事件のつじつまが合えばそれでいい、という腹づもりであるようだ。真相がどうかなどということにはそもそも最初から関心を持っていないらしい。

それにしても――

どうして雷鳥はこうまで〝乃木坂芸者殺人事件〟の決着を急ぐのだろう。志村にはそのことが解せなかった。事件を解決するというより、とにかく幕を早く引きたいという一念が先にたっているように感じられる。何か事件そのものをなかったことにしたいかのようなのだ。それはどうしてなのか。

志村はそれに微妙に違和感を覚えずにはいられなかった……

「どうした、そのてるという小娘のことが妙に気にかかっているようじゃないか」雷鳥がどこか嘲弄するように言う。「何だったら釈放してやってもいいんだぜ」

「軍刀の指紋のことを忘れるのが条件か」志村は雷鳥の顔を見つめた。

「指紋のことと、それに遠藤平吉のことはすべて忘れるのと……」

雷鳥はことさらにゆっくりした口調で言った。そして、ちらり、と占部の顔に視線を走らせる。占部はむっつりとおし黙ったまま杯を口に運んでいる。すでに二人の会話には興味を失っているかのように見えた。

ここですべて忘れると約束するのは、すなわち黙忌一郎を裏切ることを意味するだろう。黙忌一郎に顔向けできないようになってしまう。人間としてそんな行為が許されるものなのか。しかし……

そのとき志村の頭のなかを揺曳していたのは築地警察署で拷問にあって惨殺された小林多喜二のことだった。あの血まみれの小林多喜二の姿がてるの姿に重なって脳裡に揺れていた。

誰であろうともう二度とあんな悲劇におちいるのを見過ごしにはできない。であれば、それが黙忌一郎を裏切ることになろうがどうであろうが、志村には選択の余地はないことではないか。

「わかった」志村は力なく頷くほかはなかった。「指紋のことは忘れよう。遠藤平吉のことも忘れよう」

すべてを終えて店の外に出た。

雷鳥が一緒に飲もうと誘ったが、とてもそんな気にはなれなかった。雷鳥にしても本気で誘ったわけではないだろう。

そぞろ歩きの男女に混じって、あの検閲映画館の伊沢が立っていた。バイオリン弾きに身をやつしていた。すでにおおよその事情は心得ているらしい。何も言おうとせずにじっと志村を見つめている。その表情は志村を責めているようでもあり、また何とはなしに面白がっているようでもあった。

「おれは黙さんを裏切ってしまった。もう黙さんに顔向けできないよ。そのことを黙さんに伝えてくれないか」

と志村は言った。卑屈にふるまうつもりはないのだが、どうしてもうなだれがちになってしまう。自分が最低の変節漢になってしまったように感じた。

だが、伊沢は街の無頼漢であり、志村の身勝手な罪悪感などはなから問題にしていないようだった。そもそも、そんなものを受けつける感性は最初から持ちあわせてはいないのだろう。

「やあ、そいつはご免だ」伊沢はにべもなく拒絶すると、「ご自分でお話になったらいかがですか」と言い、志村をうながすようにあごをしゃくって歩き出した。

「……」

志村は伊沢を目で追った。

雪が霏々《ひひ》として降りしきるなか、人々が影法師のように歩道を行きかっている。その歩道に寄せるようにして一台の自動車がとまっていた。伊沢はその自動車の運転席に乗り込んだ。

　自動車のなかは暗くて後部座席がよく見えない。だが、志村はそこから自分に向けられている視線をひしひしと感じとることができた。そこに黙忌一郎がいる。

　志村は自動車に向かって歩き出した。雪に足元が滑る。どこかの店から「枯れすすき」が聞こえてきた。そのうら淋しい調べは、しかし、それとは逆に、目には見えないが怒濤のように流れつつある何かをありありと感じさせるようであった。

　何もその流れには逆らえずに、ただもう押し流されるままになっていた。生きとし生けるものすべて、日本人が、この日本という国そのものが、どこか地の果て、運命の果てにドウドウと音をたてて押し流されていくかのようだ。

　――どこに行くのか、どこに流されていくのか、おれよ。

　と志村は胸のなかでしきりにそう自分に呼びかけていた……

六

やはり黙忌一郎が乗っていた。志村が乗り込むと無言で頷いた。熱でもあるように奇妙に放心した表情になっていた。すぐに自動車が走り出す。

　伊沢の運転は巧みだった。降り積もる雪を感じさせずに滑らかに動いた。ヘッドライトに雪が吸い込まれるように舞っている。醒めない夢のなかに入っていくかのように感じられた。

　自動車のなかは暗いが、街の積雪がほのかに映え、ぼんやりと明かりが滲んでいる。不思議な暗さだ。暗いのに明るい、とでも言えばいいだろうか。それが銀座の明るい街並みときわだった対照を成していて、なにか彼岸と此岸を同時に見るかのようだ。自動車の窓ガラス一枚がこの世とあの世とを隔てるしきりになっている。

　――銀座の街があの世なのだろうか。それとも車のなかがあの世なのだろうか。

　ふと志村はそんな妙なことを考えた。そう考えると、そのことが頭にこびりついて離れなくなってしまう。

　自分はすでにこの世からあの世に足を踏み込んでしまっているのではないか。異形の「猫街」にドッペルゲンガーが跳梁し、青年将校たちの〝維新運動〟のかげで秘かに陰謀が進行しているあの世に……移籍してしまっているのではないだろうか。

　このあの世では、半玉から一本になったばかりの若い芸者が〝密室〟で剪定鋏に喉を突かれて死んでしまうのだ――もっとも〈猫床〉の客に時間の錯覚があった以上、それはもう厳密な意味での密室とは言えないかもしれないのだが……このあの世では、刑務所内で、その〝乃木坂芸者殺人事件〟の関係者である真内伸助という若い男がみずから首を吊って殺されてしまう。しかも殺した男は自分がその真内伸助のドッペルゲンガーになってしまうのだ。

　このあの世では、相沢中佐は永田鉄山・軍務局長を斬殺していない。そうではなしに相沢に変装した何者かが――遠藤平吉が？――永田鉄山を斬殺したのだ。そして真崎甚三郎大将に変装した何者かが――寺田が？――そこかしこに――それこそ芥川龍之介のドッペルゲンガーのように――出没しているのだ。

　これらはありうることなのか。どれが現実でどれが妄想なのだろう。こうしたことはすべてこの世のことではなしにあの世のことであるべきなのではないか……

　そう思う一方で、窓の外をよぎる華やかな銀座の街こそが、遠いあの世の街であるかのようにも感じるのだ。そこを行き交う着かざった人たちはすでにこの世の人ではないかのようにも映るのだった……

　どちらがあの世で、どちらがこの世なのか、その生死のあわいにしんしんと雪が降りつづける……そこに黙忌一郎の顔が、街明かりに映え、雪明かりに映えて、浮かんでは消え、消えては浮かぶ……

　幻想のなかに明滅する黙忌一郎の唇が開いて、

「寒くはないですか。膝掛け毛布は要らないですか」

　と声をかけてきた。そう言う忌一郎自身は毛布も掛けていないし、足元の行火《あんか》にも炭火を入れていないようだ。車のなかは凍てつくように寒いが、彼はその寒さをほとんど感じていないらしい。

　もっとも無決囚として獄に入っていることの多い彼にしてみれば、こんな寒さはものの数ではないかもしれないのだが……

「ありがとうございます、大丈夫です」と志村は応じて、「わたしはあなたを裏切りました。ドッペルゲンガーの存在を証明することになったはずの軍刀の指紋のことを忘れると約束してしまった。以降、遠藤のことは忘れると約束してしまった。わたしはあなたに顔向けできない」

「雷鳥白——〝機動非常駐特別班〟……〝狐〟……なに、あなたがそんなことを気になさる必要はないですよ」

と忌一郎は頷いて静かに言った。

「十日ほどまえに相沢が西田税を衛戍刑務所に呼び寄せたそうです。家事上の話があるということでしたが、実際には青年将校たちの動きを心配してのことらしい。〝若い大切な人達が軽挙妄動する様なことのない様に……お国が最も大事な時に臨んで居るから呉れ呉れも自重する様に……〟西田に彼らにそう言って貰いたい、と頼んだらしい。西田はそれに同意したようです。多分、西田は青年将校たちが決起するのを抑えようとはするでしょうが——」

と忌一郎は言ったが、しかし語尾をあいまいに濁すことで、多分、西田の努力は報われないだろう、という含みを言外に伝えたかったようだ。

——どうして黙忌一郎はそんなことまで知っているのだろう。

志村はあらためて、この若者の不思議さを思い知らされている。〝検閲図書館〟と呼ばれているだけあって、忌一郎の情報網の広さ、その徹底して遺漏のないことは、ほとんど奇跡を見るかのようである。黙忌一郎とは何者なのだろう……この若者に会うたびに志村はその疑問に駆られずにはいられないのだ。そして、それが解きあかされることはついにない。

〝検閲図書館〟とは何なのか。

「しかし皮肉なことに、青年将校たちの決起を阻止しようとしているのは、〝維新運動〟に理解のある相沢や西田だけのようです」と忌一郎は言い、いや、と首を傾げ、「もう一人、歩兵第一連隊付きの山口一太郎大尉もその一人に数えてもいいかもしれません」

「……」

「先月、山口が初年兵入隊の日に、異例ともいうべきアジ演説をしたことは、新聞で読んでご存知でしょう。例の〝国体明徴に関して何等誠意なき現内閣や……〟という演説です。ぼくはその演説自体には何の関心もありません。ぼくが関心があるのは、そのあと、どこの誰とも知れない相手から山口に激励と連帯の電話がかかってきたそのことなのです。その電話の人物は、〝我々は実力でやるから貴殿は上部工作を頼む〟と頼んだということです。もともと山口は〝維新運動〟のよき理解者であり、運動の中心人物である栗原安秀、安藤輝三、香田清貞、磯部浅一、村中孝次らと面識があります。〃維新運動〃の中心となって動いている青年将校たちとは全員面識がある。ところがその電話は彼らの誰でもなかったと言うのです」

「……」

「明らかに、青年将校たちの意思とは異なるところで、べつの何者かが決起に向かって動いているらしい。それは何者か？　何のためにそんなことをしているのか？　山口は不安に駆られたのでしょう。歩兵第一連隊の連隊長、歩兵第一旅団長などに〃このような電話があった、早く先回りして決起を不要ならしめるようにしなければならない〃という主旨の報告をしたようです。しかし、いずれも無視されたらしい。青年将校たちの決起を阻止しようとする山口一太郎の努力もまた徒労に終わりそうだということでしょう。どうも陸軍首脳部の何人かは青年将校たちが実力行動にうって出ようとしているのを把握しているらしい。決起の情報を具体的に摑んでいながら、それを阻止するつもりはないようなのです。阻止するどころか……」

忌一郎はまた言葉を濁した。一瞬、その横顔が窓の外をかすめる雪明かりに映えて、また闇のなかに没した。


謎めいた沈黙の後に静かに言う。

「先に名前の出た村中孝次、磯部浅一の両人は、去年、陸軍士官学校生徒たちとのクーデター共謀の容疑で逮捕され——いわゆる十一月事件です。これは明らかに一部幕僚のでっちあげでした——、免官されてからは民間人として動いているのですが……どうも、この二人は、昨年十二月、〃相沢公判〃の準備に動くのと同時に、軍事調査部長の山下奉文《ともゆき》少将に依頼され、資金まで提供されて、岡田内閣を早期に倒壊する工作に動いたらしい。結局、倒閣工作は失敗したようですが、それを実現させるために青年将校が一中隊を率いて行動する、という計画まであったとのことです。中隊を出動させるだけで、実際に武力を行使するということではなかったようですが、これは明らかに非合法のクーデター計画としかいいようがない。軍事調査部といえば、陸軍省新聞班による世論操作にかかわり、青年将校の動向を調査すべき部署のはずです。それがこともあろうに、その部長たる山下少将が、青年将校を利用して、現内閣の倒壊をはかったのでした——」

「……」

「この例からもわかるように、陸軍中枢は青年将校が決起しても、制するどころか、それを利用して一気に現状の変革をはかるということを——漠然とでしょうが——考えているようです。軍中枢がそうした態度でいるかぎり、青年将校たちは決起を起こしても自分たちが弾圧されることはない、と観測することでしょう。そうであれば彼らが実力行動に踏み切ることはもう避けられない。青年将校たちの多くが属している第一師団が、近く、満州に派遣されるという話があります。彼らは満州に派遣されるのを非常に嫌っている——匪賊に殺されるかもしれない。露西亜《ロシア》が圧倒的な戦力で攻め込んでくるかもしれない。部下に背後から撃たれるかもしれない。いずれにせよ満州に渡れば生きて帰ることなどとうてい望めない。そうであれば——と青年将校たちが考えたとしても不思議はないでしょう。国家革新運動に邁進したほうがはるかに意義のあることではないか、と……彼らは、いままさに満州で死ぬか、〝維新運動〟に決起するかの二者択一を迫られているのです」

「……」

「現に、歩兵第三連隊七中隊長の野中四郎中尉は、先週、週番だったのですが、十六、七日ごろ、連隊の少尉たちを集め、自分が週番である今週中にやろう、と話したという情報があります。週番司令命令ということで強引に兵を動かそうということかもしれません。結局、先週の決起は見送られましたが、今週の週番中隊長は安藤輝三なのです。決起は避けられないと見るべきでしょう。もっとも安藤自身はまだ決起に加わるかどうか迷っているようですが——」

「……」

「安藤は青年将校のなかでも最も人望にあつい人物です。もともと決起による直接行動に反対の立場をとっていた。去年の一月、歩兵第三連隊の中隊長に昇進するときには、当時の連隊長に対して、〝誓って直接行動は致しません〟と誓約したとも聞いています。彼は、その年の八月まで、第三連隊付きであらせられた秩父宮殿下を、まさに神に接するがごとくに信奉していたということでした。安藤は西田とは親交がある。しかし北一輝とは何年も会ってもいないらしい。北の『日本改造法案大綱』からも影響を受けた形跡は見られない。その意味で、本来、安藤輝三は決起に加わるべき人物ではないはずですが……そう、そのはずなのですが、ことここにいたっては——」

忌一郎は安藤輝三については何か特別な思いがあるよ

うだ。とりわけ秩父宮殿下の御名を口にしたときの表情は鮮烈に志村の印象に残った。それは痛々しいまでに悲痛な表情であり、一瞬、絶望感が生々しい傷口のように露わにさらけだされたのが感じられた。何かしら思いがあふれて言葉にならないというふうであった。そのまま胸のうちで何事か自問するようであったが、やがて自分自身に頷くように言った。

「やむをえない。結局は押し切られることになるでしょう。決起に加わらざるをえなくなってしまう。ある人物にとって、作戦を実行するのに、安藤輝三は絶対に欠かすべからざる人物なのですから――そうであれば、どんな手段を使っても彼をして決起に参加させるはずなのです。それはもうじつにやむをえないことなのです。ぼくが恐ろしいのは――そう、本当に恐ろしいのは、十月事件のときがそうであったように、何者かが青年将校の決起を利用して――」

　忌一郎はそこでいったん言葉を切って、なにか思い惑うようであったが、すぐに意を決したように、

「いや、いまさら何者か、などと持ってまわった言い方をすることはない。はっきり占部影道が、と言いましょう。いまとなっては占部影道の狙いははっきりしている。彼は、遠藤平吉や、寺田――そう、ドッペルゲンガーたちを手駒のように自在に操って、この東京に〝皇軍相撃つ〟という状況を作り出そうとしている。彼は帝都を内乱の戦火にたたき込もうとしている。十月事件のときには、菅波三郎中尉が、橋本欣五郎中佐を〝幕僚ファッショ〟の首魁と断じ、そのクーデター計画が現実のものとなったときには、歩兵第一連隊、歩兵第三連隊をただちに参謀本部に集結させ、これと衝突させる、という計画になっていました。あのとき計画が事前に洩れなければ、多分、橋本欣五郎を首魁にする幕僚側と、菅波三郎を中心にする青年将校側とが武力衝突にいたったはずなのでした――」

「……」

「おそらく今回、青年将校が決起すれば、十月事件のときとはまた、べつの形での〝皇軍相撃つ〟という状況が生じるのに違いありません。青年将校たちは決起に際して相当数の兵力を動員することでしょう。近衛歩兵第三連隊には中橋基明中尉がいる。歩兵第一連隊には機関銃隊付の栗原安秀中尉がいます。歩兵第三連隊には五中隊長の野中四郎大尉、六中隊長の安藤輝三大尉がいます。彼らが〝昭和維新〟を断行するのに、軍力を使用すると

いうことになれば、千人以上もの兵が出動するということになりかねません」忌一郎の口調にかすかに畏怖の響きが加わって、「四年まえの五・一五事件で、海軍青年将校は、歩兵第三連隊において、安藤輝三ら陸軍の青年将校に共同決起を要望し、これを拒絶されたという経緯があります。おそらく海軍青年将校たちはそのときのことを忘れていない。今回、陸軍の青年将校が決起すれば、海軍は断固、これを鎮圧しようとするでしょう。海軍の陸戦隊が決起部隊と激突し、まさに〝皇軍相撃つ〟という状況が展開されることになるかもしれない。まさに占部影道にとって、願ってもない状況ではないでしょうか」

「しかし――」志村は悪夢のなかでもがいているような思いにみまわれながら、「占部影道という人物は、どうしてそれほどまでに〝皇軍相撃つ〟という状況の実現を願っているのでしょう。遠藤平吉や、真崎甚三郎に変装するドッペルゲンガーたちを使嗾して〝皇軍相撃つ〟という状況を実現させることに何の利点があるのですか。いったい彼の真の狙いはどこにあるのでしょう」

「それはぼくにもわからない。ですが、ぼくは、占部影道は〝皇軍相撃つ〟という状況をさらに徹底させて、とんでもないことを企んでいるのではないか、と思っているのです。それがぼくの妄想であってくれればいいのですが――」

「……」

志村が思うに、黙忌一郎という若者は、その繊細そうな外見とは裏腹に、非常に剛毅な内面をもってして自己を強靭に支えている。度胸がすわっていて、並大抵のことでは動じない。それがこのときにかぎって、かすかに声が震えたようであった。そのことからも忌一郎の言うとんでもないこと、というのが、生易しいことではないのが予想された。忌一郎は何を〝妄想〟しているのか。

「さしつかえなければ黙さんが何を妄想なさっているのかお教えいただけないでしょうか。それはもしかして――」志村は、一瞬、躊躇したが、それでもその名を口にせざるをえなかった。「秩父宮殿下のことではないでしょうか」

なにしろ秩父宮殿下は天皇の弟君に当たる。その名を口にするときには多少の緊張を覚えざるをえない。

志村は警視庁に奉職する一介の特高・警察官にすぎない。入手することのできる情報はたかが知れているのだ。それでも何とはなしに、〝五・一五事件〟の後、秩父宮殿下が天皇に批判的な立場をとっている、という話は耳に入っている。

秩父宮殿下は『日本改造法案大綱』に興味を持ち、著者の北一輝とも面識があるのだという。それもあってか革新的な青年将校たちは、秩父宮殿下を〝維新運動〟の同志と見なしているらしい……

もとより噂であり、真偽のほどはわからない。あるいは秩父宮殿下がかつて〝維新運動〟の中枢ともいうべき歩兵第三連隊に第六中隊長として籍を置いていたことから派生した流言であるかもしれない。

当時、秩父宮殿下は、〝維新運動〟の中心人物の一人と目される歩三の安藤輝三ときわめて緊密な関係にあって、その関係のきわどさが周囲から危ぶまれることになったという。

秩父宮殿下は、昭和七年に参謀本部第一部（作戦部）第二課（作戦課）に移って、さらに昨年、弘前の第三十一連隊に配属になっている。

たんなる噂であるにせよ、そうでないにせよ——青年将校たちがいずれ近いうちに決起するという情報を得て、赤坂表町警察署に警官が増員されたのは、まぎれもない事実なのだった。

赤坂表町警察署からは青山通りを隔てたすぐのところに秩父宮邸がある。それをふまえたうえでの警官の大増員であることは誰の目にも明らかだった。

秩父宮殿下が第三十一連隊の大隊長に転属になったこと自体、革新的な青年将校たちから切り離すための策であった、という噂がまことしやかに囁かれているほどなのだ。

が、弘前の第三十一連隊に配属になった後も、秩父宮殿下がいわゆる〈皇道派〉に同調し、〝維新運動〟の背後にいるという噂は根強く流言され、いっこうに消えようとはしないのだった。

——もしかしたら忌一郎の「とんでもないこと」というのは秩父宮殿下に関したことではなかったか……

志村がふとそんなことを思ったのは、やはり〝妄想〟ともいうべきことであったかもしれない。が、そうかといって、あながち何の根拠もないことでもなかった。

しかし忌一郎には志村の疑問は聞こえなかったようだ。あるいは聞こえなかったふりをしただけなのかもしれないが……

忌一郎は静かに言葉をつづけた。

「占部影道という人物のことを説明するのには、まず北一輝のことからお話ししなければならないでしょう。北一輝は法華経の篤信な信者です。妻とともに法華経を読むのを日課にしているということですが、ときに妻女は神がかりにおちいることがあるようです。奇妙なことを口走ったり、意味不明な文字を記すことがあるらしい。巫女的な人格があるのでしょう。北一輝はそれを霊のお告げと信じているらしいのですが、ときに、そのお告げがあまりにあいまいとしすぎていて、どう解読していいのかわからないことがあるようです。そんなときに助けてくれるのが、陰陽道に通じ、占卜をよくするという占部影道なのです。要するに、北一輝が光ならば、占部はその影のような存在といっていいらしい。光が強ければ、おのずと影も濃くなる道理です。北一輝が青年将校たちに及ぼす影響が強ければ強いほど、そのかげで占部の力も強くなる道理でしょう。ただし北一輝が〝社会主義〟や〝革命運動〟を主張しているのと異なり、占部はなによりも〝破壊運動〟を呼号しているということです。占部には著作がないので、その主張するところがもう一つ明確ではないのですが、彼にとっては〝破壊〟こそが何より重要なものであるらしい」

「〝破壊〟こそが……」と志村は口のなかで呟いた。

そうであるからこそ、占部影道は〝皇軍相撃つ〟という状況を現出させるのに全力を注いでいるのであろうか。話に筋道がついたようでもあり、そうでもないようでもあり、何やら釈然としない思いが残った。占部はすべてを破壊して、そのあとに何を求めているのだろうか……

が、そのときの志村にそれをさらに問いただすだけの余裕はなかった。それまで終始沈黙し、運転に専念していた伊沢が、お話し中ですが、と声をかけてきたのだった。

「どうやら、われわれは誰かにつけられているようですぜ」

七

黙忌一郎に動じた様子はない。静かに頷いて、

「そうか、誰かがつけているか」

と言う。そしてバック・ミラーを見る。

「……」

志村も忌一郎に倣った。

銀座からどこをどう走ったのか、自動車はいつのまに

か京浜国道を青山方面に向かって走っている。

背後に目をやれば、降りしきる雪に国道は閉ざされ、夜の闇がぼんやりと白いとばりのなかで揺れているようである。さすがに走っている車はほとんどない。

その、あたかも無人の荒野と化した国道にヘッドライトが一つ光っているのだ。自動車の後方、一定の間隔をあけてぴたりとついてくる。まるで自動車を執拗に凝視しつづけているかのように。

志村はバックウィンドウ越しに背後をじっと見つめた。雪を透かしてかすかに尾行車の姿が浮かびあがっていた。

——自動二輪車か。

それもどうやら側車《サイドカー》が付いているらしい。尾行者は二人ということか。降りしきる雪をものともせず、つかず離れず、どこまでも自動車のあとをつけてくる。見事な運転というべきだった。

民間人ではないだろう。〝狐〟か、そうでなければ占部影道が奉天に擁しているという特務機関の関係者ではないか。

「面倒だな」と忌一郎が呟き、伊沢に向かって言った。

「あれを振り切ることができますか」

「ようがす、やってみましょう」伊沢は二つ返事で引き受けて、「なに、造作もないこってすよ」

彼はかすかに笑ったようだ。車内のミラーに白い歯が光った。

ハンドルを切って六本木から溜池方面に曲がった。ヘッドライトが左から右に道路を舐める。その明かりのなかに飛雪が乱れるように舞い上がって——

ふいに、そこ——前方に何人もの男たちの姿が浮かびあがったのだ。男たちはいずれも顔に手拭いを巻いている。煮染めたような色の外套ともどてらともつかないものをはおってダルマのように着膨れしていた。道路に散開していた。

どうやら彼らは路面の雪搔きをしているらしい。黙々と働いていた。路肩に幾つか石油缶が置かれてある。あかあかと火が燃えあがり、そのうえにかかった大ヤカンに湯気がたちのぼっていた。

——そうか。ルンペンか。

志村は納得した。

今月二日、帝都大東京ははじつに五十三年ぶりといわれる大吹雪にみまわれた。そのために市民六百万人の足が奪われた。当局はこの事態を憂慮し、半日一円なりの労賃で、二万人ものルンペンを除雪人に駆り出した。

さらに七日、八日と雪が降り、そして今日二十三日にも雪が降った……それでまた当局は除雪人をかき集める必要に迫られたわけなのだろう。

伊沢が車を徐行する。慎重に路肩に寄せてとめた。エンジンを切った。ちょっと待ってもらえますか、と言いおいて、外に出ていった。浮浪者たちのほうに歩いていった。

「……」

志村はバックウィンドウ越しに雪のなか背後を透かし見る。

側車付き自動二輪車も数十メートル後ろでとまっている。エンジンはとめていないようだ。そのヘッドライトがかすかに震動していた。

何者かはわからないが、尾行しているのを気づかれるのを意にも介していないらしい。大胆不敵というか、挑発的というべきか。その行動はこれ見よがしで、恫喝と嘲笑があまりにあからさまだった。

——占部影道……雷鳥白……

志村は胸のなかでその二人の名を呟かずにはいられない。彼らの悪意が雪の冷たさのようにひしひしと肌に感じられた。

伊沢がヤカンを持って戻ってきた。ラジエーターに湯を注いだ。そして前からスターティング・ハンドルを差し込んで回した。エンジンを暖めておこうというのだろう。

たしかに雪は凍てつくように冷たい。したがってエンジンのかかりが悪い。が、だからといって、何もいまエンジンを暖める必要などないのではないか。これまで自動車はまがりなりにも順調に走っていたのだから。

——これが尾行を振り切ることに結びつくのだろうか。志村は伊沢の真意を理解できずにいた。多少、エンジンを暖めたところで、それで自動車のスピードが増すわけでもないだろうに。

「お待たせしました——」

伊沢が車に戻ってきた。運転席に乗り込んだ。

驚いたことにその手に大ヤカンを持ったままだ。多分、浮浪者にいくばくかのカネを握らせてそれを譲りうけたのにちがいない。しかし何のために？ 志村にはますます伊沢の考えていることがわからなくなってしまう……

「ちょっと寒いかもしれませんが辛抱して下さいよ」

伊沢は運転席側の窓を開けた。車のなかに雪が舞い込んできた。それにはいさいかまわずに腕をのばして大ヤカンを窓の外に出した。そしてエンジンをかけて自動車を発進させた。走らせながら大ヤカンをわずかに傾けた。大ヤカンの口から一筋の湯が細い流れになって後方に飛んだ。雪のなかに湯気がたちのぼる……

——そうか。

志村はようやく伊沢が考えていることを理解した。背後を振り返った。

自動二輪車が発進した。ヘッドライトに雪が舞った。自動車が速度を増すにつれて、それを追う自動二輪車のほうもスピードをあげていった。そして——

ふいに自動二輪車が道路から外れたのだ。ヘッドライトが狂ったように雪を薙いだ。そのまま路肩の吹きだまりに乗り上げてしまう。サイドカーから人が放り出されるのが見えた。

それを見て志村は思わず笑い声をあげてしまう。路面の雪がヤカンの湯に溶けて滑りやすくなってしまった。速度を増した自動二輪車がコントロールを失うのは当然だった。

「はい、お退屈様——」

伊沢が自分も笑いながら落語家のように言った。

笑っていないのは忌一郎ひとりだった。降りしきる雪をじっと見つめていた。その目に雪が映えてかすかに揺れている。その凝視の執拗さは何かものに憑かれた人ででもあるかのようだった。

雪が霙《みぞれ》に変わった。寒さがいっそう増した。

外灯のぼんやりした明かりのなかに外套頭巾を目ぶかにして着剣した兵士がひっそりと立っているのが浮かびあがっている。どうして、こんなところに兵士がひとりで立っているのだろう。その姿は霙になかばかき消されて亡霊のようにも見えるのだ。

歩兵第一連隊の兵士だろうか。それとも歩兵第三連隊の兵士だろうか。どちらにせよ、こんなところに歩哨がひとりで立っているのはおかしい。

——もしかしたら本当に亡霊かもしれない。

志村はふとそんなことを考えた。あまりにも妙なことを考えている。

——それも過去の亡霊ではなしに未来の亡霊ではないのか。青年将校たちの未来の亡霊……

自動車のヘッドライトがその兵士の姿を薙いだ。ハッ、と視線を凝らしたときにはもうその姿は闇に没していた。

まるで最初からどこにもいなかったかのように。

歩兵第一連隊と歩兵第三連隊との距離は二百メートルというところだろう。その間のどこかに自動車がとまった。ヘッドライトに降りしきる霙がきらきらとガラスの細片のように光った。

自動車の暗がりのなかで三人の男たちはしばらく身動きもしなかった。エンジン音だけがかすかに聞こえている。沈黙がつづいて、やがて黙忌一郎が「猫町」を朗誦した。

「……町全体が一つの薄い玻璃で構成されてる、危険な毀れ易い建物みたいであつた。一寸したバランスを失つても、家全体が崩壊して、硝子が粉々に砕けてしまふ」

忌一郎の声は朗誦の終わりになってわずかに昂揚したようだ。それも車内の闇に吸い込まれてまるで余韻を残さない。静かに言葉をつづけた。

「まさに赤坂、麻布、青山、六本木、永田町は、町全体が薄い玻璃で構成されている、危険な毀れやすい建物のようだといっていいでしょう。そこには歩兵第一連隊がある。歩兵第三連隊がある。新しい国会議事堂もある。陸軍省もある。海軍省もある。警視庁もある。なにより〝宮城〟があるのです……ちょっとしたバランスを失っても、家全体が崩壊し、硝子が粉々に砕けてしまうことでしょう。その毀れやすい硝子の町で、青年将校たちが決起する。彼らだけで行動してくれれば問題はないのでしょうが、多分、歩兵第一連隊、歩兵第三連隊の兵員を率いて決起するのにちがいない。歩兵第三連隊の安藤輝三大尉は、今週、週番中隊長ですから、週番司令の命令ということになれば下士官、兵は動かざるをえない」

「……」

「これまで軍中枢部は青年将校の〝維新運動〟を暗に利用してきた経過がある。多分、これまでの経過をふまえて、青年将校たちは実力行動に出ても、自分たちが弾圧されることはないと考えているでしょう。彼らのなかには、〝秩父宮殿下を擁立する〟という意図もあるようですから、なおさら自分たちを叛乱軍とは意識していない。彼らの主張をそのまま借りれば、〝重臣財閥官僚政党等私心をほしいままにし人民の意志を陛下に有りのままに伝えていない――〟悪党たちを退治する〝正義の軍〟を自認しているのに相違ないのです。しかし、今回だけはこれまでのようなわけにはいかない。そこには〝皇軍相《そう》撃《げき》〟を画策する占部影道の意志が働いている。青年将校たちが実力行動に出れば、必ずや〝皇軍相撃つ〟という状況が現出することでしょう。帝都は内戦に巻き込まれる。戦火のなかに壊滅することになるでしょう」

しかし、と志村は疑問を呈した。闇のなかに響いたその声が何か自分のものではないかのように聞こえた。

「秩父宮殿下は聡明でお優しい方だとうかがっています。ましてや殿下はいま弘前の第八師団第三十一連隊の大隊長として赴任なさっておいでじゃないですか。たしかに特高の調査でも、歩兵第三連隊の安藤大尉は秩父宮殿下とはとりわけ親しい間柄であるという情報は入っています。青年将校たちのなかに、〝もし天皇にして革新に反対されるならば、秩父宮殿下を擁して、陛下に代うべし〟という説を強硬に主張する者が多いということも聞いています。しかし、そうではあっても、まさか聡明でお優しい秩父宮殿下が――」

「そう、青年将校に擁立されて起つなどということをなさるはずがない。そう、それが本物の秩父宮殿下であれば――」

「まさか――」忌一郎が暗に何を言わんとしているのかを知って志村は衝撃を受けざるをえなかった。「いや、しかし、まさか、そんなことが……」

「江戸川乱歩に『猟奇の果』という小説があります。雑誌に発表されたときには伏せ字だらけで、一般の読者にはあまり伝わらなかったでしょうが、そのなかに明らかに皇族の方とうり二つの人物を描写した文章があります。もしかしたら占部影道は『猟奇の果』を読んでいるのかもしれません。恐れ多いことですが――芥川龍之介のドッペルゲンガーだったかもしれない男……相沢中佐のドッペルゲンガーだったかもしれない男……遠藤平吉は次には秩父宮殿下のドッペルゲンガーになるべく準備が進められているのではないでしょうか」

「……」

「たしかに相沢中佐こそ、体格、印象ともに異なったところがありますが――それだからこそ夏の暑い盛りに将校マントを着込むという無理をしなければならなかったのでしょう――、秩父宮殿下と芥川龍之介は二人ながら細面《ほそおもて》で多少なりとも似たところがある。知人の目をごまかすことはできないでしょうが、写真で顔を見知っている程度の人間が相手であれば、何とかそれらしくふるまうことはできる。遠藤にはそれぐらいの才覚はあります」

「……」

「占部の手駒には、もう一人、真崎甚三郎に似た寺田もいる。真崎は陸軍大将、軍事参議官で、青年将校から絶対的な信奉を受けている人物です……秩父宮殿下のドッペルゲンガーに、真崎甚三郎のドッペルゲンガー。この二人がいれば、青年将校の〝実力行動〟を〝皇軍相撃《そうげき》〟まで持っていくのはそれほど難しいことではないのではないか。しかし……」

しかし――何なのか？　忌一郎は曖昧に言葉を濁し、それ以上のことを言おうとはしなかった。志村もあえて尋ねようとはしない。黙忌一郎という不思議な若者には、何を話して、何を話すべきではないか、それを判断するのに彼なりの独特の基準のようなものがあるらしい。それが何であれ、彼が自分で話していいと判断する、そのしかるべきときが来るまで待つしかないだろう。

暗闇のなかに忌一郎の声が聞こえた。沈鬱で、暗い響きの、どこか予言者めいたものを感じさせる声だった。

「多分、青年将校たちは歩兵第一連隊、歩兵第三連隊の兵員を率いて実力行動にうって出る。近衛歩兵第三連隊の兵員も出撃するかもしれない。これだけの兵力です。第一師団をもってして決起部隊の鎮圧を試みたのでは、〝皇軍相撃つ〟という状況は実現されないでしょう。なぜなら、当然、第一師団内に仲間を撃ちたくないという思いが生じることでしょうから。ぎりぎりのところで戦闘が回避されてしまう可能性がある。そうならないためにはどうすればいいか。それに青年将校の動員で決起する部隊は機関銃隊を擁している。数十挺の機関銃、軽機関銃の武装がある。なにより〝みどり筒〟と呼ばれる毒ガスも相当量保持しているのです。当然、防毒面も相当数持っていることでしょう。なまじの鎮圧部隊ではこれに対抗することは難しい。砲撃を仕掛けることができればいいのでしょうが、歩兵第一連隊、歩兵第三連隊を擁するあの地で、砲撃を仕掛ければ、万に一つ、砲弾が〝宮城〟に墜ちる可能性がある。それを考えると砲撃を仕掛けるのは難しい。じゃあ、どうすればいいのか」

「……」

「一気に皇軍を相撃にまで持っていき、帝都を戦火にたたき込むには、戦車《タンク》を投入するのが最良の策ではないでしょうか。戦車が攻撃をしかけてくれれば、青年将校たちも決死の思いで反撃するでしょうし、うまくいけば、毒ガスを散布することもしかねない。そうなれば陸軍ばかりではなしに海軍の〝陸戦隊〟にも攻撃命令が出されることになる。それに対して、真崎甚三郎のドッペルゲンガーが命令を出し、皇族のドッペルゲンガーが号令を発すれば、おお、青年将校たちは戦鬼となって最後の一人まで徹底抗戦することでしょう。そうなれば帝都は炎と血に覆われることになる。とめどもない内戦の混乱に陥ることになる――」

「……」

「それを実現させるには早期の戦車投入が必要になるでしょう。第一師団は戦車小隊を擁しているし、習志野には戦車部隊もある。ですが、軍幕僚層は早い時期での戦車投入をためらうはずです。それよりもまず決起部隊に原隊への復帰を説得することを試みるに違いない。青年将校たちがすぐに説得に応じることはないでしょうが、いずれにせよ、それでは占部の思惑に反してしまう。それを回避するためにも、早期に〝鎮圧部隊〟として戦車を投入する必要がある。多分、占部は、あるいは〝狐〟は、何らかの方法ですでに戦車を確保しているのにちがいありません」

「……」

「もうおわかりでしょう。そのために占部の意を受け、遠藤平吉は事前にあの町を動きまわっていたのです。もちろん青年将校たちの思想を探るため、ということもあったでしょうが、なによりも地形を探索するためという目的のほうが大きかった。彼が、萩原恭次郎の名のもとに、〈いな本〉界隈に出没したのは、じつにそのために他ならなかった。あの界隈はなにぶんにも戦車を移動させるには小路の幅が狭すぎる。それで萩原恭次郎は〈猫床〉の看板を外したり、乃木神社の敷石を移動させたり、戦車の移動路を確保するために、あれこれ事前に動いたのではないでしょうか。〈猫床〉にしたところで、軒先を壊したり、看板を取り除くのには、事前にそれなりの交渉があったはずなのです。しかるべき礼金も支払われていたことでしょう。そのうえで守秘義務を強いられていた。まさか田所にしたところで、そうしたあれこれのために店内からの視野が変わってしまう、などとは夢にも思わなかったに違いない。客が二階と一階を取りちがえたままで、鏡のなかに女の顔を見てしまう……そのために殺人事件の様相が変わってしまうことになろうなどとは夢にも思わなかったでしょう。ですが、「猫町」との暗合はたんにそれのみにとどまらなかった。〝此所に現象してゐるものは、確かに何かの凶兆である。確かに今、何事かの非常が起る！〟――おお、まさに「猫町」は奇蹟のように青年将校たちの実力行動を暗示しているのではないか。占部影道は――」

そこで忌一郎は一息切って、魔術師なのです、と言う。

「占部が魔術師？」

志村はあらためて忌一郎の顔を見る。志村に言わせれば忌一郎のほうがよほど魔術師のように思われるのだが……

忌一郎は頷いて、そう、占部は魔術師であり、陰陽師なのです、と言う。

「陰陽師の世界観は陰陽五行に支配されている。陰陽五行では、方位、なるものが非常に重視されます。これはぼくの勝手な想像にすぎないのですが、どうして〝乃木坂芸者殺人事件〟が記録から抹殺されようとしているのか、どこからか圧力がかかってなかったことにされようとしているのか、すべては方位からではないか、と――陰陽五行には〝天皇大帝は北辰の星なり〟という思想がある。天空の中心にあり、不動の北極星を〝天皇大帝〟と見なす思想です。その〝天皇大帝〟に接して北斗七星がある。不動の北極星は天子であり、北斗七星はその乗車であるわけなのです。北極星は北斗七星に乗って、宇宙をめぐり、四方上位を治めるのだという。まさに占部にとって、青山から乃木坂、赤坂見附、三宅坂にいたるこの地は、天子が北斗七星に乗って、四方上位をめぐる、その象徴たるべき聖域なのではないか。ここには天上を律するすべてがある。歩兵第一連隊、歩兵第三連隊、近衛第三連隊、秩父宮邸、三笠宮邸、青山御所、大宮御所、陸軍省、海軍省、陸軍大学、司法省、警視庁がある。そして、その要《かなめ》たるべき不動の北極星として〝宮城〟があるのです。陰陽師にとって、ここはまさに北斗七星がまわる軌道の内側、そう、内裏であって、うちとして意識されるべき場所に相違ないのです」

「……」

志村は驚くというより、ただもうあっけにとられて聞いている。宮城を北極星とし、その乗り物を北斗七星として、それがまわる軌道内を内裏《うち》と呼ぶ……それを聞くだけでも占部影道という人物がいかに奇怪な世界観のなかに生きているか、思い知らされる気がしている。なるほど、これなら〝皇軍相撃〟を目的にし、地に破壊をもたらすのを希求するその独特な生き方も、それほど異とするには当たらないかもしれない。

「……」

「北斗七星は天上と地上にあり、北極星を中心に一時間に十五度ずつ動きます。一昼夜で内裏を一回転し、一年でその柄杓の柄が十二方位を指す。占部がこの土地に執着し、歩兵第一連隊、歩兵第三連隊の〝決起〟に重きを置くのもそのためでしょう。北極星たる〝宮城〟から見れば、〈いな本〉は酉《とり》から午《うま》の方位に当たり、〝内裏〟のなかに収まってしまう。まさに北斗七星の軌道内に入っているのです。陰陽五行の思想から見ればこれはあってはならないことなのです。こともあろうに聖域たる〝内裏《うち》〟のなかで女が殺された……占部影道にとって、〝乃木坂芸者殺人事件〟はあってはならぬ汚れであり、排除されるべき汚濁に他ならないのです。つまり占部影道にしてみれば、青年将校の決起を契機にし、〝皇軍相撃〟の聖戦を成就させるには、〝乃木坂芸者殺人事件〟そのものを抹殺しなければならない。そんな事件はなかったことにされるべきなのですよ」

忌一郎の言葉を理解するのに、一瞬、時間を要したが、すぐに志村はうめくように声をあげて、ということは、と言う。

「と、い、う、こ、と、は……占部影道の試みを失敗させるには、〝乃木坂芸者殺人事件〟を表立てにすればいいということになるのでしょうか。〝乃木坂芸者殺人事件〟を解決すればいいわけなのでしょうか」

なにか胸の底から激しく噴出するものがあった。慟哭に似ていた。ことここにいたってようやく、そうか、そうだったのか、と納得される思いがあった。

〝乃木坂芸者殺人事件〟は、若い芸者が殺されたというだけの、市井のありふれた一殺人事件にすぎない。が、まさにその凡庸さが、それゆえに占部影道の神聖なる試みを打ち砕く大槌になる。それはたんに占部影道の〝皇軍相撃〟の企みを否定するばかりではなしに、同時に、青年将校たちが〝決起〟に託した崇高なる理念をも無化させることになるだろう。

一人の若く、美しかった――しかし、多分、薄幸でもあった――芸者が、占部影道の壮大なる企みを、青年将校たちの国家の運命を左右しかねない〝維新運動〟の理念を、すべて否定する屍体としてここに永遠に横たわっているのだった。

歩兵第一連隊、歩兵第三連隊、近衛第三連隊、秩父宮邸、青山御所、大宮御所、陸軍省、海軍省、陸軍大学、司法省、警視庁、そして〝宮城〟……この日本という帝国を、その崇高にして壮大なる栄誉を担う使命を負うべきもの、すべてそれらの礎石たらしめるものがそこに――占部影道がいう内裏《うち》に――ある。

何ということだろう。それを照若はたった一人で覆そうとしているのだ。国家が国家たるべきための壮大なる虚妄を、その欺瞞を、冷酷さを、すべて——

志村は照若という女に会ったことが一度もない。——てると一緒にトンカツ屋にいた女が照若だった可能性はあるが、あれをもってして〝会った〟とはいえないだろう。——したがって照若がどんな女であったか、わずかにてる（きよ）の供述から、それをうかがい知るにすぎない。

——何か姉さんには普通の人とは違う様な、芸者なんぞしてるのが不思議な様な所がありました。これは私一人が感じたことではないと思います。お母さん、姉さん衆、妹衆……誰もがそう感じたのではないでしょうか……それはもう、〈いな本〉の照若といえば、赤坂でも一、二を争う評判娘です。きれいなのは勿論のこと、気っ風がよくて、酒間の切り回しがよい。毎夜、男たちに騒がれる……でも照若姉さんは、どんなに男からちやほやされても、そんなことはこれっぽっちも嬉しくない様子でした。姉さんには何時《いつ》も独りぼっちで、此処ではない、どこか別の場所に居る様なところがありました……

てる（きよ）はそう証言し、その調書のなかで照若の言葉を引用してもいる。

——女なんてさ、美人だ、醜女《しこめ》だっていったところで、化粧を落として、湯にでも入ってごらんな。いずれ似たりよったりさ。たいして違いがあるもんか……

窓外の暗闇に霙が白い軌跡を曳いて降りしきっている。その、ほのかな雪明かりが、車のなかの三人の男を不思議な微光のなかに浮かびあがらせている。まるで三人の男の身はこの地上にありながら、その魂はどこか別世界に浮遊してでもいるかのようだ。

その闇のなかに志村の畏怖するような声がわき起こって、そうか、そうだったのか、と言う。

「どうして、わたしがこの事件の調査員に選ばれたのか、これまでそのことをずっと疑問に感じていました。わたしは特高刑事としては無能です。わたしには特高として何かが足りない。そのことはほかの誰よりも自分がよく承知している。それなのにどうして、黙さん、あなたがわたしを調査員に選んだのか、それは——」

そう、と忌一郎は頷いて、

「あなただったら、青年将校たちが〝昭和維新〟に寄せる崇高なる理想や、占部影道の〝皇軍相撃〟の深慮遠謀に惑わされることなしに、〝乃木坂芸者殺人事件〟の真相を追究してくれるにちがいない、と思ったからでした。あなたはとうとう話してくれなかったが、あなたがどうして〝小林多喜二を殺した男〟という蔑称に甘んじているのか、その理由もぼくなりに理解しているつもりです。少なくとも、ぼくの知るかぎり、山田大佐が自刃したとき、その女中の身の上がどうなるかに思いをはせた警察官はあなたを措いてほかにいない。たしかに、あなたは特高の刑事としては有能とはいえないかもしれないが、それだけ人間として優れているのではないでしょうか」

「あなたはわたしを買いかぶっている。わたしはそんな立派な人間ではない」

「そうでしょうか。ぼくは教誨室であなたがいった言葉を忘れていません。あなたは〝殺した相沢も殺された永田もどうでもいい。国を憂う青年将校とかいう連中もどうでもいい。財閥も重臣も知ったことかよ。お上もどうだっていい――〟と言い切った。そのときに、ぼくはあなただったら、〝狐〟に肉薄し、占部影道を追いつめることもできるのではないか、と確信しました。ぼくはいまでも自分の確信が外れたとは思っていません。現に、あなたは期待以上の働きをしてくれた。あなたがぼくに顔向けできない、などとんでもない。志村さん、ぼくはあなたに感謝すべきだとそう思っているのですよ」

「そういうことであれば、わたしは――」志村の声にかすかに逡巡する響きがあったが、それをあえて自分で押し切るように言う。「最後まで〝乃木坂芸者殺人事件〟の解決に取り組むことにしましょう。しかし、どんなにわたしが〝乃木坂芸者殺人事件〟の解決に取り組んだところで、もうそれを表沙汰にするのは手遅れなのではないでしょうか、すでに青年将校たちは〝決起〟の準備にとりかかっているだろうし、占部影道の〝皇軍相撃〟の陰謀も仕上げの段階に入っている。何もかもすべてはもう遅いのではないですか」

「窓の外を見てください」と忌一郎はうながすように言った。「何が見えますか」

「……」

志村は忌一郎にうながされるままに窓の外に目を向けた。

降りしきる霙のなかに巨大な闇がひろがっている。最初は何も見えなかった。しかし、その闇に視線を凝らすうちに、しだいに永田町の高台に白亜の建物が聳えたっているのが見えてきた。

それは——起工以来じつに十九年、工費二千六百万円もの巨費をつぎ込んで、ついに完成にこぎつけようとしている〝新国会議事堂〟の建物なのだった。

中央高塔の頂きは地上七十メートル、海抜百メートルの高さに達している。高塔を中心にして左右対称に翼をひろげるその構造美はほかに類を見ない。外装の御影石から、内装の大理石にいたるまで、その建築材料はすべて国産でまかなわれているのだという。

今年の十一月に壮大な落成式が予定されていると聞いている。

「議事堂がどうかしたのですか」

振り返ってそう尋ねる志村に、忌一郎は不思議な笑い方をして見せると、

「忘れないでください。あそこに占部影道を窮地に陥れるものがある。あそこに占部の魔術を霧散させてしまうものがあるのです」

と謎めいたことを言うのだった。

そのときにはすでに日付が変わって、二十四日になり、霙はいつしか雨になっているのだった……

八

昭和十一年二月二十四日——東京は雨から曇りに変わって、終日、どんよりした雲が空を覆っていた。

そして、二月二十五日の夜——

そこかしこ雪が残っているために、いたるところに雪明かりが映え、暗いとも明るいともつかない不思議な夜になっていた。

不思議といえば——この時刻、まさに花街はかき入れ時であるはずなのに、小路がすべて闇に閉ざされているそのことこそ不思議というべきかもしれない。商売屋、しもた屋を問わずに、一軒残らず明かりが消えているために、なにか妙に現実感にとぼしい。

小路が大通りと交叉する角のところに、街灯がともっているために（さらにそれに積雪が映えているために）、歩くのにも困難を覚えるというほどではない。が、それにしてもこうまで暗いのは、やはり異様の一語に尽きるだろう。とりわけ異様な印象を誘うのは、小路に面した建物が何軒か壊されているからではないか。

〈いな本〉、それに〈猫床〉にしてもその例外ではない。ともに看板を外され、軒先を壊されて、無惨な姿をさらけ出している。それは改築のためというより、どちらかというと小路を拡張するためと見なしたほうがいいようだ。

もう〈いな本〉も〈猫床〉も誰も暮らしてはいないらしい。ただもう暗いばかりなのだった。店のまえには瓦礫が積みあげられ、そこに雪が積もっているのが、なおさら荒廃した印象を増していた。

〈いな本〉の、猫の額ほどの狭い裏庭に、一本の柿の木がある。二階の物干し台に接するように大ぶりに枝をひろげていた。

いま、その柿の木のまえに、ひっそりとたたずむ人影があった。

凝然と柿の木を見あげていた。もう五分ほどもそうしているのではないか……

そのときのことだった。ふいに闇のなかから、「どうして」と声がかかったのだ。「あんなことをしたんですか」

柿の木を見上げていた人影はいきなり声をかけられたのに愕然としたようだ。とっさに身をひるがえし、逃げ出そうとしたのだが——

「だって、あんたは照若姉さんが好きだったはずじゃないですか。それなのにどうしてあんなことをなさったんですか。え、おてるちゃん——」

と名前を呼ばれて、逃げるのを断念したらしい。立ちどまり、振り返ると、じっと闇を透かし見るようにした。

そこに一人の女が立っていた。雪明かりのなかにそれこそ雪女のようにボウとたたずんでいた。

「……」

てるが訝しげな表情になったのは相手が見知らぬ女性だったからだろう。

若いとはいえないが、年増と呼ぶにはまだ間がありそうだ。白地玉結城の袷に、銀鼠地ウズラ織袷羽織……襟を抜いたその装いが、見るからにくろとっぽい。どこか身のこなしが粋で、ぞっとするほどの色気があった。

「こんなところにお呼びだてしてごめんなさいね。わたしは阿部定といいます。いえね、名前を申しあげたところでご存知ないでしょうし、じつはあんたに用があるのもわたしじゃないんですよ。女の名前で呼び出したほうが、警戒しないだろう、と思いましてね。ある人に頼まれまして。それで失礼をかえりみずに名代をつとめさせていただいたわけなんですよ」

まるで芝居の口上のようにそれだけをいうとスッと後ろに下がった。その姿が雪明かりの届かない闇の底に沈んだ。

定と入れ替わりのように人の気配が動いた。ゆっくりと踏み出してきた。遠くの街灯の明かりに、雪明かりが滲んで、それがスポットライトのように交叉するなか、男の姿がぼんやりと浮かびあがる。

「おれのことを憶えているか」とその男——志村がいった。

てるは闇のなかをじっと凝視した。そして、はい、と頷いて、臆することなく、しかし、どこか幼さを残した声で言う。

「旦那様がご自害なされたとき、あたいがお巡りさんにいじめられているのを助けてくれた人……」

「結局は助けられなかったけどな」と志村は自嘲するように言って、「そのあとにも一度、おれはおまえの姿を見かけてるよ。去年の暮れのことだ。あれは千住のトンカツ屋だったかな。おまえはおれに気がつかなかったようだが……」

「千住のトンカツ屋……」てるはわずかに首を傾げたが、すぐに納得したように頷いて、「関口さんに照若姉さんを紹介されたときのことでしょうか。旦那様がご自害なさって、あたいはお暇をいただいたんだけど、どこにも行く当てがなくて、ほとほと弱ってました。そんなときに上野の〝紹介屋〟で関口さんに声をかけられたんです。仕事の当てがないんだったら、いい勤め口を紹介してやろうかって言われました。それで照若姉さんに紹介されて、そのまま〈いな本〉まで連れていってもらいました」

「あれはやっぱり、関口という男に、照若だったのか。そうじゃないかとは思っていたんだが……」と志村は自分自身に呟き、ふと口調を変えると、ところで、と言い、「警察署から連れ出されて、いままでどこにいたんだ」

「どこだかわからないところです。大きなお屋敷の一室に閉じこめられていました。今日、いきなり部屋から出されて、自動車でここまで連れてこられました……」

てるは東京弁を使うように努めているようだったが、それでもかすかに訛りが残るのは仕方がない。それが聞いている者の耳には何か痛々しいものであるかのように聞こえるのだった。

「大きなお屋敷、か。誰か〝狐〟の一員が持ってる別荘か何かだろう。あいつら貴族の御曹司たちで、金持ちが多い……おれは〈いな本〉のまえでおまえと会って話がしたかったのさ。もっとも、〈いな本〉の女将は、人殺しがあった家では商売はできないと見切りをつけて、さっさと置屋を畳んでしまったらしいがな。気の毒に、おまえはまた仕事を失うことになったよ」

「何が！　気の毒でなどあるもんですか。あたしらのような者はそんたらことには慣れています。貧乏人で、身寄りがない者は、どんなことにも慣れるがですよ」

てるの口調には自分を放り出すような響きがあった。彼女にしてみれば、自嘲しているのでも、嘆いているのでもなしに、たんに事実を述べているにすぎないのだろう。

一瞬、間があり、志村が尋ねた。「あいつらはどうしておまえを連行したんだ？　そのわけを話してくれたか」

「馬鹿ばかしいことですが！　あたいが坪庭からうえに声をかけて、照若姉さんが覗き戸を開けたところを狙いすまして、竹竿の先にくくりつけた剪定鋏で、その喉を突いたというがですよ。あたいはそんなことはしません。誰がそんなことするものですか」

「そう、おまえはそんなことはしない」志村は低い、ほとんど優しげとさえいっていい声で言った。「おまえは二階にいた照若の喉を突いたのではなかった。そんなことはできっこない。なぜなら、そのとき照若は湯に入っていたのだから。おまえは湯に入っている照若の喉を坪庭から格子窓ごしに突き刺したわけなのだろう」

「……」

闇のなか、てるがハッと息をのむ声が聞こえてきた。よろめきながら、二、三歩あとずさった。そこで、かろうじて自分を持ちこたえたかのように足をとめた。闇を透かすようにしてじっと志村を凝視した。

「黙忌一郎から話を聞かされたときにはまさかと思ったが……」志村は独白するように呟いた。「やっぱり本当だったのか」その表情に失意の色が濃かった。

もともと志村に人並み外れた推理力が備わっているわけではない。すべては黙忌一郎から聞かされた推理の受け売りにすぎなかった。彼自身、半信半疑で聞いたのだが、なにより、てるの反応がその推理の正しさを物語っていた。何も身に覚えのない人間であればこうまで大仰な反応は示さないだろう。

志村としてはどこまでもてるの窮状を救いたいという

一念から動いたにすぎなかった。まさか彼女が犯人だったなどとは夢にも思っていなかった。そうと聞かされたときにも、そんなことは信じたくないという思いが先にたって、むしろ忌一郎に対する反感のほうがまさったほどだ。

――本当にてるが犯人であるのなら、何もいまさらそれをあばき立てる必要などないのではないか。

と思う。そもそも志村は特高の警察官であって、刑事事件の犯人を検束する義務など負ってはいない。見て見ぬふりをすればそれで済むことではないか。〝乃木坂芸者殺人事件〟そのものがなかったことにされようとしているのだから、むしろ、もっけの幸いというべきかもしれない。

――忘れてしまえ、なかったことにしてしまえばいいじゃないか。

が、忘れることはできない。なかったことにするわけにはいかないのだ……

忌一郎の潔癖さが、それを許そうとはしなかった。潔癖さ、あるいは厳格さ、冷酷さというべきだろうか？

志村には忌一郎の真意がどこにあるのかわからない。

たしかに〝乃木坂芸者殺人事件〟を表沙汰にして、それに世の人々の関心を集めることが、そのまま占部影道の陰謀を阻止する行動につながるかもしれない。それはそうではあろうが、そのためにわざわざ、てるを犯人として告発し、犠牲に処する必要があるのだろうか。

彼女が真犯人であろうがなかろうが、黙忌一郎や、志村にそれを告発する義務などあるわけではない。刑事事件の捜査など、本来、何のかかわりもないことなのだ。ましてや彼ら二人に、未成年のてるを占部影道とさしちがえさせる、どんな権利があるというのだろう。そんなものがあるはずはない。

志村は遠回しにではあるが、いまさらてるを告発したところで何の意味もないのではないか、という意味のことを忌一郎にいっている。

それに対して忌一郎は、

「大丈夫です、ぼくを信じてください。絶対にひどいことにはなりませんから――」

妙に含みがあるような言い方をした。その表情にも微妙な動きがあったが、志村にはそれが何を意味しているのかを読み取ることができなかった。

絶対にひどいことにはならない……どうしてそんなことがいえるのだろうか。たしかに、そうであって欲しかったが——しかし志村にはやはり忌一郎が何を考えているのかがわからないのだ。

が、いずれにせよ、いまの志村は忌一郎のことを全面的に信頼するしかない。忌一郎に命ぜられるままに、彼の推理をあたかも自分が考えたものであるかのように話しつづけるしかなかったのだ。

が、そうではあっても——、志村の表情にはやはり苦渋の色が濃かった。声を絞り出すようにいう。

「あのとき〈猫床〉の客が、女が血を吐いているのが鏡に写っていたと証言した。ここでは詳しい説明は省くけど、その時間、照若が血を吐いていたはずはない。客に時間の錯覚があった。どうにも時間的に合致しない。あのとき店先から、ねじりん棒の看板が外されていたために、いつもは二階しか見えない視界が、一階・坪庭のあたりも見ることができた。それで最初は、おまえが何かの用事で、柿を齧りながら、裏庭から坪庭に回ったのが鏡に写ったのではないか、と思った。だけど、それでは血を吐いた、というふうには見えないのではないか。錯覚するにしても、たんに柿を齧っているだけのことであれば、それが血を吐いているように見えるはずはない。そんなふうに見えたのであれば、彼女の胸もとに何かが流れていたのではないか。それでは何が流れていたのだろう。まさか小さな子供でもあるまいし、柿の汁をダラダラ胸に流していたわけでもないだろう。考えられるものは一つしかない。汗、だよ。彼女の胸もとに汗が流れていた。それでは人は冬の寒いさなか、どこだったら汗を流すだろう。風呂場しかない。風呂場で、柿を齧って、汗を胸もとに流していたために、血を吐いているように見えたのではないか。なにしろ目撃者は、風呂場の格子窓ごしに、しかも鏡に写っている女を見たにすぎなかったのだから、そんなふうに錯覚を起こしたところで無理はなかったのさ」

「……」

「〈猫床〉の客が、照若が柿を食べているのを血を吐いていると錯覚してから、そう、多分、その二十分ぐらい後にだろうか。おまえは風呂場の格子窓から、竹竿の先端にくりつけられた剪定鋏を突き入れ、それで照若の喉を裂いた。照若は格子窓にすがりつくようにして絶命したのではないだろうか。彼女の顔に血がしぶいたが、格子窓にその顔を押しつけていたために、血に汚れたところとそうでないところ、棒格子の模様が付着してしまった。それが後になって——〈猫床〉の田所が、二階の摺り上げ障子に剪定鋏を投げつけて、ガラスが割れ、その音に関口や、真内が二階を振り仰いだそのときに、照若が血をしぶかせて倒れたように見えた理由なのだった。血で、棒縞模様に汚れた照若の顔が、摺り上げ障子の出格子ごしに倒れるのを目にすれば、それを喉から血がしぶいたように錯覚したとしても不思議はない。もちろん、田所が投げた剪定鋏が偶然に照若の喉に突きささるなどということがあろうはずがない。田所が出格子に剪定鋏を投げたときにはすでに照若は死んでいたのさ。剪定鋏の形などいずれ似たりよったりだ。喉の傷痕が一致したのも当然のことだったろう」

そう話しながら、志村は微妙な違和感を感じていた。黙忌一郎は、それを遠藤平吉に話すのに、棒縞の浴衣がかけられた衣紋掛けが倒れたために血がしぶいたように見えた、などという苦しい説明に終始したらしい。それというのも――

殺人現場が二階の座敷ではなしに一階の風呂場だったのを隠したかったからだ、というのだが、志村としてはそのことに違和感を覚えざるをえない。

どうして無理やりに推理をでっちあげまでして、一階の風呂場が殺人現場だったことを隠さなければならなかったのだろう。まるで意味のない苦労ではないか。

「……」

てるは身じろぎもせずに志村の話を聞いている。暗がりに閉ざされて彼女がどんな表情をしているのか見てとることはできない。てるは何を考えているのだろう？

志村はふとそれを何としてでも知りたいという胸を焦がすような切望感にかられた、

わずか十六、七歳の小娘にすぎないのに、その沈黙からは何か非常に強靭な意志のようなものが感じられるのだ。まるでスフィンクスのように謎めいたところがあって、――三十を過ぎた志村が――無言のうちに気押されてしまうものを感じるのだ。

その強靭な意志はどこから生まれるのだろう。この少女の何がそんなにも深く謎めいたものに感じられるのか？　それこそが最大の〝謎〟であって、そのことと比べれば、いま志村が行っている謎解きなど、しょせんは児戯に類することではないか。そんな被害妄想めいた焦燥感に駆られたりもするのだが……そうであっても、いまの志村は〝謎解き〟をつづける以外に選択肢はない。

「話が前後してしまった。おまえは風呂場の格子窓から照若の喉を突いた……そこから話を始めることにしよう。

そのあとで、おまえは急いで坪庭から台所、台所から風呂場にと向かった。それはそうだろう。まさか死体をそのまま風呂場に放置しておくわけにはいかないからな。死体をどうにかしなければならない。しかし、ここに一つ問題があった。当然のことといえば当然だけど、照若が風呂に入るのに、その引き戸に内側から錠をかけたということだ。そのままでは引き戸を開けることはできない。おまえは引き戸そのものを框から外すことにした。そのために石鹸を框に塗ったのだろう。そうやって引き戸を外しやすくした。見てきたようなでまかせをいう、と思われるかもしれないが、なにも傍証もなしにそんなことをいっているわけじゃない。そのあと女将が風呂場を覗いたときに石鹸の香りがしたという。風呂場だから石鹸の香りがするのは当然のことと思うかもしれないが――彼女は脱衣室から飛び出すときに仰向けに転んでいるのだ。何かに蹴つまずいて転んだのではない。そうだとしたら女将はそのように証言しているはずだ。何もないところで転んでいる。明らかに女将は石鹸に滑って転んだのだよ」

「……」

「おまえは引き戸を外して風呂場に入った。照若の局部をえぐり取ったのはそのときにしたことだろう。風呂場だったら膨大な量の血の始末も楽にできるだろうからな。どうして、おまえが彼女の局部をえぐらなければならなかったのか、それはおれにはわからない。あとで教えてもらうことにするよ。そのうえでおまえは彼女に長襦袢を着せた。着せたというより羽織らせたといったほうがいいかもしれない。二階の座敷で、死体が発見されたとき、赤いしごきがしどけなくほどけていたという証言がある。なに、最初からしごきなど締めていなかったのさ。死体に着物を着せるのは難しいそうだからな。死体が発見されたときに臀部から足にかけてグッショリ濡れていたという証言もあって、それは局部をえぐられたのだから当然のことと受けとめられたわけなのだが、考えてみるとこれもおかしい。局部をえぐり取られたのは、当然、彼女が死んだあとのことだから、それほど夥しい出血があるとは思えない。何のことはない。それは風呂に入って濡れたあとだったのさ。あまりに時間がなかった。そのためにおまえは十分に彼女の体を拭いてやることができなかった。要するに、ただ、それだけのことだったんだよ」

「……」

てるはあいかわらず沈黙をつづけている。うつむいている。その表情を読み取ることはできないし、そもそも感情の起伏があるのかどうかさえ疑わしい。これはどうしたことなのか。どうして彼女は何も反応しようとしないのだろう。

——いったい彼女は現状を正確に把握しているのだろうか。自分が告発されていることがわかっているのか？

告発者であるべきはずの志村がそのことに焦燥感を覚えざるをえない。どこかに齟齬がある、何かが違う、という思いはいっそう強くなるばかりなのだが……

「照若が風呂場で死んでいるのが発見されれば裏庭で柿を取っていたおまえが真っ先に疑われることになる。それを避けるためには照若を二階の座敷まで運びあげなければならない。だが、階段を使うことはできない。階段室に入る前室では女将が帳簿づけをしていたからだ。これをどうすればいいか？　おまえは照若の死体を運んで、坪庭に出て、隣りの家との間を抜けて裏庭に出た。これから先は想像にすぎないが、おまえは長襦袢のしごきとか着物のしごきとかを何本か結びあわせて、長いヒモをつくったんじゃないか。その一端を照若の体に結びつけ、もう一端を柿の木の枝から、物干し台にと投げ渡した。そして物干し台の手すりの隙間からでもヒモの端を下に垂らしたのにちがいない。下からヒモを引っ張り、照若の死体を物干し台の手すりまで引きあげておいて、そのうえでヒモの端をどこかに縛りつけておく。そうすれば照若の死体は物干し台の外側にぶらさがったままで固定されることになる。あとはおまえが二階に上がって物干し台から照若の死体を引きあげてやればそれでいい。帳簿づけしている女将はおまえが空手で二階に上がっていったところで何の不審も覚えないだろうからな。ただ、わからないのは、どうしておまえがそのときに悲鳴をあげたのか、ということなのだ。そうさ、照若が悲鳴をあげたのではない。おまえが悲鳴をあげた。そうでなければつじつまが合わないからな。人によってはそれを笑い声だと聞いた者もいる。悲鳴だったのか、笑い声だったのか、いずれにせよだ、声をあげたのはおまえだった。そこで教えてもらいたいのだが、どうしておまえはあのとき悲鳴を——それとも笑い声か——をあげたのか。何があったのか」

一瞬、沈黙があり、それもただの沈黙ではなしに、何か逡巡するような気配をはらんだ沈黙であって——その瞬間、てるは何か思い惑ったはずなのだ。志村にはそのことがありありと感じとれた。何を迷ったのだろう。しかし顔をあげたときには、もうその迷いは消え失せていて、決意めいた思いだけがあらわになっていた。

そして、ふいにてるは堰を切ったようにしゃべり出したのだ。このとき彼女の気持ちのなかでどんな変化があったのか？　どうして急にしゃべる気になったのか。志村には妙にそのことが訝しかった。

「姉さんを物干し台まで引きあげて、ヒモの端を柿の木の根っこに縛りつけたとき、強い風が吹きました。それで姉さんの体がブラブラと揺れたのでした。そのときまで、そんなことは考えもしなかったのに、それを見たとき、何だか姉さんが幽霊になって化けて出たかのように思いました。それで悲鳴をあげたのです。それと一緒につい笑ってしまいました。ほら、浅草のお化け屋敷なかで、いきなりお化けが出てくると、悲鳴をあげるのと同時に笑い出してしまうことがあるでしょ。あれと同じです。恐ろしいのにおかしい。悲鳴をあげながら笑ってしまう。そういうことってありませんか。じつのところ、あのときの気持ちが何だったのか、自分でもよくわからずにいるのです」

「恐ろしいのにおかしい……悲鳴をあげながら笑ってしまう……」

と志村は呟いて、なるほど、そういうことか、と自分自身に頷いた。納得しきれない思いが残るが、多分、納得すべきなのだろう。まだ二十歳にもならない小娘が人を殺し、その死体をヒモで二階に引っぱりあげようとしたのだ。多少、精神状態が不安定になってしまうのも当然かもしれない。

「悲鳴をあげてしまったのではもう仕方がない。ごまかしようがない。おまえは裏庭から家のなかに飛び込んだ。そして女将に〝姉さんが……姉さんが……〟と言い、あたかも照若が悲鳴をあげたのを聞いたかのようにふるまった。そして二階に駆けあがり、女将より先に座敷の引き戸に手をかけて、開けるふりをした。開けるふりをし、ふすまに鍵がかかっているために開かないふりを装った。女将はそれを見て隣りの座敷に駆け込んだ。隣りの座敷から入ろうとした。おまえにとって幸いだったことに二つの座敷の間のふすまにもやはり鍵がかかっていた。女将はモタモタと手間どってしまった。その隙に、おまえは物干し台から照若の死体を引きあげた。とって返し、死体を座敷のなかに投げ込んだ。ふすまを閉めた。そのとき二人の男が二階に駆けあがってきた。おまえにとって幸運だったのは二人の男がふすまに鍵がかかっているものとはなからそう信じ込んでしまっていたことだ。ふすまを開けようとはせずに蹴り倒した。そのために鍵がかかっていないのにかかっているふりをしたことがばれなかった。座敷に剪定鋏が落ちているのを見て、さぞかしおまえは自分の目を疑ったことだろう。まさか〈猫床〉の親方が剪定鋏を投げつけたなどとは夢にも思わなかったろうからな。照若の死体を運んだときに手に血でもついたか。他の者たちが死体に目を奪われているのをいいことにとっさにその血を剪定鋏にこすりつけた——」

そこで志村はすこし笑った。すべては黙忌一郎の受け売りであって、さすがに自分でもやや気が引けるのを覚えた。

「こんなふうに話すと、何だか、〝講釈師見てきたような嘘をつき——〟って思うかもしれないが、あながち根拠のないことばかりでもないんだぜ。女将が〝ヘビが這うのを感じた〟と妙なことを証言している。多分、自分でもそうとはっきり意識せずに、ヒモが廊下に擦れる音を聞いたのか、それとも目の端にヒモが這っているのを見たかしたのにちがいない。意識下でのことだ。自分でもそれをどう表現したらいいのかわからない。それで〝ヘビが這うのを感じた〟という妙な言い方になってしまったのだろうさ……」

ふいに志村の声が萎えた。そこまで話したところで、なにか急に深い疲労感を覚えたのだった。力が尽きた。

——いったい、おれは何をしているのだろう。

と思う。

おれは特高部の警察官で、刑事事件の調査をする必要も義務もないのに、名探偵きどりで——じつはそれも人の受け売りにすぎないのだが——、年端もいかない少女の犯罪を告発しようとしている。心ない、浮薄な行為としかいいようがないことだろう。深い自己嫌悪の念を覚えざるをえなかった。

が、このままいくと〝乃木坂芸者殺人事件〟そのものがなかったことにされてしまうのだ。占部影道の陰陽五行にてらし、北斗七星がめぐる聖域において、〝あってはならない〟汚れとして、事件そのものが抹消されてしまう。占部の威光は、警察ばかりか、じつに検察にまで及んでいるわけで、その権力には凄まじいものがある。

なるほど、たしかに青年将校たちの〝昭和維新〟の理念は崇高で純粋なものであろうし、占部の〝皇軍相撃〟の陰謀にしてもその壮大なことは他に類を見ない。そもそも〝宮城〟を不動の北極星とし、北斗七星がめぐる内裏の――歩兵第一連隊、歩兵第三連隊、近衛第三連隊、秩父宮邸、青山御所、大宮御所、陸軍省、海軍省、司法省、警視庁――あまたあるきら星のなかに、〈いな本〉などという芸者の置屋が混じっていること自体がそもそもの誤りではないか。

〈いな本〉にしろ、〈猫床〉にしろ、取るにたりない人間虫ケラたちの、取るにたりない愛憎から派生した犯罪劇など、いっそ抹殺されるべきではないのか。彼らの惨めでちっぽけな犯罪劇など、この聖域から抹消されてしかるべきものではないか。いや……

――おれはそうは思わない。

志村はそうは思わないのだ。おそらく黙忌一郎もそう思ってはいない。青年将校たちの理念がいかに純粋で崇高なものであろうと、また占部影道の陰謀がいかに気宇壮大なものであろうと、そのことをもってして平凡な人間たちの平凡な犯罪がこの世から抹消されていいはずがない。

多分、黙忌一郎は、そして志村自身も、なにか巨大で荘厳な大伽藍のようなものを相手にし、ちっぽけな、しかし絶対に譲ることのできない人間の尊厳を賭して戦っているのではないか。そうであれば、いかに志村が内心忸怩たるものを覚えようと、てるを告発しないわけにはいかないのだ。〝乃木坂芸者殺人事件〟を白日のもとに引きずり出さないわけにはいかない……

「悪いようにはしない。おれと一緒に来てくれないか」

と志村が言う。悪いようにはしない、とは忌一郎が志村に請けおったことでもある。それ以外にも忌一郎が、どうしてもこれだけはてるに尋ねてくれないか、と言ったことがある。それも二つある。

「てるよ、どうしておまえは彼女の局部をえぐったりしたのだ？　それほど彼女のことを憎んでいたのか。それにもう一つ、二階の座敷の鏡台が倒れていたのはどうしてだったのか。どうして鏡が割れていたのか」

どうして、てるが照若の局部をえぐったのか、という質問はともかく、もう一つの質問の意味のなさはどうだろう。鏡台が倒れて鏡が割れていたことにどんな意味があるというのか？……志村は自分でてるに質問しておきながら、黙忌一郎の真意をはかりかねていた。

「……」

てるもこの二つの質問の意味を把握しかねたようだった。一瞬、途方にくれたように目を瞬《しばたた》かせ、瞬かせしたが、すぐにその表情に理解の色が兆した。

どうしてか、そのとき、彼女はフッと微笑んだようだった。その瞬間、彼女の表情に歳そうおうの幼さがよみがえったかに感じられた。彼女は何かを言いかけてその口を開きかけた。が、それを言い終えて、その口が閉ざされることはついになかったのだった。

ふいにヘッドライトがともって彼らの姿を影法師に縫いつけた。エンジンの爆走音が聞こえた。あの側車付き《サイドカー》自動二輪車だ。狭い小路を切り裂くように一直線に突っ走ってきた。高らかに噴きあげるエンジン音を圧して銃声が聞こえてきた。それも三発、ことごとくてるに命中した。てるがあげる悲鳴に、志村の絶叫が重なった。

あの占部影道が自分の〝聖戦〟を妨げる可能性のある〝乃木坂芸者殺人事件〟を放置したままにしておくはずがなかった。その犯人であり、生き証人でもあるてるを自由にしておくわけがなかった……そのことに気がつかなかった自分のうかつさが断腸の思いとなって志村を責めたてた。その絶望感に全身を喉にして叫びつづけた。

側車付き自動二輪車は一直線に志村に向かって突っ込んできた。志村は絶叫しながら瓦礫の山に背中から身を投げた。何か硬いものが手に触れた。それを〈猫床〉のあのねじりん棒の看板だったと意識したかどうか。気がついたときには、それを握りしめ、きわどく通過する側車を横ざまに殴りつけていた。悲鳴があがってサイドカーから男が外に投げ出された。自動二輪車はそのまま走り去っていった。

「あんた、死んじゃダメだよ、あんた、あんた――」

阿部定の絶叫が聞こえてきた。泣きじゃくっていた。

志村はねじりん棒の看板を投げ捨ててよろよろと阿部定に近づいていった。

阿部定はてるの体を抱き起こしていた。しきりに揺り動かしていたが、もう何をやっても無駄なことは一目で知れた。すでにてるは死んでいた……

「この子は照若さんの名前を呼んでたよ。最後まで照若さんの名を呼んでた――」阿部定が志村を振り返って狂おしげに叫んだ。「この子は照若さんのことを本当に好きだったんだ。本当に好きだから……あそこまであんなことをしたんだよ。そうさ、本当に好きだから……あそこを抉ったんだ」

「……」

志村はそれにはただ頷いただけだった。自分のなかで何かが氷河のように凍りついているのを感じていた。その冷たいものは、多分、志村が死ぬまで担っていかなければならないものなのだろう。それが溶けることはついにないにちがいない。

——これで二人だ……小林多喜二……それにてる……

志村は蹌踉とした足どりでサイドカーから落ちた男に向かった。

意外なことに——いや、意外でも何でもないか——、そこに倒れていたのは深山だった。瓦礫の山に背中を凭せかけ、両足を投げ出していた。その右手の指先からわずかに数センチのところに三八口径の自動拳銃が落ちていた。できれば志村を撃ちたいところだろうが、もう右手を自由に動かすことができないらしい。

志村を見て、その血に汚れた顔に凄絶な笑いを刻んだ。

「ざまあみやがれ——」

そう言って、咳き込んで、ガボッ、と血の塊を吐いた。

「ああ、そうだな」志村は無感動に頷いた。「たしかに、ざまあみやがれだ」

そして深山の喉に両手をかけた。今度は最後まで手の力を緩めようとはしなかった。

明けて昭和十一年二月二十六日。

運命の日——

九

一九三六年（昭和十一年）二月二十六日——

午前零時四十分、河野寿《こうのひさし》大尉ら八名が、武装し、牧野伸顕《まきののぶあき》・前内大臣襲撃のため、歩兵第一連隊を車二台で湯河原に向けて出発した。

三時半、安藤輝三大尉の指揮のもとに、武装した下士官以下二百四名が歩兵第三連隊を出撃し、鈴木貫太郎侍従長官邸に向かった。

四時頃、坂井直《さかいなおし》中尉の指揮のもとに、武装した士官・下士官以下二百十名が斎藤実《まこと》内大臣官邸に向かう。

同時刻、近衛歩兵第三連隊の中橋基明中尉の指揮のもと、武装した士官・下士官以下五十七名が、高橋是清蔵相私邸に向かう。

四時三十分、歩兵第一連隊から栗原安秀中尉の指揮のもと、武装した士官・下士官以下二百六十七名が岡田啓介首相官邸に向かう。

同時刻、野中四郎大尉の指揮のもと、武装した士官・下士官以下五百二十五名が、警視庁に向けて歩兵第三連隊を出発する。

同時刻、丹生《にぶ》誠忠《よしただ》中尉の指揮のもとに、武装した士官・下士官以下百九十二名が、陸相官邸に向かう。

すなわち二・二六事件の勃発である。

昭和十年七月、真崎甚三郎は教育総監を更迭された。そのことが〝統帥権干犯〟に当たるとして、青年将校たちが猛烈に反発し、相沢事件の引き金になった。このことからも知れるように青年将校たちの真崎甚三郎に寄せる信頼感には絶対的なものがあったようである。

そのために真崎甚三郎が二・二六事件の黒幕だという説が流布されることになる。

繰り返しになるが、ここでもう一度、確認しておきたい。

二十六日朝、真崎甚三郎は、陸相官邸を占拠した青年将校たちのもとに赴いて、「とうとうやったか、お前達の心はヨオックわかっとる、ヨオーッわかっとる」と言ったという。また、とある人物が陸相官邸にて、真崎大将が「得意然たる態度で来て……（中略）親分でもあるかのような態度であたりを睥睨して……」いるのを見たという証言もある。

この二つの証言のために、真崎甚三郎は純真な青年将校たちを利用して、わが手に権力を得ようとした〝悪役〟だという説が広く流布されることになった。

だが、真崎甚三郎が陸相官邸で青年将校たちに会ったときの第一声が「馬鹿者！　何ということをやったのか」というものであったという証言が新たに出されている。後者の話にいたっては、そもそも彼はそこにいなかったという説があり、その証言の信憑性が疑われている。

いまでは真崎甚三郎の〝二・二六事件黒幕説〟はほぼ否定されているといっていい。

が、真崎甚三郎が二・二六事件の黒幕視されるにいたったのには、もう一つ重大な疑惑があって、これがあるためにいまも彼を覆う暗雲は完全に払拭されていない。

それは二・二六事件当夜……歩一、歩二、近歩三の部隊が営門を出る午前四時三十分ごろ——

亀川哲也という男が真崎邸を訪れ、青年将校たちが決起したことを伝えている。真崎はそれを聞いて、「つまらんことをしてくれた」と嘆息の声を洩らしたという。

亀川が真崎邸を辞したのは五時ごろであったという。

その後、陸相官邸を訪れるまでの数時間、真崎の行動は不明とされている。真崎自身が言を左右にして、その間の行動をつまびらかにしないのである。

本来であれば真崎は、青年将校が決起したことを各関係方面に警報を発すべきであったろう。事実、盟友であった加藤寛治海軍大将には電話を入れているのだが――それすら事件後、憲兵隊の追究によってようやく認めたのであるが――、それ以外の時間を何に費やしたのか、ついに真崎は最後まで明らかにしなかった。このことが真崎甚三郎の心証を最悪なものにして、〝真崎黒幕説〟の有力な傍証にされたのだった。

もっとも、事件後、憲兵隊は何が何でも真崎甚三郎を二・二六事件の黒幕にしようとしたふしがある。真崎に対する〝調書〟は、悪意と誹謗に満ちていて、とうてい、これを鵜呑みにすることはできない。事件送致書の公式書類さえ全面的には信頼できない。

どうして憲兵隊がこれほどまでに真崎に対して悪意をもって動いたのか。

一つには真崎が三月事件、十月事件に対して猛烈に反発したことが原因になっているのかもしれない。この二つの事件に関係した軍幕僚たちの真崎に対する憎しみには甚だしいものがあったらしい。二・二六事件後、戒厳司令部の幕僚のなかには、真崎を葬り去らんがために、〝政界浪人〟を動かし、捏造したデマを意図的に捜査陣に流していた者さえいたのだという。

ただ二十六日早朝、亀川が帰った後、青年将校に占拠された陸相官邸に出発するまでの数時間、自宅においてひとり数時間、真崎に空白の時間があったのは、まぎれもない事実であった。

のちの女中の証言によれば、その時刻、真崎はめずらしく電話をかけていたというのだが……だとしたら、そう、だとしたら、こんなこともあったかもしれない。

二月二十六日早朝――

窓の外はまだ暗い。闇のなかに粉雪がひっそりと尾を曳いて舞っている。

真崎甚三郎は加藤寛次海軍大将との話を終えて、静かに受話器を架台に戻した。

とたんに電話が鳴った。

「……」

虚ろな目で鳴っている電話を見る。電話が鳴っているのはわかるのだが、なぜかそれが事実として伝わってこない。ベルの音がただ空虚に胸の底に響くだけだった。

それほどまでに青年将校の決起がショックだったということもあるかもしれない。沈着剛毅をもって知られる真崎がこのときばかりは魂が抜けたように呆然としていた。

青年将校と連絡を取りあっている憲兵大尉からの情報を聞いて、日記に〝真に危険迫りあり〟と記したのは、つい二週間ほどまえのことである。

決起の日が近いのは覚悟していたはずなのに、いざそれが現実のものとなったときの、この衝撃の大きさはどうしたことだろう。対処するすべもなく。ただもう呆然とするばかりではないか。

が、真崎の気持ちはどうあれ、電話は鳴りつづけている。受話器を取らないわけにはいかないだろう。

「はい、真崎です」

受話器を耳に当てて云う。

「真崎閣下でいらっしゃいますか」きびきびとした若い女の声が聞こえてきた。「こんな時間にお電話をさしあげて申し訳ございません。失礼とは存じましたが、なにぶんにも緊急の場合ですので、お許し下さい。わたくし、〝検閲図書館〟黙忌一郎の代理の者でございます」

「〝検閲図書館〟……黙忌一郎……」真崎はぼんやりと呟いた。

この世に〝検閲図書館〟なるものがあるという噂は聞いたことがある。なにか不思議な——不思議というより、いっそ奇怪な——言説にいろどられた噂であって、どこまでが事実で、どこまでが虚構なのか判断しがたいところがある。ただ人々の噂を総合するに、〝検閲図書館〟は何か異常な力を持っているのだという。

もちろん誇張はあるだろうし、そもそも〝検閲図書館〟が公的な機関であるのか、それともある種の特務機関のような——多分に私的なところのある——機関であるのかもわからない。実在するかどうかも疑われていて、現に真崎はこれまで、そんなものがあるはずはない、と冷笑していたほどなのだ。

いま、その〝検閲図書館〟から連絡を受けて、とっさに真崎はそれをどう判断したらいいのか戸惑っていた。

「安藤輝三大尉、栗原安秀中尉、野中四郎大尉、もと陸軍一等主計の磯部浅一さん、もと歩兵大尉の村中孝次さん、その他の青年将校たちが、歩兵第一連隊、歩兵第三連隊、歩兵近衛第三連隊を率いて〝実力行動〟にうって出たのはすでにお聞きおよびのことと存じます。〝検閲図書館〟がそのことで、閣下のお耳にぜひともお入れしておきたい、ということがありまして、それで失礼をかえりみず、お電話をさしあげました――」と若い女が歯切れのいい口調でそう言って、「ご無礼をかえりみずお尋ねしますが、閣下は勲一等旭日大綬章がお宅から盗まれていることをすでにご承知でいらっしゃいますか」

「――」

真崎は知っているとも知らないとも答えなかった。ただ喉の底で低いうなり声を洩らしただけだった。

この人物はもともと口が重く、人に沈着剛毅の印象を与えたが、それがために逆に腹黒い人物という印象をもたらすこともあったようだ。日本のある種の〝大物〟たるべき人物の一典型といっていい。後世に二・二六事件の〝黒幕〟という汚名を残すことになったのもそのあたりに理由の一端があったのかもしれない。

「勲一等旭日大綬章を閣下のお宅から盗んだのは遠藤平吉という不思議な男です。変装の名人で、神出鬼没、身《こ》《や》が軽くて小菅刑務所からも平然と脱獄してしまう男です」

「変装の名人で、神出鬼没……」

真崎はそれを聞いて苦笑を禁じえなかった。そんな立川文庫の忍術使いのような人間が実際にこの世に存在するはずがない。

が、相手の女は、真崎の冷笑など気にもかけない様子で、

「占部影道という男がいるのをご存知でしょうか。どうやら遠藤の背後ではその占部影道が糸を引いているようなのです」

「占部影道が……」

真崎の顔がこわばった。

北一輝、西田税、大川周明……世に国士と称される人物は少なくない。占部影道は彼らほどには名前を知られていないかもしれない。が、その影響力にかけては、彼らの誰よりも大きいといえるかもしれない。

〈十一会〉という華族グループの社交クラブがある。大正十一年に、若い青年貴族たちが結成した華族グループで、じつに錚々たるメンバーが名をつらねていた。

近衛、原田、木戸……彼らはのちに天皇の側近として、宮廷政治をほしいままにし、昭和史に君臨することになる。

ほかの国士たちは総じて軍関係者とのきずなが深いようだが、占部はどちらかというと重臣グループとの関係

が深いようだ。それだけに目に見えないところで大きな影響を及ぼしているらしい。最近では〝貴族非常駐特別班〟——通称〝狐〟という貴族子弟からなる憲兵分隊を率いて、いろいろと暗躍しているらしいという噂を聞いている。

女は、はい、占部影道です、と言って、

「なにしろ相手が悪い。真崎閣下にどんな陰謀を仕掛けてくるかわかったものじゃございません。どうか、お動きになるときにはくれぐれもご注意なさって下さい」

真崎はにやりと笑って、この場合に、

「恋の瀬川は渡れば深い。渡らにゃわたしは浮かばれぬ——」

と戯れ歌を歌ってみせた。かつて第一師団長をつとめ、師団対抗演習において、河を渡るべきかどうかの判断をせまられたときに即興につくった歌である。

女はそれにべつだん感心した様子も見せずに、

「よござんすか。たしかに〝検閲図書館〟の伝言はお伝えしましたよ」

といって、電話を切った。

真崎も電話を切って、たちどころに〝検閲図書館〟のことは忘れてしまった。得体の知れない〝検閲図書館〟のことなど気にとめる価値もないと思ったのかもしれない。事実、真崎甚三郎は生涯、誰にも〝検閲図書館〟のことを話した形跡はない。しかし——

その後の真崎甚三郎の行動はあまりに自信過剰にすぎたのではないか。もう少し謙虚に、〝検閲図書館〟の忠告に耳を傾けるべきだったかもしれない。そうすれば、後世、あれほどまでの悪評をこうむることはなかったはずなのだが……

事実、〝真崎甚三郎黒幕説〟の一根拠として、〝二・二六事件当日、真崎甚三郎の胸に誇らしげに勲一等旭日大綬章が佩用されていた〟ということが挙げられる場合が多い。この事実をもってして、真崎は自分が後継内閣の首班指名されることをすでに確信していた、という根拠にされたのだ。それゆえに真崎大将は二・二六事件の黒幕に違いない、という論理が展開されることになる。

もし、これが真崎のドッペルゲンガーの仕業だったとしたらどうだろう。思うに、真崎はもう少し真摯に勲一等旭日大綬章に関する〝検閲図書館〟の忠告を聞くべきではなかったろうか。

十

二月二十六日、午前四時過ぎ……街路灯の明かりが闇に滲んでいる。が、朝を予感させる光は皆無といっていい。すべてはまだ闇のなかにあり、早朝と呼ぶのもはばかられるほどだった。

かろうじて雪が降っているのだけが見える。街路灯の明かりをかすめる雪が繊細に美しかった。それがふと乱れるように舞いあがって――

カタカタカタ……という戦車の履《キヤタピラー》帯音が聞こえてきた。それにエンジンの轟音が加わった。

地上を覆う雪が薄皮が剝がれるように一斉に舞いあがった。風に吹かれて霧のようにけぶった。八九式中戦車〝甲型〟がその威容を迫り出してきた

赤坂、乃木坂に現われた戦車が移動している。

闇のなかに銃火が閃いた。ヘビが舌なめずりするのに似ていた。見るからに剣呑で毒々しい。対する者すべてを薙ぎ倒さずにはおかない圧倒的な破壊力を備えていた。

二挺の機関銃が咆吼を放つ。六・五ミリ弾が凄まじい威力で家々の壁をぶち抜き、屋根瓦を微塵に砕いて、降り積もった雪を舞いあげた。閃光のなか、逃げまどう男たちの姿が影絵のように浮かんでは消えた。

「けえっ」

屋根づたいに走っていた男が一人、悲鳴をあげて、転がり落ちた。雪に血をばらまいて絶息した。

が、戦車を取り巻くようにし、後になり先になり走っている男たちは、それに臆する様子を見せなかった。石を投げ、雪玉を投げ、ときには屋根から瓦を投げて、奇声を張りあげながら走っているのだ。

博徒《ばくと》百人香具師《やし》百人――さすがに猪鹿のお蝶が豪語するだけのことはある。彼らは戦車を相手に徒手空拳で戦って怯むところがない。その剽悍さは命知らずなどというありきたりな言葉だけでは説明できそうにない。いっそ狂気の沙汰といってよかった。

ここは〈いな本〉があり、〈猫床〉があるあの小路である。

戦車が通る道幅を確保するだけのために小路の家々は無惨に軒先を壊されてしまっている。道幅が強引に拡げられてしまっているのだ。

すでに「猫町」の繊細微妙な魔術《マジック》はあとかたもなしに消えてしまっていた。そこにはただ〝戦時体制〟の猛々しくも味気ない町並みが――破壊の爪痕もあらわに――

陰惨な姿をさらけ出しているばかりだった。

八九式中戦車〝甲型〟は十一・五トンもの重量がある。もともとは軽戦車と呼ばれていたのだが、重量がその名に反するというので、中戦車と改名された。装甲としては正面十七ミリ、砲塔および後面十五ミリ、側面十二ミリのニッケル・クローム鋼が使われている。至近距離から放たれた三七ミリ砲弾にも耐えられるだけの強靱さを誇っている。

つまり八九式中戦車は重くて強いのだ。操縦手がその気になれば日本の家屋などひとたまりもない。しんこ細工の飴のようにもろくも崩れてしまう。

戦車が転進した。〈いな本〉が、そして〈猫床〉が破壊された。柱をへし折られ、壁を突き崩されて、ガクンと膝を折るように崩落していった。あまりにあっけない。一瞬のうちに瓦礫の山が積みあがって、もうもうと砂埃が舞いあがった。

照若が、てるが、田所が、秋子が、関口が、そこで泣いて笑って、愛して憎んだ、その家々があっという間に消滅してしまう。まるで最初からそんなものはこの地上に存在しなかったかのように。

これをもってして、——占部影道が望んだように——

〝乃木坂芸者殺人事件〟は完全にこの地上から抹消されたわけなのだろう。占部の崇高なる〝皇軍相撃〟の破壊思想のまえでは地を這う彼らなど何の意味も持たない。戦車に蹂躙されるのが当然の虫ケラたちでしかない。

もっとも——

これは二・二六事件に参加した青年将校たちにしたところでその意識においてさして違いはない。後世、ひろく信じられたように、彼らは必ずしも〝農村の窮状〟を憂うあまりに決起に及んだわけではなかった。

それよりもむしろ高橋是清蔵相に代表されるような、〝日本内地の国情を見るのに誠に気の毒な人あり……若しこれ以上軍部が無理押しすれば遂には国民の信を失うことになるのではないか……〟という意見に反発し、実力行使に及んだといったほうがいい。

忘れてはならないのは、青年将校たちは軍備の拡張を存分に実現するために〝公債増発〟への政策転換を望んだのだ、ということだろう。彼らが〝農村の窮状〟を憂うとき、その言葉の裏には必ずといっていいほど軍備の飛躍的増強を実現させなければならない、という思いが隠されていた。

彼らが決起に踏み切った理由の一つに、〝(軍備拡張のために）僅々数億の赤字公債を発行したところで農村が窮状に追いつめられないような国家改造〟を実現しなければならないから、ということがあった。それは必ずしも〝農村の窮状〟を救うためという理念と一致するものではなかった。

　後世、あまたの青年将校のなかで、とりわけ安藤輝三、栗原安秀の二人が、人々の人気を得たのは、少なくともこの二人だけは真剣に〝農村の窮状〟を憂う気持ちがあったからではないか。

　推して知るべし！　青年将校たちにしたところでそうなのである。ましてや陰陽師・占部影道や、〝機動非常駐特別班〟――〝狐〟などに、どうして民を憂う気持ちなどあるものか。

　〝皇軍相撃〟の目的のために、〝乃木坂芸者殺人事件〟そのものをなかったものにしようとしたことからもうかがえるように、占部たちにとって国民などあってなきに等しい存在なのにちがいない。

　青年将校たちが決起に踏み切るべく、いろいろとお膳立てをし、いざ彼らが実力行使に及んだときには、早い時点で戦車《タンク》で攻撃する……当然、青年将校たちは全力で反撃しようとするはずであり、そうなればもう内戦は避けられない。

　要するに、占部たちの狙いは、青年将校たちの決起に対し、カウンター・クーデターを仕掛け、これをもってしていやおうなしに帝都に〝皇軍相撃〟という状況を生じさせるということにあったのだろう。まさか――

　出動させた戦車に、得体の知れない男たちが群がって、その進路を妨害するなどという事態が生じるとは夢にも思わなかったにちがいない。こいつらは何者なのだ？

　占部の当初の狙いでは、青年将校たちが岡田首相か、鈴木侍従長官を襲撃した時点を見はからい、戦車を首相官邸か鈴木侍従長官邸に突入させるつもりだったにちがいない。そうして反乱軍と鎮圧軍との戦闘という状況を無理矢理にも生じせしめることにあった。

　だが、それを実現させるためには、どうしても戦車をある定められたルートで走らせる必要があった。八九式中戦車は最大時速二十五キロである。可能なかぎり最短距離を取らなければならない、という時間的な制約もあったろうし、北極星と北斗七星との陰陽五行の要請もあったことだろう。

　そのために、もともと戦車の軌道幅より路幅が狭い、その小路の路肩をひろげなければならなかった。そうしてやることでかろうじてその小路に突入することが可能になったのだったが……

事態がこうなってしまったのではもう必要な路幅を確保するなどという悠長なことをいってられない。家屋を破壊し、多少、道路を損壊を招いてでも目標に急行しなければならない。

幸い、こうした場合に備えて、小路の十数軒の住民たちには、事前に因果を含めて、なにがしかのカネを渡し、全員を避難させているのだ。多少、強引なことをしても、住民に怪我を負わせたり、死なせたりする恐れはなかった。そのかぎりでは何の問題もない。

そう、たしかに、そのかぎりにおいては何の問題もなかった。が、だからといって問題が皆無だというわけではない。問題はあるにはある。それは——

戦車に群がる男たちが、そこかしこ屋根から雪を大量に落としたり、雪の吹きだまりのような場所に誘い込もうとしていることだった。どうも、それら雪の吹きだまりにしたところが、あらかじめ男たちが用意していたようなふしがある。要するに罠なのだ。

用心しなければならない。不用意に雪の吹きだまりに突っ込みでもしようものなら、足場を失ってしまう。履帯《キャタピラー》が空転し、動けなくなってしまうのだ。

それは屋根から大量に投げ落とされる雪に対しても同じことだ。どうしても視界が悪くなるのは否めないし、投げ落とされた雪が非常に柔らかいために、やはり足を取られがちになってしまう。

すでにこのとき雪は降りやんでいた。が、屋根から大量に雪が投げ落とされ、それが風に吹き流されるために、あたかも雪が降りつづけているように見えないこともない。

後世になって、二・二六事件当夜、雪が降っていたのかそうでなかったのかが論議を呼ぶことになる。二・二六事件はさまざまに謎の多い事件ではあるが、それにしてもどんな天候だったのかさえも定説にいたっていないのは驚くべきことではないだろうか。

あるいは——この夜、男たちが屋根から雪を投げ落としたのが、雪が降っているように見えたことが、論議を紛糾させる一因になったのかもしれない。

むろん戦車の火力をもってすれば容易に彼らを殲滅することができたろう。だが、まさか街中で戦車砲は使用できない。車載機関銃にしたところで、弾をむやみに浪費するわけにはいかないのだ。青年将校たちと対峙したときにそなえて、武力は温存しておかなければならない。

そうした配慮から、どうしても戦車は雪だまりを迂回し、屋根から屋根につたう男たちを避けて進まなければならなかった。戦車の搭乗員たちが、それを自分たちがある場所におびき出されているのだということを明確に自覚したかどうか……

どうにか小路を突破したが、何軒も家屋を破壊し、むりやりに強行突破を試みたために、当初、予定していたところとは異なる場所に出てしまった。当初の予定では赤坂見附に出るはずだったのだが、それよりもずっと南南東――溜池に近いところに出てしまったのだ。

男たちに妨げられたため、鈴木侍従長官邸に向かう予定が大幅に狂ってしまった。やむをえず東に迂回せざるをえなかった。

そして、そこ、永田町に――忽然と〝新国会議事堂〟が出現し、戦車の行く手に巨壁のように立ちふさがったのだった。

中央に高塔を聳えさせ、左右対称の構造を誇示するのは、日本の〝官・建築〟における、ある種の定石といっていい。八幡製鉄所の鉄骨に、内外装の花崗岩……その建築材料にすべて国産品が使用されていることからも、これが〝大日本帝国〟の威容を必要以上に強調したものであるのは間違いない。

落成式は十一月に行われる予定である。したがって、いまはまだ電気も水道も引かれておらず、建物はすべて闇に閉ざされているはずだった。

それが降り積もった雪原の彼方にぼんやりと幻想的に浮かびあがっているのは――正面玄関まえの車寄せのいたるところにアセチレン・ガスの火が燃えあがっているからなのだった。

そこかしこに燃えるアセチレン・ガスの火は、何か縁日でも見るかのように現実感を欠いていて、壮麗たるべき〝新国会議事堂〟をまるでパノラマの見せ物のように安っぽい印象に変えていた。

その〝新国会議事堂〟の中央玄関のまえ、車寄せのところに、一人の男が立ちはだかっていた。粉雪が降りしきるなか、じっと戦車を凝視している。

黙忌一郎なのだった。

あれほど戦車に群がっていた男たちがいまはかき消すように姿を消していた。アセチレン・ガスの明かりのなかにただ忌一郎の影法師だけが揺れている。

四方に燃えあがる火のために、忌一郎の影がそこかしこに落ちて、まるで彼という人間が何人もいるかのようだ。戦車を見て、二歩、三歩と足をまえに踏み出した。炎に映える純白の雪のうえをその影が滑らかに移動し、いまにも立ちあがってきそうに見えた。

忌一郎が着用しているのは軍服だろうか。そうかもしれないが、正規のものではないようだ。軍帽のまびさしの部分が極端に狭い。そのためになかば顔が隠れてしまっている。詰襟の高さも七、八センチはあるだろうか。その軍袴が騎兵のように膨らんでいる。軍服にしてはかなりの異形といっていいだろう。

なにより異彩を放っているのはそれが夜のように黒いことだった。いやしくも帝国軍人たる者がこんな軍服を着ていることなどありえない。黙忌一郎は天皇陛下ではなしに何か別のものに仕える軍人なのではないだろうか。何に？　それはわからない。

腰のベルトに革のサックが装着されている。自動拳銃の銃把が覗いていた。忌一郎は銃把に軽く手を添えていた。いつでも抜ける体勢だが、戦車を相手に本気で拳銃で立ち向かうつもりなのだろうか。そうだとしたら、その正気を疑わざるをえない。

首相官邸のほうから、パン、パンという豆を炒るような音がしきりに聞こえていた。銃声だろう。青年将校たちが首相官邸を襲っているのにちがいない。

それなのに〝新国会議事堂〟だけは異次元世界にでも属しているかのようにしんと静まりかえっている。首相官邸はすぐ隣接したところにある。それなのに誰も〝新国会議事堂〟の戦車に注意を向けないのが不思議といえば不思議だった。もっとも青年将校たちにしてみればそれどころではないかもしれないのだが。

黙忌一郎と対峙するように戦車はいったん停止した。両者の間は五十メートルというところか。エンジンの音が喉の底で唸るように野太く響いている。降る雪が砲塔に触れて溶けてしまう。湯気に覆われていた。そこかしこアセチレン・ガスの炎が揺れるなかにその影が雪上に何重にも落ちて微動していた。

戦車が前進した。砲塔の機銃が咳き込むように火を噴いた。忌一郎のまわりにバッ、バッ、バッと雪煙りが立ちのぼった。その雪煙りがまるでミシンで縫いつけるようにうねりながら忌一郎に近づいていった。

それなのに忌一郎は微動だにしない。逃げようともしなければ身を伏せようともしない。その姿は影のなかの影のように黒々と不動のままなのだ。どうせ撃たれるのだと観念してでもいるのだろうか。いや——

　そうではない。そうではない証拠にふいに戦車が前につんのめったのだ。なにか人が泥に足を取られて転びそうになるのを見るかのようだ。

　ベキ、ベキ、ベキ！　と何枚もの板が割れる音が重なるように聞こえてきた。回転鋸で木材が切断されるのに似ていた。履帯《キャタピラー》の下から木屑が激しく飛び散った。前部の起動輪が悲鳴をあげるように回転した。後部の誘導輪がそれに応じるようにやはり悲鳴をあげた。履帯《キャタピラー》が前後に往復してしきりに摩擦音を奏でた。雪が激しい勢いで噴きあがる。

　一言でいえばそれは罠にかかった獣が必死にもがいている姿を連想させた。しかし、どうにもならない。もがけばもがくほど戦車はますます前のめりに傾いていくのだ。じりじりと落ちていった。その姿は悲惨でもあり、どこか滑稽でもあった。

　機銃弾もすでに遠くには届かない。鋤で掘り起こすように戦車のすぐ手前の雪に、ビシッ、ビシッ、と音をたてて食い込むばかりなのだ。いまやもう無用の長物以外の何物でもなかった。

　つまり戦車は落とし穴に引っかかったわけなのだ。すり鉢状の穴のうえに何枚もの板を並べて渡してそのうえに雪を被せた。何のことはない。いわば子供の悪戯のようなものだ。ただそれだけのことなのだ。それだけのことなのに、柔らかく、深い、大量の雪が蟻地獄のように戦車の足を奪っていた。

　家々の軒先を壊し、必要十分な道幅を確保するほどの入念な準備を整えたはずなのに、これはあんまりというものだったろう。あまりに馬鹿げていたし、あまりに悲惨だった。搭乗員たちにしてみれば怒っていいのか笑っていいのかわからなかったのにちがいない。

　が、悲劇は、あるいは喜劇はそれだけにとどまらなかった。じつは八九式中戦車〝甲型〟の水冷ガソリン・エンジンは致命的といっていい欠陥を持っている。だからこそディーゼル・エンジンを搭載した〝乙型〟が開発された。要するに八九式中戦車〝甲型〟は燃えやすいのだ。ガソリンタンクから気化したガスが洩れ、それにバックファイヤが引火して、しばしば火災を引きおこした。それがこともあろうに、この場合に起こった。

戦車はズブズブと穴に沈んでいった。ボッ、というような間の抜けた音がして青白い炎が旗のように後尾に閃いた。その炎が急速に輝度を増していってついに真っ赤に燃えあがった。降りしきる雪の白さに赤い炎、それに黒煙が強烈な対照《コントラスト》をなして、〝新国会議事堂〟の車寄せに鮮やかに浮かびあがった。

展望塔《キューポラ》のハッチが開いて男が一人飛び出してきた。もう一人、つづいてキューポラから男が飛び出してきて、操縦手席ハッチからも男が外に転がり落ちた。三人とも罵声をあげていた。すりばち状の穴を必死に這いあがって炎から逃げた。三人とも〝狐〟のメンバーだった。

穴の外に出て、一人が怒り心頭に達したとでもいうかのように怒声を張りあげた。そして忌一郎に向かって拳銃を向けた。

忌一郎はそれにもやはり動じなかった。男に向かって静かな声で、やめたほうがいい、といった。

「きみたちの計画はいずれ破綻してしまっている」

忌一郎は右手をサッと撥ねあげた。

それに呼応するように〝新国会議事堂〟の中央玄関の両開きの扉が音もなく開いた。意外なことに——というのはまだ議事堂には電気が通っていないはずであるから——、中央玄関から階段を介して中央広間に達するまで、すべて煌々とした明かりのなかに見通すことができた。ここでもアセチレン・ガスが何灯もともされているようだった。

〝狐〟の男たちが同時に、おお、と声をあげたのは、何もそのことに驚いたからではない。そのアセチレン・ガスの明かりのなかに一人の男が不吉な影を刻んでゆらゆらと揺れているのが見えたからである。その男は中央玄関のシャンデリアに縄をかけて首を吊っているのだった。

「遠藤平吉……」

〝狐〟の一人がうめき声をあげた。

「三日ほど前の早朝に遠藤と会って話をした。べつだん、そんな気はなかったのだが、どうもぼくは遠藤を追いつめてしまったらしい。遠藤はぼくのまえから逃げ出した。議事堂に逃げ込んだので、あとを追ったら、この始末さ。首吊り死体を発見することになった。なにしろ無人の議事堂だ。玄関の扉を閉めておいたので、幸いにもこれまで誰にも気づかれなかったらしい」

「……」

「これでわかったろう。きみたちの計画はいずれ破綻してしまっている」と忌一郎が繰返した。「彼を宮様のドッペルゲンガーにしたてて、号令一下、カウンター・クーデターを仕掛けて、東京を内戦に巻き込むつもりだったのだろうが、ご覧のとおり、それはもうできない。きみたちは肝心の玉を失ってしまった」

「遠藤が死んでも」〝狐〟の一人が深い怨念のこもった声で言った。「必ずしもおれたちの作戦が蹉跌をきたしたと決まったわけではない。おれたちにはまだ真崎甚三郎のドッペルゲンガーがいる」

「やあ、そいつはどうかな。そうはうまくはいかないいんじゃないかな」忌一郎が、この若者が、と思われるような明るい声を張りあげて、その手を大きく振った。

〝狐〟たちは忌一郎が指し示すままに後ろを振り返った。

いつからそこにいるのだろう。車寄せのそこかしこに男たちが三人、四人と集まって、まるで群れた鴉が何かを見物するかのように、〝狐〟たちのことを見ているのだ。車寄せが広いために、さほどには感じないが、じつはその数はかなり多い。優に百人は超しているのではないだろうか。

「きみたちの計画は蹉跌をきたしてはいないかもしれないが、占部影道の陰陽五行、北斗七星がめぐる内裏《うち》は完全に破綻してしまっているんじゃないか。神聖たるべき内裏にあって、首吊り死体ほどの汚れはないいんじゃないか。もう修復はきかない。言っておくが〝芸者殺人事件〟のようになかったことにはできないぜ。博徒百人香具師百人、彼らの口をふさぐことなど誰にもできっこないのさ」

「……」

〝狐〟たちの顔が失意に歪んだ。

二人はガクリとうなだれたが、一人だけは諦めきれなかったらしい。憤怒の形相も凄まじく、拳銃を持った手をスッと挙げて、忌一郎に狙いをさだめた。

「悪あがきはやめろ」

背後から声がかかった。粉雪が舞うなかに人影が浮かんだ。志村だった。サクサクと雪を踏みしめて進み出てきた。腰だめに自動拳銃をかまえていた。深山が持っていた拳銃だった。

「もうすべては終わったんだ。いまさらあがいて何になる」

残念ながら、そうではなかった。志村は間違っていた。すべてが終わったわけではない。それどころかまだ何も終わっていなかった。

銃声が数発、雪のなかに炸裂した。

忌一郎の体が弾かれたように後ろに吹っ飛んだ。そのまま穴のなかに落ちていった。炎がさらに高く噴きあがり、火の粉を雪に舞わせた。火葬の炎のように燃えあがった。

ほとんど同時に志村もまるでハンマーを振り下ろすように前のめりに崩れている。崩れてピクリとも身動きしない。ジャムが滲むように志村の体の下から雪に血がひろがっていった。

雪のうえ、炎を背景にしてヌッと影法師が起きあがった。雷鳥白だった。全身焼けただれて凄まじい姿になっていた。体からブスブスと煙りがたちのぼっていた。が、それでもその目はどこまでも澄んで明るかった。苦痛の色は少しもとどめずに、ただ虚無だけをたたえていた。

八九式中戦車の搭乗員は四人なのだ。忌一郎も志村ももっとそのことに留意すべきだったのだ。が、いまとなってはもう手遅れだったろう。

「黙さん」

若い女の悲鳴のような声が聞こえた。雪のうえをこけつまろびつしながら走っていって穴のなかに飛び込んだ。雪が雪崩れてさらさらと彼女のあとを追った。

しかし雷鳥はそれには目もくれようとはしなかった。

倒れた志村に銃口を擬したまま、ゆっくりと近づいていった。口のなかで一人ブツブツと唱えていた。

「狐といえば……狐狩り……狐狩りといえば……貴族の遊び……」

それを聞いて他の三人の〝狐〟は互いに顔を見あわせた。なかの一人がおずおずと応じた。

「貴族といえば——」

「英国」

「英国といえば——」

「ロンドン」

一陣の風が雪のうえを吹きすぎていった。志村の体から何かがヒラヒラと舞いあがった。そこにいる男たちがはたして、それが小林多喜二の顔を押絵にした手巾《ハンカチ》だと気がついたかどうか——

一瞬、風に舞った手巾は、炎に映えて、降りしきる雪にボウと人の顔を浮かびあがらせた。小林多喜二の顔がそこに揺れた。彼は嘆いているとも怒っているともつかない表情で、しかし不思議に静かな眼差しで雷鳥を凝視した。

雷鳥がその顔に何を見てとったのかはわからない。が、そのとき彼が発した叫びは、明らかに恐怖の悲鳴だった。

この何事にも動じない明るい虚無主義者がこのときばかりは心の底から悲鳴をあげたのだった。風に舞う手巾を追って銃口が動いた。

「ロンドンといえば」そのとき志村の体が半回転したのだ。うつ伏せになって体の下から発砲した。「地下鉄《サブウェイ》！」

「あ……」

雷鳥は何かに押されたようにクルリと後ろを向いた。胸に手を当て、何事か沈思しているように深々とうなだれた。その指の間から血がポタポタとしたたり落ちていた。

そのときにはもう雷鳥はいつもの彼に戻っていた。その澄んで明るい目に皮肉な色が滲んでいた。苦笑混じりに、痛えな、痛えじゃねえか、と呟いた。

「……」

志村はふらつく足を踏みしめるようにしてかろうじて立ちあがった。手巾を拾うと、雷鳥には見向きもせずに、よろよろと穴に近づいていった。

雷鳥が倒れても三人の〝狐〟たちは動こうともしなかった。博徒百人香具師百人もひっそりと影のなかに沈み込んだまま誰も動こうとはしない。

首相官邸のほうから何人もの若い雄叫びが聞こえてきた。歓喜に満ちた、血に酔ったような歓声だった。

そのとどろく歓声とは裏腹にこちらの男たちはますますひっそりと静寂のなかに沈んでいくばかりだった。

彼らのうえにしんしんと雪が降り、降って、降りつづけるのだった……


秩父宮殿下は青年将校たちの決起を聞いて、二十七日、弘前から奥羽本線で東京に向かった。午後四時五十九分、上野駅に着いた秩父宮殿下を、近衛師団歩兵連隊の兵士たちが待ち受けていた。彼らに護衛されて宮中に向かったが、人によってはこれを護衛ではなしに、拘束だという者も少なくなかった。

当初、軍部中枢は、青年将校たちの〝決起軍〟と〝鎮圧軍〟とが〝皇軍相撃つ〟などという事態にいたらないように懸命に説得工作に努めた。が、天皇の怒りが激しく、しだいに武力鎮圧に傾かざるをえなかった。二十七日夜、首相官邸にこもった決起軍のもとに次のような主旨の電話がかかってきた。
――おまえたちのやったことは逆賊だ。陸軍省では今討伐の計画がたって、これから討伐に向かうところだ。下士官以下はかわいそうだからこっそり逃げたらいいだろう。おれは名前はいわないが陸軍省の将校だ。

これが参謀本部系統の謀略か、〝決起軍〟が宮廷に入ったことで激しい敵意を燃やしていた近衛師団の謀略か、それともどこかべつのグループの謀略であったのかはいまだに明らかにされていない。しかし、討伐軍が攻め込んでくるという噂はしばしば〝決起軍〟のもとにもたらされて、しだいに彼らを追いつめていくことになる。

二十九日午前十一時ごろ、鎮圧軍の戦車が赤坂見附方面から青年将校たちがたてこもる山王ホテルに迫っていた。安藤大尉始め下士官三十名は一斉に電車線路に横臥して戦車を待ったという。安藤は叫ぶ。「正義は常に犠牲者たるの常識を破って見せる」、さらに絶叫し、「私たちは間違っておりました。国家を毒する者は閣僚重臣の中にあるのではなく軍幕僚軍閥にあることを知りました。我々は重臣閣僚をたおすまえに軍閥をたおさなければならなかったのです」しかし戦車の履帯《キャタピラー》音は容赦なしに彼らに迫ってきてついにその〝正義〟を蹂躙したのだった。

二・二六事件ののち、拘束された真崎甚三郎は、昭和十二年九月二十五日、東京陸軍軍法会議によって〝無罪〟判決を下された。

しかし、
「然るにこれが反乱者を利せんとするの意思よりいでたる行為なりと認定すべき証拠充分ならず、よつて無罪」
という不思議な判決は、その後も疑惑を残し、ついに終生、真崎甚三郎に対する疑惑が晴れることはなかった。

昭和十一年五月十八日、阿部定は待合〈満佐喜〉において、愛人石田吉蔵を絞殺し、その陰茎を切断して逃亡した。いわゆる〝阿部定事件〟である。この事件に対する世間の熱狂は大変なもので、あっという間に〝二・二六事件〟は忘れられてしまう。死んだ吉蔵の左股に血文字で描かれた〝定吉二人キリ〟の言葉はいつまでも人々の記憶に残された。

終章

志村は阿部定のもとを辞した。

下谷の路地にもう風は吹いていない。ムッとする熱気のなかを駅に向かって歩いていった。

――定はてるのことを忘れてしまったらしい。

そのことが志村には驚きだった。

彼女はてるが射殺されたことについては何もいおうとはしなかった。〝阿部定事件〟がすべてを吹き払ってしまったのだろうか。これだけの事件を起こしたあとのことだ。他のことがすべて忘れ去られることになったとしても不思議はないかもしれない。

――なにしろ二・二六事件当日、雪が降っていたのかどうかさえ、はっきりしないほどなのだからな。人の記憶ほど当てにならないものはない。ましてや歴史など信用できるはずがない。

青年将校たちに共感を寄せる人間はあの日は雪が降っていたという。否定する人間は雪など降っていなかったという……いちがいには決めつけられないが、どうやらそういう傾向があるようだ。

これは志村の私見だが、どうも日本人は、出撃時に雪が降っていたというと、忠臣蔵のイメージが浮かんでしまうらしい。二・二六事件が美化されてしまう。したがって青年将校たちに共感を寄せる人間は雪が降っていたのを肯定し、反感を持つ人間はそれを否定する傾向があるようなのだ。

——雪が降っていたかどうかさえわからない、ましてや殺人事件の真実など……

ふと志村は妙なことを思った。——もしかしたら、遠藤は怪人二十面相で黙が明智小五郎……おれは小林少年ではなかったのか……

ふと背後に人の気配を感じた。自然に足がとまった。振り返るまでもなく、それが阿部定が〝二・二六事件当夜の天候〟のことを聞いていた女性であることはわかっていた。玄関で志村を迎えてくれた。

志村はため息をついた。そして言う。

「照若さんですね」

しかし彼女は黙っている。何も答えようとはしなかった。

志村は気が進まなかったが、先に話を進めるしかなかった。

「あのとき黙忌一郎という人物が、てるを〝乃木坂芸者殺人事件〟で検束しても、〝大丈夫、自分を信じてくれ、絶対にひどいことにはならないから——〟という意味のことをいいました。そのときにはわたしはそれがどんな意味なのかわかりませんでした。あるときハッとそれがどんな意味だかわかったのです。彼はてるは真犯人ではないといおうとしたのではないか。少なくとも主犯ではないと……だから、絶対にひどいことにはならないから、とそういったのではないかと……考えてみれば、〈いな本〉の女将はかき入れどきを逃すといって、あの季節の柿を食べるのを嫌っていた。それなのに、そのお抱えの芸者が湯のなかで柿なんか食べるはずがない。あれは誰か別人だったのではないか。風呂場の格子窓越しに剪定鋏で人の喉を突けば、むしろ刺した人間のほうが、顔が格子状に血に染まるのではないか。真内たちが出格子ごしに照若の顔が血にしぶくのを見たと錯覚したのであれば照若はむしろ加害者だったと考えるべきではないのか」

「……」

「てるがどんなに力持ちでも一人で人間の体をヒモで物干し台まで引き上げることができるはずがない。二人がかりでやっとできることではないのか。一人の女が声をあげて、それが悲鳴に聞こえたり、笑い声に聞こえたりというのは、やはり不自然だ。二人の女が同時に声をあげて、一人は悲鳴であり、もう一人は笑い声だったと考えたほうが自然ではないのか。あなたはてるに女なんて湯上がりの顔を見れば誰が誰だか区別がつかないといっている。多分、そうなのだろうと思う。てるは死体を見て、〝照若姉さん〟と叫んでいる。それが先入観となって、誰もがその女が別人ではないかなどと疑おうとはしなかった。局部をえぐれば、誰もがそちらに目を奪われるからなおさらのことだろう。鏡台が倒れていた。あれは鏡にもう一人の自分が写っているのを見て反射的に畳に倒してそれを見ないようにしたのではないですか。〈猫床〉の主人は摺り上げ障子に女房の顔を見たと思って反射的に剪定鋏を投げたといっている。そうであればそこには彼の妻の秋子がいたのではないか。ねえ、照若さん、どうしてあなたは秋子を殺したのですか」


一瞬、間があり、深い諦念を感じさせる声が聞こえて、

「あの人は死にたいとそういったのです。ばったり外で出くわしたときにはもうあの人は半狂乱になっていました。関口というヤクザな男のことが忘れられない。あいつを殺して、自分も死ぬんだって……落ち着かせるためにきよと二人してお風呂に入れたんだけど……柿なんか食べたりして一時は落ち着いたように見えたんだけど……やっぱり駄目でした。〝自分は罪ぶかい女だ。亭主を裏切ったうえに、まだあんな男と一緒に死にたがっている。こんなものがあるから罪を犯してしまう、こんなものえぐりとってくれ、殺してくれ、殺してくれ……〟って――気がついたときには剪定鋏であの人を刺していました……」

「そうか。そういうことだったのですね。それで秋子の局部はえぐられていたのか」志村は頷いて、歩き出しながら、肩越しに投げかけるようにして最後の質問を放った。「あなたがてるの名前をきよに変えさせたのはどうしてだったのですか」

「あの子にはわたしのように女を売る悲しい職業に染まってもらいたくなかったんですよ。照若とてるじゃあまりに似すぎていてわたしは嫌だった……」

気がついたときにはもう照若の声ははるか背後に遠のいていた。いつしかその声が消えた。

——亭主を裏切ったうえに、まだあんな男と一緒に死にたがっている……

秋子のその言葉が胸の底に響いていた。もしかしたら、と志村は思った。

——もしかしたら、秋子の望みはかなったのではなかったか……

国会議事堂で死んだのは本当に遠藤平吉だったのだろうか。あれほど神出鬼没の遠藤があんなにあっけなく首をくくって死ぬものだろうか。あのとき遠藤は関口に変装していたはずだ。もしかしたら真内伸助を殺したときのように、遠藤は関口を自分の身代わりに縊死させて殺したのではなかったのか。あそこで死んでいたのは関口ではなかったのだろうか……

ふと笑い声が聞こえたように思った。

驚いて目をあげると、そこの物干し台に軽気球が繋がれて揺れているのが見えた。アドバルーンだ。それまで萎んでいた軽気球が水素ガスを吹き込まれて見る間に膨らんでいった。大綱がするするとほどけてアドバルーンがゆっくりと空に昇っていった。

そのアドバルーンに男が一人つかまってぶらさがっていた。その男は旧陸軍の将校の姿をしていた。その帽子の下から青ざめた顔が覗いていた。真っ赤な唇を開けてけらけらと笑っていた。

——怪盗二十面相だ、いや、死大佐《しにたいさ》だ……

目をぎゅッとつぶった。そして、これは幻想だと思った。目を開ければアドバルーンにぶらさがった怪人の姿など消え去ってしまっているのにちがいない。そう思っているのに笑い声はいつまでも聞こえていた。

ふと風に吹かれるように志村の脳裡に舞った。『猟奇の果』の最後の文章が脳裡をかすめた。

夢物語でよいのだ。

夢物語でよいのだ。

後書き

お読みになればおわかりのことと思いますが、これはぼくの妄想にすぎません。間違っても、これが二・二六事件の真相などであろうはずはありません。

ですが、少なくとも執筆している間は、これこそ二・二六事件の真相ではないか、と考えている自分がいました。作者としてはそれだけ入れ込んだ作品だったのでしょう。

『マヂック・オペラ』を書いた動機の一つに、松本清張の〝昭和史〟があるんだったら、江戸川乱歩の〝昭和史〟があってもいいのではないか、と思ったことがあります。それにもう一つ、山田風太郎が〝明治物〟を書いたような手法で、〝昭和物〟を書けないか、と考えたことも強い動機になりました。

ぼくはどういうわけか、江戸川乱歩の『猟奇の果』が非常に好きなのです。じつに凄まじいばかりの失敗作ですが、それを堂々と発表する乱歩の〝巨大さ〟もあわせて、『猟奇の果』が好きでならないのです。この作品は『猟奇の果』への一種のオマージュといっていいでしょう。

ぼくは非常に無知な人間ですが、この作品を書いて、自分が考えていた以上にさらに無知な人間なのだということを思い知らされました。前橋の図書館で、萩原恭次郎の名を知ったときに、これは郷里でのみ知られている詩人なのだとばかり思い込んでしまい、お話のプロットを考え始めました。まさかダダイストとして非常に有名な詩人なのだとは思ってもいなかったのでした。おかげで途中で非常に苦労させられることになりました。

それだけに楽しんでいただける作品になったと思います。お読みいただければ幸いです。
二・二六事件に関しては様々なテキストを使わせていただきました。松本清張氏の『昭和史発掘』を参照させていただきました。それ以外に、

『二・二六事件　青年将校の意識と心理』
須崎愼一著　吉川弘文館

『評伝　真崎甚三郎　新装版』
田崎末松著　芙蓉書房出版

の二冊には全面的に依拠させていただきました。どちらもぼくの〝二・二六事件〟に対する先入観を吹き払ってくれた名著でした。ここに明記してお礼申し上げます。ありがとうございました。

黙忌一郎シリーズは三部作になる予定です。三冊めの『ファイナル・オペラ（仮題）』で、また、お目にかかれるのを楽しみにしています。

山田正紀

〈ハヤカワ・ミステリワールド〉
マジック・オペラ ——二・二六殺人事件

二〇〇五年十一月二十日　初版印刷
二〇〇五年十一月三十日　初版発行

著　者　山田《やまだ》正紀《まさき》
発行者　早川　浩
発行所　株式会社　早川書房
郵便番号　一〇一 - 〇〇四六　東京都千代田区神田多町二 - 二
電話　〇三 - 三二五二 - 三一一一（大代表）
振替　〇〇一六〇 - 三 - 四七七九九
http://www.hayakawa-online.co.jp
印刷所　中央精版印刷株式会社
製本所　中央精版印刷株式会社

ISBN4-15-208671-8　C0093　定価はカバーに表示してあります。

＊本書は《ミステリマガジン》二〇〇三年五月号から二〇〇五年七月号にかけて十五回にわたり連載された「検閲図書館　黙忌一郎」を大幅に加筆訂正しまとめたものです。

ハヤカワ・ミステリワールド

庖丁人 轟桃次郎

鯨 統一郎

46判上製

小料理屋〈ふく嶋〉の板前・桃次郎は、店舗の買収を目論む〈加賀屋〉と、店を賭けた料理対決に鎬を削っていた。一方、その近辺では、善良な人々を殺害した兇悪犯が、庖丁で惨殺されるという奇怪な事件が続発していた……。腕の立つ実直な料理人が、殺人鬼として極悪非道の犯罪者たちを〝料理〟していくブラックな味わいの連作短篇集